西島伝法

奏で手のヌフレツン

河出書房新社

目次

装幀＝川名潤

奏で手のヌフレツン

序

――リナニツェ、拍《はく》が遅れているぞ！

――先胞《まあ》さ、もうだめだよ。指が悴《かじか》んで運指が……

咽《むせ》び泣きが漏れる。眼が裂けんばかりの痛み。まだ柔らかいはずの涙粒《なみだつぶ》が寒さで石の硬さに凍って落ちる。遠く離れた衢《く》の黄道《こうどう》を進む太陽が、接近期を過ぎつつあるのだ。宙に舞っていた氷刺《ひし》の光も消えかけている。

――指を失っても構わない。そう覚悟して弾き続けるんだ。

わかってるよ。そうでなければ、全てを失うことになるんでしょう！　でももうとうに全てを失ったようなものじゃない。央響塔《おうきょうとう》は倒れてしまって、帰る家だってもうないんだから！　そう叫びたかったが、口を大きく開いてこれ以上体温を失いたくはなかった。

凍えるほどの大風が、譜台の上に留められた譜の束を激しくはためかせる。せめていまが無風期であったなら。誰もがそう思っているはずだった。

大風を縫うように奏でられている鳴り物の数々――骨に響くほどの厚い音で圧する千詠《ちえい》轤《ろ》に粗削りな優雅さを持つ靡音喇《びおんら》、彼方《かなた》から聞こえるような柔らかい咆流《ほおる》に軽やかに跳ねまわる往咆詠《おうほうえい》、表情豊かな人の声を思わせる焙音璃《ばいおんり》――万洞輪《まんどうりん》、浮流筒《ふるとう》、喇炳筒《らへいとう》、波轟筒《はごうとう》、摩鈴盤《まりんばん》、渾騰盤《こんとうばん》、嘆舞鈴《たんぶりん》――それらが臨環蝕《りんかんしょく》の前に立つ響主《きょうしゅ》の指揮により、ひとまとまりの大波となって響かせているのは、阜易楽《ふいがく》の由来でありながら、これまで霜の聚落《そうじゅらく》では一度も奏でられたことのなかった〈阜易《ふい》〉の譜典だった。

眼前に鎮座する、半年ほど前までは太陽と呼んでいた、いまやなんの熱も感じられない極大の半球體《はんきゅうたい》に向けて、奏《かな》で手《て》たちは交替で奏で続けていた。月に追いつかれた太陽が蝕《しょく》となり、その輝きと熱と日の歩みを失ってからずっと――

喇炳筒《らへいとう》の十二重奏が高まりだした。嘆舞鈴《たんぶりん》が幻惑的に鳴り響く。背後で奏《かな》で手《て》の誰かが倒れる音がした。鳴り物の不協な雑音が跳ねる。すぐに台手《うてなて》が駆け寄る足音が聞こえる。

これほど長くなるとは誰も思っていなかった。音戯噺《おとぎばなし》にある〈寝坊助《ねぼすけ》の太陽〉のように、新しい太陽が遅れてやってきてくれるのだと誰もが信じていた。その望みが薄れだしてから も、〈阜易《ふい》〉の譜があればわけもなく土に返すことができるだろうと誰もが疑わなかった。

腸弦《ちょうげん》を押さえる指は疼《うず》き、今にも関節がばらけそうだった。左から、右から、奏《かな》で手《て》たちの喘《あえ》ぎ声や呻《うめ》き声が聞こえる。指を失ったって構わない。リナニツェはそう自分に言い聞かせ、指に力をこめる。呻《うめ》き声を洩《も》らしながら顔を上げ、鼻で大きく深呼吸する。鼻孔の奥が鋭く貫かれるように痛む。自分の吐いた白い息に顔を包まれ、一瞬なにも見えなくなる。響主《きょうしゅ》の振る牽奏竿《けんそうかん》の動きを追う。その片眼から、血が流れているのに気づく。臨環《りんかん》蝕《しょく》との交感が長く続きすぎたせいだろうか。

――裁定主様、どうか。と先胞《さきがら》が祈る。

誰に想像できただろう。蝕《しょく》がとめどなく膨張し続けて家々を呑み込み、聚落《じゅらく》を半ばまで覆い尽くすほどの規模になるなど。そしてその表層に、臨環蝕《りんかんしょく》の特徴である、波紋状の畝《うね》が犇《ひし》めきだすなどと――

摩鈴盤《まりんばん》と渾騰盤《こんとうばん》の応奏がはじまり、その螺旋《らせん》を貫くようにリナニツェたち焙音璃《ばいおんり》弾きは音を強める。千切れてしまったのではないかと思うほど指が痛む。

古譜によれば、〈阜易《ふい》〉の譜が実質的な効果を表すには時間が必要であるという。誰もが半信半疑のまま幾日も幾日も交替で奏で続けてきて、ようやく臨環蝕《りんかんしょく》の波紋の動きが鈍くなり、球體《きゅうたい》全体の色も濁ってきた。そこで、控えを含めたすべての奏《かな》で手《て》を一斉に投入することとなった。けれどそれ以降は新たな変化の兆候が見られない。

牽奏竿《けんそうかん》を振り続けてきた響主《きょうしゅ》が、関節を失ったかのように頽《くずお》れ、牽奏竿《けんそうかん》が地面を打ってたわむ。すぐさま檀師《だんし》のひとりが牽奏竿《けんそうかん》を手にし、指揮を引き継いだ。顔に面紗《めんしゃ》をかけた台手《うてな》たちが響主《きょうしゅ》を運び去っていき、あちこちから喘《あえ》ぎや啜《すす》り泣きの声が聞こえる。

――満環蝕《まんかんしょく》になってしまえば、もうあの譜しか残されておらぬ。しかしその効果には不穏かつ不慥《ふたし》かな要素が多すぎ、そもそも原譜どおりに奏でるのは不可能である。裁定主様のご加護も失われよう。このまま〈阜易《ふい》〉のみで、どうあっても土に返さねばならぬ――

最後の大聚奏《だいじゅそう》を前に皆にかけられた響主《きょうしゅ》の言葉が、何百枚と写譜を繰り返した手の痛みや、封音堂《ふうおんどう》の稽古で奏でた旋律と共に蘇《よみがえ》ってくる。響主《きょうしゅ》が決して名を口にしようとしない譜を初めて奏でたとき、リナニツェは一瞬でその響きに魅了された。大親《おおや》さから授かった古い来歴を持つこの焙音璃《ばいおんり》も、輝晶《きしょう》の響体《きょうたい》をいつになく輝かせて玲々《れいれい》と音を響かせた。いっそ満環蝕《まんかんしょく》になって、このまま奏でられないものだろうか――そう考えたところで、腸弦《ちょうげん》が弾け切れて我に返った。

なんという罪深いことを自分は……裁定主様がお怒りになったのだろう。

——台手《うてなて》、すぐに新しい腸弦《ちょうげん》を！

先胞《さきがら》がすかさず伝えてくれる。

あの譜を奏でたいだけのために、壊劫《えこう》を引き起こしかねない満環蝕《まんかんしょく》を一瞬でも願うだなんて。

台手《うてなて》が直ちに腸弦《ちょうげん》を持ってきてくれた。久しぶりに骨棹《さお》から手を離せば、爪から滲《にじ》み出した血で指板が血まみれになっている。

リナニツェは新たに張った腸弦《ちょうげん》を弦巻きで調音し、〈皐易《ふい》〉に戻った。

新しい太陽は現れるだろうか、我々の先行きを照らしてくれるだろうか——

風と寒さがより激しくなった。

第一部　解き手のジランァンゼ

第一章

叙《じょ》の聚落《じゅらく》は闇に浸り、冷えきっていた。その縦に長い景観を明暮《あけくれ》に貫く黄道《こうどう》の両側には、二十四年ぶりの特別な陽の出を迎えようと大勢の落人《おちうど》たちが立ち並んでいた。切れ目の入った木製の遮光器《しゃこうき》を手に携え、黄道《こうどう》の先にある高い朝門《ちょうもん》の向こう、〈明《あけ》〉の方角に目を向けている。

大きな垂曲面からこちらに向かって伸びている大地は、まだかすかに白みだしたばかりだ。落人《おちうど》たちの背後には、大きさも様々な布帛《ふはく》がずらりと垂れ下がっている。多彩な色に引染《ひきぞめ》されているが、いまは夜色に沈んで見分けがつかない。それらはどれも黄道《こうどう》に居並ぶ丸みを帯びた家々の、二階の前に張り出した宙廊に吊られている。

ときおり雫《しずく》の落ちるまばらな音が聞こえる。どの家の壁も、海に沈んでいたかのように濡れそぼっていた。水濾《みずこ》し手《て》たちは、凍えるほど冷える深夜のうちから聚落《じゅらく》じゅうの家々の屋蓋の上を巡り、喞筒《そくとう》で水を吸い上げて多孔質の殻粉壁《からこかべ》に浸み渡らせる。

聚落《じゅらく》はどこも暗く沈んでいるが、長大な黄道《こうどう》の中心に祀服《しふく》を纏《まと》ってひとり立つ聚長《じゅちょう》のまわりだけは、その手に握られた燈杖《とうじょう》の放つ輝きで赫《あか》く照らし出されていた。黄道《こうどう》の一面に敷き詰められた半透明の沙璃《じゃり》、〈風《かざ》〉側に高く聳《そび》える正午台《しょうごだい》のなめらかな壁、〈海《み》〉寄りに停められた桟橋を思わせる長い陽接車《ようせつぐるま》、その御立台《おたちだい》の上に並ぶ薙髪《ちはつ》した巨人たちの一糸まとわぬ屈強な肉体――

巨人たちは、聖人式《しょうにんしき》を迎える七人の務者《むしゃ》だった。聚落《じゅらく》で生まれ育った初老の者ばかりだが、落人《おちうど》だった頃の面影はあまりない。海辺の別処《べつどころ》に籠もっていた間に、背丈が以前のひとまわり以上も大きくなり、容貌が様変わりしていた。

それでも、務者《むしゃ》たちの背後に控える灑水役《しゃすいやく》の子供たちは、見誤ることなく自分の親に顔を向けている。身に纏《まと》った白い清服《せいふく》に相応《ふさわ》しい神妙さを湛《たた》えたそれら年若い顔のなかに、ひとりだけ右半分を大きく腫れ上がらせて憮然とした顔が混ざっていた。鼻筋がやや曲がっており、その下には乾いた血がこびりついている。手が持ち上がり、鼻筋をつまんだ。

――聖人式《しょうにんしき》の最中だぞ、ジラァンゼ。手を下ろさないか。

急に背後から囁《ささや》き声で怒られ、ジラァンゼは弾かれたように手を離した。二の先胞《さきがら》のロムホルツだ。石を詰められたみたいに鼻が疼《うず》くせいなんだ、と言い訳したかった。

顔に塗っていた陽焼け止めの膏薬《こうやく》で指先がぬめり、清服《せいふく》の生地で拭い取っていたら、隣のラナオモンがゆっくりと息を吐く音が聞こえた。緊張しているようだった。ジラァンゼの方は、緊張よりもこの場から逃げ去りたい衝動が勝っていた。こんな気持ちのまま灑水役《しゃすいやく》を務めても、きっと太陽にも、その太陽を瞳とする裁定主様にもすべて見透かされてしまうだろう。

黄道《こうどう》の聚長《じゅちょう》が、燈杖《とうじょう》を掲げて揺り動かした。祀服《しふく》に施された金糸の刺繍が煌《きら》めき、陽接車《ようせつぐるま》の前端で蹲《うずくま》る彗星《すいせい》の、瘤芋《こぶいも》めいた灰色の外殻が光を帯び、長い六本肢の影が伸びる。つかのま照らされた家と家との狭い隙間になにかが蠢《うごめ》くのが見える。陽周虫《ひぐらし》たちだ。ジラァンゼが瞼《まぶた》を閉じると、弧を描く光の帯が眼裏《まなうら》に残った。

央響塔《おうきょうとう》の高みから、大地を海のようにたゆたわせる高雅な調べが聴こえはじめた。毎日太陽が通るときには、聖楽《しょうがく》のうち阜易楽《ふいがく》が太陽に捧げられる。けれど、この聚奏《じゅそう》がいつもと異なることくらいは、譜に疎いジラァンゼにもわかった。聖人式《しょうにんしき》だけで奏でられる特別な譜なのだろう。隣のラナオモンは譜名を知っているはずで、すこし羨ましい。親は鳴り物の拵《こしら》え手だし、奏《かな》で手《て》を目指しているので聖楽《しょうがく》に詳しいのだ。

背後から、落人《おちうど》たちが姿勢を変える足音や衣擦れの音が聞こえ、ジラァンゼは黄道《こうどう》の遠く先にある朝門《ちょうもん》に目を向ける。

まだ太陽の御身《おんみ》は見えないが、なだらかな阜《おか》が黄金色《こがねいろ》に縁取《ふちど》られ、〈明《あけ》〉側の街並みは仄《ほの》かに照らされはじめていた。阜《おか》の連なりの向こうを目で辿っていくと、薄明の曠野《こうや》が湾曲しながら明るさを増して垂直に近づいていき、左斜め上あたりで二匹の蛇さながらに縦に並ぶ家並みが陽光に包まれ、白雲を噴き出していた。ちょうど真昼の只中《ただなか》にある是《ぜ》の聚落《じゅらく》だ。その黄道《こうどう》は叙《じょ》の黄道《こうどう》の左隣を周回しており、さらに上方へ辿ると、大地が手前に傾きながらの大円蓋をなす対蹠地《たいせきち》へ続いていく。ここから百八十途《と》離れたその暗い大地のあちこちには、放牧されている星々の輝きが見える。地面に向かって流れ落ちていく光は、隕星《いんせい》だろう。

球宙《きゅうちゅう》の中心に浮かぶ巨大な毬森《まりもり》や大きな阜《おか》に遮られ、対蹠地《たいせきち》で叙《じょ》と同じ黄道《こうどう》を分かつ夸《こ》の聚《じゅ》落《らく》も、隣の黄道《こうどう》を是《ぜ》と分かつ伽《か》の聚落《じゅらく》も、さらに最風端《さいふうたん》の黄道《こうどう》にある衢《く》と峨《が》の聚落《じゅらく》も見通せない。球地《たまつち》に散在する八つの聚落《じゅらく》は、四つの太陽が地続きの球面世界を絶え間なく巡り続ける恩恵に浴している。

居並ぶ落人《おちうど》たちが、手にした遮光器《しゃこうき》を顔に掲げていく。清服《せいふく》と禊《みそぎ》の綿しか身につけてはならない灑水役《しゃすいやく》のジラァンゼたちは、ただ目を細めるしかない。

黒く翳《かげ》った朝門《ちょうもん》の向こうに、放射状の輝きが広がり、眩《まばゆ》い弧光が滲《にじ》み膨んで、黄道《こうどう》を覆う無数の沙璃《じゃり》が煌《きら》めきはじめる。

陽の入りのはじまりだった。

阜易楽《ふいがく》の調べが透き通った静謐《せいひつ》なものに変わり、聚長《じゅちょう》が灑水役《しゃすいやく》たちに向けて燈杖《とうじょう》を斜めに傾けて頷《うなず》いた。

灑水《しゃすい》の儀が始まったのだ。

陽接車《ようせつぐるま》に沿って務者《むしゃ》ごとに置かれた段踏台《だんとうだい》の前に子供たちが進み出ていくが、ジラァンゼは鼻と頬の烈しい疼《うず》きに気をとられながら、朝門《ちょうもん》付近に並ぶ家々の輪郭が白くぼやけていくのを眺めていた。壁にたっぷりと吸わせた水が沸き立って蒸気を発し、それらが雲を形作っていくのだ。近くの宙廊下に並ぶ引染《ひきぞめ》された布帛《ふはく》の数々が、熱い雲に曝《さら》されて鮮やかに発色していく。高く昇っていく雲は、いずれ毬森《まりもり》の植物たちを潤わせることだろう。

「おい、なにしてる」とロムホルツが苛立《いらだ》った小声を寄こし、「黙って見てなさい」と一の先《さき》胞《がら》のリノモエラが制する。

ジラァンゼがしぶしぶ段踏台《だんとうだい》の踏み板を上りだしたとき、すでに務者《むしゃ》たちはその巨体を屈《かが》めはじめていた。親である繋業《けごうと》解きのリナニツェの、剃《そ》り跡の残る頭が目の前を下がっていく。ジラァンゼの肩幅ほども大きく、地面を這う木の根のようにところどころから太い血管が浮き出ている。

最上段まで上りきったジラァンゼは、足元に用意されている桶《おけ》を両手でつかんで持ち上げる。その重さに膝がぐらつき、背後で息を呑む音がした。両足を踏ん張って姿勢を保ち、重みに腕を震わせながらリナニツェの頭上へ掲げると、ゆっくり桶《おけ》を傾けていく。浄めの水がよじれつつ頭にかかり、幾筋にも分かれて肌を伝い下りていく。剛健な肩に落ちて大粒の雫《しずく》が跳ねる。物が落ちるのは、大地宙《だいちちゅう》を統《す》べる裁定主様の裁定力が及んでいるからだと照子屋《てらこや》で教わったことを思い出す。雫《しずく》のひと粒ひと粒に至るまでが裁定されているという。

「太陽なんてなくなってしまえばいいんだ」

昨日、リナニツェ親《や》さに言い放ってしまった言葉が耳の奥に蘇《よみがえ》り、ジラァンゼは歯を嚙みしめる。

あのとき、三の先胞《さきがら》のヨドンツァのくすりと笑う声が聞こえたと思うと、眼前に親《や》さの小指と薬指の欠けた大きな手が持ち上がっていた。染みついていた煩悩蟹《ぼんのうがに》のなまぐさいにおいがしないな、と思っていたら、次の瞬間にはすごい衝撃と共に床に張り倒されていた。

「親《や》さっ」リノモエラ先胞《まあ》さの慌てた声が間延びするように聞こえた。立ち上がるなり鼻血が噴き出してきて口元が濡れ、ジラァンゼは啞然《あぜん》とした。流血を止めようと、人差し指を鼻の下に押しあてる。頭がくらくらして、部屋が歪《ゆが》んで見えた。以前にも悪さをして殴られたことはあったが、務者《むしゃ》の力はその比ではなかった。

「そえあどういうおぉ、あんあにはわかあないおあぃ！　えいえんにあひあがこなくあうってぉおぁ——」

おまえの親《や》さまの喋《しゃべ》り方って変なの、とよく言われた、寒い地域特有の訛《なま》りが、務者《むしゃ》になったいまではまるで隕星《いんせい》の猛《たけ》り声だった。これほど怒っているリナニツェを見るのは、黒沙《こくしゃ》の阜《おか》の向こうで迷子になったとき以来だ。

あのときは、追えば孵風場《ふふば》の果てまでも逃げ続けるという遁坊《とんぼう》が飛んでいるのに気づき、捕まえて自慢しようと追いかけるうちに阜《おか》の外れで陽が暮れて戻れなくなったのだ。あたりは真っ暗で寒く、なにか得体のしれないものの気配まで感じだして、探しに来てくれたリナニツェの爛蛋《らんたん》の灯りが見えたときには泣き出してしまったが、「手燈《しゅとう》も持たずに何を考えてるの！」と怒鳴られて、涙の意味合いが変わった。月の危険を忘れたことに対してかと思ったら、「夜《や》犴《かん》に骨を嚙み砕かれていたのかもしれないんだよ！」と体を激しく揺さぶられた。「夜犴《やかん》？」と言うと、「夜這い星《よばいぼし》のことだよ。何度も話してきかせたでしょう」

確かに、闇に潜む夜這い星《よばいぼし》たちの恐ろしさについては、よく聞かされていた。霜《そう》では夜犴《やかん》と呼んでいたらしい。「真っ暗で何匹いるかも見えないというのに、ただならぬ気配ばかりが充満していてね。爛蛋《らんたん》を向けると、ざあっと群が退く気配ばかりが感じられるんだよ。油断するといつのまにか忍び寄ってきて跳ねるように喰《く》らいつき、手や足をもぎ取ってあっという間に消え去ってしまう。夜這い星《よばいぼし》たちは、落人《おちうど》の骨の髄をなす三途《さんず》の闇が欲しくてたまらず、各地の夜を渡り歩いては隙を狙っているんだ」

聞いた後は暗闇が恐ろしくなって御不浄にもひとりで行けなくなるが、月と違ってまわりに襲われた人もおらず、そのうち子供を危険の多い夜に出歩かせないための大解《おおげ》唆《さ》な音戯噺《おとぎばなし》だと思うようになっていた。けれど接点がなかっただけで、聚落《じゅらく》の周辺では星飼《ほしか》いや運び手《はこて》がたびたび襲われていたらしい。

「あんたは太陽のありがたみがわかってない」とあのときも顔を平手打ちされた。手は普通の大きさだったし、指も一本多かったけれど。

そんなことない、とジラァンゼは歯を噛み締める。太陽には畏敬の念を抱いていたし、その神聖な存在がなければ球地《たまつち》が成り立たないことくらい心得ている。

けれど昨日は……昨日は——

突然張り倒されたせいでかっとなったジラァンゼは、「暗いくらい平気だ！　太陽なんてなくなってしまえ！」とさらに口走っていた。

第一関節のない三本指だけの手が宙に大きな影を作り——この手が解いてきた無数の煩悩蟹《ぼんのうがに》の蠢《うごめ》きが見えた気がした——ジラァンゼの意識は飛んだ。家族でいられる最後の一日を、自ら台無しにしてしまったのだ。

リナニツェは、叙《じょ》の聚落《じゅらく》の落人《おちうど》ではなかった。

ここから遠く離れた〈風《かざ》〉側の垂曲面に、風を吹き出し続ける洞穴だらけの極地帯、孵風場《ふふば》がある。その周縁は寒さと闇に封じられた蔽冷地《へいれいち》と呼ばれているが、かつては太陽が巡り、いまでは誰も口にしようとしない、霜《そう》という名の聚落《じゅらく》があった。リナニツェはそこで生まれ育った。十代半ばの頃、霜《そう》の太陽が、何百年ものあいだどの聚落《じゅらく》でも起きなかった蝕《しょく》になり、霜《そう》の落人《おちうど》の半数が亡くなったという。生き残った者たちは、荒地を渡って幾つもの聚落《じゅらく》に分かれて移り住んだ。

被害は霜《そう》だけに留まらなかった。太陽が四つになったことで球地《たまつち》全土の気温が下がり、各地で幾種もの植物が枯れたという。

四つの太陽――と叙《じょ》の年寄りたちが言うときには、いまだに苦々しさが滲《にじ》む。

リナニツェの一家が叙《じょ》の聚落《じゅらく》に辿り着いたとき、故郷の倍近くも薄明が長いことを知って、時に追い立てられずに仕事ができると心を弾ませたが、これまでの生業《なりわい》どころか、すべての工房で門前払いされたという。蝕《しょく》で太陽を失ったこと、新しい太陽に選ばれなかったこと、失われた太陽の陽分《ようぶん》が体内を巡っていること――それらすべてが焔起《えんぎ》を妨げると敬遠されたのだ。

咎人《とがびと》に課せられる、最も命を失いやすい陽採り手《ひどて》にすら拒まれ、一家は叙《じょ》を去りかけたが、漁《いざ》り場《ば》の船が沈んだことでふたりの先胞《さきがら》が漁《いざ》り手《て》として雇われ、しばらくして繫業解《けごうと》き工房で若い解《と》き手《て》たちが重症を負う事故があり、リナニツェは見習いとして受け入れられた。どちらも危険で、常に人手の足りない業《なりわい》だった。

繫業解《けごうと》き工房で働きだしたものの、危険の伴う豪胆な作業にリナニツェはなかなか慣れることができず、相次いで指を失って細かな作業が難しくなり、下働きが長く続いたという。霜《そう》の聚落《じゅらく》にいた頃のことをリナニツェはあまり話さず、どういう仕事をしていたのかもジラァンゼは知らなかったが、霜《そう》では布帛《ふはく》の生産が盛んで、今でも高値で取引されているほどだから、布《ふ》繰《く》り手《て》だったのかもしれない。ジラァンゼが物心ついた頃にはようやく解《と》き手《て》となり、指が少ないなりに無駄のない手つきで仕事をこなしていたが、師範にすらなれないまま齢《よわい》を重ねた。

「親《や》さまは悔しくないの、師範になっても不思議はない腕なのに」とロムホルツはよく怒っていた。そのたびにリナニツェは同じような話をした。

「煩悩蟹《ぼんのうがに》には、落人《おちうど》たちが生まれ持つすべての繫業《けごう》が詰まっている。戒めと赦《ゆる》しを込めた手順をひとつずつこなして繋業《けごう》を解く手伝いができれば、それで充分だよ」

「聞き飽きたよ、そんな話」とロムホルツはむくれた。

　移住した頃のようなあからさまな白眼視は減ったというが、落人《おちうど》たちの接し方には余所《よそ》よそしさが消えなかったし、掌《てのひら》を手刀でこする焔切《えんぎ》りのまじないをする者も少なくなかった。布帛《ふはく》工房の布《ふ》繰《く》り手《て》たちは特にひどく、腕を擦ってあからさまに寒い素振りを見せ、太陽はどこ、などと言いながら嘲笑《あざわら》ってくる。焔起《えんぎ》を重んじる陽採《ひど》り手《て》たちには、近くにいるだけで長い円《えん》匙《し》や銛《もり》を向けられることもあった。

　リナニツェがなにも言い返さないのが腹立たしくて、ジラァンゼは「うちの親《や》さまは聖《ひじり》になるんだぞ」となんの根拠もなく口にしては大笑いされた。時にはリナニツェまで声をあげて笑った。ある日本当にリナニツェの腹に聖紋《しょうもん》が現れて皆を仰天させてからは、言ったとおりだったろ、と誇らしげな顔を周囲に振りまいた。

「なぜあんな余所者《よそもの》が」「師範にすらなれなかったのに」「みすみす太陽を失っておいて」などと工房の内外で再び陰言《かげごと》が盛んになり、それを耳にしたロムホルツが殴りかかる騒ぎも起きたが、すこしずつ皆のリナニツェに対する態度が改まっていくのが見ていてもわかり、それが余計に腹立たしくもあった。いつか吾《わ》ぁが親《や》さの代わりに師範になる、とジラァンゼが誓ってみせると、まあまあ、たのもしいことだねえ。どうせなら房主におなりよ、とリナニツェは含み笑いを浮かべた。

　リナニツェが海辺にある別処《べつどころ》に籠もりだすと、この家から自分の親がいなくなることを否応なく実感させられ、太陽に奪われるような憤りを覚えた。そもそもリナニツェが叙《じょ》の聚落《じゅらく》で苦労を重ねることになったのも、すべてが太陽のせいとしか思えなくなり、つい口走ってしまったのだ。

けれど、どうしてそこまで――

ジラァンゼは納得がいかなかった。聖人式《しょうにんしき》の別離の寂しさや不安は、鼻や頬の理不尽なうずきに取って代わっていた。

濡れて光沢を帯びたリナニツェの骨ばった背中が、阜《おか》のように広く見えてきて怖くなる。肌のあちこちが枝状に大きく罅割《ひびわ》れ、新しい皮膚で塞がっていた。

ジラァンゼは空《から》になった桶《おけ》を置くと、禊《みそぎ》の綿をつかんでおずおずと差し伸ばした。

どうしてあんなことくらいで――

力を込めて禊《みそぎ》の綿で擦りはじめる。黒沙《こくしゃ》の阜《おか》で捕まえた二十四ほどの綿蛾子《わたがし》で丁寧に作ったものだった。三の先胞《さきがら》のヨドンツァは、虫が苦手な上にたかられやすいので、体じゅうに自分で調合した虫除けを塗っている。それでいて虫の好きな匂いにも詳しく、仕掛け籠のためによい匂い玉を作ってくれた。おかげで、綿蛾子《わたがし》を集められず焦っていたラナオモンにも分けてあげられた。

「最後の日だったのに、あんなに激しく殴らなくたって。親《や》さま、ひどいと思わない?」

ここへ来る途中、ヨドンツァにそう訊いてみたが、「知るかよ」と不機嫌そうに目を逸らした。その目のまわりに青痣《あおあざ》ができているのは、あのとき笑ったせいらしい。

禊《みそぎ》の綿で音を立てて擦りながら、不自然なほど固く張りつめた分厚い肌の感触にジラァンゼは面食らう。まるで鞣《なめ》した星の革だった。以前はいくらか肉のついた体が柔らかくて、抱きしめられると心地よいほどだったのに。本当に親《や》さなの？　そう疑ったところでジラァンゼは改めて気づく。灑水《しゃすい》が終わったら人じゃなくなって、親《や》さじゃなくなって、聖《ひじり》になってしまうんだ。

粛然と張り詰めた空気のなか、禊《みそぎ》の綿で皮膚を擦る音やまばらに水の零《こぼ》れ落ちる音が硬く際立つ。

灑水役《しゃすいやく》たちは、午前いっぱいの時間をかけて灑水《しゃすい》の儀に専念する。世俗の垢穢《くえ》や縁《えにし》を洗い落とすのだというが、ジラァンゼにはまだその意味がよくわからない。擦れば擦るほど腑《ふ》に落ちなさが増して力がこもるが、子供の手では撫でているようなもので、務者《むしゃ》の身体は溶鱗炉《ようりんろ》のごとく不動だった。

空気がじわじわと温まっているのを肌に感じる。毛穴が開いてくる。聚奏《じゅそう》に合わせて手を動かすうちに、厨《くりや》でなにかを口ずさみながら料理をするリナニツェの背中が目に浮かんできた。いま擦っている背中と同じものだとは思えなかった。まだ子供が欲しかったのか、陽呑《ひの》み児《ご》をあやすような恰好《かっこう》で体を揺らす。時には指を失った手を寂しげに見つめることもあった。無意識らしく、近づくと我に返ってやめてしまう。

リナニツェが口ずさむたびに、とても懐かしい気分になった。あんなふうに抱かれながら唄を聞かされたことをおぼろげながら覚えていた。あんたは寝坊助《ねぼすけ》の太陽だねぇ、と頬をよくつつかれたことも――

禊《みそぎ》の綿で擦っていたジラァンゼの手が止まった。

――誰にも話してはだめだと言ったでしょう！

忘れていた記憶だった。ジラァンゼは唄の心地よさから眠りに落ちかけていて、ロムホルツがなにかを言い、リナニツェが急に怒りだしたのだ。

——だって、ジラは家族だし、まだ幼いからどうせ忘れるよ。

——わたしは誰にも話してはだめだと言ったの。それは誰にも、という意味。そもそも歓迎されていない叙《じょ》で、もし知られたらどうなると思う。

——でも、親《や》さと伯《お》さが話していたんじゃないか。

——ええそう。わたしたちが不注意だった。だからあんたに誰にも話さないようお願いをした。二度としないで。

ジラァンゼは務者《むしゃ》の広い背中を擦りながら、ロムホルツが自分になにを言ったのかを思い出そうとしたが、蘇《よみがえ》ってきたのは、「初めて叙《じょ》の太陽を前にしたとき、どれだけ安堵《あんど》し、どれほど目映《まばゆ》く見えたことか」という、いつだったかリナニツェの洩《も》らした言葉だった。

背中に押しつけたままの綿に力が籠もる。

リナニツェの肩がぴくりと動いた気がして、ジラァンゼは慌てて擦りはじめる。

霜《そう》からの移人《うつりど》を、単なる言葉面でしか捉えていなかった自分にジラァンゼは愕然《がくぜん》とする。どうして遠く離れた叙《じょ》の聚落《じゅらく》にやってきたのかも、まったく頭に上っていなかった。それまでにどの聚落《じゅらく》にも拒まれたということじゃないか。

リナニツェが語った夜這《よば》い星《ぼし》の話は、霜《そう》から逃れてきたときの体験だったのかもしれない。叙《じょ》に辿り着くまでの長い旅の間には、夜這《よば》い星《ぼし》の潜む凍《い》てついた闇夜の曠野《こうや》を幾度となく渡らねばならなかったはずだ。襲われて命を失った仲間もいただろう。

「太陽なんてほうっておけばいいのに」

取り返しのつかないことを言ってしまったのだと悟り、ジラァンゼは発作的に叫びだしそうになって下唇を噛み締めた。灑水《しゃすい》の間の発話は禁じられている。

心のなかで親《や》さへの謝罪を繰り返すうちに、両眼から贅璃《ぜいり》状の涙粒《なみだつぶ》がぱらぱらとこぼれだし、リナニッェの背中にあたって落ちていく。しゃくりあげながら分厚い肌を力いっぱいに擦っていると、あたりが霞《かす》みだした。〈明《あけ》〉側の黄道《こうどう》いっぱいに、嵩《かさ》のある雲が満ちつつあった。明るさを増しながらみるみるこちらへ押し寄せてくる。涙で鼻が詰まったせいか、いつもなら感じられる熟しすぎた果実みたいな甘ぐさい香りがまるでしない。

聚奏《じゅそう》が賑やかな響きに変わり、ずっ——ざっ——と一斉に沙璃敷《じゃりじき》の地面を打つ音が聞こえだした。じれったいほどの間隔をおいて次の音がする。ゆっくりと、着実に、近寄ってくる。

互いを喰《く》らうようにうねる何層もの雲の奥に、燃え盛る阜《おか》のような光の輪郭がわずかに垣間見える。やがて白雲の動きとともに放射状の光輝がきれぎれに広がった。刻々と伸び縮みする光条が、ときには回転するように見える。

朝門《ちょうもん》寄りの黄道《こうどう》では、人々が布帛《ふはく》の影に隠れだしていた。屋蓋の上では水濾《みずこ》し手《て》たちが全身で喞筒《そくとう》を上下させて水引きを続けている。壁の水気は補給しなければたちまち乾いてしまう。

激烈な熱と光をまとった濃白色の雲が、地鳴りを響かせながらゆっくりと近づいてくる。大地が響きだし、足裏を、腹の底を突き上げられる。

焼けた綿のような熱気のふくらみを全身に押し当てられて、ジラァンゼは噎《む》せ返った。体じゅうから大粒の汗が噴き出してくる。

やがてすべてが真っ白に輝いてなにも見えなくなり、大きな地響きと共に凄まじい熱源が迫ってきた。

目元に溜まった汗を、まばたきではらう。

普段のように布帛《ふはく》の陰に隠れられないことが急に怖くなってきた。熱さに耐えきれるだろうか。ジラァンゼは、揺れだした段踏台《だんとうだい》の上で姿勢を保ちつつ、リナニツェの背骨や胛《かいがね》の形を確かめるように拭き続ける——唐突に目の前の背中が上昇して離れだし、前のめりに落ちかけて腰を屈《かが》めた。その巨体が左の方、〈暮《くれ》〉の方角に離れていった、と思うと灼熱《しゃくねつ》の光が一気に溢《あふ》れだし、ジラァンゼはとっさに目を閉じた。汗まみれの肌が激しく焼かれ、額や頬に陽膨《ひぶく》れができていくのがわかる。瞼《まぶた》越しにも、瞳が焼き抜かれてしまいそうな眩《まぶ》しさだった。

親《や》さま！

口を開くなり水分が一瞬で蒸発して舌や喉が鋭く引きつり、声を出すという禁忌を犯しかけたことに気づく。

いや、もう親《や》さまじゃない。リナニツェ聖《ひじり》なんだ。

にわかに熱が弱まったのを感じて目を開くと、右隣にいたラナオーマ聖《ひじり》が前で遮ってくれていた、が、そのまま左へ滑り動いて再び灼熱《しゃくねつ》の光に晒《さら》され、さらに次の聖《ひじり》が遮って——陽接《ようせつ》車《ぐるま》が動きだしたのだ。それを曳《ひ》く彗星《すいせい》は、陽を受けて繭《まゆ》のような柔らかい光を帯びている。

握りしめていた綿が水気を失って軽石のごとく固くなっていた。ジラァンゼは唾を飲んで乾いた喉を湿らせる。

光の刃《やいば》に瞳を抉《えぐ》られながらも、ジラァンゼは目にした。白雲のうねりの向こうにあるものを。

黄道《こうどう》の中央を進む真っ白に滾《たぎ》った巨《おお》しい光の御像《みかた》――辿体《てんたい》のうち最大の恒星《こうせい》たる太陽だった。

肥えた瓊波魚《にわとと》を思わせる前方が高く盛り上がった巨体の方々から、丸みのある長い角《つの》が幾本もまばらに突き出していて、何かを探るように右に左に動いている。聖人式《しょうにんしき》では前上部がいつもより迫り出《せ》すので、そこにおわす楫取《かんど》り聖《ひじり》の、両手を真横に広げた全身が露わになるというが、眩《まぶ》しすぎてよくわからない。もし目にすることができれば、願ったとおりに運命の舵《かじ》を切ってもらえる、と伝えられている。灑水役《しゃすいやく》には見た者が多いという噂があって、いまの聚長《じゅちょう》や響主《きょうしゅ》もそのひとりらしい。もし見えたら何を願おう、とジラァンゼは考える。もう一度リナニツェ親《や》さと話したい――

激しい光輝に頭の中の隅々までまさぐられだした。熱で大きく視界が揺らいでいる。

大人の背丈よりも高い位置に内裏《だいり》と呼ばれる太陽の下腹が浮かび、地面に濃厚な影を落としている。内裏《だいり》からは、本来なら百八本あるという陽足が、踏み固められた黄道《こうどう》をゆっくりと一歩ずつ杭《くい》を打つようにして前に進んでいる。それらは太陽の生得部位に見えるが、どれも横に六列、縦に九列並んだ足身聖《そくしんひじり》たちの脚だ。どの聖《ひじり》も内裏《だいり》に胸元あたりまで埋もれて癒着《ゆちゃく》しており、脚は心窩《みぞおち》近くまで切れ上がって異様なまでに長く、表皮は釉掛《くすりが》けをした焼き物のごとく硬化している。それら聖《ひじり》たちの、地面を着実に編んでいくかのようなゆっくりと交差する動きの中に、腰や膝から下がごっそり欠け、焼けた骨のように色褪《いろあ》せた身体が幾つか混じっていた。

陽足が間断なく動き、太陽が御像《みかた》を揺らして離れるにつれ、その照層をなす大小様々な渦巻き模様の畝《うね》が残像のようにうっすらと見えてくる。

太陽が痙攣《けいれん》するように大きく揺れたかと思うと、後部から光の塊が力なく弾け飛んだ。黄道《こうどう》へ落下するなりひしゃげ、ぐつぐつと煮え立つように煙を噴きつつ崩れていく。陽だまりだった。

たちまち家々の隙間から、魚皿《うざら》ほども大きな赤黒い陽周虫《ひぐらし》たちが這い出してきて、陽だまりに群がりだした。連なる甲殻を小刻みに揺らし、広げた尾扇を上下させて陽だまりを貪る姿が、強い光に照り映えている。その蠢《うごめ》きの背後に、ひどく肥った輪郭をした者たちが長い影を曳《ひ》いて現れた。そのうちの四人は、大きな炉壺《るつぼ》を担い棒で肩にかついでいる。

断熱用の分厚い陽縅《ひおどし》を纏《まと》った陽採《ひど》り手たちだった。背側の腰帯に挿した長い円匙《えんし》や銛《もり》が、頭上まで突き出ている。

陽採《ひど》り手《て》たちは、見かけによらず素早い動作で炉壺《るつぼ》を降ろし、腰帯から円匙《えんし》を引き抜いて陽周虫《ひぐらし》たちを乱暴に弾き散らした。ひっくり返ったり痙攣《けいれん》的に丸まったりする陽周虫《ひぐらし》たちをよそに、腰を落として前へ踏み出し、円匙《えんし》で陽だまりを掬っては炉壺《るつぼ》に入れていく。姿勢を戻した陽周虫《ひぐらし》たちは物欲しげにその場に留まっていた。

遮光器《しゃこうき》を掛けた上に頭巾を被っているので容貌はわからない。主に咎人《とがびと》たちが刑罰として強いられる危険な仕事で、聚落《じゅらく》の誰もが距離を置いていた。死と背中合わせのせいか彼らは焔起《えんぎ》を重んじ、霜《そう》からの移人《うつりど》を疎んでいるという。

阜易楽《ふいがく》の聚奏《じゅそう》に陰《いん》の旋律——月易楽《げついがく》が加わって、ジラァンゼは右手に振り向いた。雲が霧のように薄くかすれて、銀色の曳星《えいせい》——月が、続々と近づいているのが見える。黄道《こうどう》に立っていた人々が宙廊の上へ移っていく。

いびつな球形をなす月の軀《からだ》が、黄道《こうどう》を貫く陽光を受けてねっとりと斑紋状に輝いていた。宙に浮かんでいるように見えるが、下部の中央から地面に伸びる十二本のねじれた柔肢《じゅうし》に支えられている。

陽採《ひど》り手《て》たちの円匙《えんし》を操る動きが早まった。

月は、太陽の輝きと熟しすぎた果実を思わせる薫気《くんき》に惹き寄せられる。だが陽光の烈しさ故に接近することが叶わず、ときおり地面に落ちる陽だまりを餌《えさ》にしながら、その後をつかず離れず追い続ける。

月が太陽の次に好んでいるのは落人《おちうど》の肉なんだぞ。特に子供の肉をな。いつもおまえを喰《く》おうと物陰から付け狙ってるんだ——そんなふうに先胞《さきがら》たちにはよく怖がらされて泣いたものだった。単なるからかいではない。月は動きが鈍く高いところにも上れないが、被害に遭う者は後を絶たない。二十日ほど前には、同じ啓房《けいぼう》のミラヌイが月逝《げっせい》したばかりだ。ひとを楽しませるのが好きな子だった。身内でも、リノモエラが呑まれかけたことがあったという。すぐに救い出されたので朋化《ほうか》はまぬがれたものの、しばらく寒気が止まらず、あたた、ははば、としか声を発せなくなったと聞いた。

陽接車《ようせつぐるま》の御立台《おたちだい》が上昇し、聖《ひじり》たちが手摺《てす》りを握りしめる。迫りつつある太陽の熱で、巨体の表面がたちまち無数の陽膨《ひぶく》れに覆われていく。

あまりの眩《まぶ》しさに、ジラァンゼの両眼が激しく鼓動するように疼《うず》いた。

白光の迸《ほとばし》る太陽の左曲面から、幡呈貝《まんていがい》を思わせる長細い筒形の聖人管門《しょうにんかんもん》が四本、横並びに突き出してきた。光に濡れた管はそれぞれあてどなくくねっていたが、数歩ほど離れた位置に聖《ひじり》たちがいるのを感知したのか、指差すように動きをとめた。

陽接車《ようせつぐるま》が僅かに速度を増して接近し——それにつれて聖人管門《しょうにんかんもん》も傾いて——先頭の聖《ひじり》たちの眼前に並んだ。

その刹那《せつな》、管門の口が粘着質な音をたてて開き、一斉に飛びつくように伸び動いて聖《ひじり》たちの頭から胸までを覆った。頬張《ほおば》るという感じだった。膨張した前端部から根元に向かって聖人管門《しょうにんかんもん》が蠕動《ぜんどう》し、聖《ひじり》たちの全身を回転させながら音をたてて呑み込んでいく。太陽の背筋が伸びをするように痙攣《けいれん》しつつ波打って、後部から陽だまりがふたつ弾け落ち、宙に陽沫《ひまつ》が舞った。

陽接車《ようせつぐるま》が速度を増し、残った三人の聖《ひじり》を管門の前に合わせる。聖人管門《しょうにんかんもん》は同じように聖《ひじり》たちの上体を呑み込み、陽分《ようぶん》を存分に溜め込んだ陽至虫《ひる》のごとく膨張したまま、太陽の光輝の中へと引っ込んでいく。

ジラァンゼが照子屋《てらこや》で学んだ話では、聖《ひじり》たちは太陽の内部でおよそ三日がかりで足身情拂《そくしんじょうぶつ》を施された後、下面の内裏《だいり》から足身聖《そくしんひじり》として降臨し、昼を背負って歩み続けることになる。

あれ……どうしてだろう。

ジラァンゼは眉をひそめ、まばたきをする。

なぜか太陽は聖人管門《しょうにんかんもん》を収めかけた状態で、その場に留まって足踏みしているように見える。それでいて、複数の足音を伴って、灼熱《しゃくねつ》のうねりが遠ざかっていくのを肌が感じ取っている。おかしい。〈暮《くれ》〉に目を向けてみても、〈颪《かざ》〉に目を向けてみても、〈明《あけ》〉に目を向けても、太陽は視界の中央に収まったまま、光輝を伸び縮みさせている。

慌てた様子で駈けていく複数の重い足音が聞こえたが、姿は見えない。炉壺《るつぼ》を担いだ陽採《ひど》り手《て》たちだろうか。

ジラァンゼは輝きから目を逸らそうと毬森《まりもり》の方を仰ぎ見たが、そこにあるのも太陽だった。動いたつもりが同じ向きを見ているのだろうか。やけに体が熱い。

なにかを言われた気がする。どこからだろう。

「聞こえないの、ジラァンゼ」リノモエラの声だとわかって後ろに振り向く。そこにも太陽があった。足踏みしている。「聖人式《しょうにんしき》は終わったんだよ」

そういえば人々の話し声が黄道《こうどう》のあちこちから聞こえてくる。

「なんともよい聖人式《しょうにんしき》でしたな」「ほんとうに。聖人《しょうにん》たちの崇高な御姿に体が震えましたよ」「わたしはじめて見たけれど、目元が裂けるほど涙石《なみだいし》が出てしまって……」「無事に足身情拂《そくしんじょうぶつ》が終わるといいのですが」

ジラァンゼは訝《いぶか》しく思いながら、熱をもった段踏台《だんとうだい》から手足の感触を頼りに後ろ向きに下りていく。けれども太陽は同じ位置のまま足踏みをしている。どうやら見ている情景だけが変わらないらしい。

唐突に頭から水をかけられて驚く——火照《ほて》りが引いてすこし楽になった。そう思ったそばからまた体が熱くなってくる。

「うわ、蒸気が出てら」とロムホルツの声がし、顎を指で押されて激痛が走った。「見事に陽《ひ》膨《ぶく》れだらけになったなぁ」

「いだい、いだい」顎の痛みをきっかけに、顔じゅうが無数の針に突かれているような鋭い痛みに襲われだした。眼の奥も抉《えぐ》られているようで、噦《えず》いてしまう。

「おやめなさい、ロムホルツ」とリノモエラが言った。「けれどジラァンゼ、痛みは有り難いものなんだよ。とりわけ太陽から与えられた痛みは。大地宙《だいちちゅう》を統《す》べる裁定主様は苦徳《くどく》を積む者を大切になさる。こらえなさい」

ふたりとも姿が見えない。痛みは消えず、身が焼けるよう。臼《うす》を挽《ひ》くような唸《うな》り声をあげるジラァンゼの口に、何かが放り込まれた。熱がすっと揮発するような冷たい感覚が広がって、痺《しび》れるほどの甘さが滲《にじ》んでくる。噫茗玉《あめいだま》だった。噫茗《あめい》という虚仮《こけ》植物を捏《こ》ねたもので、子供なら誰もが大好きだった。毬森《まりもり》で栽培されるので、噫茗《あめい》じたいは見たことがない。

雫《しずく》みたいな形の群生植物でね、声をかけると震えて返事を返してくれるんだよ、とリナニツェが言い、嘘ばっかり、と返したことを思い出す。噫茗玉《あめいだま》をねぶるうちに、すこしは痛みから意識を逸らすことができた。

「リノ先胞《まあ》、さっそく親仕《やし》ぶってるよな」とロムホルツが耳元に囁《ささや》く。

そうだった。これからは、リノモエラ先胞《まあ》が親仕《やし》として一家を率ることになるんだ。リナニツェがなれなかった解き手《とて》の師範にもなったばかり。親《や》さは心から喜んでいるように見えたけど、ほんとはどんな気持ちだったんだろう——太陽の表層に浮かぶ渦巻きが、深く考え込むようにうねり続けている。

「ねえ、なんかおかしいんだ」みるみる溶けてくる噫茗玉《あめいだま》を口の端に寄せながら、ジラァンゼは言う。「ずっと……ずっと太陽が動かないんだ。どうしてだろう、同じところで足踏みしてる」

「よかった。ちゃんと授かったんだね。それは光印と言って、あんたが灑水役《しゃすいやく》の務めをしっかり果たしたことを、裁定主様が見届けてくださった証《あかし》だよ。入光の瞬間が、目に刻印されたんだ。えらいよ、ジラァンゼ。リナニツェ聖《ひじり》もおまえを誇りに思っているはず」

リナニツェを思わせるリノモエラの口調に、寂しさとも後悔ともつかない感情が昂《たかぶ》って目頭が熱くなる。

「しっかし、表情だけはやたらと眩《まぶ》しそうなのに、空っぽだとはなあ。景気よく破裂し――」

ちょっとロム、とリノモエラが強い囁《ささや》き声で言う。

ジラァンゼは顎をぐらつかせた。口から噫茗《あめい》のつんと甘いにおいが上がってくる。

「空っぽってなにが……ねえ、なにが破裂したのロム先胞《まあ》さ……吾《わ》ぁはどうなってるの！」

未だ消えない太陽の輝きから逃れようと頭を振りながら、魘《うな》されるように繰り返していたが、「吾《わ》ぁの眼が破裂したぁああ……」と、離れた所からラナオモンの泣きだす声が聞こえ、「眼が？　うそだろ……」というマヤイロフの呻《うめ》き声が続き、事態を悟ったジラァンゼもつられて大声で泣きだした。泣けば泣くほど眼が捩《ね》じ切られるように痛んだ。もう眼なんてないというのに。

急にラナオモンの泣き声の位置が高くなる。先胞《さきがら》のセノウモンに背負われたのだろう。まわりから沙璃《じゃり》を慌ただしく踏む音が聞こえだす。

リノ先胞《まあ》さ、そろそろ、とロムホルツの声がする。

「怖がらないの」リノモエラに灼傷《やけど》のすくない背中側から抱き上げられる。その体温がひんやりと心地よく感じられた。「光印は誉れなんだから。ようやくわたしたちもこの聚落《じゅらく》の落人《おちうど》として――」

「だって……吾《わ》ぁの眼は破裂したんでしょう？　もう……聖人式《しょうにんしき》の太陽以外には……なにも見えないんでしょう？」熱を帯びた柔らかいものに肌を撫でられるのを感じる。布帛《ふはく》をくぐったのだろう。「ててて……ひりひりする……」体がすうっと浮き上がりはじめる。家の段梯《だんばしご》を上っているらしかった。

「眼が元通りになるにつれて光印は消えていくそうだよ。肌も痕を残さず治る。誰だって子供のうちは戻生力《れいせいりょく》が高いのは知ってるでしょう。ヨドンツァは愧鳥《きう》かなにかに耳や鼻を食いちぎられたことがあったけど、いまはどう？」

ヨドンツァの耳や鼻が数日かけて元に戻っていった様子は、おぼろげながら覚えていた。ゾモーゼフの右の足先が割剜魚《かっこう》に食い千切られて元通りになったこともあった。でも、「でも、眼が破裂するのとはなにか違う気がする……」

「心配しない。首でも断たれない限りは大丈夫だから」

動きが止まり、人で混み合った気配に、宙廊についたのだとわかる。

「マホェーロの腕は透けたままだし、月に呑まれたミラヌイは戻ら――」ジラァンゼが言い終わる前に、しぃーっ、と鋭い息の音で遮られた。

周囲の人々も息をひそめだす。

やけに涼しくなってきたと思っていたら、すぐ近くを、足裏の下を、なにか大きな冷たいものが通っていく気配がした。蓑楪樹《みのすすき》の夜粉《やふん》が湿ったようなにおいが漂ってきて、ぞっとするほどの冷気となって肌を這いはじめる。

眼が破裂したせいで動揺していたジラァンゼは、太陽が通り過ぎたあとのことを忘れていたのだ。捏《こ》ね固めた腸とも崩れた脳とも喩《たと》えられる月の姿が脳裏に浮かんで、目に焼きついた太陽と蝕《しょく》さながらに重なり合う。濡れ光る表層をなすねじくれた畝《うね》を蠢《うごめ》かせながら、何本もの柔《じゅう》肢《し》をくねらせて次々と通り過ぎていく様子。

いや、いつもよりずっと近くにいる。強い冷気で陽臓《ひぞう》や炕臓《かんぞう》が引き攣《つ》り、全身に震えがきた。もう通り過ぎていてよさそうなのに、いっこうに気配が消えない。

なにかがぞんざいに引きずられる音がして、大きな物音がした。段踏台《だんとうだい》が倒されたのかもしれない。さらになにかが落ちる鈍い音。

高鳴る心臓を抑え込むように息を殺していると、ようやく冷気が離れていき、そこかしこから溜息が洩《も》れた。冷気のおかげか、火照《ほて》りや痛みがいくらかましになっている。

「ジラァンゼ、もう大丈夫だよ」

「いつもより月の数が多かったの？　ずいぶんと長く感じて」

「光印を授かったあんたたちを探していたんだよ。如月《きさらぎ》の暦態《れきたい》が多かったから、寒かったでしょう」とリノモエラが言い、ジラァンゼは身を固くする。「ミラヌイは残念だったね。月漿《げっしょう》には強い朔酸《さくさん》が含まれているから、肉を朋《ほう》に変えられたらもう戻せないの。だから油断せず気をつけなさい」

眼も肌も、ほんとに治る？　ああ、もちろんだよ——ラナオモンとセノウモンの会話が聞こえ、すこし安心する。

「わたしは灑水役《しゃすいやく》に就いたことはないけど、イェムリンガ房主だって、スラーナ師範だって、隣の家のマーセイロだって灑水役《しゃすいやく》を務めた時には光印を受けたそうだよ。みんな眼があるでしよう」

「うん……でも……」

「ちゃんと戻るって。己《な》ぁらの指とは違ってな」とロムホルツが付け加える。鼻先に気配があった。かすかに生臭い。手を掲げているのかもしれない。ロムホルツの右手は中指と薬指の第一関節から先がなく、リノモエラの左手には小指がない。

リナニツェは極端にしても、繋業解《けごうと》きの仕事では、指をひとつも失わない者の方が珍しい。すこし前にジラァンゼが工房へ寄ったとき、解《と》き手《て》のザイノモがまた指を失ったらしく気を落とし、「まだ左は三本あるじゃねぇか。二本残ってれば、なんとかならぁな」とイェムリンガ房主に励まされていた。

ふたりの先胞《さきがら》が繋業解《けごうと》きをする手際は鮮やかで、目で追えないほど素早い。いつかは自分もあんなふうに煩悩蟹《ぼんのうがに》をばらせるようになりたい、とジラァンゼは憧れていた。けれど、まだ模《も》殻《がら》で繋業解《けごうと》きの真似事をしているだけで、本物の煩悩蟹《ぼんのうがに》を手にしたことすらないのだ。目で覚えた繋業解《けごうと》きの手順を思い返す。そうするうちに、すこしだけ気持ちが落ち着いてきた。あたりはまだ蒸し暑いが、耐えられる程度になっている。

特別な譜だからなのか、聚奏《じゅそう》がいつになく心地良いものに感じられた。

「じゃあ、己《な》ぁは帰るよ。またな、ジラァンゼ」とロムホルツが言い、段梯《だんばしご》を下りていく音がした。吾《わ》ぁも帰るのに、と奇妙に思っていたら、「さあ、わたしたちも行こうか」とリノモエラがそのまま歩きだした。自宅の並びとは向かい側の宙廊なのに。どうしてロム先胞《まあ》さと一緒に行かないの、と訊こうとしたとき、「待てよ、灑水役《しゃすいやく》ー」と声がした。照子《てらこ》屋《や》の同じ啓房《けいぼう》に通うゾモーゼフだ。「あ、ちょっと通して」

ジラァンゼはとっさに両腕に顔を埋める。腕がひりつき、眼の奥で疼《うず》きが膨らんだ。

宙廊を渡る足音が近づいてきて、傍らで大きな笑い声になる。

「なんだよンゼ、顔を隠して、赤ん坊みたいに抱かれてよ――うわ、すごい熱だなおまえの体。触れてもいいねえのに。お陽練《ひね》りみたいだ――」

「えっ、そんなに」

「そんなにだよ。聖人式《しょうにんしき》を向かい側からずっと見てたんだぜ。太陽に遮られちまったけどよ」

「ゾモくん、ジラァンゼとはしばらく会えなくなるから、お別れしておいて」

「「えっ、どうして?」」ゾモーゼフと同時にジラァンゼも声をあげた。

「この子たちは療治処《りょうじどころ》で暮らすの。その間は家族しか会えない決まりだから」

人とすれ違ったのか、リノモエラが体を横に向けるのがわかる。

「やだよ、聞いてないよっ。家に帰りたいよ!」ジラァンゼは取り乱して頭を上げてしまう。

「うわ、すげぇ……」

ゾモーゼフが絶句する声に慌てて頭を伏せる。眼窩《がんか》からどろっとしたものが垂れ出るのを感じる。

「あんた体じゅうに聖傷《せいしょう》を負って、家で一晩寝たら治るとでも思ってたの」

「てか、それ治るの……」

騙《だま》し討ちされた気分だった。療治処《りょうじどころ》は、ジラァンゼが聚落《じゅらく》で一番苦手な場所だ。幼少の頃は鼻が弱く、入るはずがないほど長い器具を幾度となく鼻の奥に突っ込まれる恐ろしい目にあった――

「そうだンゼ、おまえ楫取《かんど》り聖《ひじり》は見れたのか?」

――療治処《りょうじどころ》の中には気味の悪い干物がたくさん吊るされているし、いろんな薬や血や痰《たん》の入り混じったような胸の悪くなるにおいがするのも嫌だった。近頃はヨドンツァがそのにおいを漂わせるようになった。薬手《くすりて》の推薦印を取得して、すこし前から療治処《りょうじどころ》で修行しているからで――

「ま、まさか、見えたの?」急にラナオモンの鼻声が飛び出してきて驚いた。

「なにが」

「楫取《かんど》り聖《ひじり》は見えたのかって」

「ああ……いや、だめだったよ」

ラナオモンは央響塔《おうきょうとう》の奏《かな》で手《て》になるのが夢だから、楫取《かんど》り聖《ひじり》を見たくてしょうがないのだ。

「ルソミミには見えたってよ。苦しそうに身悶《みもだ》えしてたとか、なんか気になること言ってたけど」というゾモーゼフの言葉に、「うそ! ルソミミはどこなの」とラナオモンが悔しさを滲《にじ》ませた声をかぶせ、いちいち人を羨むんじゃない、とセノウモンに窘《たしな》められる。

「もう帰ったよ。相変わらずの気分屋だからな」

ゾモーゼフとルソミミはどちらも漁《いざ》り手《て》の子だった。でもルソミミは物静かで、漁《いざ》り手《て》というよりは星飼《ほしか》いにいそうな感じだ。

「すごいな。何を願ったんだろ」

「あいつは運命の舵《かじ》なんて信じる柄《がら》じゃないから、ただ目にしただけだろ」ゾモーゼフの声が遠くなったり近くなったりする。宙廊が混雑していて歩きにくいようだった。

「なんて……なんてもったいないことを……」とラナオモンが嘆く。

「そういやルソミミの奴、おまえの鼻がどうして曲がってるのか不思議がってたぜ」

あれほどリナニツェ聖《ひじり》に申し訳なく思ったのに、ジラァンゼはまた腹が立ってきた。ずっと鼻が曲がったままだったらどうしよう。

「あいつ、どんどん遠目が利くようになってるんだよな。隣にいたのに気づかなかったぜ。ほんとなのかンゼ、もういっかい顔をあげろよ」

「やだよ」ジラァンゼはリノモエラの腕に顔を押し付ける。肌の痛みが爆《は》ぜて呻《うめ》いてしまう。

――そこにいたのかゾモーゼフ。なにしとるんだ、さあ行くぞ！

黄道《こうどう》の方から胴間声《どうまごえ》が響いた。親のゾモラッシャだろう。

「いま行くって！　じゃあな、ンゼ。療治処《りょうじどころ》から出たらよ、環海《わだつみ》で海依等《みいら》捕《と》りをしようぜ」とゾモーゼフが言い、大股の足音が遠ざかっていく。

「うん、海依等《みいら》をたくさん――」口のまわりの灼傷《やけど》が突っ張って痛み、噛み締めた歯の隙間から息を吸う。

子供たちは瓊波魚《にわとと》どころかその幼生の玉魚《たまとと》くらいしか捕ったことがなかったが、いつだって海依等《みいら》捕《と》りと言う。環海《わだつみ》のすべての生き物を指す言葉だから、深い海に棲《す》む巨大な闇喉《あんこう》や、危険な割剣魚《かっこう》や火髻魚《かけいうお》だって捕れそうな気がするからだ。

「漁《いざ》り手《て》でも危ないのに、海依等《みいら》捕《と》りなんておやめなさい。人を襲うものばかりなんだから」

とリノモエラが言う。

「危ないからいいんじゃない。それに、若いから元通りになるはずでしょう？」

「馬鹿《ばか》。リナニツェ聖の先胞《さきがら》たちは環海《わだつみ》で命を落としてるんだよ？　半年ほど前だって衆合魚《しゅごううお》に呑まれた漁《いざ》り手《て》の子がいたでしょうに」

隣の啓房《けいぼう》にいた、カムヒロという子のことだった。浜に揚《あ》げられた、さざれ岩みたいな衆合《しゅごう》魚《うお》の姿が目に浮かぶ。月と衆合魚《しゅごううお》とどちらに呑まれるのがましだろう。

「あれは見習いで乗ってた舟から落ちたせいだよ。吾《わ》ぁらは浜に行くだけだもん」

「せめて荆魚子《ひおしが》狩りか幡呈貝《まんていがい》狩りになさい」

「そんなの簡単に捕れすぎてちっとも楽しくないよー」

ジラァンゼはあくびを洩《も》らしながら、蝕《なに》に譜《言ってもだめ》だな、と思う。ひょっとするとリノモエラ親《や》仕《し》は、リナニツェ親《や》さよりも口やかましいかもしれないぞ。

ちょうどよい大気の暖かさと、リノモエラの歩みで体が揺れるせいで、瞼《まぶた》が重くなってきた。もう塞がっているのかもしれない。太陽が同じ位置で輝き続けているせいでよくわからない。異なる方向から肌に伝わってくる熱に、本物の太陽は捌《さば》き処《どころ》のあたりかな、とジラァンゼは見当をつける。四十途《と》ほど後には夜門《やもん》をくぐって、聚落《じゅらく》から離れだすだろう。それは同時に聚落《じゅらく》の朝門《ちょうもん》に向かって進むことでもある。太陽は三百六十途《と》をなす凹面状の球地《たまつち》をぐるりと巡って一日をなす。一日が三百六十回繰り返されれば一年となり、一年が三百六十回繰り返されれば一環《かん》に——絶え間なく果てしない循環を想像して目眩《めまい》を覚えながら、ジラァンゼは脈打つ痛みの波間をくぐって眠りに沈む。

大地が不自然なほどに平らさを保ったままどこまでも広がっていた。いったい球地《たまつち》の何百倍あるのだろう。その表面は黒々とした網状の模様に覆い尽くされている。目を凝らすうちに鼓動が激しく高鳴ってくる。網状の模様を作っているのが、夥《おびただ》しく折り重なった人の骸《むくろ》だったからだ。元からひと繋がりであるかのように、黒っぽい肉体の各部が隣り合う人々と癒着《ゆちゃく》している。中には大人どうしだというのに手を繋ぎ合ったままの者もいた。肌は爛《ただ》れており、そこかしこが裂けて赤い光を滲《にじ》ませ、死出蟲《しでむし》が群がっている。

大勢の痛みが一気に押し寄せてくるようだった。

この事態を引き起こしたのが自分たちだということを、なぜか知っていた。自責の念に苛《さいな》まれ、目を逸らして頭上を振り仰ぐと、煌々《こうこう》とした輝きに目が眩《くら》んだ。膝が激しく震えだす。毬《まり》森《もり》も、その向かい側にあるはずの緩やかな大地の曲面もなく、ただ青の色調をおだやかに移ろわせる底なしの虚無がなにひとつ遮られることなく広がっていて、その中央に太陽が宙吊りになっていた。その空恐《そらおそ》ろしい光景に、これこそが空と呼ばれるものではないのか、と直感する。その果てのない深みに頭から吸い込まれそうになって足を踏ん張ろうとする。けれど足はなにも捉えることができない。すでに頭から落ちているのだ。足掻《あが》きながら煌々《こうこう》と輝く太陽に近づいていく。足掻《あが》いていたはずの足が太陽の下で動いている。百八の陽足で足踏みをしている

足を大きく痙攣《けいれん》させて、ジラァンゼは目を覚ました。

太陽は足踏みをしながら煌々《こうこう》と輝いている。

手で眩《まぶ》しさを遮ろうとしたが、皮膚が何かに覆われていて突っ張り、裂けるように疼《うず》いた。

堪えつつゆっくりと動かして目の前にまで掲げたが、太陽が輝き続けるばかりで手は見えない。指先で目頭に触れると、妙な感触と共に鋭い杭《くい》を深く打ち込まれたかのような激痛が走り、呻《うめ》きが洩《も》れる。

そうか、光印を受けて眼を失ったんだった。

眼のあったところは温めた粘土らしきもので覆われているらしい。手を下ろすと、星革張りの感触がして、ジラァンゼは療治処《りょうじどころ》で療治台に寝ていることを思い出した。

療房に運ばれた時には、爛《ただ》れた皮膚を取り除かれたあと、灼傷《やけど》を負った全身の皮膚に嫌なにおいのする膏薬《こうやく》をたっぷりと塗り込まれ、全員が泣き喚《わめ》いていた。さらに水分をたっぷり含む癒葉《ゆば》を幾重にも巻かれて療治台に寝かされたあと、月屑《つきくず》を詰め込んだ月嚢《げつのう》で全身を覆われて冷やされた。月漿《げっしょう》を薄めて心経《しんけい》を抜いてあるとはいっても月の體《からだ》だったものだし、それを包んでいる嚢《ふくろ》が月すら呑み込む衆合魚《しゅごうお》の胃袋だと思うと落ち着かなかった。けれど火照《ほて》りの引いていく心地よさに、いつしか眠っていた。

いまは月嚢《げつのう》の重みを感じない。寝ている間にどけられたのだろう。

今頃はリナニツェ聖《ひじり》が足身情拂《そくしんじょうぶつ》を受けているところだろうか。そう思うと急にジラァンゼは心配になってきた。稀《まれ》に太陽の内部でどろどろに溶かされて陽折《ようせつ》することがある、と聞いていたからだ。

上体を起こそうとするが、貼り重ねられた癒葉《ゆば》と滲《にじ》み出した膏薬《こうやく》のぬめりのせいでうまくいかない。

「誰か——」唇が割れて痛む。舌で舐《な》めると血の味がした。

「ジラァンゼ？」

足の向こうからラナオモンの声がした。割れた下唇を舐《な》めたまま、うん、とうなずく。

「静かすぎて、みんな死んじゃったのかと思ったよ」

そう言われてさっきまで目にしていた情景が蘇《よみがえ》り、底なしの虚無に向かって落下しているような錯覚に陥って足がわずかに震えた。

「灼傷《やけど》のせいなのかな」痛みを嚙み殺しながらジラァンゼは言った。「とても怖い……夢を見たんだ」

「吾《わ》ぁの夢も怖かったよ」ラナオモンが言う。「変な世界だった。見わたす限りがどこまでも平らな大地で、数えきれないほどの人が折り重なって倒れていて――」

ジラァンゼは身を固くした。それ以上ラナオモンに話されるのが恐ろしくなり、否定してくれることを願って口を挟む。

「それって、頭の上になにもない青っぽい空間が広がっているような世界じゃないよね」

「そうっ、そうだよ。落ちてしまいそうで凄く怖くて……どうして」

「こっちが聞きたいよ。すべてが自分ひとりのせいみたいな……とても嫌な気分だった」

「うん。倒れていたみんなに呪われている気がして……」

気味の悪い偶然に、言葉を継げなくなっていると、

「それ――」と離れたところから声がした。「わたしも見たような気がする」

背筋が沫立《あわだ》つ。

でも、いまのは誰だろう、聞き覚えのない声だと思っていると、「君はひょっとして、奏《かな》で

手《て》の？」とラナオモンが訊いた。

「そう。わたしはディアルマ」

あの子か。ジラァンゼは、聖人式《しょうにんしき》ではじめて目にした、しっとりとした長い髪を束ねた大人っぽい印象の子を思い出した。実際に年上なのかもしれない。奏《かな》で手《て》の子は照子《てらこ》屋《や》ではなく、央響塔《おうきょうとう》の近くにある聖楽校《しょうがくこう》で学ぶため、姿を見かけることは少ない。

「吾《わ》ぁは、ラナオモン」

「吾《わ》ぁはジラァンゼ」

すこし遅れて、皆に応じるように魘《うな》される声が聞こえた。水漉《みずこ》し手《て》の子のホルマタダだ。面倒くさがりでいつも愚痴ばかり洩《も》らしているが、聖人式《しょうにんしき》では堂々としていたのは意外だった。

扉の開く軋《きし》みが聞こえた。

「おや、もう目覚めとるのか」ルオマライ療主だろうか。療治処《りょうじどころ》を継いだばかりだというが、ジラァンゼは顔を知らなかった。引きずるような足音が近づいてくる。「こらこら、じっとしておれ。動けそうでも動いてはならん。おとなしくしとらんと堕務者《おちむしゃ》がやってくるぞ」

「幼子《おさなご》じゃないんだから、音戯噺《おとぎばなし》の堕務者《おちむしゃ》なんかで怖がらねえよ」

すぐ側から聞き覚えのある声がして驚いた。昨夜叫び声が聞こえていたけど——

「隣にいたの、マヤイロフだったの」と言ったが返事はない。布帛《ふはく》工房では、霜《そう》の移人《うつりど》に対して、焔起《えんぎ》担ぎに留まらないほど不信感が根強く、マヤイロフやソロアロといった布繰《ふく》り手《て》の子らとはなかなか打ち解けられない。

「うん、堕務者《おちむしゃ》なんていまどき怖がらないよね」とラナオモンがくすりと笑い、ジラァンゼも相槌《あいづち》を打ったが、実のところまだ堕務者《おちむしゃ》を恐れていた。太陽に棄《す》てられた足身聖《そくしんひじり》だと言われるが、それほどの巨体なのに人の目には見えないらしく、ひとりのときに、ふと傍らにいるんじゃないかと不安にさせられるのだ。

「黙っとれというに。堕務者《おちむしゃ》に憑《つ》かれて訳のわからぬこと口走るようになるぞ」

「だから怖がらないって。黙ってると痛いんだ」

いまもマヤイロフの髪の毛は編み込んだままだろうか。布帛《ふはく》工房の人たちは、練習でもあるのか、手間をかけて互いの髪を編み込む。

「我慢せんか。痛みに耐えて苦徳《くどく》を積むほど人はよりよき道へ導かれ、死後の裁定では裁定主様から誉れを――」

そのときホルマタタの呻《うめ》き声がひときわ大きく響いた。

「耐えろというに」

「違うんです、なんか……なんだか、足がむずむずチクチクして変なんだ……虫がたかってるみたいな」

「なにを言って――ん、死出蟲《しでむし》が湧いとるではないか」

皆が一斉に震えた叫び声をあげ、療房じゅうが騒然となった。普通は死ぬときに湧く虫たちだからだ。そんなんじゃない……そんなんじゃないもん！　とホルマタタが鼻声で訴えている。

「静かにせい。おいダユナーエ！　ちょっと来んか」

――なんですルオマライ療主。

「なんですではない。おまえ足に唾脂《つばきあぶら》を塗り忘れたな。これを見てみろ」

――うわっ、ひどい。

「えっ、そんなに……？　そんなに……？」

「さっさと死出蟲《しでむし》を取り除いて、しっかり唾脂《つばきあぶら》を塗ってやれ――君たちも覚えておくんだ。死出蟲《しでむし》は死体に湧くだけじゃない。怪我《けが》や灼傷《やけど》でも湧いて出て、生きながら腐らされたり朋《ほう》に変えられたりする」

とうとうホルマタタは泣き出した。ごめんよ……でもまだ湧いたばかりだから、取り除きさえすればなんともないさ、とダユナーエが宥《なだ》める。

夢で見た死出蟲《しでむし》だらけの死体を思い出して身を強張《こわば》らせていると、足を引きずって歩く音が近づいてきた。

「君はあれだ、ヨドンツァの後胞《あとがら》だな？　あいつだけはほんとに……なにを考えとるんだか。薬手《くすりて》のホルナイ師を困らせてばかりおる。もうちょっとわきまえんとな」などと、ぶつぶつ不明瞭にぼやく。そう伝えろということなのだろうか。ヨドンツァ先胞《まあ》さは飽き性だけど、好きなことだから療治処《りょうじどころ》ではうまくやっているとばかり――いったいなにをしたんだろう、と気になっていたら、唐突に固い管を口に挿し込まれ、吃驚《びっくり》してそこかしこに痛みが走った。すぐにねっとりした温かい液体が口の中に流れ込んできて、咳《せ》き込みそうになる。

「心配はいらん。輝晶《きしょう》の溶き汁だ」

透き通った甘みが口じゅうへ滲《にじ》み広がっていく。輝晶《きしょう》は賜陽《しよう》の儀《ぎ》のたびに食べているが、その溶き汁を口にするのは赤ん坊の頃以来だった。でもこの味は輝晶《きしょう》だけじゃない。甘みの後ろに楚々草《そそくさ》を噛んだような苦味が隠れている。薬汁でも溶かされているのかもしれなかった。

――いたっ、いたいよ。

――死出蟲《しでむし》が食い込んでるんだ。しかもこれは那迦虫《なかむし》だから手強《てごわ》くて。もうしばらく我慢しておくれ。

――死出蟲《しでむし》っ……は死出蟲《しでむし》じゃないの？

――一緒くたにされがちだけど、けっこういろんな種がいるんだよ。

にわかに太陽の光が強まって、体じゅうから棘《とげ》を引き抜かれたように楽になり、これまでどれほどの痛みに晒《さら》されていたのかを気づかされた。その痛みに意識が繋ぎ留められていたのか、ジラァンゼは眠りに向かって急激に滑り落ちていく。

――いたいってば。いたい。たたた。いたっ……


ジラァンゼは毎日眠るたびに同じような恐ろしい夢を見たが、眼窩《がんか》の異物感が増すにつれて目覚めた時の記憶はあやふやになり、なにか重要なことから目を逸らしているような後ろめたさだけが残った。

灼傷《やけど》の疼《うず》きが収まってくると、癒葉《ゆば》の膏薬《こうやく》のべたつきが不快になってきた。排泄《はいせつ》のたびに、ダユナーエやラルアラといった治《おさ》み手《て》の手子《でし》に助けてもらわなければならないのも恥ずかしい。そういう時に限ってリノモエラが見舞いにくるのだ。

「いるんでしょ」ジラァンゼは腰を浮かした状態で、ダユナーエに尻を拭かれながら言う。

「あら、もう見えてるの？」とリノモエラが不思議そうに答える。

はい、綺麗になりましたよ、とダユナーエに頭を撫でられるような声で言われ、ジラァンゼは不機嫌になる。尻の下から不浄壺が引き抜かれ、掛け布を胸元までかけられる。

「それだけ体じゅうから蒸し煩悩蟹《ぼんのうがに》のにおいをさせていたら、見えなくたってわかるよ」

「えっ、そんなににおう？」

自分では気づいてないんだ、とジラァンゼは呆《あき》れる。膏薬《こうやく》や汚穢《おわい》のにおいが霞《かす》むほど強いのに。そのうち吾《わ》ぁも同じようなにおいを放つようになるのかな。想像してみると、嫌なような誇らしいような、でもやっぱり自分で気づけないのは嫌だと思う。

セノ先胞《まあ》さは間違いないって言ってたけど、ほんとかなぁ——

ラナオモンがディアルマに話している。さっきセノウモンが来て、ラナオーマ聖《ひじり》が無事に足《そく》身聖《しんひじり》になったことを告げていたのだ。足身聖《そくしんひじり》って胸から上が隠れるから、家族でも見分けるの難しいって言うじゃない。そう言いつつも、ラナオモンの声からは安堵《あんど》が感じられる。

ジラァンゼはリナニツェ聖《ひじり》が無事なのかを切り出そうとするが、もしもの事を想像して言い淀《よど》んでしまう。

「眼はどう」とリノモエラが言った。

「ごろごろする」

「眼って、ほんとに生えてくるんだね」

「ひどいよっ、先胞《まあ》さが元通りになるって言ったんじゃないか」

つい先胞《まあ》さと言ってしまったが、リノモエラは柔らかい息の音だけで笑う。

「ここに来てていいの？　啓蟹《けいかい》の時期だから忙しくなるって言ってたじゃない」と言うと、リマルモの送り迎えのついでだと返される。「あれ、ヨド先胞《まあ》さは」療治処《りょうじどころ》は照子屋《てらこや》の近くにあり、リマルモの送り迎えはヨドンツァが任されていた。

「このところあの子には預けられなくて」

「どうして。この療治処《りょうじどころ》で修行してるんでしょう。まだ一度も会いに来てくれないけど」

「ここ数日はここには来てないんだよ。というか、来れない」リノモエラは言って笑いをこらえる。「だってあの子、とんでもなくくさいんだよ。新しい膏薬《こうやく》を作ろうと調合して自分に試したんだって……問い詰めたら、煩悩蟹《ぼんのうがに》の臭液を使ったって。信じられる？　ずっとひどいにおいが取れなくて、常に十歩は離れさせてる」

「信じられない！」ジラァンゼは久しぶりに笑った。なんでそんなものを使おうと思ったんだろう。「そりゃ照子屋《てらこや》に行かせられないね。リマルモは元気？」

「あんたより遥かにね。あっちこっち這い回ってる。なにが楽しいのか、目を離すと家じゅうの食器を逆さにしてしまって――それより、もっと訊きたいことがあるんじゃないの」

「あ、うん」ジラァンゼは一呼吸してから言った。「リナニツェ聖《ひじり》、無事だった？」

「聖人式《しょうにんしき》の三日後、足身聖《そくしんひじり》として内裏《だいり》に降臨されたよ」

よかった……とジラァンゼは息を長く吐きながら言う。

「三列目の左から二番目――その前にはライマッハ聖《ひじり》が居《お》られた座だった。よくは知らないけど、わりと由緒ある座らしいよ」

ラナオモンの方から療治台の軋《きし》む音が聞こえた。苛立《いらだ》つような息の音はマヤイロフだろうか。安心して養生するようにと言ってリノモエラが去るなり、ラナオモンが待ちきれなかったように口を開いた。

「三列目の左から二番目って、大昔にスタラボッフ聖《ひじり》の在《おわ》した座だよ！」

……まぶしい……まぶしいよぅ……とホルマタタの呻《うめ》き声がする。

「スタラボッフ聖《ひじり》って誰だろ。聞いたことないや」

「六環《かん》ほど前にいた、吾《わ》ぁが憧れている伝説のね、放浪牽奏師《ほうろうけんそうし》でね、球地《たまつち》じゅうの聚落《じゅらく》を巡って多くの譜を作って、後世の牽奏師《けんそうし》たちにも影響を与えたそうだよ。ラカンザ聖《ひじり》と七人の手子《でし》たちのことは知ってるでしょ。ほら、阜易楽《ふいがく》と月易楽《げついがく》の音律体系の基礎を作った。その人たちがスタラボッフ聖《ひじり》の死後、各地に散らばっていた譜を集めて編纂《へんさん》するときに、いまの体系は生まれたんだ」ラナオモンは早口で言い、瓶の蓋を閉じるように付け加えた。「最後はこの聚落《じゅらく》で列聖したんだよ」

「六環《かん》って……」環暦《かんれき》で言われるとすぐにはわからない。一環《かん》は三百六十年だから……「二千百六十年前か。そんな古い時代の聖《ひじり》なんだ」

「へえ、君は譜聖のことにも詳しいんだね」とディアルマが言った。「譜聖の作った譜の中に、禍譜として封印されたものがあるのは知っている？」

「えっ、なにそれ、初めて聞いたよ。マルハラ師じゃあるまいし、どうして封印されるような譜を……あ、恆峻《こうしゅん》の譜みたいな理由なのかな。いや、スタラボッフ聖《ひじり》に限って構造的な欠陥なんて――」

……ぶしい……ぶしいぃ……また、足がむずむず……する……

「〈虹《ぬじ》〉という譜で、なんの目的で作られたのかも、実際に使われたのかどうかもわからないらしいのだけど、よほど危険な効果があったのでしょうね」

「その頃って、大きな災厄があったんじゃなかった」とジラァンゼは言いながら、あの夢は大昔の災厄の光景だったのではないかと思いかけるが、恐ろしく広い青の虚空《こくう》の記憶がそれを否定していた。

「そういえば、照子屋《てらこや》で啓師《けいし》から聞いた気がする。何が起きたのかを後世に伝えられないほど多くの人が亡くなったって。それとなにか関係あるのかな」

「そう考えている人もいるみたい。禍譜は未完成だったという話もあるし、通して奏でるのに何十日もかかるとか、ひとつの聚落《じゅらく》の奏《かな》で手《て》では足りないほどの大編成が必要だとか、聚奏《じゅそう》自体が困難だったとも言われている」

「へー！　なんのためにそんな大編成を。どうやって指揮するんだろ。でもすごく聴いてみたいよね。いったいどこに封印されてるの」とラナオモンが食いつく。

「さあ、そこまでは。まあ、あくまでも伝説だから。譜聖は堕務者《おちむしゃ》に憑《つ》かれた従者に唆《そそのか》されていたという話もあるしね」

「スタラボッフ聖《ひじり》は叙《じょ》で列聖されたんだから、禍譜は案外近くに埋まっていたりして。ここを出たら禍譜探しに行こうよ」

「災厄を起こしたいの？」

ディアルマの声にジラァンゼたちは笑った。奏《かな》で手《て》というのはもっとお高くとまっているのかと思っていたけど、少なくともディアルマは違うらしい。喋《しゃべ》るときの抑揚がどこかリナニツェを連想させ、光印のなかにその姿を探そうとしてまだ降臨前だったと気づく。すでにラナオモンとディアルマの話題は月易楽《げついがく》に移っていた。

「――そう、陰りがあって好きなんだ」「それなら、きっと陽採《ひど》り手《て》の宥《なだ》め役《やく》が奏でる肯楽《こうがく》を聴けばすごく気にいるよ」「ずっと聴きたかったんだけど、機会がないんだよね」「至近距離で奏でるから、央響塔《おうきょうとう》の月易楽《げついがく》とは段違いの効果で月を足止めできて、陽だまりを回収しやすくなるらしい。けれど――」「奏でながら月に呑まれることもあるんでしょう。あんなの、ぞっとするよ！」「ええ。それに、肯楽《こうがく》で月と交感すれば、心が蝕《むしば》まれると言われているから、誰もなりたがらない。咎《とが》を犯して刑を科せられた奏《かな》で手《て》くらいでしょうね。いまはいないみたいだけど――」

ふたりの話が熱を帯びはじめ、ジラァンゼは割り込むこともできなくなる。

「それって、なんの譜なの？」

ラナオモンに話しかけられ、ジラァンゼは我に返った。眼窩《がんか》の底で遠慮がちに膨らみだした新たな眼球がぐらついて、視《し》心経《しんけい》が不快に引き攣《つ》れる。目の前の太陽の輝きは褪《あ》せつつあった。

「なにが？」

ジラァンゼはすこし上体を起こして両腕で支える。すでに全身からは癒葉《ゆば》が剝がされて、膏《こう》薬《やく》も部分ごとに塗られる程度になり、随分と動きやすくなった。

「ほら、いま口ずさんでいたじゃない。泣きながら笑っているような苦みのある音で――」

「知らないってば。唸《うな》り声がたまたまそう聴こえただけじゃない？」

「違うって。ちゃんと音律があったもん」

「わたしにも聴こえたよ。でもまったく知らない譜だった」とディアルマも言い、かすかに唸《うな》り声をあげる。眼が疼《うず》くのだろう。

「ほら、いまのが唸《うな》り声だよ。ぜんぜん違うよ」

「覚えてないんだ。だいたい吾《わ》ぁが君たちの知らない譜を口ずさめるわけないよ」

「一度は口ずさんだんだから、もう一度口ずさめるって。さあ、聴かせておくれよう」ラナオモンが食い下がり、「誰かが奏でるのを聴いたとかはない？」とディアルマも続けて言う。

「うちにいるのは繫業《けごうと》解きばかりだから……」と言ったところで、料理をしながら口ずさむリナニツェの姿が目に浮かんできた。その見慣れたはずの光景に、かすかな違和感を覚える。赤ん坊をあやすにしては腕の位置がそぐわないし、指の動きもせわしない。それに、かつてあった指への眼差し——

あれは赤ん坊じゃない、と悟ったとたん、誰にも話してはだめだと言ったでしょう！　とリナニツェを怒らせるきっかけとなったロムホルツの声が蘇《よみがえ》ってきた。

——こう見えて親《や》さまは奏《かな》で手《て》だったんだぞ。

鳴り物だったんだ……！　ジラァンゼは愕然《がくぜん》とする。霜《そう》の落人《おちうど》であるばかりか、蝕《しょく》を防げなかった奏《かな》で手《て》だったと知られたら、確かに叙《じょ》には居られなくなっていたかもしれない。

新しい太陽の出現を祈りながら、熱を失いつつ膨張していく蝕《しょく》を抑えようと、幾日も鳴り物を奏で続けるリナニツェたちの姿が、分厚い皮膚を通して伝わってくるようだった。懸命な聚《じゅ》奏《そう》にもかかわらず、新しい太陽は現れないまま霜《そう》の聚落《じゅらく》はとめどなく冷えていき、落人《おちうど》たちは次々と亡くなっていく。

ジラァンゼは涙粒《なみだつぶ》を零《こぼ》しながら、鼻声で言った。

「もしかして、あれかな、親《や》さが口ずさんでいた――」

ふたりから息を呑む気配がした。

「裁定主様に背くことにならないかな。聚奏《じゅそう》でも人の声は使われないんでしょ」頬骨のあたりに貼りついた涙粒《なみだつぶ》を手ではらう。

「ひとりで口ずさむくらい、うるさく言われないよ。ねえディアルマ」「ええ、大丈夫。聴衆を集めたり、大勢で聚唱《じゅしょう》したりしない限りは」

ふう、と息を吐き、いくつか思い当たる旋律のなかから、よく耳にしたものを遠慮がちに口ずさんでみる。こんなの、育み処《はぐくどころ》にいた頃以来だ。

「そう、それだよそれ！」ラナオモンがはしゃぎ、うるさいなぁ……と、ホルマタタが呟《つぶや》いた。水濾《みずこ》しの手伝いをしなくていいから、ぐっすり眠れると思ったのに。マヤイロフも苛立《いらだ》った吐息を洩《も》らす。

「やっぱり馴《な》染みのない音運びだね」とディアルマが声をひそめて言う。

「よくある子守唄だと思っていたんだけど」

「いやー、この感じは聖楽《しょうがく》だと思うな。ちょっと独特で、皐易楽《ふいがく》とも月易楽《げついがく》とも言い切れないというか……まあ、吾《わ》ぁはまだ聖楽《しょうがく》のことをよく知らないから……」

「君は聖楽校《しょうがくこう》のそこらの楽子《がくし》たちよりずっと聖楽《しょうがく》に詳しいじゃない。確かに馴《な》染みのない音律で、どちらともつかないね。風が強い地域だから、その影響を補うための補譜や稀譜なのかもしれない」とディアルマが言う。

このところラナオモンはディアルマと聖楽《しょうがく》について語り合ってばかりいた。のんびりした印象しかなかったので、早口で聞いたこともない聖楽《しょうがく》用語を使っていろんな話をするラナオモンは別人のようだった。ジラァンゼには当然訳が分からず、すこし寂しくもあった。

「音律や譜って、聚落《じゅらく》ごとに違うの？」とジラァンゼは訊いた。

「日々の連譜やそれを支える音律って、放浪牽奏師《ほうろうけんそうし》たちが伝えた知識が元になっていることが多いから、だいたい同じみたい。けど聚落《じゅらく》ごとに環境に違いがあるから、土地に伝わる譜を補譜に使って調整するらしくって。でしょう？」とラナオモンが言い、ディアルマが後を引き継ぐ。「そう、一日三百六十途《と》と言っても、聚落《じゅらく》によって距離は異なるし、太陽それぞれの聖性にも違いがあるから、そうやって調整しないと同じ恵みが得られない。それに、その日の照面のうねり方や黒点の数、気候によっても交感の度合いは変わるから、牽奏師《けんそうし》は日毎《ひごと》に調譜しているんだよ」

「へえ……知らなかった」二人の知識に気圧《けお》される。自分からは頭の悪そうな言葉しか出てこない。「同じ周期を保つのも結構大変なんだね」

「うん。吾《わ》ぁはね、そういう太陽ごとの違いに惹かれていて、だから各地を巡ったスタラボッフ聖《ひじり》に憧れて……そういえばリナニツェ聖《ひじり》って、なんて言うか、余所《よそ》の聚落《じゅらく》からの移人《うつりど》なんでしょう？」

「あ、うん……」一瞬戸惑いながら、「霜《そう》の聚落《じゅらく》にいたんだ」

「えっ、霜《そう》から？」ディアルマが驚いた声をあげるのと同時に、マヤイロフが「焔起《えんぎ》わりい聚《じゅ》落《らく》の名前を出すなよ」と吐き捨てた。誰もが知っていることだからと思ったが、やっぱり言うんじゃなかったと後悔する。なぜこうも憎悪を向けられるのだろう。

リナニツェによると、かつて球地《たまつち》で布帛《ふはく》といえば、叙《じょ》と霜《そう》の聚落《じゅらく》が肩を並べていたのに、霜《そう》がなくなった後は叙《じょ》の布帛《ふはく》が三級品扱いとなり、三級品扱いだった是《ぜ》の布帛《ふはく》が一級品に格上げされたせいらしい。霜《そう》の太陽が失われたことで球地《たまつち》の気温が下がり、叙《じょ》の特産品だった馬頭《めず》織《お》りに独特の色合いをつけていた旃茶草《せんだそう》が育たなくなったのと、是《ぜ》の聚落《じゅらく》が霜《そう》の布繰《ふく》り手《て》たちを受け入れる選択をしたことが影響しているという話だった。

「ひょっとして、君の親《や》さまって奏《かな》で手《て》だったんじゃない?」

ディアルマの予期せぬ言葉に、息を呑んだ。心臓がぎゅっと締めつけられる。さっき気づいたときに、頭から洩《も》れ出していたのだろうか。リナニツェがあれほど——

「そそ、そうなの? 本当に?」ラナオモンが戸惑いながらも興味を隠せない声を放ち、「奏《かな》で手《て》でもなければ、阜易楽《ふいがく》の連譜以外の聚奏《じゅそう》を聴く機会なんてないから」とディアルマが返す。

「おいおいおい」マヤイロフが一音ごとに声を大きくしながら言った。「みすみす太陽を失わせた張本人だったたっていうのかよ」

いや、直接そうだと聞いたことはないから……と小声で呟《つぶや》いていると、ディアルマが言った。

「誤解しているひとが多いけれど、霜《そう》の奏《かな》で手《て》たちは、蝕《しょく》を起こした太陽を鎮めて阜《おか》に変えたんだよ。まあ、最初は叙《じょ》の央響塔《おうきょうとう》でも霜《そう》の失態だと見なしていたんだけ——」

「だから、あいつらが蝕《しょく》を止められなかったんだろ!」マヤイロフが強い口調で遮る。

「太陽がどれだけ長寿だといっても、いつかは老いて動けなくなるときが来るのは知ってるよね」長ければ数環《かん》、早ければ一環《かん》ほどで逝去されると聞いたことがあった。「そのときに、もし新しい太陽が現れていれば融《ゆう》が起きて、そのまま日々が引き継がれる。けれど、そうでなければ蝕《しょく》になるのを誰も止められない」

「これまでどの聚落《じゅらく》だって、蝕《しょく》を抑え込んできただろうが」

「それも、臨環蝕《りんかんしょく》になる前に新しい太陽が現れたから。蝕《しょく》と共振《ともぶ》れするおかげで、聖楽《しょうがく》の〈皐《ふ》易《い》〉で無害な皐《おか》に抑え込むことができたみたい」

「もともと蝕《しょく》を鎮めるための〈皐易《ふい》〉が、皐易楽《ふいがく》の起源だものね」とラナオモンが言う。

「そう。ただ、どの聚落《じゅらく》の奏《かな》で手《て》も蝕《しょく》には初めて直面するわけで、そうとう難事だったのは確かみたい。〝蝕に譜《なに言ってもだめ》〟って言い回しがあるくらいだものね」

「黒沙《こくしゃ》の皐《おか》だってそうやってできたらしいよ」

初めて知ることばかりだった。

「やっぱり、止められるんじゃねえか」

「〈寝坊した太陽〉の音戯噺《おとぎばなし》があるでしょう」リナニツェは〈寝坊助《ねぼすけ》の太陽〉と言ったが、同じ音戯噺《おとぎばなし》のことだろう。「千六百年ほど前に衢《く》の聚落《じゅらく》で起きた蝕《しょく》では、いっこうに太陽が現れないまま、臨環蝕《りんかんしょく》にまで膨張したと考えられている。央響塔《おうきょうとう》には、そのときに使われた〈皐《ふ》易《い》〉の写譜が幾つか残されていてね。当時の牽奏師《けんそうし》の混乱した書き込みから、どれほど際どい状況だったのかが窺《うかが》える。そして、それは霜《そう》の状況ととてもよく似ていた」

「あ、もしかしてそれでできたのが窮地《きゅうち》の皐《おか》か……」とラナオモン。叙《じょ》からは見えないが、球《たま》地《つち》で最も高い皐《おか》だった。

「ええ。ぎりぎりのところで新しい太陽が間に合って、なんとか抑え込めたそう。それが音戯《おとぎ》噺《ばなし》の元になったみたいだね」

まさか、本当の話だったなんて。

「考えてみて。霜《そう》の奏《かな》で手《て》たちは、新しい太陽なしに臨環蝕《りんかんしょく》を阜《おか》に抑え込んだんだよ。親《や》さのディアラエ聖《ひじり》が言ってた。もしそのまま満環蝕《まんかんしょく》になれば、どこまでも膨張しながら冷え続けて、太古に起きたという狭臥期《きょうがき》を招いたかもしれない。へたをするとさらに膨張して、球地《たまつち》を内に包む大地宙《だいちちゅう》を破壊していたかもしれないって」

ふふ、そんなのありふふえないよ、とホルマタタが笑いを洩《も》らしながらつぶやく。そんなにでかくなるなんて、ないない。大地宙《だいちちゅう》を破壊するだなんて。だって、大地宙《だいちちゅう》だよ？

「大地宙《だいちちゅう》はわたしもさすがに大解唆《おおげさ》だと思う」とディアルマも笑う。そうした伝承を記した古譜の中には、堕務者《おちむ》憑《しゃ》きの妄言を書き取ったような怪しげなものも混ざっているらしい。「でも、少なくとも霜《そう》の奏《かな》で手《て》たちが力を尽くさなければ、蝕《しょく》は終わらなかった。叙《じょ》で同じような蝕《しょく》が起きたら、自分たちに抑え込めるのかどうか、と親《や》さが弱音を洩《も》らしていたくらい」

ジラァンゼは呆然《ぼうぜん》としていた。蔑みの言葉を投げられても、焰《えん》切《ぎ》りまじないをされても、だからなに？　自分はなにも気にしない、と平気な顔をして、リナニツェは聖《ひじり》になるんだぞ、などと言い張っていたが、本当はいつだって後ろめたさを覚えていたし、時には霜《そう》の落人《おちうど》すべてを恨んでしまうことさえあった。それが——

「へえ……むしろ球地《たまつち》を救ってくれたのかもしれないのか……そりゃ聖人《しょうにん》に選ばれるよね。ちょっと誤解していたかも」とラナオモンは気まずそうに言った後、「ジラァンゼの親《や》さまの奏でる音を聴いてみたかったなぁ。ここでは奏《かな》で手《て》にはなれなかったのかな」

「人はどうしても焰起《えんぎ》を担いでしまうものだから。霜《そう》の移人《うつりど》の受け入れを提言したのは牽奏師《けんそうし》衆《しゅう》だけど、聚落《じゅらく》じゅうの工房だけでなく、蝕《しょく》の経緯を知る幾つかの聚奏壇《じゅそうだん》もかなりの反発をしたそう。それがわかっていたから、奏《かな》で手《て》だと明かす移人《うつりど》はいなかったのでしょうね。大親《おおや》さたちは、移人《うつりど》たちを訪ねて蝕《しょく》に関する聞き取りを行ったけれど、奏《かな》で手《て》がいればと残念がっていたみたい」

霜《そう》の移人《うつりど》が、どんな気持ちで黙し続けていたのかと思うと、喩《たと》えようのない感情が胸に渦巻いて息が苦しくなる。

「でもよ、阜易楽《ふいがく》の聚奏《じゅそう》には、新しい太陽を導く役目もあるんだろ。奴らだけが導けなかったってことじゃないか」

マヤイロフの言葉に胸をえぐられる。

「生まれなかったものは、阜易楽《ふいがく》でも導きようがないよ」

「生まれなかったのは、あの聚落《じゅらく》が選ばれなかったってことだろ」

ジラァンゼは目元が濡れているのを感じ、次の瞬間には言い放っていた。

「親《や》さまたちの、霜《そう》の落人《おちうど》たちの行いが悪かったせいだってこと？ 霜《そう》のなにを知ってるって言うんだ。新しい太陽に選ばれないような、聚落《じゅらく》から太陽が消えてしまうような行いって、どういうものなの！」

実際に、多くの人が霜《そう》の落人《おちうど》たちの行いのせいだと考えていただろうし、毎日何十盞と繋業《けごう》解《と》きをするリナニツェは、罪を償い続けているようにも見えることがあった。

「そりゃあ……」

「蝕《しょく》は陽分《ようぶん》を求める月が太陽に追いつくと起きるんだよね」ジラァンゼは鼻の詰まった声で続

けた。「吾《わ》ぁらの体にも陽が巡っているから、月は近づいてくる。ミラヌイがどうして亡くなったか覚えてるよね、マヤイロフ。同じ啓房《けいぼう》だったんだ、ミラヌイがどういう子だったのかよく知ってるよね。ミラヌイも、あの子もそうなるのが当然だった？」いつもおどけた素振りばかりしていたミラヌイの、月に呑まれてぐったりした姿が、薄れつつある眼前の太陽と重なっていた。

大きな舌打ちの声がして、衣擦れの音でマヤイロフが向こうを向いたのがわかった。

しばらくはみんなの呼吸の音だけが聞こえていた。

「そういえば昔より……」とホルマタタが不意に呟《つぶや》いた。「海に含まれる朔《さく》や阜易子《ふいご》が少なくなってるって、親《や》さまたちが心配してたっけ。太陽が生まれるには欠かせない成分なんでしょう？　その分、水濾《みずこ》し手《て》の仕事は楽になったって言うけど」

「叙《じょ》の太陽も老いつつあると言われているし……心配だね」とディアルマが言い、ラナオモンが笑った。

「まさかぁ。ぜんぜん年寄りには見えないよ」

「昔と比べて落人《おちうど》が子を宿しにくくなっているのは知ってるでしょう」

何度か耳にしたような気はしたが、これまでの話を踏まえると意味も重みもまったく違うものに感じられ、薄れつつある光印も相まって虚ろな寒気を覚える。

「まだまだ大丈夫だって」

「いまのところはね。でも、そろそろ考えておかないと、眠々蟬《みんみんぜみ》みたいになるよ」

「え、どういうこと？」

ディアルマは答えずに口ずさみだした。ジラァンゼが歌った旋律を正確になぞっている。風が吹きすさぶ荒涼とした霜《そう》の風景が自然と目に浮かんでくる。あんたたちが生まれてよかった、あんたたちは寝坊した太陽みたいだね、という、時には煩わしく感じたリナニツェの口癖が蘇《よみがえ》ってきて、そこに込められていた想いに今になって気づかされる。

七日目の夕方、目の覆いが剝がされた。すっかり薄れていた光印の太陽が火勢を取り戻したかのように、赤みがかった光が瞼《まぶた》越しに滲《にじ》んだのでジラァンゼは怖くなったが、突っ張る瞼《まぶた》を開くなり鋭い光条が射し込んできて残像は薙《な》ぎ払われた。光条は放射状に広がりつつ眼の奥を突いてきて、その眩《まぶ》しさにまばたきを繰り返す。瞼《まぶた》が眼球に貼られた癒葉《ゆば》かなにかのようで、自分の一部とは感じられなかった。

強い光のなか、しだいにぼんやりとした奥行きが生じて、白雲が引くように天床や壁になっていく。

急にルオマライ療主の大きな顔面が視界いっぱいに広がって驚く。ものすごい年寄りを想像していたが、リナニツェ聖《ひじり》よりもいくらか若い。

「右を見てみろ」言われたとおりにする。「次は左を――上、下――ふむ。両眼ともちゃんと揃って動いとるな。前と変わらずに見えとるか」

「うん……」ジラァンゼは安堵《あんど》して言い、房内に揺らめく光条にひととき見とれた。天床の輝《き》晶燈《しょうとう》から放たれる光が、これほど鮮やかに感じられたことはなかった。

眼が乾いてきて瞼《まぶた》を閉じる。もう太陽の御像《みかた》は見えなかった。あれほど眩《まぶ》しさに悩まされたというのに、そっぽを向かれたようで寂しい気さえした。

再び瞼《まぶた》を開き、視線を下ろす。自分の胸や腹までもが色鮮やかに感じられる。リノモエラが言っていたように肌は戻生《れいせい》されて、灼傷《やけど》の痕ひとつなかった。

ダユナーエに身を起こされ、湯を浸した布で拭われる。

ルオマライ療主は隣の療治台に移り、「あーあ。明日からまた糸巻きかよ」と呟《つぶや》くマヤイロフの眼を調べだす。布帛《ふはく》工房の庭で、海蠶《かいこ》から物凄い速さで糸を巻き取るマヤイロフの姿を幾度か見かけたことがあった。

ジラァンゼが療房を見わたすと、優しい輪郭の顔をこちらに向け、足をぶらつかせながら微笑《ほほえ》んでいる子がいた。誰かと思えばラナオモンだ。いつものふんわりと膨らんだ髪が濡れて額に貼りつき、顔立ちが違って見える。その肌にはやはり灼傷《やけど》の痕はなく、以前より艶やかだった。その向こうでは、ホルマタタが大きな欠伸《あくび》をしながら肩のあたりを掻いている。左の壁側では、ディアルマが踝丈《くるぶしたけ》の貫頭衣に体を通しているところだった。着終わると、量感のある長い髪をひとつに束ねだす。

ジラァンゼも傍らに置かれた下衣を履《は》いて紐《ひも》を結び、上衣に体を通した。

床に立ってみると、大人を背負ってでもいるかのように体が重い。

ルオマライ療主が全員に体の各部を動かして慣らすように言い、ジラァンゼたちは、腰を捻《ひね》ったり背中を反らしたり足踏みしたりする。体が温まってきた頃、扉が開いて、それぞれの身内が入ってきた。

部屋のあちこちで嬉《うれ》しそうな挨拶が交わされる。

リノモエラは、子のリマルモを抱いて現れた。六十日ほど前に生まれたばかりで、体はまだジラァンゼの頭くらいしかない。

「あんた、なんだか急に幼さが抜けたね。背もすこし伸びたみたい」リノモエラが言い、「そうかな」と返すと、リマルモが「じぁんぜ、じぁんぜ」と言いながら、ジラァンゼの頬を小さな手で鼓《つづみ》みたいにぱちぱち叩《たた》いてはしゃいだ。

第二章

療治処《りょうじどころ》を出ると、あまりの眩《まぶ》しさに、ジラァンゼは手をかざした。太陽は夜門《やもん》に近づきつつあり、このあたりでは日暮れにあたる頃合いだったが、戻生《れいせい》したばかりの眼はまだ陽光に敏感で、また視界に焼きついてしまいそうだった。

「ちょうどいい時期に療治処《りょうじどころ》を出られてよかったよ。数日前まで、蓑煤樹《みのすすき》の夜粉《やふん》がひどくて肌寒かったから。でも、その眼じゃ、今日はリナニツェ聖《ひじり》の姿を拝むのは難しそうだね。陽を避けて〈海《み》〉側の路地を通って帰りましょう」

ジラァンゼは不平の声をあげたが、自分でもまだ無理だとわかってはいた。

「焦らなくても、太陽は明日も巡ってくるから」

療房で聞いた蝕《しょく》の話が頭をよぎる。リマルモを胸に抱くリノモエラと並んで、路地の淡い影の中を歩きだした。ときおり家の隙間から射し込む陽光で視界が滲《にじ》み、通り過ぎてからもかすかに残像が残る。歩くうちに、あたりまえに行き来していた路地が、不自然なほどに曲がりくねっていることに改めて気づかされた。そんなふうに作られているのは、月には見通しの悪いところを避ける習性があるかららしい。

路地だけじゃない。地中や草叢《くさむら》に潜む虫を滑稽な動きで啄《ついば》む、丸々とした放し飼いの何々鶏《かかけい》たち、道端に生える楚々草《そそくさ》の、ゆるやかな弧を描く瑞々《みずみず》しい葉やさわさわと音を立てる否帆《いなほ》、まだ熱でゆらめいて見える殻粉色《からこいろ》をした家々の輪郭、宙廊の欄干《らんかん》から飛び立つ、放射状に羽根を広げた多羽《たば》、屋蓋の向こうに聳《そび》える翠緑色《すいりょくしょく》の環海《わだつみ》——見慣れていたものが、どれも遠くの聚落《じゅらく》にでも迷い込んだみたいに新鮮に感じられた。

傍らの家の仄明《ほのあか》るい壁に手を伸ばし、触れてみる。微細な孔《あな》が無数に散らばっていて、ざらつきが気持ちいい。宙廊の裏に小気味よく並ぶ銀色の尖った月返し、その側面に黙然と貼りつく眠々蟬《みんみんぜみ》を見つけ、甲皮の青碧色《せいへきしょく》をした縞《しま》模様に見惚《みほ》れる。こんなに綺麗だったっけ。

「あんたなんだか楽しそうだね。どう、新しい眼はよく見える?」

リノモエラが言い、みえう? とリマルモが真似をする。

「うん。強い光だとすこし滲《にじ》むけど——わっ、鮮やかな花」

楚々草《そそくさ》に紛れて、火花の散った瞬間が凍りついたような赤い花が咲いていた。伸ばしかけた手をリノモエラにつかまれる。

「だめだよジラァンゼ。前に言わなかった? それは鉢頭摩《はちずま》といってね、触れるだけで手が爛《ただ》れる恐ろしい毒草なんだよ。もし食べれば頭が割れそうなほど痛くなって、鼻血が止まらなくなる。独特のにおいがするでしょう。覚えときなさい」

とぅまぁら……うんだお、とリマルモもジラァンゼを叱るように言う。

「そうなの? 聞いたかなぁ。つまんないの」とジラァンゼは手を引きながら、リノモエラの指先が黒く汚れているのに気づいて、笑顔が漏れそうになるのをこらえた。ひょっとして今日の夕餐は……でも汚れが少なすぎるかも。期待してそうじゃなかったらがっかりする。見なかったことにしよう。

路地を進むにつれ陽光が乏しくなっていく。

背後から息の荒い人がやってきて、追い抜かれた。憔悴《しょうすい》しきった様子で、水を掬うように合わせた両手におくるみをのせている。その一端から、親指ほどの陽呑み児《ひのご》の顔が覗いてぼんやり光っていた。

ちっちゃいねー、とリマルモが驚いている。

「生まれたばかりね。正午台《しょうごだい》へ向かうんでしょう」

路地を抜けて朝門《ちょうもん》近くの黄道《こうどう》に出る。太陽はちょうど遠くに見える夜門《やもん》をくぐっているところだった。周囲の家並みがもうもうと雲を生じさせている。叙《じょ》の太陽は遠ざかっていくが、この後は隣の黄道《こうどう》を是《ぜ》の太陽が進みだし、さらに汀《てい》の太陽が海辺を巡るため、長い白夜《びゃくや》が続く。

ジラァンゼたちは、暮れの光を帯びた広い黄道《こうどう》を〈風《かざ》〉側に渡っていく。一面に敷かれた沙《じゃ》璃《り》を踏み歩くと、履物《はきもの》の裏から犇《ひし》めく感触と共に熱が伝わってくる。これらの沙璃《じゃり》は、どれもかつて生きていた沙璃蟹《じゃりがに》の殻で、熱を蓄えて聚落《じゅらく》が冷えるのを遅らせると共に、闇と寒さを好む夜這い星《よばいぼし》たちが徘徊《はいかい》するのを防いでいるという。なあジラァンゼ、黄道《こうどう》の沙璃《じゃり》は誰も見ていないときは沙璃蟹《じゃりがに》に戻って蠢《うごめ》くんだぞ、と幼い頃ロムホルツに言われ、昼間でも沙璃《じゃり》から目をそらして早足で黄道《こうどう》を渡ったものだった。

黄道《こうどう》沿いに建つ自宅の前につくと、段梯子《だんばしご》を上って宙廊の穴を通り、二階の戸口をくぐる。とたんに鼻腔をくすぐられた。

「ああっ、この美味しそうなにおいは！」

ジラァンゼは声をあげて居間を駈け抜け、奥の階段を降りていき、一階の餐間《さんま》に躍り出た。

「わーっ」

ジラァンゼは円卓の縁《ふち》をつかんで前のめりになる。

蟹の身と嫉臓《しつぞう》の千切りと目玉の酢漬け、熾《し》燃薯《ねんじょ》の短冊焼き、瘤芋《こぶいも》と腫芋《はれいも》の素揚《すあ》げを添えた星《ほし》肉《にく》の炙《あぶ》り、といったいつもの料理に囲まれて、リノモエラの手の汚れに気づいてから期待を抑えられずにいた、蒸《ふ》かし闇喉《あんこう》の載った大皿があった。黒々と濡れ光る分厚い皮のついた真っ黒な切り身の塊から、太陽が通るときの壁みたいに湯気が立ち上っている。

「無事に帰ってきたんだな」と膨豆頭《ぼうずあたま》のロムホルツが小杯を並べながら言う。奥の厨《くりや》の方からは、壺の水で洗い物をする音が聞こえていた。「まあ坐れよ」

いつも坐っていた席につくと、濃厚な香りに顔を包まれる。改めて嬉《うれ》しさがこみあがってきて、わーっ、とまた声を洩《も》らした。

「ゾモくんの親《や》さまが、あんたの療治祝いにって持ってきてくれたんだよ」と遅れて階段を下りてきたリノモエラが言う。

闇喉《あんこう》は夜の闇を吐いていると言われる真っ黒な巨魚で、ジラァンゼの大好物だった。環海深《わだつみ》くに棲息《せいそく》し、めったに網にはかからない。

「先胞《まあ》さたちが作ってくれたの？」

「大変な下拵《したごしら》えをしたのはリノモエラ親仕《やし》で、己《な》ぁらは手伝っただけ」水差しで小杯に水を注ぎつつロムホルツが言う。リノモエラがジラァンゼの隣に坐りながら、「ゾモくんの親《や》さまが血抜きをしてくれていたから、さほど汚れずに済んだのよ」

だから指先くらいで済んだんだ。以前小ぶりの闇喉《あんこう》を捌《さば》くリナニツェを手伝ったときには、服が闇色の血で真っ黒になって捨てざるをえなくなった。こんなに黒く染まるのに、どうして聚落《じゅらく》には黒い服がないの？　と訊いて、これ以上闇を増やしてどうするんだい、と叱られた。

「抜いた血は奏《かな》で手《て》に譲ったのかな」決して消えない闇汁《あんじゅう》として、譜を記すのに使われているらしい。

「ラナオモンにも分けてあげたそうだよ。あの子、譜のお勉強をよく頑張ってるみたいだから」リマルモは早く食べたいのか、リノモエラの腕から逃れようと身悶《みもだ》えしている。

「うん、すごいんだラナオモン。皐易楽《ふいがく》のことをほんとになんでも知っていてね、奏《かな》で手《て》の子とも対等に話しててね――」

「あんた、あの子と仲がいいみたいだけど、親しくなりすぎないようにね。他人とは家族になれないんだから」

「なに言ってるの、そんなのあたりまえでしょ」

ひとりの他人のことしか考えられなくなるのが、由々《ゆゆ》しい煩悩《ぼんのう》であることくらいはジラァンゼも知っていた。そんなふうに番《つがい》になるのは、辿体《てんたい》以外の下等な生き物だけなのだ。それでも親しくなりすぎて、咎人《とがびと》に、陽採《ひど》り手《て》になってしまう人はいるらしい。

洗い物の音がやみ、厨《くりや》からヨドンツァが手を拭いながら歩いてきて、「よう」、とぶっきらぼうに言って正面に腰を下ろした。相変わらず顔に陽《ひ》の気《け》がなく、服のあちこちに奪衣羽《だつえば》という羽虫に食われた穴を縫ったあとがある。

「せっかくの祝いなんだから、蟹の卵がよかったな。どうしてももう一度食いたい」とヨドンツァが言い、またその話か、とジラァンゼは思う。

「なに贅沢《ぜいたく》なことを言ってるの。そりゃ誰だってもう一度食べたいでしょうに」

「だって、ジラァンゼは食べたことがないから」

「おめえが食べたいだけだろ」とロムホルツが笑う。「〈蟹卵《かいらん》の望み〉って言葉があるくらいだ。そんな都合よく採れるもんじゃねえよ」

そんなに美味しいのだろうか。煩悩蟹《ぼんのうがに》は海底で産卵するため、卵は闇喉《あんこう》よりもずっと手に入りにくく、一生に一度口にできるかどうかだという。皆はジラァンゼが生まれる前に、リナニツェが工房で子持ちの煩悩蟹《ぼんのうがに》を引き当てたおかげで食べているのだ。なんで吾《わ》ぁだけ、と悔しがりつつどんな味なのかを想像していたら、妙なにおいが鼻孔をかすめだし、ジラァンゼは顔をしかめた。

「なにっ、なんだか変なにおいしない?」

「言ったでしょう、ヨドンツァが新しい膏薬《こうやく》を作ろうとして、煩悩蟹《ぼんのうがに》の臭液を使ったって。これでも随分ましになったんだから。そろそろリマルモも預け……うーん、まだかな」

どんつぁ、くつぁい、くつぁい、とリマルモが顔を左右に振り、ヨドンツァが心外だというように片眉を上げる。

「なんで臭液なんてものを試そうと思ったの」

「効き目のある成分が入ってるんだ。箔角《はっかく》も混ぜたし、かなり水で薄めたから大丈夫だと思ったんだけど。まさかこんなににおいが残るとはな」

「馬鹿《ばか》だろおまえ。ちゃんと繫業《けごうと》解きの手伝いをしていたら、どれだけ臭液が強烈なのか嫌でもわかったんだ。はなから失敗するってな」ロムホルツが嘲りながら椅几《いき》に坐った。

「失敗というわけでもないさ」とヨドンツァは言う。

「その臭さじゃどのみち使えねぇだろうがよ！」

「もういいから黙りなさい。始められないでしょうに。何度同じ会話を繰り返すの」

はいはい、とロムホルツとヨドンツァは億劫《おっくう》そうに言って背筋を伸ばし、あいあい、とリマルモが真似をする。

リノモエラは顎を上げ、すっと息を吸ってから、「滞りなき陽の巡りに」と唱え、皆が「月のためらいに」と返す。その間合いのわずかなばらつきに、これまで仕切ってきたリナニツェの影がよぎる。

しばしの静けさのあと、リノモエラがリマルモを卓上に坐らせて腰を上げる。闇喉《あんこう》の大皿に這っていこうとするリマルモをジラァンゼが抑える。

リノモエラは、庖刀《ほうとう》と返《かえ》し篦《べら》を使って闇喉《あんこう》を切り分け、それぞれの小皿に山盛りにのせていく。それでもまだ大皿には半分残ってるのが嬉《うれ》しい。

リナニツェが列聖してから初めての、家族揃っての食事――

ジラァンゼが鼻からたっぷりとにおいを吸っていたら、「瞋恚《しんい》らしきものが潜んでないか、叉匙《さじ》で探りながら食べるんだよ」とリノモエラが言った。「茹《ゆ》でても死なないし、食べたら腹を食い破られて毒がまわるからね。もし見つけたら、静かにそこから離れて」

「はいはい親仕《やし》さま」とロムホルツが腑裂《ふざ》けた口調で返事をした。「さあ、おまえの祝いなんだ。太陽になったつもりで、焔起《えんぎ》良く闇を食えよ」

「うん」

ジラァンゼは瞋恚《しんい》に注意しつつ、叉匙《さじ》で粘りけのある黒身を抉《えぐ》るようにすくい、頬張《ほおば》った。弾力のある黒身を噛みしめるうちに甘みが滲《にじ》みだしてきて、弾けるように身がほぐれる。と、口いっぱいに肉汁が広がって、波打つように味が移ろう。

普段は愧烏《きう》や熾燃薯《しねんじょ》を食べようとしない偏食のヨドンツァも、珍しく嬉《うれ》しそうに叉匙《さじ》を運んでいたが、「おまえいい加減その汚ならしい髪を切れよ」とロムホルツに言われ、一気に不承面になった。

繋業《けごうと》解き工房で働くふたりの先胞《さきがら》は、煩悩蟹《ぼんのうがに》の多肢に絡まったりしないよう髪を短く刈っているが、いつもヨドンツァは世界から自分を隠そうとするようにべたついた髪を肩まで伸ばしていた。ときおりヨドンツァを、堕務者《おちむしゃ》みたいと言う者もいる。誰も本物を見たことなんてないのに。

「どこまで臆病なんだよおまえはよ」とロムホルツが言う。

ジラァンゼまでどきりとして自分の毛先に触れる。ずっと療治処《りょうじどころ》にいたので、リナニツェなら切りたがるくらいに伸びていた。髪の毛を切るのはとても痛い。よくヨドンツァと一緒に逃げまわってリナニツェを困らせたものだった。

円卓の上のヨドンツァの手に力がこもっている。その袖口から包帯が覗いているのにジラァンゼは気づいた。

「ヨド先胞《まあ》さ、それどうしたの」

ヨドンツァは聞こえなかったかのように、叉匙《さじ》で闇喉《あんこう》の黒身から皮を剝がして端にのける。

「そこ美味しいとこなのに」と言うと、皿にのせてくれた。

「こいつの腕がどうしたかって？」ロムホルツがヨドンツァを肘でこづく。「お陽練《ひね》りを肌にあてたんだ」

「ええっ、どうして」

「膏薬《こうやく》を調合して自分で試したって言ったでしょ」リノモエラがリマルモに叉匙《さじ》で食べさせながら言う。あふふ、あふふ、とリマルモが口元を震わせる。「その膏薬《こうやく》であんたの灼傷《やけど》を治すようルオマライ療主に渡して撥《は》ねつけられて——って当たり前よね。臭いわ、治りもしないわ」

「吾《わ》ぁのために作ろうとしていたの？」すごく嬉《うれ》しかったけれど、ルオマライ療主が断ってくれてよかった、ともジラァンゼは思った。療治処《りょうじどころ》で言われたのはこのことだったのだろうか。

「最初の膏薬《こうやく》とは別だって。あれから治るたびに新たに調合を繰り返してはお陽練《ひね》りをあてて治り具合を試していたんだ」

「なっ……もうやめなさいよ。そういう危ないことは」「ほんっとに馬禍《ばか》だなおまえ」

ヨドンツァは先胞《さきがら》たちの声を無視して、すっと貝殻をジラァンゼの下衣の衣嚢《おとし》に入れ、〝切り傷にも灼傷《やけど》にも効くから、こっそり使うんだ〟と耳元で囁《ささや》いた。戸惑っていると、〝臭液は入ってない。これから繫業《けごうと》解きを頑張るんだろ。必要になる〟

「聞いてるのヨドンツァ。ルオマライ療主もあんたには呆《あき》れて——」

「あ、吾《わ》ぁもぼやかれたよ」

「あのひとはわかっちゃいねえんだ。ホルナイ師だって薬手《くすりて》なんかじゃない。昔から使われているってだけで、同じ薬を同じ配合で作ってるだけなんだから。それでいて丹薛《たんせん》と丹薛采《たんせんさい》すら区別せずに——」

「わかってねえのはおめえだよ！」とロムホルツが怒声をあげる。「なんでまだ照子屋《てらこや》に通ってるガキの作った薬の方が効くだなんて思えるんだ。推薦印が取れたのも親《や》さが聖《ひじり》に選ばれたおかげだろうが。そもそも、繫業解《けごうと》き工房から逃げた時点でわかってねえんだ。リナニツェ聖《ひじり》がこの聚落《じゅらく》に来てからどれほど苦労を重ねて己《な》ぁたちの足場を築いてくれたと思ってる」

「リナニツェ聖《ひじり》がしたのは」ヨドンツァが髪の毛の乱れた頭を掻きながら、面倒そうに言い返した。「新しい世界に飛び込むことで、房主の真似ごとじゃない」

「なんだとこの野郎！」ロムホルツが腰を上げ、椅几《いき》ががたつく。

確かにロムホルツは、ときおり荒っぽいイェムリンガ房主そっくりに見えることがあった。まるでイェムロガの方が同胞《はらから》みたいだ。

「さあジラァンゼ、リマルモ、いまのうちにわたしたちだけで残りの闇喉《あんこう》を平らげる？」

「うん」「たいあげぅ」

ふたりの先胞《さきがら》はしばらく睨《にら》みあった後、坐り直して大皿に叉匙《さじ》を伸ばした。

ジラァンゼは、輝晶燈《きしょうとう》をふたつ抱えて家を出て、壁に立てかけると、段梯《だんばしご》で宙廊の下におりた。すでに太陽は朝門《ちょうもん》をくぐり、白雲があたりにたちこめていた。やがて白雲のうねりを押《お》し退《の》けながら、輝きが、太陽が、百八の聖なる足が迫ってきた。

「三列目の左から二番目……三列目の左から二番目……」

ジラァンゼは宙廊から垂れ下がる布帛《ふはく》の間から顔を覗かせ、眼を細めて足身聖《そくしんひじり》たちの違いを見定めようとする。

「三列目……二番目……」太陽の眩《まぶ》しさで内裏《だいり》の下は真っ暗なひとつの影に溶け合っている上、聖《ひじり》たちは幾重にも連なって足身《そくしん》を動かしているため、数えるそばからわからなくなる。「いったいどれがリナニツェ聖《ひじり》なの……」

突然両肩をつかまれ、後ろに引っ張られて回転させられる。

「先胞《まあ》さ……」

リノモエラの片方の目元が魚の鰓《えら》みたいにひくつく。しまった親仕《やし》さまと言うべきなのに。

「あんた遮光器《しゃこうき》もつけずになにしてるの。せっかく生え戻った眼をまた焼き潰すつもり？」

言われて初めて、眼の奥や頬がひどく痛むことに気づいた。布帛《ふはく》の向こうから、地面を踏みしめる太陽の足音が響いてくる。ぱきゅ、ぴゅき、と沙璃《じゃり》の爆《は》ぜる音が混じる。光と影の長い帯が世界を撫で払うように傾いていき、背中を圧する熱が激しさを増す。

「リナニツェ聖《ひじり》がどれだかわからないんだ」焦りながら、肩掛け革包《かぼう》から慌てて遮光器《しゃこうき》を出して顔につけ、布帛《ふはく》の間から外を窺《うかが》う。

整然と動き続けるたくさんの足——三列目の左から二番目三列目の左から二番目——見分けがつかない。

「一生かかっても見つけ出せなかった人もいるみたいだよ」

「ええええっ」泣きそうになってリノモエラに向き直る。

「冗談に決まってるでしょ。太陽は毎日巡ってくるんだから、これからも機会はいくらでもある。久しぶりの照子屋《てらこや》なのに遅れたらだめじゃない。月がくる前にもうお行きなさい」

「はい。親仕《やし》さま」今度は正しく言えた。

「太陽と月と充分な距離を取って、陽だまりにも気をつけて」リノモエラはそう言ってから工房の方へ歩きだした。

「わかってるよ」

ジラァンゼは、濃い雲の漂う黄道《こうどう》を渡りかけるが、太陽が通ったばかりの沙璃《じゃり》は煮立ったように細かく震えてぷつぷつと音を立てている。とても渡れそうになかった。遠廻りすることにして、宙廊の下を朝門《ちょうもん》の方へ歩きだす。布帛《ふはく》越しに、炉壺《るつぼ》を担いだ陽採《ひど》り手《て》たちの重い足音が聞こえてきて、なんて過酷な仕事なんだろうと思う。

熱波がましになってきたあたりで、布帛《ふはく》の間から白雲に満ちた沙璃《じゃり》の広がりを見わたす。陽だまりでも飛んだのか、道端に置かれた荷台の角《かど》が煙をあげて燃えており、火末虫《かまつちゅう》の群がたかりだしていた。じきに煙だけになるだろう。あたりに陽だまりは落ちていない。朝門《ちょうもん》の方では、薄雲のなかで月たちが右側を斑状に光らせていた。五日月《いつかづき》なのか六日月《むいかづき》なのか。ジラァンゼには齢態《れいたい》の区別がつかない。なんにせよ、これだけ離れていれば大丈夫。

ジラァンゼは足を踏みだしたが、ここでも履物《はきもの》の裏が焦げつくほど熱い。膝を高く跳ね上がらせながら、眩《まばゆ》い陽光と熱い雲にまみれて黄道《こうどう》を横切っていく。付着した雲の雫《しずく》や噴き出した汗が胸元を伝い下りていくのでこそばゆい。

真っ白な濃雲の塊に呑まれて咳《せ》き込む。何も見えなくなって方向がわからず焦ったが、蒸し芋と染料の入り混じったにおいを頼りに進むうち、宙にうっすらと染め物の陽環色《ひわいろ》や、蒸し工房の輪郭が見えてきた。ほっとして工房横の路地から〈海《み》〉側の家並みに入る。遮光器《しゃこうき》を外して革包《かぼう》に戻し、びっしょり濡れた顔を手で拭う。奥へ進むにつれ涼しくなってきた。路地が交差すると右に曲がり、黄道《こうどう》と並行に歩いていく。不意に、喉の奥を強く引っ張られるような大きなあくびが出た。昨夜は苦しくなるほど食べたあと、白夜《びゃくや》のうちに三階の寝間に入ったのに

―

　壁を薄く削った透かし窓から汀《てい》の太陽の薄明が差し込んで、寝間《ねま》に埃《ほこり》が煌《きら》めいていた。床の中央にある床炉《しょうろ》の四角い穴では、幾つものお陽練《ひね》りが金焔色《きんえんしょく》のぼんやりとした光を放って、両側の壁に穿《うが》つように作られた三段の臥洞《ふしうろ》を温めている。

　ジラァンゼは〈暮《くれ》〉側の壁にある一番下の臥洞《ふしうろ》に潜り込み、何々鶏《かかけい》の羽根の詰まった柔らかい敷布の上で体を伸ばすと、融《と》けるような心地で眠りについた。

　気がつくと黒々とした死骸が数限りなく折り重なった平らな大地を眺めていた。顔になにか小さく冷たいものがあたり、手で払いながら頭上を仰ぎ見ると、青灰色の広大な空虚に、白く細かなものが無数に舞っていた。肌にあたるとやけに冷たく、たちまち溶け消えてしまう。怖くなって息を激しく吸い込みながら目を覚ますと、顔に如飛虫《にょひちゅう》がたかっていて手ではらった。背中が汗でびっしょりと濡れていた。自責の念に胸が疼《うず》くのを感じながら、ゆっくりと息を整える。忌虫香《きちゅうこう》のにおいがした。療治処《りょうじどころ》にいた間、虫の煩わしさをすっかり忘れていた。

　ヨドンツァはいつも害虫を引き寄せる。生まれた時から陽臓《ひぞう》や炕臓《かんぞう》が弱く、体が輝晶《きしょう》を受けつけないせいだと本人は言うが、よくわからない。誰しも体の陽のめぐりが悪くなると虫が寄

りやすくなるが、ヨドンツァは程度が違った。この子が赤ん坊の頃、寝ている間に全身が腐邏《ふら》虫《むし》に覆われたのが最初だったよ、とリナニツェから聞かされたときは呻《うめ》いてしまった。死出蟲《しでむし》の一種で、普通は生き物の死骸から湧いてくる気味の悪い虫だ。他にも、奪衣羽《だつえば》が湧いて服を穴だらけにされたり、如飛虫《にょひちゅう》の群に嚙まれて瘡蓋《かさぶた》だらけになったりと、様々な虫にたかられるので忌虫香《きちゅうこう》を焚《た》くようになった。けれど朱誅虫《しゅちゅうちゅう》や脈々断《みゃくみゃくだん》といった剣呑《けんのん》な虫にはあまり効かず、肉に深い穴を穿《うが》たれたり血管を切断されたりしては、療治処《りょうじどころ》に担ぎ込まれていたそうだ。ヨドンツァが自分で忌虫薬《きちゅうやく》を作るようになってからは、これでも随分減ったらしい。

　ジラァンゼが上体をあげると、床炉《しょうろ》の傍らに坐るヨドンツァの後ろ姿が見えた。まわりには羽虫の死骸が散らばっている。陽が体を巡っていないせいか、昔からヨドンツァの睡眠時間はまちまちだった。腰に提げた小さな革袋からなにかの塊らしきものを出して——陰になっていて見えないが、深刻な様子で眺めているようだった。薬の原料だろうか——

「なにぼうっとしてんだ——よ」と後ろから背中を突かれ、ジラァンゼは前につんのめった。

「なにすんだよ」

　振り返ればやはりゾモーゼフだ。その斜め後ろには、髪を頭上で結った細身で背の高いルソミミがいる。

「昨日はあんまり眠れな——」

「すげぇ」ゾモーゼフが濃い眉を上げ、元々大きな目を剝く。「目玉ってほんとに生えるんだな」

　ルソミミが朋石《ほうせき》みたいに色の薄い瞳をこちらに向け、「でも、鼻は曲がったままなのね」と言って急に興味を失ったように歩きはじめた。

「うわ、ほんとだ」とゾモーゼフがつかもうとし、「やめろって」と避《よ》けてから、自分で鼻筋をなぞる。ずっとこのままなのだろうか、と情けない気持ちで歩きだす。

三人が横並びになると、「また目玉を焼くつもりだったの？」と前を向いたままルソミミが言い、なんのことかわからず戸惑う。「さっき、布帛《ふはく》の間から顔だして太陽を見てたでしょ」

「見てたの？　声かけてくれればいいのに」

「だって家の屋上にいたんだもん」

冗談でしょ、とジラァンゼは笑う。ルソミミの家はこのあたりなのだ。ジラァンゼの家からは十途《と》近く離れている。

「ルソミミは最近、遠目が利くようになってきたからな」とゾモーゼフが言う。

「にしたって」

「ほんとだぜ、今年卒屋したら、環海《わだつみ》の遠視手《とおみて》になるのを期待されてんだ」

「言わなくていいって」

「もうそんな重要な役を。すごいや。じゃあ、ゾモはなにを期待されてるの」

「うるせえ」

「そういやラナオモンは一緒じゃないの」

「さっき浮流筒《ふるとう》を吹きながら照子屋《てらこや》の方に駈けてったぜ」

「そうなんだ。療治処《りょうじどころ》で中断していたから、すこしでも早く稽古をしたいんだろうね」

ディアルマと知り合って、さらに奏《かな》で手《て》を目指す気持ちが高まったのもあるのだろう。夢中になれるものを持っているラナオモンのことが、ジラァンゼは羨ましかった。でも、吾《わ》ぁにだって繫業解《けごうと》きがあるじゃないか、と思いなおす。リナニツェが築いてくれた足場に踏ん張って
――

ルソミミが急に立ち止まって、水濾《みずこ》し場《ば》に続く路地の方に長い首を傾けた。道端で地面に嘴《くちばし》を深く差し込んでいた何々鶏《かかけい》が、一瞬頭をあげ、また戻す。

「あなたの先胞《まあ》さがいる」

路地の奥には、壁に向かってひとりで突っ立っている人影が見えたが、遠すぎて誰なのかまではわからない。

「はっきり見えないけど、違う人でしょ」

そう流して、お祝いに貰《もら》った闇喉《あんこう》がどれだけ美味しかったのかを話そうとしたら、その路地を別の人影がこちらに向かって小走りにやってきた。水濾《みずこ》し手《て》の子のホルマタタだ。

「ねえねえ、君ん家の先胞《まあ》さ、あそこでなにしてるの」と荒い息で言う。

「ほら、言ったとおりでしょ」とルソミミに言われ、ジラァンゼは困惑しながら、「毬森《まりもり》でも眺めてるんじゃないかな。ヨド先胞《まあ》さは、あそこの植物に興味があるみたいだから」と適当に返した。毬森《まりもり》から来る森人《もりうど》たちに会いに、黒沙《こくしゃ》の阜《おか》で開かれる森の市《いち》によく通っていることは口にしなかった。聚落《じゅらく》では森人《もりうど》はあまり快く思われていないからだ。かつて大地と毬森《まりもり》を往還していた火星という辿体《てんたい》を、いまは毬森《まりもり》が独占していることが遠因のようだが、単に上から見下ろされるのが厭《いと》わしいだけなのでは、とジラァンゼは思っていた。

毬森《まりもり》では裁定力が働かないというのは本当だろうか。森人《もりうど》たちはそれを根拠に、自分たちが

裁定主様から許されていると考えていますとスマゴラナ啓師《けいし》は苦々しく言っていた。大地の裁定力の下で原罪を償おうとしない者を、どうして裁定主様がお許しになるでしょうか。その証拠に、あの者たちの寿命は短い。死後に楽園に迎えられることもないでしょう。

「なんかさ、ぶつぶつ独り言を喋《しゃべ》ったり、頷《うなず》いたりしてたよ。誰もいないのに」

「怖《こえ》えよ、おまえの先胞《まあ》さ」とゾモーゼフが言い、ホルマタタが道端の何々鶏《かかけい》を眺めながら声をひそめて、「ねえ、何々鶏《かかけい》を襲って臓物を抜き取るっていう噂は、やっぱり本当なの？　こんなにかわいいのに」と訊いてきた。

「そんなことするわけないでしょ。むしろ苦手らしくて避けてるくらいだよ」

「なんでこんなおとなしい生き物が苦手なんだよ」とゾモーゼフが笑う。

「手提げ袋に臓物が詰まってたのを見たって子がいてさ」

「薬の材料にするのに、捌《さば》き手《て》から貰《もら》ってるだけだよ。先胞《まあ》さは調合する薬のことで頭がいっぱいなの。放っておいてやってよ。もう行こう」

ジラァンゼは面倒になって足を早める。

大小の壺が重なり合うような形をした療治処《りょうじどころ》を越えると、横に長い照子屋《てらこや》の建物が見えてくる。その白い壁のところどころには、月除けのために硫涎硬《りゅうぜんこう》の欠片《かけら》が鏤《ちりば》められていた。

照子屋《てらこや》の角《かど》には月学を受け持つニナグラ啓師《けいし》がいて、長い鉤棒《かぎぼう》を宙廊の裏側に伸ばし、くっ、あっ、と唸《うな》りながら鉤棒《かぎぼう》を動かしていた。その向こうでは、壁から三歩ほど離れた地面に二頭の月が佇《たたず》んでいる。まだ皿状の窪みのない紡錘形《ぼうすいけい》で、じっと動かない。おそらく立待月《たちまちづき》だろう。

照子屋《てらこや》には、幼い子らの強い陽の気に引き寄せられて、様々な月がやってくる。特に多いのが立待月《たちまちづき》だ。月の幼体が体内の組成を変えるためにとる過渡相で、ときおり居住まいを正すくらいでほとんど動かない。けれど人が近づけば湯が沸騰するように全身から月漿《げっしょう》を滴らせるし、いつ次の相に移るともしれないので、子供たちはなるべく立待月《たちまちづき》のいない戸口から入る。

「月なんていなければいいいんだ」とゾモーゼフが怒りを湛《たた》えた声で言い、ジラァンゼはびくりと肩を跳ね上げた。

「いけませんよゾモーゼフ！」ニナグラ啓師《けいし》が強く言い、「あなたの頭にこれをかぶせてやりましょうか」と鉤棒《かぎぼう》を大きく傾けてその先をこちらに向けた。半透明のぶよぶよとした塊が突き刺さり、溶けたようにぐったり垂れている。月の残した朋《ほう》かと思っていると、その表面にたくさんの気泡がぷつぷつと弾け、顔に冷気がかかった。

「うわああっ、生きてる、朏《みかづき》だ！」

ゾモーゼフは声をあげて、照子屋《てらこや》の側面の階段を真っ先に上りだす。海から這い上がってまもない月の仔《こ》で、月漿《げっしょう》はさほど含まないものの、幼い子を包んで窒息死させることがある。

「前にも教えたでしょうに」ニナグラ啓師《けいし》は、地面に置いた月籠《つごもり》に向けて鉤棒《かぎぼう》を振り、朏《みかづき》を落とした。捕まえた朏《みかづき》は聚落《じゅらく》の外まで運んで放すのだという。「もし月がいなければ、毬森《まりもり》が枯れて球地《たまつち》の空気がなくなってしまうと」

月は植物の生育に必要な滋養を空気中に放っているのだそうだ。でも目には見えないので、その大切さをあまり実感できない。大人たちだって月への憤りを隠そうとしない。

ジラァンゼたちも階段を上りだした。踏み段にも、硫涎硬《りゅうぜんこう》の欠片《かけら》が光っている。硫涎硬《りゅうぜんこう》は、衆合魚《しゅごううお》一匹の腸からひと塊しか取れない貴重なものだ。これほど斥《しりぞ》けようとしながら、どれだけ落人《おちうど》が月逝《げっせい》しても手をくだすことができないなんて。月に呑まれたミラヌイの姿を思い出し、その腹立たしさに段梯《だんばしご》を上る手に力がこもる。

　二階の戸口から照子屋《てらこや》に入ると、育《はぐく》み処《どころ》から赤ん坊や幼子《おさなご》たちの騒がしい声が漏れていた。手前の階段を下りていき、六つの啓房《けいぼう》が並ぶ長い廊下に出る。一つ目の啓房《けいぼう》から、摩鈴盤《まりんばん》や千《ち》詠轤《えいろ》といった鳴り物の不揃いな音が響いてくる。浮流筒《ふるとう》の澄んだ音はラナオモンだろう。

　親と異なる業《なりわい》に就くには、照子屋《てらこや》の課後指難《しなん》を受け、推薦印を貰《もら》わなければならなかった。人手の足りない業《なりわい》なら容易《たやす》いが、聖職である奏《かな》で手《て》になるのは難しい。憧れて聖楽指難《しょうがくしなん》を受ける者は少なくなかったが、途中で諦めることがほとんどだった。

　年少の啓房《けいぼう》を二つ過ぎ、年中の啓房《けいぼう》で立ち止まる。

「じゃあ、あとでね」とルソミミがそのまま奥の年長の啓房《けいぼう》に向かう。

　啓房《けいぼう》の戸口は、子供の背丈に合わせて作られている。その昔、扉を破ったたった一頭の師走《しわす》の月に、多くの子供が犠牲になったためらしい。戸口をくぐれば、椅几《いき》が並ぶ啓房《けいぼう》にもう三十人ばかりの子らがいて、灑水役《しゃすいやく》だったホルマタタやマヤイロフを騒がしく取り囲んでいた。ジラァンゼに気づくと、焔切《えんぎ》りのまじないもせずに賑やかに迎え、「怖くなかった？」「ものすごく痛いんでしょう？」「歯が抜けるのとどっちが痛い？」「眼が破裂するのって」「眼が生えてくるって、どんな感じ？」と質問攻めにする。

　ラナオモンが遅れて入ってきて、その様子に面食らっている。

「吾《わ》ぁには灑水役《しゃすいやく》なんてできそうにないや」「眼がないのにずっと太陽が見えていたって本当？

「肌も戻ったんだね。あんなに陽脹《ひぶく》れだらけだったのに」「楫取《かんど》り聖《ひじり》は見えた？」

いろんな言葉を浴びせかけられるうち、戸口からスマゴラナ啓師《けいし》の大きな頭が迫《せ》り出してきた。細身の体を左右にねじりながら入ってきて、楚々草《そそくさ》のようにゆっくりと背筋を伸ばしていく。白藍色をした踝丈《くるぶしたけ》の貫頭衣を着ており、とても背が高い。長い顎を前に迫《せ》り出して灑水役《しゃすいやく》を務めた子供たちを見まわし、よく無事に戻ってきましたね、と満足げに頷《うなず》く。

「さあ、みなさん。お坐りなさい」

皆が一斉に動きだし、席についていく。ジラァンゼは一瞬どこが自分の席なのかがわからなくなったが、聖人式《しょうにんしき》の前に籤引《くじび》きで一番前の席を引いてがっかりしたことを思い出し、前に歩いて椅几《いき》に腰を落ろした。隣の席に坐る焼き物工房の子のマホェーロが、おかえり、と合図してくる。

スマゴラナ啓師《けいし》は全員が着席したのを見届けると、顎をこころもち上げて話しはじめた。

「今日は、久しぶりに啓房《けいぼう》の照子《てらこ》たち全員が揃ったことですし、いくつもの古史譜から読み取ることのできる、球地《たまつち》の来歴についておさらいしましょう」

啓師《けいし》はいつものように瞳を上に向け、白目がちになる。

「あなたたちも、この球地《たまつち》が無間《むげん》に広がる大地宙《だいちちゅう》の中心にあることは知っていますね。大地宙《だいちちゅう》には果てがないこと、そのすべてが穢《けが》れた土から成っていることも」

ジラァンゼは、啓師《けいし》の顔を見上げていた。落ち窪んだ眼窩《がんか》のなかで、瞼《まぶた》の下に覗く眼が朏《みかづき》みたいに見える。

マホェーロがうっすら透ける手で啓師《けいし》をこっそり指差し、きっとあの瞼《まぶた》の裏には詞組《しぐ》みの符が書かれているんだ、と笑いを堪《こら》えながら口の動きだけで言ってくる。その話は聞き飽きたよ、とジラァンゼは思いながら、無死魚《むじな》と間違えて、幼い五日月《いつかづき》を抱えていたせいで朋化《ほうか》しかけたという手の、陽の気でかすかに光る血管や骨にしばし目を奪われる。

「そこに大地宙《だいちちゅう》を統《す》べる偉大なる裁定主様が現れ、果てなき広がりの中心に――」果てしないのにどうやって中心を求め――と誰かが訊ねかけるが、語気を強めた啓師《けいし》の声に塗り込められる。「ふたりの御使《みっかい》を向かわせました。この御使《みっかい》たちのことはご存知でしょう」

啓師《けいし》が左の手を広げて促すと、皆が一斉に声を発する。

「牛頭《ごず》様!」

右の手を広げると、

「馬頭《めず》様!」

「牛頭《ごず》様は、ひとの果てなき飢えを満たしてくれる伝説の生物――」

「牛!」

ゾモーゼフの声が大きすぎる。

「そう! 牛の頭《こうべ》を持ち、太陽や生きとし生けるものを司《つかさど》る豊穣《ほうじょう》の御使《みっかい》。かたや馬頭《めず》様は、風さながらに駈ける伝説の生物――」

「馬!」

「そう! その頭《こうべ》を持ち、大地や海や風を司《つかさど》る不羈《ふき》の御使《みっかい》」

――ときどき浜辺で見つかる馬瑙《めのう》が、馬頭《めず》様のばらけたものってほんとですか?

また誰かが質問したが、スマゴラナ啓師《けいし》は、やはり聞こえなかったかのように話を進める。

「御使《みっかい》たちは大地宙《だいちちゅう》の中心に、〈厭離《おんり》〉の種を植えました」

どうして啓師《けいし》さまって、質問に答えてくださらないの？　とジラァンゼはヨドンツァに訊ねたことがあった。

「啓師《けいし》たちは、球地《たまつち》の成り立ちをさも見てきたかのように話すが、ほんとはなんにもわかっちゃいないんだ。羽呑《うの》みにしないよう気をつけろよ。あんなのは歴史でもなんでもない、音戯噺《おとぎばなし》のほうがよっぽど――」

「ヨドンツァ、あんた、なにか妙なことを吹き込んでるんじゃないでしょうね」とリナニツェが言い、「違うよ、瓊波魚《にわとと》の捕り方のこつを教えてやってるんだ」とヨドンツァは釣り竿を引くような素振りをしてから、声をひそめて言う。「なにが楽園だ。終わりのない責苦を与えられる場所でしかなかったっていうのに――」

ヨドンツァが啓師《けいし》たちに叱られてばかりいたことを思い出し、ジラァンゼはその思い込みを苦笑いして聞き流した。

「厭離《おんり》は穢土《えど》を押《お》し退けながらどんどん膨張し、やがて地宙との力の拮抗《きっこう》が限界に達すると、激しい爆発を起こしました。それによって穿《うが》たれた空間こそが？」

「球地《たまつち》！」

「さよう！　そして同時に生まれた、熱くて冷たくてぶよぶよで硬い、球地《たまつち》のあらゆるものの始原である塊が？」

「黎泥《れいでい》！」

「さよう！　黎泥《れいでい》は爆発の勢いでぐるぐると回転しながら、やがて海や風や多くの辿体《てんたい》に分かれていきました。太陽と月が離れる時に生まれ落ちたのが、永遠の命を授かっていた、わたしたち落人《おちうど》の先《さき》つ祖《おや》だったと言います。

その頃の太陽はたったひとつの巨《おお》きな存在で、やはりひとつの塊だった月を伴いながら球地《たまつち》じゅうを巡り続けて、剝き出しの穢土《えど》を浄めました。太陽の清明な光の下で、美しい生き物や植物たちが重さのない球宙《きゅうちゅう》に溢《あふ》れ、球地《たまつち》は先《さき》つ祖《おや》たちにとってなに不自由ない楽園となったのです」

いつもその頃の球地《たまつち》を想像すると、ジラァンゼはうっとりしてしまう。どうしてヨドンツァがそんなに厭《いと》うのかわからなかった。

「ですが――」スマゴラナ啓師《けいし》が口を引き締め、長い顎が筋張った。「幸福故に禁忌を持たなかった先《さき》つ祖《おや》たちは、工虫《こうちゅう》や地担蛇《じたんだ》、頬浮蛇《あぶだ》に吒々螺《たたら》といった不吉な穢《けが》れ喰《ぐ》いの棲《す》む深みまで、大地を掘ってしまったのです。そこに埋まる美しい朋石《ほうせき》に目が眩《くら》んだのだとも言われています」

リナニツェから聞かされた音戯噺《おとぎばなし》では、先《さき》つ祖《おや》は球地《たまつち》を広げようとして掘っていた。あれは霜《そう》の音戯噺《おとぎばなし》だったのかもしれない。

「穢《けが》れた土を掘り返したばかりか、煮え滾《たぎ》った穢漿《えしょう》溜まりを掘り当てたため、これまで押し留められてきた力が、激しい噴穢《ふんえ》を引き起こしました。球地《たまつち》じゅうがみるみる黒く穢《けが》れていき、太陽や月は大地に激突して砕け、方々に飛び散りました。

これこそが、わたしたちの引き継いだ原罪なのです。

見かねた裁定主様が、球地《たまつち》の全周に裁定力を施しになられたので、噴穢《ふんえ》は鎮まりましたが、代わりにすべてが大地に落下し、圧《お》しつけられることになりました」

「でも毬森《まりもり》は――」と誰かが口を挟むがもちろん啓師《けいし》はお答えにならない。

「太陽は五つの欠片《かけら》にばらけてしまい、裁定力によって身動きがとれなくなりながらも、陽命を保ち続けました。先《さき》つ祖《おや》たちは、罪を償おうと自らを太陽の欠片《かけら》たちの脚として捧げ、穢《けが》れた球地《たまつち》を巡りはじめました。原初の太陽とは比ぶべくもない力でしたが、穢《けが》れはすこしずつ浄められていきました。ところが、先《さき》つ祖《おや》たちの方はすでに穢《けが》れと原罪によって永遠の命を失っており、ひとりまたひとりと体が動かなくなっていきます。初めて見るその現象は、〈死〉と名づけられました。絶滅を免れなくなった先《さき》つ祖《おや》たちに、太陽は自らの血を分け与えて契《ちぎ》りを結ばせ、子をなして命の鎖を継ぐという生き延び方を授けました。つまりそれが我々、落人《おちうど》なのです」

夢に現れるのは、穢《けが》れに蝕《むしば》まれた先《さき》つ祖《おや》たちの姿だったのかもしれない。だからひどい罪の意識を覚えたのかもしれない。ジラァンゼはそう考えようとした。けれど、あの果てしない深さを持つあの青い虚無は――

次はニナグラ啓師《けいし》の月学指難《しなん》で、聚落《じゅらく》の気候にも影響を与えるという月の十二の暦態《れきたい》と十二の齢態《れいたい》について学び、さらにまたスマゴラナ啓師《けいし》の、今度は地学指難《しなん》があった。太陽が通り過ぎたばかりでひどく蒸し暑く、頭がぼうっとするなか聞いていたので、「それではみなさん、明日もよき陽の巡りを」という声がやけに唐突に聞こえ、「よき陽の巡りを」と皆にやや遅れて声を返す。

啓師《けいし》が、皆の方に顔を向けながら身を屈《かが》め、尻の方から戸口を出ていく。その顔が消える直前に、顎の下から大粒の汗が滴った。

ジラァンゼたちが廊下に出ると、雲気でうっすらと霞《かすみ》がかっており、年長の啓房《けいぼう》の前にある手水壺《ちょうずつぼ》の上に、膨豆頭《ぼうずあたま》のイェムロガが立っていた。

「風炉《ふろ》を浴びにいくやつは！」と両足で壺を左右に揺らしながら声を張りあげる。中の水がぼちゃんぼちゃん音をたてる。陽焼けした四人が応じて拳を上げると、イェムロガは威勢よく飛び下り、四人を引き連れて階段を上っていった。

「なんでいつもあんなに元気なんだろ」ラナオモンが呆《あき》れ声で言う。

いつだってイェムロガはこの地と分かちがたく、なんの迷いもないように見えた。

「そういやンゼと同じ工房だったたな。おまえら、仲悪そうだよな」ゾモーゼフが無節操に言う。

年長の啓房《けいぼう》から、セノウモンとルソミミが話しながら出てくるのを見ながら、「別にそんなことないけど」とジラァンゼは言う。「ただ……」どうせなら房主におなりなさいよ、というリナニツェの声が蘇《よみがえ》ってくる。けれど房主になれるのはひとりだけで、イェムロガは見習い仕事をさぼってばかりいるのに、その後継者と見做《みな》されている。「風炉《ふろ》を浴びるの、ほんとに好きだよなと思って。工房でも湯気にまみれるのに」

「己《な》ぁも風炉《ふろ》はけっこう好きだぜ。水をかぶって熱い雲に蒸されるのは気持ちいい」とゾモーゼフが言う。「あいつらみたいに、太陽にあんなに近づこうとは思わないけどな」

「ゾモも、聖人式《しょうにんしき》の灑水役《しゃすいやく》で皮がべろべろになれば嫌になるって。吾《わ》ぁも風炉《ふろ》浴び好きだったけど、しばらくはいいや……」ホルマタタが言った。その脚に死出蟲《しでむし》まで湧いたことを思い出し、ジラァンゼは笑いをこらえる。

「ディアルマはどうしてるかな」とラナオモンが誰にともなく呟《つぶや》いた。聖楽《しょうがく》のことを話せる相手がおらず寂しいのだろう。代わりになれないとわかっていながら話しかけていたが、「じゃあ、吾《わ》ぁは課後指難《しなん》があるから」と駈けていき、さっきと同じ啓房《けいぼう》に入った。

「あいつ、療治処《りょうじどころ》から戻ってからは取り憑《つ》かれたみたいに浮流筒《ふるとう》ばかり吹いてるんだけど、同じ節ばかり何度も繰り返すもんだから、うるさいったらないんだ」とセノウモンがぼやき、空《から》咳《ぜき》をする。鳴り物工房の手習い仕事で、肺を刺激する月漿《げっしょう》を多く使うせいらしい。

奏《かな》で手《て》の課後指難《しなん》は、諦めさせて親の工房を継がせるためにある、と言われるほど厳しいらしく、まわりで推薦印を手にしたという話も聞いたことがない。でも——

「ラナオモンなら、ぜったい奏《かな》で手《て》になれるね」とジラァンゼは言った。

「ああ。あいつがいい音色を出せるように、浮流筒《ふるとう》づくりを極めたいよ」

「さあ、己《な》ぁらは海依等《みいら》捕りに行こうぜ」とゾモーゼフが言い、「行こう行こう」と盛り上がっていたら、「残念だなぁ、あたしは賜陽《しよう》の前で陽のめぐりが悪いから行けないや」と誘われてもないマホェーロが呟《つぶや》いた。陽のめぐりが悪いと魚に襲われやすくなる。ジラァンゼも賜陽《しよう》の儀はだいぶ前だったので不安になりかけたが、療治処《りょうじどころ》で輝晶《きしょう》の溶き汁をさんざん飲まされたことを思い出した。

「マヤイロフとソロアロは来ないのか？」と階段を上りかけているふたりにゾモーゼフが声をかけた。布帛《ふはく》工房の子らは自分がいると来たがらないのに——

マヤイロフが振り返って髪の編み込みの隙間から頭を掻きつつ「行きたいんだけどよ」と意外にも言い、「海蠶《かいこ》の糸取り頼まれてんだ」とソロアロが続け、ふたりは階段を上りだした。

「なあんだ」とルソミミが残念そうに後に続き、皆も階段に向かって動きだした。「療治処《りょうじどころ》を出たばかりだってのに、さっそく仕事かよ。お前に負けたままだと、漁り手《いざて》の子の名折れだってのに」ゾモーゼフの声が階段を包む空洞に響く。海依等捕り《みいら》は、マヤイロフが一番上手いのだという。

「ひでえ話だろ。師範たちに言ってくれよ」とマヤイロフが背を向けたまま嘆き、「最近すこし肌寒くなったろ。布帛工房《ふはく》が忙しくなってさ」とソロアロが言う。今日は自分のせいではないらしい。そういえば聖人式《しょうにんしき》のすこし前に、臥洞《ふしうろ》の掛け布を一枚増やしたところだった。二階に近づくにつれ、育み処《はぐくどころ》からの唄声《うたごえ》が聞こえてくる。

「早く聖《ひじり》になりまして、お陽さましょって、お陽さましょいたい、しょいたいなー、お陽さましょって、めぐるぐる、めぐるぐる、お陽さましょって、めぐめぐる、めぐるぐる――」

二階の廊下に出ると、壁の窓穴から育み処《はぐくどころ》を覗いてみる。

幼い子らが育み手《はぐくて》の前にまばらに並んで唄っていた。リマルモの姿もある。いまのうちに好きなだけ唄いな、とジラァンゼは思う。育み処《はぐくどころ》を出たら、皆で唄うことは許されなくなるんだから。

環海《わだつみ》の方に続く曲がりくねった路地を、ゾモーゼフ、ルソミミ、ジラァンゼ、ホルマタタの四人が歩いていた。黄道《こうどう》からだいぶ離れても、太陽の光と熱は家々を透かして届いている。

ジラァンゼは月鐘《げっしょう》が聞こえてこないか、気が気ではなかった。危険なはぐれ月の群が現れた知らせだが、それが鳴ったら必ず帰る条件でリノモエラに海依等捕り《みいら》を許してもらえたのだ。

「あっ」とルソミミが言い、長い腕を上げて宙廊の下を指差した。見ると宙廊と壁の境目に眠々蝉《みんみんぜみ》が貼りついている。ジラァンゼは肩掛け革包《かぼう》から、リナニツェのおふるの解虫串《ほぐし》を取り出す。背が届かないので、ホルマタタに肩車してもらって顔を近づけると、甲皮の片側の縞《しま》模様が渦を巻いていた。壁との接着面に解虫串《ほぐし》をあてがい、握りの端を拳で何度か叩《たた》く。岩が割れるように眠々蝉《みんみんぜみ》が剝がれ落ち、おっと、とゾモーゼフが受け止める。

「まったく動かないな。ほんとにこれ、生きてるのか？」

そもそもこれまで眠々蝉《みんみんぜみ》の動いている姿を一度も見たことがない。こんなに眠ってばかりなのに、ヨドンツァによれば、その頭はなぜか強い眠気覚ましになるらしい。

聚落《じゅらく》の端へと向かうにつれ、陽の光が薄れてきた。ジラァンゼは念の為、腰の革包《かぼう》に触れて、手燈《しゅとう》と油瓶が入っていることを確かめる。

家並みを抜けきると、薄明のなか、海水を溜めた升目《ますめ》が縦横に並ぶ水濾《みずこ》し処《どころ》が広がっていた。水濾《みずこ》し手《て》たちが柄つきの濾《こ》し網を升目《ますめ》に沈めては掬い上げ、そこに残る繊維質の皁易子《ふいご》や、刺々《とげとげ》しい朔《さく》を溝に落としている。それらは選り分けられ、皁易子《ふいご》は譜紙や陽増し油になり、朔《さく》は海に戻される。

突然「でやがった」と水濾《みずこ》し手《て》のひとりが声をあげ、濾《こ》し網を掲げた。他の水濾《みずこ》し手《て》たちも集まってきて「またなの」「なんと不吉な」と言い合っている。

どうしたんだろ、とジラァンゼたちが背伸びして眺めると、濾《こ》し網の中でなにかが反射した。交錯する金属棒の集まりのようなものが、痙攣《けいれん》するように互い違いに動いて光沢をうつろわせている。

「工虫《こうちゅう》に見えるけど」と目を細めたルソミミが言う。

「まさかぁ、穢《けが》れた虫があんな綺麗なわけない」「そうだよ、こんなとこにいるわけないし」

工虫《こうちゅう》は、地上ではめったに目にすることのない不吉な穢《けが》れ喰《ぐ》いだった。嫌陽性で、普段は地中深くの穢土《えど》に棲《す》み、穢漿《えしょう》を啜《すす》って生きていると考えられている。なぜか虚仮《こけ》植物の噫茗《あめい》を好み、大昔には噫茗《あめい》が聚落《じゅらく》で繁茂するたびに、夥《おびただ》しいほど地上へ這い出してきて穢《けが》れを振り撒いたという。いまは噫茗《あめい》が毬森《まりもり》でしか栽培されていないのはそのためらしい。

「いや、ルソミミの言うとおりなんだ」とホルマタタが言った。「すこし前から、たまに海の水に交じるようになったらしくてさ。大人たちって案外迷信深いんだよね。さあさあ、もう行こうよ」

皆で水濾《みずこ》し処《どころ》の右手にある小さな阜《おか》に向かう。そこには円形の水路口があり、荷繰《にぐ》り役《やく》が腰を落として荷札つきの封舟《ふうせん》を続々と送りだしていた。水路は太陽の熱で蒸発しないよう、地中の許可域に収まるよう作られているので狭く、人の往来に使われることはない。鉄鱗《てつりん》でも詰まっているのか、封舟《ふうせん》は水面すれすれに浮かんでいた。

「こないだ清掃したばかりだから、おらんかもしれんよ」と封舟《ふうせん》を押しながら荷繰《にぐ》り役《やく》が言う。

「えー、そうなの」

すべての封舟《ふうせん》が水路口の奥に消えると、皆は水路口の周囲に集まった。ジラァンゼが衣嚢《おとし》の紐《ひも》の玉から紐先《ひもさき》を引っ張り出して眠々蟬《みんみんぜみ》の節に手際よく括《くく》りつける。けれど甲皮にこの模様がある《ママ》のはこの眠々蟬《みんみんぜみ》だけだと思うと、手放すのが惜しくなった。

「なにしてんだよ、ンゼ」

「あっ」

ゾモーゼフが眠々蟬《みんみんぜみ》を奪って水路口の中に投げる。衣嚢《おとし》の中で、紐《ひも》の玉からくるくると紐《ひも》がほどけていくのがわかる。眠々蟬《みんみんぜみ》は飛沫《しぶき》も上げずに水に沈み、節の連なる腹を浮かべて流されていった。やがて紐《ひも》が突っ張ってその場で洗われるだけになる。しばらく待ったが手応えがなく、手を右の方に傾ける。

重々しく引っ張られる感触がした。紐《ひも》を強く手繰《たぐ》るうちに、ぼってりとした半透明の体が水面から覗く。「どっち、月の仔《こ》じゃないよね」マホェーロの透けた腕を思い出しつつ、ジラァンゼは目を細める。「大丈夫、無死魚《むじな》の方だよ」月の遠縁だというが、月漿《げっしょう》は含まない。うっすらと土色がかっている。歯を噛み締めて全身に力を込める。寝不足のせいか、歯の根元が浮いているようだった。ようやく釣り上げた無死魚《むじな》は、前腕ほどの大きさだった。水滴を散らしてのたうつ半透明の体の中で、四枚の鞘翅《さやばね》を大きく広げた眠々蟬《みんみんぜみ》が、ジコジコと音を立てて体を前後に伸縮させていた。「いまから考えておかないと、眠々蟬《みんみんぜみ》みたいになるよ」というディアルマの言葉を思い出し、ホルマタタと一瞬目が合う。命が危うくなってから目覚めても遅い、と言いたかったのだろうか。

ゾモーゼフが無死魚《むじな》を両手で抱えて笑いながら駈け出した。ジラァンゼたちもその後を追う。太陽から遠ざかっているせいで、明るさが弱まって肌寒くなってくる。

水濾《みずこ》し処《どころ》を通り過ぎると建物がほとんどなくなり、海辺へ通じる草地が開ける。遠くに月が一頭いるのをルソミミが見つけてどきりとする。月の多くは太陽に集まっているが、すべてではない。月鐘《げっしょう》は聞こえないので大丈夫だろうが、念の為にすこし遠回りして歩いていく。

なにか岩のようなものが見えてきて、「ぎぇー」とホルマタタが叫んで駈け出した。見れば、夥《おびただ》しい死出蟲《しでむし》に覆われたいびつな塊で、しかもあちこちを黙食巳《もくはみ》の長くくねる体が出入りしている。皆も「うわー」「ぎゃー」「気持ち悪《わり》ぃ」と騒ぎながら駈け抜けた。形からすると、小ぶりの星の死骸だろう。湧き出した死出蟲《しでむし》たちは、陽分《ようぶん》を吸い尽くして肉を透明な朋《ほう》に変えたり、腐らせてばらばらにしたりする。落人《おちうど》も、死んだ後に唾脂《つばきあぶら》を塗らなければこうなってしまう、と聞いたときには、寝ている間に体から無数の死出蟲《しでむし》が湧き出してきそうで、眠れなくなった。

月除けの溝を渡って朽ちた建物の前に着くと、ジラァンゼは革包《かぼう》から手燈《しゅとう》を取り出して油瓶の陽増し油を注ぎ、強く振った。輝晶《きしょう》に反応して灯りの強まった手燈《しゅとう》を、壁に開いている大きな割れ目から差し込んで、中を見まわす。天床の高い空間のいたるところに漁網《ぎょもう》や帆布が吊るされ、雑然と木箱が山積みされており、中央には黝《くろ》ずんだ溶鱗炉《ようりんろ》が鎮座している。

「妙なものは潜んでなさそうだよ」と皆に言い、割れ目から順に足を踏み入れる。壁に所狭しと立てかけられた漁《いざ》り具《ぐ》から、皆はそれぞれにお気に入りの銛《もり》を手に取っていく。ゾモーゼフが銛《もり》を手にしたとき、「あっ」と声をあげた。見ると無死魚《むじな》が床に落ち、のたくりながら溶鱗《ようりん》炉《ろ》の中に逃げていく。

「なにやってんだよ」

「しょうがないだろ、のめのめして滑るんだって」

ルソミミが腰を屈《かが》めて溶鱗炉《ようりんろ》の口をくぐり、両手で捕まえて戻ってくる。透けた体表には、溶鱗炉《ようりんろ》の底に散らばる鱗《うろこ》がくっついていた。かつてはここは鋳鱗《ちゅうりん》工房で、いまの太陽が幼陽《おさなび》だった大昔には、この溶鱗炉《ようりんろ》の中に収められ、魚鱗を溶かして様々な鉄器具を作っていたと照子《てらこ》屋《や》で教わった。幼陽《おさなび》が育って太陽と融《ゆう》を起こすと、鍛《きた》え手《て》たちは新たに幼陽《おさなび》を迎えた別の聚落《じゅらく》に移住したという。そうやって聚落《じゅらく》を巡り続けてきたらしい。いつか新しい太陽が現れたら、またこの溶鱗炉《ようりんろ》に戻ってくるのだろうか。

銛《もり》を手に鋳鱗《ちゅうりん》工房を出た四人は、潤色《うるみいろ》の光にうっすらと包まれた砂浜を渡って、聚落《じゅらく》ひとつ分ほども海に侵食された大きな入り江に向かう。叙《じょ》の聚落《じゅらく》が昼間でも、このあたりでは白夜《びゃくや》で、砂に埋まる硝子貝《がらすがい》や波打ち際を這い回る小さな沙璃蟹《じゃりがに》が乏しい光を受けてかすかに煌《きら》めいていた。踏み進む砂地には、ときおり細長い幡呈貝《まんていがい》が足元から突き出してきたり、剕魚子《ひおし》らしき砂の膨らみが逃げていったりする。

「うわっ。ぞっとするな」とホルマタタの声がする。視線を落とすと、二匹の拌脊《はんぜい》が環形の体をつなげたまま砂にまみれてのたくっている。番《つが》っているのだ。ジラァンゼの背中もわずかに沫立《あわだ》つ。「なんで下等ないきもんって、こんなことしねぇと増えないんだろう、なっ」とゾモーゼフが砂ごと蹴って、二匹の拌脊《はんぜい》がばらけて飛ばされた。きゃっ、ちょっとやめてよ、とルソミミが避ける。

砂浜の向かって右手には、聖人式《しょうにんしき》までリナニツェ聖《ひじり》が籠もっていた箱形の別処《べつどころ》が建ち、その周囲に何頭もの立待月《たちまちづき》が並んでいた。別処《べつどころ》の地下には洞窟があり、陽室《ひむろ》として多くの陽だまりを寝かせているため、惹き寄せてしまうらしい。警戒して眺めていると、急にふさふさした翅《は》虫《むし》が顔にあたって手ではらう。如飛虫《にょひちゅう》の群だった。ヨドンツァがこんなたわいもない虫に襲われて傷だらけになっていたのかと思うと、ちょっとおかしい。

あちこちに燈杖《とうじょう》の刺さる浜には幾つもの長い桟橋が並んでいて、そのうちの三つで、大勢の漁《いざ》り手《て》たちが鱗鉄《りんてつ》の鎖を編みこんだ漁網《ぎょもう》を引っ張りあげているところだった。どの漁《いざ》り手《て》の鼻筋や耳朶《みみたぶ》にも、鮃魚《ひお》や吼々魚《くくうお》などの鋭い口吻《こうふん》が刺さっている。他の魚の獲物だと錯覚させて襲撃を和らげる、魚騙《うおだま》しの飾りだという。

二つの桟橋の突端には四方樹《よもぎ》の柱が立ち、そこに贄役《にえやく》が括《くく》りつけられてぶつぶつと呪言《じゅげん》めいた言葉を呟《つぶや》いていた。贄役《にえやく》の体はヨドンツァのように陽のめぐりが悪く、そこにいるだけで撒《ま》き餌《え》のごとく海依《みいら》等を集めて漁を助けるのだという。

「贄役《にえやく》って、大人のくせに臍《へそ》がないんだぜ」とゾモーゼフがひそひそ声で言う。

「へえ、吾《わ》ぁらとおんなじなの？」

「子を産めないかららしい」

「わたしたちも子を産んだら、ほんとに臍《へそ》ができるのかな」ルソミミが上衣の裾をめくって、つるつるした自分の腹を覗く。

桟橋の向こうには穏やかな仄暗《ほのぐら》い環海《わだつみ》が広がっていて、ところどころにぼんやりとした海月《みづき》が不穏に漂っていた。垂直に小刻みに跳ねる、延尾《えんび》らしき細長い輪郭も窺《うかが》える。海は奥にいくにしたがって上方へ湾曲していき、正面遠くの垂曲面には海中地《みちゅうち》と呼ばれるほぼ円形をした島がある。

海面から鎖の漁網《ぎょもう》が覗きだした。中では煩悩蟹《ぼんのうがに》たちが折り重なって、その頭鋏《とうきょう》である惨斬《ざんぎり》を網目のあちこちから突き出している。剣呑《けんのん》な音を立てて勢い良く惨斬《ざんぎり》を開閉し、口から飛沫《しぶき》を散らす。鎖どうしの擦れあう音がやけに耳に響く。ジラァンゼは繋業《けごうと》解き工房で見慣れているつもりだったが、水揚げされたばかりの煩悩蟹《ぼんのうがに》はまるで違っていて怖気《おぞけ》を覚えた。

「あの惨斬《ざんぎり》なら、大きな魚を獲れるだろうね」ジラァンゼが言うと、「それがよ、見てても、顎肢や唇肢で小さな魚を捕まえるだけなんだよな」とゾモーゼフが返す。「じゃあ、なんのためにあるの、あの惨斬《ざんぎり》……」「わかんね」

「おいおまえたち、危ないからあっちへ行け！」

大柄の漁《いざ》り手《て》が怒鳴り声をあげ、岩から削りだしたような太い手でふたりをはらう素振りをした。その指先は月疱《げっぽう》に覆われて朋《ほう》状に透き通っている。

「はいはい！　ったくうるせえな」ゾモーゼフは悪態をついてから、「伯《お》さまだよ」と囁《ささや》き声で言った。「だんだん手に力が入らなくなってきて、苛立《いらだ》ってんだ。もうすぐあんなふうに鱗《うろこ》落《お》とししかできなくなる」

ゾモーゼフが顎で指した背後の砂浜では、鱗落《うろこお》としの年寄りたちが何人も集まり、噎《む》せながら作業をしていた。道具を腕に縛りつけている者も少なくない。宙に吊るした銀多羅《ぎんたら》や弥泥魚《みでいうお》といった魚を、大壺の月漿《げっしょう》に浸けては上げ、多羽子《たばし》で表層のぬめりを落とし、掻《か》き遍羅《べら》で鱗《うろこ》を掻き落としていく。じゃらじゃらと金属質の音を立てて鱗《うろこ》が盛り山になっていく。

己《な》ぁはあんなことはごめんだ。ずっと漁《いざ》り手《て》のままでいたい、とゾモーゼフが呟《つぶや》いた。

「なにのんびりしてるの。暗くなっちゃうよ」

ルソミミが言いながら空《あ》いている栈橋を渡りだした。ジラァンゼたちもそれに倣《なら》う。

突端に着くと、皆でルソミミが抱える無死魚《むじな》のぶよぶよした体をひとつかみずつ千切って海に放り投げていった。千切っても千切っても無死魚《むじな》は身をよじり続ける。中の眠々蟬《みんみんぜみ》が半ばまで露わになった頃、手前の水面が泡立って明るみだした。

「なに、今日は叽々魚《くくうお》や鋒苦魚《ほうくうお》ばかりじゃない。みんな、危ない魚だから顔を下げすぎな――」ルソミミが言い終わる前に、突如眠々蟬《みんみんぜみ》が透明な肉片を撒き散らして羽ばたき、宙に脱して見るまに背後へ飛び去っていった。

「びっくりしたー。こんなことあるんだ」「飛んでるのなんて初めて見たね」ジラァンゼとホルマタタは顔を見合わせて啞然《あぜん》としていた。しかも、動くとあんなに素早いだなんて。

「おまえたち、なにしてんだよ。もう魚は集まってるんだぜ」銛《もり》を振り下ろしながらゾモーゼフが言う。

「わかってるって」ジラァンゼもすぐさま両手で持った銛《もり》を握りしめ、水中に向かって思い切り振り下ろした。が、まるで手応えがない。「あれ」繰り返し振り下ろす。これほど魚たちが群がっているというのに、かすりもしない。

「へへ。こっちは刺さっ――や、逃げられた。もういち、どっ――くそっ」

「こっちもだめだ。こんなにたくさんいるのに」

「どっちも素早くてぬめりが強い種なんだよね」

おいおまえたちぃ！　あんまり前に屈《かが》みこむでない。魚にやられちまうぞう、と背後から声がした。鱗落《うろこお》としの老人たちだ。けれど皆は夢中で、前屈《まえかが》みのまま銛《もり》を突くことをやめられない。獲れないのがおかしいほどの数なのだ。さっき注意を促したルソミミまでもが前のめりになっている。

突如水面から鋒苦魚《ほうくうお》が勢いよく飛び出し、長く鋭い口吻《こうふん》でホルマタタの顎をかすめて水中に飛び込んだ。

「うわっ」ホルマタタが後ろに倒れて尻もちをつく。

「ホルマタタ！「大丈夫？」皆が陽臓《ひぞう》を冷やしつつ一斉に背筋を伸ばした。

「はは、びっくりしただけだよ」ホルマタタは、満腹でもう食べられないという感じで言い、顎に触れてからその指を眺める。血がついていた。

「あれ、切れてるじゃないか」

「なんてことないって」と言ったとたん顎から血がぼとぼとと垂れ落ちだした。「大丈夫、すぐに塞がるから」手で傷口を押さえるが、血が腕を伝って流れ続ける。「うん、じきに、塞がるよ……」ホルマタタの顔が白みだしていた。

そうだ――とジラァンゼは衣嚢《おとし》から貝殻を出して開き、中の膏薬《こうやく》を傷口に塗ってやる。まもなく血が止まったので皆が驚き、ヨドンツァが作ったのだと言うと、「うそでしょ「へー、こんなに効くなんて「ただの変人じゃなかったんだ」とやけに感心する。

心配して声をかけてきた鱗落《うろこお》としに、ルソミミが符丁らしき動きを片手で返す。

ジラァンゼが海に向き直ると、向こうの海中に明るい光が揺らいでいるのが目に入った。環海《わだつみ》の底には、創世期に球地《たまつち》のあらゆるものを生んだ黎泥《れいでい》が残されていて、いまでも太陽や月はそこから生まれてくるのだ、という啓師《けいし》に聞かされた話が頭によぎる。あれは月じゃない。だとしたら――「あ、あ……」ジラァンゼは驚愕《きょうがく》のあまり声も出せずに指差していた。

「なに。どうしたんだよジラ」

「あたら、しい太陽が、海に――」

ホルマタタが血に濡れた片手を額にあてて眺め、「ほんとだ、すごい、すごいよ、なにか光ってる」と興奮して言ったが、ルソミミとゾモーゼフは笑いだしていた。

「そんなわけないでしょ。明らかに光が乏しいじゃない」「よく見ろよジラ、ほら、幾つも光ってるだろ」

確かに他にも光が見えてきた。四つ、いや五つもある。

「ほんとだ……」ジラァンゼは声を萎《しぼ》ませる。がっかりしていると、また歯の根が浮いているような感じがしてきた。

太陽であったら、どれだけよいじゃろ。ほんに、太陽であったなら、と鱗落《うろこお》としたちが笑いながら話している。

──わしらの大親《おおおや》さの大親《おおおや》さの頃だったかのう。いや、そのまた大親《おおおや》さの頃じゃろう。陽が来ませり。そう、海からまことの新しき太陽が現れて、そりゃあえれえ鮮やかな眩《まば》ゆさであったそうな。融《ゆう》が起きると古くから推定されておった年だったから、てっきり叙《じょ》と夸《こ》の太陽だと大騒ぎしておったらば。しておったらば。なんとそれは衢《く》と峨《が》の太陽で──

年寄りたちの話を聞くともなく聞いているうちに、それぞれの光は波に揺らめきつつ、こちらに向かって大きさを増してきた。

──そして新しき太陽は、見知らぬ台手《うてなて》や奏《かな》で手《て》たちに導かれ、去ってしまったそうな。だからあそこの太陽は、球地《たまつち》で最も若いのよ。年をとっても若いのよ。それなのに。そうそれなのに。ずっと待ち焦がれておるわしらの元には、未だ現れてくれぬ。悔しかろう。悔しかのう──

水面から押し出されるようにして、長い体毛に覆われた球形の生き物が姿を現し、隣の桟橋に近い砂浜にもぞもぞと這い上がってきた。綿にくるまれたようにぼんやりした光を放っており、滴り落ちる水滴が煌《きら》めいている。高さはジランゼたちの胸元ほどはあった。

「星の仔《こ》だったんだ……」とホルマタがつぶやく。

前方に瘤《こぶ》状の頭がひとつある一頭星が三体、ふたつ頭の二頭星が二体。輪郭は太陽に似ているが、六本の足はやけに短くどこか滑稽だった。もともと星という言葉は、日を生み出す存在、つまり太陽のことを指していたが、いつしか球地《たまつち》じゅうで飼われ、暗い夜を彩る役畜《えきちく》の名になったらしい。

燈杖《とうじょう》を手にした星飼《ほしか》いがやってきて、星の仔《こ》らの前に立ち、鱗束《りんそく》を振ってしゃんしゃしゃと鳴らしだした。星の仔《こ》らは、濡れそぼった球軀《きゅうく》を回転させるように震わせて飛沫《しぶき》を散らし、全身の毛を放射状に広げると、これまでずっと飼われていたかのように星飼《ほしか》いに導かれて歩みだした。

星が海から生まれるのは知っていても、目にするのは初めてだった。

去っていく星の仔《こ》らを眺めていると、海から一艘《そう》、また一艘《そう》と舟が戻ってきた。幾つかの舳《へ》先《さき》には贄役《にえやく》が括《くく》りつけられていて、中には手や脚がない者もいる。

舟が浜に乗り上げて止まると、水繊《みずおどし》を着た漁《いざ》り手《て》たちが生簀《いけす》を担ぎながら降りてくる。そのなかに見上げるほど大きな体をしたゾモーゼフの親のゾモラッシャがいた。手袋を脱ぎ取りながら、大股でこちらに歩いてくる。

「親《や》さ、今日のかかりはどうだった？」

「なに生意気言ってやがる——お、ジラくんじゃねえか。聖傷《せいしょう》はすっかり治ったんだなぁ」

ジラァンゼが昨日の闇喉《あんこう》のお礼を言うと、「なんの。今度は房主にでもなったら、またでかいのを贈ってやるさ」と言って豪快に笑い、「さあ小僧たち、そろそろ割剣魚《かっこう》や衆合魚《しゅごうお》が現れだす時間だ。玉魚《たまとと》捕りはお終いにして帰りな」と促した。

「玉魚《たまとと》捕りじゃねえよ！　こっちはもっとでっかい勝負をしてんだ！」とゾモーゼフは異議を唱えたが、すでにゾモラッシャは漁《いざ》り手《て》たちの方を向き、胴間声であちこちに指示をしている。

「今日はろくに捕れなくて残念だったね」

「せっかくジラァンゼとホルマタタのお祝いだってのにな」

「でも楽しかったよ。眠々蟬《みんみんぜみ》が飛ぶのを初めて見られたし。なんだかめでたい気分だったな」

ジラァンゼが言うと、「吾《わ》ぁも」とホルマタタが同意した。「療治処《りょうじどころ》ではずっと退屈だったしさ」

「吾《わ》ぁはそうでもなかったけどな」霜《そう》や親《や》さたちのことがいろいろとわかったし、ラナオモンともけっこう喋《しゃべ》れたし。

「だってラナオモンは、あの奏《かな》で手《て》の子とわけのわからない話ばっかりしてたじゃない」

それは確かに退屈というか――寂しかったな、とジラァンゼは思う。

四人は、日暮れ時の叙《じょ》の聚落《じゅらく》へと、沙璃《じゃり》敷きの薄暗い道を歩いていた。黒沙《こくしゃ》の皐《おか》に向かって、幾つもの流れ星が落ちていくのが見えた。毬森《まりもり》から、森の市で売る品物を運んでいるのかもしれない。ジラァンゼは遠くに覗く黒沙《こくしゃ》の皐《おか》の天辺を眺めながら、歯茎を右から左へ、左から右へと舌でいじっていた。歯の浮く感じが、すべての歯の隙間に魚の小骨でも挟まったような違和感に変わっている。昨日ご馳走《ちそう》を食べ過ぎたせいだろうか。一歩進むごとに隣り合う歯が軋《きし》む。

聚落《じゅらく》の家が現れだしたあたりで、「あっ」とホルマタタが壁際に走った。「これ熾燃薯《しねんじょ》の葉じゃない？　地面に熾燃薯《しねんじょ》が埋まってるんだよ」

「ほんとだ、掘って分けようぜ」とゾモーゼフもしゃがみ込む。熾燃薯《しねんじょ》は陽周虫《ひぐらし》の死骸を養分にして育つらしく、膨らんだ根茎には陽分《ようぶん》が多く含まれていて美味しい。

ジラァンゼも一緒に掘りたかったが、激痛と言えるほどの痛みになって動けなくなっていた。

「どうしたの、具合が悪い？」とルソミミが声をかけてくれ、「だいじょうぶ」とやっとのことで答える。

「なんだー、これ多苦薯《たくしょ》じゃないか」とゾモーゼフが芋の連なりを掲げて拍子抜けした声で言い、「ごめん、薄暗くて葉の形の見分けがつかなかったや」とホルマタタが申しなさげに苦笑する。

食べると体じゅうにひどい痛みを生じさせる毒薯《どくいも》だが、ヨドンツァは忌虫薬《きちゅうやく》を作るのによく使っていた。持って帰ってやろうかな、と思ったところで「あうぉあっ……」と呻《うめ》いてジラァンゼは両膝に手をついた。「なんあ……こえ……」信じられないくらい痛い――

「今度はどうしたんだよ」

舌の上に固いものがボロボロと落ちてくる。舌先で触れると、歯茎に幾つも深い穴が開いていて、握りこぶしが入りそうなくらい大きく感じられる。歯が抜けたのだ。「あっおえいおうぁあおっあ……」やっと聖傷《せいしょう》が治ったばかりなのに、と言ったつもりが言葉にならない。

「脱歯が始まったんでしょ」とルソミミが言い、「あー」とゾモーゼフが納得し、「信じられねえくらい痛えだろ。多苦薯《たくしょ》どころじゃない」

口を閉じたままで、うん、とうなずき、砂の上に預流果《よるか》の種のようにぷつぷつと歯を落とす。

「ええー、そんなに痛いの。一度目のときは覚えてないんだよね。やだなー」とホルマタが怯えた声で言う。

「初歯《ういし》の節苦《せっく》なんて三歳でしょ。誰も覚えてないよ」

そうか、これは二度目の脱歯なんだ。

「生えるときも痛《いて》えんだ。いくら苦徳《くどく》を積めるったって、まだあと一回あると思うとぞっとする。なんでこんなに生え変わる必要があるんだろうな」

「そうだよね。彗星《すいせい》みたいに固い貝ばかり食べてるとかならわかるけど」

「裁定主様としては贈り物のつもりなんじゃない?」

ヨドンツァは脱歯したとき、なにが苦徳《くどく》だ、これは裁定主が与える罰だとか拷問だとか罰当たりなことを言ってリナニツェを怒らせていたが、いまならその気持ちはわかる気もする。ジラァンゼはひどい痛みに堪えながら再び歩きだした。蓄晶《ちくしょう》の欠片《かけら》を練り込まれた家々の壁が、昼間吸い込んだ光をぼんやりと放ちだしていた。

岐《わか》れ路《みち》まで来たところで、家まで一緒に行こうかと皆は案じてくれたが、「あいおうう」と言って別れ、腫れた歯茎の心地悪さに気を取られながら家に帰った。

段梯《だんばしご》を上って扉を開けると、なぜか居間の中央でヨドンツァが頭を抱えて額《ぬか》づき、唸《うな》り声をあげていた。自分と同じように歯でも抜けたのかと思ったが、手には血で汚れた布巾を握っている。

どうしたの？　と言うが締まらない声になり、ロムホルツが振り向いた。

「なんだその譜抜《ふぬ》けた声、寄声虫にでも刺されたか――いや、脱歯したんだな」とどこか嬉《うれ》しそうに言う。「ご馳走《ちそう》が昨日で良かったたな」

ほんとだ、危うく闇喉《あんこう》を食べられないところだった。そう思いながら、疼《うず》きに顔を歪《ゆが》める。

「賜《たまわ》った痛みだ。しっかり耐えて苦徳《くどく》を積むんだぞ」

ジラァンゼはうなずき、しゃがみ込むヨドンツァを指差す。

「ほんと、馬禍《ばか》だろこいつ」とロムホルツが呆《あき》れ声で言う。「新しい薬を作るのに、今度は鉢《はち》頭摩《ずま》の葉を混ぜて自分に試したんだってよ。世の中には不必要な痛みが多すぎるとほざいてたくせに、わざわざ自分に痛みを与えてるんだから世話ないぜ」

ジラァンゼはヨドンツァの傍らに屈《かが》んで顔を覗き込む。長い髪の毛の張りついた顔は汗ばんで歪《ゆが》み、鼻の下から顎にかけて、陽の気のないどす黒い血で汚れている。ほんとに頭が割れそうなほど痛くなって、鼻血が止まらなくなるんだ……。ジラァンゼは先胞《さきがら》を励まそうと、貰《もら》った膏薬《こうやく》を怪我《けが》をした友人に使ったらよく効いたこと、みんなが驚いていたことなどを唾を吸いつつ囁《ささや》いた。ヨドンツァの口の端に、かすかに笑みがこぼれる。

この日の夕餐は、賜陽《しよう》の儀だった。本来は四日前の予定だったが、ジラァンゼが療治処《りょうじどころ》にいたために今日にずらしたのだという。普通の食事なら、羹《あつもの》くらいしか飲めないところだった。

賜陽《しよう》にのみ使われる陽扇貝《ひおうぎがい》の貝殻を磨いた黄金色《こがねいろ》の大皿に、腫芋《はれいも》のいびつさと蜜のなめらかさを持つ純麗な輝晶《きしょう》の塊がのせられ、ぼんやりとした光を放ってヨドンツァ以外の家族を照らしていた。

賜陽《しよう》の間はいつもヨドンツァは別の部屋にいる。

通常、陽呑《ひの》み児《ご》はその名のとおり輝晶《きしょう》の溶き汁で育つが、生まれたばかりのヨドンツァはたちまち吐き戻した。先代の療主に診てもらうと、喉も胃も焼け爛《ただ》れていたという。幸い、代わりに与えた星の血を受けつけたので死なずにすんだのだ。どこの聚落《じゅらく》でも、こういう体質に生まれてくる子は僅かながらいるらしい。けれど移人《うつりど》の子の場合は、太陽に拒まれた余所者《よそもの》の証《あかし》と見做《みな》されてしまう。以前はそれに苛立《いらだ》ったロムホルツが無理に食わせようとしたこともあったが、ヨドンツァはそのたびに吐き出して衰弱し、いまは家族の誰もそのことに触れなくなった。

リノモエラが腿《もも》の上のリマルモを卓上にのせると、ふぁー、と息を吐き、よろけそうな動きで四つん這いになって輝晶《きしょう》を覗きこむ。

角度によって蜜色にも焔慈色《えんじいろ》にも見える半透明の塊は、ゆっくり息をするように濃淡を移ろわせており、夜の阜《おか》に散らばる星の群の煌《きら》めきを思わせる小さな泡を内部に鏤《ちりば》めていた。

海辺の地下の陽室《ひむろ》で寝かされた陽だまりから、十二年ほどかけて凝《こご》った精良な輝晶《きしょう》だけが正午台《しょうごだい》に運ばれ、半年に一度、各家に分賜《ぶんし》される。その儀を取り仕切ることを許されているのは、親か親仕《やし》だけだった。

親仕《やし》であるリノモエラが輝晶《きしょう》を片手で押さえると、触れた部分が明るさを増した。もう片方の手でその上辺に庖刀《ほうとう》をあてがい、周囲に白い光を滲《にじ》ませながらゆっくり差し込んでいく。ときおり耳に心地よい泡立つような音がする。リマルモが小さな手足を動かして輝晶《きしょう》に近づきだしたので、ジラァンゼはその腰をつかんで引っ張り戻した。切り分けられた輝晶《きしょう》が、湯気の立つ断面を上にしてそれぞれの貝皿に載せられる。断面の外側は濃い黄金色《こがねいろ》で、中心に向かうにつれ淡い黄色に近づいていく。

「滞りなき陽の巡りに」リノモエラが言い、ジラァンゼとロムホルツが声を合わせて「月のためらいに」と唱え、すこし遅れてリマルモがぅあややゃ、と言って皆の顔を綻《ほころ》ばせた。いつもの夕餐はここで始まるが、賜陽《しよう》の儀ではさらに二節が加えられる。「絶え間なき陽の滾《たぎ》りに」「果てなく地を結ぶ球地《たまつち》に」

輝晶《きしょう》の断面のねっとりとした部分を叉匙《さじ》ですくい、口に運ぶ。灼傷《やけど》しそうなほどに熱く、息を吸ったり吐いたりしつつ舌の上で転がすうちにまろやかに溶けだし、濃厚な甘みが口じゅうに染み渡っていく。鼻孔に熱い空気が抜け、じわじわと胸の底に暖かさが落ちて膨らんでいく。歯の疼《うず》きもその間は感じなかった。

リノモエラは小叉匙《こさじ》で輝晶《きしょう》をすくい、息で冷ましてからリマルモの口に挿し込んでいる。はふ、はふ、とリマルモが顔を歪《ゆが》めて息を洩《も》らす。

輝晶《きしょう》の外皮に近い方は温度は低いものの弾力があって粘りが強い。歯のない口では嚙むのに時間がかかるし、歯茎の裏側にくっついてしまう。けれど、ほぐれたときの熟成した甘みは格別だった。

叉匙《さじ》を繰り返し口に運ぶうちに、腹の中が熱くなり、ときおりぐつぐつと煮立ったような音が漏れる。輝晶《きしょう》は中心にいくに従って熱く柔らかくなり、煌《きら》めく糸を引くようになるので、叉匙《さじ》をくるくると回して絡め取る。リマルモは皆がそうするのを見るのが大好きで、笑い声を洩《も》らしながら眺めている。とうとう貝皿から輝晶《きしょう》がなくなると、リノモエラが結びの言葉で賜陽《しよう》の儀をしめた。

「恵みの巡りと共に」

賜陽《しよう》を終えてしばらくすると、また歯茎の疼《うず》きがひどくなってきて、気を紛らわそうと寝間の臥洞《ふしうろ》に入り、壁に掛けていた煩悩蟹《ぼんのうがに》の模殻《もがら》と解虫串《ほぐし》を手に取った。

子供にも抱えられるほど小ぶりな模殻《もがら》は、リナニツェが初めて通しで繫業《けごうと》解きをやり遂げた煩悩蟹《ぼんのうがに》を処理したものだという。痛みに唸《うな》りながら、解虫串《ほぐし》で煩悩窪《ぼんのうくぼ》の咬《か》ませを外そうとしていたら、臥洞《ふしうろ》にヨドンツァが青白い顔を覗かせ、小さな葉包みを差し出した。たぶん、愧烏滑《きうすべ》りの葉だ。

「歯茎に、塗れ……すこしはましになる。誰にも見られないようにな」ヨドンツァは、片手で頭を押さえて顔をしかめながら言う。「鉢頭摩《はちずま》は入ってないから」

「でも耐えないと苦徳《くどく》が得られないんでしょう……先胞《まあ》さだって耐えてるじゃない」

「己《な》ぁは薬手《くすりて》になる修練として、どういう種類の痛みなのかを実地で調べているだけだ。おまえ、おかしいと思わないのか。何度も歯が生え変わるのを」

「それは、賜《たまわ》り物だから……」

「これは科せられた刑罰の名残《なごり》で——まあいい。好きにしろよ」

ヨドンツァは唸《うな》りながら、向かいにある自分の臥洞《ふしうろ》に去っていった。

科せられた刑罰の名残《なごり》……なにを言ってるんだろう。

耐えきるつもりだったが、疼《うず》きのせいで解虫串《ほぐし》を握ったままじっとしている自分に気づいて、ジラァンゼはとうとう葉包みを開いた。白い粉末が入っていて、ところどころに赤い粒が混じっている。指につけて歯茎に塗ってみた。最初は粉のざらつきが気持ち悪かったが、しだいに溶けて馴染《なじ》み、痛みがすこし引いてきた。

ジラァンゼは四箇所ある煩悩窪《ぼんのうくぼ》の咬《か》ませを外していき、背殻を開いた。中は、薄骨が複雑に咬《か》み合う表層に覆われている。輝晶燈《きしょうとう》の光が衰えていて手元が見えにくい。苦労して薄骨を取り除くと、腹殻に判じ物のごとく犇《ひし》めく様々な色や形をした臓物が露わになった。まず、上部に解虫串《ほぐし》を食い込ませる。と、唐突に大きくて重い惨斬《ざんぎり》が外れ、臥洞《ふしうろ》の床にごろり、と思いのほか大きな音をたてて転がり落ちた。煩《うるさ》いという抗議なのか、単に痛みがひどくなったのか、ヨドンツァの呻《うめ》き声があがる。

ジラァンゼは犇《ひし》めく臓器のひとつひとつを腑分《ふわ》けしていく。噫茗色《あめいいろ》の嫉臓《しつぞう》、苔色《こけいろ》の悔臓《くぞう》、冥《めい》土色《どいろ》の惛臓《こんぞう》――これらはどれも本物を唾脂《つばきあぶら》で固めたものだ。気持ちよく外れてくれるので、すでに一人前のような気持ちになってしまうが、工房では繋業《けごう》を解かれた模殻《もがら》と同じようにはいかないよ、と親《や》さには幾度も言われていた。茹《ゆ》で上がった煩悩蟹《ぼんのうがに》は陽だまりみたいに熱いし、煩悩窪《ぼんのうくぼ》の位置も、臓器それぞれの大きさや弾力も、そこに溜め込まれた落人《おちうど》の煩悩《ぼんのう》も、臓物の咬《か》み合い方も、一蓋ごとにまるで異なるのだという。それがどういう事なのかをまだ実感できないのが悔しかった。早く本物で繋業《けごう》解きをしたい、と焦がれながら、慳臓《けんぞう》や忿臓《ふんぞう》を取り外していく。

気が済むまでやって横になると、ヨドンツァの唸《うな》り声が聞こえる中でも、ぐっすりと眠ることができた。

けれど目覚めは鋭い痛みと共に訪れた。疼《うず》く歯茎を舌先で触れたら、不安になるほど腫れている。後ろめたさを覚えつつ、また葉包みの白い粉末を塗って再び眠った。

階段下からジラァンゼを呼ぶ声が聞こえて起きる。革包《かぼう》を抱えて餐間《さんま》に下りると、もう全員が席についていた。

「おまえはなかなか我慢強いな」とロムホルツに褒められ、罪深い気持ちになった。ヨドンツァはまだ頭を抱えながら、こちらに上目遣いで満足気にうなずく。

朝餐は食べやすいように、擂《す》った熾《し》燃薯《ねんじょ》と久斂毛《くれんげ》の贅璃《ぜいり》を用意してくれていた。そこに、煩《ぼん》悩《のう》が薄まると言われる預流果《よるか》の抽酢《ちゅうす》をたっぷりかけて食べる。甘酸っぱさに顔をすぼめながら、革包《かぼう》を肩にかけて席を立ち、「行ってきます」と階段を上りだす。

今日はえらく早いんだな。ほら、あの子はまだ目にしてないから——

ジラァンゼは、朝門《ちょうもん》近くの宙廊下でじっと待っていた。

阜《おか》が明るみだすと遮光器《しゃこうき》を目元に据え、宙廊の下で布帛《ふはく》の隙間から朝門《ちょうもん》に顔を向ける。ここならまだ雲に遮られずに見えるはずだった。眩《まばゆ》い光輝が近づいてきて朝門《ちょうもん》をくぐり、まわりの家々の壁からすこしずつ水煙が噴き出しはじめる。熱気にまみれながら、太陽を支え歩く五十四人の足身聖《そくしんひじり》たちを眺める。たくさんの脚が連なって交互に動いていたが、今日は列を数えるまでもなく、まるで解《ほ》虫串《ぐし》が煩悩窪《ぼんのうくぼ》に綺麗に嵌《は》まるときのように、即座にどれがリナニツェ聖《ひじり》なのかがわかった。まだ体じゅうを熱く巡っている輝晶《きしょう》に導かれたのかもしれなかった。

内裏《だいり》に胸まで埋まったリナニツェ聖《ひじり》は、心窩《みぞおち》まで切れ上がって硬化した脚で、一歩、また一歩と、沙璃《じゃり》敷きの黄道《こうどう》を突き刺すように確かな足取りで歩いていた。陽光を毎日浴びることができるのは、今日の一日があるのは、足身聖《そくしんひじり》の歩みがあるからこそなのだとこれまで以上に実感させられる。

「吾《わ》ぁは――」ジラァンゼは太陽に向かって声をあげていた。「吾《わ》ぁは早く一人前の繋業《けごうと》解きになるから」


その日、照子屋《てらこや》で指難《しなん》を受けていたジラァンゼの耳には、なにも聞こえていなかった。歯茎がこれまで以上に激しく疼《うず》いていたのだ。舌先で歯茎の穴をさぐると、固いものが小さく覗いているのがわかった。新しい歯が生えようとしているせいらしい。こっそりヨドンツァの薬を塗っていたら、傍らにスマゴラナ啓師《けいし》が立っていた。

「我々の痛みもまた賜《たま》わり物なのですよ」と言ってジラァンゼの手から薬包みを取り上げる。

「みんな耐えているのです。痛みはつまらぬ煩悩《ぼんのう》を吹き飛ばし、耐えれば耐えるほど悟りに近づけてくれます。それこそ裁定主様が求めておられること」

これだから移人《うつりど》はよ、と誰かが言った。

その後の痛みはみんなから聞いていたよりもっとひどく、どの指難《しなん》もまるで頭に入ってこなかった。まるで歯茎の中で煩悩蟹《ぼんのうがに》の卵が孵《かえ》って、外に出ようと暴れているかのようだった。

家につくと、宙廊の欄干《らんかん》に輝晶燈《きしょうとう》が三つ並べられていた。リノモエラが掛けたのだろう。ジラァンゼはそれらをひとつずつ抱えあげていく。じんわりと温かい。中の硬輝晶《こうきしょう》には蓄晶《ちくしょう》が豊富に含まれているので、陽に晒《さら》しておけば六日ほどは部屋を照らしてくれる。

戸を開けると、薄暗い居間でヨドンツァが薬研《やげん》を使っていた。壁に輝晶燈《きしょうとう》を掛けるジラァンぜに、「効いただろ、なあ、効いただろ」とにやけた顔で訊いてくる。痛みで脂汗を垂らしつつもジラァンゼがうなずくだけにしたのは、もし薬を取り上げられたと知ったら、啓師《けいし》と一悶《ひともん》着《ちゃく》を起こしそうな気がしたからだ。

「痛みなんてないにこしたことはないんだ。昔は痛みを抑える術《すべ》がなかったから、苦徳《くどく》などとありがたがって誤馬化《ごまか》すしかなかったんだろう。罰を受けるために生まれ続けるなんていうのは――」とヨドンツァは遠い目でよくわからないことを話している。

三日ほどはひどい痛みが続いたが、歯の先が歯茎から覗きだすと、痺《しび》れはあるもののさほど気にならなくなり、照子屋《てらこや》に通って指難《しなん》を受け終わると、工房に寄って見習いとして修練に励む、という元の日常をようやく取り戻すことができた。

先胞《さきがら》と共に夜明け前の黄道《こうどう》を歩くジラァンゼは、寒さを忘れるほど高揚していた。今日は照《てら》子屋《こや》が休みなので、朝から繋業解《けごうと》きを手伝えるのだ。

家々の屋上で作業する水濾《みずこ》し手《て》たちの燈杖《とうじょう》の光を頼りに、暗い黄道《こうどう》を〈暮《くれ》〉の方に向かって、先胞《さきがら》の大きな歩幅に合わせて早足で歩いていく。足裏は冷たいけれど、彗星《すいせい》が尾羽でならした後の沙璃《じゃり》の上を歩くのは気持ちがいい。そのうちに〈風《かざ》〉側の家並みから黄道《こうどう》に幾分突き出た繋業解《けごうと》き工房の幅広い建物が見えてくる。

廂間《ひあわい》にある壁の段梯《だんばしご》を上り、二階の戸口から横長の控間に入ると、輝晶燈《きしょうとう》に照らされた薄暗い空間にはまだ誰もいなかった。

先胞《さきがら》ふたりは手前の壁棚に荷物を置き、すぐに服を脱ぎはじめた。ジラァンゼはあまり光の届かない控間の奥まで進み、見習い用の棚の前で工衣に着替えだす。房主を筆頭に、師範のスラーナとリノモエラ、ロムホルツやヤグムといった解き手《とて》たちが入ってきて、朝の挨拶が飛び交う。ジラァンゼのところには、他の見習いたちがやってくる。イェムロガとその後胞《あとがら》のイェムニラ、ヤグムの子セスイラとノイハニ――イェムロガが、ところどころに陽膨《ひぶく》れの出来た赤く焼けた顔でジラァンゼにうなずく。隣に立つイェムニラは見習いが初めてで、解き手《とて》たちの体じゅうの傷を目にして不安げな顔をしている。ジラァンゼも最初は、これほど傷だらけになるものなのかと腰が引けたものだった。

ジラァンゼは前掛けを首に通し、腰紐《こしひも》を結んだ。瓮熟魚《おうじゅくうお》の鱗革製で重く、自然と背筋が真っ直ぐになる。イェムロガが棚の籠から革手袋をふたつ手に取り、イェムニラにも渡した。ジラァンゼも籠に手を伸ばしかけたが、やめることにした。大人の解き手《とて》たちは誰ひとり手袋なんてしていない。繋《け》業解《ごうと》きではむしろ危ないんだとロムホルツも言っていた。

大人たちは奥の階段を下りていき、ジラァンゼたち見習いも後に続いた。半地下の工房には、冷えきった陶板敷きの掛け場が広がっており、壁側からは、網蓋に覆われた生簀《いけす》の一部が迫《せ》り出している。網蓋の下に犇《ひし》めく碧色《へきしょく》の鮮やかな煩悩蟹《ぼんのうがに》を横目に見ながら、奥の解虫場《ときば》へ向かう。

黄道《こうどう》側の壁の前にイェムリンガ房主が立ち、皆の顔を見まわした。頭は剃《そ》られていて、眉根は盛り上がり、顎まわりには肉がついている。鼻の右下から顎にわたる縦長の傷痕があり、その真ん中で交わる唇が歪《いびつ》に開く。

「我らを照らす太陽の元、即ち裁定主様の眸中《ぼうちゅう》にて、いざ、殻中に肥え育った煩悩《ぼんのう》を滅し、繋《け》業《ごう》を解かん」

胴間声でいつもの宣詞《のりと》が発せられ、「聚落《じゅらく》に寂静を」と解き手《とて》たちが返し、仕事が始まった。

師範ふたりが鉤棒《かぎぼう》の先を生簀《いけす》の網蓋に掛けて壁に起こし、解き手《とて》たちは水の中からジラァンゼの肩幅よりも大きな碧色《へきしょく》の煩悩蟹《ぼんのうがに》を素手でつかみ上げ、水を滴らせながら壁際に運んでいく。

師範のリノモエラは、今日は殻挽《からび》きをするようにと見習いたちに素っ気《そけ》なく告げて、生簀《いけす》に向かった。イェムニラが先胞《さきがら》を見上げ、イェムロガが大丈夫だと言うようにうなずいて、背中を押す。

ジラァンゼたち見習いは、工房の片隅に山積みになっている煩悩蟹《ぼんのうがに》の殻を、それぞれ四つの挽《ひ》き壺の中に詰めていった。さっそく殻の棘《とげ》が指に刺さり、ジラァンゼは声をあげそうになるのを堪《こら》えつつ、手袋をしていれば、と早くも後悔する。壺に詰め終わるとその傍らに立ち、上部から突き出る固い把輪《はりん》を回しはじめた。中に詰まった煩悩蟹《ぼんのうがに》の殻が暴れるような音を立てて砕けていき、下方では臼《うす》がほんのすこしずつ粉に変えていく。子供の力ではたいした量をこなせないが、大人たちは成果を期待しているわけではなかった。

把輪《はりん》を回しながら、生えかけの歯を無意識に舌で弄《いじ》りながら、ジラァンゼは解き手《とて》たちの動きを捉えようとする。

解き手《とて》たちに両手で抱えられた煩悩蟹《ぼんのうがに》は、腹部に生える六対の長い肢を騒がしく蠢《うごめ》かしながら、鋭い惨斬《ざんぎり》を撥条《ばね》仕掛けのごとく勢いよく閉じては開き、閉じては開き、見ているだけで不安になるほど体を揺さぶる。惨斬《ざんぎり》は内も外も触れただけですっと切れてしまうほどに鋭利なのだ。

「なんだよ、怖いのかよ」とイェムロガが言い、

「怖いのはそっちだろ」とジラァンゼは言い返す。

煩悩蒸《ぼんのうむ》しの工程は子供には危険すぎるため、こうやって単純な雑用をしながら目で仕事の流れを覚えさせられるのだ。

「ねえ、先胞《まあ》さ、殺してから蒸したらだめなの？　あんなの危ないよ……」とイェムニラが心配げに言い、「あいつらは死んだとたん、嫌がらせみたいに臭嚢《しゅうのう》を破裂させるんだ。肉も臓物も食えなくなるだろ」とイェムロガが答える。

背殻の穴から、黄色い臭角《しゅうかく》を突き出して威嚇《いかく》してくる煩悩蟹《ぼんのうがに》を、解《と》き手《て》たちが壁際の天床から吊り下がる掛け格子の鉤《かぎ》に突き刺していく。煩悩刺《ぼんのうざ》しと呼ばれる工程だ。刺した煩悩蟹《ぼんのうがに》から青味がかった体液が溢《あふ》れてきて、房主と年の変わらない手習いのノマーリゾが慌てている。腹殻の隙間に刺す角度を誤るとそうなるらしい。リナニツェやロムホルツも解《と》き手《て》になったばかりの頃は、手を青く汚して帰ってくることがあった。

「馬禍《ばか》やろう、何年やっとるんだ。臭角《しゅうかく》から顔を背けてるからそんなことになるんだ」とイェムリンガ房主の怒鳴り声が響く。「余計に危ねぇってのがわからねえのか。だから万年手習いのままなんだ」

十数個分の煩悩刺《ぼんのうざ》しが済むと、天床の溝に向かって掛け格子を押し込んでいく。鮮やかな黄色の臭角《しゅうかく》を一斉に伸ばす煩悩蟹《ぼんのうがに》たちの姿が隠れていくと、次の列の掛け格子を降ろし、続けて煩悩刺《ぼんのうざ》しを行う。

そうやって四列分の煩悩蟹《ぼんのうがに》をすべて蒸室《むしむろ》に収めると、解《と》き手《て》たちは午餐のために工房からいなくなる。見習いたちはすぐさま彗星《すいせい》の尾羽を束ねた彗《ほうき》や屑挟《くずばさ》みや籠を手に閑散《かんさん》とした掛け場へ出ていき、濡れた床に散らばる氷刺形《ひしがた》の朔《さく》や繊維状の皐易子《ふいご》や、親指の爪くらいの沙璃蟹《じゃりがに》の死骸といった屑《くず》を集めては籠に収めていく。どれも煩悩蟹《ぼんのうがに》の体内や外殻から落ちたものだ。集めた屑を籠に落としたときに、跳ねた朔《さく》の棘《とげ》に刺さって、掌《てのひら》や指の腹に小さな月疱《げっぽう》がいくつかできた。

屑集《くずあつ》めが終わると、熱い雲の漂う屋上へ向かう。

「なんでだろうな、なにを食っても物足りなさが残るのは」「ああ。腹はいっぱいなのに、まだ食事にありついてないような気分になる」「落人《おちうど》が生まれ持つ原罪のせいかもな」「また蟹卵《かいらん》に当たらねぇかな」「それこそ〈蟹卵《かいらん》の望み〉だわい」

食後の雑談を交わす解《と》き手《て》たちの横で、見習いたちは残り物の食事にありついた。この日は、酢漬けの目玉や臭嚢《しゅうのう》の千切りなどの蟹屑《かにくず》料理や、眩暈貝《めまいがい》や幡呈貝《まんていがい》といった貝料理など嚙みづらいものが多く、まだ歯が綺麗に生え揃っていないジラァンゼは、苦手な熟《な》れ魚《うお》をいやいや食べては、愚堕《ぐだ》の実の苦汁で味を誤魔化《ごまか》しつつ喉の奥に流し込んだ。熟《な》れ魚《うお》は、甕熟魚《おうじゅくうお》に呑まれた魚たちがその腹のなかで発酵したもので、酸っぱいにおいや食感がまず苦手なのだが、甕熟魚《おうじゅくうお》の腹からはときおり落人《おちうど》が出てくることもあると知って余計に嫌なのだ。

あたりを炙《あぶ》りながら太陽が通りすぎ、煩悩蟹《ぼんのうがに》が蒸しあがった頃には工房へ戻る。解《と》き手《て》たちが天床から一列ずつ掛け格子を下ろしだし、その振動で工房じゅうに大粒の雫《しずく》が一斉に降ってきた。

掛け格子に並んだ煩悩蟹《ぼんのうがに》たちは、見事な焔慈《えんじ》色《いろ》に蒸し上がって湯気を立ち上らせている。

イェムリンガ房主が見習いたちに向かって言った。

「イェムロガと、ええと、リナニツェんとこの胞子《ぼうず》」

「ジラァンゼです」

「よし、ジラァンゼ。ちょうどいい小ぶりの煩悩蟹《ぼんのうがに》が二蓋ある。ふたりとも、背割りをやってみろ」

ジラァンゼは喜びを抑えて即座に返事をする。イェムロガの顔には、なんでこいつまで、という表情が浮かんでいる。背割りは繋業《けごうと》解きの最初に行う重要な作業だ。本物で挑むのは初めてだったが、これまで模殻《もがら》で幾度も解いてきたので自信はあった。

「おまえ、手袋をしないでも大丈夫なのか」とロムホルツに訊かれるが、「だって解き手《とて》はしないんでしょう」惨斬《ざんぎり》の鋭さは蒸した後でも変わらないので恐ろしいが、手袋をしていて防げるものではなかった。

「そりゃ己《な》たちは手の皮がな」と指の欠けた手を見せる。月疱《げっぽう》や罅割《ひびわ》れだらけで、まるで星の革のように分厚い。

「かなりの熱さだよ。ほんとにいいのね」とリノモエラも念を押す。

以前は手袋をしていても灼傷《やけど》しそうなほど熱く感じたが、このところだいぶ慣れていた。素手でもなんとかもつだろう。

ジラァンゼがうなずくと、イェムロガまでうなずいて手袋を脱ぎ、工衣の衣嚢《おとし》に突っ込んだ。

「じゃあ、ふたりとも解台《げだい》で待ってなさい。掛け格子から運ぶにはあんたたちの体だとまだ危険だから」

運んでみたい気もしたが、言われたとおり解虫場《ときば》に向かう。解台《げだい》の前にイェムロガと並んで坐ると、リノモエラが惨斬《ざんぎり》を向こうへまわしつつ煩悩蟹《ぼんのうがに》を目の前に置いてくれた。赤く茹《ゆ》だった背殻から、顔にまで熱さが伝わってくる。イェムロガの前にも煩悩蟹《ぼんのうがに》が置かれた。

「急に撥条腱《ばねけん》が弾けて惨斬《ざんぎり》が動くことがあるから、気を抜くんじゃないよ」

小ぶりというが、全長はジラァンゼの上半身ほどもあった。

こんなに大きかったっけ……とジラァンゼはしばし臆した。作業自体は難しくないが、見るからに模殻《もがら》とはわけがちがう。失敗すれば一蓋すべてを台無しにしかねず、そうなればしばらくは機会を得られないだろう。

「怖がってると、指を落とすぜ」とイェムロガがからから口調で言ったが、自らに言い聞かしているようでもあった。

ジラァンゼは大きく息を吸って、臭角《しゅうかく》が力なく垂れる煩悩蟹《ぼんのうがに》の背殻を左手で押さえつけ――即座に後悔した。叫びだしそうになるのを堪える。とてつもなく熱い……掌《てのひら》と指の腹で月疱《げっぽう》が破れじりじり音を立てる。横を見れば、同じように手を添えたイェムロガが凄い形相で歯を食いしばって耐えていた。

ジラァンゼも食いしばりたかったが、まだ歯が短いせいでうまく噛み合わせられない。さっき食べた熟れ魚《なうお》の酸っぱさが喉の奥から這い上がってきて気力をくじく。背割りするまでなんとか耐えるしかなかった。

「こののろまが。もっと素早く手を動かさねえかザイノモ!」と房主の怒声がして、肩がすくむ。

気を取り直して、臭角《しゅうかく》に近い背殻に解虫串《ほぐし》をあてて煩悩窪《ぼんのうくぼ》を探るが、濡れて光沢があるせいで他の起伏に惑わされる。焦って解虫串《ほぐし》を動かすうちに、視界が歪《ゆが》むほどに掌《てのひら》が痛くなってきた。鼻水や涙粒《なみだつぶ》まで出てきて自分がなにをしているのかもわからなくなり、とうとう耐えきれずに手を離した。掌《てのひら》は茹《ゆ》だった蟹の殻のごとく真っ赤で、ところどころ皮がめくれており、鋭い痛さに唸《うな》り声を洩《も》らしてしまう。手を振って冷まし、もう一度挑んでみたがうまくいかず熱さで持てなくなる。もう一度、手を伸ばしかけたところで、「かわって」とリノモエラに床几《しょうぎ》から押しのけられた。「まだできるよ!」と訴えたが、「じきにまた耐えられなくなる。それを繰り返してる間に、煩悩窪《ぼんのうくぼ》の粘液が凝《こご》って開けにくくなるから」と言って坐る。

隣でも、イェムロガが同じようにスラーナ師範に交代させられて、両手を開いたままで不服そうな顔をしていた。

なんだ、やっぱりだめだったか——と房主の笑う声がした。

リノモエラは素手で煩悩蟹《ぼんのうがに》の背殻を押さえ、解虫串《ほぐし》を背殻にあててぐいと一息に突き刺すと、三角を描くように大きく動かした。咬《か》ませが外れる快活な音がした。それから側面と腹面の咬《か》ませも次々と外し、最後には両手で背殻を取り去った。湯気が膨らみ出て、臓器を包む薄骨が露わになり、ジラァンゼは心に溜まった澱《おり》がわずかに晴れるのを感じた。

でも、やっぱり、自分の手で開きたかったな……と悔しさがこみあがる。

スラーナ師範の見事な手さばきを眺めていたジラァンゼは、不意にその首筋に目を吸い寄せられる。半ばまで朋状化《ほうじょうか》して、脊椎がかすかに透けて見えている。子を受陽したとき、高まる熱を抑えようと首に巻いた月嚢《げつのう》から、じわじわと月漿《げっしょう》が漏れていたせいらしい。受陽の高熱で亡くなる人は少なくないが、月嚢《げつのう》の他に熱を押さえる術《すべ》はないという。あと五六年もすれば自分も体験するのかと怖くなっていたら、イェムロガの視線を感じた。おまえが余計なことをしなけりゃ己《な》ぁだって、という顔でジラァンゼを睨《にら》んでいる。

　ごめん、吾《わ》ぁが背伸びせずに革手袋を使っていれば……そう呟《つぶや》くと、「手袋をしてたって、みんな最初は失敗する。わたしだってだめだったから」とリノモエラが言った。「うそ」イェムロガとジラァンゼが思わず言うと、スラーナ師範が透けた首をねじって、「わたしもだめだった──さあ、殻挽《からび》き場《ば》へ戻りな」

　惨めな気持ちで、イェムロガと並んで戻った。掌《てのひら》では痛みが脈打っていて、そのせいで見習い仕事はまるきり捗《はかど》らなかった。たどたどしかったイェムニラの手つきがやけに素早く見える。

　帰宅した頃には、手の皮の疼《うず》きがよりひどくなり、浅はかな判断をした自分を恨みながら耐えていたら、「聖人式《しょうにんしき》に耐えきったから、強くなったものだと感心していたら、まったく」とリノモエラが言った。肩にはリマルモがのっている。「わたしは三回目の背割りで革手袋を外して、そうなった。あんた、わたしが家で蹲《うずくま》るの見ていたでしょうに」

　ジラァンゼは覚えていなかった。

「そんなに苦徳《くどく》を積みたいのかね。裁定主様はお喜びになるけど──そうだ、せっかく痛いんだから、髪を切りましょう。いつもより痛みはましなはずだよ」

「なんで！　嫌だよ、今度でいい」とジラァンゼは拒んだが、いりまそー、とリマルモが言って小さな手でジラァンゼの髪の先を握りしめたので、しぶしぶ従った。髪を切り揃えられながら、「痛っ」と何度か声をあげて身を竦《すく》ませはしたが、確かにいつもの身をよじるような痛みは霞《かす》んだ。それだけ掌《てのひら》の疼《うず》きがひどいのだ。けれど啓師《けいし》に叱られたばかりだったし、裁定主様への後ろめたさも拭えない。膏薬《こうやく》は使わずに早く眠ることにした。

掌《てのひら》の激しい疼《うず》きで目を覚ました。動悸《どうき》の激しさとひどい罪悪感の余韻で、あの恐ろしい世界の夢を見たのだとわかった。それをもう一度繰り返して目を開いたとき、傍らにヨドンツァの顔があった。

真上からは、かすかにリノモエラの寝息が聞こえる。

こないだの膏薬《こうやく》は使わなかったのか？　とヨドンツァが囁《ささや》き声で言った。答えられずにいると、あれは痛みの引きも、灼傷《やけど》の治りもいまひとつだった、捨ててくれ。そう言って、二枚貝を掲げた。もう一方の手首に包帯が巻かれているのが見える。ようやくいい感じに調合できた。もっと早くできてりゃ、療治処《りょうじどころ》で苦しむおまえを楽にしてやれたんだがな。でも……とジラァンゼがたじろいでいると、その痛みじゃ仕事にならんだろうが、と二枚貝を開き、膏薬《こうやく》を指ですくって手に塗ってくれた。なにかのにおいがした。知っているはずなのに何なのかはわからない。気になって嗅ぎ取ろうとするうちに、疼《うず》きが鎮まってきた。ジラァンゼの表情が変わったのを見て、ヨドンツァは微笑《ほほえ》んで自分の臥洞《ふしうろ》に戻った。今度は夢を見なかった。

翌朝目が覚めると、掌《てのひら》の灼傷《やけど》は薄っすら新しい皮で覆われており、痛みもかなり引いていた。裁定主様への罪悪感に動けずにいると、ヨドンツァが側にやってきて、いまはもう痛くないか？　よく眠れたか、などと訊いてくる。いたわってくれてるんだ、と思ったが、どれくらいで痛みが引いた、目を左右に動かしてみろ、焦点は合うか？　手にかゆみはないか、などと質問はやまず、どんどん細かくなって、薬をくれたのは効果を試したかっただけなのでは、という考えが頭によぎった。

朝餐の後は、リマルモを抱いて家を出た。向こうから彗星《すいせい》がやってくると、リマルモはやけに喜んで手をのばす。リノモエラによると、鱗粉を煌《きら》めかす尾羽がやけにお気に入りなのだという。機嫌のよいまま育み処《はぐくどころ》に預けた。

階段を下りるにつれ、浮流筒《ふるとう》らしき鳴り物の音が聴こえてくる。廊下に出ると、透かし窓の窪みにイェムロガが腰掛け、両手を固く握りしめていた。近づけば、つらそうにしかめた顔を上げる。眼が充血していた。痛みで眠れなかったのだろう。

ジラァンゼはさっとあたりを見まわし、啓師《けいし》がまだ来ていないのを確認してから、「手を開いて」と言った。

「なんだよ」と訝《いぶか》しげに返される。

「いいから」

イェムロガがおずおずと拳を開く。掌《てのひら》は潰れた月疱《げっぽう》と灼傷《やけど》で爛《ただ》れていた。

「いつも風炉浴《ふろあ》びしてるから慣れてると思ったんだけどよ……」

ジラァンゼは衣嚢《おとし》から貝殻を出して開き、先胞《まあ》さが作った薬なんだ、楽になるよ、とまわりに聞こえないよう小声で言い、ひとすくいしてイェムロガの掌《てのひら》の一部を塗った。

「おい、やめろよ。房主や啓師《けいし》に知られたら……」と手を引きかけたが、ジラァンゼは手首をつかむ。

「このままじゃ、指難《しなん》も頭に入らないでしょ。それに、終わったあとは工房の見習い仕事がある。今日は眺めてるの？」

ヨドンツァの言うように、昔は抑える術《すべ》がなかったから、痛みに耐えることを苦徳《くどく》と呼んで誤魔化《ごまか》してきたのではないか。そう思いはじめた一方で、罪悪感を分かちあう共犯者を欲してもいた。

イェムロガが力を抜き、口を歪《ゆが》めながらもされるままになった。

ジラァンゼが塗り終えるなり、イェムロガは手を開いたり閉じたりして、「ほんとだ、だいぶ楽になってきた」と息を吐いた。そして思い出したように、「なあ、今日は手袋つけるよな」

ジラァンゼは笑って、うん、と返した。


その日からは、殻挽《からび》きや屑拾《くずひろ》いなどの見習い仕事をしながら、解《と》き手《て》たちが繋業《けごう》解《と》きをする手際を目で追いつつ、次の機会を待ち続けた。

数日後に、「おい」と房主から声をかけられ、全員が立ち上がったが、呼ばれたのはセスイラとノイハニだった。ふたりが背割りに挑むのをジラァンゼたちは見守っていたが、ふたりとも解虫串《ほぐし》で煩悩窪《ぼんのうくぼ》を探すところでつまづき、解《と》き手《て》たちに交代して残念そうに戻ってきた。どこかほっとしている自分のことがジラァンゼは嫌だった。

その二日後に声をかけられたのは、万年見習いのノマーリゾだった。久しぶりだったらしく、強張《こわば》った顔で挑んだが、腰が引けたまま解虫串《ほぐし》を使って掌《てのひら》を怪我《けが》しただけで終わった。

ジラァンゼとイェムロガが次に呼ばれたのは、さらに十日後だった。

今度はもちろん革手袋をして取り組んだ。背殻を片手で押さえ、もう一方の手で解虫串《ほぐし》を臭《しゅう》角《かく》近くにあて、煩悩窪《ぼんのうくぼ》を探る。革手袋越しでも手放したくなるほど熱く、素手でできると思っていた自分の無謀さに呆《あき》れた。けれど、殻と肌の間にたった一枚の革があるだけで、解虫串《ほぐし》の先が遠く隔てられているようで捉えにくい。

焦っちゃだめだ、と自分に言い聞かせながら、曖昧《あいまい》な窪みの感触を頼りに解虫串《ほぐし》を滑らせる。ここだ、という直感に歯を嚙み締めて解虫串《ほぐし》を突き刺したが、あっさり狙いから逸れてしまう。まだ歯の生え方が不揃いで力が入りにくいのだ。いちからやり直してまた試すが、滑ってしまう。くそっ、とやけになって狙わずに突いたら手応えがあった。えっ？　と疑いつつも、そのまま大きく三角を描くと、快活な音がして咬《か》ませが外れたのがわかった。ほっと息を吐く。次の尾部でも、さっきの解虫串《ほぐし》の動きを再現してみる。何度かすべったものの煩悩窪《ぼんのうくぼ》を捉え、咬《か》ませを外すことができた。続けて左右の側面の咬《か》ませも外すと、甲殻が上下に分かれる明確な感触が手に伝わった。

両手で背殻をつかんで何度かゆすると急に軽くなって外れ、湯気が膨らみ出てきた。嚙みついてくるようなその熱さに顔をしかめる。穴に臭角《しゅうかく》をぐらせつつ背殻を持ち上げ、横に伏せ置いた。剝き出しになった腹殻内で、内臓や肉を包む膜や薄骨から湯気がもうもうと立ち上っている。

やり遂げた安堵《あんど》とともに、眠るたびに胸の内で嵩《かさ》を増していた後ろめたさが清められるような感覚があった。

ゆっくりと溜息をついて隣を見ると、すでにイェムロガは背割りを終えていて、歯を剝きだして笑っていた。先を越されたのだ。

「よくやった」イェムリンガ房主が太腕を組んだまま頷《うなず》いた。「へへっ。意外に簡単だったたな」とイェムロガがにやけて言い、「羽化《うか》れるんじゃねぇ」と怒号が飛んだ。「リナニツェの胞子《ぼうず》は、二回目でこれならたいしたもんだ。だが、おまえはこれまで何度も試していただろうが」

だってよう……

「それに、ふたりともまだまだ見てられねぇほどのろいんだからな。この三倍は早くならねぇと手習いにはなれん。それを忘れ――」

えっ、まだなれねぇの？　イェムロガの呟《つぶや》きに、「あたりめぇだろうが！」とまた房主が怒る。「まあいい。ふたりともそのまま、出来るところまで繋《け》業《ごう》を解いてみろ。瞋恚《しんい》にだけは気をつけてな」

「「はい！」」ふたりで競うように返事をする。

まさか背割りの続きまでやらせてもらえるだなんて。

ジランゼは歓喜して解虫串《ほぐし》を握りなおした。腹殻内は凝《こご》った体液でなにもかもが溶け合っているように見え、リナニツェが言ったとおり、模殻《もがら》とは大違いだった。冷めると解きにくくなるというのに、どこから手をつければいいかわからない。見極めようと焦っていたら、「解き口が見えにくいのは当然だよ。落ち着いて」とリノモエラに声をかけられ、ゆっくり息を吸い込んだ。「この仕事が、単に食材や建材を得るためのものじゃないことを忘れないで。一蓋の煩悩蟹《ぼんのうがに》には、落人《おちうど》ひとり分の繋業《けごう》が詰まっていて、それを解く手順のひとつひとつに戒めと赦《ゆる》しが込められているんだから」

ジラァンゼははっとした。それは、リナニツェからも何度か聞かされていた言葉だった。

腹殻内の表層は二層の薄骨で斜交《はすか》いに覆われているので、教わったとおりに四隅を折ったり回転させたりしつつ取り除く。その次が問題だった。刳《く》り匙《さじ》に持ち替えて息を止め、熱で黄緑に変色した臭嚢《しゅうのう》とまわりの組織との間にそっと差し込み、小刻みに回転させつつ臭角《しゅうかく》つきの臭《しゅう》嚢《のう》を掬い上げる。大きくひと呼吸すると、イェムニラが壺を持ってきてくれた。臭液がたっぷりと詰まって危うげに揺れる臭嚢《しゅうのう》を慎重に運び、斜めに傾けられた壺の中へそっと滑り落とす。すぐさま蓋が封じられてようやくジラァンゼは安堵《あんど》した。

次は惨斬外《ざんぎりはず》しだ、と息を整えたとき、ガヂン——と凄い衝撃音がして、イェムロガが叫び声をあげて壁にぶつかった。飛び跳ねただけで、無事なようだ。

「馬禍《ばか》が。そんな頼りないことでどうする」房主が掛け格子の所からがなる。「惨斬《ざんぎり》は撥条腱《ばねけん》に力を溜め込んでいることがある、と前に言ったろうが」

イェムロガが悔しげな顔ですぐさま席に戻る。

ジラァンゼは、臭嚢《しゅうのう》の収まっていた穴の周囲から、棘《とげ》の多い薄骨を外していく。手袋に引っ掛かって作業がしづらい。惨斬《ざんぎり》の根元をなす、分厚く膨らんだ美味しそうな筋繊維の塊が両端に現れる。その間を繋ぐ螺旋形《らせんけい》の撥条腱《ばねけん》は幸い緩んでいたので、解虫串《ほぐし》だけで外すことができた。惨斬《ざんぎり》の根元をつかんで、回転させながら胴体から引き抜く。

「いいぞ」といつのまにか、隣で繋業《けごうと》解きを始めていたロムホルツが言う。

だがそれからが難物だった。繋業《けごう》を解くためには、落人《おちうど》ひとり分の煩悩《ぼんのう》を写し取っているといわれる内臓から、大きな順に一臓ずつ取り除かねばならないが、一蓋ごとにそれぞれの大きさも入り組み方も異なるうえ、纏糸《てんい》という半透明の繊維質に取り巻かれ、濁った体液で凝《こご》っているのだ。

ジラァンゼは顔を近づけ、息を詰めて集中する。

最も大きいのは慳臓《けんぞう》だろうか。いや、これは忿臓《ふんぞう》か悔臓《くぞう》かもしれない。模殻《もがら》の臓器の並びを手が覚えすぎていて、直感とはなにもかもがずれ、いっこうに解き口をつかめなかった。どうしよう、どうしたら——

陶板の床を鳴らす足音が近づいてきて余計に焦る。懸命に見極めようとしたが、

「ふたりとも頑張ったけど、ここまでね」「後は任せな」

リノモエラとスラーナの師範ふたりの声がした。イェムロガもだめだったのだ。

ふたりは互いを映しあうような呆然《ぼうぜん》とした顔で、床几《しょうぎ》から立ち上がる。

代わりに席についたリノモエラ師範は、なんの迷いもなく解き口を決め、目では追えない早さで纏糸《てんい》をほどきだした。内臓が露わになると隙間に箆《へら》を差し込み、三指でつかんで取り除く。おくびめいた音がした。それは、ジラァンゼの見立てとはまったく異なる悔臓《くぞう》だった。そうした腑分《ふわ》けを繰り返すうちに、厳粛だったふたりの師範の表情も、すこしずつ穏やかにほぐれていく。

毎日ジラァンゼは照子屋《てらこや》の指難《しなん》を終えると、必ず繋業《けごうと》解き工房へ向かって見習い仕事をこなし、家に帰ってからも、わずかでも時間があれば模殻《もがら》と解虫串《ほぐし》を手に取った。背割りはあとすこし何かを摑《つか》めればこなせそうな予感はあったが、腑分《ふわ》けの方はまるで見通しがつかない。模《も》殻《がら》では役に立たないとわかっていても、習練をせずにはおれなかった。

すこしでも早く解き手《とて》になりたかった。煩悩蟹《ぼんのうがに》ごと、胸に巣食うあの得体の知れない罪の意識を解きたかった。イェムロガとの腕の差を縮められない日々が続いたが、休日を挟んで出房したある日、背割りの機会を得たジラァンゼは、だしぬけに淀《よど》みない手技で解虫串《ほぐし》を操り、見

事な背割りを果たした。これには、解き手《とて》たちからも驚きの声が漏れた。

「お、おまえなにをやった！　急にそんなに腕前が上がるなんておかしいだろ」

イェムロガに問われたジラァンゼは、にやけた笑みを浮かべて口を大きく開き、上下に生え揃った歯を指差した。これまで不揃いでうまく噛み締められず、解虫串《ほぐし》を持つ手元が安定しなかったのだ。

「ジラァンゼ。いまからおまえは手習いだ。まぐれに終わらないよう励んでくれ」と房主に告げられ、以降ジラァンゼは解き手《とて》について手伝いをすることになった。うかれた気持ちは、心から喜んでくれているとわかる万年手習いノマーリゾの笑顔を目にしてたちどころに消えた。

先を越されたイェムロガは相当焦って習練したらしく、七日後には一息に背割りをこなすことに成功した。背殻を手に得意げな顔をするイェムロガに、房主は怒声を浴びせた。

「てめえは一つ年嵩《としかさ》だろうが！　さんざ怠けくさって。むしろ手習いになるのが遅すぎるんだぞ」

イェムロガが肩を竦《すく》めながらも嬉《うれ》しげな表情を崩さなかったのは、その怒声で手習いを任じられてもいたからだった。

他の見習いたちは、何度も背割りに挑んでは失敗していた。気を沈ませる彼らに、師範のリノモエラが声をかけるのが聞こえた。

「もっと時間がかかるのが普通だから、焦らなくていいの。馬頭《めず》様でもなければ、いつまでも全力で駈け続けられないよ」

ジラァンゼは水をさされた気持ちになったが、駈け足をやめるつもりはなかった。

手習いの主な仕事は、解き手《とて》が煩悩蟹《ぼんのうがに》からばらした肢を剝く、肢殻剝きだ。裁断具を嚙ませて三つの関節ごとにばらし、それぞれの端に鋏《はさみ》で切れ目を入れ、殻の片側を引っ張って中に詰まっている白く膨らんだ繊維状の肉を顕わにする。湯気に包まれて現れるその瞬間には喩《たと》えようのない喜びがあったが、鋏《はさみ》の入れ方や腱からの剝ぎ取り方しだいで形が無様に崩れてしまうので、常に気が抜けなかった。

繫業《けごうと》解きを通しで試す機会を与えられると、ジラァンゼとイェムロガはどちらが先にやり遂げるかを競ったが、毎回一蓋ごとに腹殻内の様相が大きく変わるため、それぞれに一進一退が続いた。

まぐれに終わらないよう励めよ、という房主の言葉を嚙みしめる。

どちらかが先に素手で蟹殻をつかめるようになるのかも、まだ決着がついていなかった。互いを出し抜こうと唐突に素手で熱い殻をつかんでは灼傷《やけど》し、また手袋をつけるということを繰り返していたが、しだいに傷の治りが遅くなってきてあまり試せなくなった。師範や解き手《とて》たちからは、「体が大人になるにつれ、戻生力《れいせいりょく》は失われていくんだ」「もう指を落としても生え変わらないぞ、慎重にやれ」などと忠告された。

ゾモーゼフたちに海依等捕り《みいらと》に誘われても、ジラァンゼは断った。一日でも休めば、イェムロガに差を開けられる気がしたからだ。房主から、「根《こん》を詰めすぎだ、まだまだ先は長いんだぞ」「無我になれ」などと諭されてもふたりは改めず、ある朝、控間で着替えの早さまで競っていて怒鳴られた。

「つまらん張り合いをするんじゃねぇ！　輝晶《きしょう》でも丸呑みしたみたいに無駄に昂《たかぶ》りおって。それこそが命に関わる煩悩《ぼんのう》だろうが――」房主はそこで他の手習いや見習いたちに顔を向け、「おまえたちも、地命《じめい》をまっとうしたけりゃ、こいつらみてえな真似はするんじゃねえぞ」

でもよ……とイェムロガが言い返しかけて、房主に顔を平手打ちされた。

やる気があるだけなのに、とふたりとも腹を立て、手袋を忘れたまま仕事に就いた。煩悩蟹《ぼんのうがに》が蒸しあがったあと、ふたりは自分たちが熱い蟹肢を素手でつかんでいることに一瞬焦り、けれどまるで平気なのに気づいてなんだかおかしくなって互いにくすくすと笑い出したが、房主の巨体がぬっと立ち上がった気配に黙り込んだ。

イェムロガはしばらくして照子屋《てらこや》の卒屋の儀を終え、繫業《けごう》解き工房《と》で終日働けるようになったので、ジラァンゼなど気にせず配分を守って仕事をするようになった。それでいて、これまではほぼ牛角《ごかく》だった腕をみるみる上げてジラァンゼを引き離していく。手習い仕事にどれだけ励んでも、照子屋《てらこや》で指難《しなん》を受けている間にイェムロガは先へ進んでいるのだ。

房主にあれほど苦犠《くぎ》を刺されたというのに、ジラァンゼの焦りは募るばかりだった。家では夜遅くまで習練にのめり込み、いつだって疲れきっていた。その頃は、ヨドンツァのあれこれで家の空気が張り詰めていたり、ロムホルツが子を生んで新居で暮らしはじめたり、照子屋《てらこや》でもいろいろあったはずなのに、すべてが夢で見たようにおぼろげだった。

背割りの早さでも淀《よど》みなさでも、イェムロガにはとても及ばなくなり、その頃から、前にはしなかったつまらない失敗を度々《たびたび》犯すようになった。ある日、手早く肢殻剝きをするイェムロガの隣で、同じ作業にもたついて焦ったジラァンゼは、急に息ができなくなって背筋を反り返らせながら陶板の床に倒れた。

後で聞いたところでは、顔が真っ赤になり、泡を吹いていたという。水をかけられて目を覚ませば、すぐ側に房主の恐ろしい顔があった。間近で見ると、傷跡で唇がすこしずれていて、当時いかにひどい怪我《けが》だったのかがわかった。

「おめえはもう帰れ。四日休んで頭を冷やせ」と命じられた。「いいか、家で解虫串《ほぐし》も持つんじゃねえぞ。それで憑《つ》き物《もの》が落ちていたなら、また働かせてやる」

しぶしぶ言うとおりにして帰り、その夜は早く眠った。翌朝はなかなか起きられず、起きてからもずっとだるくて、これまでどれだけ体に無理をさせていたのかを実感した。堕務者《おちむしゃ》が憑《つ》く、というのはこういうことなのか、とも思った。

翌日照子屋《てらこや》へ行ってなにがあったのかをゾモーゼフたちに話すと、海依等捕《みいらと》りに行かないかと誘われた。海に行くのは百八十日振りだった。

「ソゼ、おまえの手の皮、ずいぶん厚くなったなぁ」

無死魚《むじな》を千切って海に撒いていると、ゾモーゼフが釣竿を振りながら言った。このところ魚たちの気性が荒くなっており、距離のとれる釣りに変えたという。

「そう？　まあ、もう手袋はいらなくなったけどね」

ジラァンゼは自分の掌《てのひら》を改めて眺めて、幾分誇らしげな気持ちになる。陽膨《ひぶく》れの痕があちこちに残る皮膚は、以前よりもずっと厚くなって親指の付け根あたりが罅割《ひびわ》れている。でもまわりの解き手《とて》たちの手と比べれば、まだまだ玉魚《たまとと》と瓊波魚《にわとと》くらい違う。

ゾモーゼフが大きく釣竿をしならせた。その手も同じくらい皮が厚くなり、そこかしこに切り傷の痕が残っている。

「ゾモだって」

「そうか?」

ホルマタタが寝そべりながら、「らあおおんおほいえ――」と唾を吸いつつ言った。数日前にようやく歯が抜けたのだ。水濾《みずこ》し手《て》の手伝いで屋蓋を歩いていた時に急にはじまり、あまりの痛さに人の家の上で転げ回ったという。

「ラナオモンが遅いって言った? 後で行くって言ってたのにね」

「来るかなあ。前もそう言ってたのに、鳴り物の練習をやめられなくなったって」

「ずっと、頑張ってるんだな……」照子屋《てらこや》では指難《しなん》が終わるなりすぐ帰っていたので、ほとんど話してなかったことに気づく。

「おまえだって頑張ってたろ」

「でも、吾《わ》ぁは……」なにかを履《は》き違えていたのかもしれない。

遠くの海上に幾つもの舟影が揺れている。手前の船の帆柱に人影が見え、ジラァンゼは指差した。

「あれも贄《にえ》の人なの?」

「どれ」とゾモーゼフが見まわし、「なんだ、ルソミミだよ。もう遠視手《とおみて》を任されてるんだ。漁主《りょうしゅ》に、〈見晴るかす〉なんて枕名つけられてさ」

「見晴るかすルソミミか」なんだか大げさで笑いが漏れてしまう。

ルソミミもイェムロガと同じ啓房《けいぼう》なので、すでに卒屋している。繫業《けごうと》解き工房で手習い仕事に没頭している間に、ひとり取り残されてしまったような気分だった。

「己《な》ぁも早く寝てるだけの照子屋《てらこや》を卒屋して、漁《いざ》り仕事だけをしてえよ。でっかい闇喉《あんこう》を海の底から引きずり出して――おっ」

ゾモーゼフが釣竿を引き上げた。糸の先で小さな玉魚《たまとと》が尻尾《しっぽ》を振っている。

「吾《わ》ぁも同じだよ。早く繫業《けごうと》解きに専念したい。でも、あと一年もある」

イェムロガがじきに解き手《とて》になるだろうと思うと、落ち着かなかった。

「一年って長《なげ》えよな……そういえば、おまえの先胞《まあ》さ――」

「ロム先胞《まあ》さなら、子供が生まれて新居に移ったよ」

「ちがうって、髪の長い方だよ。たまにあちこちで見かけるけど、療治処《りょうじどころ》はどうなったんだ?」

家の中の張り詰めた空気が蘇《よみがえ》ってきて、思わず溜息を洩《も》らしてしまう。

夕餐のときだった。子ができる前でまだ家にいたロムホルツが、「最近、療治処《りょうじどころ》の習練はどうなんだ」となにげなく訊いた。「まあまあだよ」とヨドンツァは答え、「あんたは照子屋《てらこや》の指《し》難《なん》をさぼってばかりで卒屋できそうになかったのに……療治処《りょうじどころ》で働けて本当によかった。ルオマライ師に感謝なさい」そうリノモエラが言ったとき、リマルモが陶器っぽい平らな欠片《かけら》を手にして、よたよたと床を歩いてきた。割れた皿だろうかと思っていたら、「これ、薬手《くすりて》の推薦印なんじゃないのか?」とロムホルツが声をあげ、リノモエラが喘《あえ》いだ。

先胞《さきがら》ふたりが問い詰めると、推薦印が質の高い骨薬で作られていたので調薬に使ったんだ、とヨドンツァは悪びれずに答えた。これがないと療治処《りょうじどころ》の手伝いができないでしょうに、とリノモエラは怒ったが、薬手《くすりて》のホルナイ師と調剤の配分で言い争いになってとうに破門されていたことをヨドンツァはあっさり白状した。毎日療治処《りょうじどころ》へ通っている振りをしていたのだ。先胞《さきがら》たちが声を荒らげるなかジラァンゼは寝間に逃げ、ひたすら模殻《もがら》を解虫串《ほぐし》で解いていた。

いまヨドンツァは、ひとまず家や工房のための買い出しや、先胞《さきがら》たちの子の送り迎えを任せられているが、その合間には相も変わらず聚落《じゅらく》じゅうを巡って薬に使える木の実や薬草や虫を拾い集めているらしい。もう薬手《くすりて》にはなれなくなったというのに。

「ほんと、どうするつもりなんだろ……」

「漁《いざ》り手《て》の贄役《にえやく》ならぴったりだと思うんだけどな。すこし前にひとり亡くなって、水揚げが落ちてるらしくてさ」

戸惑いながら遠くに見える舟を眺めていたら、背後から悪態が聞こえた。

振り返ると、砂浜で銀多羅《ぎんたら》の鱗落《うろこお》としをしている年寄りたちから、ひとりが離れてしゃがみ込んだ。ゾモーゼフの伯《お》さまだ。手のない腕に縛りつけた掻《か》き篦《べら》が大きくずれたらしい。ぶつぶつ言いながら片方の手で縛りなおしている。その向こうの聚落《じゅらく》側から誰かが走ってくるのが見え、ジラァンゼは立ち上がった。柔らかそうな髪が上下に揺れている。

「ラナオモン！」ジラァンゼは手を振った。

あっという間に近づいてくる。その手になにか輝くものを掲げていた。

「見てよ！」

上気した顔に笑みを湛《たた》えてラナオモンが言う。その眩《まばゆ》い表情にジラァンゼは心を奪われながら、その手につかまれたものを見た。型取りして作られた円板状の硬輝晶《こうきしょう》で、表面にはジラァンゼには読めない符刻が並んでいる。

「おえあ……「まさか「聖楽校《しょうがくこう》への推薦印？」

「うん」

「やったなぁ「すほいあ「ほんとよかった」

推薦印は角度によって光り方を変え、表面に散らばる光沢が水滴みたいにくっついたり離れたりする。骨薬を固めた薬手《くすりて》の推薦印とはだいぶ趣《おもむき》が違っていた。

「さあってひい？」とホルマタタが訊き、ラナオモンは微笑《ほほえ》んでうなずく。

三人は推薦印のつるりとした表面や、弧を描く縁《ふち》を撫でたりした。あたたかくて、やけに美味しそうで、ジラァンゼはつい唾を飲み込んでしまう。

「食べ物じゃないんだからね」とラナオモンがくすりと笑う。

「ちょっと齧《かじ》るくらいいいだろ？」とゾモーゼフが不揃いな歯を剝き出しにする。

「だめに決まってるでしょ！」ラナオモンは片手でゾモーゼフを遠ざけながら、もう一方の手で推薦印を浜辺の燈杖《とうじょう》に向けて掲げた。呼応するように明るさを増し、氷刺《ひし》形《がた》の光が中のあちこちに透けて見える。


皆と別れたジラァンゼは、夕暮れの路地を歩いていた。仄赤《ほのあか》く光って住人の影をわずかに透かす家並みの向こうから、焰慈《えんじ》色《いろ》をした愧《き》烏《う》や火環《ひわ》色《いろ》の不喜鳥《ふきどり》たちの群が、陽の粉のように毬《まり》森《もり》に向かって飛び去っていくのが見える。

久しぶりの海依等捕《みいらと》りは楽しかったものの、それぞれの頭を他のなにかが占めていて、前みたいに夢中になれなかったのがすこし寂しかった。でも、ラナオモンが推薦印を貰《もら》えたのは、我がことのように嬉《うれ》しかった。未来の奏《かな》で手《て》の笑顔が光印みたいに目に焼きついている。

自分も早く通しで繫業《けごうと》解きができるようになりたい、と願う。けれど、繫業《けごうと》解き工房でまた働かせてもらえるのだろうか。もらえたとして、張り合わずにいられるだろうか。今度は落ち着きを競い合ってしまいそうで不安になっていると、騒がしい声が耳に入ってきた。

「――こいつが通ると奪衣羽《だつえば》が湧くんだ「たすけてぇーってよ。はは。こんなかわいい生き物に「死人みたいな顔色して、どんだけ臆病なの！「顔色はもともとなんだぜ」

なんだろうと路地を曲がって目を疑った。ヨドンツァが三羽の丸々とした何々鶏《かかけい》に追われて、怯《おび》えた顔で振り返りながら右往左往している。確かにかわいい生き物で、なにを恐れているのかわからない。

「いいぞ、追っていけ」「お漏らしするんじゃねぇか」

布帛《ふはく》工房の裏口の壁沿いに、ヨドンツァよりいくらか年上の布繰り手《ふくて》たちがくつろいだ様子で立ち、編み込んだ髪を揺らして大笑いしていた。指差している手の袖先で、鮮やかな紺色が映える。

その前を駆けていくヨドンツァの懐からなにかが落ちた。「あっ」と戻りかけるも、何々鶏《かかけい》たちに囲まれかけて身を翻して逃げる。地面にあるのは、以前ヨドンツァが夜中に眺めていた小さな革袋だった。

「なんだよこれ」と布繰り手《ふくて》のひとりが革袋を摘《つま》みあげ、「やめろ、触るな！」とヨドンツァが跳ねまわりながら言う。

「うまいもんでも入ってるのか?」紐《ひも》を緩めて革袋の口を広げた布繰り手《ふくて》が、「うわっ、気持ち悪《わる》っ」と言って顔をそむけた。なになに、と覗き込んだ者も呻《うめ》く。「いや、なによこれ」「腐った肉かなにか?」

「だから奪衣羽《だつえば》が寄ってくるのか? こんなもの見せやがって」と布繰り手《ふくて》のひとりが革袋を何々鶏《かかけい》の背中に力いっぱい投げつけた。驚いた何々鶏《かかけい》が、けたたましい鳴き声をあげ、猛《たけ》ったようにヨドンツァに突進していく。その姿もまたかわいらしいのだが、もともと陽《ひ》の気《け》のないヨドンツァの顔は青褪《あおざ》めており、「誰か止めてくれ! このままじゃ殺される!」と叫びだした。

「殺される! だって」

どっと笑い声があがり、「やっぱり移人《うつりど》は布抜《ふぬ》けなんだな」「そりゃ、こんなんじゃ太陽だって愛想つかすよ」という布繰り手《ふくて》たちの言葉にジラァンゼの顔が引き攣《つ》る。「それだけじゃない。星の血を飲んで育ったかららしいよ」「うぇえー」とひとりが吐く真似をした。「嘘だろ、気持ち悪い。なにもかもが気持ち悪いやつだな」

壁際に追い詰めたヨドンツァを前に、何々鶏《かかけい》たちはいったん動きを止め、いつもは丸い頭にぶら下げている長い嘴《くちばし》をゆっくりと正面に起こし、ねじるような動きでさらに前に迫り出《せ》させた。赤みがかって膨張したその嘴《くちばし》は、いまや胴体ほども長い。

そんなに伸びるんだ、とジラァンゼが目を剝いていたら、何々鶏《かかけい》がヨドンツァめがけて弾むように突進した。

「やめっ――だっ」ヨドンツァは喘《あえ》ぎながら、痩せた体をひねって右に左に跳ね避ける。「あっ、ぐ」

こんなに凶暴な何々鶏《かかけい》の姿を見るのは初めてで、ジラァンゼは慄然《りつぜん》とした。普段はその嘴《くちばし》で、地面の穴に棲《す》む小さな虫を啄《ついば》むだけのおとなしい生き物なのに。

嘴《くちばし》のあたった壁から、殻粉《からこ》が盛大に飛び散った。

「なに、すっご」「何々鶏《かかけい》の嘴《くちばし》って、あんなに威力があったっけ？」「やべー」「太陽を失わせた血筋を感じて滾《たぎ》ってるんじゃない？」

驚きながらも、面白がっている。

ジラァンゼは幼い頃のおぼろげな記憶をようやく思い出す。耳を失って泣きながら帰ってきたヨドンツァが、何々鶏《かかけい》に食い千切られたと訴えていたのを。何々鶏《かかけい》のわけないだろ、たぶん愧鳥《きう》だろう、と先胞《さきがら》たちが笑いながら手当していたことを。ここ何年かの間でも、血塗《ちまみ》れの脚を引きずって帰ってきたことが幾度かあった。何にやられたのかは言おうとしなかったが、あれも——

ジラァンゼが足を踏み出しかけたとき、すっと誰かが前を通っていき、何々鶏《かかけい》たちの腹を一羽ずつ手で叩《たた》いていった。何々鶏《かかけい》たちはびくりと身を震わせ、嘴《くちばし》を下ろして地面を見まわす。

「なに余計なことしてくれてるの」「つまらねぇことを」「布裂《ふざ》けんなよマヤイロフ」

その声で、しゃがんだ後ろ姿がマヤイロフだと知った。嘴《くちばし》を前に起こそうとする何々鶏《かかけい》の腹を再び叩《たた》いて気を散らし、落ちていた革袋を拾ってヨドンツァに投げる。

ヨドンツァは両手で慌てて革袋を受け取ったものの、呆然《ぼうぜん》としていた。駆け寄ったジラァンゼが、「先胞《まあ》さ、なにしてるんだよ。行くよ」と腕を引っ張る。

「すまん」

ふたりで走り出すと、「余所《よそ》もんにかまけてると、こっちまで焔起《えんぎ》悪くなっちまう」と布繰《ふく》り手《て》たちが掌《てのひら》に手刀にあてる焔《えん》切《ぎ》りまじないをしだす。「さあ、仕事だ仕事」「マヤイロフ、あとでしごくからな」「あー、やだなぁ。今日こそ早く帰りたい」

走りながら振り返れば、梯子《はしご》を上っていく布《ふ》繰《く》り手《て》たちを背に、マヤイロフがまだ何々鶏《かかけい》たちを引き止めてくれていた。目が合って礼を言おうとしたが、マヤイロフは無表情のまま逸らす。

月光の色に染まった黄道《こうどう》に出たところで、ようやく普通に歩きだす。沙璃《じゃり》を踏む音がやけに大きく感じられる。ヨドンツァはまだ荒い呼吸を繰り返していた。

「それ、中に入ってるのはなんなの？」

未だに固く握りしめている革袋をジラァンゼが指差すと、ヨドンツァは「判じ物みたいなもんだ。なかなか解けなくてな」と言って懐に収め、貝殻を取り出した。指で膏薬《こうやく》をすくい、貝殻を持っている方の手の小指にたっぷり塗る。そこで初めて気づいてジラァンゼは漏盃《ろうばい》した。

「ええっ、指、小指が食い千切られてるじゃない！　大丈夫なの？　大丈夫じゃないよね……いますぐ療治処《りょうじどころ》に――」

「あそこで出来ることなんてない。じきに痛みは引くさ」と青い顔で言う。「それに、そのうちまた生えてくるから」

「えっ、どういうこと……その年じゃあもう戻らないよ。吾《わ》ぁの年でももう無理なのに」

「己《な》の体質は幼いころからあまり変わってないんだ。輝晶《きしょう》を飲めないというのは、そういうことだ」

「知らなかったよ……でも、ちょっと羨ましいな」なかなか治ってくれない掌《てのひら》の傷に触れながらジラァンゼが漏らすと、「馬鹿《ばか》、だからこそ、ああいうもんが襲ってくるんだぞ。落人《おちうど》を苦しめることこそが、球地《たまつち》にいるあらゆる生き物の本性なんだ」とヨドンツァが吐き捨てるように言った。前にも何度か聞いた話だったが、未だによくわからない。

「自分が襲われるからって、被害妄想だよ」

「煩悩蟹《ぼんのうがに》の惨斬《ざんぎり》が餌《えさ》を捕るのに使われてないのは知ってるだろう。どうしてだと思う。落人《おちうど》をばらばらにするためなんだぞ」

確かにばらばらにされた人は大勢いるけど、それは単に煩悩蟹《ぼんのうがに》が狂暴なだけじゃないかとも思う。

ヨドンツァが引き寄せる様々な生き物には、まわりの者も煩わされるので、おまえあっち行ってろよ、とよくロムホルツに煙たがられていた。いつだったかヨドンツァは、「しょうがないだろ。ロム先胞《まあ》さだって、陽のめぐりが悪くなれば虫が寄ってくるくせに。落人《おちうど》がほかの生き物に襲われないのは輝晶《きしょう》のおかげにすぎないんだ」と主張したことがあった。

「なにが輝晶《きしょう》のおかげだよ。魚だって月だって、普通に襲ってくるだろうが」

「魚は半嫌陽性だから、他の生き物ほどおとなしくならないだけで、ほんとはもっと凶暴なんだ。漁《いざ》り手《て》たちも夜には漁をしないだろ。月はまた理由が違って、あれは、落人《おちうど》の体を先《さき》つ祖《おや》の頃に戻そうとしているんだって」

「また訳のわからんことを。誰にそんな出《で》誑芽《たらめ》を吹き込まれたんだ」

そう問われてヨドンツァは口をつぐんだ。

それらの話が本当なのかどうかはともかく、生き物に狙われやすい体質のせいで薬に興味を持つようになったのは確かだろう。最初にヨドンツァが作ったのは、虫除けの薬だった。

湯気にまみれた解き場で、イェムリンガ房主が黙ってジラァンゼを見つめ続けていた。ジラァンゼも黙ったままイェムリンガ房主を見つめ返すしかなかった。煩悩蟹《ぼんのうがに》一蓋の繋業《けごう》解《と》きにかかるほどの時間が経ってから、次はないぞ、という一言で再び手習いとして働くことを許された。

それからも焦りや張り合う気持ちが消えたとは言えなかったが、見習いのノイハニが背割りに挑んだときに惨斬《ざんぎり》の鋸刃《のこぎりは》に腕がわずかに触れ、骨が覗くほどざっくり裂けたのを目にして、抑えが効くようになった。

イェムロガとは大きく差を開けられたまま、肢殻剝きを繰り返して手に月疱《げっぽう》や生傷を増やしながら、声がかかるのを待つ日々が続いた。声がかかっても、最初の臓器を見極める段階でどうしても手こずってしまい、纏糸《てんい》をほどく途中でいつも交代させられてしまう。イェムロガの方は四つの臓器まで腑《ふ》分《わ》けを進められるようになっている。

師範や解《と》き手《て》たちが軽々とこなす手順をどれだけ観察しても身につけられなかった。「こののろま！　また手習いに戻りてえのか」と房主によく怒鳴られているザイノモの手つきでさえ、いまのジラァンゼには達人技に見えた。

吾《わ》ぁには一生できないかもしれない……そう泣き言を洩《も》らすと、「己《な》だって二年かかったんだ。そうそう簡単にできてたまるかよ」とロムホルツは笑ったが、一生手習いで終わる者がいることには触れなかった。

正午台《しょうごだい》から顔に面紗《めんしゃ》をかけた台手《うてなて》が繫業《けごうと》解き工房にやってきたのは、そんな頃だった。夜門《やもん》からほど近い曠野《こうや》で、二階分はあろうかという深い穴を掘っているヨドンツァを、陽採り手《ひどて》たちが見つけたというのだ。

「地忌《ちき》を犯したというのですか」と問い直すリノモエラの声は震えていた。ジラァンゼはまだ見ぬその穴に落下している気分だった。大地を掘るには正午台《しょうごだい》の許可が必要だが、それでも太陽によって浄められる半階分の深さが限度で、それ以上は地忌《ちき》にあたる。

彗星曳《すいせいひ》きの乗合車でふたりの先胞《さきがら》と共に現場へ向かったジラァンゼは、自ら掘った穴のへりにびしょ濡れで坐るヨドンツァの姿を目の当たりにした。穴の直径は、洗い桶《おけ》ほどもある。その近くには険しい表情をした副聚長《ふくじゅちょう》が立ち、輝晶《きしょう》の溶き汁を撒く台手《うてなて》たちに指示している。

副聚長《ふくじゅちょう》がこちらにゆっくりと顔を向けた。

「動機も述べず、弁解しようともせん。おおかた朋石《ほうせき》や馬瑙《めのう》を手に入れて稼ぐつもりだったのだろうが、まさか工虫《こうちゅう》のいる深さまで……たったひとつの穴でも噴穢《ふんえ》は起きかねんのだぞ」

副聚長《ふくじゅちょう》たちがここに着いたとき、見物人たちがこの深い穴を覗き込んでいたという。縄を下ろして引っ張り上げてみれば、ヨドンツァの全身は夥《おびただ》しい数の工虫《こうちゅう》に覆われており、めったに目にすることのない穢《けが》れ喰《ぐ》いを前に見物人たちは逃げ惑ったそうだ。

リノモエラは副聚長《ふくじゅちょう》にただただ頭を下げて詫《わ》びながら、指を組んだ両手で裁定主さまに許しを請うていた。

「なんて見下げ果てた馬禍《ばか》だ。なぜこんなことを」とロムホルツが詰め寄ったが、ヨドンツァは視線を逸らし、そこに誰かいるかのように頷《うなず》いた。

「なんだいまのは。どういうつもりだ！　おまえのせいでまた己《な》らは……せっかく親《や》さが築いた足場まで掘り崩しやがって……」

ヨドンツァは裁師《さいし》でもある副聚長《ふくじゅちょう》から十二日間の禁錮を科せられ、台手《うてな》たちに阜《おか》の隣にある牢房処《ろうぼうどころ》へ連れていかれた。

「穢漿《えしょう》が滲出《しんしゅつ》しはじめておる。すみやかに穴を埋め直さなければならん」

副聚長《ふくじゅちょう》の言葉に、三人の同胞《はらから》は率先して土砂を穴に流し込んでいった。とてもひとりで掘ったとは思えないほどの深さだった。

副聚長《ふくじゅちょう》の言うように、貴重な石を手に入れようとしたのだろうか。それとも工虫《こうちゅう》を？　いずれにしろ薬の材料にするためだろう。稼ぎなんて気にする人じゃない。いつもなら変わり者とみなす程度で済んだが、今回は常軌を逸しており、家族をひどく不安にさせた。

ジラァンゼたちが聚落《じゅらく》に戻ると、もう噂が広まっていて、囁《ささや》きあう声がときおり耳をかすめた。

――せっかくリナニツェ聖《ひじり》が穢《けが》れを濯《そそ》いだというのにねえ――いつかなにかしでかすに違いないと思ってたよ――あのひと太陽に拒まれているそうじゃない――霜の移人《うつりど》だもの。焔起悪《えんぎ》いったらないよ――

繋業《けごうと》解き工房では、ジラァンゼが伸び悩むうちに、見習いたちが次々と背割りをやり遂げて同じ手習いとなった。それでも焦ったりしなかったのは、卒屋の儀が近づいていたからだ。これでようやく一日じゅう工房にいられるようになる。

卒屋の儀の当日、ジラァンゼたちは照子屋《てらこや》の屋上で、蒸気が溢《あふ》れてくる黄道《こうどう》側に背を向けて二列に並んでいた。その長く伸びた影に重なって、啓師《けいし》や奏で手《かなで》たちが向かい合わせに立っている。

ジラァンゼは、斜め前に目を向けて顔を綻《ほころ》ばせる。そこには、ひとときみなかった間にずいぶん背丈の伸びたラナオモンの姿があった。太腿《ふともも》の横に添えられた手の指が、央響塔《おうきょうとう》の阜易楽《ふいがく》に合わせて動いている。てっきり聖楽校《しょうがくこう》の卒校の儀に出るのだと思っていたので、共に卒屋できるのが嬉《うれ》しかった。年少に編入したため、卒校まで待つと太陽と契《ちぎ》る適齢を逸してしまうためらしい。

奏で手《かなで》たちが、聚落《じゅらく》を包む阜易楽《ふいがく》の旋律に重ね合わせるようにして、焙音璃《ばいおんり》や浮流筒《ふるとう》を奏ではじめた。思わず背筋を伸ばしてしまうような厳かな音色だった。奏で手《かなで》の鳴り物の構え方は、確かにリナニツェが口ずさんでいたときの姿と似ている。

啓師《けいし》たちは照子《てらこ》にひとりずつ歩み寄って、球形をした焔慈色《えんじいろ》の契晶《けいしょう》を手渡していく。契晶《けいしょう》を口に含んだラナオモンが、ひどく咳《せ》き込んでいる。背中をさすってあげたいが、卒屋の儀の間は動いてはいけない。

下方から響いてくる太陽の足音で、リナニツェ聖《ひじり》に見守られているのを感じながら、ジラァンゼも契晶《けいしょう》を受け取った。映り込みや煌《きら》めきに見とれてしまうが、思い切って口に含む。灼傷《やけど》しそうな熱さと濃厚な甘さに顎があがる。瞼《まぶた》を閉じてしばし舌で味わってから、一息に飲み込んだ。固く熱い感触がたどたどしく喉を押し開きながら胃の腑《ふ》に溶け落ちていく。額や首筋から汗が吹き出してくる。やがて腹の底に浸潤すれば、子をなすのに欠かせない陽宮が形作られるのだという。

スマゴラナ啓師《けいし》が手を揚げ、滔々《とうとう》と語りはじめた。

「卒屋した照子《てらこ》たちよ。あなた方はこれまで永遠の楽園にいたようなものです。けれど太陽と契《ちぎ》りを結んだ今日を境に、限りのある世界へ出ていかねばなりません――」

長い訓話で卒屋の儀を終えた後は、啓房《けいぼう》に戻って最後の時間を過ごした。

「なに、おまえお腹が光ってるよ」「あんたもじゃない」「やっぱり契晶《けいしょう》は特別なんだな。輝晶《きしょう》ではこうはならない」

皆が言い合ってるのを聞いて、ジラァンゼも自分の腹部に目を落とした。衣服を透かしてうっすら光っている。浸潤が始まっているのか、たくさんの細かな根を張り伸ばされるような感覚が生じつつあった。そこでジラァンゼは不意に気づく。ヨドンツァが契晶《けいしょう》も飲めなかったはずだということを。

牢房処《ろうぼうどころ》を出たあとのヨドンツァは、しばらく外を出歩かないよう先胞《さきがら》たちに厳しく言いわたされ、おとなしく家で薬の調合をしていた。けれどときおり夜中にこっそり出かけていることに、ジラァンゼは気づいていた。

「啓師《けいし》の話、いつまで続くのかと思ったよ」とホルマタタが頭を掻きながら言った。「まったくだ。延々と糸を紡いでるみたいだった」とマヤイロフが返す。相変わらずジラァンゼには目を合わさない。その向こうでは、マホェーロが透けた手を掲げ、スマゴラナ啓師《けいし》の真似をしている。

「もうみんなで海依等捕《みいらと》りなんてできなくなるんだろうな」とゾモーゼフが寂しげに呟《つぶや》いた。

「ろくに捕れなかったけど、楽しかったよね」「あのとき、ジラが新しい太陽が現れたと言ってよ」「そうそう。ジラったら、あたら、しい太陽が、海に——って」「ホルマタタだって、すごいすごいって興奮してたじゃない」

思い出話で盛り上がるうちに、いつしか皆の額や頬の血管が光を帯びだしていた。ジラァンゼも脈打っているのを感じて手首を見る。腱を斜めにわたる血管が、くっきりと光っていた。腹の中では、なにかにぎゅっと握りしめられているような違和感が強まっている。けっこうくるね、とホルマタタも腹を手でさすった。

「もう一度くらい行きたかったな……」ラナオモンはそう呟《つぶや》くと咳《せき》をした。疲労のせいか顔が蒼白《あおじろ》く、そのせいで血管が余計にくっきりと光って見える。

「推薦印を手に入れた日が最後だったね。聖楽校《しょうがくこう》は、どうなの」とジラァンゼが訊くと、「稽古は想像していた以上の厳しさでね」と言う。その喋《しゃべ》り方はディアルマにそっくりで、目の前にもやがかかるようだった。「ここは世界が違いすぎて、どうしても浮いてしまうんだ」

「ディアルマは?」

「奏房が違うからあまり会えないんだけど、いつも気にかけてくれてる。まあ、才能が段違いだから、落ち込むことも多いけど」

「わかるよ。落ち込んでばかりだもの……」

「でも、諦めないよね。わたしも、央響塔《おうきょうとう》の聚奏壇《じゅそうだん》には立ってみたいから」

ジラァンゼはうなずいた。もし自分が奏《かな》で手《て》を目指していたなら、ラナオモンとずっと一緒にいられたかもしれない——埒《らち》もなくそんなことを考えてしまい、ジラァンゼは慌てた。久々に会ったせいで煩悩《ぼんのう》がぶりかえしたらしい。そもそも鳴り物なんて弾けるわけもないのに。

「なにラナオモンを独り占めしてんだよ、ジラ」ゾモーゼフが唐突にふたりの肩に腕をまわした。「なあ、ラナオモン、いまから海依等捕《みいらと》りに行かねえか?」

ラナオモンの顔が明るんだが、「あー、だめだった、ごめん。明日までに覚えないといけない難しい譜があるんだ」そう言ってゾモーゼフの腕から離れ、じゃあ、と戸口の方へ去っていった。


繫業《けごうと》解き工房で終日仕事に専念できるようになると、その作業に必要な姿を象《かたど》ろうとするかのように体が成長していき、服を幾度も仕立て直さなければならなかった。それにつれ硬くなった手の皮が皹割《ひびわ》れてひどく痛みだした。工房にある療治処《りょうじどころ》の置き薬では痛みは引かず、ヨドンツァがくれた宥痛薬《ゆうづうやく》をこっそりイェムロガと共に使った。

背丈が伸びたことで、ようやく蒸しあがった煩悩蟹《ぼんのうがに》を掛け格子から運ばせてもらえるようになったが、端から見ているのとは大違いの熱さと重さで、怪我《けが》をすることも増えた。けれど怯《ひる》んでいる場合ではなかった。解き手《とて》になれば、惨斬《ざんぎり》を激しく動かす、生きた煩悩蟹《ぼんのうがに》を運ぶことになるのだ。

緊張と疲れから、夜は眠々蟬《みんみんぜみ》さながらに眠りこけた。悪夢は見なくなっていたが、覚えていないだけなのだろう。漠然とした自責の念には苛《さいな》まれ続けていた。それを振り払えるのは繫業《けごう》解《と》きだけだというのに、未だに腑分《ふわ》けを最後までやり遂げることができず、もどかしさが募った。

　ある日の正午過ぎ、師範や解《と》き手《て》たちの拍手が工房に響きわたった。

　イェムロガの前には大きく窪んだからっぽの腹殻があり、その周囲に、惨斬《ざんぎり》、六対《つい》十二本の肢、薄骨の数々、撥条腱《ばねけん》、脚留め、臭角《しゅうかく》、白く膨らんだ筋繊維、そして嫉臓《しつぞう》、悔臓《くぞう》、惛臓《こんぞう》、慳臓《けんぞう》、忿臓《ふんぞう》といった色とりどりの臓腑《ぞうふ》が所狭しと並んでいた。

　繫《け》業解《ごうと》きのすべての手順を、イェムロガはひとりでこなしきり、解《と》き手《て》となったのだ。房主は拍手こそしなかったが、苦々しそうに笑みを浮かべていた。

　ジラァンゼに悔しさはなかった。いまのイェムロガなら当然だったし、自分の腕ではまだ届かないことも、後に続くには地道に修練を続けるしかないこともわかっていたからだ。

　あるとき房主の手伝いをしたとき、「おまえにゃ、感謝せんとならんな」と唐突に言われた。きょとんとしていたら、イェムロガをやる気にさせたって意味だよ、とロムホルツが耳打ちしてくれた。

　イェムロガの手順を反芻《はんすう》しながら、蟹肢から白い繊維質の束を引きずり出していると、近くで作業していたリノモエラがすっと立ち上がり、戸口に向かって歩いていった。そこには台手《うてなて》の姿があった。わずかに言葉を交わすなり、リノモエラは土気色の険しい顔で戻ってきて房主にことわりを入れ、台手《うてなて》と一緒に工房を出ていった。

　ジラァンゼはロムホルツと顔を見合わせる。またヨドンツァが穴でも掘ったのだろうかと考えていたが、リノモエラが戻ってくるとそれどころではない事態だとわかった。

ヨドンツァが正午台《しょうごだい》の高みに無断で上り、そこから固く縛った一対の慘斬《ざんぎり》を、聖なる太陽めがけて投げつけたというのだ。慘斬《ざんぎり》は太陽の尾部に突き刺さったが、まもなく黒焦げになって陽だまりと共に落とされたという。太陽に何事もなかったとしても許されない不敬行為であり、厳しく詰問されたそうだが、ヨドンツァは今回もなにひとつ理由を述べなかった。陽採り手《ひどて》の労役を科せられるか、追放刑に処されてもおかしくなかったが、元の師である薬手《くすりて》のホルナイ師やルオマライ療主が、輝晶《きしょう》を食せない体質が引き起こす発作的な異常行動だ、と証言してくれ、そのおかげで前回の三倍、三十日間の独房禁錮で許されることとなった。

ジラァンゼは〈風《かざ》〉側の聚落《じゅらく》の曲がりくねった路地を歩いていた。家並みを抜けると、草の茂る黒沙《こくしゃ》の阜《おか》が開け、その左隣に、擂鉢《すりばち》状の窪地に丸い独房が陽周虫《ひぐらし》の卵塊のごとく積み重なる牢房処《ろうぼうどころ》が見下ろせる。窪地の縁《ふち》に建つ見張り小屋の近くまでやってきたジラァンゼは、見張《みは》り手《て》がよそ見するのを見計らって螺旋《らせん》状に巡る小路をくだりだした。幼い頃は度胸試しだと言って、ゾモーゼフとこうやって忍び込んだものだった。斜面から浸み出した水で、地面のところどころがぬかるんでいて、あたりには如飛虫《にょひちゅう》が舞っている。軽い罪で収監される自省房のひとつから唄が聞こえていて、それが子供の声だったので驚く。聚唱《じゅしょう》でもして囚《とら》えられたのだろうか。その唄を聴いているかのように扉に鉋尾《かんなび》が貼りついていた。

居並ぶ独房の覗き窓の下にある符の陰刻を確かめながら下っていったが、不意になにか大きな、ぞっとするような気配とすれ違った気がした。とっさにあたりを見まわしたがなにも見えない。気のせいかとまた歩きだす。底に近い独房で、リノモエラに教えられた符を見つけて立ち止まった。そのまわりには、濡れた足跡らしきものが幾つも残っている。ジラァンゼの何倍も大きい。

横長の覗き窓の暗がりを覗き込むと、「まだおられたのですか」と声が聞こえてきた。

「ヨド先胞《まあ》さ?」戸惑いながら声をかける。息を呑むかすかな気配がして、

「ジァンゼか。ここへは来てはいけないはずだぞ。見つかれば……」

「先胞《まあ》さの罪に比べたらたいしたことないよ」

ヨドンツァが息の音だけで笑った。

「誰か来ていたの? 足跡が残ってるけど、こんな大きさって……務者《むしゃ》だよね。でも、妙だな、聖人式《しょうにんしき》があるなんて聞かないのに」

「知らない。気づかなかった」

「でも、まだおられたのかって言ったでしょ」

「ただのひとりごとだ……裁定主はいつだって己《な》たちを見てるって言うだろう?」ヨドンツァの立ち上がる気配がした。「どうだ、最近は……先胞《まあ》さたちは怒ってるだろうな」

「そりゃ……リノ先胞《まあ》さは、親仕《やし》としての立場がないよ。どうしてあんなこと——地忌《ちき》を犯したときは薬でも探していたのかと思ったけど、今度のことは……内裏《だいり》にはリナニツェ聖《ひじり》だっているんだよ? みんなが言うように太陽に拒まれてるから、許せなくなったの」

「馬禍《ばか》ばかしい。あらゆる生き物に襲われようとも、むしろ輝晶《きしょう》を食えないことに感謝しているくらいだ。ものの見方を縛られずに済むんだからな。許せないのは確かだが、太陽に限ったことじゃない。生まれても半数は若いうちに亡くなるこの世界に、煩悩蟹《ぼんのうがに》の惨斬《ざんぎり》を投げたくらいで気がすむものか」

「じゃあなんのためだっていうの。追放されていたかもしれないんだよ？　なにか理由があるなら、どうしてそれを誰にも説明しないの」

ヨドンツァが黙ったままなので、ジラァンゼは続けた。

「それともホルナイ師やルオマライ療主が言うとおりなの。体に陽が巡っていないせいで発作的にやっちゃうって」

「いろいろと確かめなければならないことがあっただけだ。まさか、本当にこの世界が回っているだなんてな。おかげで聞かされた話が本当だということや、いつか成し遂げたいことに別の手が必要だとわかった」

「どういうこと？　聞かされたって誰に？」ジラァンゼは混乱するばかりだった。

「楽園」と言ってかすかに笑い、「――の追放は嘆かわしいことだとされているだろう。あれは想定外の事態のおかげで成《な》すことができた、永遠の刑罰からの大いなる救済だったんだ。だが有り合わせで作り変えた紛《まが》い物《もの》にすぎず、無間《むげん》地獄に封じられていることは変わりない。裁定主様は我々の行いを余すことなく見ておられ、いつか裁定を下される、と誰もが信じているだろう。だがとうに裁定は下っていて、だからこそ我々はここにいるんだ。このままで留めてはいけない。繰り返しを終わらさなければ――」

堕務者《おちむしゃ》にでも取り憑《つ》かれたようなヨドンツァの口調に怖くなる。

「なんで急に太古の話に。むげんって……いったいなんの話をしてるの……刑罰とか、繰り返しを終わらせるって、まさか太陽の巡りを――先胞《まあ》さ、怖いよ……前はそんなじゃなかったでしょう？　どうしてそんな訳のわからないことを言うようになったの」

「おまえのその反応で、説明しても誰にもわかってもらえないことがわかるだろう。所詮は体に陽の巡らないもんの世迷い言と思われるだけだ。ほんとはそうなんじゃないか、そうであればいいのに、と自分でも思うことはあるよ——さあ、もう帰るんだ」

外を歩いていると、焰切《えんぎ》りまじないをされたり、ありもしない噂を囁《ささや》かれることが増えてきた。リナニツェが列聖したことで変わった一家への見方が、ヨドンツァの一件で元に戻ってしまったかのようだった。

繋業《けごうと》解き工房では誰も態度を変えたりはしなかったが、解き手《とて》たちが煩悩蟹《ぼんのうがに》の殻を剝く音がやけに大きく響くように感じられた。親仕《やし》としての責任を感じたリノモエラの口数が少なくなった一方で、ロムホルツは怒りっぽくなり、万年手習いのノマーリゾやザイノモのちょっとした失敗に声を荒らげて、房主に窘《たしな》められる始末だった。

そうした事柄に頭を悩ませながら肢殻剝きをしていたとき、スラーナ師範の引きずり出した惛臓《こんぞう》がジラァンゼの目に留まった。黄味がかった苔色《こけいろ》で、隕星《いんせい》の肌めいた表面が片側に引き攣《つ》れている。それが正にいまの自分の煩悩《ぼんのう》を表しているように感じられ、これまで臓器を臓器としてしか見ていなかった自分に腑分《ふわ》けがうまく出来なかったのも当然だと悟った。

それからは、解き手《とて》たちによって腹殻から取り出される様々な内臓を目にするたびに、嫉《しっ》に囚《とら》われ、悔《かい》に濡れ、貪《どん》に突き動かされ、惛《こん》に塗り込められる自らの煩悩《ぼんのう》をも自覚させられ、しだいに煩悩蟹《ぼんのうがに》それぞれと結びつくひとりの見知らぬ落人《おちうど》の心情をぼんやりと捉えられるようになった。

やがて三つ、四つ、五つ、と解ける内臓の数が増えてきて、大きさが違っても変わらない個々の臓器特有の感触を手が覚えだした。臓器から纏糸《てんい》をほどくときには苛立《いらだ》ったものだが、いまでは包み蒸しでも開けるような楽しささえ覚える。

――ほんとに、あいつだけは。あいつだけは。

隣で繫業《けごうと》解きをしながら、ロムホルツが繰り返し呟《つぶや》く。ヨドンツァの錮期《こき》があと二日で終わるせいだろう。この先どう扱うべきなのかを、先胞《まあ》さたちは度々《たびたび》言い争っていた。

ジラァンゼは解虫串《ほぐし》を煩悩窪《ぼんのうくぼ》に挿し込み、音を立てて咬《か》ませを外していく。背殻を外すと、薄骨越しにも内臓を覆う纏糸《てんい》の一部が極端に膨らんでいるのがわかった。忿臓《ふんぞう》だろうが、これほどまでに肥大したものを見るのは初めてだった。この煩悩蟹《ぼんのうがに》と縁《えにし》をもつ落人《おちうど》は、どれほどの怒りを抱えていたのだろう。

なんだか最近のロム先胞《まあ》さみたい、と思っていたら、ロムホルツが怪訝《けげん》そうに覗き込んできて、席から離れるよう手で示した。それに従うと、ロムホルツが代わりに床几《しょうぎ》へ腰を下ろし、顔色を変えた。ゆっくりと背殻を両手でつかんで腹殻に戻そうとし――そのとき激しい爆発音と共に蟹の内臓がぶちまけられ、ジラァンゼの顔や胸にも肉片や汁がかかった。熱い。飛ばされた背殻が音を立てて床に落ち、撓《たわ》み震える。

工房内が騒然となった。腸が腐気で破裂したのだろうか。啞然《あぜん》としていたら、靄《もや》の向こうでロムホルツの体が背中から倒れていくのが見えた。

「ロム先胞《まあ》さ！」

身を寄せると、前掛けの胸元には掌大《てのひらだい》ほどもある金属質の甲虫が刺さって尾部の棘《とげ》をひくつかせている。まわりに血が滲《にじ》みだした。鱗革を貫いているのだ。

ジラァンゼが慌てて奴床《やっとこ》を摑《つか》んだとき、「触れるんじゃない、そのままっ」と駈けつけたリノモエラが制した。「瞋恚《しんい》よ。動かせば毒がまわる」

工房内のざわめきが、諦めのような静けさに変わった。

「イェムロガ、療治処《りょうじどころ》まで走って治《おさ》み手《て》を連れてこい」房主が声を張りあげた。

毒、という言葉に心臓を握りしめられながら、イェムロガが戸口に走っていくのを見守る。

「どうしよう。吾《わ》ぁの煩悩蟹《ぼんのうがに》だったんだ。ロム先胞《まあ》さは吾《わ》ぁを助けようとして……吾《わ》ぁのせいだ……」

ジラァンゼが譫言《うわごと》のごとく言うと、

「あんたのせいじゃない」とリノモエラがロムホルツの傍らにしゃがみながら言った。「ロムホルツは解《と》き手《て》なら当然のことをしただけ。瞋恚《しんい》はいつどの蟹に潜んでいるかはわからない。どう飛び出してくるのかも、どれほどその怒りが強いのかも」

「そう、だぞジラァンゼ……おまえのせいじゃない」とロムホルツが咳《せ》き込みつつ言った。口の端から血が流れ出てくる。「ごめんよリノ先胞《まあ》さ。己《な》ぁは正直、油断してた……」

「ロムホルツ……黙って」

血色を失っていく顔の中で、瞳がなにかを探すように動いて――「地命《じめい》の裁定が……下されたんだな」――白目になった。

「ロム先胞《まあ》さ？　ロム先胞《まあ》さ――」

「すぐには死なない。ロムホルツは覚悟を決めたんだよ。解《と》き手《て》が瞋恚《しんい》にやられるのを何度か見ているからね」リノモエラが言った。

「すぐにはって、やられるって……なに。なんだよ。ルオマライ療主がくれば助かるんでしょう？　助かった人はいるんでしょう？」

ジラァンゼは曲がりくねった路地を抜け、牢房処《ろうぼうどころ》の手前にある見張り小屋を訪ね、見張り手にリノモエラから預かった鉄鱗《てつりん》の札を見せた。たいぎそうに出てくるのを急《せ》かして、牢房処《ろうぼうどころ》の底へと向かう。見張り手の腰の鍵束《かぎたば》が揺れて、魚の鱗落《うろこお》としでもするような騒がしい音を立てた。

見張り手がヨドンツァの独房の鍵《かぎ》を外すなり、ジラァンゼは扉を開けた。横になることもできないほど狭い房内に、壁に凭《もた》れかかって坐るヨドンツァの姿があった。汗や埃《ほこり》でべったりとした長髪を揺らして、頭が上がる。

「どうした、まだ錮期《こき》はあと一日――」

「ロム先胞《まあ》さが、瞋恚《しんい》にやられたんだ」

ヨドンツァが顔色を変えて立ち上がった。頭が天蓋にぶつかって殻粉《からこ》壁《かべ》がぱらぱらと落ちる。

「ルオマライ療主やホルナイ師が工房に来て、ずっと毒抜きをしてくれていたけど、全身に巡っていて、もう無理だって」鼻の奥に海みたいなにおいが広がり、涙粒《なみだつぶ》が次々とこぼれだした。贅璃《ぜいり》状だったのが、大人のような硬い涙石《なみだいし》になりかけているらしく、目元が裂けそうなほど痛い。「普通の瞋恚《しんい》だけでもほぼ助からないのに、倍ほども大きくて……手の施しようがないって」

ヨドンツァがなにか言いかけたが口をつぐんだ。

「ロム先胞《まあ》さの希望で、いまは家に運ばれている。夜までもたないから、ヨド先胞《まあ》さが会えるようにって、リノ先胞《まあ》さが副聚長《ふくじゅちょう》にかけあってくれたんだ」

――太陽が報いを受けさせたんだろうのう。

背後で見張り手が呟《つぶや》き、顔を歪《ゆが》めて振り返ろうとするジラァンゼの腕をヨドンツァがつかみ、「まだだ。できることがあるはずだ」と言って独房から出た。

家に戻ると、ロムホルツは居間の床に上半身裸で寝かせられたままだった。顔には苦悶《くもん》が張りついたまま、肌は青痣《あおあざ》めいた色に変わっている。すでに瞋恚《しんい》は胸から取り除かれ、血の溜まった赤い傷跡が見えていた。その近くでは、状況を理解していないロムホルツの子のロムイソとリマルモが、彗星《すいせい》の尾羽根を握って楽しげにじゃれている。

「意識は何度か戻ったけど、ここ半日はずっと……さあ近くへ」リノモエラがそう言ったが、ヨドンツァは横たわるロムホルツを凝視したあと、背を向けて奥へ歩いていき、「ヨドンツァ」と声をかけられながらも階段を上りだした。

しばらくして革袋や葉束や薬研《やげん》などを両腕いっぱいに抱えて降りてきたヨドンツァは、「試させてくれないか」と言った。リノモエラはしばしためらったが、ヨドンツァが作業できるようにその場を離れた。

ヨドンツァはロムホルツの傍らに坐り、胸の傷跡に溜まった血を掬っては小皿に入れ、様々な小瓶の薬を注いで試した。その後、なんの植物かもわからない奇妙な形をした葉や木の実を舟形の碾皿《ひきざら》に入れ、薬研《やげん》でつぶしはじめた。

物珍しさに寄ってきたリマルモが、「それなに糸みたいなの」と訊くと、「皁易子《ふいご》」とヨドンツァは答える。

「このぐにょぐにょは？」と彗星《すいせい》の尾羽根で指す。

「段堕螺《だんだら》の樹脂」

「だんだんら。じゃ、これー」

「丹蘚采《たんせんさい》」

「たんたんたい。あ、これ知ってる。はぢづまー」

リマルモの声に、まさか、と目を向ければ、確かに猛毒の鉢頭摩《はちずま》だった。「ちょっとそれ……」とジラァンゼは止めようとしたが、「ヨドンツァはわたしたちとは比べものにならないほど詳しいんだよ」とリノモエラに止められた。

薬莢《やっきょう》を剝いて膏玉《こうぎょく》を加え、それらが緑の泥のようになるまで捏《こ》ね合わせると、傷口に塗り込んだ。さらに緑の泥を深い鉢にうつし、水を加えて根気よくかき混ぜてから、匙《さじ》で少量ずつ口に含ませる。

そうした療治は夜中まで繰り返された。ジラァンゼがうつらうつらして目を開くたび、ヨドンツァは匙《さじ》で口に含ませていた。すこしずつ苦悶《くもん》の表情がやわらぎ、肌の色が幾分ましになっているように見える。

なにか聞こえた気がして、我に返った。「どうしたの？」と訊くと、ロムホルツの意識が一瞬戻って、「有痛薬《ゆうつうやく》なんぞ使うなよ」と言ったらしい。

瞋恚《しんい》の毒で亡くなるとされている時間はとうに過ぎ、もしかしたら助かるのかもしれない、という希望が膨らんできた。とうとう肌がいつもと変わらない色に戻り、何をしても許してくれそうな優しい表情になっていた。「助かったんだ」と言いかけたところで、ヨドンツァが床に体を伏して呻《うめ》き声を洩《も》らしだした。その背にリノモエラが手を添えてジラァンゼに振り向き、首を振った。

「己《な》ぁはロム先胞《まあ》さの痛みや苦しみを」ヨドンツァが体を震わせて咽《むせ》び泣いた。「引き伸ばしただけだった……」

「その苦徳《くどく》の分だけ、裁定主様は取り立てて――」

「裁定主がなんだ……己《な》ぁは決して許さない」

今日ばかりはリノモエラも咎《とが》めなかった。

痛みや苦しみを引き伸ばしただけじゃない、とジラァンゼは思った。思うだけにした。口にすると嘘みたいだったから。でも、でも、先胞《まあ》さは見たことないほど穏やかな顔をしていたよ。

海葬は、遺体を海の水に浮かべ、その姿が波に攫《さら》われて見えなくなったところで終わる。伝え聞くところによれば、遺体が三十日ほども視界から消えずに波に揉《も》まれ続け、参列した者から新たな死者が出てさらに海葬が始まったこともあったという。

ロムホルツの遺体はあっけないほど早く消えてしまった。

つらい時間だったが、葬奏の奏で手《かなて》たちのなかにはラナオモンがいて、浮流筒《ふるとう》の音を聴けたのがジラァンゼには嬉《うれ》しかった。以前会ったときの顔色の悪さや咳《せき》が気になっていたが、聖楽校《しょうがくこう》に通いつつ、央響塔《おうきょうとう》で奏で手《かなて》としての末席を得ることができたのだという。

何度もおめでとうを言って喜ぶジラァンゼに、君の先胞《まあ》さの海葬なんだよ、わたしのことはもういいよ、とラナオモンは困ったように言った。

海葬からの帰り道、ヨドンツァがなんの前触れもなく、「己《な》ぁは、聚落《じゅらく》を去ることにしたから」と告げたので、リノモエラとジラァンゼは驚倒した。

「せっかく追放を免れたというのに、いったいどこへ。他の聚落《じゅらく》だってあんたは――」

「毬森《まりもり》の薬手《くすりて》に手子《でし》入りするんだ。あそこには凄い薬手《くすりて》や治《おさ》み手《て》たちがいるから」と答える。

ジラァンゼが呆気《あっけ》に取られていると、「悪い意味でもね」とリノモエラが溜息まじりに返した。森人《もりうど》たちはよくない嗜好《しこう》に耽《ふけ》るという噂はジラァンゼも耳にしたことがあった。

「ロム先胞《まあ》さが亡くなったせいなの?」とジラァンゼが訊くと、「それで自分の未熟さを思い知らされたのは確かだが、以前から考えていたんだ」と言う。親しくなった森人《もりうど》を通じて、名のしれた毬森《まりもり》の薬手《くすりて》に調合した薬を見てもらううち、手子《でし》入りするよう声がかかったらしい。

「めったに手子《でし》を取らないと聞いていたから己《な》ぁも驚いてるんだが」

リノモエラは訝《いぶか》しんで引き留めようとしたが、ヨドンツァは言った。

「このまま己《な》ぁが聚落《じゅらく》に残ったとして、陽採《ひど》り手《て》か贄役《にえやく》以外の何になれるって言うんだ」

別れの日、リノモエラや子供たちと一緒に、黒沙《こくしゃ》の皁《おか》までヨドンツァを見送りにいった。皁《おか》と毬森《まりもり》の間に張られた渡し綱には、一頭の肥えた隕星《いんせい》がしがみついていて、湿り気を帯びた疣《いぼ》だらけの皮膚をときおり僅かに膨らませる。これが遠目には美しい流れ星に見えるのだから不思議だった。その臀部に繋がれた架籠《かご》に、背嚢《はいのう》を背負ったヨドンツァが足をかけて乗り込む。渡《わた》し手《て》に背中を突かれた隕星《いんせい》が、でょでょでぃ、と妙な音を洩《も》らしながら、分厚い肉の連なりを震わせて渡し綱を這い昇りだした。リマルモやロムイソが「またね、またねー」と無邪気に手を振る。ヨドンツァを乗せた架籠《かご》は、真上に浮かぶ緑の毬森《まりもり》に向かって小さくなっていった。

第三章

ロムホルツのいない工房で、ジラァンゼは自責の念に囚《とら》われ続けた。煩悩蟹《ぼんのうがに》の背割りをするたびに、胸に瞋恚《しんい》の食い込んだロムホルツの姿が蘇《よみがえ》ってきて手が鈍る。何人かの解き手《とて》たちも及び腰になり、イェムリンガ房主の叱咤《しった》する声がしばしば響いた。

ジラァンゼが以前の調子をすこしずつ取り戻すことができたのは、阜易楽《ふいがく》のおかげだった。これまでは漠然とした音のうねりにしか感じられなかったのに、ラナオモンが奏でる浮流筒《ふるとう》の音色を聴き分けようとするうちに、分厚い聚奏《じゅそう》が、鳴り物ごとに異なる旋律によって布帛《ふはく》のように織り合わされているのがすこしはわかるようになってきて、まるで違って聴こえるのだ。

その日、湯気の残る工房で、阜易楽《ふいがく》に導かれながら煩悩蟹《ぼんのうがに》の殻内をまさぐり続けていたジラァンゼは、「お、おまえ――」というイェムロガの声に我に返った。「通しで解いてるじゃないか！」

ジラァンゼは手元に目を落とした。腹殻の中は空っぽになっており、周囲に、惛臓《こんぞう》、慳臓《けんぞう》、忿臓《ふんぞう》、悔臓《くぞう》、嫉臓《しつぞう》、覆臓《ふくぞう》、愧臓《きぞう》、慚臓《ざんぞう》、眠臓《みんぞう》、掉臓《たくぞう》が整然と並んでいた。腑《ふ》分《わ》けを試させてもらっていたことすら途中から忘れていた。

イェムリンガ房主がやってきて、臓器を検分していく。

「これなら充分だ。解《と》き手《て》として繫業解《けごうと》きに励んでくれ」

房主の声に、工房内が拍手で湧いた。

「おめでとう。けっこう早かったじゃない」とリノモエラに声をかけられる。前に言われた、無我になるとはこういうことだったのかと今さらながら気づく。

ずっと焦がれていたはずなのに、感慨はなかった。解《と》き手《て》としてあたりまえのことができるようになっただけなのだ。それに、よく見れば殻の内側には肉質がわずかに残り、罅《ひび》の入ってしまった箇所などもある。師範たちの精度には遠く及ばなかった。

解《と》き手《て》になってはじめて、生簀《いけす》から生きた煩悩蟹《ぼんのうがに》を運んで掛け格子に煩悩刺《ぼんのうざ》しをする工程を任された。蒸気で霞《かす》むなかを運ぶのは想像以上に危険で難しいことだった。早々に陶板の目地《めじ》につま先が引っ掛かってよろけ、イェムロガの運ぶ煩悩蟹《ぼんのうがに》の惨斬《ざんぎり》が背筋をかすめて体じゅうから冷や汗が出た。へたをすれば首が落とされていただろう。

六対の肢は蠢《うごめ》き、惨斬《ざんぎり》はだしぬけに開閉する。体に近づけすぎれば背殻の鋭い突起が刺さり、黄色い臭角《しゅうかく》に触れて何日も臭いがとれなくなる。他人が運ぶ煩悩蟹《ぼんのうがに》で怪我《けが》をするかもしれず、自分の運ぶ煩悩蟹《ぼんのうがに》で怪我《けが》をさせるかもしれず、一瞬たりとも気が抜けなかった。

自分だけが煩悩刺《ぼんのうざ》しの流れに嚙み合ってないことに焦ったが、何度も生きた煩悩蟹《ぼんのうがに》を運ぶうちに、皆が皁易楽《ふいがく》の拍《はく》に合わせて動いているのがわかってしだいに慣れていった。

一日の仕事を終えた後の疲れは、手習いのときとは比べものにならなかった。体が滋養を欲して食事の量が随分と増え、しだいに体つきも変わってきた。

毎日緊迫しながら煩悩蟹《ぼんのうがに》を掛け格子に運んでいたが、あるとき突然、「くそっ、くっそおぉぉぉー！」というがなり声が工房に響いた。驚きながらも、生きた煩悩蟹《ぼんのうがに》を抱えていたので先に掛け格子に刺し、すこし離れてから振り向くと、イェムロガが立ったまま左手を右手で包んで体を震わせている。陶板敷きの床の上では煩悩蟹《ぼんのうがに》が仰向《あおむ》けになって肢々を動かしていた。

「イェムロガ、なにしとる。早くそこをどいて止血せんか」

イェムリンガ房主の声が響いて、イェムロガがふらつきながら掛け場から離れる。ノマーリゾが駆け寄って指の根元を細紐《ほそひも》で縛り、血留薬《ちどめぐすり》の貝殻を差し出して開く。イェムロガが膏薬《こうやく》をすくって指の断面にこすりつけ、あっがが っ、と叫び声をあげる。スラーナ師範が床で悶《もだ》える煩悩蟹《ぼんのうがに》を返し竿で裏返し、抱え上げると、床には一本の指が転がっていた。ノマーリゾが慌ててやってきて拾い上げ、すぐさまイェムロガの元へ戻る。

解き手《とて》たちは生簀《いけす》と掛け格子の間を往復しはじめた。掛け場でなにが起きようが、太陽が歩みを止めてくれる訳ではない。煩悩蟹《ぼんのうがに》を蒸す時間は限られているのだ。

「ちくしょう！　おれはずっと五本指のままでいるはずだったのに！」イェムロガが床を砕かんばかりに激しく足で踏み鳴らす。「いでぇええっ、いっってぇええっっっ！」

ジラァンゼは煩悩蟹《ぼんのうがに》の並ぶ掛け格子を天床の溝に押し込んでいく。

「五本指のままだぁ？　笑わせせんじゃねえ。その分、性根《しょうこん》に一本骨が増えるんだ、ありがたく思え。五本指でいてえなら見習いに戻りな」

イェムロガの顔は脂汗にまみれていた。血留薬《ちどめぐすり》には有痛《ゆうづう》の成分は入っていない。

「いいから療治処《りょうじどころ》にいけ。まだ若《わけ》えんだ。つながらねえとも限らん」

ちきしょう、ちきしょう、と繰り返しながらイェムロガはよろけた足取りで工房から出て行く。その後を後胞《あとがら》のイェムニラが心配げに見送っている。

「なにぼうっとしとるイェムニラ。おまえも指を落としたいのか」

指を断たれる痛みと悔しさを想像し、ジラァンゼは奥歯を噛みしめる。

イェムロガが戻ってこないまま仕事が終わり、夕暮れのなかを照子屋《てらこや》に向かった。育み処《はぐくどころ》から、眠るロムイソを抱いてリマルモの手を引いた育み手《はぐくて》が現れた。リマルモの脇腹に目を向けると、「もう傷は塞がったみたい」と育み手《はぐくて》が言う。数日前、リマルモは食餌中《しょくじ》だった彗星《すいせい》に近づきすぎ、脇腹を爪先で貫かれたのだ。綺麗な尾羽を見たかったらしい。育み手《はぐくて》からロムイソを受け取りながら、「まだ痛むか?」とリマルモに訊く。「ううん」と返すその声には力がない。

照子屋《てらこや》を後にして歩いていたら、療治処《りょうじどころ》の戸口から土気色の顔をしたイェムロガが出てきた。ジラァンゼと目が合うなり口を歪《ゆが》ませ、「もうそんな時間なのか。痛みで気を失っちまってた――おまえが先に指を断たれるはずだったのにな」

「はずってなんだよ。指つながった?」

イェムロガが、癒葉《ゆば》に包まれ縛られた寸詰まりの小指を、顔の前までゆっくりと上げる。

「もう生えてもこねぇ。己《な》ぁらはもう子供じゃねえんだな」

ジラァンゼは有痛薬《ゆうづうやく》入りの貝殻をひとつ差し出した。

「助かるぜ」と言ってイェムロガが受け取る。「でももう数がないんじゃねえのか。おまえの先胞《まあ》さ、いなくなったんだろ?」

「うん、あと幾つか残ってるだけ。だから大切に使ってよ」

「なあ」傷が疼《うず》くのか顔をしかめながら、「どうして苦徳《くどく》を積むことを裁定主様はお喜びになるんだろうな。痛みに耐え続ければ性根《しょうこん》が強くなるだなんてよ」

「昔は痛みを抑える術《すべ》がなかったから、苦徳《くどく》とかいって誤馬化《ごまか》していたのが続いてるのかもね」とヨドンツァの受け売りで話す。

「もしどっちかが房主になったらよ、工房に置くのはおまえの先胞《まあ》さの薬にしようぜ」

ジラァンゼは頷《うなず》き、ヨド先胞《まあ》さにまた会えるだろうか、と毬森《まりもり》を見上げた。


解き手《とて》の仕事は多岐にわたり、常に緊張が抜けず、まるで太陽が駆け足でも始めたかのように日々が目まぐるしく過ぎていくようになった。夜中に臥洞《ふしうろ》で騒がしい物音を立てようが、親《や》さや先胞《まあ》さたちが目覚めなかった理由がようやくわかった。

イェムニラやノイハニが指を断たれ、イェムロガがさらに足の親指を失っても、ジラァンゼは指一本落とさなかった。

見習いたちは手習いとなり、解き手《とて》となっていく。新たな見習いや手習いも増え、その危なっかしさに、ジラァンゼは常に目を配らずにはいられなくなった。亡くなったロムホルツを含め、まわりの師範や解き手《とて》たちが、解虫串《はぐし》の先しか見えていなかった自分をいかに見守り、いかに助けてくれていたのかを思い知る。そして、そのひとりであるスラーナ師範が、思いがけず亡くなった。

三人目の子を受陽し、「さすがに三度目ともなると楽だね」と言って繋業《けごう》解きを続けていたが、出産までもたなかったのだ。

半日ほどかかった海葬を終え、いつもと変わらぬ日々が戻ってきた頃に、「ジラァンゼ、ちょっと来い」とイェムリンガ房主に呼びつけられた。解台《げだい》の間を縫って歩いていくと、房主が床几《しょうぎ》から立ち上がり、小さな星革袋から焰慈色《えんじいろ》に光る師範印を取り出して、ジラァンゼの首にかけた。

「これからは若いもんに教えてやる立場だ」

蒸気が満ち、陶板敷きの床を伝って太陽の足音が響いていた。

ジラァンゼは師範印を手にしたまま、早すぎる抜擢にどういう表情をしていいかわからなかった。いつか吾ぁ《わや》が親さの代わりに師範になる、とリナニツェに誓ってみせたことを思い出すが、その感慨に浸るよりも、自分よりも年上の解き手《とて》たちを慮《おもんぱか》って身が縮んだ。その気持ちを察したのか、解き手《とて》のザイノモがやってきて、「己《な》たちだって命が惜しいんだ。おまえが師範なら心強いよ」と言ってくれ、さらに万年手習いのノマーリゾが、「師範におまえ、なんて言っちゃだめですよ」と言って皆が笑った。肩を叩《たた》かれて振り向くと、「じきに己《な》も追いつくからな」とイェムロガが悔しげに笑っていた。イェムロガはその六十三日後に師範となった。

陽扇貝《ひおうぎがい》の大皿に載る輝晶《きしょう》の塊を前に、リマルモとロムイソは目を輝かせながらもおとなしく椅几《いき》に坐って待っていた。ふたりとも自分たちで照子屋《てらこや》に通えるほど手がかからなくなっている。

今夜の夕餐は賜陽《しよう》の儀だった。リノモエラが包刀を輝晶《きしょう》に刺し入れて明るさが増すたびに、子供たちは感嘆の溜息を洩《も》らす。輝晶《きしょう》をそれぞれの皿に切り分け終えると、祈詞《のりと》を交互に唱える。

「滞りなき陽の巡りに」「月のためらいに」

「絶え間なき陽の滾《たぎ》りに」「果てなく地を結ぶ球地《たまつち》に」

もう食べていいでしょう、とリマルモとロムイソが叉匙《さじ》で掬って頬張《ほおば》り、熱さに焦った顔ではふはふと荒い息を洩《も》らす。

「息でさましてから食べなさいって、前にも言ったでしょ」とリノモエラが微笑《ほほえ》む。

ジラァンゼも輝晶《きしょう》の熟した部分を掬って口にする。いつものように灼傷《やけど》しそうなほどに熱く、口の中を転がすうちにとろけだす。鼻孔から熱い空気を抜きながら、濃厚な甘みをうっとりと味わう。そのまま喉を通って体内の芯で暖かさが広がっていく。

片づけをして、寝間の臥洞《ふしうろ》に横たわったときにもまだ腹の底が暖かいままで、妙だなと思いながら眠り、早朝には下腹の熱さに汗ばみながら目覚めた。上体を起こして下腹をさする。

「今日はやけに早いじゃない」と向かい側からリノモエラが眠たげに言ったあと、「もしかして」と言って臥洞《ふしうろ》から下りてきた。ジラァンゼの傍らまでくると、顔を寄せて眼を覗き込む。

「うん。瞳のまわりに光冠がでてるように見える。あんた、受陽したんじゃない？」

「ええっ。まさかー」とジラァンゼは笑う。「まだ早すぎるよ」

その日、療治処《りょうじどころ》でルオマライ療主に診てもらったら、「もうあのときの胞子《ぼうず》が、受陽とはなぁ」と言われて言葉を失った。「熱いだろうが、可能な限り堪えるんだぞ。子のためにも、よい苦徳《くどく》となる」

それからは終始のぼせたように体が熱く、息苦しくなった。やがて太陽の照層のような畝《うね》が腹に現れると、月嚢《げつのう》なしには耐えられなくなった。小ぶりの月嚢《げつのう》を首の後ろや腹に布で巻いていても、熱がこもる工房で働くのはこたえたし、不意に布がずれてしまうのも厄介だった。まだ多産だった数十年前には、太陽に授かった熱を月で冷やすなど以ての外と禁じられていたが、受陽中の繋業《けごうと》解きで亡くなる者が相次いで、黙認されるようになったらしい。

療治処《りょうじどころ》で経過を診てもらった後、汗を垂らしながら黄道《こうどう》を歩いていたら、マヤイロフにばったり会った。相変わらず機嫌の悪そうな顔をしていたが、胸の衣嚢《おとし》から小さな赤ん坊が顔を覗かせ、半目のままであたりを窺《うかが》っている。

「知らなかったよ。おめでとう」そう言ったが、マヤイロフは答えず、ジラァンゼの首まわりを訝《いぶか》しげに眺めている。外では眉をひそめる者がいるというのに、首の巻き布を外し忘れていたのだ。

「そんなもの使ってるのか」と小馬禍《こばか》にしたように笑われ、ジラァンゼはむっとして去ろうとしたが、「ちょっとうちまで来いよ」とマヤイロフは言って返事も聞かずに歩きだした。仕方なく布帛《ふはく》工房の近くの家までついていくと、衣嚢《おとし》つきの腰巻きや首巻きを取ってきてくれた。

「己《な》が作ったやつだけど、持っていけよ。頭のかたい連中が多くてまだ店では扱ってもらえないけど、もし他にも欲しい人がいたら言ってくれ」

どう礼を言っていいのか迷っていたら、

「産まれるときは、とんでもなく痛いぜ。内臓をもぎ取られるみたいに」とマヤイロフは横目で言って段梯《だんばしご》を上っていった。

マヤイロフの腰巻きと首巻きをつけて工房に行くと、さっそく他の解き手《とて》たちからどこで手に入れたのかを訊かれた。腰巻きと首巻きは、ずれも外れもせず、体の負担が随分と減った。けれど断続的に襲ってくる、下腹の中を解虫串《ほぐし》で掻き回されるような痛みは抑えようがなかった。

ある日、痛みが酷くて早めに帰らせてもらったら、扉の向こうから物音が聞こえてくるのに気づいた。月の仔《こ》でも潜り込んだのではないかと警戒しながら家に入れば、ヨドンツァが机で薬研《やげん》を使っていた。

「まさか、毬森《まりもり》まで追い出されたんじゃ……」不安を覚えながら言うと、

「馬禍《ばか》。これでももう薬手《くすりて》なんだぞ。こっちに用事があってついでに寄っただけだ。そろそろ薬がなくなった頃だろうと思ってな」と一抱えもある袋の口を大きく開く。中には薬貝や薬莢《やっきょう》や薬壺が詰まっていた。

「そ、そんなに」

「他に欲しいという人がいたら、こっそりやってくれ。もっと欲しいと言われたら、黒沙《こくしゃ》の皁《おか》の、ベルカルシという森人《もりうど》の売り手を教えればいい。普段の市でも己《な》の薬を扱ってくれているから」

下腹の痛みに耐えながら聞いていると、ヨドンツァが話をやめて眼を覗き込んできた。

「な、なんだよ」

「おまえ、受陽したんだな——それなら」と革包《かぼう》から青紫色の薬莢《やっきょう》を幾つかと、深緑色の薬莢《やっきょう》をひと束取り出して机の上に置いた。どれも莢《さや》の合わせ目の色が濃い。「裁定力のない毬森《まりもり》で

しか調合できない薬だ。青紫色の方は助産薬で、念の為ふたり分ある。生まれそうになったらひと玉だけ飲むといい。束の方は、それまでの痛みに。どちらも普通の宥痛薬《ゆうつうやく》では効かないからな」

「また効き目を試すつもりなんでしょ」ジラァンゼは上目遣いで言う。

「そんなこと、した覚えはないぞ。己《な》の師の処方で作った、毬森《まりもり》ではよく使われている薬だ」

森人《もりうど》たちがよくない嗜好《しこう》に耽《ふけ》っているという噂を思い出す。

「でも、痛みは、子が無事に産まれるための代償だから……」

「まだそんなこじつけを信じてるのか？　痛みってのは、本来は体への警告のはずなんだ。それなのにここでは理不尽なまでの、責苦と言っていいほどの痛みを甘受させられている。髪の毛を切るとき、歯や爪が生え変わるときを思い出してみろ」

「嫌だ、思い出したくない」そう言ったときにはすでに思い出して背中が沫立《あわだ》っている。でも——「でもそれは、裁定主様が求めて……」

「なんのために。裁定主の正しさを誰が裁定できるんだ」

あまりに罰当たりな発言に不安になり、ジラァンゼは他に誰もいるはずのない部屋を見まわしてしまう。

「前に楽園の話をしただろう。太古の先つ祖《さきつおや》たちは、永遠に終わらぬ刑罰に耐え忍んできた。そこから解放されるために手に入れたのが、出産と死なんだ。だが刑罰の多くは、体に陽を巡らせて遠ざけているだけだし、出産と死のためにこれまでにない苦しみも生まれた。そこから逃れようとするのは悪いことじゃないさ」

「どうして断言できるの。それってヨド先胞《まあ》さの勝手な妄想でしょう？　それに、ここじゃ許されないよ」

ヨドンツァはかすかに笑ってから、

「月嚢《げつのう》だって昔は許されなかったろ。出産の際に亡くなる者が少なくないのは、おまえも知ってるはずだ。助産用の薬莢《やっきょう》は、痛みや苦しみを懲消《ちょうけ》しにしてくれるわけじゃないが、歯が生え変わるときくらいには抑えてくれる。あくまで服用した者の感想だがな、毬森《まりもり》じゃ生まれた子らも変わりなく育ってるさ」そこまで言うと立ち上がる。「置いていくから好きにすればいい。そろそろ行くよ」

「えっ、もう？　もうすこししたらリノ先胞《まあ》さが帰って――」

歩きだしたヨドンツァがひどくよろけ、ジラァンゼは慌てて体を支える。

「いったいどうしたの、脚を悪くした？」

「いや、毬森《まりもり》とは裁定力の違いが大きいだけだ。思っていたよりこっちは重いところだったんだな」

「重い？」

大丈夫だ、送らなくていい、とジラァンゼに離れるよう手で示し、ヨドンツァは壁を伝って外へ出ていった。

ヨドンツァが置いていってくれた薬を、ジラァンゼは使わないことに決めた。自分だけが楽をするのは後ろめたかったし、裁定主様も見逃してくれる気がしなかった。なによりわからないことだらけの初めての出産が、もっとわからないものになりそうで恐ろしかったのだ。

けれど仕事中であれ睡眠中であれ、牙だらけの大きな生き物に腹の内部を噛みちぎられるような痛みがなんの前触れもなく襲ってくるし、それが引いたと思うと、今度は腰が抜けたような脱力感が続いて解虫串《ほぐし》に力が入らず、背割りすらうまくこなせなくなる。リノモエラが心配して声をかけてくれても、つい強い口調で返してしまうほど、なにに対しても苛立《いらだ》っている自分に苛立《いらだ》った。仕事や睡眠が妨げられることに、いつもの自分でいられないことに、痛み自体に――本当にこんなつらさを、これまで何千年もの間あらゆる落人《おちうど》が味わってきたのだろうか。これからどれだけの落人《おちうど》が耐え続けなければいけないのだろうか？

出産までの二十四日を終えるまであと五日というところで、ジラァンゼはとうとう耐えきれなくなり、深緑色の薬莢《やっきょう》の束からひとつもぎって口にした。

ほどけるように体の芯から痛みが引きはじめ、澄んだ安らぎに包み込まれながら、いままで耐え続け、振り回されてきたのは何だったのかと思った。そして、いつ始まってもいいように、懐に青紫色の薬莢《やっきょう》を潜ませるようになった。

煩悩刺《ぼんのうざ》しを終えて掛け格子を天床に押し込み終え、工房に熱が満ちて蒸気が漂いだしたときに、尋常ではない熱さで汗が止まらなくなった。太陽が近づいているせいだと思いたかったが、腰巻きの月嚢《げつのう》から、月屑《つきくず》の気泡がだらしなく破裂する音が聞こえだした。

始まったことを悟ったジラァンゼは、震える手で懐の薬莢《やっきょう》をつかんで唇にあて、躊躇《ちゅうちょ》した――が、スラーナ師範の死が頭に浮かんで莢《さや》から膏玉《こうぎょく》を押し出し、一息に飲み込んだ。苦い塊が喉を下ったとたん、本当にこれでよかったのだろうか、と後悔や不安が募ったが、たちどころに霧散した。下腹部の中心に見えない解虫串《ほぐし》を突き刺されて右に左に拗《ね》じられるような激しい痛みに襲われだしたからだ。光印が戻ってきたかのごとく視界が真っ白になり、朦朧《もうろう》としながら、掻き回しているのは牛頭《ごず》様と馬頭《めず》様のどちらだろう、それとも裁定主様だろうか――などと考えていた。「だがとうに裁定は下されているんだ」というヨドンツァの声が蘇《よみがえ》る。

リノモエラが察して、立ち尽くしていたジラァンゼの肩を抱えて歩かせた。その一歩ごとに痛みが響いて呻《うめ》きが漏れる。薬が効いていてこれなら、本来はどれほどの激痛なのだろう。刑罰としか思えず、ヨドンツァの妄想をつい信じそうになってしまう。気が遠のきそうになるなか、工房の片隅まで連れていかれる。

「そのまま壁に凭《もた》れかかって」

言われたとおりにすると、前掛けや月嚢《げつのう》を外され、服を心窩《みぞおち》のあたりまでめくりあげられる。圧迫感がひどくなって吐いてしまい、陶板の上に光の粒が散らばった。阜易楽《ふいがく》の響きに合わせて、体じゅうの血管が脈打っている。胴が捩《ね》じ切れてしまいそうな痛みと共に、腹部の中央が迫《せ》り出してくるのを感じた。目元から涙石《なみだいし》がこぼれて床に落ち、陶板の上に硬い音を立てる。倒れそうになってリノモエラに支えられる。下腹の前に手を添えるように言われ、そのとおりにする。手の角度をなおされる。

すると、体液の粘つく音を伴って、掌《てのひら》の上に灼傷《やけど》しそうなほど熱い感触が広がりだした。重みが増し、震える手に力を込める。熱湯のごとき体液が手を伝い落ちていく。腹の奥深くから、泡立つような感覚が立ち昇ってくる。

「終わったよ」リノモエラの声がした。ジラァンゼは重みを感じつつ手を顔の前まで持ち上げる。陽の薫《かお》りがする。

掌《てのひら》の上に、眠々蟬《みんみんぜみ》ほどの大きさしかない三頭身の我が子が横たわり、顔の繊細な切れ目から、あぁ、あぁぁ、と声とも息ともつかない音をたてている。まだ皮膚との境目が曖昧《あいまい》な、滲《にじ》んだように透ける黒い目が、ときおり痙攣《けいれん》する。動くことが不思議なほど小さな指が開いて、閉じる。

リノモエラから布を渡されて、子をくるんだ。

イェムリンガ房主がやってきて、「陽の巡り、日の巡り、血の巡り――祝福せよ新たなる御《み》子《こ》、遠ざけよ禍《わざわ》い、相応《ふさわ》しき裁定の下されるその瞬間まで」と唱え、工房じゅうの解き手《と て》たちが、一斉に復唱した。

心地よいざわめきのなか、「あんた、よく耐えたよ。リマルモを産んだとき、わたしはもっと恥ずかしいくらいに泣き喚《わめ》いてた」とリノモエラに耳打ちされた。当時はその場にいなかったので知らなかった。後ろめたくはあったが、もはや薬を飲んだことへの後悔はなかった。

ジラァンゼがもう片方の人差し指を近づけると、あっあー？　と言って小さな両手を伸ばしてきてしがみつく。その力の存外な強さに驚かされる。

引き攣《つ》れを感じて、自分の腹を見下ろす。なだらかだった肌の中央に、小さな窪みが、臍《へそ》が生じていた。

体から熱が抜けるのを待って、子を胸に添えるように抱いて工房を出る。ノマーリゾが彗星《すいせい》曳《ひ》きの乗合車を止めてくれていた。安堵《あんど》と高揚の入り混じった奇妙な気分のまま乗り込むと、見知らぬ乗客に言祝《ことほ》がれた。

正午台《しょうごだい》の一階にある新生房で、子が生まれたことを台手《うてなて》に告げ、命名房まで案内される。憔《しょう》悴《すい》し息を切らして歩くジラァンゼに、「焔起《えんぎ》がいいですよ。今日の名伝《なづ》て役《やく》は、叙《じょ》の聚落《じゅらく》で最も高齢のジリルュエ師ですから」と台手《うてなて》が言う。

命名房は球地《たまつち》を模したような狭い球形空間で、そこに焙音璃《ばいおんり》を抱えて坐っていたのは、確かに生きているのが不思議なくらいの、いまにも死出蟲《しでむし》が湧き出してきそうなほど老いた名伝《なづ》て役《やく》だった。「あの……」と呼びかけるが返事はない。呼吸している気配すらなく、もしや亡くなられたのでは……と後ろを振り返るがもう台手《うてなて》はいない。そこで不明瞭な声が聞こえてきて向き直った。名を訊かれているのだと気づいて、「解き手《とて》のジラァンゼです」と名乗る。「おぅまぁえか」と歯のない皺《しわ》だらけの口が感極まったように震えたので戸惑っていたら、「そなたの名ぅぉ……名伝《なづ》てぇたぁのもわしよ」と続けた。己《な》ぁの名前を……。「そなたの親がまさか……聖《ひじり》にのぅ……」と眉根を震わせる。「初めての子を連れてぇそなたの親がやってきたとき、リナニツェという音を含む譜はぁこの地にはなく……子が自らの音を自ら発しでもぉせぬ限り……霜《そう》の者を名伝《なづ》てることはできん……そう言ってぇ帰らせたのだ……」苦しげに顔を歪《ゆが》めながら、弓に張られた星の触覚毛を骨ばった指でなぞる。「あるとき名なしぃの移人《うつりど》の子の噂を聞いたぁわしは……自らのぅ無慈悲さを恥じ……」目を細めてしばし言葉を詰まらせる。「……譜庫を探しはじめた……古《いにしえ》のぉ譜に相応《ふさわ》しい音を見つけ、リノモエラと名伝《なづ》てることがぁできたのは、二年も経ってからであった」初めて聞く話ばかりで、ジラァンゼは言葉を失う。「それ以来リナニツェの子は……わしが名伝《なづ》ててきた。ロムホルツ、ヨドンツァ、ジラァンゼ——そなたの名はこの地に馴染《なじ》んでおる。ようやく通例の譜が使えるの」

ジリルュエ師は弓を粛然と構えて奏でだした。忘れてしまった記憶を辿るような旋律だった。ある節に差し掛かったとき、あぁー、と子が綿蛾子《わたがし》でも捕まえようとするように両手を上げた。再び同じ旋律が繰り返し奏でられ、また子が両手を上げる。

弓を下ろしたジリルュエ師は、「その子ぉの名は、トバイノだ」と言って口元を緩ませた。

「思い切りのいい……子だ。大抵は名をつかむぅまでもっとかかる……決まらずにぃ何度もここに通う者もいるからの」それから震える手で木の札に詞組《しぐ》みの音符を記して、ジラァンゼに手渡す。

ジラァンゼは新生房で札を見せ、溶き汁用の柔輝晶《じゅうきしょう》を受け取って、トバイノと共に家に帰った。

陽呑《ひの》み児《ご》のために与えられる休みは十二夜だけだ。

陽呑《ひの》み児《ご》には暑いくらいがよいというので、まだ陽も暮れていないのに、餐間《さんま》の床炉《しょうろ》にお陽《ひ》練《ね》りを幾つも増やして室温を高め、トバイノを胸元に入れたまま黄道《こうどう》側にある厨《くりや》に向かう。炊《すい》炉《ろ》のお陽練《ひね》りに陽増し油をさし、水を入れた焼罐《やかん》を乗せる。柔輝晶《じゅうきしょう》を切り分けて鉢に入れ、湧いた湯を注いでかき混ぜる。陽のにおいを感じるのか、トバイノが鼻で小刻みに息を吸う。輝《きし》晶《ょう》がほどよく溶けて黄色い光がほころびだすと、哺陽瓶《ほようびん》に流し込んで、管つきの蓋で封じる。

椅几《いき》に腰掛け、掌《てのひら》にのせたトバイノの口に哺陽瓶《ほようびん》の管先をかざし、雫《しずく》を垂らし続ける。ぱくぱくと口を開閉しては飲み込む様子にジラァンゼはほっとした。ヨドンツァのように受けつけなかったら、と心配だったのだ。リナニツェはどれだけ大変だったろうと思いながら、口から溢《あふ》れた雫《しずく》を指で戻してやる。

やがて満足げな表情を浮かべたトバイノは、つるりとした股の後ろ側にある、解虫串《ほぐし》で突き刺したように窪んだ排門から、仄《ほの》かに光る流動的な汚穢《おわい》を垂らしだした。慌てて壺で受け止める。体に吸収しきれなかった陽分《ようぶん》の糟なので、汚穢《おわい》とは思えないほど綺麗で甘いにおいがする。一息つくと、トバイノがまた口を開閉させて雫《しずく》を探すように顔を動かしはじめた。

「もう？」

ジラァンゼは呆《あき》れつつまた厨《くりや》に向かい、輝晶《きしょう》の溶き汁を作ってトバイノに雫《しずく》を垂らす。リノモエラが帰ってくると、溶き汁作りを手伝ってくれて助かった。リマルモとロムイソは、ちいさい、かわいい、と大はしゃぎだ。夜中にも何度も溶き汁を欲しがったり、汚穢《おわい》を垂らしたりするので、ろくに眠れなかった。ちょっとはおとなしくしてくれ、と思うが、物音ひとつ立てずに眠っていれば、今度は息が止まってるんじゃないかと不安になって落ち着かない。

三日目には、哺陽瓶《ほようびん》の管を直接くわえて吸い込めるようになった。すごい吸引力でたちまち哺陽瓶《ほようびん》を空《から》にするので、何度も輝晶《きしょう》を溶かさねばならなかった。壺もすぐに汚穢《おわい》でいっぱいになり、もったいなく思いつつ御不浄に捨てる。

「トバイノ。太陽の足音が聞こえるだろう？　親《や》さの親《や》さのリナニツェ聖《ひじり》が、足身聖《そくしんひじり》のひとりなんだよ」「移人《うつりど》だったリナニツェ聖《ひじり》は、繋業《けごうと》解き工房にわたしたちの足場を作ってくれたんだ」などと語りかけながらジラァンゼは世話をする。

七日目には体がひとまわり大きくなり、床を這いだしていた。

ジラァンゼは、哺陽瓶《ほようびん》の管をくわえたトバイノを抱いて、朝門《ちょうもん》近くから〈風《かざ》〉側の家並みを抜け、阜《おか》の麓《ふもと》の牧草地に出た。霜《そう》の太陽があった頃、このあたりには旃茶草《せんだそう》の花が咲き乱れていたと誰かに聞いたことがある。

やけに腥《なまぐさ》いにおいが漂ってきた。あたりを見まわすと、阜《おか》の麓《ふもと》にひとりの星飼《ほしか》いが険しい表情で腕組みして立っている。その視線の先には蓑楳樹《みのすすき》の茂みがあり――枝々の隙間から月の球《きゅう》軀《く》が覗いていて息を呑んだ。中には小ぶりの二頭星が透け、毛皮を弱々しく発光させては月面のうねりを反射させている。月と星の体液が反応すると、喩《たと》えようもなく腥《なまぐさ》いにおいになるのだ。


月がどこに現れてもおかしくないというのに、疲労のあまり油断していたことに気づかされた。トバイノを胸に押しつけ、もう自分だけの問題ではないのだ、と心を引き締めて歩きだす。

楚々草《そそくさ》や耳鳴《みみな》り鼓《つづみ》といった、根の浅い牧草が生い茂る起伏のある斜面を上っていくと、多様な品物を詰め込んだ籠の数々や、大きな綿腰掛《わたごしかけ》に坐る森人《もりうど》たちの姿が見えてくる。今日は森の市が開かれているのだ。近くにいた売り手に、ベルカルシという売り手の居場所を訊ね、斜め向かいを指差される。

そちらに向かって歩いていく。突然、ぽふぽぽ、と音が鳴って、トバイノが興奮した様子で見まわした。ジラァンゼが耳鳴《みみな》り鼓《つづみ》の葉を踏んだせいだ。その場にしゃがんで耳鳴《みみな》り鼓《つづみ》を引き抜き、顔に近づけてやると、ジラァンゼの爪くらいの手で葉をぐいとつかんだ。とたんに腑抜《ふぬ》けた音が鳴って、トバイノが笑い声のような息を吐く。面白がって何度もつかむ。一緒に笑いながら立ち上がると、ベルカルシらしき小太りの売り手が朗らかな顔でこちらを見ていた。

ジラァンゼは並べられた籠を覗き込み、「これは宥痛《ゆうづう》の血留薬《ちどめぐすり》ですよね。こちらは助産薬でしょうか」と薬貝と薬莢《やっきょう》の束を指差す。「よくご存知で」と売り手は微笑《ほほえ》む。「どちらも二つずつください」と言って換え札を渡す。

「この換え札なら、もうひとつ薬貝をつけますよ。どれかお好きなものを――」

「代わりに、ひとつ言伝《ことづ》てを頼まれてくれませんか」

売り手が片眉を上げる。

「わたしはヨドンツァの後胞《あとがら》で、ジラァンゼと言います」

「さようでしたか。お安い御用ですよ」

「子が生まれたから会いに来てほしい、と伝えてほしいんです」

しかしヨドンツァが来ることはなかった。

十二夜の最後の日には、初節苦《はつせっく》となる五月《さつき》の節苦《せっく》が行われた。正午台《しょうごだい》の節苦房《せっくぼう》で、五つの月に見立てて並べられた朋塊《ほうかい》の狭い隙間を、陽呑《ひの》み児《ご》たちは這って通り抜けなければならない。すこしでも朋塊《ほうかい》に触れれば、親に抱え上げられ、その全身を冷たくぶよついた朋塊《ほうかい》に押しつけられる。顔を覆われて息ができずに手足をばたつかせるトバイノの姿に、ジラァンゼの胸は痛んだ。肌が青白くなってきたところで朋塊《ほうかい》から離し、苦しげに息を吸う我が子を床に下ろす。呼吸が落ち着くと、トバイノは再び這い進みだす。常につきまとう月の脅威から、地命《じめい》を全うするまで無事でいられるよう願う行事だが、ジラァンゼには自分が受けたときの記憶がなかった。けれど幼い頃から漠然と抱えている月への恐怖は、これが由来なのかもしれない。終着点に達するまで、トバイノは幾度も朋塊《ほうかい》にぶつかっては、その表面に全身を押しつけられた。

ジラァンゼは曲がりくねった暗い路地を歩いていく。胸に抱いたトバイノの熱さで、寒さはさほど感じない。家々の屋蓋の上では、水濾《みずこ》し手《て》たちが体から湯気を立ち上らせながら喞筒《そくとう》で水を汲み上げていた。そのうちのひとりが、こちらに向かって手を振ってくる。顔は見えないが、おそらくホルマタタだろう。ジラァンゼも手を振り返す。

照子屋《てらこや》の育《はぐく》み処《どころ》に着くと、ミゥラーニという育《はぐく》み手《て》にトバイノを預けた。

「なんだいこの子、すごい重さだね」

「おおぅ、おぅ」ジラァンゼと離れたせいで、トバイノが興奮して体をよじる。「大丈夫よ、また親《や》さまには会えるからね」とミゥラーニが頬をさするうち、あっ、ああ？　あぁぁ、といつもの声に戻っていく。

以前からリマルモやロムイソを預けていた育《はぐく》み手《て》なので信頼してはいたが、トバイノが自分の体から離れ、目の届かないところで泣いたり笑ったりしながら育っていくのかと思うと、寂しいような釈然としないような気持ちになった。けれど照子屋《てらこや》から出るなり体が弛緩《しかん》して壁に手をつき、十二夜の間に自分がどれほど気を張り続けて疲弊していたのかを悟った。

陽採《ひど》り手《て》まではいかないまでも、育《はぐく》み手《て》も地命《じめい》が短いという。ジラァンゼが幼い頃に世話をしてくれた育《はぐく》み手《て》ももういない。たったひとりの陽呑《ひのご》み児でこれだけ消耗するというのに、育《はぐく》み手《て》は一度に何人もの世話をしているのだ。

工房につくと、よく十二夜を乗り切った、よくやった、と出産経験のある解《と》き手《て》たちから次々と言葉をかけられた。最初の節苦《せっく》までもたない子も少なくないのだ。

いつものとおりに繋業解《けごうと》きが始まったが、体が鈍っているのと寝不足とで、うまく手を動かせなくなっていた。阜易楽《ふいがく》までもが、まるで異なる譜に変わったかのようによそよそしく感じられ、手順とうまく噛み合わない。

一日の仕事が終わると、遠くに輝く太陽やその背後で反射する月の群を眺めながら、むくんだ重い足でトバイノを迎えに行った。気のせいだろうか、太陽が黄道《こうどう》の中央からこころもち右に逸れているように見える。

育《はぐく》み処《どころ》では、ミゥラーニが「おとなしい子だったよ。ちょっと食べ過ぎるけど」と言ってトバイノを渡してくれた。そのとき、ホルマタタが子を抱いて入ってきた。ジラァンゼより十日ほど前に生まれたのだという。互いに出産を祝いあったあと、ルソミミも受陽したが、すごい熱が出て寝込んでいると教えられた。

ジラァンゼは、そこからほど近いルソミミの家を訪ねた。臥洞《ふしうろ》で月嚢《げつのう》に囲まれて寝るルソミミの顔は、熟した預流果《よるか》の実のごとく真っ赤で、いまにも長い首からもげ落ちてしまいそうだった。近くに寄るだけで熱が伝わってくる。出産は七日後の予定だという。見晴るかす、と言われるその眼はジラァンゼの顔もすぐにはわからないほど霞《かす》んでいたが、トバイノの声を聞くと、おめでとう、と微笑《ほほえ》んだ。なんだか大きくない？　とも言った。ジラァンゼは腰の革包《かばう》に入れていた薬を渡して使い方を伝えた。

家々の壁がぼんやりと光る暮れの路地を歩いていたら、交差する路地の〈海《み》〉側からリマルモとロムイソが現れ、ジラァンゼに気づいて駆けてきた。トバイノの顔を覗き込んで嬉《うれ》しそうにはしゃぐ。

「照子屋《てらこや》の後に環海《わだつみ》にでも行ったのかい？　何してたの」

「剕魚子狩《ひおしが》りー」と言って足を早め、ジラァンゼが自宅までの道のりを知らないかのように、

「こっちこっち」と手招きする。黄道《こうどう》に出ると、荷車なしの彗星《すいせい》が残照に光りながらやってきて、リマルモが体を硬直させて急に黙り込んだ。やはり尾を引いているらしい。それでいて宙にかすかに残った彗星《すいせい》の鱗粉の煌《きら》めきを目で追っている。

家ではそのふたりが、這い回りだしたトバイノの相手をよくしてくれた。その間に雑事をこなし、トバイノが空腹を訴えだすと輝晶《きしょう》の溶き汁を与える。つい眠り込んでしまってはっと目覚めれば、リノモエラが汚穢《おわい》にまみれたトバイノの尻をぬぐってくれていることもあった。

まわりの人々の助けを借りながらも、疲労の抜けない啓蟹《けいかい》さながらの忙しさが続いた。元の感覚をなかなか取り戻せず、療治処《りょうじどころ》で縫ってもらわねばならないほどの怪我《けが》を腕や背中に負った。「それでも指だけは落とさねえんだな」とイェムロガには笑われた。

師範の肩書きを返上しようかと悩んでいたら、イェムリンガ房主が傍らで立ち止まって、「師範になりたての頃に子が産まれたときはきつかったな。こんな傷まで負っちまってよ」と唇の傷を指でなぞりながら誰にともなく呟《つぶや》いた。「先代の房主に肩書を返上しようとしたら、そうやって自分の状況を把握できてる奴は辞めさせられねえな、って言うんだ。まあ、じきに慣れたけどよ」

なんだよその独り言、とイェムロガが言った。

夜明け前の繋業《けごうと》解き工房の前に、新参の解き手《とて》たち四人と師範のジラァンゼが集まっていた。〈暮《くれ》〉側の黄道《こうどう》から爛蛋《らんたん》の光が強くなり、長い六肢を忙《せわ》しなく動かす彗星《すいせい》が、簀箱《すばこ》を幾つも載せた荷車を曳《ひ》いてやってくる。

工房の前で停まるなり、簀箱《すばこ》の中から、大きな水音と共に慘斬《ざんぎり》を激しくかちあわせる音が一斉に響いた。

彗星《すいせい》は苛立《いらだ》たしげに肢踏みしている。背殻はまだらに煤《すす》けたような灰色で、窪みや突起に覆われていて汚らしい。けれどジラァンゼが手燈《しゅとう》を掲げるなりおぼろげに光って、昼間の幻妖な姿をわずかに取り戻す。その上の鞍《くら》に乗っているのが誰なのかに気づいて、ジラァンゼは眉を上げた。

「ゾモーゼフか。いつものナルハスはどうしたんだ」

目の前の締把《ていは》を両手で回し、六肢の拘束鎖を締めて肢踏みを封じ込むと、ゾモーゼフは沙璃《じゃり》の上に飛び降りた。

「吼々魚《くくうお》に腹をやられて、動けねえんだ」

そう言うゾモーゼフも、顔の横にあるべき突起がなく、瘡蓋《かさぶた》に縁取《ふちど》られた耳孔が剝き出しになっていることにジラァンゼは気づく。

「おまえも耳が……子供の頃にせっかく生え戻ったのに」

「へまの癖ってのは、大人になっても変わらねえもんだな。遠視手《とおみて》がいないもんだから、猛《たけ》った群が近づいてるのに気づけなくて。一斉に飛び出してきてこれだ」ゾモーゼフは簀箱《すばこ》の縄をほどきながら言う。その手を追うように慘斬《ざんぎり》の物騒な音が集まる。

「そうか、遠視手《とおみて》。ルソミミは――」

「無事に双子を産んだぞ」とゾモーゼフが言ったので、「双子だって……!」とジラァンゼは声をあげた。双子の出産で生き延びることは稀《まれ》だ。

「おまえに感謝してたよ。陽呑み児《ひのご》がふたりだから大変みたいだがな」

「無事でなによりだったよ」

ジラァンゼは振り返り、肩越しに簀箱《すばこ》を運ぶよう指示する。

解き手《とて》たちが簀箱《すばこ》の上部に担《にな》え棒《ぼう》を通して持ち上げ、運びはじめた。ジラァンゼは後ろから手燈《しゅとう》の光をあてながらついていき、ゾモーゼフも続いた。

惨斬《ざんぎり》の響きが断続的に激しくなってきた。解き手《とて》たちが身を竦《すく》ませている。

「簀箱《すばこ》を落下させて壊そうと威嚇《いかく》してるんだ。腰に力を込めないと、暴れだしたら振り回されるよ」

ジラァンゼが注意したそばから、簀箱《すばこ》が大きく揺れて四人がよろける。慌てて駆け寄って手を貸し、姿勢を持ちなおさせる。過去には何度か、落下の衝撃で壊れた簀箱《すばこ》から煩悩蟹《ぼんのうがに》が逃げ、何人もの解き手《とて》が体をばらされたと聞いている。

工房側面の壁際にある、生簀《いけす》の開口部まで簀箱《すばこ》を運ばせる。「傾きすぎてる。そのままじゃ嵌《は》まらないぞ」と、ジラァンゼは声をあげる。「ちがう、まだザイロヌの腰が引けてる――そう、そのまま下ろして」簀箱《すばこ》が開口部に嵌《は》まる音がする。「いいぞ、もう格子蓋を引いても大丈夫だ。それが終わったら底蓋を開けて。簀箱《すばこ》からは手を離すなよ」

ザイノモの子のザイロヌが生簀《いけす》の格子蓋を引き抜き、スラーナ師範の子のラースラが、簀箱《すばこ》の戻把《れいば》を傾けて底蓋を開く。煩悩蟹《ぼんのうがに》が中の水と共に掛け場の生簀《いけす》へと落ちていく騒がしい音がする。

「おまえも顔色が悪いけど、大丈夫か」

「あまり眠れてないからね。でも、ルソミミを思うと愚痴なんて言えないな」ラースラが戻把《れいば》で底蓋を閉じようとしているがうまくいかず、困惑した目をこちらに向ける。「底蓋に煩悩蟹《ぼんのうがに》がしがみついてる、揺すって落とすんだ」

ラースラはそうするが煩悩蟹《ぼんのうがに》はしぶとく離れない。

「簀箱《すばこ》をほんのすこし上げて」ジラァンゼが近づいて、腰に提げていた竿を隙間に差し込んで突き落とす。底蓋が閉じられ、格子蓋が閉まったのを確認した解き手《とて》たちは、空《から》になった簀箱《すばこ》を荷車に戻しにいく。

「己《な》もじきに受陽するんだろうけど……」ゾモーゼフが不安げに言う。一の先胞《さきがら》が子を宿したまま事切れたせいだ。それでも出産の痛みだけは耐えたいという。「だってよ、一生のうちであれほど高い苦徳《くどく》を積める機会って、他にないだろ?」

「わたしもそう思っていたけど、耐えられなかった。薬を使ってもかなりの辛さだったけどね」解き手《とて》たちが次の簀箱《すばこ》を運んでいく。今度は煩悩蟹《ぼんのうがに》が暴れても、すこしよろけるくらいで持ちなおす。「もし気が変わって必要になったら、黒沙《こくしゃ》の皐《おか》のベルカルシという森人《もりうど》の売り手を訪ねるといいよ」

「ああ、有痛《ゆうづう》の血留薬《ちどめぐすり》を売ってる人か。よく先胞《まあ》さが買いに行ってる。うちの親《や》さなんて、単なる血留薬《ちどめぐすり》だと思い込んだまま使って、痛みに堪えるほど落人《おちうど》は強くなるんだ、って手習いたちに説くから笑っちまうよ」

知らぬまに流通していることに戸惑いながら、「それたぶん、ヨド先胞《まあ》さが調合した薬なんだ」

「へえ。そういや海依等捕《みいらと》りでホルマタタが怪我《けが》したときも使ってたな」

「あのときは楽しかったね。最後にラナオモンが推薦印を掲げて走ってきて――」

「そりゃもっと後だ。おまえが誘っても誘っても来なくて、やっと来たとき」

「そうか、そうだった」

「ラナオモンには会ってないのか？」ゾモーゼフの声色が変わった。

「ずいぶん見かけてないな。阜易楽《ふいがく》はいつも聴いているけど――」それもあって毎日頭に上らないことはなかった。いつだって会いたかったが、それが煩悩《ぼんのう》だとわかっていたし、奏《かな》で手《て》になったラナオモンを邪馬《じゃま》したくはなかった。

簀箱《すばこ》が生簀《いけす》の開口部に嵌《は》まり、煩悩蟹《ぼんのうがに》たちが水と共に流れ落ちていく音がする。

「あいつ奏《かな》で手《て》を辞めたらしいんだ」

「えっ、嘘でしょ？」ジラァンゼは痙攣《けいれん》したような動きでゾモーゼフに顔を向けた。「どういうことなの……」

このところ阜易楽《ふいがく》の聚奏《じゅそう》がどこか余所《よそ》よそしく感じられたのは、そのせいだったのだろうか。いや、大勢の奏《かな》で手《て》からたったひとり入れ替わったことに気づけるはずもない。けれど……。

「さあ、わからねえ。己《な》も人づてに聞いただけだから」

房主に言われたとおり、すこしずつ元のように繋業《けごうと》解きができるようになってきた。トバイノが陽離《ひばな》れして三食の離陽食《りようしょく》で済むようになり、陽呑《ひの》み児《ご》の頃ほど手がかからなくなったからだろう。それでも、阜易楽《ふいがく》が以前と変わったという感覚は消えなかった。

トバイノの頭に柔らかい髪の毛が生え揃った頃、正午台《しょうごだい》から鱗鉄《りんてつ》製の親証《しんしょう》が送られ、いまの家から〈暮《くれ》〉側に三軒離れているロムホルツの家に転居した。隣には愛想のない建《た》て手《て》の家族が住んでいた。

親子ふたりの新しい生活が始まり、トバイノが初めて言葉を話した。

「おひさま」

「やさ」と言ってくれるものと期待していたジラァンゼは、拍子抜けしつつも喜んだ。次に覚えたのは、「もっと」だった。トバイノは食べるのが好きだった。蟹身のほぐし煮や、裏ごしした瘤芋《こぶいも》や膨豆《ぼうず》といった幼子《おさなご》用の料理を匙《さじ》で掬ってやると、すぐさま頬張《ほおば》り目をつむって味わう。匙《さじ》をねぶるようにして口から離すなり、いつも不明瞭になにか言う。耳を近づけたら、「もっと」と言うのが聞こえた。もういいだろうと思うほど食べさせても、「もっと」と要求して、その発音が明瞭になるにつれ体が大きくなっていく。初めて聞いた「やさ」という呼びかけは、もっとのついでみたいだった。「もっと、やさ」

その食欲は、様子を見にきたリノモエラも驚くほどだったし、育み手《はぐくて》たちも呆《あき》れていた。おやつに与える噎茗玉《あめいだま》や、煩悩蟹《ぼんのうがに》の目玉の羽蜩蜜《はちみつ》がけも大好きで、よくしゃぶっていた。

トバイノの喋《しゃべ》る単語がすこしずつ増えていくのは喜びだったが、どうしても育み処《はぐくどころ》で覚えた言葉が多くなるのが気になって、寝る前には〈寝坊助《ねぼすけ》の太陽〉などの音戯噺《おとぎばなし》をした。

「ずっとずっとおおむかし、球地《たまつち》をぐるりぐるりと巡っていた太陽が、お年を召して、足がよろけるようになりました。環海《わだつみ》ではその代わりとなる太陽の赤ん坊、幼陽《おさなび》が生まれていたのですが、すぐに年老いた太陽の元に向かわなければならないというのに、ゆらゆら動く海の生き物たちを眺めるうちに眠ってしまうのでした。目が覚めるたびに、このままじゃいけない、と焦るのですが、海の愉快な生き物たちのゆらゆらでたちまち眠ってしまいます。ゆらゆら、すやすや、ゆらゆら、すやすや——」いひふふ、とそこでトバイノはいつも笑う。「ゆらゆら、すやすやを何度も繰り返すうちに、年老いた太陽はより年老いて、とうとう動けなくなってしまいました。すると月がみるみる追いついて、蝕《しょく》が始まってしまいました。太陽はどんどん、どんどん大きく膨らんでいきます。どんどん、どんどん、どんどん——」

最初は笑っていたトバイノも、蝕《しょく》になった太陽が際限なく大きくなる様子に怖くなって、あー、あー、おきおー、あやくー、おきおー、と幼陽を起こそうとする。ジラァンゼはどんどん、どんどん、と続け、トバイノはおきおー、おきおー、と繰り返すうちに眠ってしまう。そして翌朝はジラァンゼより早く目覚めて「もっと」と揺り起こしてくる。

他には自分が幼い頃怖がっていた〈堕務者《おちむしゃ》は見ているよ〉も話したし、〈よくばりな漁《いざ》り手《て》〉や〈穴掘りドンモ〉など、他の解き手《とて》たちに教えてもらった音戯噺《おとぎばなし》なども話した。

二本足で歩けるようになった頃、正午台《しょうごだい》で惨斬《ざんぎり》の節苦《せっく》が行われた。集まった二百人ばかりの落人《おちうど》たちのなかには、怯《おび》える子を皹《あかぎれ》だらけの手で抱えたホルマタタや、双子の背中に手を添えて宥《なだ》めるルソミミの姿もあった。

「お名前は？」と双子に聞くと、「ラスミ」「リソミ」とそれぞれが言う。

「騙《だま》しちゃだめだよ、あんたらの命の恩人なのに——この子ら、面白がってやたらと互いの名を交換するんだ」ルソミミの言葉に、おんじん？　と同時に言って、ジラァンゼの脚をひとりずつ手でぽんぽんと叩《たた》いて離れる。

「あのときはありがと。あんたの先胞《まあ》さの薬がなければ、三人とも死んでた」とルソミミに改めて感謝される。ジラァンゼが訪ねたときは、陽だまりに呑まれたのかと思うほどの熱さに、このまま熱死するんだ、と覚悟していたという。

親たちが子の髪の毛に子蟹の惨斬《ざんぎり》をあてて一斉に切り揃えはじめ、子らが柔らかな髪の毛の一本いっぽんから生じる痛みに泣き喚《わめ》くなか、トバイノだけは不機嫌そうに口を引き結んだままでいた。

節苦《せっく》の後は、それぞれの親が働く工房を見せるのが習わしだ。トバイノはジラァンゼの脚に寄りかかったまま、繋業《けごうと》解きをする解き手《とて》たちを黒目がちな瞳でじっと眺めていた。解き手《とて》の子は、繋業《けごうと》解き工房の過酷さを目にして、一度は他の工房に憧れることが少なくないという。自分は物心ついたときから解き手《とて》に憧れていたが、この子はどうだろうか。ジラァンゼは熱さで上気した小さな顔を覗き込むが、その表情からは特になにも読み取れない。けれどその数日後には恐ろしいやり方で、繋業《けごうと》解きになろうとする意志を見せた。

ジラァンゼはこれまで聞いたことのない甲高い叫び声で目が覚めた。とっさに上体を起こすが、抱いて寝ていたはずのトバイノの姿がない。上からだ、と気づくなり叫び声が唐突に途切れた。慌てて臥洞《ふしうろ》から出て寝間を見まわすと、どうやって上ったのか上段の臥洞《ふしうろ》で手足をばたつかせていた。中を覗き込む。夜衣《やい》に包まれた全身が陽の粒子の煌《きら》めく血にまみれており、そのあちこちに、壁に掛けていたはずの模殻《もがら》の部品が散らばっていた。動いている左腕が妙だ。肘から先がない――臥洞《ふしうろ》の端で、手がなにかをつかもうとする仕草のまま転がっている。

「トバイノ！」ジラァンゼは身を屈《かが》めて臥洞《ふしうろ》に上がり込む。

トバイノの顔の位置が、妙だった。体の中心からやけに左にずれていて、顎と胸の間を、長くて湾曲した硬質なものが隔てていた。なにひとつ理解できない長い一瞬のあと、それが模殻《もがら》の惨斬《ざんぎり》の片割れであり、トバイノの頭と体が切り離されているのだと悟って、体じゅうの体液が一瞬で失せてしまったかのようにジラァンゼの目の前が真っ暗になった。

なんてことだ……なんという……なんて……なんてことなんだ――

ジラァンゼの耳に「心配しない、首でも断たれない限りは大丈夫だから」というリナニツェにかつて言われた言葉が蘇《よみがえ》り、余計に絶望が深まる。惨斬《ざんぎり》は鈍磨されていたが、かぼそい首にその重みがかかればひとたまりもない。なぜ仕舞っておかなかったのか。

愕然《がくぜん》として動けずにいると、ぐ、と呻《うめ》く声が聞こえてジラァンゼは我に返った。トバイノが眉間に皺《しわ》をよせ、歯を食いしばるように顔を歪《ゆが》ませている。頭だけになりながらも、まだ命があり、痛みに耐えているのだ。

慌ててジラァンゼは動き出す。止血をしようと首と腕の切断面を見るが、魚の煮凝《にこご》りのごとく膨らんで、もうほとんど流れてはいなかった。戻生力《れいせいりょく》が働いているのだ。ジラァンゼは床に駆け下りて布を広げ、小刻みに震える小さな体を臥洞《ふしうろ》から下ろして横たえた。その胸の上に断たれた腕と頭をのせて顔が覗くようにくるみ、すこしのあいだ辛抱してくれ、と祈るように言って頬に触れる。

ジラァンゼはおくるみにしたトバイノを抱え、手燈《しゅとう》で前を照らしながら夜の黄道《こうどう》を走った。すでに白夜《びゃくや》は過ぎ、家々の壁が蓄えていた光も抜けきってあたりは暗く塗り込められ、夜門《やもん》の向こうに広がる垂曲面の上層を太陽が進んでいた。どこかで月鐘《げっしょう》が鳴っている。こんなときに、と歯噛みする。沙璃《じゃり》を踏む足音が大きく響く。なるべく揺れないように努めたが、一歩ごとに激痛が走っているはずで、なのにトバイノは、惨斬《ざんぎり》の節苦《せっく》と変わらぬ顔で堪えている。

療治処《りょうじどころ》が見えてきたあたりで、湿った夜粉《やふん》のにおいと共に妙な肌寒さを感じはじめた。手燈《しゅとう》を左右に動かすと、幾つもの光の円弧が浮かび上がって陽《ひ》の気《け》が引く。よりによって、ここに

――

夜更け前に現れる更待月《ふけまちづき》たちが身を押し合うように並んで揺れており、そのうちの一頭には丸呑みされた人影まで見える。顔の皮膚は半ばまで溶け、すでに息絶えていた。

手燈《しゅとう》を一階の扉に向け、そのあちこちが煌《きら》めくのを確かめる。療治処《りょうじどころ》は、患者を運び込みやすいよう扉を一階に設けているため、月除けとして硫涎硬《りゅうぜんこう》の欠片《かけら》を扉じゅうに鏤《ちりば》めているのだ。総毛立ちながらも、ジラァンゼは早足でそのまま月たちの間を抜け、扉の横に垂れる紐《ひも》を繰り返し引いた。中で呼び鱗《りん》が騒がしく鳴る。

振り返れば、月たちがさっきより近づいている。月はあくまでも硫涎硬《りゅうぜんこう》が苦手なだけで、近づけなくはないのだ。早く出てきてくれ、早く！　焦ってさらに紐《ひも》を引いていたら、扉がすこしだけ横に滑り開いてルオマライ療主の不寵面《ぶっちょうづら》が覗いた。

「この子が――この子を、助けてください――」

おくるみから覗くトバイノの蒼白《そうはく》な顔を目にしたルオマライ療主は、ジラァンゼの背後をすばやく見まわしてから、早く入るよう促した。中に滑り込むなり扉が閉められ、錠前が下ろされる。療主の歩みの遅さに苛立《いらだ》ちながらも、干した薬草の吊るされる廊下を後についていく。

療房に入ると断りもなく療治台におくるみをのせた。

「夜中は手子《でし》がおらんというに。幼子《おさなご》というのはこうやって年寄りを酷使しての、さっさと裁定主の前に立たせようと——」

ジラァンゼがおくるみを開くと、ぶつぶつ呟《つぶや》いていたルオマライ療主が呻《うめ》き声をあげた。

「こりゃあ、えらいことだ」

急に若返ったかのごとくルオマライ療主の動きが機敏になる。トバイノの目を開いて覗き込んだり、肌に触れたり、首の切断面を検分したりするのを、ジラァンゼは肩で息をしながら見守る。

「頭はさすがに生えて来ぬし、脳は傷むのが早い。だが、さほど時間が経っておらぬのが幸いだった。助かった前例はある」

立っているのがやっとだったジラァンゼは、「ほんとですか」と大きく息を吐いて、倒れんばかりに壁に凭《もた》れかかかった。

「あくまで前例だ」ルオマライ療主が首の切断面に篦《へら》を押し当て、煮凝《にこご》り状の血液を取り除く。トバイノの顔がねじきれんばかりに歪《ゆが》む。「耐えるのだ。痛みに耐えることこそ、三途《さんず》の闇を埋める原罪への贖《あがな》いとなるのだからな」

有痛薬《ゆうづうやく》を飲ませておくべきだったと悔やむが、頭と体と切り離されていても効いただろうか。トバイノが急に噎《む》せ、その拍子になにかが口から飛んだ。拾ってみれば割れた歯の欠片《かけら》だ。ここへ来るまで、歯を食いしばって痛みに耐えていたのだろう。落人《おちうど》の歯は、痛みに耐えるために何度も生え変わるのかもしれない、という考えがよぎる。

ルオマライ療主は血液が滲《にじ》みだした切断面に軟膏を塗り込み、首の切断面どうしをくっつけて左右にひねる。

「この子の頭を支えてくれ」

ジラァンゼが柔らかい髪の毛に覆われた我が子の頭を両手でつかんでいる間に、ルオマライ療主は首を針と糸で縫い繋いでいく。トバイノが嚙み締めた歯を剝き出しにした。

「痛みを和らげてやれないでしょうか」

「馬鹿《ばか》を言うな。この子の頑張りを無下にするつもりか。近頃は子を産むときにも、助産薬を使うなどという不義が蔓延《はびこ》っておるらしいが、なんとも嘆かわしいことだ。隠れて使おうが裁定主様にはお見通しだというのに」

療主の耳にも入るほど広まっているのかと驚く。自分のことも見透かされているようで、三途《さんず》の闇が封じられているという全身の骨に疼《うず》きを覚えた。

首を半周ほど縫ったところでトバイノの体を俯《うつぶ》せにし、さらに縫っていく。一周まわると癒薬《ゆば》を巻き、その上を練った殻膏《かくこう》で覆って固定してくれた。

眉間に皺《しわ》が残る程度に穏やかになったトバイノの顔の上に、ルオマライ療主が掌《てのひら》をかざす。

「おい、おまえもやってみろ」

掌《てのひら》をかざすと、かすかに息があたり、ジラァンゼの目から大粒の涙石《なみだいし》が次々とこぼれ、目元が裂ける鋭い痛みと安堵《あんど》の笑みが顔の中でせめぎ合う。

「なんだその顔は。まだ腕が残っておるのだぞ。新たに生えるのを待ってもいいが時間がかかる。縫い合わせる方が不便がなくてよかろう」

腕を縫い合わせて殻膏《かくこう》で固定し終えたあとでは、現実に起きたことだとは思えなかった。悪夢から覚めたばかりのように、恐怖や焦燥の余韻だけが残っている。

「まったく、やれやれだわ」大きく伸びをするルオマライ療主が、随分と老け込んでいることに今更ながら気づく。「ジラァンゼ、このことは誰にも言うでないぞ。首が断たれるというのは、焔起《えんぎ》の悪さのうちで最たるものだ。むやみに悪評を招くこともなかろう」そう言って床の上に横たわり、寝息を立てだした。

ジラァンゼは床に膝をついて療治台の上に両腕と顎をのせ、浅く呼吸するトバイノの姿を遠くの太陽のように眺めていた。なにか夢でも見ているのか、トバイノはときおり「いきよ？」と聞き返すように呟《つぶや》く。「いきよ、てなに」「ううさいぃ……いきよ、いきよ、て……」「いきてうよ……」とトバイノは呟《つぶや》く。いったい誰に言われているのだろう。気になりながらもジラァンゼは疲れに呑み込まれて眠っていた。

——お陽さましょいたい、しょいたいな……

かすかな唄声《うたごえ》でジラァンゼは目を覚ました。固まった体を伸ばしながら立ち上がる。療治台の上で、トバイノが目を開けていた。

トバイノの首と肘の殻膏《かくこう》が砕かれたのは、四日後のことだった。切断した箇所は、縫い跡が窪んでいるもののしっかりと繋がっていた。トバイノが元通りになった首を左右に振ったり、手の指を互い違いに動かしたりするのを目にして、ジラァンゼは再び出産を終えたような安堵《あんど》を覚え、ルオマライ療主に繰り返し感謝を伝えた。子供のうちの戻生力《れいせいりょく》はかつての楽園の名残《なごり》で、それを失ったのは恩恵だと言うヨドンツァの考えは、やはり間違っていると思った。

トバイノを両腕で抱えて、影の長くなった黄道《こうどう》を歩いていく。トバイノが姿勢を変えようとした拍子に腕からずり下がり、何度か揺すって抱えなおす。ずいぶん重くなったものだな、と感じ入っていたとき、向こうから俯《うつむ》いて歩いてくるラナオモンに気づいた。

「ラナオモン！」

声をかけると、ラナオモンが肩を跳ね上げて立ち止まり、顔を上げる。

「やあ、ジラァンゼ……」なぜか日焼けして赤黒くなったラナオモンの顔に、わずかに困惑した表情が浮かんだ気がした。「久しぶりだね。最後に会ったのは――」

「ロム先胞《まあ》さの海葬以来だよ」

「そうだったね……」

トバイノがラナオモンに見せつけるように治った手を伸ばす。

「この子は、ジラァンゼの？　かわいいね」

「うん。トバイノって言うんだ。療治処《りょうじどころ》の帰りで……」なにが起きたのかを話したくて仕方なかったが、ルオマライ療主の助言を思い出してこらえる。「怪我《けが》をして大変だったんだよ。このとおり、もう大丈夫だけど――ところでゾモーゼフから聞いたんだけど、奏《かな》で手《て》を辞めたって……」

「心配かけてたかな」

「そりゃそうだよ！　あんなに修練に励んでいたし、いつも繋業解《けごうと》きをしながら、ラナオモンの浮流筒《ふるとう》の音を探すように阜易楽《ふいがく》を聴いていたから」

「励みすぎたのかな。いっとき肺を病んで……いや、命に関わることはないんだ。もう元気だから」と胸を手でおさえる。

月漿《げっしょう》を使う工房では肺を病むことが多く、鳴り物工房もそのひとつだった。幼い頃から見習いをしていたせいかもしれない。

「ただ、わたしの鳴り物は、息を使う浮流筒《ふるとう》でしょう。治った後も音が安定しなくて、聚奏《じゅそう》では足手まといになるんだよね。頑張ったんだけど、聚奏壇《じゅそうだん》からも控えからも外されてしまって。別の鳴り物も試してはみたんだけど」

「そんな……じゃあ、鳴り物工房に戻るの？」

「いや。わたしはやっぱり、浮流筒《ふるとう》を奏でていたいんだ」

「えっ、でも」

トバイノが退屈になったのか、ジラァンゼの曲がった鼻に手を伸ばしてつかもうとしはじめた。

「こらトバイノ、やめなさい」

ラナオモンは乾いた声で笑うと、「じゃあ、また」と言って足早に去っていった。ほんとは奏《かな》で手《て》を辞めた話なんてしたくなかったのかもしれない。

ラナオモンの話の意味がわかったのは、三日後の陽の入りのときだった。

太陽の落とした陽だまりを炉壺《るつぼ》に掻き込んでいる陽採り手《ひどて》たちのなかに、やや寸法の大きすぎる陽縅《ひおどし》を身に纏《まと》い、胸の前に浮流筒《ふるとう》をぶらさげた者がいたのだ。どうして何か罪を犯したわけでもないラナオモンが陽採り仕事をしているんだ、と混乱したが、月たちが黄道《こうどう》に現れ、斑紋状に輝きながら近づきだすと、ラナオモンが前に立ちはだかって浮流筒《ふるとう》を吹きはじめ、その無謀さに叫び声をあげそうになりながらもジラァンゼは理解した。浮流筒《ふるとう》の音は央響塔《おうきょうとう》から流れる阜易楽《ふいがく》の聚奏《じゅそう》にかき消されていたが、おそらく月易楽《げついがく》の――なんといったろうか……そうだ、肯楽《こうがく》だ、とジラァンゼは思い出す。かつて療治処《りょうじどころ》でディアルマとラナオモンは、肯楽《こうがく》は個別の月に至近距離で奏でるため、月易楽《げついがく》とは段違いの効果がある、というような話をしていた。そうやって月を足止めしながら、陽だまりを回収するのだと。

――奏でながら月に呑まれることもあるんでしょう。あんなの、ぞっとするよ！

――ええ。それに、肯楽《こうがく》で月と交感すれば、心が蝕《むしば》まれると言われているから、誰もなりたがらない。咎《とが》を犯して刑を科せられた奏《かな》で手《て》くらいでしょうね。

何本もの柔肢《じゅうし》をくねらせて向かってくる月に、見ているだけで冷や汗が出るほど近い距離を保って後ずさりしながら、ラナオモンは浮流筒《ふるとう》を吹いている。が、沙璃《じゃり》に躓《つまず》いたのか後ろに尻から倒れ、伸びてきた月の柔肢《じゅうし》に足をつかまれ――かけたところで転がって逃れ、上体を起こして吹き続ける。ジラァンゼは止めていた息を吐きだした。月の動きが鈍くなるとラナオモンは立ち上がり、今度は別の月に近づいていく。恐ろしくてそれ以上は見ていられなかった。

トバイノが眩《まぶ》しそうな顔で宙に手を伸ばしていたので、なにをしているのかと歩みよれば、なぜか喉のあたりの皮膚が山状に突っ張っており、手との間に細い糸が見えてのけぞった。自分で抜糸をしているのだ。

「おい、やめろ、ちゃんと療治処《りょうじどころ》で抜き取ってもらおう、なっ」

慌ててそう言ったときにはもう抜ききっており、宙に投げ捨てられた糸がふらふらと漂うように落ちていく。腕の方の抜糸もすでに自分で済ませていた。すこし前から痒《かゆ》そうに掻いてはいたが……とジラァンゼは呆《あき》れる。

それからのトバイノは、以前にも増してよく食べるようになり、みるみる育っていった。誰もが好む煩悩蟹《ぼんのうがに》の身から、たいていの子供が嫌う撞蜱《つきだに》や冥芽《みょうが》、ジラァンゼも苦手な羽蜘《はち》の子まで貪欲に食べる。「あんたはほんとに食べるのが好きだね……」と呆《あき》れると、「好き嫌いじゃないもん、体に必要なぶんを摂ってるだけ。なに食べても物足りないし」とのたまう。「そうですかそうですか」とジラァンゼは嘆息する。照子屋《てらこや》の啓房《けいぼう》に通いだした頃には、同年代に比べてひとまわり大きな体つきの無口な子供になっていた。

多少の傷を負っても泣いたりしない我慢強さは頼もしかったが、育つにつれ心配になってきた。今日はおとなしいな、と思いつつ近づいてみたら、ジラァンゼの足に激痛が走り、見れば足裏に小さな歯が幾つも食い込んでいる。床にもたくさん散らばっていた。初歯《ういし》の脱歯は、節苦《せっく》のひとつに数えられるほど痛いはずなのに、呻《うめ》き声ひとつあげなかった。腿《もも》の節苦《せっく》で、鋒苦魚《ほうくうお》の尖吻《せんぷん》に腿《もも》を貫かれたときでさえ、まずいものを口にした程度の表情でやりすごした。

首を切断される痛みに比べれば、取るに足りなかったのだろうか。あれだけの大怪我《おおけが》をしたというのにまだ模殻《もがら》で遊びたがるので、惨斬《ざんぎり》だけを外して与えた。いつも解虫串《ほぐし》を器用に動かして背割りをし、「しつぞー、こんぞー、ふんぞー」などと言いながら、楽しげに腑分《ふわ》けをして自分のまわりに臓物を並べていく。まるで子育てで溜め込んだ自分の煩悩《ぼんのう》が解かれているみたいで、ジラァンゼは気が晴れるような情けないような気持ちになった。

ある日、照子屋《てらこや》から帰ってきたトバイノが、「これって、なにっ」と掌《てのひら》を手刀で切る仕草をしたので、ジラァンゼの心臓が締めつけられた。まだ霜《そう》の移人《うつりど》の陽筋《ひすじ》に対する焔切《えんぎ》りまじないが続いているのだ。

ジラァンゼはかつて存在した霜《そう》の聚落《じゅらく》について、トバイノに話して聞かせた。最初は、「〈寝《ね》坊助《ぼすけ》の太陽〉の話でしょう？　もう飽きたよ」と言っていたが、しだいに顔つきを変えて前のめりに聞きだした。臨環蝕《りんかんしょく》になる前にリナニツェたち奏《かな》で手《て》が抑え込み、皐《おか》に変えたこと。けれど新しい太陽が現れず、霜《そう》の聚落《じゅらく》が滅んだこと。そのため叙《じょ》の聚落《じゅらく》へ移り住んだが、余所者《よそもの》への風当たりが強かったこと。それがいまも陰で続いていること。けれどやましいことはなにもないこと。リナニツェ聖《ひじり》が叙《じょ》に足場を作ってくれたおかげで今があるということ。そして、いつだってリナニツェ聖《ひじり》が見守ってくれているということを。

次の日は早めに家を出て、太陽を支える聖人《しょうにん》たちのなかで、リナニツェ聖《ひじり》が一歩一歩大地を踏みしめている姿をトバイノと一緒に眺めた。

ジラァンゼが二人目を受陽したのを悟ったのは、リマルモが手習いに、ロムイソが見習いになった頃だった。

今回は最初から有痛薬《ゆうづうやく》を飲んではいたが、忙しい日々が続いて、帰宅後は手早く夕餐の料理を作っただけで寝込むことが増えた。その日も疲れ切って家に帰ると、なぜかトバイノが泣き疲れた後のような消尽した顔で立ち尽くしていた。

「どうしたのトバイノ」と声をかけると、拳を握りしめて俯《うつむ》き、鼻を啜《すす》りながら、「ごべんださい」と言う。わけがわからなかった。

「お腹が減ったでしょう。すぐに夕餐を作るから待ってて。なにがあったのかは、食べながら話すといい」

ジラァンゼが一階に下りてみれば、厨《くりや》では踏み台が倒れ、厨台《ちゅうだい》や床の上で幾つもの皿や鉢が割れて撒き散らされた熾《し》燃薯《ねんじょ》の粉にまみれ、何々鶏《かかけい》のつづら卵が糸を引いてばらけ、鳥が飛び発《た》った後の羽毛さながらに肋葉《あばらば》があちこちに貼りつき——とひどい有様だった。

「愧鳥《きう》でも……飛び込んできて暴れたんだろうか」思わず呟《つぶや》くと、

「親《や》さが、しんどそうだから……夕餐を、夕餐を作ってあげよと思ったんだ」

いつのまにかトバイノが背後に立っていて、絞り出すような声で泣き出した。まるで月易楽《げついがく》の聚奏《じゅそう》のように、間延びした声を波打たせる。涙はもう贅璃《ぜいり》に近いようで、頬にねっとりと張りついている。トバイノはめったに泣かないのでむしろほっとする。大人になってから泣くと痛いんだから、涙が柔らかいうちに好きなだけ泣くといい。

「心配かけてたんだね。ありがとう、その気持ちが嬉《うれ》しいよ」炊炉《すいろ》のお陽練《ひね》りや冷暗箱の月屑《つきくず》に触れなかったのは幸いだった。厨台《ちゅうだい》の上の桶《おけ》に触れるなり、箍《たが》が割れて板が弾けるようにばらけ、水を吸って膨張しすぎた幾つもの倍培蕈《ばいばいたけ》がぼこもこと溢《あふ》れ出た。思わず笑ってしまう。

「この材料だと、太陽焼きでも作ろうとした?」

鼻を啜《すす》りながらトバイノがうなずく。

ジラァンゼはむしろ感心する。自分がこの年の頃には、食べている料理の材料なんてろくに意識していなかった。

「片付けてから一緒につくろう。洗えば使えるから」

ふたりで割れた皿を集め、汚れた食材は洗い、熾燃薯《しねんじょ》の粉の綺麗なところだけ鉢にかき戻し、炊炉《すいろ》の使い方や料理の手順を教えながら、太陽焼きを作った。

「つづら卵の粘りはないけど、いけるね」とトバイノが頬張《ほおば》りながら言い、「誰のせいだと思ってるんだ」とジラァンゼは笑う。「倍培蕈《ばいばいたけ》を戻しすぎてるから、三日三晩はどんな料理にも使わないと。我慢しなよ」

「一緒に作っていい？」

それからは毎日異なる料理を教えてやりながら共に作った。もともと食べるのが好きだからか飲み込みが早く、簡単な料理ならじきにトバイノひとりで作れるようになって助けられた。

出産は、腑分《ふわ》けで悔臓《くぞう》を取り除いているときに始まった。悔臓《くぞう》を解台《げだい》に置くと、近くにいたノイハニに後を頼んで工房の端に向かい、壁に凭《もた》れかかった。リノモエラが気づいてこちらに来ようとしたが、ひとりでできる、と顔で合図する。

薬莢《やっきょう》の助産薬を飲み下し、阜易楽《ふいがく》に合わせて呼吸しているうちに始まった。腹が捩《ね》じ切れてしまいそうな痛みは同じだったが、トバイノを産んだ経験のおかげで不安はすくなかった。

下腹の中心から内臓や骨の透けた小さな命が迫《せ》り出してきて、ジラァンゼの掌《てのひら》の上に滑り落ちる。

深い息を洩《も》らし、そのまますずり落ちるように坐る。

房主がやってきて「陽の巡り、日の巡り、血の巡り――」と唱えだし、解《と》き手《て》たちが一斉に復唱する。

生まれたばかりの子は、瞳の透ける瞼《まぶた》を閉じたまま、世界じゅうの音を余さず聞き取ろうとでもするように顔をぐるりとまわした。

正午台《しょうごだい》で命名房に案内されると、クアーラ師という寡黙な名伝《なづ》て役《やく》が焙音璃《ばいおんり》を抱えて坐っていた。前置きなしに、はじめましょう、と言い、ジランゼの名を含む譜を奏でだした。ジランゼの腕のなかで、子は首をぐらぐらさせてあちこちに顔を向けるものの、特定の音節には反応しない。そのまま時ばかりが過ぎていき、とうとうクアーラ師が「次の機会にしましょう」と言って切り上げた。

帰宅すると、トバイノは後胞《あとがら》ができたことを喜び、まだ見えているのかもあやしい瞼《まぶた》に透けた瞳に向けて、模殻《もがら》の内臓をひとつずつ見せてはその名前を聞かせた。

産後の十二夜の間は、トバイノが進んで輝晶《きしょう》の溶き汁作りを手伝ってくれた。溶き汁を陽呑《ひの》み児《ご》に飲ませるときも離れず、「どんだけ飲むの、どんだけ飲むの」と言うので笑ってしまう。

「あんたはもっと飲んでたんだよ」

名前を呼べないのはもどかしく、命名房にはその後も何度か足を運んだが、子はどの音にも分け隔てなく反応するばかりで、名伝《なづ》て役《やく》も苦笑いした。

「なんて呼べばいいの、吾《わ》ぁの後胞《あとがら》」とトバイノは早く名前を呼びたがり、とうとう「吾《わ》ぁが名前つける」と言いだしたので、命名房で授かった名でなければ調和を乱すからだめだよ、おまえやわたしを含め、落人《おちうど》の誰もが叙《じょ》という譜をなす音符なんだからね、と苦犠《くぎ》を刺さねばならなかった。その考えこそが、リナニツェたち移人《うつりど》を阻害して苦しめてきたというのに。

十二夜の最後の日には、名前のないままで初節苦《はっせっく》となる五月《さつき》の節苦《せっく》を迎えた。この子はまるでそこが標的であるかのように、幾度となく真っ直ぐに朋塊《ほうかい》へと這い進んでは頭からぶつかった。そのたびにジラァンゼは小さな体を朋塊《ほうかい》に押しつけなければならず、このまま窒息してしまうのではないかと不安になった。通り抜けるまでに、トバイノの三倍は時間がかかっただろう。

ジラァンゼが繋業《けごうと》解き工房に戻ってからも、この子には手がかかった。食欲はトバイノと比べれば遥かに普通だったが、陽断ちした後は食材のより好みが激しく料理に手間がかかったし、夜になるとむずかってばかりいた。あるとき、うーと不機嫌に呻《うめ》く子を胸元に入れたまま夕餐を作っていたら、ううあぁあー、ふ、ふ、わぁあぁ　と急に妙な抑揚で声をあげだした。見るとやけに楽しげな顔をしている。

「この子どうしたんだろ。急に喜んだりして」

隣で蟹の身をほぐしてくれていたトバイノが、「親《や》さの真似をしてるんだよ」と言った。

「わたしがなに。独り言でも言っていた？」

「えっ、親《や》さは、自分で気づいてないのぅ？」とトバイノが呆《あき》れたように言う。「よく料理しながら、なにか口ずさんでるのに」

子供の頃、聖人式《しょうにんしき》の後に運び込まれた療治処《りょうじどころ》で、ラナオモンやディアルマに指摘されて戸惑ったことをジラァンゼは思い出した。自分が未だに意識せずに唱っていたとは思いもしなかった。これは霜《そう》の譜なのだ。気をつけなければ。

もしかしたら、夜にこの子の機嫌が悪くなるのは、阜易楽《ふいがく》の聚奏《じゅそう》が聴こえなくなるからではないか――

ジラァンゼは子を抱いて再び命名房を訪れた。焰起《えんぎ》がいいですよ、今日の名伝《なづ》て役《やく》は、叙《じょ》の聚落《じゅらく》で最も高齢のジリルュエ師ですから、と案内してくれた台手《うてなて》は言った。

ジリルュエ師はやはり息絶えているように見えた。

「トバイノは息災であるか……」と訊かれ、体から頭が離れた光景が蘇《よみがえ》ってきた。「ええ、おかげさまで元気にしております。とても我慢強い子です」と答える。

「何よりだの……その子は、なかなか名が決まらぬと……聞いておる」

「はい。困っておりまして」今日もまた決まらないのだろう。この子が名なしのままで育っていく不穏な想像に囚《とら》われていると、ううあぁあーわぁあぁ、と胸元から唐突に声が発せられた。とうとう、と浮き立ちかけたが、まだ焙音璃《ばいおんり》は奏でられてもいない。もしやまた我知らず口ずさんでしまい、それを真似たのだろうか。ジラァンゼが内心で焦っていたら、「ほう、珍しい……すでに自ら音を選んでいたとはの……」とジリルュエ師が皺《しわ》だらけの瞼《まぶた》を見開き、「叙《じょ》の音律からも……外れておらん。偶々《たまたま》かの」と焙音璃《ばいおんり》でその抑揚をなぞった。そこに子がさっきと同じ声を重ねる。聚落《じゅらく》で最も年老いた人が、満足げな面《おも》持ちで告げた。

「この子の名は、ヌフレツンだ」

繋業《けごうと》解き工房では、以前よりも忙しさが増していた。このところ太陽のふらつきがひどくなり、日によって〈海《み》〉寄りか〈風《かざ》〉寄りかのどちらかに偏るので、毎日蒸す時間を細かく調整しなければならなかった。そうした変化についてこれなかったのか、万年手習いのノマーリゾが惨斬《ざんぎり》を運ぶ際に手を滑らせて胸を貫かれ、一炷《しゅ》ももたずに亡くなった。その後何日も、工房の中が薄暗く感じられた。

いまの楫取《かんど》り聖《ひじり》は、何百年にもわたって太陽の進路を導く役目を果たし、永代とも謳《うた》われていたが、その寿命が尽きかけているのではないか、という噂が囁《ささや》かれはじめていた。十年近く前の聖人式《しょうにんしき》の日に、すでにルソミミが苦しげな楫取《かんど》り聖《ひじり》を目にしていたことを思い出す。楫取《かんど》り聖《ひじり》だけなのだろうか。巷《ちまた》では、未だに新しい太陽が現れない不安の声を耳にすることも増えた。

ジラァンゼが日々不規則に段取りの変わる繋業解《けごうと》きに追われるうちに、ヌフレッツンは玉魚《たまとと》が瓊波魚《にわとと》になるほどの早さで大きくなっていく。喋《しゃべ》る言葉が増えてきたが、どこかずれた会話をするようなところがあった。その口調に育《はぐく》み手《て》のミゥラーニの気配を感じたジラァンゼは、トバイノにしたように音戯噺《おとぎばなし》を聞かせたりもしたが、すぐに飽きて謡を口ずさみだす。なにをさせても不器用で、うまくできないとすぐに興味を失ってしまう。この子は大丈夫なのだろうか、と心配の絶えないまま、ヌフレッツンはひとりで照子屋《てらこや》に通って幼年指難《しなん》を受ける年になった。

トバイノの方は、照子屋《てらこや》に通いつつ繋業解《けごうと》き工房で見習い仕事を始めており、イェムロガの子のモノノフやセイモドフといった同年代の見習いたちよりずっと大きい体で、こまめによく働いた。未だに指一本失わず、無傷のジラァンゼと呼ばれるようになっていた親の仕事ぶりに、「吾《わ》ぁも早く親《や》さのような解《と》き手《て》になりたい」と度々《たびたび》洩らした。まだ本物の煩悩蟹《ぼんのうがに》では背割りもできないというのに、家では模殻《もがら》を使って興味のなさげな後胞《あとがら》に繋業解《けごうと》きの素晴らしさを伝えようとし、「リナニツェ聖《ひじり》の築いた足場を、己《な》ぁたちも引き継がなきゃならないんだぞ」と、ジラァンゼを真似て諭《さと》した。

久しぶりの休みになり、溜まっていた家事を済ませたジラァンゼは、食材処へ買い出しに出かけた。たっぷり詰まった革包《かぼう》を両手に提げて宙廊を歩いていたら、欄干《らんかん》に肘をついて黄道《こうどう》を眺めるヌフレッツンが前方に見えた。黄道《こうどう》には月の群がいて、熱い空気に混じった冷気が、見えない生き物のように首筋を撫でる。

「なにしてるんだ」離れたところからジラァンゼは声をかけた。ヌフレッツンはびくりと肩を震わせて顔を上げ、「いま帰るとこ」と言って小走りに去っていく。ヌフレッツンがいたところまで来ると、月の傍らで浮流筒《ふるとう》を吹く陽採り手《ひどて》――ラナオモンの姿が現れた。卓易楽《ふいがく》の章が一区切りして静まり、浮流筒《ふるとう》の憂いのある音が立ち上がってくる。月とのあまりの近さに見ていられなくなり、ジラァンゼは歩きだした。

夕餐では、ヌフレッツンが煮物から苦手な撞蜱《つきだに》を一粒ずつ匙《さじ》で脇にのけていた。「いつまでやってるんだ。滋養が豊富なんだからちゃんと食えよ」

窘《たしな》める先胞《さきがら》には答えず、ヌフレッツンはジラァンゼに顔を向けて唐突に言った。

「前にはよく口ずさんでいたのに、どうしてやめちゃったの？」

ジラァンゼは言葉を詰まらせる。

「馬禍《ばか》だな、裁定主様は唄声《うたごえ》を好まれないんだぞ」とトバイノが言う。「こないだなんて、うちの啓房《けいぼう》の三人が聚唱《じゅしょう》をしたって一日独房に入れられたんだぞ」

「なんだ、そんなことがあったのか。その子らはどうして聚唱《じゅしょう》なんて」

「誘われたんだよ、なんか歯の大きい変な人に。すごい楽しいからって。吾《わ》ぁも誘われたけど、裁定主様に背くわけにはまいりません！　ってきっぱり断ってやった」

「でもさ、それは聚唱《じゅしょう》でしょう？　家の中で口ずさむくらい、大丈夫だよ。ねえ、親《や》さそうでしょう？　聴かせておくれよ」

ヌフレッツンはねだってくるが、忘れてしまったんだ、と誤馬化《ごまか》した。


その日は太陽が予想外の動きをして、予定していた段取りでは煩悩蒸《ぼんのうむ》しの行程が足りず、半数の煩悩蟹《ぼんのうがに》が生蒸しで使い物にならなかった。気落ちしつつ正午台《しょうごだい》に向かい、輝晶《きしょう》の分陽《ぶんし》を受けて黄道《こうどう》に出たとき、〈暮《くれ》〉側に向かって走っていく背の高い細身の後ろ姿が見えた。

ルソミミじゃないか。子供のお迎えだろうか。それにしては慌てている。

ジラァンゼは遠くの黄道《こうどう》に目を凝らす。立ち込める雲のなかで、上弦を光らせる幾つもの月と、太陽の霞《かす》んだ輝きが見えた。瓊波魚《にわとと》に似た前方の高い御像《みかた》が、〈風《かざ》〉側にやや傾いているようだった。

もしかして、ルソミミには何かが見えたのだろうか。

胸騒ぎがして後を追うが、脚の速いルソミミにはなかなか追いつけない。

百歩ほど先でルソミミが急に立ち止まり、長い首を左にまわした。その全身は赤い陽光に縁《ふち》取《ど》られ、鼻筋を貫く魚騙《うおだま》しの尖吻《せんぷん》が光っている。ようやく傍らに並んで「なにを見たんだ、ルソミミ」と声をかけたが、目を見開いたまま唇を震わせている。

その視線の先には療治処《りょうじどころ》があり、出入口の前には分厚い陽縅《ひおどし》を身に纏《まと》った三人の陽採《ひど》り手《て》たちが集まっていた。嫌な予感がしたところで、鳴り物工房の房主となったセノウモンが、治《おさ》み手《て》の手子《でし》と共に駈けてくる。ジラァンゼが口を開きかけたとき、

「ラナオモンになにがあった！」とセノウモンが声を張りあげた。

「家族のもんかい？」顔が黒く煤《すす》けた大柄な陽採《ひど》り手《て》が、嗄《しわが》れ声で言った。陽縅《ひおどし》の丸みのある畝《うね》の連なりが、普段見かけるより真っ黒で毛羽立っている。「太陽が急に傾いて、頭から浴びたのさ。陽だまりを、どばっとね」

「ああ。太陽が大きなおくびを洩《も》らしてよ」と赤黒く顔の爛《ただ》れた陽採《ひど》り手《て》が言う。

セノウモンが一歩下がった。ジラァンゼの膝から力が抜け、その場に坐り込みかけてこらえる。「それが、見えたんだな」とジラァンゼが呟《つぶや》くと、ルソミミがうなずき、その拍子に濡れた涙石《なみだいし》が頬を伝い、途中で剝がれ落ちる。

「どういうこと。どうしてそんなことに！」セノウモンが叫ぶ。「陽縅《ひおどし》を着ていたんじゃないの！」

「陽縅《ひおどし》は太陽の近くで作業するためのもんで、陽を浴びることは――」

大柄の陽採《ひど》り手《て》が言い終わる前にセノウモンが摑《つか》みかかった。

「どうしてそんな平気な顔ができる！　仲間だったんじゃないのか」

「おめえらに何がわかる」と鼻のない陽採《ひど》り手《て》が、熱で喉が灼《や》けたのだとわかる殻々声《がらがらごえ》で怒鳴った。「こっちは陽だまりのなかから必死で引っ張り出したってのによ――」

「陽採《ひど》り手《て》になり果てたもんは、すでに死人だからね」と黙っていた陽採《ひど》り手《て》が呟《つぶや》く。

「そう。日々の陽採り仕事が、自分たちの葬いを兼ねてるわけさ。あの子だって――」と大柄がセノウモンを突き飛ばす。「――それは承知の上さ」

「なにするんだ！」ジラァンゼが手を伸ばすが、尻から倒れ込むセノウモンには届かない。ルソミミとふたりでセノウモンを抱え起こしながら、陽採《ひどて》り手たちを睨《にら》みつける。だからあれほど……やめるよう言ったのに、咎人《とがびと》でもないのに……どうして……とセノウモンが咽《むせ》び泣く。

ジラァンゼが拳を握りしめて陽採《ひど》り手《て》たちに向かっていくと、おい、こいつ、霜《そう》の――と顔の爛《ただ》れた陽採《ひど》り手《て》が掌《てのひら》を手刀でこすりながら耳打ちする。大柄の陽採《ひど》り手《て》はそれに応えず、

「三日前にも、陽採《ひど》り手《て》がひとり月に呑まれた。そのときにあんたらはどういう顔をしていたって言うのさ。毎年どれだけの陽採《ひど》り手《て》が陽に召されるか、知ってるってのかい」

「そ、そんなこと」ジラァンゼは足を前に進められなくなる。

その体格と嗄《しわが》れ声のせいで年嵩《としかさ》かと思っていたが、こちらを見据える煤《すす》けた顔をよく見れば自分より若くて驚く。十代半ばくらいだろうか。刑とはいえこれほど過酷な――

「知らなかったって言うんだろ？　そりゃそうだ。咎人《とがびと》ばかりの陽採《ひど》り手《て》なんて、あんたらの目に入ったりはしないから「身内だけは特別なんだろうぜ「太陽が落としたんだ。絡むなら太陽にするんだね」

療治処《りょうじどころ》の扉が、硫涎硬《りゅうぜんこう》の欠片《かけら》を煌《きら》めかせて横に滑り開いた。中からルオマライ療主が姿を覗かせ、「やめんか」と一喝した。「――またおまえなのか、死に急ぎのグクタイラ」と大柄な陽《ひ》採《ど》り手《て》を睨《ね》めつけて溜息を洩《も》らす。「おまえたちもしっかりせい。あの若者が、いまどれだけの痛みに耐えているのかわかっとるのか」

セノウモンが両手を前に上げて、ふらふらと扉に近づきながら、

「助かるんですよね。また、浮流筒《ふるとう》を吹けますよね」

「気道もひどい灼傷《やけど》を負っておる。全身が焼け爛《ただ》れとるんだ。いま手子《でし》たちが癒葉《ゆば》を巻いてお

るところだが……これ以上は手の施しようがない。本人はなにやらやり残したことがあるとかで、せめてあと三日は生かして欲しいと譫言《うわごと》のように繰り返しとるが、あと一日もつかどうか……」

頽《くずお》れかけたセノウモンを後ろから支える。

「さあ、後は裁定主様頼みだ。月に全てかっさらわれる前に仕事に戻るよっ」グクタイラと呼ばれた陽採《ひど》り手が声をあげ、背を向けて歩きだした。他の者たちもそれに続く。ジラァンゼたちは険しい目つきでそれを追う。

「人に会わせられる容態ではないが、いつ地命《じめい》が来るとも限らん。先胞《さきがら》のおまえは入るといい」

ルオマライ療主が言い、セノウモンが不安げにジラァンゼとルソミミを見やった。ふたりがうなずき、セノウモンは療治処《りょうじどころ》に足を踏み入れる。

扉が閉まり、ふたりはしばらく突っ立ったまま黙っていた。

宙をわたる愧鳥《きう》たちの鳴き声にジラァンゼははっとし、口を開く。

「ちょっと、行ってくるよ」

ルソミミが眉根を寄せて頭上を一瞥《いちべつ》し、ジラァンゼに顔を向ける。

「子どものこと、リノモエラさんに頼んでおこうか」

「助かる」

ジラァンゼは走りだした。何倍も長く伸びた自らの影を踏みながら、市を終えた頃であろう黒沙《こくしゃ》の皐《おか》に向かって。

草原のあちらこちらに立てられた燈杖《とうじょう》と、まばらに放牧されている星たちの光の他は、黒沙《こくしゃ》の阜《おか》は暗く沈んでいた。なにが潜んでいるかわからないので、肩掛け革包《かぼう》から漏れる輝晶《きしょう》の光で足元を照らしながらジラァンゼは進む。

鱗束《りんそく》の澄んだ音がした。星飼《ほしか》いに導かれた星たちの群が、淡い光を放ちながらこちらにやってきている。その向こう側に、何頭かの月の影が見えた。

ジラァンゼは、月に注意をはらいながら阜《おか》の頂きに向かった。毬森《まりもり》から張られた幾つもの昇り綱のうちの一本を、隕星《いんせい》が昇りだしたのが見えた。壺を積んだ重々しい荷台を曳《ひ》いている。とっさに駆けて、地面から人ひとり分ほど浮かんだ荷台に向かって跳躍する——「お、おい、なにしとる、危ないぞ！　下りないか」渡《わた》し手《て》の声が聞こえてくる——荷台の囲いに両手で摑《つか》まると、よじ登ってしがみつき、壺に掛けられた縄に腕を絡める。

「おい、それは客乗せの架籠《かご》じゃないぞ」そんなことはわかっているから荷台にしがみついたのだ。この時間に上りの架籠《かご》は動いていない。「途中で引き返せないんだぞー。はたから見てるよりも綱の上は——」

隕星《いんせい》はかまわずぐいぐいと這い上がっていき、燈杖《とうじょう》の光に照らされた渡《わた》し手《て》の立つ地面が離れていく。壺は妙に冷たく、中では液体らしきものが揺れて音を立てており緊張が増す。もし月擤《げっしょう》なら割れたりすれば恐ろしいことになる。

しだいに大地が遠ざかり、叙《じょ》の聚落《じゅらく》の家々の屋蓋が目に入ってきて足がすくむ。綱を持つ指先に力が入る。

〟でょでぃ、でょでょ――〟

隕星《いんせい》はときおり、鳴き声とも呼吸ともつかない音を洩《も》らす。

聚落《じゅらく》の家々が小さくなっていくにつれ風が強くなり、綱が大きくたわんで揺れ動きだした。振り落とされそうになって、縄を握る手や荷台の囲いにかけた足に力を込め、懸命にしがみつき続けるが、各所が痛みだして筋肉が攣《つ》りそうになる。ジラァンゼはここへ来て、巨大な球空の只中《ただなか》で宙吊りになっていることに、もう引き返せないということに恐怖を覚え、目をつぶって深呼吸を繰り返した。しだいに寒さが増してくる。まるで月の傍らにでもいるかのようだった。幸い輝晶《きしょう》入りの革包《かぼう》があり、心臓や陽臓《ひぞう》の近くにあててしのぐ。

ようやく落ち着いてきて目を開け、足元を見下ろせば、叙《じょ》の聚落《じゅらく》はいつも垂曲の大地に貼りついている是《ぜ》の聚落《じゅらく》と変わらない、球地《たまつち》の遠景となっていた。あそこには普段どおりに過ごす自分がいるような気がして、妙な感じがする。海側の汀《てい》の聚落《じゅらく》ではちょうど太陽が通っているところで、噴き上がった蒸気で生じた幾重もの雲が、すこしずつ風で流されつつあった。球地《たまつち》のところどころに昼をもたらしている太陽を順に見わたしていたら、流れ星の光が視界の端を過《よ》ぎった。峨《が》の聚落《じゅらく》へと綱を滑り下りている隕星《いんせい》だろう。

〟でぃよでぃよでょ――〟

荷台越しに頭上を仰ぎ見ると、途轍《とてつ》もなく大きな毬森《まりもり》に近づいているのがわかり、ほっとしたところでジラァンゼは足を踏み外した――視界が滑るように回転する。

落ちる――

恐怖に囚《とら》われかじかんだ指で縄を握りしめるが、予期した重みはかからない。なにかがおかしい。縄を握る手を支点に、足先までの全身が宙に浮かんでいるのだと気づいて、蒼白《そうはく》になりながらも腰を曲げていき、足を前に伸ばして荷台の囲いを捉え、姿勢を戻す。これまで話には聞いていたが、毬森《まりもり》では裁定力が働いていない、というのはこのことか、と得心する。

〝でょよでょでぃぃぃぃいいい――〟

隕星《いんせい》の声が間延びしたかと思うと、全身に重みがかかって前のめりになり、すべての動きが止まった。そこは網状に繁茂する四方樹《よもぎ》の枝葉に囲まれた緑の洞穴だった。生きている四方樹《よもぎ》ってこんなによい香りがするんだ、と鼻で息を吸い込みながらあたりを見まわす。隕星《いんせい》の昇ってきた綱に並んで、二本の綱が外に向かって伸びていた。意外にも、洞穴の奥からは温かい空気が漂ってくる。

風の吹きつける綱の上にいたせいか、まだ体が揺れているような感覚がある。四方樹《よもぎ》のひねこびた枝々の上には、焔慈色《えんじいろ》をした愧烏《きう》たちがとまってこちらを見ている。荷台から手を離すと、体が宙に浮かんで回転しはじめ止まらなくなり、愧烏《きう》たちがずぃずぃと騒がしく鳴きだした。ジラァンゼが焦って手足をばたつかせていたら、不意に誰かに肩をつかまれ、そのまま押された。宙を滑って四方樹《よもぎ》の壁にぶつかり、とっさに枝葉につかまる。視界が広がって、緑の洞穴の奥に、星革袋や木箱などの荷が幾つも浮かんでいるのが見えた。それらを森人《もりうど》たちが綱に結わえている。

「あんた、なんでこんなとこにおる。まさかこの荷台に乗ってここまで来たわけじゃあるまいし」

隕星《いんせい》の傍らに、こちら側の渡し手《わたして》と思われる森人《もりうど》が立ち、目を合わさずにいった。是《ぜ》の布帛《ふはく》工房のものと思われる厚手の牛頭《ごず》織り服をまとっている。

「いえ、その……」ジラァンゼが言い淀《よど》むうちに、森人《もりうど》は隕星《いんせい》から索具を外し、「おまえ今日もよう働いたなぁ」と背中を叩《たた》いた。水けの多そうな音が鳴る。隕星《いんせい》は疣《いぼ》だらけの体を揺らし、腹部に食い込ませていた綱を音を立てて剝がし、肥軀をねじって四方樹《よもぎ》の壁を這い進みだす。

「さあ、羽蜘蜜《はちみつ》をたっぷり呑んで、ゆっくり休もうなぁ」森人《もりうど》は寄り添うように宙を進んでいく。それと入れ替わりに、奥からふたりの森人《もりうど》がこちらに漂ってきて、壺にかけられた縄を荷台からほどきだした。ジラァンゼは道を訊ねたかったが、ヨドンツァがどこに住んでいるのかも知らずに来てしまったことにいまさらながら気づく。ふたりは壺を軽々と持ち上げ、壁を蹴って奥へ運んでいく。

後を追おうとしたとき、絡み合う枝の間から手足のない細長い生き物がうねり現れ、尾先の鋭利な三叉《みつまた》の棘《とげ》を震わせながらジラァンゼの腰まわりを伝いだした。体が強張《こわば》ったが、幸い嚙みも刺しもせずに通り過ぎてくれた。ジラァンゼは吐息を洩《も》らし、四方樹《よもぎ》の壁を辿ってふたりの去った方へ進みだす。突き当りの壁にある穴道を通り抜けると、多くの森人《もりうど》が上も下もなく宙を行き交う明るく広い空間が開けており、圧倒される。その中心に、彗星《すいせい》の三倍はあろうかという螺旋形《らせんけい》の光源が浮かんでいた。熱はさほどではないので、これが噂に聞く火星なのだろう。太陽の従胞《いとから》だとも、太陽になりそこねた辿体《てんたい》だとも言われており、その所有権を巡って幾度となく九聚落《じゅらく》会議が開かれ紛糾したという。

ひとまず人が多く出入りしている右手の穴道を目指し、ジラァンゼは足元の枝を蹴った——いったんが大きく逸れて、背骨を軸に回転しながら広場の中心寄りに向かいはじめてしまう。

進みだせば、方向は変えようがないと気づいて焦る——どうして球地《たまつち》の中に、裁定力の働かないこのような異様な空間があるのだろう——真横や逆向きとなった人々が宙をすれ違っていく——子供の頃想像していた楽園みたいだと思う。まさか、ここはその痕跡なのだろうか——正面に、紐《ひも》状の長い毛を周囲に漂わせて球状の体を膨らんだり窄《すぼ》めたりしている生き物の群が見え、両腕で顔を守った。鈍くぶつかって一斉に弾け散り、とたんに火星の眩《まぶ》しさが増すなか、幾筋もの長い毛でジラァンゼの体じゅうを撫でながら離れていく。市場で食材として売られている久斂毛《くれんげ》だ。こんなところでこんなふうに生きているのか——やがて眩《まばゆ》い火星の大きな塊に近づき、その熱さに全身から汗が吹き出してきた。照層の質感が陽だまりを思わせ、ラナオモンの姿が目にちらつく。急がなければ。

火星を通り過ぎると、絡み合った枝葉の壁にぶつかって弾かれ——綾鳥《あやとり》たちがリ、リ、リと鳴いて一斉に飛び立つ——今度は前転しながら向かい側に飛ばされる。目が回って吐きそうだった。次にぶつかった緑の壁になんとかしがみつく。宙を進む森人《もりうど》たちに訝《いぶか》しげな目を向けられ、すこし先に見えた穴道へ逃げるように入る。

四方樹《よもぎ》からなる外側とは違って、穴道の内壁は見たこともない種々雑多な植物からなり、道筋はそこかしこで分岐していた。薄暗く肌寒いが、ときおり植物の網目を通して、陽光に似た温かい光が漏れてくる。要所要所にお陽練《ひね》りの塊でも配して、これらの環境を保っているのだろう。それに加えて——いまつかまった枝葉の向こうに手を伸ばし、その奥に通っている太い幹に触れてみる。やはりここでも温かい。樹液を温めて循環させているのかもしれない。

薬工房らしき場所はないかと迷い進むうちに、隕星《いんせい》で辿り着いた場所との位置関係がわからなくなってきた。自力で戻れそうになく不安になっていたら、黒々とした太枝——それとも根だろうか——が生えている一帯を通りがかった。森人《もりうど》たちが瘤芋《こぶいも》や腫芋《はれいも》を、ぽこ、ぽこ、と折るようにして収穫している。普段口にしている食材がこうやって実り、収穫されているのかと興味深く見ていたら、森人《もりうど》のひとりが振り向き、「下界のひとだろ。迷ったんじゃないかい」と声をかけてくれた。ヨドンツァという薬手《くすりて》を探していると言うと、「そのひとは知らないが、薬工房が集まっているところなら。ここをまっすぐ行った突き当りに〈夜〉があるから、そこを右に回り込めばいい」と指差しながら教えてくれた。

ジラァンゼが礼を言い、〈夜〉ってなんだろうと思いながら進むうちに、なにも見通せない真っ暗な一帯に行き着いた。ここが〈夜〉であるらしかった。毬森《まりもり》では聚落《じゅらく》のように夜と昼が交互に巡ってくるのではなく、場所ごとに分けられているらしい。言われたとおりに〈夜〉を回り込んでいく。森人《もりうど》たちは背中を〈夜〉に向け、植物の実を収穫したり大きな臼《うす》を回したりと、忙しそうに働いていた。

苦味のあるにおいが漂ってきた。振り向くと、羽二重草《はぶたえぐさ》を押し固めた窪みの中に、年老いた森人《もりうど》が足を組んで坐り、宙に浮かぶ無死魚《むじな》のような質感の透明な球塊に長い管を挿して吸っていた。外側はぶよぶよと形を変え、中では煙らしき影が渦巻いている。どうやらこれは液体の塊であるらしい。裁定力がないとこんな状態になるのか、と球の動きにみとれながらジラァンゼは訊いた。

「叙《じょ》の聚落《じゅらく》にいたヨドンツァという薬手《くすりて》を知りませんか」

「知あねぇぬぁ」片目は塞がりかけ、呂律《ろれつ》も廻っていない。

すぐ近くの窪みにも別の人影を見つけ、声をかけようとしたが、蔓《つる》や根に絡み取られたその体は死出蟲《しでむし》にたかられ、半ば透明になっていた。ジラァンゼは思いきり枝葉を蹴ってその場を離れ、お陽練《ひね》りを囲うようにして段堕螺《だんだら》が繁茂する一帯に入った。螺旋《らせん》状に連なる銀色の三角葉がそこかしこで煌《きら》めいている。とたんに何枚かの三角葉がばらけた。それらが漂っていく先では、紫色や黄色の羽根で彩られた星ほども大きな鳥たちが革帯で横一列に縛られ、届かない位置に留められた肉塊を前に、三つに割れた嘴《くちばし》から粘りけのある唾を溢《あふ》れさせていた。傍らでは、森人《もりうど》たちが溜まった唾を棒でぐるぐると絡め取り、大きな半透明の珠《たま》を作っては、土焼壺の内側に貼りつけている。これが唾脂《つばきあぶら》で知られる閻羽《えんば》であるらしい。やたらと翅虫《はむし》が多く、手ではらいながら近づいて訊いてみると、ヨドンツァを知っている者がいた。

「左手の穴道の先の噫茗《あめい》通りに工房があるよ」

穴道を進むにつれ、雫《しずく》形をした薄青い半透明の多肉葉が繁茂しはじめた。これが噫茗《あめい》だろうか。顔を近づけると、目にしみる揮発性の甘いにおいがする。間違いなかった。声をかければ震えて返事をするんだよ、と幼い頃リナニツェから聞かされたことを思い出し、犇《ひし》めく噫茗《あめい》に向かって「あー」と声を発してみる。ややあって多肉葉の数々がふるふると円を描くように震えだし、周囲にも波紋状に広がっていった。ほんとだったんだ。急に強まった芳香に目が染みてしばたたいていたら、斜め向かいの枝々の隙間が広がって、薬草の束を抱えた痩せた人影が這い出してきた。長い髪の毛が太陽の光のように宙に広がっている。

「ヨド先胞《まあ》さ！」

ヨドンツァは考えごとにでも耽《ふけ》っているようで、そのまま奥の方へ漂っていく。慌てて枝を蹴って追いかけ、もう一度声を張りあげる。するとヨドンツァが宙返りするように身を翻し、枝の壁を蹴ってこちらに向かってきた。ぶつかりそうになったところでジラァンゼの両肩をつかみ、顔にかかって揺れ動く長髪越しに目を大きく見開く。

「なんでおまえがここにいるんだ。まさか毬森《まりもり》に住むことにしたのか」

「そんなわけないでしょ」先胞《まあ》さを前にすると、口調が子供っぽくなってしまう。ずっと子供のまま大人の振りをしてきたような気恥ずかしささえ覚える。「実は、ラナオモンが太陽の陽だまりを全身に浴びて……ルオマライ療主はもう手の施しようがないって言うんだけど、なんとか助けてやりたいんだ」

「陽だまりか。それは——気の毒だが、ルオマライの言うとおりだ。己《な》にもどうしようもない」

「せめて、あと数日、地命《じめい》を引き延ばしてやることはできないかな……本人はどうしてもやり残したことがあるらしくて」

「こんな遠いところまで訪ねてきてくれたのに悪いが……」

「せめて痛みだけでも、なんとかしてあげられない？」

「あの石頭は有痛薬《ゆうづうやく》など決して使わせたりはせんだろうが」

「ラナオモンはこのまま苦しみながら……いなくなるしかないの？　ずっと一緒にいたかった人が、ラナオモンが、いなくなってしまうなんて」ジラァンゼが零《こぼ》した涙石《なみだいし》が宙に散らばる。

「そういう気持ちは、案外裁定主でも奪えきれないものなんだな」

「どういうこと？　こういうのが煩悩《ぼんのう》だってことくらい……」

「いや、いいんだ」

ヨドンツァは頭を掻きながら漂っていく涙石《なみだいし》を追っていたが、不意に顔つきを変えて一点を見据えた。視線の先には、なにかの生き物を封じた餌繭《じけん》がぶら下がり、群がった羽蜘《はち》が繭《まゆ》から滲《にじ》み出してくる蜜のようなものを舐《な》めている。まだ生きているらしく、ときおり繭《まゆ》がもだえ動く。

「瀕死なら……もしかしたら――」

「なにか、できるの」ジラァンゼは目元に詰まった涙石《なみだいし》を指で取り除いた。水気が滲《にじ》んで眼球が浸される。

「己《な》にはできん。そもそも薬手《くすりて》だからな。ただ、世話になってるゲルサド師という治み手《おさて》が、以前に新しい療治法を発案してな、お陽練《ひね》りの塊に半身を灼《や》かれた瀕死の森人《もりうど》を治したことがある」

「どうして先にそれを」

「陽だまりを全身に浴びたんだろう？　助かるかどうかはわからんし、治し方がなんというか……このまま死を選んだ方がましだと多くが拒んだくらい嫌悪感を催すもので、まだ表立って薦められるだけの成功例も少ないんだ」

「頼むよ先胞《まあ》さ。ゲルサド師に合わせて」

ジラァンゼは、ヨドンツァと治み手《おさて》のゲルサド師、その手子《でし》のウドレと共に、毬森《まりもり》を伝い下りる狭い架籠《かご》の中に収まっていた。隙間には、坐橇《ざそり》や療治革包《かぼう》なども詰め込まれている。宙には、いくつもの朋石《ほうせき》や鱗細工で飾られたゲルサド師の癖毛だらけの灰髪が広がっていた。叙《じょ》の聚落《じゅらく》でその頭は目立ち過ぎる、とりわけルオマライ療主は快く思わないだろう、と気になったが、ジラァンゼは言い出せないでいる。

ゲルサド師は会って事情を話すなり二つ返事で受けてくれ、予め用意していたかのようにウドレが荷物を担いで現れた。

架籠《かご》は四方樹《よもぎ》の枝で編まれており、隙間から、足がすくむほど遠くにある暗い地面が覗いていた。上ったときの無謀さをいまになって実感し、怖気《おぞけ》を覚える。

綱を腹足でたぐりつつ架籠《かご》を臀部で押していた隕星《いんせい》は、大地への裁定力が生じるにつれ、その力に身を委ねて綱を滑りだした。架籠《かご》と共に下る速度をぐんぐん増していき、隕星《いんせい》の全身が光りはじめる。これを遠くの誰かが流れ星として眺めているのかと思うと、奇妙な気分だった。もはや落下しているとしか思えない速度になり、ジラァンゼは手摺《てす》りを握りしめる。ゲルサド師は架籠《かご》越しに大地を見下ろしながら笑い声を立てて、首に掛けた星革袋を撫でていた。風のせいなのか生きて蠢《うごめ》いているように見える。

このまま阜《おか》に激突するのではないか、と体を強張《こわば》らせていたら、隕星《いんせい》が吠《ほ》えるような呻《うめ》き声をあげて光を強め、全身に重みがかかった。しだいに速度が緩んで、燈杖《とうじょう》に照らされた地面が近づいてくる。

止まったようだが、まだ落ち続けている感覚が抜けず身構えていると、架籠《かご》の正面から手燈《しゅとう》の光が近づいてきて扉が開いた。

「お疲れさまでしたな。今日はえらく早くから市の準備をするんだね。暗いから足元に気をつけて下りてくだされ」

荷台にしがみついたときにいた渡し手《わたて》だったが、向こうは気づかなかった。皐《おか》の暗い地面に降り立つなり足に重みがのしかかってきて、常にこれほどの裁定力が体にかかっているのか、と驚かされる。

遠くの斜面を、叙《じょ》の太陽が進んでいるのが見えた。白夜《びゃくや》過ぎには戻ってこられるかと思っていたが、もう明け方近くなのだ。

架籠《かご》から荷物を下ろすウドレを手伝おうとしたが、「大丈夫ですよ、普段から殻粉《からこ》を食べて足を鍛えてますから」と笑い、ふらつきながら坐橇《ざそり》や革包《かぼう》を地面に下ろしていく。けれど足の萎《な》えたゲルサド師を抱えあげようとしたところで動けなくなり、手を貸して坐橇《ざそり》に乗せた。その隣ではヨドンツァが両膝に手をついて、見えない裁定力に向かって悪態をついている。

「あー、こりゃ頭が重いわい。挿頭《かざし》を全部外しとくれ」とゲルサド師が言い、ウドレが外しはじめたのでジラァンゼはほっとする。

ジラァンゼは輝晶《きしょう》入りの革包《かぼう》を肩に掛け、重い療治革包《かぼう》のひとつを背中にかつぎ、さらにヨドンツァに肩を貸して歩かねばならなかった。ウドレはゲルサド師の乗る坐橇《ざそり》を押して暗い皐《おか》を下りていくが、むしろ引きずられている感じだ。もしいま月に襲われたら、皆ひとたまりもないだろう。背楽《こうがく》を奏でて月の動きを抑え込んでいたラナオモンの姿が目に浮かぶ。こうしている間にも……と焦りを募らせていたら、爛蛋《らんたん》の光と共に、長い多肢を交互に蠢《うごめ》かせた彗星《すいせい》が荷車を曳《ひ》いてやってきて、荒っぽく止まった。乗っているのはゾモーゼフだ。

「まだ持ちこたえてはいるが……」ゾモーゼフが口元を歪《ゆが》め、「ともかく乗ってくれ」

ジラァンゼは空《から》の荷台に乗り、これはあっぱれな辿体《てんたい》だの、と彗星《すいせい》を眺めるゲルサド師や、ひとりで乗れると言い張るウドレやヨドンツァを引っ張り上げる。いいな、いくぞ、とゾモーゼフが言い、彗星《すいせい》が走りだす。

「ルソミミから聞いてよ。療治処《りょうじどころ》の前でラナオモンの様子を窺《うかが》いつつ、ずっと流星が落ちてくるのを待ってたんだ」ゾモーゼフは、手綱を操りながら言う。「おまえ、ほんとに毬森《まりもり》なんぞに行ってたのか。まったく呆《あき》れるよ」

「後で恐ろしくなったよ。行きは架籠《かご》がなくて、荷台にしがみついて上ったんだ」

「嘘だろ！」とゾモーゼフが呆《あき》れ声を発するのと、「なんて馬禍《ばか》なことを！」とヨドンツァが怒鳴るのが同時だった。二度とするんじゃないぞ、と血相を変えて言う。「必死だったんだ。もうしないよ」とジラァンゼは言って頭を掻いた。逸脱したことばかりしてきたヨドンツァに窘《たしな》められるとは思いもしなかった。

彗星曳《すいせいひ》きの荷車が路地に入り、沙璃《じゃり》の音がしはじめた。黄道《こうどう》に出ると、家々は昼の光が抜けきって黒々と沈み、その屋蓋の上で水濾《みずこ》し手《て》たちが喞筒《そくとう》を上下させて水を吸い上げていた。

「毬森《まりもり》って、海のなかみたいなのかな」とゾモーゼフが僅かに振り返って言う。その右頬には、見慣れぬ大きな傷跡ができている。

「さあ、海のなかに入ったことがないから」

「そうか。そうだよな。子供の頃、舟から落ちたことがあるんだ。割剜魚《かっこう》に襲われたことよりも、上も下もわからなくなるのが怖かったよ」

「ああ、右の足先をやられた時。確かにそんな感じだった。海もそうなんだね」

「己《な》の親《や》さは、裁定主様は泳げねえから環海《わだつみ》には裁定力がかかりにくいんだ、って罰当たりなことを言ってたがな」

療治処《りょうじどころ》の扉を開けたのは、手子《でし》のダユナーエだった。ゲルサド師たちをゆっくりと一瞥《いちべつ》してから、まだかろうじてご無事です、と言った。

皆で待合房を通っていたら、なぜか焙音璃《ばいおんり》の陰りのある音色が聴こえてきた。療房に入ると、療治台の上に癒葉《ゆば》に覆われたラナオモンらしき姿があり、その傍らにセノウモンと、焙音璃《ばいおんり》を弾くディアルマが立っていた。ふたりとも坐橇《ざそり》に坐るゲルサド師やそれを押すウドレ、ジラァンゼに支えられたヨドンツァを当惑した様子で見ている。

ラナオモンは輪郭しか捉えられない姿だが、上下する胸でかろうじて息があることだけは窺《うかが》えた。

「ラナオモンの願いで、ディアルマに来てもらったんだ」とセノウモンが言う。「なんでも完成させたい肯楽《こうがく》の譜があって、それをディアルマに書き写してもらうつもりだったらしい」

ディアルマが焙音璃《ばいおんり》を奏でながら頷《うなず》く。

「でもこの状態では――」旋律を口にすることも難しいのだろう。「だから……せめて好きだった月易楽《げついがく》を奏でてもらっている」

章の最後の一音が震えながら尾を引いて、とうとう聞こえなくなり――ディアルマが弓を離した。

「ラナオモンには驚かされるよ。新たな肯楽《こうがく》の譜を作ろうとしていただなんて。いまは央響塔《おうきょうとう》でも譜作を試みる人なんていないから」

陽《ひ》採《ど》り手の宥《なだ》め役《やく》になる奏《かな》で手《て》は少ないため、肯楽《こうがく》は譜数も少なく観究も遅れている。陽《ひ》採《ど》り手《て》を使い捨てにせずにすむ、もっと効果的な符組みが可能なはずだとラナオモンは考えていたらしい。

「あんなやつらのためにね……」セノウモンは大きく溜息をついてから、「で、この方々は。ヨドンツァがいるということは……」

「ゲルサド師と言って、ヨド先胞《まあ》さが世話になっている毬森《まりもり》の治《おさ》み手《て》なんだ。お陽《ひ》練《ね》りで大《おお》灼傷《やけど》したひとを治したことがあるらしくて」

「ほんとうかい！」とセノウモンの声が跳ね上がった。

ゲルサド師のことをなにひとつ知らず、その療治法を見たわけでもないのに、ヨドンツァの話だけでここへ連れてきたことに、ジラァンゼは今更ながら怖くなった。むやみに期待させる残酷な行いをしているのではないのか――

「よくもここに顔を出せたものだなヨドンツァ」ルオマライ療主が嗄《しわが》れ声で言いながら療房に入ってきた。声は抑えられているが、皺《しわ》だらけの顔は険しい。「近頃、うちの薬を使うものが減っておるのは、おまえたちのせいらしいの。おまえが、有痛薬《ゆうづうやく》入りの薬を聚落《じゅらく》じゅうに蔓延《まんえん》させてこの堕落を……贖罪《しょくざい》に繋がる苦徳《くどく》をないがしろにしおって。正午台《しょうごだい》とは協議しておるが、こんなことになるのだとわかっておったなら、あのとき助けたりはせなんだというのに」

「その話は今度にしてくれよルオマライ療主。いまは――」

「ラナオモンをどうしようと言うのだ。すでに最善は尽くした。どうして静かな最期を迎えさせてやらん」そこでジラァンゼの方に顔を向け、「おまえもなにを考えておる。こんないかがわしい連中を連れてきおって。わしの腕では信用ならんと言うのか」

　ルオマライ療主は、星の死骸かなにかのように坐橇《ざそり》のゲルサド師を見下ろす。聖人式《しょうにんしき》の後や、トバイノが死にかけたときに世話になった記憶がよぎり、胸が抉《えぐ》られるようだった。わざわざ来てくれたゲルサド師にも申し訳なさが募る。自らの浅慮で、どの立場の人にも不躾《ぶしつけ》なことをしているのではないか。けれど——

　ジラァンゼが間に入ろうとしたときには、ウドレが声を荒らげていた。

「いかがわしいって、なんです。この療治処《りょうじどころ》だって、堕螺膏《だらこう》や蓑煤樹《みのすすき》の樹脂は使ってるでしょう。基膏に使われている粘脂《ねんし》や脆燐《ぜいりん》に至っては毬森《まりもり》でしか調合できないもので——」

　ゲルサド師が引き結んでいた大きな口を開いて、「黙っておれ、ウドレ」と言い、あぐらをかいていた足をほどいた。ウドレが慌てて手を伸ばし、坐橇《ざそり》から立ち上がるのを助ける。貫頭衣の下に覗いた足が、不安になるほど細い。

「あなたのご功績は、毬森《まりもり》にいても仄聞《そくぶん》しておりますよ、ルオマライ療主。急に押しかけた非礼をお許しいただきたい」

「ゲルサド師は毬森《まりもり》でも名の知られた治《おさ》み手《て》で——」とヨドンツァが言うと、その名前に聞き覚えがあったのか、ルオマライ療主の目元がかすかに動いた。「これまでとは異なる灼傷《やけど》の療治法を生み出されたんです。試させてもらえませんか」

「わしとてここで漫然と治《おさ》み手《て》を続けてきたわけではない。灼傷《やけど》の療治も様々に試みてきた。これ以上の方法などありはせん。なにができるというのだ」

「灼傷《やけど》で死した組織が、皮膚の戻生《れいせい》を妨げることはご存知でありましょう。だが、無理に剥がそうとすれば余計に重篤な傷を増やすことになる」

「だからこそ、膏薬《こうやく》と癒葉《ゆば》で剥がれやすくなるよう促しておるのだ」

「しかし重度の灼傷《やけど》が全身を覆った場合、それでは追いつかぬ」ゲルサド師は首掛けの星革袋のひとつを撫でた。「そこでこの死出蟲《しでむし》を使い――」

「し、死《し》ー出蟲《でむし》だーとー?」とルオマライ療主の声が裏返る。

そんなものがあの星革袋に……苦労して毬森《まりもり》まで上って連れてきたのは――ジラァンゼは目眩《めまい》を起こしかけたが、疑念をなんとか振り払う。ヨドンツァの信頼している人なのだ。

「いったい、なにを考えておる。お、おまえたちも知ってて連れてきたのか」その声は怒りで震えていた。「わしらが普段どれほどの手間をかけて灼傷《やけど》を負った体から死出蟲《しでむし》を取り除いていると思っとるのだ！　死期を早めたいのか？　これだから、地に足のついとらん浮かれ人は。太陽のことをなんもわかっとらん」

ゲルサド師の額には険しい皺《しわ》が寄っていたが、どこか面白がっているようでもあった。

「確かに死出蟲《しでむし》の除去は欠かせぬ療治。あの下賤《げせん》な虫どもは、命があろうとなかろうと、一緒くたに大地へ海へと還《かえ》したがりますからな。ただし一口に死出蟲《しでむし》と言うても、その実、腐邏虫《ふらむし》、那迦虫《なかむし》、陽至《ひる》虫、火末虫《かまつちゅう》など幾つもの種がある。腐邏虫《ふらむし》はその涎《よだれ》で腐れを促しつつ食し、陽至《ひる》虫は滋陽と共に色を吸って肉を半透明の朋《ほう》に変える。されど火末虫《かまつちゅう》は死した組織のみを好んで食し、その際には消焔素《しょうえんそ》をも分泌していることが、わしらのこれまでの観究でわかってきた。そこでこの療治では、先に火末虫《かまつちゅう》のみで焦げや爛《ただ》れを取り除かせてから、今度は羽蜘《はち》に餌《じ》繭《けん》で全身を包み込ませ――」

ルオマライ療主が呆《あき》れ声で笑った。

「死出蟲《しでむし》の次は、羽蜘《はち》の餌《えさ》にするときたか！　これで了解したであろうセノウモン。いかがわしいどころか、荒頭無頸《こうとうむけい》すぎて話にならん。家族にむやみに希望を抱かせおって――」最後の言葉にジラァンゼの心臓がねじられる。「人には誰しも地命《じめい》というものがある。静かに裁定主様の元へ、そして、楽園へ戻してやらなければ」

セノウモンの視線が、ルオマライ療主、ヨドンツァ、ゲルサド師、そして横たわるラナオモンの間を落ち着きなく行き来する。

「お言葉ながら」と突然ダユナーエが言葉を発した。「あながち荒頭無頸《こうとうむけい》とも思えません」

「なにいっ」手子《でし》の不意打ちに、ルオマライ療主の顔が憤りで歪《ゆが》んでいた。もうひとりの手子《でし》のラルアラは目を剝いて、やめておけ、と口の動きだけでダユナーエを止めようとしている。

「死出蟲《しでむし》たちは死体が朽ちるまで群がり続けますが、火末虫《かまつちゅう》は奇妙にも休止と活動を繰り返すのがずっと気になっていました。この方の話で、腑《ふ》に落ちた気がするのです」

「お、おまえはわしを――」

噴穢《ふんえ》の始まる前の大地はこんな様相だったのではないか、と思わせる顔だった。

「もちろん、師の仰《おっしゃ》るとおり、人には誰しも地命《じめい》があります。それに抗《あらが》ってもどれだけ生き延びられるのか。繫業《けごう》も増えましょう。けれども裁定主様の思し召しはどこにあるのか。師は日頃から、選択を迫られるときは、病者の意思を汲むようわたしたちに仰《おお》せでした。幸い、まだこの方にはかろうじて意識がありますす」

ルオマライ療主はしばらく黙っていたが、やがて怒りに震えた声で「よかろう」と言った。

セノウモンが療治台に横たわるラナオモンに顔を寄せて話しかけ、うなずいたり耳を傾けたりを繰り返したあと、すっと背を伸ばした。

「やり残したことがあって、それをどうしても完成させたい。ほんの数日だけでも生きていられるなら、試させてほしい。そう訴えています」

ルオマライ療主が背を向け、「忠告はしたのだからな。もし失敗したなら、ダユナーエ、わかっておろうな」と言い捨てて去っていった。慌ててラルアラもついていったが、ダユナーエはそのまま残った。

「こんなことになってしまって……」とセノウモンが声をかけたが、ダユナーエは首を横にふった。「つまり師は死なせるな、と仰《おっしゃ》っているのですよ。それに、わたしはその療治法をこの目で見てみたい」ゲルサド師に顔を向け、「手伝わせてもらえますか」

「よろしいでしょう」とゲルサド師は言った。「ご家族の他は、このままお帰りいただけますかな。あまり正視できるものではありませんしな」

たしかに正視できるものではなかった……と翌日にセノウモンは言った。

ラナオモンの全身から癒葉《ゆば》をすべて取り除き、焼け爛《ただ》れた全身に夥《おびただ》しい火末虫《かまつちゅう》を群がらせ、その蠢《うごめ》きに焦げや爛《ただ》れが食い尽くされると、黒焦げにした肉で火末虫《かまつちゅう》を集めて星革袋に戻し、露わになった赤剝けの膚《はだ》に膏薬《こうやく》を塗ってから羽蜘《はち》を群がらせたという。羽蜘《はち》たちは毒針を全身にまんべんなく刺してから、糸を吐いていく。このときはラナオモンもかなり不安に襲われていたそうだが、毒のおかげで激痛が引いたらしく、そのまま眠りに落ちたという。餌繭《じけん》にくるまれた後は、融解を表層のみに留めるために、鑷子《せっし》で羽蜘《はち》を一匹一匹挟んで回収しなければならず、もううんざりだ、と手伝わされたヨドンツァは嚙み痕だらけの手を見せた。

ラナオモンの赤剝けた体は、薬液を染み込ませた餌繭《じけん》に保湿されつつ、戻生《れいせい》を促される。その療治が終わるまでの間、毬森《まりもり》の三人にはジラァンゼの家に泊まってもらうことになった。

「どうして森の人やヨドンツァ伯《お》さはいつも坐ってるの。足が悪いの？」とヌフレッツンが訊いてくる。

「毬森《まりもり》は体が浮かぶほど軽い場所だから、ここは森人《もりうど》には重くて動きにくいらしいんだよ」

「へえー、一度行ってみたいなぁ」

トバイノは森人《もりうど》たちとすこし距離を置いていたが、ヌフレッツンは初めて会う伯様《おさま》のヨドンツァに大喜びで、薬研《やげん》で薬をつくっている間も傍らにくっついていたし、ゲルサド師には療治道具を見せてもらって感嘆の声をあげていたので、毬森《まりもり》の治み手《おさて》や薬手《くすりて》になると言い出さないかとジラァンゼはやきもきした。

七日が経ち、ラナオモンから体液で汚れた餌繭《じけん》が取り払われると、全身が海の浅瀬のように半ば透き通り、漣《さざなみ》めいた皺《しわ》のよる新しい皮膚に覆われていた。

「あとは、それこそ地命《じめい》の定めるところであろうの」とゲルサド師は言った。

一命をとりとめたラナオモンは、鳴り物の陳列房のある自宅に移された。両眼は失われており、片耳は聞こえず、気管支や肺も無傷ではなく、衰弱は続いている。それでも、軽い有痛薬《ゆうづうやく》だけで痛みが抑えられているのは幸いだった。

毬森《まりもり》の三人はとうとう帰ることになった。

森の市が開かれている夕方の黒沙《こくしゃ》の阜《おか》を、ジラァンゼはヨドンツァに肩を貸して歩いていた。その前では、坐橇《ざそり》のゲルサド師を押すウドレをヌフレッツンが手伝いながら、また来てくれる？また来てくれる？　と繰り返している。後ろではリノモエラが、「あの子、もうちょっとゆっくりしていけばいいのに」とトバイノにぼやいている。「子供の頃、薬手《くすりて》になりたいと思ったことがあるんだよね」「ええー、嘘だろ」と話しているのは、解き手《とて》となったリマルモとロムイソだ。そのなかではトバイノが頭ひとつ背が高い。ときおり耳鳴《みみな》り鼓《つづみ》の破れる滑稽な音がする。

「昔、綿蛾子《わたがし》を捕るために、匂い玉を作ってくれたよね」

「そうだったか」

「おかげで仕掛け籠にたくさんかかったから、ラナオモンにも分けてやったんだよ。あのときも間接的に助けてくれ——なに、そんな羽化《うか》ない顔をして」

「あれで、ほんとに助けたと言えるだろうか」

ロムホルツと重ねているのかもしれなかった。

「本人はすごく感謝していたよ。これでやり遂げたかったことができるって」すでにディアルマが傍らについて、ラナオモンの口からかすかに漏れる肯楽《こうがく》の旋律を譜紙に書き取っている。

「大きな借りができたね。なにか吾《わ》ぁにできることがあれば——」

「判じ物の話をしたことがあったろう。いろんな人の力を借りながらも、未だに行き詰まっとるんだが……いつか解けたなら、おまえの手を借りることになるかもしれん——」

「なんだかよくわからないけど、わかった」

頂き近くでは、阜《おか》と毬森《まりもり》とを繋ぐ綱のひとつに、荷物が到着したところだった。運び手《はこて》たちが現れて、次々と荷を下ろしていく。

「君には良い機会をもらった。この療治法が広まるきっかけとなるかもしれん」とゲルサド師から思いがけず感謝され、ジラァンゼは恐縮しながら、途中かなり疑ってしまったことを心のなかで詫《わ》びた。

別れ際に、「よい子どもたちだな」とヨドンツァは言った。

「もし吾《わ》ぁになにかあったら――」

「親仕《やし》にはならんぞ」

「どうしてだよ」

「ここは重すぎる。常に裁定を下され続けるなんざまっぴらだ」

毬森《まりもり》の三人が架籠《かご》に乗り、その上で綱にしがみつく隕星《いんせい》の背中を、渡し手《わたて》が長い竿で突いた。

でょでょでぃ、とひと鳴きした隕星《いんせい》は、疣《いぼ》だらけの湿った体を左右に波打たせ、架籠《かご》を引っ張りつつ渡し綱を昇っていった。

第四章

ジラァンゼは仕事帰りに、央響塔《おうきょうとう》近くにある鳴り物の陳列房まで数日おきに見舞いに行った。種々雑多に飾られた鳴り物の間を通って奥の控間に入れば、たいていはディアルマがいて、聞こえるか聞こえないかというラナオモンのかすかな唄声《うたごえ》を譜に書き取っている。墨に使った闇《あん》喉《こう》の血のにおいが漂うなか、口ずさむラナオモンの微光を帯びたような顔を眺めるのがジラァンゼは好きだった。いつも眼窩《がんか》を隠すために遮光器《しゃこうき》をかけていて、そこから覗く眉がときおり眩《まぶ》しそうに動く。聖人式《しょうにんしき》の後のような光印が、再び現れるようになったせいらしい。

ゾモーゼフやルソミミやホルマタタといった、旧知の者たちと出くわすこともあった。マヤイロフに会ったときは、毬森《まりもり》の森人《もりうど》たちが、主にどこの聚落《じゅらく》のどんな服を着ていたのかをしつこく訊かれた。

喉も灼《や》けたせいで、ラナオモンはしばしば咳《せ》き込み、譜介《ふがい》ない、と呟《つぶや》いて中断した。そんなときには、肯楽《こうがく》の手がかりとなったという、霜《そう》の譜を口ずさむようねだられることもあった。

せっかくだからと、ディアルマはそれも書き起こした。

あるとき帰りの挨拶をして陳列房に出ると、腰を屈《かが》めたヌフレッツンが、棚に並んだ鳴り物のひとつを熱心に眺めていて驚いた。

「なにしてるんだこんなところで。帰り道と反対方向じゃないか」

「たまに鳴り物を見に来てるんだ。どれもすごいね。これが元は聖人《しょうにん》たちの内臓から作られてるなんて――ねえ親《や》さ」と不意にこちらに顔を向け、「覚えてたじゃない、あの譜。さっき聞こえてたよ」

しっ、口に出すんじゃない、とジラァンゼは囁《ささや》き声で言う。余所《よそ》で言うんじゃないぞ、霜《そう》の譜はここでは焔起《えんぎ》が悪いんだから。へえ、霜《そう》の譜だったんだ、とヌフレッツンがにやりと笑い、しまったと思う。

「でも、やっぱりいい譜だよね」

「うーん、わたしにはよくわからないな」

「何度も口ずさんでたくせに」

阜易楽《ふいがく》への興味は、リナニツェ聖《ひじり》から受け継いだものだろうか。もし奏《かな》で手《て》になるなどと言い出したなら、どうすればいい。この不器用な子が。ジラァンゼは考え込む。〈蟹卵《かいらん》の望み〉を叶えたラナオモンでさえ聖楽校《しょうがくこう》では別け隔てに苦しみ、結局はこういうことになったのだ。霜《そう》の移人《うつりど》の子孫が受け入れられるとは思えなかった。リナニツェが聖人《しょうにん》になったおかげで、表立ってひどい扱いを受けることは減ったが、未だにトバイノが焔《えん》切りのまじないをされるくらいなのだ。リナニツェ聖《ひじり》が霜《そう》の奏《かな》で手《て》だったと知れたらどうなるだろう。リナニツェ聖が切り拓いてくれた足場は――

「ねえ親《や》さ、吾《わ》ぁは奏で――」ヌフレッツンが言い出したのをジラァンゼはすかさず遮って言った。

「なあ、ヌフレッツン。明日から、照子屋《てらこや》が終わった後は、繋業《けごうと》解き工房で見習いを始めようか」

「えっ」ヌフレッツンが呆気《あっけ》に取られた顔をしてから、「うん、やってみる」と心細げに言った。

一緒に家へ帰ると、ジラァンゼはヌフレッツンに模殻《もがら》を手渡し、リナニッェ聖《ひじり》が初めて通しで繋業《けごうと》解きをやり遂げたときの煩悩蟹《ぼんのうがに》だと伝えた。


ジラァンゼとイェムロガは夜明けの黄道《こうどう》に立ち、門を通りつつある太陽の様子を眺めていた。前部がやや左に向いている。繋業《けごうと》解き工房の前を通る頃には〈颪《かざ》〉寄りになるだろう。ふたりで煩悩蟹《ぼんのうがに》を蒸しはじめる頃合いを決めつつ繋業《けごうと》解き工房に戻り、細い晷香《きこう》の先を指先ひとつぶん折って道具棚の晷香《きこうだ》立てに挿しておく。工房では毎日変わる太陽の動きに翻弄され続け、いまはこのやり方に落ち着いていた。

太陽の足音が響いてくると、ジラァンゼはお陽《ひね》練り入りの着火筒で晷香《きこう》を燻焼《くんしょう》し、イェムロガは年老いたイェムリンガ房主を支えて立たせる。

「さあ……我らを照らす太陽の元――」房主が張りを失った声で繋業《けごう》の始まりを唱える。「殻中に肥え育った……煩悩《ぼんのう》を滅し……繋業《けごう》を解かん」

「今日は八割に詰めてゆくぞ」イェムロガが続けて言う。

繋業《けごうと》解きの作業が一通り終わり、後は解いた蟹肉の選別が残るだけとなった頃、「おい、どうしたんだ」と掛け格子のところからトバイノの声がした。見ると、工房の戸口から小さな顔が半分だけ覗いている。

　ヌフレッツンだった。

「なにしてる。着替えたなら入ってきなさい」

　ジラァンゼが言うと前掛け姿で現れ、手袋が手になじまないのか握ったり開いたりしながらおずおずと戸口をくぐる。すがるように従胞《いとから》のリマルモやロムイソを目で追いながら、床に散らばった朔《さく》や沙璃蟹《じゃりがに》を避《よ》けつつやってくる。

「今日は見習いたちと一緒に屑拾《くずひろ》いをすること。次はもっと早く来て、繋業解《けごうと》きの手際をよく見ておくんだよ」

　ヌフレッツンは見習いのアールセセに屑挟《くずばさ》みを持たされ、氷刺形《ひしがた》の朔《さく》や繊維状の阜易子《ふいご》や小さな沙璃蟹《じゃりがに》を籠に拾い集めはじめる。

　十日ほど屑拾《くずひろ》いをさせた後、ジラァンゼは鬆《す》が多くて使い物にならない小ぶりの煩悩蟹《ぼんのうがに》を取っておき、ヌフレッツンが工房に着くと、解台《げだい》について背割りをするように言った。

「いいかい、蟹が落人《おちうど》たちの煩悩《ぼんのう》を仮託された存在なのは前に教えたろう。つまり、人間に解かれるために生まれてくるわけだ。だから——」

「でも、伯《お》さまがそれは嘘だって言っていたよ。蟹は人間を煩悩《ぼんのう》の数だけばらばらにするために、苦痛を与えるために生まれてくるって」

「先胞《まあ》さが？」まったく余計なことを……。「忘れていい。おまえの伯様《おさま》は、繋業解《けごうと》きをしたことなんてないんだから。ともかく、煩悩蟹《ぼんのうがに》は予め解かれることを踏まえて生まれてきた、世にも有り難き虫なんだ。まずは思うようにやってみなさい」

ジラァンゼは解虫串《ほぐし》を渡してやり、構えたヌフレッツンを見て、ああ……と嘆く。

「これまで解き手《とて》のなにを見ていたんだ。解虫串《ほぐし》の向きが逆でしょう」

ほんとだ、とヌフレッツンが持ち直し、灼傷《やけど》を恐れる手つきで煩悩蟹《ぼんのうがに》に触れる。蒸してから数炷《しゅ》経って熱は抜けつつあるが、それでも慣れてなければ熱いだろう。

「腰が引けてる。もっとしっかり手で押さえないと危ない。茹《ゆ》でた後でも、惨斬《ざんぎり》は動き出すことがある。気を抜くんじゃないよ」

ヌフレッツンが姿勢を正して、煩悩蟹《ぼんのうがに》にあてた手に力を込める。

「背殻と両側と尾部にある四箇所の煩悩窪《ぼんのうくぼ》の咬《か》ませを外せば、すみやかに背割りができる。まずはわかりやすい背殻の煩悩窪《ぼんのうくぼ》を探って、見つけたら解虫串《ほぐし》を一気に深く差し込むんだ。臭角《しゅうかく》近くだから、そっちには当てないよう気をつけながらね。臭嚢《しゅうのう》が破れたらえらいことになるよ」

鼻息の音を立てながら、解虫串《ほぐし》をぎこちなく煩悩蟹《ぼんのうがに》のあちこちにあてては首を捻《ひね》っている。

「模殻《もがら》を渡したろう。家で修練していないのか」

「うーん……」

していなかったのだ。ジラァンゼは嘆息し、「貸してみなさい」と煩悩蟹《ぼんのうがに》を持ち上げて背殻が見えるよう傾ける。「ここの下に、窪みがあるでしょうが」

「ええっと……」

「よく見るんだ」

ヌフレッツンは目を凝らしたまま動かない。じれったくなり、解虫串《ほぐし》を持つ手を導いてあてがう。

「あ、こ……れ？」

「引っ掛かりがあるのがわかる？　それが煩悩窪《ぼんのうくぼ》だよ。ここへぐっと解虫串《ほぐし》を押し込んで三角を描く。ああ、ちがう。いったん手を離して、最初からやってごらん」

　ヌフレツンは解虫串《ほぐし》を握り直し、再び煩悩窪《ぼんのうくぼ》に先をあてるが、うまく嵌《は》め込めずに何度も滑らせる。しまいには解虫串《ほぐし》を飛ばして陶板敷きの床に落としてしまい、硬い音を響かせた。

「諦めずにやってみなさい」

　解虫串《ほぐし》を拾って再び挑む。集中してきたのか、舌が片側に寄っている。あやうい手つきながらとうとう煩悩窪《ぼんのうくぼ》を探り当て――たが、そこから動かなくなる。

「もっと体重を利用して、一気に押し込むんだ」

　ヌフレツンはどう体重をかけていいかわからないようだった。ジラァンゼが仕草で示してやると、解虫串《ほぐし》がようやく嵌《は》まった。

「やった！」

「まだ喜ぶのは早い」

「そこから斜め右に下ろし――違う、もっと力を――そう。それから左に押し込む」

　小気味よい音が鳴り、ヌフレツンが大きく息を吐く。

「よくやったな」ジラァンゼは頭を撫でてやろうとしたが、ヌフレツンは顔をしかめて逃れる。自分が子供の頃は、リナニツェ聖《ひじり》に頭を撫でられると嬉《うれ》しかったものだが、と戸惑う。

「まだあと三箇所あるよ。今度は自分だけでやってみな」

案の定、側面の煩悩窪《ぼんのうくぼ》にはうまく差し込めない。だいぶ待ったが、工房を閉める時間になった。「もう片付けに戻りなさい。次の機会までに、模殻《もがら》で修練しておくんだよ」

その夜はトバイノがヌフレッツンに模殻《もがら》で背割りをさせていたが、早くも煩悩窪《ぼんのうくぼ》を見つけられなくなっており、すこし不器用すぎるのではないかとジラァンゼは心配になってきた。リマルモやロムイソも手際がいいとは言えなかったが、ここまでではなかった。

それでもトバイノが毎日家で教え込み、模殻《もがら》では背割りができるようになったようなので、ジラァンゼは再びヌフレッツンに背割りの機会を与えた。今回はよい手つきで解虫串《ほぐし》を使っているなと思っていたら、「あっ……」とヌフレッツンが声をあげ、ジラァンゼは鼻腔の奥の最も敏感な部分を強烈な臭気に殴られた。鼻水が一気に溢《あふ》れだしてくる。ヌフレッツンが臭嚢《しゅうのう》を突き破ったのだ。ジラァンゼは涙水《なみだみ》で歪《ゆが》んだ視界のなか、煩悩蟹《ぼんのうがに》を丸ごと封印壺に封じ込めたが、あたりには粘膜を刺激する臭気が残る。

「なんてこった」とイェムロガが言い、解台《げだい》に乗って天床近くに並ぶ濁通《だくとう》の蓋を続けざまに開けていく。モノノフとセイモドフもそれを手伝う。

ふたりとも手や腕を念入りに洗ってから、リノモエラが持ってきてくれた預流果《よるか》の爽酢《そうす》を塗ったが、ほんの気休め程度にしかならなかった。特に指先には染みついており、つい目をこすって激痛に襲われたりもした。これほど強烈なものだったのか、とこれまで臭嚢《しゅうのう》を破ったことのなかったジラァンゼは驚き、辟易《へきえき》した。

ヌフレッツンは一蓋を台無しにしたことにひどく動揺していた。鬆《す》のある蟹だったから気にするな、と言ったが生返事だ。照子屋《てらこや》ではにおいのせいでしばらく遠巻きにされ笑われていたらしい。においがなくなってからも、ときおり指を嗅いでいた。

白夜《びゃくや》で仄光《ほのひか》る居間の透かし窓の前で、昼間に干しておいた衣類を畳みながら、どうやって導けばヌフレツンを一人前にしてやれるだろうとジラァンゼは考えていた。手習いのまま亡くなったノマーリゾのことが思い出される。

「親《や》さ、手伝うよ」とトバイノが傍らに坐った。ジラァンゼよりも遥かに大きくなった体で、下衣を手に取って畳みだす。

ふたりとも黙々と手を動かしていたが、「ヌフレツンは……」とトバイノが不意に口を開いた。「奏《かな》で手《て》の課後指難《しなん》を受けたいみたいなんだ」

ジラァンゼは手を止めて顔を上げる。

「どうして自分で言わないんだ」

「親《や》さの期待を裏切りたくなかったんだよ――なあ、ヌフレツン」トバイノが振り返って言い、ヌフレツンがとぼとぼと歩いてきて、近くに坐った。そういうことか、と思う。

「親《や》さ、あのね――一度、奏《かな》で手《て》の課後指難《しなん》を受けさせてほしいの」

ジラァンゼは、途中まで畳んだ上着をまた開いて、畳みなおした。

「おまえは気移りが激しい。いまは自分の不器用さに、逃げ出したくなってるだけだ。もうすこし頑張ってみなさい。じきに慣れるから」

ラナオモンには折りに触れて会いに行ったが、そのたびに衰弱がひどくなり、眠っていることが多くなった。

あるとき不意に目を覚まし、「もうわかったから」と言った。

「なにが」と返すと、「活きよ、活きよ、って繰り返してたでしょう」と喉の奥で笑う。

「言ってないよ――でも、ずっと願ってた。それが伝わったのかな」

ラナオモンはとうとう喋《しゃべ》ることもできなくなり、ふたりきりになったときには、ジラァンゼの手を握った。肯楽《こうがく》の譜も完成し、感謝を伝えたかったのかもしれない。家族以外の手を握ったままでいるなんて始めてのことで、ジラァンゼの鼓動は早まった。もし誰かが見ていたら、眉をひそめただろう。新しい膚《はだ》に覆われた、瑞々《みずみず》しく繊細な手の感触は、何日経った後もジラァンゼの手のなかに、その厚みより深いところに灼《や》きついた。

ラナオモンが亡くなったとき、ジラァンゼは三子のラダムンミを出産したばかりで海葬には参加できなかった。まるで死と生が競い合っているみたいだと思う。ゲルサド師の療治は、ラナオモンのためだけでなく、まわりの者が死に向き合うまでの猶予を与えてくれたのだ。

セノウモンによれば、海葬では水面に浮かべるなり波間から消えてしまい、せっかくディアルマが奏《かな》で手《て》に加わっていたというのに、葬奏を行えなかったという。

「陽採《ひど》り手《て》たちは？」と訊くと、首を振った。「来たら追い返してやろうと思っていたんけど」

まるで、これまでラナオモンが人知れず何もかもを堰《せ》き止めてくれていたかのように、叙《じょ》の聚落《じゅらく》では様々な異変が起きはじめた。

太陽が黄道《こうどう》を左右の際までよろけ進むようになり、飛び散る陽だまりの数も増えた。家に落ちれば屋蓋や壁を焼き割り、ときには住人を呑み込んだ。通常の療治では対応できずにみすみす死なせることが続き、憔悴《しょうすい》したルオマライ療主は、「おまえが療主となって、いかがわしい療治でもなんでも好きにすればよい」とダユナーエに後を託して退いた。新たな療主となったダユナーエは、ゲルサド式療治法を試みて何人もの命を救ったが、拒んで亡くなる者も少なからずいた。ルオマライ師もそのひとりだった。あるとき大灼傷《おおやけど》を負って運ばれてきてダユナーエを愕然《がくぜん》とさせ、地命《じめい》だと言って頑《かたく》なに療治を拒んだまま亡くなった。

　繫業解《けごうと》き工房では、イェムリンガ房主が次の房主にイェムロガを指名して退いた。かつてリナニツェに「どうせなら房主におなりよ」と冗談で言われたのを真に受けて目指した頃もあったが、順当な結果だと思えた。諦めとは違う。「一本も指を失わなかった伯《お》さが房主になるべきなのに」「イェムリンガ房主でもやはり子がかわいいんだな」などとリマルモやロムイソは言ったし、他の者たちは、口にこそしないが霜《そう》の陽筋《ひすじ》だから難しいのだろう、と捉えているようだった。しかしジラァンゼは、工房を率いるのに相応《ふさわ》しいなにかが自分に欠けていることを、いつの頃からか自覚していた。リノモエラが肺を病んでいなければ、房主に選ばれていたかもしれない。夜になると咳《せき》がひどくなり、工房では蒸気にも噎《む》せるようになった。このところ気温が下がっているからだろう。

　太陽に黒点が増えはじめていた。


　ジラァンゼはラダムンミを抱いて照子屋《てらこや》を出た。外は夜かと錯覚するほど暗くなっている。ここ数日は太陽の歩みが早く、昼間が短いのだ。

ひどく肌寒かったが、ラダムンミの発する熱に温められる。その柔らかい肌の感触が、疲れを吸い取ってくれるようだった。

　向こうから歩いてきた見知らぬ落人《おちうど》が、「おい、おまえ」と突然ジラァンゼを指差して声を張りあげた。「出ていけよ！　霜《そう》だけでなく、叙《じょ》の太陽まで衰えさせようというんだろう。そうはいかねぇぞ」

　その声に驚いたラダムンミが泣き出し、その落人《おちうど》は足早に去っていった。

　路地を抜けて黄道《こうどう》を渡っていると、夜門《やもん》の方に燈杖《とうじょう》の光がいくつも見えた。脈々断《みゃくみゃくだん》の巣でも見つかったのだろうか。気温が下がっているせいか、以前なら曠野《こうや》に棲息《せいそく》していた危険な虫たちを、聚落《じゅらく》のなかでも見かけるようになっていた。段梯《だんばしご》を上って宙廊を歩いていき、家の扉を開くなり、「親《や》さま」と、ヌフレッツンが駈け寄ってきた。「さっきね、聚落《じゅらく》の向こうのね、〈風《かざ》〉の方の暗がりをね、綺麗な光がすーって流れていったんだ」

「星じゃないのか」

「そんなゆっくりじゃないよ。流星みたいにすごく早かったもん」

　あぱ、あぱ、と腕のなかのラダムンミが唇で音を鳴らす。

「なんだろうなそれは……」

　疑問に思いつつ夕餐の支度をはじめたところで、トバイノが慌ただしく帰ってきた。

「いま水濾《みずこ》し手《て》のラナイから聞いたんだけど、夜這《よば》い星《ぼし》の群が聚落《じゅらく》を徘徊《はいかい》して、水濾《みずこ》し手《て》の子が攫《さら》われたって」

「夜這《よば》い星《ぼし》の群だって？　ヌフレッツンが見たのはそれだったのか。光っていたということは……」

ジラァンゼの顔が険しくなった。夜這《よば》い星《ぼし》は嫌陽性で、各地の夜を渡り歩いている。発光するのは取り込んでしまった陽分《ようぶん》を排出するためだと言われていた。

「水濾《みずこ》し手《て》たちが追っているけど、もう、だめかもしれないって」

「まさか聚落《じゅらく》の中に現れるとは……」これまでは、昼間は太陽そのものが、夜は聚落《じゅらく》に蓄えられたその熱が夜這《よば》い星《ぼし》を退けてきたが、「太陽が衰えだして、夜這《よば》い星《ぼし》でも近づける気候になったということか」

「夜這《よば》い星《ぼし》って、太陽が苦手なんだよね。どうして人を襲うの？　人には陽が巡っているからに」とヌフレッツンが言った。

「夜這《よば》い星《ぼし》が最も欲している、球地《たまつち》で最も暗く罪深いものが、落人《おちうど》の骨の中に詰まっているからだよ」

「あっ、三途《さんず》の闇――」

んぱぱ、とラダムンミが口を鳴らす。

「けれど、めったにありつけず、常に飢えと渇きに苛《さいな》まれているらしい」なんと憐《あわ》れな生き物なのだろう。

扉が乱暴に叩《たた》かれた。開けるとゾモーゼフが両手に銛《もり》を持って立っている。背後にいるのはその長子のゾラージで、鼻にはもう魚騙《うおだま》しの尖吻《せんぷん》を通していた。ふたりとも赤い光に照らされている。

「えらいことだ。夜這《よば》い星《ぼし》が聚落《じゅらく》に――」

「いまトバイノから聞いたところだ」

ゾモーゼフがトバイノを見上げ、

「おまえトバイノなのか。でかくなったなぁ。務者《むしゃ》かと思ったぞ——ふたりとも追い払うのに手を貸してくれ。叙《じょ》の聚落《じゅらく》があいつらの狩場にはならねえってことを思い知らせてやる。正午《しょうご》台《だい》の連中が話し合ってからじゃ遅い」

「わかった。トバイノ、行こう」一緒に行きたそうな顔をしているヌフレッツンに、「守ってやってくれ」とラダムンミを託した。

光の強い爛蛋《らんたん》を腰に吊るし、家を出る。ゾモーゼフたちの持つ銛《もり》の先端には、真っ赤なお陽《ひ》練《ね》りが刺さっていて眩《まばゆ》い。「解虫串《ほぐし》じゃ短いだろ?」とゾモーゼフから銛《もり》を渡される。重くて手元が熱い。トバイノもゾラージから銛《もり》を受け取った。

黄道《こうどう》に下りると、燈杖《とうじょう》を持ったルソミミや双子の子らも待っていた。

リノモエラやイェムロガの家にも寄って誘い、皆で黄道《こうどう》を進む。

皆口々に、衰えつつある太陽や気候の変化について不安を洩《も》らしている。

「新しい太陽はいつ現れるのでしょうね……」リノモエラがそう洩《も》らし、咳《せ》き込んだ。

「先胞《まあ》さ、だいじょうぶかい」ジラァンゼは声を掛ける。

「今日は夜が冷えるせいか、ちょっとね」

いや、もうずっとなんだ……とリマルモがジラァンゼに囁《ささや》く。

「聚長《じゅちょう》に命じられて、漁の最中もルソミミがずっと環海《わだつみ》に目を光らせてるんだがな」とゾモーゼフが言う。

「ええ。幼い太陽は月に襲われかねないから、早めに見つけて護《まも》ってあげ——その通りになにかいる」

ルソミミが路地を燈杖《とうじょう》で指し示し、皆が一斉に手燈《しゅとう》や爛蛋《らんたん》を向けた。

「ここからじゃ、よくわからんな」「いくか」

ゾモーゼフとジファンゼは銛《もり》を構えて路地に突進した。爛蛋《らんたん》の光で、路地の影が吸い込まれる水のような妙な動きで退いていく。

〝真っ暗で何匹いるかも見えないというのに、ただならぬ気配ばかりが充満していてね。爛蛋《らんたん》を向けると、ざあっと群が退く気配ばかりが感じられるんだよ――〟とリナニツェの声が蘇《よみがえ》ってくる。

「妙な気配を感じないか」

「ああ。恨みや憎しみに満ちたような」

――ジファンゼ、上っ！

背後からルソミミの声がしてとっさに銛《もり》を上向《うわむ》ける、と手元に強い衝撃を受けて尻もちをついた。銛《もり》の石突が地面にぶつかって、沸騰するような音と共に脆《もろ》い肉質に銛《もり》の先が刺さっていく異様な感触がして、いままで耳にしたことのない獣の叫びが頭上で迸《ほとばし》りだした。真っ白な煙を溢《あふ》れさせながら重みで竿が傾いていき、壁にぶつかって手元が軽くなる。

ゾモーゼフが銛《もり》を宙に向かってでたらめに突いていく。

「くそっ、手応えがねえ。もう逃げやがったか」

皆の荒い息遣いが暗い路地を満たす。

「あの生き物、目がなかった」とルソミミが呟《つぶや》き、皆は顔を見合わせた。

その後もルソミミの視力を頼りに夜這《よば》い星《ぼし》を探したが、言われていた以上に動きが早く翻弄され続けた。央響塔《おうきょうとう》の近くまでやってくると、水漉《みずこ》し手《て》たちの一団に出くわした。人々の隙間から、蹲《うずくま》っている人影が見える。

「ジラァンゼ」と水漉《みずこ》し手《て》のなかから、ホルマタタが近づいてきた。

「体の一部が見つかったんだ。わたしの後胞《あとがら》の子でね」

予期していたとはいえ、言葉もなかった。

「何度か漉《こ》し網で捕まえかけたんだけど、逃げられたよ。そっちは」

「同じだ。銛《もり》で突き刺しはしたんだが」

朝までかかって、夜這《よば》い星《ぼし》を追い立てていき、何人もが傷を負わせたものの、一匹も仕留めることは叶わなかった。夜這《よば》い星《ぼし》が家や地面に残した真っ黒な体液の跡は、影にしか見えない染みとなった。

翌日はもっと遅くになってから、夜這《よば》い星《ぼし》たちが徘徊《はいかい》しだした。有志による追い立ては何日も続けられ、何人かが体の一部をもぎ取られた。傷口に、黒く長い牙が残された者もいた。最初に夜這《よば》い星《ぼし》を仕留めたのは落人《おちうど》ではなかった。あるときおぼろげな黒い影を孕《はら》んで歩く月が見つかったのだ。遠巻きに眺めると、球軀《きゅうく》の中に吊るされたように四本肢のやせ細った夜《よ》這《ば》い星《ぼし》らしき影が透けていた。月が太陽に近づくにつれ影は泡立って薄れていった。

正午台《しょうごだい》によって路地口などに燈杖《とうじょう》や爛蛋《らんたん》が据えられるようになり、夜這《よば》い星《ぼし》の群の徘徊《はいかい》する頻度は少なくなったが、誰もがどんな暗闇にも夜這《よば》い星《ぼし》の気配を感じずにはいられなくなった。

息苦しさに目を開けると、胸の上で寝ていたはずのラダムンミが口と鼻の上に覆いかぶさっていた。引き剝がして大きく息をしたとたん、汚穢《おわい》を口に飛ばされる。

口の中の苦甘い味が消えないまま、ラダムンミを照子屋《てらこや》に預け、繫業解《けごうと》き工房に向かう。イェムロガの宣詞《のりと》に返す解《と》き手《て》たちの声には張りが足りなかった。夜這《よば》い星《ぼし》の騒ぎで誰もが疲れている。新たな解《と》き手《て》を増やしたこともあり、ジラァンゼは師範として、普段にも増して皆に注意を払わねばならなかった。リノモエラは、あの夜以来肺病みがひどくなって自宅で療養している。齢も齢だけに気がかりだった。

無心に繫業解《けごうと》きをする解《と》き手《て》たちの向こうに、誰かが突っ立っているのが見えた。殻挽《からび》きをしているはずのヌフレッンだ。

なにをやってるんだあいつは……。

ジラァンゼは歩いていき、「なにぼうっとしてる」と声をかけたが、返事はなかった。ヌフレッンの視線は、空中の蒸気のうねりに向けられている。

「おい、ヌフレッン。殻挽《からび》きはどうなった。見習い仕事をしながら、解《と》き手《て》たちの手際をよく見て覚えるように言ったろう」

ジラァンゼには目もくれず、小さな唇をかすかに動かしている。

「まさか、阜易楽《ふいがく》を聴いているのか」

ヌフレッンが静かにしろとでも言うように、右の掌《てのひら》をジラァンゼに向けた。

「なんだその手は。馬禍《ばか》にしてるのか」ジラァンゼが言うと、解《と》き手《て》たちの間で忍び笑いが起きる。「見習いであろうと、工房は危険が伴うんだ。なおざりにやっていたら、指を落とすくらいじゃ済まないんだよ」

「ちょっと黙っててよ。これまでとは違う旋律が流れだしたんだ。いまの太陽に合わせて新たに翻譜したんだよ。きっと太陽の照層のうねりを導いて熱を高めようと――」

「おまえには関係ないだろう！　殻挽《からび》きに集中しなさい！」ジラァンゼが声を荒らげると、

「こっちの方がもっと大事でしょ！」とヌフレッツンは目を剝いて負けじと声を張りあげた。「な、なにを言いだすんだ」我が子の剽変《ひょうへん》に面食らってたじろぐ。

「どうして阜易楽《ふいがく》の変化に無関心でいられるの。太陽が衰えてしまえば、繋業《けごうと》解きもなにもないでしょう？」

「おまえは奏《かな》で手《て》じゃない。繋業解《けごうと》きだってそれと同じほど重要な仕事だ。知ったような口を利かないで、修練に専念しないか」

「奏《かな》で手《て》じゃないのは、親《や》さが許してくれないからじゃないか！　最初っから！　吾《わ》ぁは！　奏《かな》で手《て》になりたいと訴えてきたじゃない！」

工房内がざわめく。おい、奏《かな》で手《て》だってよ、と笑う声もあれば、そんな志を、と感心する声もあった。

「ここの見習い仕事すらろくに出来ないんだ。余所《よそ》でうまくいくはずがないだろう。それほど不器用で奏《かな》で手《て》になれるとでも思ってるのか！」

そのとき、硬く弾ける剣呑《けんのん》な音が響いた。イェムロガ房主が慘斬《ざんぎり》の鋏《はさみ》どうしを打ち鳴らしたのだ。

「てめえらいい加減にしねえか！　親子喧嘩なら、家に帰ってからにしやがれ」

ヌフレッツンが管系の鳴り物にでもなったように大声で泣きだした。声を間延びさせせながら喉を震わせている。外から聴こえている阜易楽《ふいがく》とどことなく調和しているようでもある。

「己《な》が泣かしちまったみてえじゃねえかよ！　ジラァンゼ、なんとかしろよ」

工房じゅうの視線が集まっていた。

「みんなすまない」ジラァンゼはまず頭を下げ、釈然としない気持ちでヌフレッツンに告げた。

「――今日はもういい。家に戻っていろ」

ヌフレッツンはその場に立ったまま泣き続ける。

「ヌフレッツン、もう帰るんだ」

ジラァンゼが困っていたら、トバイノの巨体が前を横切ってヌフレッツンのところまで歩いていき、しゃくりあげて揺れる肩を優しく叩《たた》いた。

ヌフレッツンは両手を垂らして歩きだした。泣き喚《わめ》きながらも、阜易楽《ふいがく》に歩調を合わせて工房を出ていく。

その夜、ジラァンゼはヌフレッツンが課後指難《しなん》を受けることを許した。仕方がなかった。あれほど気もそぞろでは工房で命を落としかねないし、他の解き手《とて》をも危険に晒《さら》しかねない。

「じゃあ、奏《かな》で手《て》になってもいいんだね！」

ヌフレッツンは破顔した。

「そうじゃない」

一瞬で笑顔が消える。

「――まあ、推薦印を貰《もら》えたなら考えてやる」

奏《かな》で手《て》の課後指難《しなん》は厳しい。ヌフレッツンは不器用なばかりか、飽き性ですぐに気移りする。途中でやめて戻ってくるだろう。そのときは快く繋業解《けごうと》き工房に迎えてやるつもりだった。

それにしても、とジラァンゼは溜息を洩《も》らす。よりにもよって浮流筒《ふるとう》をやりたいだなんて。瞼《まぶた》の裏に、陽縅《ひおどし》を着て浮流筒《ふるとう》を奏でるラナオモンの姿が浮かび、頭を振って払う。


ヌフレッツンは稽古のため朝早くから照子屋《てらこや》に向かい、日が暮れるまで課後指難《しなん》を受けるようになった。工房はただ前を素通りするだけだ。

「今日、譜典の記された譜紙をはじめて手にして、すっごい感激したんだ。皁易子《ふいご》で編まれているから、ほんのり温かくて、手触りもよくて、符列からはかすかに闇喉《あんこう》の血のにおいもしてね――」「やっと、浮流筒《ふるとう》で息漏れしなくなってきてね。吾《わ》ぁは、けっこう上達が早いらしいんだ」などといつも明るい顔で話していたが、腕を酷使しすぎているのか、食事中には叉匙《さじ》をよく落としたし、臥洞《ふしうろ》に涙粒《なみだつぶ》が散らばっていることもあり、つらい思いをしているのにジラァンゼは気づいていた。

始めてから十二日ほどでもう浮流筒《ふるとう》に飽き、鳴り物を焙音璃《ばいおんり》に変えた。

「ラグランザ響師《きょうし》がね、おまえは焙音璃《ばいおんり》の方が向いてるって。やってみたら、ほんとに合っててね」

幡呈貝《まんていがい》から長細い身を叉匙《さじ》でほじくり出そうとしながら、ヌフレッツンは嬉《うれ》しそうに話す。幡《まん》呈貝《ていがい》の身は伸びるばかりで出てこず、弾け縮んで貝殻に引っ込んでしまう。

「合う合わないがあるものな」とトバイノが言い、そぎ切りにした倍培蕈《ばいばいたけ》やほぐした蟹身の浮かぶ羹《あつもの》を啜《すす》る。

「硬輝晶《こうきしょう》の音があんなに体に響き渡るなんて。共用のだから、使い勝手は悪いんだけどね」

いつもヌフレッツンが新しいことを始めるとき、意気込みだけは十分なのだが、たいてい尻窄《しりすぼ》みになる。

汗ばんでいる自分に気づいて、ジラァンゼは重ね着していた服をひとつ脱いだ。マヤイロフがいまの寒さに合わせて作った上張りで、毬森《まりもり》にまで売れているらしい。

「阜易楽《ふいがく》が翻譜されたって言ったでしょ。そのおかげで、すこし気温が戻ったんだよ」ヌフレッツンが得意げに言う。

「それでも以前ほどじゃない。今日は床炉《しょうろ》に新しいお陽練《ひね》りをあけたからな」

ヌフレッツンが不服そうな顔をする。原因は太陽の老いにあるのだ。どれだけ譜をいじろうが、一時的な効果にしかならないだろう。

「ほんとに暑いな」

トバイノも上張りを脱いで、額の汗を拭った。やけに顔が赤らんでいる。賜陽《しよう》の儀は三日前だった。

「トバイノ、こっちを見てみろ」

トバイノが汗で光った顔を上げ、ジラァンゼに呆《ほう》けた視線を向けた。その瞳には、光冠らしきものがある。

「明日、療治処《りょうじどころ》で診てもらうといい。もしかしたら受陽しているかもしれない」

トバイノが聖人《しょうにん》になるとでも勘違いしたのか、ラダムンミが円卓のまわりを巡って、「お陽さましょって、めぐるぐる？　お陽さましょって、めぐるぐる？」と祝福し、皆が笑った。

この子らが大人になるときに、太陽は、球地《たまつち》はどうなっているだろうか。脂の浮いた汁が僅かに残る丸い皿の縁を、かに残る丸い皿の縁《ふち》を、ジラァンゼは指でそっとなぞった。

ジラァンゼは夜明け前の朝門《ちょうもん》近くに立ち、その向こうの阜《おか》の明るみから夜明けの時間を類推すると、工房の方へ歩きながら今日の繫業《けごうと》解きの予定を立てる。正面の壁が黒焦げになった家が続いた。壁の崩れた家もある。太陽がまっすぐ進めなくなっているせいだ。

途中かつて住んでいた家に寄り、ロムイソに迎えられる。リマルモはひとり目の子を生んで、別の家に越したばかりだ。寝間に上がるなり、翅虫《はむし》が飛んできて手ではらった。リノモエラは昔と同じ臥洞《ふしうろ》に横たわっていて、ざらついた音のする浅い呼吸を繰り返している。ロムイソから聞いていたとおり、顔は殻土色《からつちいろ》になり、頬がこけていた。なにか妙なにおいがする。ヨドンツァを思わせるにおい。

「いま、活きよ……と言った？」

リノモエラが目を瞑《つぶ》ったまま、ほとんど口も動かさずに言った。

「起きてたの」

「ずっと起きてるような、眠ってるような……感じだよ」

いつにもましてリナニツェの訛《なま》りによく似ている。

「わたしはなにも言ってないよ」

「そう……」リノモエラは眉間に皺《しわ》を寄せて、ゆっくりと息を吐く。「牛頭《ごず》様か馬頭《めず》様が仰《おっしゃ》ったのかもね……どこか超然とした……口調だったから」

ジラァンゼは、トバイノやラナオモンが似たようなことを言っていたのを思い出す。

「このところ温かいね」

「おかげで咳《せき》は……すこしまし」と言いつつ喉を鳴らす。

「トバイノが受陽したみたいなんだ」

「そう。そう。めでたいね」リノモエラは微笑《ほほえ》みを浮かべ、「滞りなき陽の巡りに」と祈る。

「抱いてもらうからね」とジラァンゼは言ったが、「虫除けのにおい、ひどいでしょう」とリノモエラは話を逸らす。

「そうでもないよ」

「体の陽のめぐりが……悪くなったせいで、寄ってくるんだよ……寄声虫の叫び声、なんて……聞いたの久しぶり……」きれぎれに言うと、顔を壁の方に向けて咳《せ》き込む。「今頃になって……わかったよ。ヨドンツァがどれだけ……苦しんでいたのか」

「ヨド先胞《まあ》さに来てもらって――」

「だめ。呼ばないでちょうだい。地命《じめい》だから。助けられないものを助けようとして、つらい思いをさせたくない。さあ、行きなさい……夜が空けてしまう前に」

ジラァンゼが出ていくまで、リノモエラは一度も目を開けなかった。

繋業《けごうと》解き工房の控間でトバイノの首や背中に月嚢《げつのう》入りの帯を取りつけてやっていると、イェムロガ房主がやってきた。

「正午台《しょうごだい》から通達があった。十日後に聖人式《しょうにんしき》が行われるらしい。降臨祝いの幼蟹の準備で忙しくなるぞ」

「そんな急に」聖人式《しょうにんしき》は二十四年ごとに行われるのが通例だから、次は四年後のはずだったが
――「やはり楫取《かんど》り聖《ひじり》か」

「ああ、今回は楫取《かんど》り聖《ひじり》おひとりだけの特別な式だそうだ。央響塔《おうきょうとう》では、以前から太陽に楫取《かんど》り聖《ひじり》の代替えを提言する阜易楽《ふいがく》を流していたらしいんだが、ようやく星飼《ほしか》いをしている落人《おちうど》に聖紋《しょうもん》が生じたらしい」

危うい状況にあるのは誰の目にも明らかだった。このままでは、遠からず横転してしまうだろう。そうなれば、蝕《しょく》は避けられない。そう考えて、ジラァンゼは愕然《がくぜん》とした。自分の親が体験していたというのに、どうして蝕《しょく》を遠い未来の話だと捉えていられたのだろう。

「新しい太陽は、どこに御隠れだ」とイェムロガ房主が吐き捨てるように言った。

それからの忙しさは啓蟹《けいかい》どころではなかった。急な決定だったので、漁《いざ》り手《て》と交渉しても幼蟹の数が足りず、汀《てい》の聚落《じゅらく》からも調達せねばならなかった。それからは、ただひたすらに蒸して、背割りをし、中に溶いた輝晶《きしょう》を流し込み続けた。

幼蟹には惨斬《ざんぎり》がなく、内臓もまだ煩悩《ぼんのう》で穢《けが》れていないとされる。聖人式《しょうにんしき》を終えて聖人《しょうにん》が降臨したときに、輝晶《きしょう》入りの幼蟹を食すことで情拂《じょうぶつ》を祝い、落人《おちうど》たち自身の穢《けが》れや煩悩《ぼんのう》を払う。

その日の黄道《こうどう》にはまばらにしか落人《おちうど》はおらず、阜易楽《ふいがく》がいつもと違っていなければ、とても聖人式《しょうにんしき》には見えなかっただろう。太陽はよろめき歩くし、いつ陽だまりが落ちてくるかわからないため、落人《おちうど》の多くはジラァンゼたちのように路地に控え、太陽が通り過ぎるのを待って宙廊の下に出た。

今日の太陽は〈風《かざ》〉寄りを進んでいた。雲越しに見える陽接車《ようせつぐるま》の御立台《おたちだい》には、薙髪《ちはつ》した務者《むしゃ》がひとり立ち、その背中を灑水役《しゃすいやく》の子供が禊《みそぎ》の綿で擦っている。

　阜易楽《ふいがく》の音調が変わって、陽接車《ようせつぐるま》が彗星《すいせい》に曳《ひ》かれて動きだし、おぼつかない足取りの、やや左に傾いた太陽に並んだ。照層の側面から聖人管門《しょうにんかんもん》が突き出してきて、務者《むしゃ》の巨体を呑み込みだしたとき、太陽の頂上部が大きく膨らんで弾けた。務者《むしゃ》の半身にかかったように見えたが、そのまま聖人管門《しょうにんかんもん》の中に吸い込まれていき、目撃した落人《おちうど》たちがざわめく。

　幾日経っても新たな楫取《かんど》り聖《ひじり》は降臨せず、太陽の足取りはふらついたままだった。楫取《かんど》り聖《ひじり》となるはずの務者《むしゃ》は、情拂《じょうぶつ》できなかったと見なす他なかった。降臨祝いは務者《むしゃ》弔いとなり、幼蟹は背と腹を裏返して食された。それは落人《おちうど》たちを、自分たちの弔いをしているかのような気持ちにさせた。

　ジラァンゼとトバイノが一階の厨《くりや》で夕餐の準備をしていた。生の星肉《ほしにく》を切り分けたあと炊炉《すいろ》を見るが、網の下のお陽練《ひね》りが随分と小さくなっている。これでは陽増し油をさしても無駄だろう。このところ気温が下がってお陽練《ひね》りの需要が増しているが、貯蔵数には限りがあり、正《しょう》午台《ごだい》から使用を控えるようお達しが出ている。躊躇《ちゅうちょ》するが、生焼けで食べるわけにもいかない。足元の小炉壺《こるつぼ》の蓋を開け、陽箸《ひばし》で新しいお陽練《ひね》りを取り出して足し、炊炉《すいろ》に星肉《ほしにく》の切り身を並べた。幾分透けた白っぽい断面が、お陽練《ひね》りの熱を受けて馬瑙《めのう》みたいに仄青《ほのあお》く同心円状に明るみだし、ぷつぷつと音を立てはじめる。

　背後の食卓から、「もう飲み物ならべたよー。まだー」とラダムンミが声をあげた。髪質なのか寝癖が取れず、たいてい左側だけが跳ねている。

「もうちょっとだから」とトバイノが煩悩蟹《ぼんのうがに》の目玉や忿臓《ふんぞう》の酢漬けを葉漿《ばじる》で和《あ》えながら言う。ジラァンゼが擂鉢《すりばち》で愚堕《ぐだ》の実を磨り潰し、羽蜘《はち》の蜜を混ぜていると、階段を騒がしく下りてくる音がした。

「親《や》さま！　親《や》さま！」

息を切らしたヌフレッツンの声が響く。

「いったいどうしたんだ」

振り向くと、ヌフレッツンが推薦印を誇らしげに胸の前に掲げていた。ラナオモンが推薦印を掲げながら走ってきた姿に重なって、すぐには声が出ない。

「これで、聖楽校《しょうがくこう》の高学年に編入させてもらえるんだ。いつも課後指難《しなん》で教えに来てくれてる、ラグランザ響師《きょうし》の楽室で――」

浮流筒《ふるとう》を吹くラナオモンの姿が、陽だまりに呑まれて寝たきりになった姿が、この目で見ることのできなかった、環海《わだつみ》に浮かぶ姿が次々と脳裏に浮かんで世界がねじれる。

「だめだ」ジラァンゼはやっとのことで言った。「おまえはまた明日から、繫業《けごう》解き工房に戻って見習い修行をするんだ」

ヌフレッツンが月にでも呑まれているかのように顔を歪《ゆが》めて大きく目を剝く。

「ど、どうして。奏《かな》で手《て》になってもいいって言ったじゃない！」

「推薦印を貰《もら》えたら考える、と言っただけだ。許したわけじゃない」

ヌフレッツンの見開いた瞳から贅璃《ぜいり》状の涙粒《なみだつぶ》が零《こぼ》れだし、ぽたぽたと落ちていく。声をあげて号泣し、ふらふらと部屋の中を歩きまわる。ラダムンミもつられて泣きだした。

「親《や》さま、それはないよ」トバイノが怒りを湛《たた》えた声で言った。「推薦印を手に入れるためにどれだけヌフレッツンが――」

「誰だって、どんな仕事だってそうだろう。だが繋業《けごうと》解き工房は、故郷を失ったリナニツェ聖《ひじり》が、余所者《よそもの》と蔑まれながらわたしたちのために築いてくれた足場だ。それがなければわたしも、おまえたちもここにいない。おまえたちはその意志を継いでいかねばならないんだ」

おまえたちは、霜《そう》の移人《うつりど》たちに対する忌避感がどれだけ強く生き残っているのかをわかっていないんだ――そう言いかけて呑み込む。とりわけ太陽をみすみす失ったと見なされた奏で手《かなて》への嫌悪を。なぜリナニツェが奏で手《かなて》だったことを隠していたのかを。

「そんな腑裂《ふざ》けた話、ないよ」トバイノの顔が怒気を帯びて赤黒く染まっている。「繋業《けごうと》解きなら、己《な》やラダムンミが引き継いでいくさ。親《や》さは、ヌフレッツンの奏でる音を聴こうとしたことある? 素人《しろうと》の己《な》が聴いても、いいとわかるよ。活かしてやらないと」

「だめだといったらだめだ!」

怒鳴り合いになったが、急にトバイノが腰を引いて厨台《ちゅうだい》の端を片手でつかみ、光り輝くものを吐いた。

出産が始まったのだ。ジラァンゼは革包《かぼう》から青紫色の薬莢《やっきょう》を取り出し、すばやくトバイノに飲ませた。上着も腹が出るように捲《まく》りあげてやる。ヌフレッツンとラダムンミは、泣きやんでじっとトバイノを見ていた。

腹部の中心が、見えない手に搾り取られるように捻《ね》じれ、小さな赤子が頭から迫《せ》り出してきて、光を鏤《ちりば》めた粘液が垂れ落ちていく。炊炉《すいろ》のお陽練《ひね》りや、ヌフレッツンの持つ推薦印まで明るさが増している。トバイノの掌《てのひら》の上に、赤子がすべり落ち、皆の視線を集めながら泣きはじめる。

餐間《さんま》には、肉の焦げるにおいが部屋に立ち込めていた。

トバイノの子は、命名房でンモサという名を伝えられた。

十二夜の間は、ジラァンゼも輝晶《きしょう》の溶き汁作りなどを手伝って毎日が忙しかった。トバイノは助けをありがたく受け入れてくれたが、必要なこと以外は話さなかった。

ヌフレッツンはまったく話さなくなった。推薦印があろうと親の許しがなければ聖楽校《しょうがくこう》には通えないため、照子屋《てらこや》で遅くまで課後指難《しなん》を受け続け、家ではジラァンゼのいない部屋に籠もっている。

家は空気の張り詰めた居心地の悪い場所になり、ジラァンゼは食が細くなった。親《や》さ、もっと食べない？　食べないと育たないよ、などとラダムンミが言って、自分の皿から料理を分けようとする。

食事時になると、ラダムンミはやたらとお喋《しゃべ》りになり、なんでもかんでも質問したり、その日照子屋《てらこや》であったあれこれを一生懸命に話して、沈黙を払おうとする。

蟹ってどうして、ばらばらに解かれるのがわかってるのにひと塊になって生まれてくるの？今日はね、ナキオールが変な顔してみんなを笑わせて怒ってた啓師《けいし》まで噴き出してね。ナクムが頒浮蛇《あぶだ》に噛まれてずっと歯をガチガチさせてたてね、タカーアが脈々断《みゃくみゃくだん》に血管を切られて大騒ぎだったんだ——

幼いながらに、ぎこちなくなった三人の間を取り持とうとしているのだと思うと、ジラァンゼは自分が情けなくてならなかった。実際にトバイノやヌフレッツンとの会話は、ラダムンミを介すことで成り立っていた。

ある日の夕方、今日は自分がンモサを迎えにいくとトバイノに告げ、ジラァンゼは繫業解《けごうと》き工房を出た。

以前よりも太陽に近いところまで迫る月を落ち着かない気持ちで眺めていたとき、向かいの家並みの隙間に妙な気配を感じて身構えた。

まさかまた夜《よ》這《ば》い星《ぼし》が——

目を凝らすが、もっと縦に大きく、足も二本のようだった。人影か——いや、それにしては大きすぎる。確かめようと腰の陽容《ひい》れから手燈《しゅとう》を取り出し、黄道《こうどう》を渡りかけたところで、片足を引きずるように退いて見えなくなった。その後には何匹かの如飛虫《にょひちゅう》が飛び、地面には死出蟲《しでむし》たちが蠢《うごめ》いていた。背中に怖気《おぞけ》が走る。

何だったのか気になったが、照子屋《てらこや》に向かわなければならなかった。すでに照子屋《てらこや》の前では、踝丈《くるぶしたけ》の貫頭衣を纏《まと》ったディアルマが待っていた。後ろでまとめた髪の毛の長さは変わらないが、色はやや灰色がかっている。

ふたりで照子屋《てらこや》に入り、課後指難《しなん》の行われている啓房《けいぼう》に向かう。

中から、焙音璃《ばいおんり》の音色が聞こえてくる。ジラァンゼには腕の良し悪しはわからないが、毎日聴いている阜易楽《ふいがく》と遜色がないように感じられ、素直に驚かされる。

しばらく耳を澄ましていたディアルマが、伏し目がちに微笑《ほほえ》んだ。

「なかなかの腕だよ」

育み処《はぐくどころ》で引き取ったンモサを腕に抱きながら、ディアルマと並んで黄道《こうどう》を歩いていく。ンモサは遊び疲れたのか、息をたてて眠っている。

「あの子があれほど奏でられるとは思いもしなかった。見くびっていたよ。ただ……」

「ラナオモンと霜《そう》のことが引っ掛かってるんだね」とディアルマは言った。

「リナニツェ聖《ひじり》も、ここで奏《かな》で手《て》を続けたかったはずだ。いまのわたしは、それを阻んだ、霜《そう》を忌避する者たちと変わらないんじゃないか、と嫌になるよ。蝕《しょく》を抑えた霜《そう》の奏《かな》で手《て》たちについて、未だに胸を張って話せないことにも。でも、どうしても……」ジラァンゼは言い淀《よど》み、一呼吸してから続けた。「この前路地を歩いていたら、見知らぬ落人《おちうど》に出て行けと言われたんだ」

「一部の落人《おちうど》たちの危うい兆候はわたしも感じている。太陽の衰えを受け入れることができなくて、なにかのせいにせずにいられないのでしょうけど」

「だから、どれだけあの子の腕が良くとも、素直に送り出す気にはなれないんだ」

「そうした心配は、子供にはわからないでしょうね。雫《しずく》が落ちるまでは、水面に波紋など生じないように見える。あの頃は、ラナオモンが雫《しずく》だったから。見ていてつらいくらいだった」

「でも、と言いたいんだろう?」

ディアルマはジラァンゼの腕のなかのンモサを覗き込み、手の甲でその頬をかるく撫でた。ンモサが目を瞑《つぶ》ったまま、笑顔になる。

「君もまた焔起《えんぎ》に囚《とら》われすぎているのかもしれない。央響塔《おうきょうとう》では、ここ数年で焔起《えんぎ》を重んじる長老たちが一線を退き、わたしたちの世代が後を継ぐようになって、霜の蝕《そうしょく》への見方は変わりつつある。それに、ラグランザ響師《きょうし》は信頼できる人だよ。目の届く限りは守ってくれるはず。わたしも聖楽校《しょうがくこう》で講義を受け持つことはあるから、出来る限り気を配るよ。もちろん、ものになるかどうかは本人しだいだけれど」

「しかしいまさら――それに、繋業《けごう》解きを継いでもらいたい気持ちも捨てきれないんだ」

ジラァンゼは療治処《りょうじどころ》を越えたあたりで立ち止まり、腹に手を添えた。「どうしたの。さっきからつらそうだけど」

腹に抱えたわだかまりが具現化したように疼《うず》いていた。ディアルマが睫毛《まつげ》の長い目でジラァンゼの顔を見据える。

「顔の血管がかすかに光っている」

「この年になって受陽したのだろうか。ラダムンミで最後だと思っていたのに」

「もしかして、腹に聖紋《しょうもん》が現れてはいない？　親《や》さのときがそうだったから」

「まさか。聖人《しょうにん》ってもうすこし年嵩《としかさ》の、もっと立派な人がなるものだろう。それに、聖人式《しょうにんしき》ならこの前あったばかりだし――」

「でも、あの務者《むしゃ》は楫取《かんど》り聖《ひじり》になれず、太陽はいまも深刻な状況にある」

上衣をめくると、光暈《こううん》を思わせる紋が臍《へそ》を中心に生じて光っていた。リナニツェの腹に現れた聖紋《しょうもん》と似ている。

「そんな……」

自分の他にも現れている者がいるのだろうか。さっき見かけた妙な影も、務者《むしゃ》だったのかもしれない。

「ともかく、おめでとう」

ディアルマは祝ってくれたが、聖人《しょうにん》になるのは、これまでの行いや人格の高潔さなどとはまるで関係のない、太陽のなにがしかの都合に過ぎないのではないか、という気がしてならなかった。でなければ、遥かに相応《ふさわ》しいはずのディアルマがどうして選ばれない。

「君が聖人《しょうにん》になることで、少なくとも、ヌフレッツンへの風当たりは和らぐかもしれないね」

ディアルマと別れ、なにも考えられないままンモサを連れて家に帰った。夕餐を作って皆と食べたが、「なんだか今日の料理しょっぱいよ」とラダムンミに言われた。調子が良くないんだと言って、いつもより早く臥洞《ふしうろ》に入ったが、眠れなかった。聖《ひじり》として太陽を背負って歩くことになるなんて、どうしても信じられなかった。家族のこれからをどうすればいい――

別処《べつどころ》に向かったのはその二日後だった。〈海《み》〉の方角に聚落《じゅらく》を抜け、漁《いざ》り手《て》たちの舟を遠くに眺めながら海辺を渡っていく。足先になにかがぶつかって目を下ろす。番《つが》っている拌脊《はんぜい》だった。そういう時期なのか、そこかしこで砂にまみれて番《つが》っている。砂浜に巨磐《おおいわ》のごとく突き出している別処《べつどころ》の周囲には、何頭もの立待月《たちまちづき》が立っていた。壁から伝わってくる熱を感じながら、幅の広い段梯《だんばしご》で宙廊に上がると、家の倍ほども大きな扉があった。その横にある呼び鱗《りん》を鳴らす。扉が横滑りに開いて、汗まみれの務者仕《むしゃづか》えが迎えてくれた。

二階建てだと思っていた別処《べつどころ》の中は、天床の高い空間だった。やけに蒸し暑いのは、地下の洞窟が陽室《ひむろ》として使われているためだろう。務者仕《むしゃづか》えに導かれて扉から続く階段を下り、近くの小部屋に案内される。太陽が通った後のような熱さを足裏に感じながら、瞳や聖紋《しょうもん》を検分される。務者仕《むしゃづか》えが姿勢を正して言った。

「未来の歩みに祝福を。いまよりあなた様に御仕えさせていただきます」

すでに三人の落人《おちうど》に聖紋《しょうもん》が現れたらしく、今度は時期こそ早いものの、本来の聖人式《しょうにんしき》になるだろうとのことだった。これからの予定譜を渡されて、別処《べつどころ》を後にする。

家に帰ったジラァンゼは、聖紋《しょうもん》が現れたことと、これからはトバイノが親仕《やし》となることを子供たちに告げ、鱗鉄《りんてつ》製の親証《しんしょう》を机の上に置いた。

さすがにヌフレツンも唖然《あぜん》としていた。トバイノは「親《や》さはまだそんな年じゃないし、聖人《しょうにん》式《しき》ならこの前あったばかりじゃないか」とジラァンゼがディアルマに言ったようなことを言った。「已《な》が親仕《やし》になるのだって早すぎるよ。普通は聖人式《しょうにんしき》の前日とかに渡すものなのに」

「太陽が普通の状態にないんだ。これからはわたしが家にいない時間が増える。親仕《やし》として、この家を任せたい」

子供たちは気づいているだろうか、親仕《やし》としての権限を。

「親《や》さ、もしかして……聖人《しょうにん》になるの！　太陽をしょうの？　今度こそ本当？」以前早とちりしたせいか、ラダムンミがここでようやく騒ぎだした。「すごい、すごいや親《や》さ、聖人《しょうにん》になるなんて。ジラァンゼ聖《ひじり》かあ。すごい、すごいや。太陽をしょって！　球地《たまつち》を巡り続けるだなんて！」

ジラァンゼは繋業《けごうと》解き工房でも務者《むしゃ》になったことを伝えた。

「二代続けて聖《ひじり》になるなんてめったにないことだぞ「無傷なのはこのためだったか「まったくどうやって太陽をだまくらかしたんだ」などと言って皆は驚き、祝福の言葉を次々とかけてくれた。

「己《な》が聖《ひじり》になれるなら、房主の座なんてくれてやったのに。いつ聖《ひじり》に選ばれてもいいように、丸膨豆《まるぼうず》にしてたのによ」とイェムロガ房主は悔しがり、自分の子にするようにジラァンゼの頭髪を手でぐしゃぐしゃぐしゃにした。

次の別処《べつどころ》では、予定譜に記されていたとおり、薙髪《ちはつ》が行われた。務者仕《むしゃづか》えに吻刀《ふんとう》で頭をすこしずつ剃《そ》られながら、流血していると錯覚するほどの痛みに堪える。裁定主様がお喜びになりますよ、と務者仕《むしゃづか》えが耳元で言う。これを三日に一度繰り返すというのだ。暑さが耐え難くなってきて、汗で沁《し》みる目をしばたたく。務者《むしゃ》の体に滞りなく化生《けしょう》するためには、この暑さが有用なのだという。

薙髪《ちはつ》されてようやくすこしは実感が湧いてきた。リノモエラの家に寄り、浅い呼吸で眠り続ける先胞《さきがら》に、務者《むしゃ》になったと伝えた。家に帰るとラダムンミがすこし怯《おび》えた顔をした。ジラァンゼをなるべく目に入れないように振る舞っていたヌフレツンも、ちらちらと視線を向けてくる。

しばらくは工房で三日仕事をし、別処《べつどころ》に三日籠もるという生活を繰り返した。

別処《べつどころ》に集まった他の務者《むしゃ》は、始めて見る顔ばかりだった。化生房《けしょうぼう》では、蒸気槽で熱に耐えながら坐す瞑想《めいそう》や、壁を肩で押す鍛錬の後、寝台に横たわって務者仕《むしゃづか》えたちに全身の筋肉をほぐされ、まるで遺体であるかのように熱した唾脂《つばきあぶら》を丹念に塗り込められる。

食事は、球地《たまつち》のあらゆる根源に因《ちな》んで名付けられた黎泥《れいでい》が、一日に何度も供される。灰色をした粥《かゆ》状の食べ物で、輝晶《きしょう》の風味はあるものの朋《ほう》や殻粉《からこ》などの雑味が強く、美味しいとはとても言えるものではない。それだけに、家にいる間のまともな料理が楽しみだった。

別処《べつどころ》に通いだして十二日ほど経ち、肌に罅《ひび》が入りだした頃だった。「次の楫《かんど》取り様だ「楫《かんど》取り様……」と務者仕《むしゃづか》えたちのざわめきが熱の籠もる化生房《けしょうぼう》に響いた。振り向けば、ルソミミが入ってくるところだった。鼻筋の魚騙《うおだま》しはなくなり、頭も剃《そ》り上げられている。自分があの髪の結い方をけっこう気に入っていたことにジラァンゼは気づかされた。

考えてみれば、見晴るかすルソミミほど楫《かんど》取り聖《ひじり》に相応《ふさわ》しい落人《おちうど》は他にいない。

これで務者《むしゃ》は七人となった。

「わたしが子供の頃に灑水役《しゃすいやく》をした聖人式《しょうにんしき》で、ルソミミは楫《かんど》取り聖《ひじり》を見たんだろう？　あのとき、楫《かんど》取り聖《ひじり》になりたいって願ったの」ジラァンゼが訊くと、「まさか」とルソミミは笑った。

「でも、誰も見たことがないほど遠くを見たい。そう願った」

「球地《たまつち》なら、願わなくても見えるじゃない」

「幼い頃溺れて死にそうになったときにね、そういう幻を見たことがあって。どこまで広がってるかわからないほど広い、広すぎてなにも見えないような青い空間を」

ジラァンゼは、久しく忘れていたあの悪夢を思い出した。


道を歩いていて、人々に仰ぎ見られることが増えた。薙髪《ちはつ》した頭と変わりつつある体つきのせいで、出くわした知り合いたちは、本当にジラァンゼなのかと戸惑った様子で接した。

内側から圧される力で肌は常に突っ張っており、網状の罅割《ひびわ》れが生じて数灶《しゅ》おきに枝分かれし、罅割《ひびわ》れじたいも幅を広げていく。体の中ではときおり骨や肉が化生《けしょう》していく軋《きし》みが響いた。最初は有痛薬《ゆうづうやく》を飲まずにはおれないほどの痛みに苛《さいな》まれたが、しだいに感じなくなってきた。あらゆる知覚が鈍麻していくようだった。

おまえたちに聚落《じゅらく》の命運がかかってるんだ、とマヤイロフが言い、化生《けしょう》していく体でも着続けられる貫頭衣を、務《む》者《しゃ》の数だけ用意してくれた。寸法が合わなくなるたびに、折り込んであった布で仕立て直してくれる。

化生房《けしょうぼう》で瞑想《めいそう》していると、久しく忘れていたあの悪夢が蘇《よみがえ》ってくるようになった。繫業解《けごうと》き工房では一心に繫業《けごう》解きをして罪悪感を払ったが、手が幼蟹ほどの大きさになると、うまく解《ほ》虫串《ぐし》を扱えなくなった。ジラァンゼより頭ふたつ大きかったトバイノを、久しぶりに見下ろせるほどの背丈になっていた。

別処《べつどころ》に十日籠もり、家に戻るのは二日のみになった。体が日々大きくなるせいで身体感覚にずれが生じ、地面に躓《つまず》いたり、壁に体をぶつけたりすることが増えた。じきに臥洞《ふしうろ》にも収まらなくなるだろう。いつも楽しみだった夕餐も、このところは喉を通りにくい。

ゾモーゼフが、最後に一緒に食おう、うまい闇喉《あんこう》を持っていくから、と言ってくれていたが、それを待たずに化生房《けしょうぼう》で瞑想《めいそう》のさなか腹の聖痕が開き、腹膜に包まれた内臓群が溢《あふ》れだしてきた。長年目に触れないところで働き続けてくれた胃や腸が、腹膜越しに光沢を浮かべている。気が遠くなりかけるなか、「ジラァンゼ様、御迎臓《ごげいぞう》！「ジラァンゼ様、御迎臓《ごげいぞう》！」と務《む》者仕《しゃづか》えたちが声をあげ、素早く内臓を手にして壺の唾脂《つばきあぶら》に浸した。

すでに足身聖《そくしんひじり》になるのに必要な新たな内臓が生じているらしく、それ以降は黎泥《れいでい》しか食せなくなった。

ジラァンゼは、自らの内臓を封じた壺を抱えて、鳴り物工房に向かった。重心の位置が変わってしまったみたいに、やけに歩きにくい。

鳴り物工房の狭い戸口をくぐり、鳴り物を飾る棚の間を通っていると、奥の作業台からセノウモンの声がした。

「ジラァンゼ、もうちょっと通路の真ん中を歩いてくれ。鳴り物を引っ掛けてる」

立ち止まってまわりを見まわし、肘で摩鈴盤《まりんばん》を引っ掛けているのに気づいて体をずらす。

「すまない。つい前の背丈の感覚で歩いてしまう」

セノウモンは鳴り物の響体《きょうたい》を磨きつつ、歩み寄ってくるジラァンゼを見据えていた。

「見違えたね。聖紋《しょうもん》が出たと聞いてはいたけど、もうそんなに化生《けしょう》が進んでいたなんて。親《や》さのときはもっとゆっくりだった気がする」

ジラァンゼが壺をわたすと、セノウモンが中を確認して、「確かに預かった。よい鳴り物にするよ」と言って背後の供棚に収めた。

「そういえば、ヌフレッツンが聖楽校《しょうがくこう》に入るのを許したんだね」とセノウモンが不意に言った。子どもたちからは聞いていなかった。「トバイノとふたりで、何度か焙音璃《ばいおんり》を眺めにきていたよ。値が張るから、なかなか踏み切れないようだけど」

どこかでまだ解き手《とて》を選ぶことを期待していたことを気づかされ、自らの煩悩《ぼんのう》の大きさに呆《あき》れる。

「トバイノに先に親証《しんしょう》を渡したんだ。わたしにはどうしても許してやることができなかったから」

「ヌフレツンは、ラナオモンとは違うよ」

「わかってる。これはわたしの煩悩《ぼんのう》なんだ」

この煩悩《ぼんのう》が、どこかの煩悩蟹《ぼんのうがに》の腹を大きく腫らしているのかもしれない。しかしもう自分の手で繫業《けごう》を解くことは叶わない。


ジラァンゼが、蒸気槽の壁を押しながら足を交互に伸ばしていたら、務者仕《むしゃづか》えのひとりが傍らにやってきて告げた。

「ジラァンゼ様、お客様がお見えです」

全身を拭いて貫頭衣を羽織り、別処《べつどころ》の扉を出ると、蒼白《あおじろ》い顔でリマルモが立っていた。様変わりしたせいでジラァンゼだと確信が持てないのか、湯気の立ち上る顔を見上げては、その向こうをちらちらと見やる。

「リノモエラ先胞《まあ》さか」ジラァンゼが言うとようやく目を合わせ、「さっき、息を引き取った」とリマルモは歯を食いしばった。

海葬に集まった繫業《けごう》解き工房の面々は、務者《むしゃ》となったジラァンゼの姿に目を見張っていた。

リノモエラの遺骸は、海に浮かべても眠っているようで、波間にたゆたいながらすこしずつ沈んでいった。ヨドンツァは現れなかった。

リマルモに頼まれて、リノモエラの家に向かった。昔ジラァンゼが住んでいた頃の物がいろいろあり、処分していいのか見てほしいという。体が大きくなったせいで、戸口をくぐるのには苦労した。

納戸《なんど》にあったのは、ほとんどが置いておいても仕方のない殻具多《がらくた》ばかりだったが、奥の壁が仕切り板だとわかり、その向こうから大きな革箱が現れた。染みだらけの蓋を開けてみれば、見たことのない意匠の爛蛋《らんたん》や、濾過《ろか》水筒、荷紐《にひも》や鎖といった彗星具《すいせいぐ》などがいろいろ詰まっている。

「これは、リナニツェ聖《ひじり》が霜《そう》から旅した時に使ったものかもしれないな」

「全然気づかなかった。ずっとこの家にあったなんて――この布包はなんだろう」

リマルモが人の頭ほどの布包を開く。露わになったのは、岩のような薄汚れた塊で、ところどころに矩形《くけい》の穴が開いている。削り出した骨が埋まっている箇所もあった。

「なんだこれは」

布で擦ってみると、汚れが薄れてわずかに艶っぽくなる。さらに擦っていく。焰慈色《えんじいろ》に透ける硬質な質感が露わになってきた。

「これは、硬輝晶《こうきしょう》じゃないか。もしかしたら――」

ジラァンゼはリマルモから硬輝晶《こうきしょう》を譲り受け、鳴り物工房に急いだ。

「ジラァンゼ、まだ君の内臓は処理しているところで――」

セノウモンが言い終わる前に、硬輝晶《こうきしょう》を作業台に載せて、「これ、なにかわかるかな。鳴り物の一部じゃないかと思うんだけど」

セノウモンは硬輝晶《こうきしょう》を手に取るなり、顔色を変えた。

「どこで手に入れた――」

「鳴り物じゃなかったか」

「いや、焙音璃《ばいおんり》の響体《きょうたい》なのは間違いない。しかも、この響跡の数――長く奏でられてきたかなりの一級品だよ。幅広い音色を強い響度で出せたはずだ。ただ、叙《じょ》とは多少作りが異なる。それにこの表面の傷や曇り具合……相当な共鳴争に見舞われたはずだ。そんなことは普通――」

首をかしげていたセノウモンが顔色を変えた。「まさか――」

「たぶん、霜《そう》の聚落《じゅらく》でリナニツェ聖《ひじり》が使っていたものだよ。おそらく蝕《しょく》のときにも」

「リナニツェ聖《ひじり》は奏《かな》で手《て》だったのか……」

「ラナオモンは黙っててくれたんだね」

「聖人式《しょうにんしき》の後、霜《そう》の蝕《しょく》について悪しざまに言う客に、霜《そう》の奏《かな》で手《て》は蝕《しょく》を止めたんだって諭すことがあって、君からなにか聞いたのかもしれないとは思っていた」

「そんなことを。初めて知ったよ」ジラァンゼの目頭が膨らんで痛みだした。「再び奏でられるように直せないだろうか……ヌフレツンに持たせてやりたいんだ。わたしの名前を出すと嫌がるだろうから、トバイノが見つけて修理させたことにでもしようと思う」

「叙《じょ》の作りに合わせて、多少削ったり埋めたりは必要だろうけど、可能だと思う。むしろやらせてくれ。ようやく、毬森《まりもり》からゲルサド師を連れてきてくれた借りを君に返せそうだよ」

　十二日ぶりに家に帰ったジラァンゼが、トバイノに正午台《しょうごだい》の様々な手続きについて伝えていると、ヌフレツンが近頃見たことがなかったほど上機嫌で帰ってきた。が、ジラァンゼに気づくなり表情を曇らせ、手に持っていた奇妙な形の布包を隠すようにして階段を上っていく。焙《ばい》音璃《おんり》の修理が終わって本人の手に届いていたのだとわかり、ジラァンゼは微笑《ほほえ》む。リナニツェ聖《ひじり》の焙音璃《ばいおんり》の音を聴いてみたかったが、上階は静かだった。弾きたくて仕方がないはずなのに、ジラァンゼがいるので堪《こら》えているのだろう。

　ジラァンゼは、臥洞《ふしうろ》のごとく狭く感じられる居間で私物を整理した。浜辺で拾った色とりどりの貝殻や、釣った魚の鉄鱗《てつりん》、傀鳥《きう》の焔慈色《えんじいろ》の羽根、海依等捕《みいらと》りの帰りに抜けた歯、枝に引っ掛かっていた星の毛、照子屋《てらこや》に通うときにいつも使っていた小さな肩掛け革包《かぼう》——なぜ取っておいたのか思い出せない物から忘れようのない物まで、ひとつひとつ見なおすことで、早足で進んだ一生をジラァンゼは懐かしく振り返った。これなに？　とラダムンミが訊いては、欲しいと言うのであげた。

「このあとぅは、しばあく、別処《べつどころ》に籠《こ》もうことになる」舌が肥大してたどたどしい声になる。

「戻えるのは後一度きいだ。後は頼んあぞトバイノ親仕《やし》」

　頷《うなず》いたトバイノの横から、ラダムンミが泣いて脚に抱きついてきた。

「嫌だ、親《や》さ、いかないで——」

「聖人《しょうにん》になうのを、喜んでくえたぁないか。灑水役《しゃすいやく》はおまえがすうことになう。たぉんだぞ」

　ラダムンミは涙と鼻水に濡れた顔を、ジラァンゼの脚にぶつけるようにして、うん、うん、とうなずいた。

　暗い浜辺を歩いていたジラァンゼは、足を止めて頭上を仰ぎ見た——宙に浮かぶ毬森《まりもり》や、球《たま》地《つち》を巡る他の太陽、放牧された星々の光をひとしきり眺める。

別処《べつどころ》に戻れば最終化生《けしょう》が始まり、聖人式《しょうにんしき》の前日までの十八日間、外に出られなくなる。大きく息を吸ってゆっくりと吐き出し、再び歩きだそうとしたとき、妙な気配を肌に感じて体を動かせなくなった。右手からだ——ゆっくりと顔を向けるが、暗闇があるだけのように見える。

——あぐらさむ……おうぇあ、うぐん……

とくぐもった声が急に間近から聞こえ、離れようと踏み出したところで海藻に足先を引っ掛けて前に倒れてしまった。砂浜に脛《すね》や手がめり込む。とっさに仰向《あおむ》けになって手燈《しゅとう》をかざした。そこにはジラァンゼを凌《しの》ぐほど大きな人影が裸で立っていた。務者《むしゃ》の誰かだろうか、と思ったが、存在そのものが影であるかのように黒く輪郭がぼやけている。暗闇で目にした夜這い星《よばいぼし》の質感にも似ていた。

——あぐせ、まらはむ、あもぬ……

と呟《つぶや》く口元から、腐邏虫《ふらむし》や朱誅虫《しゅちゅうちゅう》らしきものが落ちてくる。

よく見れば左腕はなく、体のあちこちも欠けていた。胸から脇腹にかけてを、死にかけた生き物を好む黙食巳《もくはみ》の長い胴が、縫い込むようにくねり動いている。まるで住み慣れた巣であるかのように。

ジラァンゼが声にならない悲鳴をあげて仰向《あおむ》けのまま退いていると、なにかに後頭部がぶつかり、「もうすぐ聖人《しょうにん》になろうという者が、情けないぞ」という声が降ってきた。

見上げれば、長い灰色の髪を風になびかせた痩せぎすの体が、杖《つえ》にしがみつくようにして立っている。

「よろ先胞《まあ》さ……」

「恐れることはない。落人《おちうど》の目には映らぬが、存在を捉えられる者には堕務者《おちむしゃ》と呼ばれてきた。この御方はずっとこの聚落《じゅらく》にいた」

「音戯噺《おとぎばなし》の……見えなあっただけえ、ほんろにいらというの」

舌がもつれてしまってもどかしい。ジラァンゼは、堕務者《おちむしゃ》を見据えたまま立ち上がった。自分より背の高かったヨドンツァの頭が、腰のあたりにあるのが奇妙に感じられた。

「もしかしれ……先胞《まあ》さの独りごろ……独房のおおきな足あろも……堕務者《おちむしゃ》らったの」

ヨドンツァは、たどたどしいジラァンゼの声を聞き取ろうと耳を傾ける。

「できるだけ気をつけていたのだがな。幼い頃からわしには見えたが、話しても誰も取り合ってくれず、皮肉にも堕務者《おちむしゃ》にでも憑《つ》かれたのではと思われるだけだった。わしの他にも見えている子はいたが、そのことを口にしたりはしなかったしな。いまでは漁《いざ》り場《ば》で贄役《にえやく》をしておるような者たちだ」杖《つえ》を握り直して、姿勢を正す。「この方は、いつもわしと同じように、聚落《じゅらく》に住む生き物に襲われては戻生《れいせい》し、痛みや苦しみに耐えていた。だからわしは、宥痛薬《ゆうつうやく》や忌虫《きちゅう》膏《こう》を作っては、この方に渡した。自分のためだけなら、あそこまで真剣にはなりはしなかったろう。とても喜ばれたよ。今日みたいに使い忘れられることも少なくないがな」

堕務者《おちむしゃ》が腰あたりから吒々螺《たたら》を引きずりだしながら、頷《うなず》くような素振りをする。

そんなに前から……薬手《くすりて》になったきっかけでもあったのか。

「お返しに、判じ物と呼ぶ肉塊を渡された。これが解ければ、すべてを変えられる、と言ってな」

「先胞《まあ》さがよく眺えれいた……」

「おまえはこの方に近い務者《むしゃ》に化生《けしょう》しつつあるから、姿が見えるようになったのかもしれん。体内の陽巡りが関係しているらしい」

――あぐらざま、れぐらまゆ、そわい、おもなりて。

この方が足身聖《そくしんひじり》だったのかどうかをジラァンゼは訊いた。

「わしも最初は音戯斬《おとぎばなし》で言われているとおりに、太陽に棄《す》てられた足身聖《そくしんひじり》の成れの果てだと思っていた。けれど、話を聞くうちにそうではないとわかってきた」

「あなし……」

「聞いてのとおり、この方が声に出すのは意味のない音の羅列ばかりだが、ときおり常心に近づいて昔の話をしだすことがある。最初は途切れとぎれで、訳のわからぬ妄言としか思えず聞き流していたが、あるときばらばらの順序で長い歴史について語っているのではないかと気づいた。わしがおまえにときおり話して聞かせていたのは、この方の話のほんの一部だ」

――ぐまくらはぁ

堕務者《おちむしゃ》の声が高まったと思うと、なにかを語りだした。しだいにジラァンゼにもわかる言葉になってくる。

――あごらすまだせんだ、なにぜよ、ごす、ますぉ、かづて閻浮提《えんぶだい》たいう、数らぬほづ多ざあな人間の住まらう星で――

人が住めるほど巨大な星が生きていたというのだろうか。

――悍《おぞ》ましかる戦禍が、あぐざれど起き多ざあの人間が、たっとも多ざあの人間が亡くなられいぜ――

そのとき、ジラァンゼの脳裏には、かつて何度となく夢で目にした光景が朧気《おぼろげ》に浮かんでいた。あれは、実際に起きた出来事だったのだろうか。

――それを起こしたのはおまえたち、すなわちわしらであろう者たち、と裁定主によりて定められこの異異回転処《いいかいてんどころ》に封じられたろうが、わしらにはなぜだかわからぬ。らぬる、真にわれらが企みでああだのか、われらだと謀《たばか》られたのか、事は幾層もの因果をなさば、ともがくもわれらそなたらは永遠の刑罰を、責苦を、死ぬことを許されもせず――

「何度となく聞かされた話だ。おまえはわしの妄想だと言ったが、わしも確信するまでには時間がかかったよ」

あるときヨドンツァは、森の市の売り手から聞いた音戯噺《おとぎばなし》のいくつかが、堕務者《おちむしゃ》の話と似通っているのに気づいた。毬森《まりもり》の音戯噺《おとぎばなし》の多くは、古譜に記された故事が元になっていると知り、毬森《まりもり》に移り住むと探しまわったという――叙《じょ》の聚落《じゅらく》では、そうした記録は残りにくい。裁定主様は長い詞組《しぐ》みの言葉を残すことを好まれないため、譜典への書き込みすら必要最小限に留められるからだ――やがて行き着いたのが、あのゲルサド師が観究のために所蔵していた古譜の数々だった。三百年ほど前、六百年ほど前、千年近く前――と様々な時代に詞組《しぐ》みの音符で書き残された記述のなかに、音戯噺《おとぎばなし》や堕務者《おちむしゃ》の話と共通する内容があったという。述者は不明のことが多いが、六百年前の古譜を記したのは、堕務者《おちむしゃ》に憑《つ》かれたとされ叙《じょ》から追放された奏《かな》で手《て》だったことがわかっている。

「その奏《かな》で手《て》は、わしが堕務者《おちむしゃ》から聞かされてきた事柄の多くを記していた。詞組《しぐ》みの音符は言葉を正確に記すのには向いていないが、脈絡を失った語りは、違《たが》えようがない。二千年前の伝説の放浪牽奏師《ほうろうけんそうし》、スタラボッフ聖《ひじり》と旅をしたときの、わしが聞いたことのない話まであった」

「いっあい、ほのかたは――」

この方は、誰なのだ。どうして見てきたかのように話せる。

「楽園が創世された頃から何千年も生き続けてきた先《さき》つ祖《おや》のたったひとりの生き残りだ。前世を含めればいったいどれほどの――」

「そんなわかな……ありえない……そんなことがあうわけが……」

堕務者《おちむしゃ》が黒い目を見開いて、音戯噺《おとぎばなし》にでてくる、堕務者憑《おちむしゃつ》きのように話し続ける。

――われらわれわれらは、かつて起きた處外の衝突災害により異異回転処《いかいてんどころ》は回転不全となり馬《め》頭《ず》の多部位が滅相《めっそう》しすべての重さが失われし存亡。しゅく、しゅふく、修復せざらんとす馬《め》頭《ず》を誑《たぶら》かすように手を加え――

「それこそが誤馬化《ごまか》すなどの、馬にまつわる言葉の由来なのかもしれん」

――ぐぬば、責め具自体であっだ太陽を己《な》の体内に取り入れんぞ裁定書たる三途《さんず》の闇の一部を煩悩蟹《ぼんのうがに》に分散し、閻浮提《えんぶだい》の人間のごとくに死し、産み増えばかることで落人《おちうど》となりしば。そにより永遠の罪人《つみびと》としての個を失い、戻生《れいせい》と責苦、戻生《れいせい》と責苦、戻生《れいせい》と責苦戻生《れいせい》と責めくううおおおその循環から逃れんとしせしゅ、いっごう、太陽への憎ぐくみ手放せざる者どもは、どこむどこむと闇に逃れまござるを選びて夜這《よば》い星《ぼし》とならえば、思考を手放し苦しみごまかさど。そなたらと同じゅう、もはや自らがなんであったのかもわからぬ。それならばわしは憶《おぼ》えているか？　わしはどちらを選んだというのか？　それともなにも選ばなかったか。選びつつ選ばぬことを？　それどもざんらかの過誤によるものか、もうなぬもわからぬ、わかるといえば落人《おちうど》はそれであれ閻浮提《えんぶだい》の人間とはまんぜん異なるであぞ、けばるに裁定は消えぬ。決して消えぬ。太陽と共にこが回転処《かいてんどころ》衰え消えようが新たな回転処《かいてんどころ》が生まれ、我らと同じ苦しみを繰り返ざるにはいかむげ、こげら永遠に続く繫業《けごう》じゃりそぐから逃らがまるんばでぃす、もごす、のごすれ――

しだいにまた堕務者《おちむしゃ》の話はよくわからないものになっていった。

「随分前に、おまえに言ったことを憶《おぼ》えているか。判じ物が解けたなら、おまえの手を借りることになるかもしれん、と」

ジラァンゼは頷《うなず》き、解けたのかを訊いた。

「ひとりでは無理だった。ゲルサド師たちや毬森《まりもり》の多くの治《おさ》み手《て》や薬手《くすりて》と一緒になって、やっと解くことができた。随分と遠回りをして時間がかかってしまった」長い灰髪の分け目から覗く目で、じっとジラァンゼを見つめた。

「おまえに託したい」

水濾《みずこ》し処《どころ》、入り組んだ路地、黒沙《こくしゃ》の阜《おか》、牢房処《ろうぼうどころ》――ジラァンゼは化生《けしょう》が終わった巨体で、足身聖《そくしんひじり》になれば二度と目にすることができなくなる場所をそぞろ歩いていた。ひと跨《また》ぎの距離が変わって聚落《じゅらく》がやけに狭く感じられたし、厚みを増した皮膚によって空気の流れや熱から隔てられ、世界がよそよそしかった。

その巨体を目にするたび、落人《おちうど》たちは感嘆の声をあげたり祈ったりした。かつては焔切《えんぎ》りまじないをしていた者たちまで。顔見知りから声をかけられても、呻《うめ》くような声を返すのがやっとだった。最終化生《けしょう》によって、顎の骨や舌が変化しきって、もう喋《しゃべ》ることができないのだ。向こうから他の務者《むしゃ》が歩いてきて、目で挨拶だけしてすれ違う。列聖後は同じ向きを歩くことになる、二度とすれ違うことのできない相手だった。

響塔の近くではディアルマに会うことができ、ヌフレッツンが聖人式《しょうにんしき》で聚奏《じゅそう》を担う奏壇のひとつに、奏《かな》で手《て》として抜擢されたことを知った。

「セノウモンは濁していたけれど、あれはリナニツェ聖《ひじり》の焙音璃《ばいおんり》なんじゃない？　なんともいえない素晴らしい響きだったよ」

ジラァンゼは感極まった唸《うな》り声を発した。

ディアルマと別れた後は黄道《こうどう》に戻り、傾きのひどくなった太陽や、いまにも追いつきそうな月を眺めてから、久しぶりに家に帰った。

まだすこし早かったのか、戸口を叩《たた》いても誰も出てこない。身を屈《かが》め、肩を斜め向きにして戸口をくぐろうとしたが、途中で詰まってしまった。何度か上体を前後に揺すると、戸枠の割れる音がして、ようやく中に入ることができた。立つと天床に頭がつっかえ、背を丸めながら歩いて輝晶燈《きしょうとう》の蓋を開ける。

居間がうっすら明るくなり、机の上から温かい光が滲《にじ》み広がった。

ジラァンゼは吸い寄せられるようにして顔を近づける。

これが……。

焙音璃《ばいおんり》と弓が、斜め向きに置かれていた。セノウモンが磨き上げた硬輝晶《こうきしょう》の響体《きょうたい》は、見違えるように艶やかになり、ジラァンゼの姿を湾曲して映り込ませつつ、あちこちに光沢を煌《きら》めかせていた。

聖人式《しょうにんしき》で奏でるほどになろうとは……。

自分はいったいヌフレッツンの何を見ていたのだろう。あの子にとって聖楽《しょうがく》を奏でることがどれほどの意味を持つのかも、ろくにわかろうとしなかった――ジラァンゼは今更ながら悔やんだ。それはラナオモンやリナニツェに近づくことにもなったはずなのに。

ジラァンゼは魁偉《かいい》な手で焙音璃《ばいおんり》を摑《つか》むと、かつてリナニツェが見えない焙音璃《ばいおんり》を弾いていたときのように構えた。指で腸弦《ちょうげん》を弾いてみると、小気味良い音がする。今度は右手に弓を持ち、腸弦《ちょうげん》にあてて擦ってみた――が想像と違って引っ掛かりが強く、耳障りな雑音にしかならない。どうしてだろう。力が足りないのかもしれない。弓を強く押しながら滑らせるが、鋸《のこぎり》を挽《ひ》くような音にしかならず、腸弦《ちょうげん》が唐突に弾けきれて顔を打った。

その音は、内臓の流れ出た後の空虚な腹部に谺《こだま》するようだった。

焙音璃《ばいおんり》が急に重みを増し、陽呑《ひの》み児《ご》の亡骸《なきがら》でも抱いているような錯覚にとらわれる。以前の体と同じように動かしたのがいけなかった。自分はもう務者《むしゃ》なのだ。力の入り具合は、以前とは桁違《けたちが》いになっているというのに。

「なにをしてるの！」

ヌフレッツンが戸口に立っていた。

「そんなことまでして、吾《わ》ぁに焙音璃《ばいおんり》を弾かせたくないの！　ずっと聖人式《しょうにんしき》の譜を修練し続けてきたっていうのに！」

ヌフレツンはこれまで見たことがないほど激高して、階段を駈け上がっていった。返す言葉が見つからなかったし、見つかったとしてももう話せなかった。

ンモサを抱いたトバイノとラダムンミが帰ってくると、なにがあったのかを仕草で伝えた。あとでうまく伝えておくよ、とトバイノが言い、ンモサに大親さだよ、と語りかけた。「おおやさ、おおやさ」とンモサは言ってジラァンゼの曲がった鼻に手を伸ばしてくる。撫でてやりたかったが、潰してしまいそうだったので堪《こら》えた。今日はラダムンミは泣かなかった。灑水《しゃすい》はまかせておいてよ。いい綿蛾子《わたがし》をたくさん集めておいたんだ。世俗の垢穢《くえ》や縁《えにし》を綺麗に洗い落としてあげるから。そう言って胸を張った。


薄暗がりの黄道《こうどう》を強い風が吹き抜け、引き染めされた布帛《ふはく》がたなびいていた。太陽の歩みにまつわる危険が増しているにもかかわらず、家沿いに並ぶ落人《おちうど》は前回の聖人式《しょうにんしき》より多い。陽接車《ようせつぐるま》の御立台《おたちだい》には、七人の務者《むしゃ》が、一糸まとわぬ姿で横並びに立っていた。向かって右から二番目にはジラァンゼが、その左隣にはルソミミがいる。務者《むしゃ》たちの体にあたる風が、溜息めいた音を鳴らす。

白みだした朝門《ちょうもん》の向こうを、子供のように小さく見える落人《おちうど》たちが眺めている。ジラァンゼはそのなかに、イェムロガたち繫業《けごうと》解き工房の面々や、ゾモーゼフやセノウウモンといった親しき者たちの姿を認める。さらに左手の方には、ひときわ大きな黒い影がゆらいでいた。

央響塔《おうきょうとう》から、聖人式《しょうにんしき》でしか奏でられることのない、阜易楽《ふいがく》の荘厳な調べが響きだした。未だに譜名は知らないままだ。この重層的な聚奏《じゅそう》の旋律のひとつを、ヌフレツンがリナニツェの焙《ばい》音璃《おんり》で弾いている。奏《かな》で手《て》のヌフレツンが。

いまでは誇りに思っているが、本人には一度も伝えることができなかった。

ジラァンゼは胸の内で自嘲する。子にそっぽを向かれた、煩悩蟹《ぼんのうがに》を解くことしか知らぬ煩悩《ぼんのう》まみれの者が聖人《しょうにん》になるとは。

出し抜けに胃のあたりが膨縮する。以前植えつけられた判じ物だろう。受け入れたからここにあるというのに、自らの理解を越えた目的への是非や、裁定主様への背信について、いまもなおジラァンゼは逡巡《しゅんじゅん》し続けていた。その選択を後押ししたのは、繰り返し目にした悪夢だったのかもしれない。

阜易楽《ふいがく》が、灑水《しゃすい》の始まりを示す静謐《せいひつ》なものに変わり、黄道《こうどう》の中央に立つ聚長《じゅちょう》が、陽接車《ようせつぐるま》の方に燈杖《とうじょう》を傾けて合図する。

末子のラダムンミが背後の段踏台《だんとうだい》を上ってくるのを感じながら、ジラァンゼはその場にしゃがむ。きっと聖人式《しょうにんしき》の今日も、寝癖があるのだろう。

ジラァンゼの薙髪《ちはつ》した頭の頂きに、冷たい感触が広がる。桶《おけ》の水を注がれはじめたのだ。額を、目の窪みを、後頭部を、肥厚した肌を水が伝い落ちていく。濡れた禊《みそぎ》の綿が背中に押し当てられ、円を描くように動きだす。綺麗に洗い落としてあげるから、と胸を張っていたとおり、腰に力が入っている。

生まれて間もないラダムンミが、ジラァンゼの顔に貼りつくようにして眠っていたことを思い出し、鼻孔の奥が熱くなる。

ジラァンゼは自分の両手を眺める。未だに指は全部揃ったままだったが、その分なにかを失っていたのではないか。棘《とげ》による切り傷や月疱《げっぽう》の痕ででこぼこしたまま以前の倍ほども大きくなっており、こんな手で焙音璃《ばいおんり》を弾いてみようとした自分の了見のなさを苦々しく思う。

急に陽接車《ようせつぐるま》が大きく揺れた。彗星《すいせい》が甲皮に包まれた長い六肢を激しく上下させている。どうした、なぜそんなに気を立てている――尾部の鞍《くら》に跨《また》がる乗り手が言い、締把《ていは》を両手で回した。拘束鎖が締まって六肢の動きが抑え込まれる。

待ちくたびれたのだろうか。このところ日の入りは遅れがちだったが、今日は特に遅れているようだった。

――ルナミオ、わたしたちの分まで気持ちを込めてよね。

――いままでありがとう、わたしたちは誇らしいよ、って。

ふたりの落人《おちうど》が同じ声で言うのが聞こえた。ルソミミの双子の子、ラスミとリソミだろう。灑水役《しゃすいやく》の後胞《あとがら》を気遣わしげに見守っている姿が目に浮かぶ。

――ラダムンミ、右の脇腹まわりが拭けてないぞ。

続けてトバイノの抑えた声と、みぎわく、みぎわく、とはしゃぐンモサの声がし、ラダムンミが右の脇腹を円を描くように擦りだしたのを感じながら、皇易楽《ふいがく》の律動を耳にしながら、この子たちがこれからもいつものように暮らしていけるよう、日々を生み出す太陽の一足を担っていかなければと強く心に刻む。

朝門《ちょうもん》の向こうでは、なだらかな阜《おか》が黄金色《こがねいろ》に縁取《ふちど》られ、叙《じょ》の聚落《じゅらく》はすでに仄白《ほのじろ》く照らされはじめている。聖痕が疼《うず》きだして手を添える。最終化生《けしょう》でより深くなった、心窩《みぞおち》から股にかけての溝が指に触れる。聖遺物となった臓器は、どんな鳴り物になったのだろうか。たっぷりと水を含んだ禊《みそぎ》の綿に擦られる音が聞こえる。

やがて阜易楽《ふいがく》が元の荘厳な旋律に戻り、灑水役《しゃすいやく》たちがひとりまたひとりと務者《むしゃ》の背中から離れて段踏台《だんとうだい》を下りていく。残るはラダムンミだけとなった。息をきらして懸命にジラァンゼの左肩を擦り続けている。そんなに汚れているのだろうか。不意にジラァンゼは気づく。そこにあるのは汚れじゃない、灼傷《やけど》の痕だ。

「もう充分だよ、ラダムンミ」とトバイノの声がして、ラダムンミが鼻を啜《すす》りながら梯子《はしご》を下りていくのが聞こえた。よくやった、とジラァンゼは前を向いたまま頷《うなず》き、他の務者《むしゃ》たちに遅れて立ち上がる。

隣に立つ見晴るかすルソミミの深い呼吸から、緊張が伝わってくる。前回の聖人式《しょうにんしき》では、楫《かん》取《ど》り聖《ひじり》になるはずの務者《むしゃ》が情拂《じょうぶつ》できなかったのだから当然だろう。無事に列聖できるのかどうかは、この場に立つすべての務者《むしゃ》の懸念でもあった。

熱い空気の波が打ち寄せはじめ、黄道《こうどう》の落人《おちうど》たちが、手にした遮光器《しゃこうき》を目元に掲げていく。黒く翳《かげ》った朝門《ちょうもん》の向こうに、放射状の輝きが伸び縮みしながら広がり、地平から眩《まばゆ》い光弧が膨らみだした。

陽の入りのはじまりだった。

眩《まばゆ》い光輝が広がって太陽の御身《おんみ》が露わになると、務者《むしゃ》たちの涙腺から、赤黒い夜帷《よい》が滲《にじ》み出し、眼《まなこ》を覆って、視界を薄明のままに引き留めた。

幸いにも今日の太陽は、黄道《こうどう》をほぼまっすぐに進んでいるように見える。朝門《ちょうもん》付近の家々が白くぼやけて、黄道《こうどう》に雲を作りはじめた。それらが膨らんでこちらに押し流されてくる。熟しすぎた果実のような甘ぐさい香りが漂いだした。灑水役《しゃすいやく》をしたときには、鼻が詰まってなんのにおいもしなかったことを思い出す。

太陽なんてほうっておけばいいのに――

いまでも僅かに曲がったままの鼻筋をジラァンゼは撫でた。

無数の鍬《くわ》で大地を掘り返すような音が聞こえ、しだいに大きさを増していく。肌に大きな熱い綿を押し当てられたかのような熱気に包まれ、その圧力が強まってくる。落人《おちうど》たちがしきりに汗を拭っている。

務者《むしゃ》たちは、化生《けしょう》によって生じた新たな循環系によってほとんど汗をかくこともなく、入光に備えて息を整えている。

聖人式《しょうにんしき》の皐易楽《ふいがく》によっていつもより太陽が熱を高めているのか、黄道《こうどう》を満たす光を帯びた白雲が濃さを増し、遠くを見通せないほどになってきた。太陽が見えないまま、百八の足音が大地を轟《とどろ》かせながら近づいてくる。ときおり壁から噴き出す蒸気の音が耳を聾《ろう》するほどに大きくなる。

またも彗星《すいせい》が暴れて御立台《おたちだい》が大きく揺れ、ジラァンゼたちは手摺《てす》りを握りしめる。左端の務《む》者《しゃ》がひとりよろけて、姿勢をなおした。

「親《や》さま。親《や》さま！」とラダムンミの切迫した声が聞こえた。

「ばかっ、聖人式《しょうにんしき》の最中だぞ」トバイノが窘《たしな》める。「それに、もう親《や》さまじゃない。世俗との縁《えにし》はおまえの灑水《しゃすい》で断たれたんだ」

「親《や》さま。親《や》さま」ラダムンミは無視して呼びかける。声を張りあげる。それにつられた他の子供たちもめいめいの親に呼びかけだし、それを叱責する身内の声が飛び交った。

なんてことだ……。

自分の子がこの騒ぎの発端となったことに頭を抱えたくなっていたら、不意にルソミミの息を呑む音が聞こえた。

「静かにっ、静かにいいいっ！」黄道《こうどう》の中央に立つ聚長《じゅちょう》が、かすみのなかで前のめりに燈杖《とうじょう》を掲げ、宙の一点を見据えて耳を澄ませる。

「譜が変わっておる。なんの譜だ。観陽師《かんようし》のやつ、央響塔《おうきょうとう》からなにを見た」

確かに耳慣れない旋律が、けたたましい肋琴《ろっきん》の打音と共に繰り出されていた。

聚長《じゅちょう》が息を呑み、「楫取《かんど》り様が御逝去なされた！」と絶叫に近い声を張りあげて、あたりが一斉にざわめきだした。灑水役《しゃすいやく》たちはそれを感じ取っていたというのか。

太陽に目を向けるルソミミの、青筋ばった後頭部が見える。

ここ数年、楫取《かんど》り聖《ひじり》はいつ尽きるともしれない命で、かろうじて日々の進路を保ち続けてくれていた。あと三十途《と》ほどでルソミミが後を継ぐことが出来たというのに。聖人式《しょうにんしき》を終えるまで、太陽がそのままの歩みを保ってくれるよう祈りながら、黄道《こうどう》を満たす白雲の向こうを窺《うかが》い続ける。口の中が乾ききっていた。

突然なにかが激突したような衝撃が近くから響き、強く擦れ合う硬質な音が続いた。真っ白く見通しの効かない視界のなかで、いつのまにか地響きはやんでいた。

重なりあう白雲がところどころかすれだし、家々の宙廊あたりに前部を乗り上げた太陽の赫々《かくかく》たる姿が現れだした。御像《みかた》からまばらに突き出す幾つもの角《つの》が、苦しげに動いている。以前より衰えたとはいえ、夜帷《よい》越しでも瞳を焼き抜かれそうなほど輝きは激しい。宙廊から垂らされた布帛《ふはく》が次々と燃え縮んでいく。火末虫《かまつちゅう》の群がたかりだし、炎がたちまち鎮まっていく。

周囲に立ち尽くしていた落人《おちうど》たちが我に返って逃げていくなか、動かない巨体があった。そこへ陽だまりが落下して、ジラァンゼの口から呻《うめ》き声が漏れる。想像もつかないほどの永《なが》い時を、終わりなく責苦に苛《さいな》まれてきた体が炎にまみれ、蹲《うずくま》りながら黒焦げになっていく。黒い灰を舞い散らしながらみるみる縮んでいく。

聚長《じゅちょう》が頭上を仰ぎ見て、喘《あえ》ぐように言った。

「空足を踏んでおられる……」

壁に斜めに架け渡された、内裏《だいり》と呼ばれる太陽の腹側で、多数の長い陽足——足身聖《そくしんひじり》たちが宙を虚しく掻いていた。日々を生む太陽である以上は後進できず、この状況から脱け出せないでいるのだ。

ルソミミが長い腕をゆっくりとほどくように前に持ち上げて指差す。

太陽前部の頂き近くに、深い傷口を思わせる縦長の穴が開いて波打っていた。そこに収まっていたはずの楫取り聖《かんどひじり》は、深く腰を折った姿勢で太陽の横腹に張りつき、地面の堕務者《おちむしゃ》と同じように黒焦げになっている。

楫《かんど》取り様、楫《かんど》取り様——

そこここから譫言《うわごと》のように唱える声があがり、彗星《すいせい》が拘束されたまま体を揺らす。

「いかん」聚長《じゅちょう》が央響塔《おうきょうとう》へ向けて燈杖《とうじょう》を振り、杖符《じょうふ》を送った。

太陽に接した壁面が大きく黝《くろ》ずんでいた。

央響塔《おうきょうとう》から、拍子の早い重低音の旋律が流れだす。

それに導かれたのか、陽足の数々が地面をえぐるほど激しく動き、太陽が傾いた恰好《かっこう》のまま前に滑りだした。とたんに黝《くろ》ずんだ壁がもろく崩れる。

太陽は陽沫《ひまつ》を散らして壁を激しく擦りながら傾きを増し、家々の屋蓋に覆いかぶさり、さらに務者《むしゃ》たちの眼前に聳《そび》える正午台《しょうごだい》の高い壁に、凄まじい衝撃音を立ててめり込んだ。沸騰する音と共に、壁の罅割《ひびわ》れていく不穏な軋《きし》みが大きくなり、正午台《しょうごだい》の上半分が傾きだす。

あちこちで落人《おちうど》たちの叫声があがる。

四階分の建物がみるみる傾きを増し、一気に崩れて太陽の眩《まばゆ》い表層にのしかかる。その衝撃で太陽は壁をずり落ち、地面に突っ伏して——煩悩蟹《ぼんのうがに》の殻をまとめて圧砕器にかけたような耳障りな音とともに、足身聖《そくしんひじり》たちの胴や脹《こむら》が一斉に破裂し——重々しく前のめりになった。

「おい、いまなにが——」「聖《ひじり》たちだ」「太陽の足が——」

太陽の上に落ちた建物が複数の塊に砕け割れ、弧を描く照層をえぐりながら陽沫《ひまつ》を上げて転がり落ち、地面に激突する。あたりに殻粉壁《からこかべ》の欠片《かけら》や砂埃《すなぼこり》が舞った。

間をおいて、落ちた塊のひとつが崩れる。弾き飛ばされたのか、下敷きになったのか、楫取《かんど》り聖《ひじり》の遺骸は消えていた。

前方三列あたりまでの足身聖《そくしんひじり》は、いずれもなんらかの重篤な損傷を負っていた。体の断面から襤褸布《ぼろぬの》のごとき肉を垂らしている聖《ひじり》、全身に生じた罅割《ひびわ》れから光る血脂を滲《にじ》み出している聖《ひじり》、硬皮を大きく剝ぎ取られ痙攣《けいれん》している聖《ひじり》——

遠巻きになった群衆が未曾有の惨事に騒然とし、聚長《じゅちょう》は燈杖《とうじょう》を引きずって一歩、また一歩と後ずさる。

太陽は、大きく前傾したまま動きを止めていた。ときおり聖《ひじり》たちの膝が痙攣《けいれん》したように跳ね上がる。務者《むしゃ》たちは駈け出そうとしたが、「まだだ、式を終わらせなければならぬ」と聚長《じゅちょう》によって制された。ジラァンゼは揺れ動く御立台《おたちだい》の手摺《てす》りにしがみついてリナニツェ聖《ひじり》の姿を探したが、聖《ひじり》たちが重なり合っていてよくわからない。

雲が薄くかすれて、遠くまで見通せるようになってきた。黄道《こうどう》のところどころに大小の陽だまりが散らばり、幾人もの体を夜布のように覆っている。陽採《ひど》り手《て》たちが、湧き出した陽周虫《ひぐらし》を蹴散らして人々を助けようと動きまわっていた。

黄道《こうどう》に円い反射光が見え隠れしはじめた。月の群が朝門《ちょうもん》をくぐっているのだ。柔肢《じゅうし》に支えられて宙に浮かぶ體軀《たいく》が、光の斑紋を瞬かせて膨らんだり萎《しぼ》んだりしており、動きを止めた太陽に歓喜しているかのように見える。

ジラァンゼは、眼窩《がんか》に溜まった雲の雫《しずく》を手の甲で拭った。

陽光の眩《まぶ》しさと熱さが弱まってきて、熟しすぎた果実に似たにおいが腐敗に傾きだした。務《む》者《しゃ》たちは聚長《じゅちょう》を見据える。

「このにおいはまさか……傾眠の前兆だ。いかん、すぐに〈醒陽《さいよう》〉の譜を」聚長《じゅちょう》が青褪《あおざ》めた顔で新たな杖符《じょうふ》を送った。

央響塔《おうきょうとう》から、賑やかながら不協な音の混じった、拍子の前のめりな聚奏《じゅそう》が鳴り響きだす。

太陽の角《つの》が再び揺れ動き、後列の足身聖《そくしんひじり》たちが二本足をさかんに曲げ伸ばしはじめたが、前傾しているせいで沙璃《じゃり》を掘るばかりとなって、やがてまた動かなくなる。

「このままでは……」聚長《じゅちょう》の声が震えていた。

ルソミミが急に背を伸ばし、朝門《ちょうもん》の向こう、左上方の垂曲面のあたりを眺めだした。ジラァンゼも目を凝らすと、是《ぜ》の太陽の周辺から、幾つもの小さな月明かりが斜め向きに下りてくるのが見える。動きをとめた太陽に惹き寄せられているのだ。

ふたりの動きを察した聚長《じゅちょう》が遮光器《しゃこうき》をずらし、額に手をかざして眺める。

「是《ぜ》の月までも。これではほんとうに蝕《しょく》が……蝕《しょく》が起きてしまうぞ」

聚長《じゅちょう》がまた杖符《じょうふ》を送ろうと燈杖《とうじょう》を掲げかけたとき、央響塔《おうきょうとう》から、阜易楽《ふいがく》とは別に、ひどく陰鬱な旋律が流れだした。ラナオモンが奏でていた肯楽《こうがく》によく似ている。月易楽《げついがく》だろうか。

「ズワルメイも気づいていたか」

黄道《こうどう》を進む月の動きが緩慢になっていく。けれども決して止まりはせず進み続けるのもやめない。聚奏《じゅそう》が届かない是《ぜ》の月は、変わらぬ歩みでこちらに向かっている。太陽がここから動けないままなら、時間稼ぎにしかならないだろう。

焦燥にかられるなか、ジラァンゼたち務者《むしゃ》はそのまま待機するよう聚長《じゅちょう》に命じられた。

時間が止まってしまったかのようだったが、月はわずかずつ、着実に、こちらとの距離を縮めている。太陽の衰えた熱に炙《あぶ》られながら一途《と》ほどが経過した頃には、表面の畝《うね》模様の強張《こわば》ったうねりや、内部に透ける燻《ふす》べ銀《ぎん》の収縮が見えるほどに、月が近づいていた。柔肢《じゅうし》はその場で足踏みするように見えながらも、じわじわとこちらに躙《にじ》り寄ってきている。

これが太陽の地命《じめい》だというのだろうか。そうなればここはかつての霜《そう》の聚落《じゅらく》のように明けない夜のなかで凍りついてしまう。あまりに唐突すぎる。霜《そう》の落人《おちうど》たちもそう感じただろうか。

ジラァンゼは、新しい太陽が忽然《こつぜん》と現れる光景を夢想せずにはおれなかった。

見覚えのある務者仕《むしゃづか》えがふたり、聚長《じゅちょう》の方に腰を屈《かが》めて走っていくのが目に入った。しばらく話し合っていたが、やがて聚長《じゅちょう》が顔を上げ、こちらに歩きだした。務者仕《むしゃづか》えたちも続いてやってくる。

陽接車《ようせつぐるま》の前で止まると、聚長《じゅちょう》は務者《むしゃ》たちを見上げて声を張りあげた。

「危急存亡である。太陽にはすみやかに動いていただかねばならん。しかし五十四聖人《しょうにん》のうち二十二聖人《しょうにん》が入滅し、聖人式《しょうにんしき》を執り行おうにも聖人管門《しょうにんかんもん》が現れぬ。おそらく情拂《じょうぶつ》するまでに時間がかかる故、内裏《だいり》から直に聖化せよ、との思し召しであろう。楫取《かんど》り聖《ひじり》となる務者《むしゃ》については、起重台で吊り上げさせてもらう。いま運ばせているところだ」

その覚悟は出来ていた。大昔の聖人式《しょうにんしき》において似た例があったことは、別処《べつどころ》で務者仕《むしゃづか》えから聞いて知っていた。列聖できたものの、一部は早逝したという。情拂《じょうぶつ》とは、務者《むしゃ》を眠らせた状態に置き、足身聖《そくしんひじり》への第二化生《けしょう》を心身への負荷なく行うための仕組みだと考えられている。

「このようなことになって残念だ」

しかし、七人では入滅した聖《ひじり》の半数にも満たない。これで太陽を歩かせ、月から引き離すことができるとは思えない。そう身振りで伝えようとしていたら、

「そなたらはまだ別処《べつどころ》で化生《けしょう》しているが、この危機に際して太陽が選んだあの者たちは、身命を賭すことになる――」

聚長《じゅちょう》の視線に、務者《むしゃ》たちは振り返る。背の高い五人の落人《おちうど》が裸で立ち、段踏台《だんとうだい》に立つ務者仕《むしゃづか》

えたちに頭を剃《そ》られたり、革袋で何かを飲まされたりしていた。その腹には聖紋《しょうもん》が生じている。

まさか、ありえない――

かなりの巨漢ばかりだったが、務者《むしゃ》にはとても及ばない。だが、その肌はすでに網状に罅割《ひびわ》れて赤く出血し、肩や脚など身体の各部が不揃いに肥大していた。こうやって見ている間にも罅割《ひびわ》れが広がり、骨を軋《きし》ませて背が伸びているのがわかる。急激な化生《けしょう》が生じているのだ。いったいどれほどの激痛だろうか。皆、顔を大きく歪《ゆが》ませている。

「追って夸《こ》の聚落《じゅらく》でも聖人式《しょうにんしき》が行われるが、ひとまずはこの数で対処するしかない」

巨漢たちのひとりが真上に顔を上げて呻《うめ》き声を洩《も》らし――頭をめぐらせてからこちらに向いた。その顔は、右側の額や頬ばかりが膨らんでいて、すこしトバイノと似ている。ンモサを抱いたラダムンミが泣きながらその姿を見ている。

嘘だ――間違っている。だめだ、トバイノ。どうして、どうしてなんだ！

ジラァンゼは陽接車《ようせつぐるま》の上から唸《うな》り声をあげ、激しい形相で訴える。まだ十六を越えたばかりだろう。俗世を十分に生きてもいない。ンモサの成長も見ぬうちに。こんなことは許されない。

トバイノ、ここから離れろ！

ジラァンゼは大きく手を振って帰れと命じる。

「このまま……こんな体になって残れ……と言うの？」とトバイノが寂しげな微笑《ほほえ》みを浮かべた直後、顔の左半分が音を立てて膨張した。左目に血の色が広がる。「これで、かまわない……お選びいただいたんだ……己《な》は……受け入れるよ」心窩《みぞおち》あたりが膨らみ、下に向かって真っ直ぐに隆起して聖痕をなしていく。「させられない、だろう……霜《そう》の似《に》の眩《ま》いには。ンモサに……みんなに、この世界を残さないと」

トバイノが最初に口にした言葉が、「おひさま」だったことを思い出し、ジラァンゼの視界が滲《にじ》む。だが、だからといって、こんな……。

「そろそろ、お内裏《だいり》にお進みくださいませ「お進みくださいませ」

務者仕《むしゃづか》えたちの声が響いて、務者《むしゃ》たちが動きはじめる。ジラァンゼは声にならない叫びで喉を震わせながら身を翻す。地面に倒された手摺《てす》りを渡し板にして陽接台を下りていき、務者《むしゃ》たちは擱座《かくざ》した太陽に向かって進みだした。


太陽の間近まで来ると、光輝の烈しさに目が眩《くら》んだ。視界が揺らいでいる。衰えたとはいえ、放散される光熱は凄まじいものだった。化生《けしょう》したはずの肌がたちまち陽膨《ひぶく》れに覆われていくが、構わずににじり寄る。腰を屈《かが》めて内裏《だいり》の下にもぐり込み——一気に温度が下がった——損壊した足身聖《そくしんひじり》の間を粘つく体液にまみれて進む。ぶつかるたびに、聖《ひじり》たちの肌の硬質さに驚かされる。

そうしてジラァンゼは、大昔にスタラボッフ聖《ひじり》の在《おわ》した座に収まっていた、自らの親、リナニツェ聖《ひじり》の残滓《ざんし》を見つけた。

内裏《だいり》の肉襞に鎖骨あたりまで埋まって、脊椎状に連なる幾本もの管で肋骨の間を貫かれている。心窩《みぞおち》から下はなく、その無残な断面は、光を帯びたぼってりと厚い血の膜に包まれていた。脇腹に手をかけたとたん、発光する血の雨となって煙を立てて降り落ちる。

ジラァンゼは、肉襞と鎖骨の隙間に手を強く差し入れて、リナニツェ聖《ひじり》の上体を引きずりおろした——管が血の筋を引きながら抜けていくと同時に、肘から先の溶けた腕が、繊維状のものを引きちぎりながら力なく抜け落ち、さらに溶け崩れたようなリナニツェ聖《ひじり》の顔が露わになった。口と鼻孔を絡み合う肉管に塞がれ、固く閉ざされた瞼《まぶた》は、羽化《うか》しかけた蛹《さなぎ》のごとく動いている。

リナニツェ聖《ひじり》——

心のなかで呼びかけていたら、その顔からよじれた肉管の束が癒着《ゆちゃく》した皮膚を引き千切りながら抜け、陽《ひ》至《る》虫の口に似た末端が幾つも現れた。光の雫《しずく》を垂らしながら、ジラァンゼの顔面を探るように動く——とっさに口を閉じたが鼻孔までは防げない。奥の奥まで蠕動《ぜんどう》して入り込んできて、粘膜を刺激され大粒の涙石《なみだいし》が零《こぼ》れる。さらに、引き結んだ唇で阻んでいた肉管が、指先で穿《ほじく》るような激しい動きで上下に押し割ってきた。

大きく噎《む》せて手が滑り、親の半身がずり落ちる。慌ててつかみなおそうとするが、咽喉《いんこう》の奥で肉管がのたうち、えずくうちに手元が軽くなった。手を伸ばそうとしたところで、両腕がなにかに絡め取られ、さらに幾つもの脊椎状の管に肋間を刺し貫かれる。あまりの激痛に背中を仰《の》け反《ぞ》らせていると、頭上から白っぽい粘液が垂れてきて、全身を覆い尽くされていく。肌が突っ張ってきたあたりでまた新たな粘液で覆われていく。その無数の雫《しずく》越しに、誰かが斜め前の座に収まりつつあるのが見えた。

トバイノだった。伸長を続けて分厚さを増す體軀《たいく》から、嘔吐《おうと》を思わせる音が響いたと思うと、腹まわりがはちきれんばかりに膨らみ、粘膜に包まれた宍色《ししいろ》の腸がねじれながらずり落ちていった。なんら猶予を与えられず、一挙に化生《けしょう》が行われているのだ。

どうしておまえがこんな目に合わねばならない。どうしてその体で耐えられる。我慢強いにもほどがあるだろう――

耐え難い思いで見守っていたが、ジラァンゼの頭部が唐突にねっとり湿った熱い肉質に咥《くわ》え込まれた。触れた箇所が蠢《うごめ》きながら強い力で圧着していき、明けることのない夜の底に封じ込められる。

やがて体の内側から炙《あぶ》られるような、無数の熱針で刺し貫かれるような、高揚と怖気《おぞけ》が同時に押し寄せてくる感覚が四肢の隅々にまで巡りだし、心臓が早鐘を打ちはじめた。太陽と循環部が繋がり、太陽の血が注がれだしたのだ。

そして、眼裏《まなうら》にかつて焼きつけられた光印が蘇《よみがえ》ってきた。

――にがきここち――あまきいたみ――

記憶の沼から声のあぶくが浮かびあがってくる。いや、覚えはない。誰なのかもわからない。

――にがきここち――とりかえしのつかぬ、いくえものげんざい、いぎたなき、ときのこえ

――

ひとりの声ではなかった。重厚だがどこか不揃いで、ひどくもの哀しい。

突如、股に鋭い痛みが走ったと思うと裂け割れだし、足先まで力がこもる。裂け目は聖痕に沿って、巨大な煩悩蟹《ぼんのうがに》でも背割りするような音を立てて開いていき、喉の奥で絶叫が凝《こご》って気を失う。

我に返ると、裂け目は心窩《みぞおち》にまで達しており、三つの関節を備えた、二本の長大な陽足を形作っている。足の甲が自然と垂直になり、伸長して尖った爪先が地面にめり込んだ。

――ああ絶え間なく苛《さいな》まれ咎《とが》を問われども生きながら死にまみれ背骨引きずり抜かれんばか

りか若すぎるのではないか人生の爪痕に魂の行き違いあらば先つ聖《さきひじり》たち共に歩んだばかりというに煩悩《ぼんのう》かほども入光ならずいかなる情拂惜《じょうぶつ》しまず列聖するは陽を知りたる故に聖《ひじり》たればかほどのいたみがなんであろうか――

雑多な声が好き勝手に言葉を投げている。それでいてひとつの流れも感じられた。

――あるまいしかたあるまいまいまい庸劣《ようれつ》な喩《たと》えに情拂《じょうぶつ》なしの足身《そくしん》など狂気の沙汰《さた》であろうが蝕《しょく》を起こすわけにはゆかぬまいらぬこれら聖《ひじり》たち讃えんと陽のおぼえめでたきいづくにぞ眼聖《まなじり》は、我らが眼はどこに、眼聖《まなじり》なき世は昼の底に閉じた夜はあまりに昏《くら》く――

ジラァンゼの全身に断続的な激痛が走って、陽沫《ひまつ》のごとく言葉が散る。陽足が左右でずれた曲がり方をしている。トバイノはこれ以上の痛みに苛《さいな》まれているはずだった。ジラァンゼは自らの無力さを烈しく呪う。

トバイ、ノ――トバイノ……

暗闇のなかで顔に触れて顔立ちを確かめるように、心のなかで名を呼ぶ。

ヌフレツン、ラダムンミ、ヨドンツァ……

さらに皆の名を呼んでいく。

――ラナオモン……ゾモーゼフ、ルソミミ――

そのとき唐突に光輝が明滅し、またたくまに膨張して広大な球地《たまつち》が周囲に広がった――真上に浮かぶ毬森《まりもり》、大地の曲面に貼りつく聚落《じゅらく》や阜《おか》、沸き立つ雲、這い進む太陽――そして左右には馴染《なじ》みのある丸みを帯びた家屋が軒を連ね、斜め前には崩れて焼け焦げた正午台《しょうごだい》が聳《そび》えている。

ジラァンゼは大勢の聖《ひじり》たちと共に、叙《じょ》の黄道《こうどう》に立ち尽くしていた。

斜め前にいるはずのトバイノ聖《ひじり》に目を向けたが、たちまち顔がぼやけて景色に溶けてしまう。誰を見てもそうだった。そこに顔があることはわかるのに、捉えられない。

頭上を仰ぎ見れば、十字形の影――両手を広げた人の輪郭が宙に浮かんでいる。

ルソミミ――楫《かん》取り聖《ひじり》に列聖できたのか。

大きな安堵《あんど》でしばし全身の痛みを忘れる。

――ルソミミ楫《かん》取り聖《ひじり》に列聖できたのか受け入れられし太陽に粛々待ちわびて我らの舵《かじ》であり足であり見晴るかす眼――

ジラァンゼは自らの思考も流れのなかに浮き沈みしているのに気づく。ひとつの思考が波紋を続けざまに生じさせ、他の波紋と衝突したり打ち消したりしながら、ゆるやかな波を形作っているかのようだった。

――いやさ背後に捉うるは月、我が陽のおもにへばりつきこの身を貪らんとし――

確かに背後には、透明な球体に貼りつくように、平たくつぶれた月が二頭浮かんで陽光を照り返していた。それぞれの中央の窪みでは、たくさんの疣舌《ゆうぜつ》が蠢《うごめ》いている。背後の地面では、他の月たちが陽周虫《ひぐらし》を押しのけて陽だまりを舐《な》めていた。畝《うね》状の体が動くたびに、逆さになった黒い人影のようなものが透けて見える。

空疎なはずの腹の芯にまで陽の気が轟々《ごうごう》と流れ込んできて、熱を滾《たぎ》らせながら全身を駈け巡っていく。

二頭の月がにわかに縮こまり、疣舌《ゆうぜつ》を引っ込めた。片方の月は表層から湯気を立ち昇らせ、鼓動さながらに慌ただしく膨縮を繰り返すと、唐突に剝がれ飛んで地面に落下した。もう一方は、湯気を発して萎《しな》びながらずり落ちていく。

視線をぐるりと家並みに巡らせて正面に戻す途中、家の隙間にラダムンミの姿が目にとまった。その前には小さなンモサが立っていてこちらに手を伸ばしている。ひとりで立てるようになったのか。気づいているかトバイノ。その近くで落人《おちうど》たちに摑《つか》まれている者がいる――ヌフレッツン、どうしてヌフレッツンがここに……央響塔《おうきょうとう》で焙音璃《ばいおんり》を奏でていたのではないのか――

いつしか燈杖《とうじょう》の光に視線を誘われ、続けざまに送られる杖符《じょうふ》を見据えるうち、阜易楽《ふいがく》の聚奏《じゅそう》が球地《たまつち》の全周を羽蜘《はち》の巣状に覆い、これまでとこれからの軌道を刻みだした。すると四つの太陽と無数の星々が、あ、が、む、じゅ、ぐぇ、どぁ、うう、か、ぞ、おう――と呻言《しんごん》を唱え、満身の膂力《りょりょく》となって体内に流れ込んできた。破裂するのではないかと思うほどの重みが足身《そくしん》聖《ひじり》のひとりひとりにかかり、太陽の御身《おんみ》がゆっくりと持ち上がった。

ぐらついて倒れそうになりながらも、太陽は一歩また一歩と進みだし、やがて阜易楽《ふいがく》に導かれた規則正しい歩みを繰り出せるようになって、聚落《じゅらく》に再び日々をもたらしはじめた。

第二部　奏で手のヌフレツン

第一章

ヌフレツンは、三階にある寝間の中央で立ち尽くしていた。右手の臥洞《ふしうろ》の上の段では、泣き疲れたンモサが眠っていた。左手の臥洞《ふしうろ》では、ラダムンミが背中を向け、空気を絞るような寝息をたてている。白夜《びゃくや》も過ぎた夜中だった。

〝おまえは典則を破った。しかも聖人式《しょうにんしき》の日に。六十日の謹慎を命ず〟

何度追い払っても、ズワルメイ響主《きょうしゅ》に告げられた言葉が舞い戻ってくる。

ヌフレツンは黄道《こうどう》側の乾ききった壁《かべ》に両手をつき、額を押し当てた。殻粉《からこ》に混ぜられている蓄晶《ちくしょう》のおかげで残っていた温かさが、急速に失われつつあった。もうすぐ震えるほど寒くなるだろう。

そうだ。そうだった——

壁の洞棚《うろだな》から陽増し油の壺と陽箸《ひばし》を手に取り、寝間の中央に坐ると、小さな鉄輪を指にひっかけて盆ほどの大きさの床板を外す。中には矩形《くけい》をした床炉《しょうろ》の窪みがあり、細く萎《しな》びて光もくすんだお陽練《ひね》りがいくつか転がっている。そこに壺の陽増し油をすくなめに注ぐ。未だにお陽《ひ》練《ね》りの賜配《しはい》の数は制限されており、いまあるものを長く保たさなければならなかった。お陽《ひ》練《ね》りが蜜色に光りだす。陽箸《ひばし》で転がすたびに形や色をゆるゆると変え、しだいに強い熱を放つようになる。

いつも寝る頃までに、ジラァンゼかトバイノが済ましてくれていたことだった。

リナニツェ聖《ひじり》が築いてくれた足場を、引き継いでいかなければならないんだ、とふたりがしつこく繰り返していたのを思い出す。それなのに揃ってもうこの家にいないなんて。ジラァンゼ親《や》さだけでなく、トバイノ先胞《まあ》さまでが。まさか務者《むしゃ》にならないまま列聖するだなんて——

〝おまえは典則を破った。しかも聖人式《しょうにんしき》の日に〟

お陽練《ひね》りの輝きを眺めるうち、央響塔《おうきょうとう》の最上部にある聚奏堂《じゅそうどう》の、煌《きら》めきに満ちた高い天蓋が目に浮かんでくる——大窓の前で、牽奏師《けんそうし》を務めるズワルメイ響主《きょうしゅ》が身の丈より長い牽奏竿《けんそうかん》を操り、何段もの聚奏壇《じゅそうだん》に立ち並ぶ大勢の奏《かな》で手《て》に向かって指揮を執っていた。普段の聚奏《じゅそう》の倍——三百名はいるだろうか。響主《きょうしゅ》と背中合わせに立つ観陽師《かんようし》は、嘴《くちばし》さながらに突き出た遠視筒《えんしとう》で太陽を眺めながら、状況を逐一告げている。その声は奏《かな》で手《て》たちには届かない。

ヌフレツンは聖人式《しょうにんしき》という大舞台に緊張しつつも、この特別な一日にしか披露されることのない〈聖旦譜《しょうたんふ》〉を、焙音璃壇《ばいおんりだん》の奏《かな》で手《て》のひとりとして懸命に奏でていた。厳かな聚奏《じゅそう》が、硬輝晶《こうきしょう》の反響板で埋め尽くされた壁に増幅され、さらに複数の拡音筒で聚落《じゅらく》じゅうに響き渡る。奏《かな》で手《て》たちとその鳴り物が、それらを包む聚奏堂《じゅそうどう》が、その真下に広がる家々や落人《おちうど》たちが、大地が、〈聖旦譜《しょうたんふ》〉の聚奏《じゅそう》を介して太陽とひとつながりになる。

すべてが滞りなく進んでいたが、突如手習いたちが慌ただしくやってきて奏《かな》で手《て》それぞれの譜面台に新たな譜をのせはじめ、状況は一変した。それは楫取《かんど》り聖《ひじり》の死を弔う稀譜、〈楫逝《しょうせい》〉

だった。

いつ起きてもいいようにと、封音堂《ふうおんどう》で幾度も合同予奏が行われていたので、動揺を抑えて指揮どおりに奏でることができたが、間もなく大きな衝撃音や地響きが伝わってきて息を呑んだ。太陽が激突して、大きな建物が崩れ落ちたとしか思えない音だった。いまは正午頃で、音も近い。崩れたのは正午台《しょうごだい》ではないのか――

視界に入る奏《かな》で手《て》たちの顔はどれも強張《こわば》っていた。聚奏堂《じゅそうどう》じゅうに広がった動揺を、響主《きょうしゅ》が揺るぎない指揮で宥《なだ》めていく。

正午台《しょうごだい》の近くには、聖人式《しょうにんしき》を迎えるジラァンゼや、それを見守る同胞《はらから》たちがいる。安否が気がかりでならなかったが、央響塔《おうきょうとう》の奏《かな》で手《て》として聖人式《しょうにんしき》の聚奏《じゅそう》をまっとうする責務があった。

ヌフレッツンは心を引き裂かれそうになりながらも焙音璃《ばいおんり》を弾き続けていたが、聚奏堂《じゅそうどう》への光の入り具合から太陽が動いてないことが察せられ、胃が凝《こご》りだした。やがて手習いたちが〈醒《さい》陽《よう》〉の稀譜を配りだし、背中や髪の生え際から冷たい汗が滲《にじ》み出してきた。

太陽が傾眠状態に入ったのだ。

堂内がざわめくが、響主《きょうしゅ》は牽奏竿《けんそうかん》の一振りでそれを鎮め、遷譜に導いた。ヌフレッツンが通しで〈醒陽《さいよう》〉を弾いたのは一度きりだったが、幸い難しい旋律ではない。ただし律動が速く、酷烈な運指や弓使いを要求される。

急な遷譜で聚奏《じゅそう》に生じたかすかなばらつきを、牽奏竿《けんそうかん》の卓越した動きが均《なら》していく。額から流れ落ちる汗で目を細めつつ導かれるままに奏でていたが、飛び散った壁礫《へきれき》や陽だまりで怪我《けが》をし、動かなくなった太陽に灼《や》かれている家族の姿が目に浮かんで、心配がとめどなく膨らんでいく。

今度は手習いたちが、一段下の聚奏壇《じゅそうだん》に月易楽《げついがく》らしき譜を配りだした。もしかして太陽が危機を脱していつもの段取りに戻るのだろうか、と期待したが、響きだしたのが〈摘珠《てきじゅ》〉だったので陽《ひ》の気《け》が引いた。

ひとつの太陽を追う月の群が、総数を越えたときにのみ使われる月易楽《げついがく》の稀譜——この聚落《じゅらく》では一度も使われたことがないはずだ。霜《そう》の聚落《じゅらく》で起きたような蝕《しょく》になりかねない逼迫《ひっぱく》状況にあるのだとヌフレッツンは悟り、釣り上げられた魚のごとく息を求めて喘《あえ》いだ。

いますぐ黄道《こうどう》へ駈けつけなければ、という切迫した衝動が湧き上がってくる。いや、あそこには自分よりよほど頼りになるトバイノ先胞《まあ》さがいるじゃないか。いまは奏《かな》で手《て》としての責務を果たすんだ——そう自分に言い聞かせるが、〈摘珠《てきじゅ》〉の醸す韻律の響きだけで聚奏堂《じゅそうどう》が翳《かげ》っていくようで、嫌な予感から逃れられなくなる。

どうすればいい。どうすれば——

目を固く閉じ——汗が鼻筋の横を落ちていく——また開いた。

ヌフレッツンは章が移る頃合いを見計らって、後ろに下がった。壇師やまわりの奏《かな》で手《て》たちに怪訝《けげん》な視線を向けられるが、振り切って聚奏壇《じゅそうだん》から控えの間に出る。そこには控えの奏《かな》で手《て》たちが不安げに集まっていて、唐突に現れたヌフレッツンに一様に驚く。「弦が切れたのか？」「いや、そうじゃないみたいだよ「自分がなにやってるのかわかってるのか「早く戻りなよ、ようやく手に入れた壇座でしょう「こっちはここで手を拱《こまね》いているしかないというのに」次々と言葉を投げつけられるなか、焙音璃《ばいおんり》を抱えた同壇の控えのひとり、ゼンササを捕まえて引き継ぎを頼んだ。ゼンササは目を大きく見開いたあと、直ちに聚奏壇《じゅそうだん》へ走った。

ヌフレッツンは控えの奏《かな》で手《て》たちを押し分けて回廊に向かい、張出し窓から身を乗り出した。白雲の切れ目から壁礫《へきれき》を被ったまま動かない太陽を目にして、膝が震えた。ヌフレッツンは焙音《ばいおん》璃《り》を抱えたまま、央響塔《おうきょうとう》を貫く螺旋《らせん》階段を段飛ばしに駆け下りだした。

鳴り物の破損以外で聚奏《じゅそう》中に持ち場を離れるのは典則に背く許されない行いだったが、自分がいなくとも控えの奏《かな》で手《て》によって聚奏《じゅそう》は続けられる。けれど、家族が失われたなら二度と戻ってこない。〈摘珠《てきじゅ》〉は月の群全体の動きを緩慢にできても、個別の月を止められるわけじゃない。黄道《こうどう》に下りていれば、いざというときは肯楽《こうがく》を弾くこともできる。隠れて肯楽《こうがく》を修練してきたのは、このためだったという気さえした。


ヌフレッツンは陽箸《ひばし》でお陽練《ひね》りのひとつを裏返した。

黄道《こうどう》に下りてからは、あまりのことに記憶が曖昧《あいまい》だった。

動かなくなった太陽、血肉の林となった足身聖《そくしんひじり》たち――そこに分け入ろうとするジラァンゼたち務者《むしゃ》――さらにトバイノまでもが現れて目を疑った――どうしてトバイノ先胞《まあ》さが。

月の群が迫ってくるのが見え、肯楽《こうがく》を奏でるために近づこうとしたが、まわりにいた大人たちに危険だと体を押さえられ、新たな足身聖《そくしんひじり》たちを内裏《だいり》に迎える太陽に月たちが近づいていくのを、照層に貼りついていくのを、ただただ無為に眺めているしかなかった。あのまま太陽が明るさを取り戻していなければ、高まる熱で月を焼き払っていなければどうなっていただろう。再び歩きだして遠ざかっていく太陽を、安堵《あんど》の気持ちのみで見送ることはできなかった。

自分に奏でられる最良の音でジラァンゼを送り出したい、という一心で〈聖旦譜《しょうたんふ》〉の稽古に明け暮れてきたというのに、自らふいにしてしまったばかりか、その決断になんの意味もなかったことが今更ながら堪《こた》えた。それでも、ジラァンゼとトバイノが内裏《だいり》で足身聖《そくしんひじり》と化した凄絶な瞬間を目にしていなければ後悔したかもしれない。いったいどうするのが最善だったのだろう。

お陽練《ひね》りの輝きで、顔が火照《ほて》ってくる。

ヌフレッツンはお陽練《ひね》りをひとつ裏返すと、陽箸《ひばし》を放し、拳をゆっくりと開いた。関節の鳴る音がする。課後指難《しなん》の頃、稽古のしすぎで指の関節や手首が強張《こわば》り、よく食事中に叉匙《さじ》を落としてはジラァンゼに叱られたものだった。けれど腹が立つと稽古にはよりいっそう身が入った。

〝おまえは典則を破った。しかも聖人式《しょうにんしき》の日に。六十日の謹慎を命ず〟

そう告げられなかったとしても、いまの気持ちのままで、日々の皁易楽《ふいがく》の連譜を曇りなく奏でられたとは思えなかった。六十日後には復壇試験が行われるが、本当に奏《かな》で手《て》に戻れるのだろうか。

聖楽校《しょうがくこう》にはトバイノが親仕《やし》になったおかげで通えるようになったが、楽子《がくし》は皆髪が長く肌触りのよさそうな貫頭衣を着ており、立ち居振る舞いや口にのぼる話題は別の聚落《じゅらく》にでも紛れ込んだかのように異なっていて、ヌフレッツンはたちまち迷い子同然になった。

「君が弦に触れたら惨斬《ざんぎり》で切れちゃうよ」とからかう者や、通りすがりに顔をしかめて蟹のにおいを嗅ぐふりをする者もいた。視界の端々で焔切《えんぎ》りまじないの仕草がよぎり、時には陰口が聞こえてくる。楽子《がくし》たちはヌフレッツンが霜《そう》の陽筋《ひすじ》を引く者だと知っており、新しい太陽が現れないのは、霜《そう》の移人《うつりど》が穢《けが》れを運んできたせいだと少なからず信じていた。憤りで体が震え、ひとりのときには涙石《なみだいし》をこぼした。家族から聖人《しょうにん》が出ていなければ、もっとひどかっただろう。そもそも奏《かな》で手《て》にはなれなかったに違いない。

親《や》さはこうなるとわかっていたから、あんなに反対していたのか——ヌフレッツンはジラァンゼの気持ちの一端に思い至り、不安に襲われだした。イノニンカとノースヲイという楽子《がくし》が声をかけてきた。イノニンカはほくそ笑んでいるし、ノースヲイは乱杭歯《らんぐいば》を覗かせたにやけ顔で、最初はからかわれているのかと警戒したが、ヌフレッツンが歴史上の牽奏師《けんそうし》や奏《かな》で手《て》たちに興味があると知るや、興に乗っていろいろと教えてくれた。人心まで操ったと噂されるマルハラ師や、天才的な腕を持ちながら友人に執着しすぎて度々《たびたび》独房に入れられ、手習いのまま生涯を終えたネマイーム、中でも各地の聚落《じゅらく》を巡って叙《じょ》で聖人《しょうにん》になったというスタラボッフ師の話は特に印象に残った。ふたりはそれからもときどき声をかけてくれ、その間だけは、他の楽子《がくし》から手出しされずにすんだ。

聚奏《じゅそう》の修練は、封音堂《ふうおんどう》で行われる。太陽や月に影響を与えないよう、その内壁には蓑煤樹《みのすすき》の夜粉《やふん》から作る耳喰《じっくい》が分厚く塗り込まれていて、月のにおいがする、と嫌がる楽子《がくし》も少なくなかった。ヌフレッツンはぼろぼろになった共用の鳴り物を借りるしかなく、いつもかすかな嘲笑《ちょうしょう》を招いた。自分の鳴り物を持っていない楽子《がくし》なんて他にはいない。共用の鳴り物は、響体《きょうたい》に罅《ひび》が入っていて雑音が多い上に、弦巻きが緩くなっていて音程が変わりがちだった。何度も直そうとしたが、じきに元通りになってしまう。誰かの仕業《しわざ》だったのかもしれない。いつもひとり調子外れな旋律で聚奏《じゅそう》を乱し、身の置き所がなかった。いつかいい鳴り物を買ってやるよ、とトバイノは言ってくれていたが、安いものでも半年ほどの稼ぎは必要なはずで、しばらくは耐えるしかなかった。

響師《きょうし》から新たな課題譜が渡されるたびに、鳴り物の陳列房で耳にしたあの憂いのある譜ではないかと期待した。幼い頃なので記憶はおぼろげだが、聴けばすぐにわかるはずだった。ヌフレッツンはすこしでも時間ができると、譜庫に立ち寄った。課後指難《しなん》で初めて譜紙を手にしたときには感激したものだが、ここにはそれが溢《あふ》れんばかりに収められているのだ。嬉々《きき》として様々な譜を眺めていったが、目当ての譜には一向に巡り合えない。代わりに手に取ったのは、どこか似たところのある月易楽《げつい》《がく》の肯楽《こうがく》の譜だった。

ヌフレッツンの脳裏に、月の真ん前に立って浮流筒《ふるとう》を吹く陽採《ひど》り手《て》の姿が蘇《よみがえ》ってくる。月を宥《なだ》める肯楽《こうがく》の哀しげな旋律に、自らの体も虚ろに響くようなこれまでにない感覚を味わった。最初の鳴り物を浮流筒《ふるとう》にしたのもそのためだ。

照子屋《てらこや》の啓房《けいぼう》で課後指難《しなん》が始まる前、記憶を頼りに浮流筒《ふるとう》を弾いていたら、現れたラグランザ響師《きょうし》にひどく叱られた。肯楽《こうがく》は、月と交感して常心を失いかねない危険な譜で、陽採《ひど》り手《て》の宥《なだ》め役《やく》だけが奏でることになっているという。それでも忘れられず、ときおり封音堂《ふうおんどう》の小房が空《あ》いたときには、こっそり稽古をしていた。

陰口もひどければ鳴り物もうまく奏でられず、探している譜も見つけられない。鬱屈がひどくなって、肯楽《こうがく》のせいかもしれないと弾くのを控えたが、なにも変わらなかった。嫌気が差してすべてを投げ出しかけたとき、央響塔《おうきょうとう》の卓越した奏《かな》で手《て》であり、見識深き楽史家でもあるというディアルマ師による講義が開かれた。

憧れている者が多いらしく、響室《きょうしつ》は朝からうわついていたが、ヌフレッツンはよく知らないのもあって、イノニンカから聞いた、〈虹《ぬじ》〉という譜名の意味をぼんやり考えていた。大昔にスタラボッフ聖《ひじり》によって作られたものの、禍譜として封印されていまは所在もわからないという。聞いたこともない言葉だった。なにかの虫のことだろうか、とその姿形を想像していたら、灰色の髪を後ろで柔らかく束ねた、肌の白い痩身の姿が楽房に入ってきて、ヌフレッツンははっとした。鳴り物の陳列房でときおり見かけた人だ——ジラァンゼ聖《ひじり》とも親《や》しげに話していた。親《や》さはどうしてこんなに高名な奏《かな》で手《て》と知り合いだったのだろう。

近くの席のイノニンカを見ると、興味なさげに俯《うつむ》いている。いつも勉楽には熱心なだけに意外に思っていたら、その隣のマーオラという子が、「ねえ、講義の後でわたしの千詠轤《ちえいろ》を聴いてもらえないか、君の親《や》さに頼んでくれない？」と囁《ささや》いたので、さらに驚いた。イノニンカが困った顔をしている間に、ディアルマ師が楽史の講義を始めた。

「叙《じょ》の最高齢の落人《おちうど》であり、命名房の名伝《なづ》て役《やく》を長らく務めてこられたジリルュエ師が、先日亡くなられたことは皆さんもご存知だと思います。あなたがた楽子《がくし》のなかにも、ジリルュエ師に名伝《なづ》てられた方は少なくないでしょう。師は、叙《じょ》に新しい太陽が未だ現れていないことを、亡くなるまで憂いておられました」

新しい太陽が現れないのは、個々の聚落《じゅらく》だけでなく、球地《たまつち》全体に関わる問題であることが説明され、頷《うなず》きながら聞いていたら、「したがって霜《そう》の蝕《しょく》もまた、霜《そう》だけの問題ではなかったのです」と続けられ、ヌフレッツンの鼓動が早まった。ディアルマ師は、霜《そう》の奏《かな》で手《て》たちがどれほど困難な状況で、蝕《しょく》を阜《おか》へと抑え込んで球地《たまつち》を救ったのかを語りだし、楽子《がくし》たちが姿勢を正していく。

「ジリルュエ師は、霜《そう》が消えた当時を知る最後の落人《おちうど》でもありました。皆さんはそんなことはしないでしょうが、蝕《しょく》が起きたのはまだまだ迷信深い時代で、移人《うつりど》たちは、太陽から見放された存在として、あたりまえのように目の前で焔切《えんぎ》りまじないをされ、ひどい暴言を吐かれ、ときには暴力を振るわれ、様々な儀事からも排除されていました。自らもそうした落人《おちうど》のひとりだったことを、ジリルュエ師は終生恥じておられ、こう仰《おっしゃ》りました。むしろ、我らは移人《うつりど》たちに教えを請うべきであったのだ。なぜ誰もわからなかったのか。太陽や裁定主様から見放されるのがどちらの振る舞いなのかは明らかではないか」

楽房内が静まり、しばしの間を置いて、昔はひどかったんだな、ひどい話だよな、などと囁《ささや》きあう声がした。まるでディアルマ師がヌフレッツンを見かねて話をしてくれたかのようだったが、自分もまた他の楽子《がくし》たちとさして変わらないことを思い知らされもした。霜《そう》の移人《うつりど》たちが叙《じょ》に辿り着いたときの状況を、まるで想像できていなかった。ジラァンゼやトバイノの口癖だった、リナニツェ聖《ひじり》が繋業《けごうと》解き工房に足場を築いてくれたという話が、はじめて実感を伴って感じられた。

ディアルマ師のおかげでそれ以降は陰口が顕著に減ったが、だからと言って共用の焙音璃《ばいおんり》が安定した音を鳴らしてくれるわけもなく、相変わらず聚奏《じゅそう》の稽古ではひとり場違いなままだった。

ある日家に帰ったら、円卓の上で叉匙《さじ》の形に似た真新しい焙音璃《ばいおんり》がぼんやりと焔慈色《えんじいろ》の光を放っていて、ヌフレッツンは陶然と立ち尽くした。少々いびつだが綺麗に磨き上げられた硬輝晶《こうきしょう》の響体《きょうたい》からなめらかな星骨製の棹《さお》が伸び、腸繊維を撚《よ》った太い単弦が張られている。傍らには、鋒苦魚《ほうくうお》の長い口吻《こうふん》に星の触覚毛を張った弓が添えられていた。

　左手で棹《さお》をつかんで焙音璃《ばいおんり》を持ち上げ、響体《きょうたい》の末端を胸にあてて構える。共用の焙音璃《ばいおんり》より随分と重いが、それ故の安定感があった。右手で弓を取って、輝晶《きしょう》の溶き汁に何度も浸して固められる星の触覚毛を、腸弦《ちょうげん》に滑らせてみる。差し込んでくる陽の光のような澄んだ音が鳴り、響体《きょうたい》の震えを胸に感じた。幾つもの繊維が撚《よ》られた太い腸弦《ちょうげん》は、弓のあてかた、指の押さえかた次第で、繊細な音から重奏的な音まで多彩な音色を発することができる。しだいに陽臓《ひぞう》や炕《かん》臓《ぞう》が共鳴して体が温まってくる。奏でるだけでこれまでの鬱屈が晴れていくようだった。

　トバイノが現れ、驚いたろう、と微笑《ほほえ》んだ。かつてリナニツェが使っていた焙音璃《ばいおんり》の響体《きょうたい》がリノモエラ伯《お》さの家で見つかり、鳴り物工房で修復してもらったのだという。これでようやく稽古に集中できる。ヌフレツンは、目頭が痛くなるのを感じながら、何度もトバイノに礼を言った。

　聖楽校《しょうがくこう》に持っていくと、楽房の楽子《がくし》たちは訝《いぶか》しいような羨ましいような目で遠巻きに見ていた。イノニンカやノースヌイはかぶりつくように眺め、ちょっと弾いてみてよ、としきりに促す。ヌフレツンが奏でるなり、他の楽子《がくし》たちもびっくりしたように立ち上がり、近くに集まってきた。へえ、ちゃんと弾けるんじゃない、とゼンササという子が呟《つぶや》くのが聞こえた。弾いてみていい？　と言うイノニンカに渡してやる。「うわっ、なにこれ。炕臓《かんぞう》にすごく響いてくる。髪が逆立つ感じ。そうとうな響体《きょうたい》だよこれ」とイノニンカは興奮して焙音璃《ばいおんり》の弦に弓を滑らせる。「わ、わたしにも弾かせてよ」とこれまで話したこともなかったゼンササが目を輝かせて頼んできた。ヌフレッツンが戸惑いつつうなずくと、イノニンカが渡した。焙音璃《ばいおんり》を弾きだしたゼンササは、しだいに陶然とした表情になり、もういい？　と言うまで放してくれなかった。

封音堂《ふうおんどう》の聚奏《じゅそう》の稽古では、皆の視線がヌフレッツンに集まり、同じ子なの？　と戸惑うような声がちらほら上がった。見る目が変わったらしく、話しかけてくる楽子《がくし》が増えていった。

ある日イノニンカから、「親《や》さが焙音璃《ばいおんり》を見せて欲しいって」と伝えられ、気後れしつつ楽史房を訪れた。譜棚に囲まれた房の中で、譜紙を手にして立っていたディアルマ師が、静かに振り返った。

「ヌフレッツンですね」

ヌフレッツンは緊張しながら頷《うなず》き、すっと焙音璃《ばいおんり》を差し出した。受け取ったディアルマ師は、たおやかな所作で輝晶燈《きしょうとう》に向けて掲げ、感嘆の溜息をついた。「響体《きょうたい》をこのあたりから覗いてごらんなさい」

ヌフレッツンは言われたとおりに響体《きょうたい》を覗き込んだ。内部を通った光がつややかに揺らめいて

――「わぁ、たくさんの縞《しま》が波紋みたいに並んでいます」

「どんな響体《きょうたい》でも、聚奏《じゅそう》のたびに多少の響跡は残るけれど、長い歳月にわたって奏で続けられないと、ここまで密度の高い縞《しま》模様にはならない。央響塔《おうきょうとう》にも由緒ある鳴り物は残っていますが、これほど響跡の鮮やかなものは僅かです」

「千年――」

「どれくらい前からあるものなんでしょうか」

ヌフレッツンは驚いて声をあげてしまった。

「もしかしたらそれ以上かもしれない。霜《そう》で多くの奏《かな》で手《て》に大切に使われてきたのでしょう。そこに連なる奏《かな》で手《て》として、修練に励みなさい。この焙音璃《ばいおんり》にふさわしい音を引き出せるかどうかは、あなたしだいです」

その言葉が励みになった。修練を続けるうちに、ヌフレッツンは立て続けに聚奏《じゅそう》の試験に受かって異例の早さで央響塔《おうきょうとう》の奏《かな》で手《て》となり、さらに多くの先輩に先んじて聖人式《しょうにんしき》の聚奏《じゅそう》を担う成員の末席に選ばれた。それなのに——

唐突に弦の切れた焙音璃《ばいおんり》を前に立つ巨体の姿が眼裏《まなうら》に浮かんで、胸が苦しくなった。聖人式《しょうにんしき》の前、ジラァンゼと話せる最後の機会だったというのに、奏《かな》で手《て》をやめさせようと弦を切ったのだと思い込み、頭に血が上ってその場を去ったのが最後になってしまった。焙音璃《ばいおんり》を見つけたのも復元するよう手配したのも親《や》さなんだぞ、とトバイノから聞いて呆然《ぼうぜん》とし、それならどうして最初から許してくれなかったの、と混乱した。もう謝ることも、お礼を伝えることもできないが、せめて自分に奏でられる最良の音でジラァンゼを送り出したい、という一心で〈聖旦譜《しょうたんふ》〉の稽古に明け暮れてきたというのに、自らふいに——また堂々巡りになっているのにヌフレッツンは気づく。

どれだけ悔やんでも取り返しはつかない。いまは……いまは三人になった家族でどう生きていくかを考えなければならなかった。

半年に一度の賜陽《しよう》の儀まで、あと十日だったが、輝晶《きしょう》の分賜《ぶんし》を許される親も親仕《やし》もいない。ヌフレッツンが親仕《やし》として認められる年齢には、あと三年足りなかった。従胞《いとから》のリマルモかロムイソに頼むしかないだろうが、いまさらこの家を離れるのは気が進まない。運命の噛み合わせの悪さに、聚落《じゅらく》の窮屈なしきたりに苛立《いらだ》ち、溜息が漏れる。

寝間を出て静かに階段を上り、天扉から屋上に出る。とたんに冷たい風に煽《あお》られてヌフレッツンは肩を竦《すく》ませた。

真正面の垂曲面には、海中地《みちゅうち》を取り巻く環海《わだつみ》が広がり、汀《てい》の太陽の光を遠くまで映り込ませていた。その上に羽ばたく自尽鳥《じじんどり》たちが、一羽また一羽と太陽にぶつかって陽沫《ひまつ》を散らす。背後からは、環海《わだつみ》と対極の位置にあるという孵風場《ふふば》から冷たい風が吹いており、早くも耳朶《みみたぶ》が痛くなってきた。

ヌフレッツンは片手を掲げ、刺すような風を指先で受ける。弦の感触を思い出して、焙音璃《ばいおんり》を弾きたくなった。いまの気分には、あの節まわしが合いそうだった。聖楽《しょうがく》になんの興味もなかったジラァンゼが、料理をしながらなんの気なしに鼻で唄っていた旋律――もともとはリナニツェ聖《ひじり》が口ずさんでいた霜《そう》の譜の一節らしい。阜易楽《ふいがく》や月易楽《げついがく》には収まらない奇妙な音調で、鳴り物の陳列房で耳にした旋律と並んで、通しで聴いてみたくて、奏でてみたくてしょうがなかった。

急に風向きが変わって風がかすかに暖かくなり、手の指を大きく広げる。太陽が巡る世界の広さに、わずかに触れている気がした。風はあっけなくまた冷たくなる。

視界の端に光が見えて振り向いた。宙を幾つもの流れ星が黒沙《こくしゃ》の阜《おか》に向かって降っている。阜《おか》にはいつもより多くの光が散らばっていた。

そうか、星ではなく燈杖《とうじょう》の光。森の市の準備が行われているんだ。

ヌフレッツンは手をすり合わせて冷えた指先を温めながら、親《や》さまの代わりに必要なものを揃えるのは、おまえの役目じゃないか、と自分に向かって呟《つぶや》く。

ヌフレッツンはンモサを抱いて、星たちの群れる牧草地を通って起伏のある黒沙《こくしゃ》の阜《おか》にやってきた。楚々草《そそくさ》や耳鳴《みみな》り鼓《つづみ》の茂る斜面には、大小さまざまな品籠が並べられており、それらを前にたくさんの髪飾りをつけた森人《もりうど》たちが、大きな綿腰掛《わたごしかけ》に坐って客の相手をしている。

「あるく、あるく、あるくぅ」とンモサが身をよじるので、地面に下ろしてやった。トバイノ聖《ひじり》を安心させようとでもするように、たどたどしくも進みだす。まだ昨日歩けるようになったばかりなのだ。

叙《じょ》の聚落《じゅらく》を通る太陽の光で、阜《おか》はほどよい明るさに照らされている。聖人式《しょうにんしき》であれほどの惨事が起きながらも、太陽が巡ってくるありがたさを思う。

ヌフレッツンは聖人式《しょうにんしき》の聚奏《じゅそう》をまっとうできずに奏《かな》で手《て》の任を解かれた後ろめたさから、いまだ聖人《しょうにん》となったジラァンゼ聖《ひじり》やトバイノ聖《ひじり》の姿を正視できずにいる。ふたりを含む新たな列聖者たちは、聖人管門《しょうにんかんもん》を通らなかったにもかかわらず、いまのところ全員が健在だった。それでも足身聖《そくしんひじり》の数が足りないため、遠からずまた聖人式《しょうにんしき》が行われるという。

ぷふぽつ——と奇妙な音がはじけ、ヌフレッツンはあたりを見まわす。ンモサが耳鳴《みみな》り鼓《つづみ》の丸い葉を面白がって大股で踏んづけていた。

「やりすぎると履物《はきもの》が草色に染まってしまうよ」

そう言ってンモサの小さな手を引き、色とりどりの品籠の間を歩きだす。

瘤芋《こぶいも》や腫芋《はれいも》、久斂毛《くれんげ》、蓑煠樹《みのすすき》の夜粉《やふん》、呑杙《どんぐい》の木の実、様々な効能のある薬莢《やっきょう》、日用品の材料となる四方樹《よもぎ》の梢《こずえ》、料理に用いられる香草、詰め物に使われる羽二重草《はぶたえぐさ》、なまものの保存や鋳《い》型《がた》など多くの用途をもつ段堕螺《だんだら》の樹脂、閻羽《えんば》から採れる唾脂《つばきあぶら》、不喜鳥《ふきどり》や愧烏《きう》の干し肉や羽毛、爛蛋《らんたん》に使われる卵殻——毬森《まりもり》で採れるありとあらゆるものが並んでいた。森人《もりうど》たちの方は、毬《まり》森《もり》では生産できない輝晶《きしょう》やお陽《ひ》練《ね》りや陽増し油、月屑《つきくず》や月漿《げっしょう》、蟹身や干し魚や干し星肉《ほしにく》などを買って帰るという。

賑やかさに心が浮き立ち、家にあるものさえいつもと違って見えて楽しい。品籠の縁《ふち》を、白くふわっとした綿蛾子《わたがし》が這っていた。ンモサが捕まえようと手を伸ばすが、空《くう》をつかむ。綿蛾子《わたがし》は瞬時に跳ね飛んだらしく、すでにもうンモサには届かない高さをふわふわと漂っている。

ここへ来るのはいつ以来だろう。奏《かな》で手《て》を目指してからは鳴り物の稽古に明け暮れていて、ゆっくり過ごすこと自体が久しぶりだった。それも今日のうちだけだろう。ヌフレッツンが謹慎になったと漏れ聞いたイェムロガ房主が訪ねてきて、「啓蟹《けいかい》で人手が足りないから、謹慎が明けるまで繫業《けごうと》解き工房で働け。煩悩刺《ぼんのうざ》しが終わった頃合いに来て、午餐を一緒に食えばいい」と強引に決めたのだ。

ズワルメイ響主《きょうしゅ》からは、「謹慎中に元いた工房で働いても構わぬ。奏《かな》で手《て》とはなにかを見つめなおすのによい機会であろう」と言われていたが、奏《かな》で手《て》はもう諦めろと促されているようで、気乗りしなかった。

「ねえヌフ叔《お》さ」とンモサが言う。「森の人たちくさいね」

「そんなこと言っちゃだめだぞ」

家でも央響塔《おうきょうとう》でも叱責されるばかりだった自分が、叔《お》さらしいことを言うのが滑稽だった。確かに森人《もりうど》たちは、お香と垢《あか》の入り混じったようなすこし独特なにおいがする。

「ねえねえ、あのひとたち眩《まぶ》しいの」

離れたところに立つ背の曲がった落人《おちうど》たちを指さす。

「こら、手を下ろせって。たぶん衢《く》か峨《が》の聚落《じゅらく》の人だと思う。あのあたりは風が強いから、目を細めがちになるそうだよ」

各地の市によって品物の特色が異なるので、毬森《まりもり》を通って他の聚落《じゅらく》からも商い手《あきなて》がやってくる。

ヌフレッツンは、籠いっぱいに詰まった羽二重草《はぶたえぐさ》に手を伸ばして感触を確かめる。表面には柔らかい毛が生えていて気持ちいい。

「顔に近づけて嗅いでごらんよ」と籠の前で綿腰掛《わたごしかけ》に気怠《けだる》げに坐る森人《もりうど》が声をかけてきた。言われたとおり、においを嗅いでみる。

「なにこれ。爽やかですっとする！」

ンモサにも嗅がせてやると、きもちぃー、と言う。

「そうだろう。ただの羽二重草《はぶたえぐさ》とは違って、噫茗《あめい》の樹を苗床にして育てたものだから、においが違──」森人《もりうど》が急に背筋を伸ばして、ヌフレッツンの向こうを眺めた。「あれ、地上《じあ》がりの奴どうしてこんなとこに。珍しいな」

その視線をたどると、毬森《まりもり》についた架籠《かご》の前に、痩せた森人《もりうど》が杖《つえ》にしがみつくようにして立っていた。見覚えがある。吹きつける風で、灰色の長髪が顔を覆い、妙なぐあいに傾いた脚に下衣が撫でつけられて細さが目立っている。まさか――

「ちょっと、ヌフ叔《お》さ、やめてぇ」

ンモサの顔に羽二重草《はぶたえぐさ》を押しつけているのに気づいて手を戻す。いや、そんなはずはない。あのひとは叙《じょ》の聚落《じゅらく》を嫌っているとかで、後胞《あとがら》の聖人式《しょうにんしき》にすら現れなかったというのに。

森人《もりうど》が歩きだし、数歩も進まぬうちにぐにゃりと体をねじらせ、杖《つえ》に手を滑らせながら地面に倒れてしまった。背中に重そうな背嚢《はいのう》を背負っている。雑草の上で、何度も体を起こそうとするが、そのたびに軟らかいお陽練《ひね》りのように頽《くずお》れてしまう。

いつしか長髪が分かれ、頬のこけた陽《ひ》の気《け》のない顔が現れていた。記憶のなかの、薬研《やげん》で薬をつくる姿と重なり合う。

ヌフレツンは品籠の間を通って駈けていた。「あっ」と背後で声がして振り返ると、ンモサが敷物に足を取られて転んでいた。が、すぐさま起き上がって陽周虫《ひぐらし》みたいな小走りで追いついてくる。

「ヨドンツァ伯《お》さま?」声をかけながら近づいていき、上体を抱き起こしてやった。よれた長い髪の毛が顔をかすめ、薬や樹液の入り混じったにおいがして鼻がこそばゆい。

「だから下界は嫌だというんだ」尻上がりの抑揚が妙だった。「また裁定力が増したんじゃないか」

「そんなことはないと思うけど」

頭がぐらりと後ろに倒れ、濁った目玉だけがこちらに向く。

「ナホルツンか」

「違うよ。ヌフレッツンだよ」

「そう言ったろうが」

ンモサが息を切らしてやってきて、ヨドンツァの顔を不思議そうに覗き込む。

「ジラァンゼ聖《ひじり》の先胞《まあ》さだ。おまえにとっては大伯《おおお》さだから、ヨドンツァ大伯《おおお》さだ」

「おおおさ、ヨドンツァおおおさ、おおおさ!」

「もう子がおるのか?」

「トバイノ先胞《まあ》さの子のンモサだよ」

ンモサは急に照れくさくなったのか、ヌフレッツンの後ろに隠れて身をよじり、耳元に囁《ささや》いた。

おおおさすごくにおうね。

ヨドンツァがふたりの方に顔を起こした、と思うと今度は前に倒れる。

「これからは、親仕《やし》と呼んでいい」と喉の詰まった声で言う。


ヨドンツァを家まで連れて帰るのは、ひと苦労だった。森の市で買った品物を抱えてンモサといったん家に戻り、「見習い仕事で疲れてるのに」「会ったこともない伯《お》さが親仕《やし》ってどうしてだよ」とぶつぶつ言うラダムンミを連れてまた阜《おか》に向わねばならなかった。

戻ってみれば、ヨドンツァは杖《つえ》にしがみつきながら、踊るように細い足を動かしていた。なにかと思えば、まわりにたくさんの地担蛇《じたんだ》が湧いていて、踏み潰しているのだ。

「うわっ、うわっ、地担蛇《じたんだ》がこんなたくさん……」とラダムンミが怖気《おぞけ》を震って、自分の腕をさする。

見たことのない数だった。地担蛇《じたんだ》だけじゃない。白く透けた帯のような気味の悪いものが、何匹もの地担蛇《じたんだ》に捻《ねじ》れながら絡みついている。

「た、吒々螺《たたら》まで。不吉すぎる……」

どちらも普段は地中で穢《けが》れを貪っている穢《けが》れ喰《ぐ》いで、工虫《こうちゅう》同様、地上に現れるのは悪い兆しだとされる。

「不吉どころじゃない、毒があるんだ。阜《おか》の土中には――」ひいっ、と息を切らしながら地担《じたん》蛇《だ》を踏み潰す。「多くおるというのに、長くいすぎた」

「でも、地担蛇《じたんだ》に嚙まれるなんて聞いたことないよ」「きいたことなーい」

「わしは嚙まれるんだ！　動かしたおかげで足の感覚をすこしは取り戻せたがな」

そう言えば伯《お》さは虫を惹き寄せる体質だと聞いたことがあった気がする。ヌフレッツンはラダムンミとふたりで体の大きなヨドンツァに肩を貸し、慌ててその場を離れた。

聚落《じゅらく》では太陽が夜門《やもん》を通り抜けたあとだった。日が短くなったと感じてしまうが、聖人式《しょうにんしき》のおかげで太陽の軌道が安定し、元の一日の長さに戻ったのだ。あたりが暗さを増していくなか、殻粉壁《からこかべ》に蓄えられた光で薄ぼんやりと光る家々の間を、ヨドンツァに肩を貸しながら歩いていく。

えっ、あいつは――

すれ違ったふたり組の驚く声が聞こえた。さっきから、あたりを歩く人たちが向けてくる視線が、どことなく訝《いぶか》しげだった。森人《もりうど》に見えるからだろうか。

うわ、なに、とヌフレッツンは如飛虫《にょひちゅう》らしき虫を手ではらった。阜《おか》からついてきたのか、やけに宙に舞っている。これも伯《お》さの体質のせいなのだろうか。

「新しい楫取《かんど》り聖《ひじり》のおかげでね、太陽はね、まっすぐに進んでいるよ。聖《ひじり》たちの足運びはしっかりしていてね、太陽に馴染《なじ》んでる感じだよ」

さっきまで不承不承だったラダムンミは、いつもよりお喋《しゃべ》りになっていた。見知らぬ身内に対する、緊張の裏返しなのかもしれない。

「ねえ親仕《やし》さま、明日の朝一緒にジラァンゼ聖《ひじり》とトバイノ聖《ひじり》を見る？」

「あやつらが刑に処され続けるのを見てどうする」そう言いながら、ヨドンツァは何かを探すようにあたりを見まわし続けている。

「どうして刑だなんて言うの。誰もが羨むすごいことなのに。一緒に見ようよ、見ようよ」

ラダムンミがしつこく誘っていると、向こうから上半身裸の人が、自らの体を割剜魚《かっこう》の棘《とげ》だらけの脊椎で鞭打ちながら歩いてきた。体のあちこちから細い血の筋が流れている。苦しげな呻《うめ》きを耳にしつつすれ違うと、続けて鼻や頬をなにかで貫いた人が前を横切っていった。魚鳊《うおだま》しかと思ったがもっと大きい。煩悩蟹《ぼんのうがに》の肢先だ。

「うわぁ、痛そう……」とラダムンミが呻《うめ》く。

「最近ああいう人が増えたね。なにがしたいんだろう」

「新しい太陽が現れんのを自分たちの三途《さんず》の闇――原罪のせいだとして、痛みに耐えて代償を払おうとしとるんだ。まったく、馬禍《ばか》げた考えだがな」とヨドンツァが鼻で笑う。

段梯《だんばしご》が心配だったが、腕の力はそれなりにあるらしく、下から尻を押してやるだけで、ゆっくりながら上らせることができた。けれど戸口から居間に入ったとたん、ヨドンツァは背骨を失ったように床の上に横たわり、そのまま寝入ってしまった。よほど地上の裁定力に疲弊したらしい。

ヌフレッツンはその上に掛け布をかけてやる。親仕《やし》になってもらえるのなら家を移らずに済む、とほっとする一方で、新たな面倒を背負い込んでしまった気がしてならなかった。

親仕《やし》なら夕餐を用意してくれそうなものなのに、と思いながら、親《や》さや先胞《まあ》さがよく作ってくれた太陽焼きを真似て作ってみた。下ごしらえには思った以上に手間がかかったし、熾燃薯《しねんじょ》の粉がこんなに飛び散りやすいとも、倍培蕈《ばいばいたけ》がこんなに膨らむものだとも知らなかった。

夕餐が出来たと伝えに上がると、ヨドンツァが発作でも起こしたように激しく息をして魘《うな》されていた。

「伯《お》さま、伯《お》さま！　だいじょうぶ」

声をかけて体を揺さぶるうち、星の啼《な》き声めいた凄い音で息を吸い込みながらヨドンツァが跳ね起き、恐怖に駈られた形相でヌフレッツンを見つめた。瞳がやけに小さく見える。

「親仕《やし》だ」

「わかったよ、親仕《やし》さま。ひどく魘《うな》されていたみたいだけど」

「裁定力のせいで……」ヨドンツァは顔を歪《ゆが》めながら舌を左右に動かし、「舌が喉の奥で詰まったらしい」

「悪夢でも見ているのかと思ったよ。夕餐を作ったんだ。食べようよ」

「悪夢だって？　いやあれは悪夢なんかじゃない。かつて閻浮提《えんぶだい》で実際に起きたことだ」

「なに、えんぶなんとかって。やっぱり悪夢を見てたんじゃない」

「言ったろう、あれは悪夢なんかじゃない。いいかナホルツン――」

「ヌフレツンだって。夕餐が冷めるから餐間《さんま》に行こうよ。明日から繋業解《けごうと》き工房に行かなきゃならないから、今日は早めに寝たいんだよ」

「煩悩蟹《ぼんのうがに》はな、人間を煩悩《ぼんのう》の数だけばらばらにするために生まれ――」

「それ、だいぶ前にも聞いたよ」あのとき、体をばらばらにされた自分を想像して恐ろしくてたまらなくなったのだ。繋業解《けごうと》きに気乗りしなかったのは、そのせいもあったのではないか。

「さあ、行こう」ヨドンツァを引っ張り起こして肩を貸す。これでは、大きな子供が増えたようなものじゃないかとヌフレツンは呆《あき》れる。

皿によそった太陽焼きを叉匙《さじ》ですこしずつ口に運びながら、三人はヨドンツァの話を聞いた。毬森《まりもり》では薬手《くすりて》をしていて、いまは何人もいる手子《でし》に薬房を任せていること。幼い頃から輝晶《きしょう》が食えなくて、そのせいでいろんな生き物に襲われやすいこと。

「だが心配はいらん。親仕《やし》として、賜陽《しよう》の儀はきちんと行うつもりだ」ヌフレツンが引き継げる年までは、親仕《やし》の役目を務めつつ、療治処《りょうじどころ》の薬房を借りて薬手《くすりて》の仕事をするつもりだという。

「明日は正午台《しょうごだい》に行って、親仕《やし》となることを届け出んとな」

やしさま、やしさま、とソモサが嬉《うれ》しそうに繰り返す。

誰も料理の味には触れなかった。ラダムンミは、普段は使わない爽酢《そうす》をたくさんかけて食べている。

ヨドンツァは話したいことだけ話すと、料理にはほとんど手をつけずに寝間へ上がっていった。残りを誰も欲しいと言わないので、ヌフレッツンが食べることにした。咀嚼《そしゃく》しながら、こんなものを毎日食べさせるわけにはいかない、と自戒する。それでなくとも、落人《おちうど》はどんな料理であれ物足りなさを覚えるというのに。親仕《やし》さまはあてになりそうにない。そもそも毎日作ることができるだろうか。奏《かな》で手《て》になるかどうかでジラァンゼと口をきかなくなっていたときでも、円卓にはいつも食事が並べられていたことを思い出す。

胸焼けを覚えながら食器を洗っていると、ラダムンミが隣で唧筒《そくとう》の把取《はどる》を動かして壺に水を溜めながら、「親仕《やし》っていうか、居候《いそうろう》じゃない？」と言った。

寝間に上がるなり、薬くさいにおいが漂ってきた。

「うわ、なにこれ」「目にしみう」ラダムンミは手ではらい、ンモサは鼻をつまむ。

「忌虫香《きちゅうこう》だ」と臥洞《ふしうろ》で俯《うつぶ》せになっているヨドンツァが言う。

「そんなの消してよ。この家には虫なんていないよ」そう言ったとたん、ヌフレッツンは目の前に飛んでいるものに気づいた。奪衣羽《だつえば》だ、服を食われる。慌てて手で叩《たた》き落とす。

「言ったろう、わしの体には陽が巡っとらんと。忌虫香《きちゅうこう》がなければ虫が集まってきて、おまえたちだって嚙まれかねんのだぞ。ジラァンゼたちは、そんな不満は言わなかったがな」と返される。

「くさいよぉ」「こんなにおいがしてちゃ、眠れないよ……」などと呟《つぶや》きながらンモサとラダムンミは臥洞《ふしうろ》に入ったが、とたんにラダムンミは寝息を立てはじめ、もう寝てる、と笑ったンモサもじきに眠ってしまった。ヌフレッツンは、床炉《しょうろ》のお陽練《ひね》りに陽増し油を注いでから臥洞《ふしうろ》に入る。明日の繫業《けごうと》解き工房に憂鬱になりながらも寝入り、夜中には何度か耳慣れない翅音《はおと》に眠りを妨げられた。

ヌフレッツンは誰よりも早く目を覚ました。臥洞《ふしうろ》を出ると、床炉《しょうろ》のお陽練《ひね》りが暗くなっており、冷えた床には、様々な虫の死骸が散らばっていた。見たことのない黄色い虫までいて気味が悪い。つま先立ちで虫を避《さ》けて歩いて階段を下り、寒い厨《くりや》に立って、朝餐のために熾燃藷《しねんじょ》の皮を剝きはじめる。冷える朝は体が温まるものがいいだろう。

皁易楽《ふいがく》の連譜の始まりとなる〈暁暗《ぎょうあん》〉の旋律が聴こえだした。謹慎になっていなければ、奏《かな》で手《て》として焙音璃《ばいおんり》を弾いていたのだろう。そう思うと落ち着かない一方で、いまでは聚奏壇《じゅそうだん》に立っていたのが嘘のようで、央響塔《おうきょうとう》がひどく焔遠《えんどお》い場所に感じられた。

いつも自分たちが起きる前に朝餐を用意してくれていた親《や》さの姿を思い浮かべながら、熾燃《しねん》藷《じょ》と蟹身と何々鶏《かかけい》のつづら卵の羹《あつもの》、という簡単な料理を四人分つくる。円卓に並べていると、ラダムンミがひどい寝癖で階段を下りてきた。つづいてンモサが危なっかしく下りてきたので、途中で抱えて下ろす。

ラダムンミの寝癖を手櫛《てぐし》でといてやるが、あまりなおらない。ヨドンツァは声をかけても目覚めなかったという。やはり裁定力が堪《こた》えるのだろうか。

ンモサとラダムンミを送り出して食器を洗い終えると、円卓の傍らで消音器をつけた焙音璃《ばいおんり》を構え、皁易楽《ふいがく》に合わせて稽古をする。譜のとおりに弾いているはずなのに、聚奏《じゅそう》とずれている感覚が拭えない。気のせいだろうか。

ずず、と音がして振り返れば、いつの間にかヨドンツァが坐って、つづら卵を啜《すす》っていた。

「階段、ひとりで下りられたんだね」と言うがヨドンツァは答えず、「うちの陽筋《ひすじ》の者が奏《かな》で手《て》になる時代がくるなんてな」と頭を振り、皿の羹《あつもの》を飲む。

「謹慎中だけどね。リナニツェ聖《ひじり》が焙音璃《ばいおんり》を弾くのを聴いたことある？」

「いや、ずっと隠していたからな。あの頃にもし知られたら、この聚落《じゅらく》では生きていけなかったろう」

皿のなかに、熾燃薯《しねんじょ》の塊がそのまま残っていた。

「食べないの、熾燃薯《しねんじょ》。あたたまるのに」

「熾燃薯《しねんじょ》は陽周虫《ひぐらし》の死骸の陽分《ようぶん》を吸って育つだろう？　輝晶《きしょう》ほどじゃないが、調子が悪くなるんだ」

「そうなんだ」

「さて、正午台《しょうごだい》に行ってくるか。上階は修復中でも、主な手続きは一階でできるんだったな」

「そうだけど、まだろくに歩けないでしょう。そんな遅さじゃ月からも逃げられない」

「月は陽のめぐりの悪いわしなど追ったりはせん。だいぶ歩くこつがつかめてきたし、ひとりで足慣らしをするさ」ヨドンツァは杖《つえ》を摑《つか》んでゆっくりと立ち上がった。ふらついてはいるが、確かに昨日ほどではない。「裁定主なんぞに押さえつけられたままなのも癪《しゃく》だからな」と罰当たりなことを言う。

煩悩刺《ぼんのうざ》しが終わる頃合いを見計らって、ヌフレツンは繋業《けごう》解き工房に向かった。控間から続く階段を上って屋上に出ると、料理の犇《ひし》めく二列の長机に解き手《とて》たちが並んでいた。奥の方から、「おい、こっちにこい」とイェムロガ房主に呼ばれ、皆の後ろの狭い隙間を通っていく。

膨豆頭《ぼうずあたま》や短めの髪が多く、よくそれだけ断髪の痛みに耐えられるものだと思う。同じ啓房《けいぼう》だったアールセセや、従胞《いとから》のリマルモやロムイソもいて頷《うなず》きあう。

　側まで来ると、房主がヌフレツンの肩に手をのせ、

「今日からしばらくヌフレツンに手習いとして加わってもらう。よろしくしてやってくれ」と皆に言った。

「よろしく」「たのむぞ」などの声が聞こえるなか、ヌフレツンはいきなり手習いと言われて動揺していた。

「あ、あの、わたしは見習いではないのですか」

　おっ、奏《かな》で手《て》っぽい口調、と向かいの席で、セイモドフが言い、ほんとだ、とモノノスが笑う。どちらも房主の子で、いつの間にか著しく体が大きくなっていて、皆より頭ふたつ大きい。

「解《と》き手《て》は減ったし、今年は手習いが少なくてな。他の見習いたちにも手習い仕事をしてもらっとる。頼むぞ」

　房主の隣に坐るよう手で促され、ここで食べるの、緊張するな、と思いつつ腰を下ろした。

「滞りなき陽の巡りに」とイェムロガ房主が言い、「月のためらいに」と皆が返し、午餐がはじまった。

　めいめいが叉匙《さじ》で大皿の料理を小皿にとっていく。

　机の上には、腫芋《はれいも》の団子《だんご》、茹《ゆ》でた眩暈貝《めまいがい》と久斂毛《くれんげ》の葉《ば》漿和《じるあ》え、剣樹の新芽の炙《あぶ》り、綾鳥《あやとり》のつづら卵と愚堕《ぐだ》の実の羹《あつもの》、酢漬けの蟹の目玉と嫉臓《しつぞう》の千切り、殻剝きを失敗したと思《おぼ》しき不恰好《ぶかっこう》な蟹身などが並んでいる。味はともかく、央響塔《おうきょうとう》の食事より量や種類が多かった。それだけ摂

らなければ体がもたないのだろう。

膨らんだ雲が屋上にのしかかろうとしながら、吹きつける風に押し戻されている。幾筋もの眩《まばゆ》い光の帯が頭上で伸び縮みしていた。

肌が火照《ほて》りだし、汗が噴き出してくる。

セイモドフが小指と薬指のない手で陶杯の水を口にし、「己《な》ぁは、おまえの親《や》さに憧れたもんだよ。なんたって、一度も指を落とさなかったんだからな」と言った。「己《な》も憧れたなぁ。しかも聖人《しょうにん》になったんだから」と隣のモノノスも言う。

「おいおい、すこしは自分たちの親に憧れてやりなよ」と房主の後胞《あとがら》のイェムニラが言い、笑い声が起きる。

「モノノスとセイモドフも聖《ひじり》になるのでしょうね」と遠い席から声がする。やはり近いうちに聖人式《しょうにんしき》が行われるのだろうか。

「己《な》はモノノスが先に聖痕を出す方に賭けるな「出すもんじゃねえよ「じゃあわたしはセイモドフに賭ける」と話が盛り上がる。

央響塔《おうきょうとう》の奏《かな》で手《て》たちとは随分と異なる、解き手《とて》たちのぶっきらぼうなやりとりに居心地の良さを覚えている自分に気づく。幼い頃は乱暴で恐ろしいところとしか思えず、早く出ていきたくてしょうがなかったというのに。

イェムロガ房主が、大きな眩暈貝《めまいがい》を手でぐるぐると回して叉匙《さじ》に細長いひも状の身を巻きつけながら、「ただ背が伸びただけだ。いくら光栄なことでも、まだ二十そこそこの子に一気にふたりも聖《ひじり》になられたらかなわん」と苦々しげな口調で言い、眩暈貝《めまいがい》を頬張《ほおば》る。

「でも、トバイノは——」とモノノスが言いかけて、おい、とセイモドフが肘で小突く。咀嚼《そしゃく》していた房主が音を立てて飲み込み、「トバイノ聖《ひじり》は本当に立派だった——」と太陽でも見ているように目を細め、ヌフレッツンに顔を向けた。「そういや、ヨドンツァが来とるんだって？」

「急に現れて……わたしが親仕《やし》になれる年まで、親仕《やし》を務めてくれるそうです」

房主は眉をしかめて陶杯の水を口にすると、「正午台《しょうごだい》から許しが出るかな」と呟《つぶや》いた。

「許し……輝晶《きしょう》が食べられないからですか？」

「いや、あのひとは聚落《じゅらく》から追放されかかっただろう」

「追放……されかかった。えっ、追放？」ヌフレッツンは驚きのあまり、叉匙《さじ》で掬おうとしていた酢漬けの目玉を落としてしまう。

「知らんのか。勝手に正午台《しょうごだい》に上ったばかりか、太陽めがけて煩悩蟹《ぼんのうがに》の慘斬《ざんぎり》を投げつけて、牢《ろう》房処《ぼうどころ》で禁錮になったんだ」

「ああー、そうだったそうだった。親《や》さが亡くなった頃だ」とロムイソも声をあげる。

「なんてことを……」顔から陽《ひ》の気《け》が引いていく。

「地面を深く掘るっちゅう地忌《ちき》を犯したこともあったのう。穴の底で工虫《こうちゅう》まみれになってるとこを見つかって」と最古参のザイノモがなごやかに言う。

「信じ……られない……」ヌフレッツンは頭を抱えた。

落人《おちうど》たちのヨドンツァを見る目が気になっていたが、ようやく譜《ふ》に落ちた。

皆がまだ食べ終える前に、「風炉《ふろ》でも浴びてくるか」とイェムロガ房主が立ち上がった。

「今日はえらく早くない？」とセイモドフが言う。

「ついでに用事も済ませてくる。おまえたちはゆっくりすればいい」と皆の席の後ろを房主が通りだし、椅几《いき》を引く音が連なる。

「ヌフレッツンもあとで一緒に風炉《ふろ》に行くか？　気持ちいいぞ」とモノノスに誘われ、「いえ、わたしは……」と口ごもっていたら、「いつまで焼け死にそうな熱さで浴びられるだろうな」とセイモドフが洩《も》らした。

久しぶりの工房は、熱い湯気が渦巻いていて息苦しく、治りかけた灼傷《やけど》のように肌が引き攣《つ》れた。濁通《だくとう》を通る風音の唸《うな》りも、阜易楽《ふいがく》の聚奏《じゅそう》であるかのように感じられる。

「ヌフレッツンはわたしにつくといいよ」とリマルモに言われ、ほっとして後についていく。一歩ごとに鱗革の前掛けが重く揺れる。

戸口からモノノスとセイモドフが巨体を屈《かが》めて入ってきた。ふたりとも顔が真っ赤になっていたが、なぜかセイモドフの方だけ大粒の汗に覆われている。「しまった、近づきすぎた。顔がいてぇ」とセイモドフが呻《うめ》きをあげ、壁の棚から薬貝を手に取って軟膏《なんこう》を顔に塗りはじめた。そこで汗ではなく陽膨《ひぶく》れなのだと気づく。

「馬禍《ばか》だねぇ。こないだも顔じゅうの皮が剝けたばかりじゃねえか」とロムイソが笑う。

「もし近くの解《と》き手《て》が怪我《けが》をしたときは、あそこから適した薬を取ってくること」とリマルモに言われ、はい、と頷《うなず》く。

「ほとんどがヨドンツァ叔《お》さの薬房の薬らしいぜ」というロムイソの言葉に、「えっ、そうなの」とヌフレツンは驚く。

「あんな有痛薬《ゆうづうやく》入りのもの、裁定主様に申し訳が立たんわ。先代なら決して許さんかったろうに」とザイノモが忌々《いまいま》しげに言い、その曲がった背中をリマルモがさする。「年寄りなんだから、痛みに耐えすぎずに体を労《いたわ》ってよ」

「召された後の裁定を考えるに、まだまだ苦徳《くどく》が足らんように思えての。まあ、もしあと一本指が落ちたら、隠居するわい」

ザイノモの手を見ると、両手とも二本しか指が残っておらず、ヌフレツンの動悸《どうき》が早くなった。さすがに手習いでそのような危険はないだろう、と気持ちを宥《なだ》める。

「あれ、房主はまだ戻ってきてないの」「風炉《ふろ》の圏内で会わなかったんだよね」とモノノスとセイモドフが言い、師範のロムイソが棚の晷香《きこう》の燃え具合を確認し、声をあげた。

「もういい時間だな。房主が戻られる前に、煩悩降《ぼんのうお》ろしだけでもすませておこう」

解き手《とて》たちが鉤棒《かぎぼう》を手に位置につき、天床から掛け格子の数々を引き下ろしていく。

一気に濃い湯気が広がってあたりが霞《かす》み、生臭さと香ばしさの混じり合った強いにおいが漂う。解き手《とて》たちは茹《ゆ》でられて焔慈色《えんじいろ》になった煩悩蟹《ぼんのうがに》を掛け格子から抱え外し、惨斬《ざんぎり》を上向けた恰好《かっこう》で解虫場《ときば》の解台《げだい》へ運んでいく。

手習いや見習いたちはそれを見ているしかない。ザイノモがたった二本の指でもしっかり煩《ぼん》悩蟹《のうがに》を抱え運んでいて驚かされる。

「早く己《な》ぁも運べるようになればいいんだけど」とアールセセが呟《つぶや》いた。その手が素手なのに気づく。

「手袋はいいの」

「手習いのまま手間取りすぎて、殻の熱さに慣れてしまったんだ」と手を開いたり閉じたりする。指や掌《てのひら》は傷だらけで、よく見れば小指がない。手習いでも指を落とすことがあるのだ。一気に緊張が増した。自分も指を落とせば戻生《れいせい》しない年になっている。へたをすれば二度と焙音《ばいおん》璃《り》を弾けなくなるだろう。罠に嵌《は》まって身動きが取れなくなったような心境になった。

「遅くなった」とイェムロガ房主が戻ってきた。皆の前に立ち、「我らを照らす太陽の元、即ち裁定主様の眸中《ぼうちゅう》にて、いざ、殻中に肥え育った煩悩《ぼんのう》を滅し、繋業《けごう》を解かん」と宣詞《のりと》を述べ、「聚落《じゅらく》に寂静を」と全員が応える。ヌフレッツンも慌てて声を重ねようとしたが、もごもご言うだけになった。

リマルモが戸口近くの解台《げだい》につき、ヌフレッツンはその隣に坐った。目の前には、惨斬《ざんぎり》を広げた重量感のある煩悩蟹《ぼんのうがに》が載せられている。

「この状態でも完全に死んだわけではないから、気をつけて。煩悩《ぼんのう》ってそう消えるものじゃないでしょ」

「わかった」

リマルモが解虫串《ほぐし》を使って背割りをし、薄骨や撥条腱《ばねけん》を取り除いていく手さばきに目を奪われる。阜易楽《ふいがく》に合わせて臓腑《ぞうふ》をくるむ纏糸《てんい》を解いていくところなどは、餌繭《じけん》を紡ぐ羽蜘《はち》の精妙な肢の動きでも見ているようだ。腹殻から取り除かれていく掉臓《たくぞう》、悔臓《くぞう》、惛臓《こんぞう》——などの臓器をヌフレッツンは棚まで運び、それぞれの箱ごとに収めていく。腫れ上がって激しい熱を放つ臓器がなんなのかわからず、戻ってリマルモに訊いた。「もう原形もないものね。嫉臓《しつぞう》だよ」と言われ、これほどの煩悩《ぼんのう》を抱えた人生とは、どういうものなのだろう、と怖くなる。

六対の肢が腹殻の根本から外されると、肢殻剝きをするように言われる。なにもわからず戸惑うヌフレッツンに、「まず、右手で平解虫串《ひらほぐし》を、左手で蟹肢をしっかり押さえて」とリマルモは鰓抜《えらぬ》きをしながらも的確に指示してくれる。太い肢を握ると、手袋をしていても熱く、何度かつかみなおす。「違う、ひとつめの関節が覗くように。そう。もっとしっかり押さえて」力を入れると星革越しに棘《とげ》が刺さり——「痛くとも耐える。下手に動かすと抉《えぐ》れるよ。関節の隙間に平解虫串《ひらほぐし》をかまして」平解虫串《ひらほぐし》をかます、がびくともしない。「体重をかけるの。でも滑らないように気をつけて。平解虫串《ひらほぐし》が弾かれたら指が飛ぶよ」気をつけて体重をかける、と大きな音と共に食い込んだ。「そこで平解虫串《ひらほぐし》をぐいと傾ける」平解虫串《ひらほぐし》をぐいと——しかしそのまま外れてしまう。「はい、いちからやりなおす」体重をかけて平解虫串《ひらほぐし》をかまし、ぐいと傾け——また外れてしまった。いちからやりなおす。体重をかけて平解虫串《ひらほぐし》をかまし、ぐいと——だめだ——「呼吸を整えて」呼吸を整える。体重をかけて平解虫串《ひらほぐし》をかまし、ぐいと——呼吸を整える。体重をかけて平解虫串《ひらほぐし》をかまし、ぐいと傾け——弦が弾け切れるような音がして関節が外れ、肢がふたつに分かれた。

「相変わらずとんでもなく不器用だな」いつの間にか傍らにイェムロガ房主が立っていた。

「こっちを見なくていい。没念して作業を続けろ」

房主が去っていく足音を聞きながら、残りの関節を外していく。その隙間に入っていた朔《さく》が星革を貫いて指に刺さり、すぐに抜き取る。

「終わったら、片端の両側に鋏《はさみ》で切れ目を入れて」両端に鋏《はさみ》で切れ目を入れて、「そこを引っ張る」片側を引っ張る、が動かない。「動かないときは小刻みに」そのようにする。切れ目がわずかずつ広がりだし、中に詰まっている真っ白な繊維状の肢肉が露わになって湯気を膨らませた。ヌフレッツンの喉の奥から息が漏れる。「平解虫串《ひらほぐし》を挿し込んで腱から剝がしながら、平皿にやさしく寝かせる。崩れやすいから、気を抜かないで」緊張しながら平解虫串《ひらほぐし》を挿し込み、肢肉を腱から引き剝がしながら、平皿に寝かせる。しっとりとした見事なふくらみに、剝きたてはこんなに美しいのかと陶然としてしまう――「見惚《みほ》れてる場合じゃないよ。まだまだ肢はあるでしょう」そのとおりだった。同じ要領で肢殻剝きをしていく。集中して作業をしていると、すこしずつ自責の念が薄れていくようだった。いくら手が足りないと言っても、自分のような不器用な者を呼んでも助けにならないのに、と訝《いぶか》っていたが、むしろ助けになろうとしてくれているのかもしれない、とヌフレッツンは思い至る。

惨斬《ざんぎり》の中からリマルモが引きずり出す肉の分厚さに目を見張った。まだ危ないから、とリマルモは自ら惨斬《ざんぎり》の殻を籠まで運び、戻ってくるなり次の煩悩蟹《ぼんのうがに》を台の下から抱え上げて解台《げだい》に置いた。今度はひとまわり体が大きい。なぜかリマルモが微動だにしなくなり、声をかけようとしたとき、

「あたりかもしれない」と静かな声で言った。

なんのことだろうと思っていると、解虫串《ほぐし》が四箇所の煩悩窪《ぼんのうくぼ》に咬《か》まされていき、たちまち背割りの音が響いた。開いた隙間を覗いたリマルモが笑みを浮かべ、「やっぱりだ」と言って背殻を垂直に持ち上げる。その内側には、人の爪ほどの大きさの卵がびっしりと隙間なく貼りつ

いて、真っ白で清明な輝きを放っていた。

「わぁ……」と声が出る。環海《わだつみ》の深いところで産卵するため、卵を擁した煩悩蟹《ぼんのうがに》が獲れることはめったにない。

まわりからも、「おお、あたりかぁ」「粒が綺麗に揃ってるじゃないか」とどこか羨ましげな声がする。

「叉匙《さじ》を持ってこっちへ」

言われたとおりにすると、解台《げだい》の平皿に卵を掻き落とすよう促される。

卵と背殻の接着面に叉匙《さじ》を差し込むにつれ、粘つく卵が自らの重みで崩れだし、糸を引きながら平皿に落ちていく。なんとも気持ちのよい感触で、いつまでもこうしていたかった。

「あっ、あ、なに、ひどいっ。吾《わ》ぁだって卵掻きなんてやったことないのに！」

照子屋《てらこや》を終えて工房に入ってきたラダムンミが血相を変えてやってくる。

「ちょっとはやらせ――」

そう言い終わる前に最後の十粒ほどがねっとりと平皿に落ちた。平皿のなかで無数の卵が押し合って動いている。

「運が悪かったねラダムンミ。そんなに怒らない」リマルモが微笑《ほほえ》む。「卵掻きをした者はひと叉匙《さじ》分だけ持って帰れる。ヌフレツンと一緒にお食べなさい」

仕事が終わった後も掌《てのひら》が熱さで疼《うず》き、蟹肢の棘《とげ》の刺し傷や破れた月疱《げっぽう》がひどく痛んだ。それでも大きな怪我《けが》をせずに済んだのは幸いだった。

ラダムンミとふたりで路地を通って帰っていく。網模様の影が家々の壁を滑り、地面を滑り、見上げればたくさんの愧鳥《きう》の群が毬森《まりもり》に向かって飛んでいた。ラダムンミはまだ、卵搔きしたかったな、こっちはずっと前から工房にいたのに、ちょっと来ただけでずるいよ、などとぶつぶつ言い続けていたが、ヨドンツァがやったあれこれについてヌフレッツンが話すと、「聞き違えたのかな。いま、牢房処《ろうぼうどころ》に二度も入れられたって聞こえたけど……」と怯《おび》えた表情で訊き返す。ヌフレッツンが頷《うなず》くと呆然《ぼうぜん》とし、引っ越しの片付けを始めた方が良さそうだね、と生気なく呟《つぶや》いた。

家に帰って戸をあけるなり、翅虫《はむし》が顔にたかってきて手で払う。ラダムンミは口に入ったらしく、ぺっ、ぺっ、と唾と一緒に吐き飛ばしている。

居間では、ンモサが床に並べた草や木の実を彗星《すいせい》の尾羽根で打っては薬効を唱えていた。ヨドンツァが教えた尾《お》はじき遊びだ。机の方では、ヨドンツァが前屈《まえかが》みになって丸めた膏薬《こうやく》をなにかの葉で包んでいる。

「おかえりヌフ叔《お》さ」とンモサが立ち上がって駆け寄ってきた。顔を近づけて何度か鼻息の音を立てる。「蟹くさいね」

「えっ、におうのか」

それには応えず、「おおおさがね、おおおさがなったって、やしに！」と大声で言う。

「それはヨド伯《お》さが勝手に言ってるだけだよ」とヌフレッツンは力なく言い、「なんで親仕《やし》ができるなんて思ったの……」とラダムンミが呟《つぶや》いた。

「おおおさが……言ってるだけ……なの」ンモサが憐《あわ》れむようにヨドンツァの方を向く。

ヨドンツァが黙ったまま大儀そうに左手を上げた。その指先には鈍く光るものがぶら下がり、くるくる回っている。

「えっ、なに。鱗？」

「まさか――」

ヨドンツァが腕を振って投げ、ヌフレッツンは吒々《たた》螺を踏むようにあたふたと動いて受け取った。磨き上げた鉄鱗《てつりん》に、親を表す記符が彫られている、

「親証《しんしょう》だ！　ほんとに親仕《やし》さまになったの」

「うそつきじゃなくてよかったぁ」とンモサが胸を撫でおろす。

「なんだぁ。おかしいと思ったんだ」ラダムンミが朗らかに笑う。「地面を深く掘ったり、正《しょう》午台《ごだい》から太陽に惨斬《ざんぎり》を落としたなんて、常心じゃないもん。ありえないものね」

「なにを言っとるんだ。どちらのときも完全に常心だったわ」

ラダムンミの顔が強張《こわば》り、ヌフレッツンの背中が沫立《あわだ》つ。

「本当……だったんだ……」「それで、よく親証《しんしょう》を貰《もら》えたよね……」

「あやういところだったわ。昔のことだから問題なかろうと言ったんだが、正午台《しょうごだい》の台手《うてなて》どもときたら」怒りのこもった溜息を吐き。「揉《も》めておるところに、知り合いが何人かやってきて口添えしてくれたのだ。日頃の行いよの。まあ、熱い印晶《いんしょう》に手を押しつけて、聚落《じゅらく》の掟に反する行いはせんと誓わねばならんかったが――そういうわけでもう安心だ」

むしろ安心する機会を逸してしまったのではないか、と思わずにはおれなかった。

「そうだ、せっかく貰《もら》ったのに――早く夕餐を作らないと」ヌフレッツンが階段に向かうと、

「手伝うよ」とラダムンミもついてくる。

ふたりとも無言のまま、蟹身や交貝《こうがい》や幡呈貝《まんていがい》を海藻と煮込み、胡乱《うろん》を焼いて擂《す》り潰した蟹の悔臓《くぞう》を塗った。貰《もら》って帰った蟹の卵は、ほんのすこし湯通ししてから小鉢によそう。

円卓に料理を並べ終えた頃、ヨドンツァがンモサと一緒に下りてきて席についた。

そのまま黙っているので、「親仕《やし》になったんでしょう。早く唱えてよ」とラダムンミがせかした。

「わ、わかっとるわ」ヨドンツァは言うと、威厳ありげに背筋を伸ばし、「滞りなき陽の巡りに」と慣れない口調で唱えた。

「月のためらいに」と皆が返して、夕餐がはじまった。

ンモサが料理をひとつひとつ指さして、「こっちはみいらじる、こっちはやきうろん――」と名前をあてていったが、蟹の卵の小鉢に気づき、「なにこれー」と急に叉匙《さじ》を伸ばした。

「こらっ、ひとり三粒だよ。めったに手に入らない煩悩蟹《ぼんのうがに》の卵なんだから」と苦儀《くぎ》を刺す。

「えー、たったさんつぶぅー」とンモサが叉匙《さじ》に一粒だけのせ、両目を寄せて眺める。

「吾《わ》ぁが、卵掻きをしたかったのにな……」とまた愚痴を洩《も》らしだしたラダムンミの隣では、ヨドンツァが俯《うつむ》いて黙りこくっていた。これも食べられないのだろうか、と様子を伺っていたら、卓上に硬い音を立ててなにかが落ちた。涙石《なみだいし》だ。

「ど、どうしたの親仕《やし》さま……」

「お……幼い頃に一度だけ食うてな……それ以来、もう一度食いたいと……ずっと願い続けておったのだ」と小皿をじっと見据える。

「〈蟹卵《かいらん》の望み〉が蟹卵《かいらん》だったんだ……」

ヌフレツンは期待を膨らませ、試しに一粒掬って口に運んだ。表面の滑らかさが舌に気持ちいい。奥歯で軽く嚙んでみると意外にも弾力があり、力を入れたり抜いたりして感触を楽しむうちに潰れてしまった。とろけた汁が口いっぱいに溢《あふ》れてくる。けれど特に味らしい味はしない。叉匙《さじ》をくわえたラダムンミもンモサも、戸惑った表情で宙に目を泳がせている。

ヨドンツァはひと呼吸すると、三粒ごと叉匙《さじ》で掬って口に含んだ。さらに蟹身や瓊波魚《にわとと》まで搔き込みだしたので呆《あき》れた。

「ずっと食べたかったんでしょう？　どうしてじっくり味わわないの」

「なにかと一緒に食べなければ、蟹卵《かいらん》の真価はわからんのだ」ヨドンツァは咀嚼《そしゃく》しながら瞼《まぶた》を閉じ、おおぉ、そう、これだ……と顔を上向け、感極まったように身を震わせる。

そんな大解唆《おおげさ》な、と思いつつ、残りの二粒と共に蟹身を食べてみた。

咀嚼《そしゃく》して繊維がほぐれていくにつれ、馴染《なじ》んだ味の背後から、これまでにない旨味《うまみ》が鮮やかに際立ってきて、背筋に震えが走った。「ほんとだ……」むしろこれこそが蟹身の本来の味ではないのか、という確信さえ覚える。こんなに滋味豊かなものだったんだ……。

「ほんとだー」「こっちの方がずっと美味しい。なにこれ……」とンモサとラダムンミも声をあげた。

続けて他の料理も試してみたが、それぞれの秘めていた味が鮮烈なまでに立ち上がってくる。

蟹の卵はまるで、あらゆる食べ物からわずかずつ取り去られていた大事な要素から成り立っているかのようで——「ああ、消えてしまう……」とヨドンツァは呻《うめ》いた。卵の余韻が薄れていく。消えてしまう。慌てて他の料理を口にするが、元通りの味しかせず余計に物足りなさを感じてしまう。消えてしまったのだ。ヌフレツンの目頭が痛くなる。

「これもまた、原罪のために奪われたものなのかもしれんな」とヨドンツァが呟《つぶや》いた。

食後は皆、親しいひとが亡くなりでもしたように放心していた。

寝る頃合いになってから、ヨドンツァは療治処《りょうじどころ》に行くと言い出した。

「どうしてこんな時間に。自分の年わかってる？　体に悪いし夜這《よば》い星《ぼし》が出るかもしれないし、だいいち向こうだって迷惑だよ」

「ダユナーエとは話がついておる。わしの一日は太陽なんぞに支配されとらんのだ。体が欲するときに寝て、目が冴えていれば仕事をする」

ヨドンツァはそう言い、杖《つえ》を突いてふらふらと出ていった。なぜだか一気に疲れがのしかかってきた。食器を洗う気力はなかった。ヌフレツンはなんとか寝間に上がり、臥洞《ふしうろ》に入るなり眠ってしまった。

翌朝は「早く聖《ひじり》になってお陽さましょいたいなーしょいたいなー」と囁《ささや》くように唄うンモサの声で目覚めた。「もう起きたのか」と言うと、「お腹減った。もうひと粒ー」と返す。「卵はもうないって言ったろ」

いつの間に帰ってきたのか、ヨドンツァも臥洞《ふしうろ》で眠っていた。

食器を放っておいたことを悔やみながら厨《くりや》に入ると、どれも綺麗になって桶《おけ》に入っていた。ヨドンツァが洗ってくれたらしい。いや、ところどころ汚れが残っている。やるならちゃんとやってくれよ、と洩《も》らしつつもう一度洗って、起きてきたラダムンミと一緒に朝餐を作り、三人で食べる。

ふたりを送り出してからは、央響塔《おうきょうとう》から聴こえてくる皐易楽《ふいがく》――〈暁暗《ぎょうあん》〉の二章に合わせて、消音器をつけた焙音璃《ばいおんり》を奏でる。なにかがしっくりこない。三章に入っても同じだ。消音器のせいかと思って一旦外してみたが、違和感は消えなかった。繫業解《けごうと》き工房の手伝いで手が荒れていたし、陽勢励起《ようせいれいき》のために加えられた補譜をまだ習得しきれていないせいだろう。そう思っていたが、毎朝の稽古でどちらにも慣れてきたというのに、違和感はむしろ増していった。その正体をあとすこしで摑《つか》めそうなところでいつも繫業解《けごうと》き工房へ向かう時間になってしまう。六十日後には復壇試験だというのに。

工房では、リマルモの傍らで、不器用ながら手習い仕事を続けた。

「このまま一緒に働けばいいじゃない」とラダムンミに言われ、それもいいかもしれない、と思うこともあったが、その可能性を自らの拙い腕が裏切っていた。肢殼剝きではラダムンミの倍ほどもかかったし、蟹身を台なしにする失敗も繰り返し、他の手習いのように背割りを試せられもしなかった。それでもイェムロガ房主は、続けろと言って暇を出そうとはしなかった。そうやって繫業解《けごうと》きに携わることで、抱えすぎていた後ろめたさや蟠《わだかま》りがすこしずつほどけていくようで、ようやく太陽を運ぶ足身聖《そくしんひじり》たちのなかに、ジラァンゼ聖《ひじり》やトバイノ聖《ひじり》の姿をしっかりと見据えるられるようになった。

賜陽《しよう》の儀は、ちょうど十二日に一度の休日だった。輝晶《きしょう》はけっこうな重さだし、正午台《しょうごだい》で騒ぎを起こさないかも気がかりで、一緒に行くよとヌフレッツンは言ったが、ヨドンツァは「分賜《ぶんし》くらいひとりでできるわ」と怒って出ていってしまった。宙廊から見送ったが、首や腰がまだ傾《かし》いでいるものの、杖《つえ》をつきながらならだいぶ歩けるようになっていた。

餐間《さんま》で準備をして待っていたが、ヨドンツァはなかなか帰ってこない。なにかあったのではないかと心配になったヌフレッツンは、後をラダムンミに任せて迎えに行くことにした。

小走りに黄道《こうどう》を進んでいたが、彗星曳《すいせいひ》きの乗合車が通りがかったので飛び乗った。骨組みが剝き出しの車に、二十人ばかりが手摺《てす》りにつかまって立っている。床板の隙間から入ってくる彗星《すいせい》の尾羽の鱗粉がかすかに煌《きら》めく。太陽と月が夜門《やもん》に向かって遠ざかりつつあり、愧鳥《きう》や不喜鳥《きどり》の群が上方の毬森《まりもり》へ飛び渡っていた。蓑楪樹《みのすすき》の夜粉《やふん》が漂っているのか、いつもより聚落《じゅらく》は翳《かげ》っていて、黄道《こうどう》のざわめきもくぐもって聞こえる。

上層が再築中の正午台《しょうごだい》が見えてきて乗合車から降りたが、ヨドンツァらしき姿は見当たらなかった。正午台《しょうごだい》の端の壁には、赤黒い顔をした陽縅《ひおどし》姿の巨漢が壁に凭《もた》れかかり、長い鎖を何重にも柄に巻きつけた銛《もり》を布で磨いている。漂う凄みに距離をおいて通り過ぎ、正午台《しょうごだい》に入った。再築作業の音が騒がしく響くなか、賜陽房《しようぼう》で台手《うてなて》に訊いてみたが、とうに帰ったという。

ヌフレッツンは付近の路地を探したが、ヨドンツァはいなかった。正午台《しょうごだい》に戻ってまわりを壁沿いに歩いていたら、さっきの陽採《ひど》り手《て》のいる狭い路地の入口に、数匹の地担蛇《じたんだ》がうねっているのが目に入った。きっとあそこだ。近寄りがたさを覚えつつ足を進めると、陽採《ひど》り手《て》の巨体が壁から離れ、地担蛇《じたんだ》を踏み潰して行く手を阻んだ。銛《もり》の石突を地面にねじりこむように動かしながら、

「まだ陽採り仕事が終わってないんだ。危ないから帰りなよ」

その迫力に怯《ひる》み、背を向けて戻りかけたとき、〝どうして今頃になってそんなことを仰《おっしゃ》るのです――〟という嗄《しわが》れた声が聞こえて踵《きびす》を返した。

「なんだい」

「あの、いま声がしましたよね。わたしの伯《お》さなんです」

「いいや、聞こえなかったね」

〝消し炭から戻生《れいせい》して……それで思い出したと……んですか。閻浮提《えんぶだい》の頃の……〟

「ほら、聞こえるじゃないですか」

「どうだろうかね」

〝閻浮提《えんぶだい》もまた苦界《くかい》であるって――ここの方がまだ……かもしれないと言うんですか……らないって、どっちなんです。閻浮提《えんぶだい》の人が本来の姿のはずでしょう！〟

声を荒らげている。ヌフレッツンはとっさにしゃがんで脇をすり抜けようとしたが、たちまち銛《もり》を傾けられて遮られ、強い力で押し戻された。「危ないと言ってるでしょうに？」

けれどそのときヌフレッツンはヨドンツァの姿を垣間見ていた。ひとりで壁に向かって話すヨドンツァの姿を。

〝……もう鍵《かぎ》は牛頭《ごず》の深い領域まで……もちろ……は……任せると言われましても――〟

ヌフレッツンはいま見た光景がなんだったのか空恐《そらおそ》ろしくなりながら、銛《もり》を握ったまま立ち塞がる陽採《ひど》り手《て》と向かい合ったままでいた。

陽採《ひど》り手《て》が急にどうでもよくなったように背中から壁に凭《もた》れかかって、銛《もり》を身に引き寄せたと思うと、杖《つえ》をつく音と共にヨドンツァが近づいてきた。胸には膨らんだ革包《かぼう》を抱えている。

長い髪越しに、険しい表情をしているのがわかった。

「よくあんなのと話が成り立つもんだね」と陽採《ひど》り手《て》が呟《つぶや》き、ヨドンツァが「しばらくはそちらに？」と訊いた。いったいどういう意味なのか。「どのみちうちはひとりだしね」陽採《ひど》り手《て》は、銛《もり》の石突《いしづき》で沙璃《じゃり》を一度打ってから路地の奥に向かって歩きだす。

「なにしにきたんだ」とヨドンツァが訝《いぶか》しげに言った。

「あんまり遅いから迎えに来たんじゃないか――あの陽採《ひど》り手《て》は知り合いなの？　どうしてひとりであんなふうに喋《しゃべ》ってたの」

ヨドンツァは「悪いが持ってくれ。長く抱えてると、星革越しでも体が影響を受けるようだ」と革包《かぼう》をヌフレツンに渡した。確かに顔がいつも以上に蒼白《そうはく》で、具合が悪そうだった。

「あの陽採《ひど》り手《て》のことはよく知らん。古い知り合いの面倒を見てくれているとわかってな。いずれおまえにもその方のことを話さねばならんだろう」


家に帰ると、ラダムンミとンモサが待ちわびていた。餐間《さんま》に下りると、輝晶《きしょう》以外は賜陽《しよう》の儀の用意が整っている。

「しっかりしてよね親仕《やし》さま。このために家にいるんだから」

「しっかいしてよねー」

すまんすまん、とヨドンツァは苦笑いしながら、両手に調薬用の薄手袋をはめる。ラダムンミが、えー、手袋……外すよう言ってよ、という視線を送ってくるが、ヨドンツァの顔色の悪さになにも言えないまま、革包《かぼう》の閉じ紐《ひも》を緩めて口を開いた。あたたかみのある輝晶《きしょう》の光が広がって、壁や天床をも彩る。

「わー、きれい、お陽さまみたいぃ」とンモサがはしゃぐ。

ヨドンツァが薄手袋をした両手で輝晶《きしょう》をつかんで――一瞬眉をひそめる――持ち上げ、卓上の中心に据えられた陽扇貝《ひおうぎがい》の大皿に、そっと載せる。わずかに皿の音が鳴る。片側が極端に膨らんだ半透明の輝晶《きしょう》で、陽褪色《ひさめいろ》や陽環色《ひわいろ》や蜜色の光を移ろわせている。

席についたヨドンツァは、顔からよれた長髪をはらって一呼吸すると、節くれだった指で輝《き》晶《しょう》を押さえ――触れたところが滲《にじ》むように明るむ――妙な位置から庖刀《ほうとう》を雑に押し込んで、なんだ、思ったより固いな……と呟《つぶや》きながら押したり引いたりした。そのせいでだんだん斜めに逸れていき、ずれてるずれてる、とラダムンミが囁《ささや》くもそのまま切り終えてしまう。ジラァンゼ聖《ひじり》はあの無骨な手でも綺麗に切っていたのに、と思っていたら、それが聞こえたかのように睨《にら》まれる。

ヨドンツァがひとつめの塊を叉匙《さじ》と庖刀《ほうとう》で持ち上げ、「あ、先胞《まあ》さから……」と言うラダムンミの貝皿に、断面を下にしてのせる。「もう、順番守ってよ。それに、この向きじゃべったり皿にくっつくでしょ。奉詞《ほうと》の前に喋《しゃべ》らせないでよ」ラダムンミが口の両端を下げた顔で輝晶《きしょう》を裏返すと、幾条にも粘つきが伸びて形も拉《ひしゃ》げてしまった。次はヌフレッツンの貝皿に断面を上向きにしてのせてくれたが、ラダムンミの倍ほども大きい。断面のあちこちに散らばった気泡が砂浜の硝子貝《がらすがい》のように煌《きら》めいている。そしてンモサの貝皿に置かれた輝晶《きしょう》は、とても小さい。ンモサが泣きそうな顔になっていたので、後で分けてやるから、と顔で合図をしてやる。ヨドンツァの皿は空《から》だ。

「滞りなき陽の巡りに」ヨドンツァ親仕《やし》が言い、「月のためらいに」皆が声を合わせて唱える。だがそこでヨドンツァは遠くを見つめて黙ってしまう。賜陽《しよう》の儀ではさらにもうひと唱え必要だった。

ヌフレツンは首を振って、〝絶え間なき陽の滾《たぎ》りに〟と囁《ささや》き声で促す。

「そうだった――絶え間なき陽の滾《たぎ》りに」

「果てなく地を結ぶ球地《たまつち》に」

ラダムンミやンモサが叉匙《さじ》で、断面のねっとりとした部分を掬って食べる。はふ、はふ、とロの中で輝晶《きしょう》を転がしているンモサの皿に、ヌフレツンは切り分けた自分の輝晶《きしょう》をたっぷりのせてやった。「うわーい」ンモサは喜んだと思うと口を閉じ、目を大きく開いて「あもーい」と言った。冷めてきてようやく味わえたらしい。

ヌフレツンも叉匙《さじ》で掬って口にした。息を吸ったり吐いたりしつつ味わう。舌の芯にまで甘みが浸潤して、喉や鼻が晴れやかになり、すこし遅れて胸の底から暖まってくる。

ンモサがヨドンツァの空《から》の皿を不思議そうに見つめて、「おおおさは、どうしてそんなにながてなのう?」と言う。

「苦手で食わんのではなく、体が受けつけんのだ」ヨドンツァが暑そうに上衣の胸紐《むなひも》を緩める。「どうも陽臓《ひぞう》や炕臓《かんぞう》がうまく働いておらんらしい」

「おいしいのにぃ」

「照子屋《てらこや》で、式のたびに輝晶《きしょう》が出るだろう。食えないといってもわかってもらえず、好き嫌いをするなと無理やり食わされ、吐くか下すかして何日も体調を崩したもんだ」

「吾《わ》ぁたちのどこが縛られてるって言うんだよ」ラダムンミが輝晶《きしょう》を頬張《ほおば》りながら不服げに言う。
の見方を縛られずに済むのだから」
鳥に襲われようとも、むしろ輝晶《きしょう》を食えないことに感謝しているくらいだと答えたがな。もの
「おまえの親《や》さも、同じことをわしに訊いたよ」とヨドンツァは苦笑いした。「どれほど虫や
「だから惨斬《ざんぎり》をぶつけたの？　太陽に拒まれてるから許せなくなって」とラダムンミが訊いた。
「もったいないねー」
「わしのように考える森人《もりうど》は少なくない。落人《おちうど》は頭の中にも裁定力が働いているとな」ヨドン
ツァは、椅几《いき》に凭《もた》れかかる。「おまえたちは聖《ひじり》になりたいだろう」
「ンモサ、聖《ひじり》になる！　お陽さましょって、めぐるぐる、お陽さましょって、めぐるぐる」
「黙ってろよンモサ——そりゃ、誰だって聖《ひじり》になりたいでしょ」
「そう思わない落人《おちうど》なんていないよ。最も栄誉のあることだし」とヌフレツンも頷《うなず》き、めぐる
ぐる、とンモサは囁《ささや》き声で唄う。
「トバイノが若くして聖《ひじり》になって、つらくはなかったのか」
ンモサの顔が翳《かげ》る。ヌフレツンの心にもわだかまりのひとつが蘇《よみがえ》ってきた。まるで胸の中に
朔《さく》が紛れ込んでいたみたいに。
「そりゃ、驚いたし、寂しいけど……でも、でもあの歳で聖《ひじり》に選ばれるなんてやっぱり凄いこ
とだから……先胞《まあ》さはこのために生まれてきたんだなって」
円卓に突っ伏してンモサが咽《むせ》び泣きだし、その背中をさする。

「どうして自分たちが太陽を崇《あが》め、聖《ひじり》になりたいと欲するのかを考えたことはないのか」

「だってあたりまえのことじゃない」とラダムンミは笑う。

「そうだよ。太陽がなければ、誰も生きていけないんだから」

そう答えながらも、ンモサの背中の震えに居たたまれない気持ちになってきて、それを誤馬《ごま》化《か》すように輝晶《きしょう》を掬って口にする。

「やはり等活《とうかつ》の連鎖を現世で断ち切ることが、わしには間違っているとは思えん」

「なに言ってるの……」森人《もりうど》の怪しげな考えをここで広めようとしているのではないか、と身構えたところで、あつっ、とンモサが上体を跳ね上げて顔を歪《ゆが》めた。輝晶《きしょう》に蓄晶《ちくしょう》の粒が混ざっていたらしい。灼傷《やけど》するほど熱いのだ。

それなのに今頃になってそのようなことを仰る《おっしゃ》のかあなたは――

ほとんど聞こえない声でヨドンツァが呟《つぶや》いた。


朝の阜易楽《ふいがく》に合わせて、ヌフレッツンは焙音璃《ばいおんり》の稽古を続けていた。その日は、〈韶光《しょうこう》〉の第二章に、歩みを強める〈促巡《そくじゅん》〉の補譜が加えられており、気がかりのまま家を出た。太陽の照層には、以前にも増して黒点が目立っていた。このところ肌寒くなっていたが、すでに連譜の全体に重ねられた〈励沸《れいふつ》〉の譜によって、太陽の限界まで熱が引き出されているはずで、もはや阜易楽《ふいがく》でどうにかなる段階ではなかった。

通りがかった路地に、燈杖《とうじょう》や爛蛋《らんたん》を設置している台手《うてなて》たちの姿が目に入った。そういえば昨日の午餐で、イェムニラが夜這い星《よばぼし》について話していた。水濾し処《みずこどころ》の近くで夜這い星《よばぼし》を見たと話す者が現れ、水濾《みずこ》し手《て》たちが総出で狩り出そうとしたという。「でも、どこにもいなかったらしいぜ。まったく人騒がせな話だ」イェムニラはそう言ったが、正午台《しょうごだい》では、夜這《よば》い星《ぼし》が現れても不思議はない状況にあると判断したのだろう。

繋業解《けごうと》き工房では、「むぁだやぅれる」「むぁだやぅりとぅい」と千詠轤《ちえいろ》から出るような太い声で主張するモノノスとセイモドフに、「わかったわかった。力仕事が必要なときには呼ぶから、ひとまず壁際に坐っていろ」とイェムロガ房主が宥《なだ》めていた。

ふたりの体に聖紋《しょうもん》が現れて別処《べつどころ》に通いだしてからは、体じゅうの皮膚に裂け目ができるほど急激に背丈が伸び、いまや繋業解《けごうと》きも難しいほどになっていた。聖人式《しょうにんしき》が近づいているため、強い聖薬《しょうやく》で化生《けしょう》が促されたという話だった。

まわりに祝いの声をかけられ、誇らしげに言葉を返しながらもイェムロガ房主の姿はやはり寂しげで、ヨドンツァの問いかけが頭によぎる。

繋業解《けごうと》き工房ではさらに人手が足りなくなり、皆の帰る時間が遅くなってきた。手習いを鍛える解《と》き手《て》たちの声がひっきりなしに響くなか、手習い仕事以外は強いられないヌフレツンにも、背割りに挑んでみたいという気持ちが芽生えだしたが、すぐに頭から振り払った。奏《かな》で手《て》の復壇試験が控えているというのに。もし指を失えば、二度と鳴り物を弾けなくなるかもしれないのだ。

臥洞《ふしうろ》で眠っていると、ヨドンツァに揺り起こされた。

「いったいなに。明日も早いのに」うつらうつらしながらヌフレツンが言うと、「ロムイソとリマルモが来ておる。急げ。夜這《よば》い星《ぼし》が出たらしい」

一気に目が覚めて臥洞《ふしうろ》を出る。ラダムンミも飛び起きたが、「おまえはここでンモサを守らんか」とヨドンツァに言われ、しぶしぶ従う。

戸口に向かっていたら、ヨドンツァも後ろをついてきた。

「なに、まさか夜這《よば》い星狩《ぼしが》りに加わるつもりなの？　いくらなんでも――」

「馬禍《ばか》もん。わしは療治所へ向かうのだ。すでに何人か怪我人《けがにん》が出ておるらしい。夜這《よば》い星《ぼし》の症例はまだ少ないからな。傷をその場で検分して調薬する必要がある」

白夜《びゃくや》も過ぎて真っ暗な黄道《こうどう》に、十人ばかりが集まっていた。その傍らには彗星曳《すいせいひ》きの荷車が停まっている。乗り手がヨドンツァを急《せ》き立てて荷車に乗せ、すぐさま彗星《すいせい》を走らせる。蹴立てられた沙璃《じゃり》がヌフレッンの膝頭にあたった。

「ヌフレツン、これを使え」とロムイソが先の光る長い銛《もり》を渡してくれる。

「漁《いざ》り手《て》の銛《もり》？」

「正午台《しょうごだい》が夜這《よば》い星狩《ぼしが》りのために作ったもんだ。だいぶ軽いはずだ」

それでもけっこうな重さがあり、ヌフレツンは両手でしっかりと握った。

「怪我人《けがにん》がいるって、どこで襲れたの？」

「黒沙《こくしゃ》の皐《おか》の周辺と、照子屋《てらこや》の裏手、さらに水濾《みずこ》し処《どころ》の近くだ。三人やられた」

「そんなにあちこちから……」

「いまも徘徊《はいかい》しているみたい。房主たちは黒沙《こくしゃ》の皐《おか》の周辺を任されてる。わたしたちは正午台《しょうごだい》まわり。急ぎましょう」

リマルモが言って、皆が歩きだす。通りがかった路地のあちこちに、銛《もり》の光が瞬くのが見えた。

正午台《しょうごだい》まで来ると、まわりの路地をふたりずつで巡っていく。ヌフレッツンはリマルモと組んで、枝分かれする幾筋もの路地を見てまわったが、夜這《よば》い星《ぼし》が徘徊《はいかい》しているとは思えないほど気配がなかった。

「こちらから探そうとすると出くわさないものだね」とリマルモが言う。

「すでに去ってしまったとか」

「それならいいのだけど。夜這《よば》い星《ぼし》の習性にはまだまだよくわからないところが多いから」

二股の路地が近づいたとき、なにかの気配がした。リマルモとヌフレッツンは互いの顔を見合わせ、銛《もり》を前に突き出して腰を低く構えながら足音を立てずに近づいていく。と、左の路地から お陽練《ひね》りの光が三つ現れた。向こうもこちらが落人《おちうど》だとわかって肩の力を抜き、互いに向け合っていた銛《もり》を立てる。

「なんだヌフレッツンじゃない」「わー、元気そうでよかった」「久しぶりだね」

次々と声がして懐かしい気持ちに満たされた。イノニンカにノースヌイにゼンササだ。

「やあ」と挨拶をして、「聖楽校《しょうがくこう》で一緒だった奏《かな》で手《て》たちなんだ」とリマルモに伝える。「こっちはまだ一度も夜這《よば》い星《ぼし》を目にしてないんだけど——」

「こちらも、気配ひとつないよ。もう解散しようか、と話していたんだ」とイノニンカが言う。

どうする、とリマルモと相談していたら、「ゼンササは伝えたいことがあったんじゃないの」とノースヌイが促した。「ああ」とゼンササがどこか上擦《うわず》った声で言う。「あのさ。ずっと感謝してたんだ。聖人式《しょうにんしき》の聚奏《じゅそう》を、君がわたしに任せてくれたこと。控えで燻《くすぶ》っていたけど、あれがきっかけで聚奏壇《じゅそうだん》に立てるようになったから」

「よかったよ。頑張ってるんだね」

「繫業解《けごうと》きに落ちぶれたって噂する人もいるけど、そんなわけないって信じてる。戻ってくるよね。今度は一緒に聚奏壇《じゅそうだん》に立てると嬉《うれ》しい」

リマルモもいるのに、とヌフレッツンは当惑しながら、

「噂じゃなく、繫業解《けごうと》きなら手伝わせてもらってるよ。あれも大切な仕事だから」

ゼンササが愕然《がくぜん》とした顔をして、「君はそんなひどい環境に身を置くべき人じゃ――」ヌフレッツンが慌てて遮ろうとしたとき、「心配しなくとも、ヌフレッツンは央響塔《おうきょうとう》に戻るから」とリマルモが言い、こちらを見て笑った。「繫業解《けごうと》きになるには下手すぎるもの」

「よかったぁ」とゼンササが胸を撫でおろしたので、ヌフレッツンは複雑な気持ちになったが、

「君の焙音璃《ばいおんり》の音色を早く聴きたいよ」とイノニンカが言ってくれたのは嬉《うれ》しかった。

「そういえば、もうすぐ復壇試験だろう？　今度こそ聖人式《しょうにんしき》で〈聖旦譜《しょうたんふ》〉を通しで弾けるかもしれないね」とノースヌイが言う。

「それが、聖人式《しょうにんしき》の方が先なんだ……うちの工房からも聖《ひじり》がふた――」

「ええっ、そうなの。残念だな」とゼンササが声をかぶせたとき、背後から激しい足音がして、

「気をつけて、素早い！」とイノニンカが叫んだ。

ヌフレッツンが振り返ったとき、真っ黒な影が突風のごとく目の前を斜めによぎった。とっさに銛《もり》で突いたが、見当外れなのはわかっていた。他の三人もそれぞれに銛《もり》を振り、お陽練《ひね》りの軌跡が宙に残る。

「くそっ、かすりもしない」とゼンササの声がした直後、壁を小刻みに叩《たた》くような音が聞こえた。皆が一斉に銛《もり》を向ける、が姿は見えない。

「壁を上った？」「いったいどこに」

五人は銛《もり》を構えたまま見まわす。耳を澄ますが、自分たちの抑えた呼吸の音しか聞こえない。皆、宙廊の裏と壁の合わせ目の暗闇が気になるらしく、ゆっくりと銛《もり》を向ける。尖った月返しが影を伸ばしながら銀色に光るが、なにかが隠れている気配はない。

「もしかして宙廊の向こう？」「それならもう逃げてしまったかもしれない」

いま誰も見ていないのはどこだろう。ヌフレッツンは視線を巡らし、虚を突くように背後へ銛《もり》を向けた。

「どうだい？」とリマルモが訊く。

「家の壁が見えるだけ」銛《もり》を戻したときに、リマルモの足元の影の動きに引っ掛かりを覚えて目を凝らす——がやはりただの影だ。あらゆる影が疑わしく見えてしまう。

くそっ。八つ当たりでその地面の影を銛《もり》の先で突いた。とたんに肉の脂の焦げる音がして煙が噴き出し、影が立体感を帯びだした。呆気《あっけ》に取られながらももう一度突こうと銛《もり》をいったん離すなり、影が懐に飛び込んできて胴をぐるりとまわり——「ヌフレッツン！」という皆の叫びを耳にした瞬間、銛《もり》を持つ手に凍りつくような痛み、それとも灼《や》けるような熱さだろうか——が弾けた。銛《もり》が離れ、地面を打って撓《たわ》む音が響くなか、全身の力が抜けて背中から頽《くずお》れる。

傾《かし》いだ視界のなかで、何本もの銛《もり》が地面の影を刺し貫き、影が激しくのたうって白煙が噴き出すのが見えた。不協和な音に不協和な音を重ねていくけたたましい咆哮《ほうこう》に耳を聾《ろう》される。書き起こすならどういう譜になるだろう、と想像するうちに、膨らんでいく白煙で頭のなかまで霞《かす》んでいった。

目覚めると、ヨドンツァが渋面で覗き込んでいた。

「あれ、伯《お》さ。ここは家――じゃない」上体を起こそうと体を動かしていると、ヨドンツァが背中を押してくれた。

「療治処《りょうじどころ》だ。まさかおまえが運ばれてくるとはな」

確かに療房だった。奥には、ダユナーエ療主や治《おさ》み手《て》の姿もある。

「えっ、どうして……あれ、手が――」癒葉《ゆば》に包まれていて、形が妙だ。痺《しび》れたように感覚がない。

「覚えておらんのか。右手の親指と人差し指を、夜這《よば》い星《ぼし》に嚙みちぎられたのだ。いまは強めの有痛薬《ゆうづうやく》が効いておる」

鼓動が止まってしまったように感じて、左手で胸を押さえる。いつも繫業《けごうと》解きの手習い仕事で、あれほど指を落とさないよう注意を払っていたというのに。まさかこんな形で失うなんて……。

「利き腕だろう。鳴り物は弾けるのかと案じておったのだが……」

しばらく声を出せないでいたが、複雑な運指が必要なのは左手だと気づいて、ようやく息を吸った。

「むしろ右手でよかった……たぶんこれでも弓は弾けると思う」

けれど、前と同じ水準で奏でられるかどうかはわからない。聚奏壇《じゅそうだん》には立てなくなるかもしれない。身の振り方に、改めて追い打ちをかけられているようだった。

「そうだ、夜這い星《よばぼし》はどうなったの」

「他の三人が仕留めた。焼け焦げて縮んでおったが、わずかずつ戻生《れいせい》しておるようだ。檻に封じて、いろいろ調べておるところだ」

「戻生《れいせい》している？　死んでないの……」

「星と呼ばれているが、月などの恒星《こうせい》に近いようだ。骨格は落人《おちうど》とどこか似ていてな——」

「そのことについて、相談したいことがあります、ヨドンツァ薬主」とダユナーエ療主の声がした。

「わかった。ヌフレッツン、痛みがひどくなったら呼び鱗《りん》を鳴らすんだぞ」

ヨドンツァとダユナーエ療主は療房を出ていった。

夜這い星《よばぼし》に噛まれたせいなのか、ヌフレッツンは数時間おきにひどい熱を出して気を失った。球地《たまつち》を裏返したような大地に、夥《おびただ》しい数の人が倒れている恐ろしい夢を見た。目が覚めても、毬森《まりもり》から降りたばかりのヨドンツァみたいに体に力が入らなかった。裁定力に圧されて療治台に横たわったまま、央響塔《おうきょうとう》から流れてくる阜易楽《ふいがく》の旋律に耳を傾けた。阜易楽《ふいがく》をただ聴くだけの時間を持つのはいつ以来だろう。

〈醒光《さいこう》〉がかかったと思うと、三章からは異譜の〈熱哮《ねっこう》〉二巻二章一番が、同巻同章五番が、そしてようやく〈赫焉《かくえん》〉が始まったところで、補譜の〈陽翔《ひしょう》〉と〈舞焰《ぶえん》〉が加えられ——

いまや阜易楽《ふいがく》は単一の連譜ではなく、複数の譜を継ぎ接《は》ぎにした上に、さらに補譜を何層か重ねた複雑怪奇なものになっていた。それでいて、おそらく奏で手《かなで》《て》ではない落人《おちうど》にはひとつながりの譜に聴こえる自然さに整えられており、ヌフレツンは感嘆させられる。ズワルメイ響主《きょうしゅ》やディアルマ師が中心となって編譜したのだろう。いずれこの組み合わせが新たな阜易楽《ふいがく》となるのかもしれない。

一度魘《うな》されているときに、イノニンカが側に立っているのを目にしたような気がした。それも夢だったのだろうか。ラダムンミとンモサが現れたのは、夢ではないようだった。

「その手じゃ、解虫串《ほぐし》をうまく使えないじゃない、師範になれなくなるよぉ」とラダムンミは寝癖をいじりながら嘆いた。「いや、師範になんかなれないし、繋業解《けごうと》きになるとも言ってない」ンモサは癒葉《ゆば》に包まれたヌフレツンの手に顔を近づけ、やたらとにおいを嗅ぐ。「これ、丹蘚采《たんせんさい》でしょ。丹蘚采《たんせんさい》のにおいだよ」

五日後に療治所から退所したヌフレツンは、家に帰るなり焙音璃《ばいおんり》を手にした。磨き上げられた硬輝晶《こうきしょう》や骨棹《さお》の艶やかな感触が心地いい。ヨドンツァからは治るまで控えるよう言われていたが、確かめておきたかった。骨棹《さお》をつかんで響体《きょうたい》を胸にあて、癒葉《ゆば》を巻いた手で弓を握り、恐るおそる腸弦《ちょうげん》にあてて滑らせてみる。腸弦《ちょうげん》の弾力や響体《きょうたい》から胸に響いてくる振動で、体の内になにかが芽吹いていくようだった。弦巻きを回して調音してから、再び弓をあてる。三本指でも思ったよりいつもどおりに弓を操れたが、力の入れ具合が変わったせいなのか音が外れやすい。そのうち指の切断面が圧迫されて鈍い痛みが生じだした。

自分が甘く考えていたことを思い知る。

このままでは控えの奏《かな》で手《て》になるどころか、十日後に控えた復壇試験じたいに通らないかもしれない。イェムロガ房主には、焙音璃《ばいおんり》の稽古に傾注したいと伝え、これまでの礼を言った。

「また謹慎になったら戻ってくればいい」と房主は笑った。後でそれを知ったラダムンミは、どうして繫業解《けごうと》きではだめなの、と怒ってしばらく口を利いてくれなかった。

熱のこもった居間の中で、ヌフレッツンは太陽の歩みの振動や放射される熱を感じながら、焙《ばい》音璃《おんり》を奏で続けた。消音器で音がくぐもるのがもどかしい。うまく弾けずに意地になって同じ旋律を繰り返す。全身から汗が吹き出し、切断面が染みて癒葉《ゆば》に血が滲《にじ》んだ。

ヨドンツァが帰ってきたときには呆《あき》れられた。

「おとなしくしていろと言ったろうが！」

「復壇試験を逃したら、もう機会はないから」

「どうしてもやらなければならんのか」とヨドンツァが言い、ヌフレッツンは頷《うなず》く。

ヨドンツァは去っていったと思うと、薬道具一式を手に戻ってきて、「見せてみろ」と不寵面《ぶっちょうづら》でヌフレッツンの手を取った。癒葉《ゆば》を取り去り、傷口を洗って膏薬《こうやく》を塗ってくれる。あまりの痛みに呻《うめ》き声をあげると、その痛みを宥《なだ》める薬はないぞ、と新しい癒葉《ゆば》で包んでくれ、「また汚れたらいくらでも取り替えてやる」と言った。

聖人式《しょうにんしき》の前日から、太陽の大好きなンモサは気持ちを昂《たかぶ》らせて騒がしかったが、当日の朝は誰よりも早く起き、「一緒に聖人式《しょうにんしき》見に行こうよ、一緒に見に行こうよぅう」と抱きついて離れず、ラダムンミに引き剝がしてもらわねばならなかった。

ヌフレツンは焙音璃《ばいおんり》と弓を携えて、寒さに身を竦《すく》めながら央響塔《おうきょうとう》に向かった。落人《おちうど》たちは黄道《こうどう》に集まっていて、央響塔《おうきょうとう》のまわりに人影はない。

球地《たまつち》の中心に向かって聳《そび》える円柱状の央響塔《おうきょうとう》を久々に仰ぎ見て、これほど高かったろうかと圧倒される。ヌフレツンはかじかんだ指を擦って温めると、最上層の聚奏堂《じゅそうどう》で鳴り物を構える三百名近い奏《かな》で手《て》たちの姿を思い浮かべ、同じように焙音璃《ばいおんり》を構えた。

静寂との切れ目を感じさせない透明な浮流筒《ふるとう》の音色が宙に滲《にじ》むように広がりだし、そこに千《ち》詠轤《えいろ》や摩鈴盤《まりんばん》の旋律が互いを撚《よ》り合わせるようにして厚みを増していく。〈聖旦譜《しょうたんふ》〉の序章だった。聚奏壇《じゅそうだん》に立ったときの緊張が蘇《よみがえ》ってくる。

ヌフレツンは央響塔《おうきょうとう》の壁に背中をあてがった。工房や家で聴くのとは大違いで、たくさんの鳴り物が一斉に繰り出す聚奏《じゅそう》を肌で感じて、自らの身体じたいも鳴り物であるかのように陶然とする。嘆舞鈴《たんぶりん》や奠馬威《てんばい》が拍動を刻みだすとヌフレツンは弓を腸弦《ちょうげん》にあて、聚奏堂《じゅそうどう》の焙音璃《ばいおんり》弾《ひ》きたちに合わせて弓を滑らせはじめた。聚奏壇《じゅそうだん》に立つことは叶わないが、どうしてももう一度、途切れずに〈聖旦譜《しょうたんふ》〉を奏でてみたかった。前回は自ら投げ出しただけでなく、途中で幾度もの換譜を強いられたからだ。

ヌフレツンは聚奏壇《じゅそうだん》に立っているつもりで、無心に〈聖旦譜《しょうたんふ》〉を奏でた。そのうち、この聚《じゅ》奏《そう》にはなにか瑕疵《かし》があるのに気づいた。ときおり余計な雑響が交じるのだ。見習いがよく鳴らしてしまう類《たぐい》の音だった。そんな未熟な奏《かな》で手《て》が聚奏壇《じゅそうだん》に加わったのだろうか。どうしてズワルメイ響主《きょうしゅ》はその音を均《なら》さないのかと苛立《いらだ》ちながら弾き続ける。

黄道《こうどう》の方から光が差し込み、雲がうっすらと漂ってあたりを満たしていく。かすかに蒸された芋のにおいがした。

指の切断面が疼《うず》きだし、血が滲《にじ》んできて、ヌフレッツンは弓を止めた。その瞬間に雑響が消え、顔から陽《ひ》の気《け》が失われる。

再び奏でだすと、やはり同じような雑響を帯び、それを抑えようと力を込めるが、聚奏《じゅそう》に溶け込むことができない。指を失った影響は稽古で乗り越えたはずだったのに。苛立《いらだ》ちと焦燥に駈られて指が攣《つ》りそうになる。汗が染みて、目をしばたたかせる。まるでリナニツェに背割りをさせられて、解虫串《ほぐし》でいつまでも煩悩窪《ぼんのうくぼ》を見つけられなかったときのようだった。

もはや央響塔《おうきょうとう》の聚奏《じゅそう》には、自分の入り込む余地などないのだと感じ、ヌフレッツンは弓を止めた。

それなのに、なぜか悔しさはなかった。どこかでそれをずっと待っていた気さえした。それこそが以前から心に引っ掛かっていたことではないか——すべてが言い逃れのようでいて、自分でも知らなかった本心に手繰《たぐ》り寄せられていくような奇妙な感覚に囚《とら》われていると、〈聖旦譜《しょうたんぷ》〉の一部の譜調が変わった。〈足逝《そくせい》〉の譜だと気づき、ヌフレッツンは焙音璃《ばいおんり》を抱えて駈け出した。逝去した足身聖《そくしんひじり》を弔う譜だ。嫌な予感がした。

正午台《しょうごだい》の横の路地を通って黄道《こうどう》の宙廊下に出る。

黄道《こうどう》の中央あたりで、祀服《しふく》姿の聚長《じゅちょう》が前のめりに燈杖《とうじょう》を掲げている。その向こうでは、沸き立った雲が光を充満させて、大きな光暈《こううん》を生じさせていた。あちこちから光条が漏れ、雲が漂うにつれて伸びたり縮んだりしている。その一条の光をまともに浴びて、ヌフレッツンは慌てて顔に遮光器《しゃこうき》をつける。

正午台《しょうごだい》の向かい側に目を向ければ、陽接車《ようせつぐるま》の上にモノノスやセイモドフといった務者《むしゃ》たちの巨体が並び、神妙な表情で太陽を見据えていた。その近くに繫業解き工房《けごうと》の面々が集まっていたが、そのなかにも、まわりの人垣にもラダムンミの姿はない。いまいる側の宙廊下に視線をめぐらしていくと、太陽の後方近くの雲に覆われた人垣の前に、地面に這いつくばる人影がうっすら見えた。ヌフレッツンはそこに向かって人混みを掻き分けながら進んでいく。人にあたった焙音璃《ばいおんり》が雑音を鳴らす。

なんということだろうか。トバイノ聖《ひじり》とマクラゼ聖《ひじり》が――

務者仕《むしゃづか》えたちの声が聞こえた。その前に、しゃがみこんだ後ろ姿が、寝癖のついた頭が現れる。ヌフレッツンは言葉を失い、傍らに屈《かが》んでラダムンミの背中に手をあてた。灼傷《やけど》しそうなほどに熱い。

ラダムンミは顔を伏せたまま、「トバイノ聖《ひじり》が、古い殻粉壁《からこかべ》……みたいに砕けていって……」陽に炙《あぶ》られた沙璃《じゃり》を掻きむしるように摑《つか》み、泣きだした。「せっかく、ひじりに……なったのにぃぃ」

太陽の背後の沙璃《じゃり》の上には、壁礫《へきれき》にしか見えない痕跡が散らばっている。

「無理もない。急激な化生《けしょう》でその日のうちに足身聖《そくしんひじり》になられたのだから」「あのおふたりでなければ、とうに逝去されていたろう」「ほんとにいままでよく耐えられた……」

背後の務者仕《むしゃづか》えたちの言葉に頽《くずお》れそうになるのを堪《こら》えながら、ヌフレッツンは震える声で呟《つぶや》く。

「トバイノ先胞《まあ》さ、我慢強すぎるよ」

奏《かな》で手《て》になるために、いつだってトバイノが力を貸してくれたことを思い出す。ほんとは繫《け》業解《ごうと》きをやらせたくてしょうがなかったはずなのに。

肌がじりじりと灼《や》かれ、汗が流れ落ちていく。

潤んだ視界に、半球状の光が見えた気がした。太陽の向こうだ――うねり漂う膨張した雲塊を透かして、陽光を照り返す月の光影がうっすらと見える。近接期にしてもやけに距離が近いのは、足身聖《そくしんひじり》の逝去で歩みが遅れたせいだろうか。

「そういえば、ンモサは」

「あれ……さっきまで一緒にいたのに」ラダムンミが赤らんだ手で頬に貼りついた涙粒《なみだつぶ》を払いながら見まわす。

再び雲塊に目を戻し、ヌフレッツンは焙音璃《ばいおんり》を抱えたまま駈け出していた。「どうしたの先胞《まあ》さ！」腰の革包《かぼう》が騒がしく揺れる。全速力で雲に突入するなり、顔に熱い水滴が次々と貼りつき、衣服が水気を吸って一気に重くなった。吸い込んだ空気の熱さにむせる。月と人の輪郭がしだいにはっきりしてくる。激しく動いていた。太った二人の落人《おちうど》が、棒状のもので銀色に反射する月を突いているのだとわかった。それだけじゃない。月の下半球になにかがぶら下がっている。逆さになった子供の体――「ンモサっ！」月隠《つきご》りされかけている。

太った人に見えたのは、陽縅《ひおどし》を着た陽採《ひど》り手《て》で、ンモサを助けようとしているらしい。顔が陽膨《ひぶく》れだらけの方は、長い円匙《えんし》でのたうつ柔肢《じゅうし》を押し除けようとしており、大柄な方は月の上部に突き刺さった銛《もり》の鎖を全身で引っ張っている。逆さになったンモサの顔が黝《あおぐろ》い。

「ンモサー！」

声を張りあげるが、目を瞑《つぶ》ったままで応えない。意識を失っているのだ。

陽採《ひど》り手《て》が体重をかけて鎖を引きながら険しい顔で振り向く。以前に正午台《しょうごだい》で前に立ちはだかった人だと気づく。

「若いの、それは飾りかい？」

「それ？」肺に熱い空気が入って咳《せ》き込む。

「肯楽《こうがく》は弾けないのかって訊いてあああっ」月が銛《もり》の鎖に柔肢《じゅうし》を絡めだしたのだ。

「こーいつううーー」もうひとりの陽採《ひど》り手《て》が唄うように声を発しながら円匙《えんし》を振りまわす。

肯楽《こうがく》――

そうだ。どうして気づかなかったのだろう。ヌフレッンは自らに呆《あき》れながら響体《きょうたい》を胸にあてて骨棹《さお》を斜め前に起こし、二歩前に出た。熱く霞《かす》んだ空気を裂くように冷気が流れ込んでくる。こっそり稽古してきた肯楽《こうがく》の譜面を脳裏に広げてから、焙音璃《ばいおんり》の腸弦《ちょうげん》に弓を滑らせた。月と交感すれば常心を失う、と噂されている旋律を奏でる。

濡れた服が肌にくっつくのと手が血塗《ちまみ》れで弓が滑るのとで、ひどい金切り音になる。

落ち着け――

深く息を吸って仕切りなおし、弾きはじめる。最初はまるで調音さながらの不揃いな音だったのが、しだいに肯楽《こうがく》らしい気の滅入る旋律になっていく。だが、月の様子は変わらず、このままではンモサも鎖もすべて呑み込まれてしまう。ひとりではだめなのか。いや、阜易楽《ふいがく》と違って主旋律だけで成立するはずだ。弓の角度が変わるたびに手に激痛が走り、歯を食いしばる。なにがだめなんだ。やはり、どうしても帯びてしまう雑響のせいなのか。

「もっと前へーっ！」と陽採《ひど》り手《て》が頭を大きく振って示す。「離れすぎてる。前の宥《なだ》め役《やく》は、もっと間近で奏でていたよ」

これでも、かなり近くに立っているつもりだった。前の宥め役《なだやく》——確かに、月の間近に立って浮流筒《ふるとう》を吹いていた。怖いくらい近かった……。

足が震えたが、でゅじ、と音を立ててンモサの脚が月に呑まれていくのを目にし、ヌフレッンは意を決して三歩前に踏み出した。柔肢《じゅうし》の先がかすめそうな近さで、刺すような寒気を覚える。

こころもち柔肢《じゅうし》の動きが鈍くなった。これか。この感じか。

「動きを鈍くする程度じゃだめ。すこしの間だけでいい。凍りついたように封じておくれ」

ヌフレッンは力を込めて雑響をさらに抑えたが、強張《こわば》りが解けたように柔肢《じゅうし》がくねりだした。どうしてだ。何がだめなんだ。痛みに耐えきずに力が抜け、雑響が元通りになって悪態をつく。それと同時に柔肢《じゅうし》の動きが緩慢になった。まさか、雑響を帯びている方が効果があるというの?

半ば疑いながらも、雑響が鳴るがままに弾き込む。環海《わだつみ》に沈みたくなる昏《くら》い旋律に月が凝《こご》りだし、寒さに身震いするような小刻みな震えを何度か見せたあと、とうとう動かなくなった。

「なんだ、うまいじゃないのさ。そのままだ。そのままで頼むよ」

大柄な陽採り手《ひどて》が、月に刺さった銛《もり》から伸びる鎖を引っ張り、その端の杭《くい》を槌《つち》で素早く地面に打ち込むと、月の柔肢《じゅうし》の隙間に勢いよく滑り込んでンモサの腕をつかんだ。引きずり下ろそうとするが、抗《あらが》う月に引き戻される。ヌフレッンは痛みに堪えて弓をより強く腸弦《ちょうげん》へあて、雑響をくっきりと際立たせた。

月と競り合った末に、陽採《ひど》り手《て》はようやくンモサの体を引きずり出して抱え、柔肢《じゅうし》の間から慌てて這い出してくる。ヌフレッツンは背楽《こうがく》を弾き続けていたが、月は體軀《たいく》を上下でちぐはぐに歪《ゆが》ませ、陽採《ひど》り手《て》の背中を追うように柔肢《じゅうし》を伸ばしだしていた。硬直が解けつつあるのだ。月から離れた陽採《ひど》り手《て》が声を張りあげた。

「あんたも逃げた方がいいよ。無理に動きを封じられたぶんだけ、月は暴れるんだから」

ヌフレッツンは慌てて駈け出した。巨塊が揺れ動く水気を含んだ重々しい音、のたうつ柔肢《じゅうし》の音、が背後から迫ってくる。息せききって逃げながら、ンモサを抱えて斜め前を走る陽採《ひど》り手《て》に向かって、ヌフレッツンは声を張りあげた。

「わたしに、陽採《ひど》り手《て》の宥《なだ》め役《やく》を務めさせてください」

その言葉を伝える日が来るのを、子供の頃からずっと待ち望んでいたのだと知った。

陽採《ひど》り手《て》からンモサを受け取ったときには、両足の朋化《ほうか》が始まっていた。ンモサはなにかを話そうとするが、寒気でひどく震え舌がもつれ、あたた、ははば、ふふば、といった音にしかならない。療治処《りょうじどころ》に運び込むと、ダユナーエ療主が、脚に瀉管《しゃかん》を刺して月漿《げっしょう》を抜き、そこかしこに穿《うが》ち込まれた小さな氷刺形《ひしがた》の朔《さく》を鑷針《せっしん》で次々と抉《えぐ》り出していった。その一方で、ヨドンツァが透けつつある脚に薬管を刺して液薬を送り込んでいく。そのおかげで、全身に広がろうとしていた朋化《ほうか》を、両膝の上あたりで留めることができた。脚はまるで水路に棲《す》む無死魚《むじな》のごとく濁り透け、柔らかくなった骨や血管が覗き見えている。

処置が終わって震えが収まると、ンモサは療治台の上で囁《ささや》くように口ずさみだした。

めぐるぐる、めぐるぐる――

心のなかでもそうやって縋《すが》るように繰り返していたのかもしれない。

どうしてあんなところに、と訊くと、ンモサはとぎれとぎれに話した。

「聖人《しょうにん》の日の太陽のね、照層にはね……願いを叶えてくれる特別な渦が現れるって……ナムハから聞いたんだ」その特別な渦を見つけようとしているうちに、太陽の後ろ側にまわり込んでいたのだという。「雲がもうもうでね、なんにも見えなくなってね――」ンモサは顎をうわ向け、唐突に喉を震わせて呻《うめ》きだした。月が背後から迫ってきた時の恐怖が蘇《よみがえ》ってきたらしい。

いつか聖《ひじり》になって太陽を背負いたいというンモサの願いが叶わなくなったのが不憫《ふびん》だった。

陽採《ひど》り手《て》の宥《なだ》め役《やく》になると言いだしたヌフレッツンを、親仕《やし》のヨドンツァは意外にも止めようとしなかった。一瞬顔を曇らせたあと、好きにしろ、と興味なさげに言ったきりだ。けれど他の者たちは違った。考えなおすよう説得するために幾人もがヌフレッツンの元へ現れた。特にリマルモやロムイソはなかなか諦めてくれず、何度となくやってきては言葉を尽くした。

「それだけはやめなさい。ジラァンゼ聖《ひじり》は決して望まないよ」「おまえは陽採《ひど》り手《て》に騙《だま》されてるんだ」「トバイノはあんたが奏《かな》で手《て》になるのを応援してたんだよ」そしてある時こう言った。

「よりによってジラァンゼ叔《お》さと親しかったラナオモンさんと同じ道を辿るなんてよ」「あの方は奏《かな》で手《て》から仕方なく陽採《ひど》り手《て》になって、そのせいで命を落としたというのに」

ヌフレッツンは驚倒した。どうして気づかなかったんだろう。鳴り物の陳列房の奥で療養していた人が、あの宥《なだ》め役《やく》だったなんて……ずっと拵《こしら》え手《て》だと思い込んでいたのだ。

「鳴り物を弾きたいと思うようになったのは、そのラナオモンさんが月の前で肯楽《こうがく》を弾くのを聴いたからなんだよ。最初から、なりたかったのは宥《なだ》め役《やく》だったって、ようやく気づいたんだ」とヌフレッツンは訴えた。

リマルモが額に片手をあてて黙った。ロムイソは憤った。「自分がなにを言ってるのかわかってるのか？　それが宥《なだ》め役《やく》であろうと、陽採《ひど》り手《て》なんて危険な仕事には、自ら望んで就くもんじゃない。罪を償うためにやらされるものなんだぞ」

そのとおりだった。誰がそんな仕事を許すだろう。だからこそ誰にも言えずに心の奥底へ仕舞い込み、自分自身をも欺いて奏《かな》で手《て》を目指すようになったのだろう。

ラダムンミは反対こそしなかったが、「そんないつ死ぬかわからない仕事より、一緒にみんなの煩悩《ぼんのう》を払おうよ」と折に触れて繫業《けごうと》解き工房に誘った。

ある日、イノニンカとノースヌイもやってきた。魘《うな》されているときに目にしたイノニンカは幻ではなかったらしい。起こしてくれたらよかったのに、と言うと、「かける言葉が見つからなかったんだ」と寂しげな表情を浮かべた。「夜這《よば》い星《ぼし》に襲われたとき、他にもっと動きようがあったんじゃないかって悔しくてさ」とノースヌイは不揃いな歯を覗かせて言った。ゼンササは、あんな素晴らしい鳴り物を月に聴かせるために使うだなんて常心じゃないと憤り、誘っても来なかったという。

「君たちがすぐに動いてくれたから、この程度で済んだんだよ」

ヌフレッツンはふたりに右手を見せた。ようやく傷口が綺麗に塞がって、はじめから親指も人差し指もなかったかのように見える。

「自暴自棄になって陽採《ひど》り手《て》にならなくても、君なら親《や》さみたいな楽史家にだってなれるのに」イノニンカは言った。ヌフレツンは、陽採り手の宥め役こそがやりたい仕事だと、夜這い星に襲われたことで気づけたんだと説明したが、ふたりとも得心のいかない様子で帰っていった。

　その数日後、ディアルマ師がひとりで家にやってきて、ヌフレッツンは驚いた。「イノニンカから聞きました」と言うので、また説得されるのかと思って身構えていたら、「本気なんですね」と念押しした。ヌフレッツンが頷《うなず》くと、持ってきた革包《かぼう》を開けて、譜紙の束を取り出した。

「これはいったい……」

「宥《なだ》め役《やく》だったラナオモンは、わたしやジラァンゼと親しい間柄でした。陽だまりを浴びて重症を負いましたが、亡くなるまでにこの譜を完成させたのです」

　ディアルマ師が譜を一枚手にとって感慨深そうに眺め、ヌフレッツンに差し出した。見覚えのある筆跡だった。鳴り物の陳列房で見かけたディアルマ師の姿を思い出す。

「記《き》されたのは、ディアルマ師でしょうか」

「ええ。ラナオモンのかすかな唄声《うたごえ》を焙音璃《ばいおんり》で繰り返して確かめては、譜面に書き起こしていきました」

　音符の連なりを脳裏に響かせるなり、膝が震えた。これこそもう一度聴いてみたいと探し求めてきた旋律だった。やはりあれはディアルマ師の焙音璃《ばいおんり》の音色だったのだ。

「叙《じょ》の聖楽《しょうがく》とは異なる音律でいちから作られた、肯楽《こうがく》の譜です。宥《なだ》め役《やく》となって、月との距離が狭まりつつあることを肌で感じたラナオモンは、蝕《しょくき》を危惧《ぐ》していました。これまでの肯楽《こうがく》ほど月に接近しなくとも、複数の月に効果を与えられるものを目指したそうです」

憑《つ》かれたように譜紙をめくっていたヌフレッツンが顔をあげる。いちから作られた譜……そのような発想は、これまで頭に浮かんだことすらなかった。

「この譜に示唆を与えたのは、ジラァンゼが無意識に真似ていた、リナニツェ聖《ひじり》がよく口ずさんでいたという霜《そう》の譜です。それに、ジラァンゼが毬森《まりもり》から治《おさ》み手《て》を連れてこなければ、ラナオモンはこの譜を完成させられなかった。いえ、奏でられるまでは、まだ完成したとは言えません――」ディアルマ師がヌフレッツンを見据える。「あなたが完成させるのです」

第二章

幾つもの炉壺《るつぼ》を載せた荷車の後部に、陽縅《ひおどし》姿をした五人の陽採《ひど》り手《て》たちが、円匙《えんし》や銛《もり》を手にして立っていた。甘ぐさいにおいのする熱風を受けながら、荒地の起伏で不規則に揺られている。死に忘れのグクタイラ、陽吹きのマムライノ、月読みのダハリク、半年前に加わった元漁《いざ》り手《て》で片目のシシグィマ、そして、焙音璃《ばいおんり》を抱える奏《かな》で手《て》のヌフレッツン――

ヌフレッツンは遮光器《しゃこうき》越しに、彗星《すいせい》の向こうで煌々《こうこう》と輝く太陽の巨軀《きょく》を見据えていた。内裏《だいり》の落とす影のなかで、足身聖《そくしんひじり》たちの足が力強く動いている。陽採《ひど》り手《て》に加わった自分の姿が、ジラァンゼ聖《ひじり》に見えているかも知れないと思うと、いつもながら落ち着かなかった。

不意に眼前をなにか小さな影がよぎった。足元では忌虫香《きちゅうこう》を焚《た》いているというのに。いや、まだ右目のすぐ前に浮遊している。親指大の奇声虫《きせいちゅう》だ。手で追いはらい、その拍子に心窩《みぞおち》から汗が滑り落ちる。

右手に聳《そび》える環海《わだつみ》の垂曲面が、蒼黒《あおぐろ》さや翠緑色《すいりょくしょく》を緩やかに移ろわせるのを眺めながらもと来た方に視線を向けると、陽光を斑状に照り返す十頭以上もの月が、脳を思わせる球軀《きゅうく》を膨縮させて迫ってきていた。その向こうに連なるなだらかな昏《くら》い曠野《こうや》には、叙《じょ》の聚落《じゅらく》の細長い町並みが臥《が》した鉋尾《かんなび》のごとく黒々と広がり、そのあちこちで夜這《よば》い星避《ぼしよ》けの燈杖《とうじょう》の光を瞬かせている。いまは夜なのだと軽い混乱を覚える。太陽を追い続けるうちに、時の感覚がなくなってくるのだ。

「まったく」シシグィマが噛んでいた冥芽《みょうが》を吐き捨てる。「――待ちくたびれたぜ。そろそろ引き返したらどうなんだ」

「慣れておくんだね。これからもっと待たされるようになるんだから」とグクタイラが言い、

「これからもーっと待たされるーようになるー」とマムライノが節をつけて繰り返す。

「ならたまには誰か替わってくれよ。暑くてかなわねぇや」ラクマシが、彗星《すいせい》の鞍上《あんじょう》から声をあげた。

「あんたはそんなに熱があるのに、耐えられそう？　顔が真っ赤だよ」とダハリクが手巾《しゅきん》を封《ふう》杯《はい》の水で濡らして渡してくれる。「しばらく額にあてるといいよ。返さなくていいから」ヌフレツンは礼を言ってそうした。ひやりとして心地いい。以前は照子屋《てらこや》の啓師《けいし》で、月学を受け持っていたという。こんなに穏やかな人がどうして陽採《ひど》り手《て》に、といつも思うが、家族以外の人と拌脊《はんぜい》の番《つがい》みたいに親しくなろうとして幾度も独房に入れられたらしい、とか、ふたりの仲を裂こうとした人を殺《あや》めたらしい、といった話を、シシグィマがラクマシから聞き出しているのを耳にしたことがあった。手巾《しゅきん》はたちまち乾いてしまう。

太陽から陽だまりの落ちる頻度が減ったため、いまでは三日に一度は聚落《じゅらく》を超えて回収しなければならなかった。聚落《じゅらく》じゅうで消尽される輝晶《きしょう》やお陽練《ひね》りを賄《まかな》えなくなりつつあった。この三年で、太陽の黒点はさらに増えて放熱量が下がり、陽足はますます鈍くなって、月に間近

まで近づかれることが増えていた。

かつては旃茶草《せんだそう》が繁茂していたという泥沼地が右手に見えてきた。咲きはじめはひどく汚らしく、萎《しお》れるにつれ美しくなるという旃茶草《せんだそう》の花を一度見てみたかった。一面に咲き乱れる幻影が目に浮かびかけたところで、鋭い痛みが立ち上がってきてヌフレッンは舌打ちした。奇声虫《きせいちゅう》が右手の親指の断端にしがみつき、卵管を突き刺していたのだ。翅《はね》をつまんで引き抜こうとするが、棘肢《とげあし》を肌に食い込ませて抗《あらが》い、イイーッ、イイイーッと体節を左右に小刻みに振って耳障りな奇声をあげる。

「手袋をしないなら、忌虫膏《きちゅうこう》を塗れって言ったでしょうに」

「だって、ぬるぬる滑って弾きにくいんですよ。まったく誰のせいだと」

「ほーんとにだーれのせいだろなー」

「唄うんじゃないって言ってるでしょうが？」とグクタイラが窘《たしな》め、唄ってないさこんなのは唄じゃない、とマムライノがぼそぼそと呟《つぶや》く。

大丈夫？　と気遣うダハリクに頷《うなず》き、ヌフレッンは痛みに堪《た》えつつ翅《はね》を引っ張り、卵管を引きずり出して投げ捨てた。宙にボッ、ボッと卵を撒き散らしながら螺旋《らせん》を描いて落ちていく
――そのときグクタイラが「くるよっ」と言い、ラクマシが彗星《すいせい》の拘束鎖を締めた。

太陽の後部が泡立って大きく爆《は》ぜる。

「いやっほ」シシグィマが声をあげた。陽だまりが跳ね飛んで陽沫《ひまつ》を散らし、地面にぶつかって小山になる。烈々と光を放ちながら幾重にも溶け崩れて押し広がっていく。

四人の陽採り手《ひどて》は、封杯《ふうはい》の管をくわえて水を吸うと、不燃織りの襟巻きを鼻梁《びりょう》の上まで引き

上げ、幾度か手を握って分厚い手袋をなじませた。

乱れた夜布を思わせる陽だまりの近くで荷車が停止し、体が炉壺《るつぼ》に押しつけられる。

ヌフレッツンは真っ先に荷車を降りると、月から十歩ほど距離を置いて立ち、茹《う》だる熱気と刺すような冷気の両方に曝《さら》されながら焙音璃《ばいおんり》を構えた。

月の齢態《れいたい》や暦態《れきたい》については、詳しいダハリクから教わった見分け方がいつも役に立った。照《て》子屋《こや》でも指難《しなん》されていたというのに、陽《ひ》採《ど》り手《て》に加わるまでは大雑把な区別しかできていなかった。

今日は球軀《きゅうく》の片側の畝《うね》だけを流動させて斑状に反射している半月が多く、弓張月《ゆみはりづき》から育った九日月《ここのかづき》なのか十五夜《そごよい》から分裂したばかりなのか、齢態《れいたい》の区別はつけにくい。けれど暦態《れきたい》では、霜月《しもづき》が何頭かいる他は葉月《はづき》がほとんどだ。それらの状況を踏まえて、ラナオモンが作譜し、〈有珠《ゆうじゅ》〉と名づけた肯楽《こうがく》を、ヌフレッツンは崩し気味に弾きはじめる。いまでは分厚い陽縅《ひおどし》の動きにくさにも慣れた。

月たちの透けた球軀《きゅうく》が見えない手で絞られるように歪《ゆが》み、銀の光斑をちらつかせつつ動きを緩める。わずかずつにじり寄ってくるので気は抜けないが、〈有珠《ゆうじゅ》〉の譜が無ければ、こんなふうに十頭を超える数の月を、ひとりでここまで抑えることはできなかっただろう。

それでも最初の頃は、無理に羽交《はが》い締めするように抑えたせいで月を荒ぶらせてしまい、陽《ひ》採《ど》り手《て》たちを危険に晒《さら》して蒼白《そうはく》になったものだった。けれどグクタイラたちは、罵声を浴びせながらも気長に待ってくれた。

数をこなすうちに、月の表層と内部で異なる朋《ほう》の流れをうまく導いて循環させてやれば、月を動的な状態のままその場に留められることがわかった。月の齢態《れいたい》や暦態《れきたい》ごとに反応が異なるため、対話をするように即興で手直しを重ねて、複数の変奏譜を作っていった。央響塔《おうきょうとう》では牽《けん》奏師《そうし》にしか許されない行いだった。

陽採《ひど》り手《て》たちは四人で担《にな》い棒《ぼう》に咬《か》ませた炉壺《るつぼ》を持ち上げ、荷車から陽だまりのすぐ近くに運んだ。啄《ついば》もうと羽ばたき下りてくる愧鳥《きう》や、尾扇を振って這ってくる陽周虫《ひぐらし》を追い払いながら、凄まじい光と熱を放射してあたりを揺らめかせる陽だまりを、円匙《えんし》でかきすくっては炉壺《るつぼ》に容れていく。ときおり跳ねた陽沫《ひまつ》で、陽縅《ひおどし》に焦げ目がつく。

マムライノの襟巻きがずれ落ちて、肉づきのよい陽膨《ひぶく》れ顔が露わになった。欠伸《あくび》でもするように大きく口を開いたまま、肯楽《こうがく》の旋律にあわせて唇を動かしている。覗いた歯列がとても大きい。鳴り物の旋律が好きなのか、たまにこういう素振りをしては、「裁師《さいし》に言われたはずだよ」とグクタイラに叱られている。

皆は背を反らせて陽だまりと距離を取っているが、グクタイラはいつも前のめりに近づいて円匙《えんし》でたっぷりと掬う。顎から滴り落ちた汗が破裂するように一瞬で蒸発し、顔には見る間に陽膨《ひぶく》れが増えていく。昔は生き急ぎのグクタイラと呼ばれていたのも頷《うなず》ける向こう見ずな振る舞いに驚かされたが、共に日々を過ごすうちに、治りが早い上に痕が残りにくいのだとわかってきた。もしやヨドンツァと同じような体質なのでは、と思って訊いてみたら、やはりそうだという。虫が多く寄ってくるのも、陽採《ひど》り手《て》にしては長く生き残って死に忘れと呼ばれるようになったのも、そのせいだった。

炉壺《るつぼ》が陽だまりでいっぱいになると、陽採《ひど》り手《て》たちは蓋でしっかりと封じて荷車まで担ぎ戻し、新たな炉壺《るつぼ》を運んでくる。

急に下腹が渦状に収縮して痛みだした。集中力を失って、ヌフレッツンは月が近づくのをしばし許してしまう。隔たりがあと五歩くらいになり、冷気で頬がひりつきだす。球軀《きゅうく》が歪《ゆが》んで表層の畝《うね》が腸さながらにほぐれ、湿った夜粉《やふん》を思わせる独特のにおいが漂ってくる。一頭の内部に、うっすらと夜這い星《よばぼし》の影が透けて見えた。

陽採り手《ひどて》の宥め役《なだやく》になるのを家族や友人知人にことごとく反対されたことが、いまでは懐かしかった。聚落《じゅらく》の黄道《こうどう》で肯楽《こうがく》を弾いていると、あからさまな蔑みの目を向けてくる者もいた。その多くは奏で手《かなて》たちだ。あれほど感謝をしていたゼンササは、ヌフレッツンが陽採り手《ひどて》に落ちぶれたばかりか、月との交感で常心を失っていると触れ回っているらしい。

月があと四歩に狭まった。左斜め上にある窪みの円《まる》い縁《ふち》が隆起したと思うと、おくびを洩《も》らすように月漿《げっしょう》を噴き出して宙に飛沫《しぶき》が煌《きら》めく。危うかった。防漿性《ぼうしょうせい》の高い襟巻きや陽縅《ひおどし》があるとはいえ、まともに浴びれば朋化《ほうか》を免れない。

月面には、焙音璃《ばいおんり》を弾く歪《ゆが》んだ自分の姿がかすかに映り込んでいる。

柔肢《じゅうし》がねじれながら起き上がって伸びてきて――

グクタイラの口笛が響いた。ヌフレッツンは焙音璃《ばいおんり》を抱き、すでに動きだしている荷車に向かって駈ける。月が前のめりに迫るなか、荷車に追いついて引っ張り上げられる。荷台はのぼせるほどの熱さだ。愧烏《きう》に突かれたらしく、グクタイラの陽縅《ひおどし》に穴が空いていた。炉壺《るつぼ》の陽だまりに反応して、焙音璃《ばいおんり》の響体《きょうたい》が焔慈色《えんじいろ》の光を帯びる。下腹の痛みがいくらかやわらぐ。彗星《すいせい》が六肢を折り曲げて走りながら、鋸《のこぎり》で木を削るような嘶《いなな》きをあげる。地面に残った陽染みに群がる愧烏《きう》や陽周虫《ひぐらし》たちが遠ざかっていく。

太陽から離れて暗さが増すにつれ、あたりに夜這い星《よばぼし》の気配を感じだすが、幸い陽だまりを運んでいるおかげで襲われにくい。彗星曳《すいせいひ》きの荷車は、聚落《じゅらく》の〈暮《くれ》〉端の家並みを廻り込んでいく。地面に刺された燈杖《とうじょう》が次々とよぎっていく。

急に彗星《すいせい》の足取りが重くなって地面を擦る尾羽の音が滑らかになり、砂浜に入ったのだとわかる。

かつてジラァンゼが籠もった別処《べつどころ》の裏手で停まり、陽採《ひど》り手《て》たちは荷台から炉壺《るつぼ》を降ろしていく。すると陽縅《ひおどし》を着た陽守たちが現れ、砂地にある鉄蓋を開いて炉壺《るつぼ》を穴に向けて傾けた。眩《まばゆ》い光を放ちながら大きなダマだらけの陽だまりが流れ込んでいき、とたんに冷えた水が沸き立つ騒がしい音と共に蒸気がもうもうと溢《あふ》れだす。月屑《つきくず》で冷やした月槽の水をくぐらせて、陽だまりの表層を凝《こご》らせる灼肌入《やきい》れを行っているのだ。その後は適度な大きさに断ち分けて陽室《ひむろ》で寝かせ、早ければ数年、長いときには数十年かけて、陽分《ようぶん》を濃縮したお陽練《ひね》りや輝晶《きしょう》へと熟成させる。

陽採《ひど》り手《て》たちは、空《から》になった炉壺《るつぼ》を荷台に戻すと、彗星曳《すいせいひ》きの荷車を朝門《ちょうもん》に向かって走らせ、それぞれの家の近くで降りていく。いつも最後に荷台に残るのは、グクタイラとヌフレッツンのふたりだった。

蓄えた光を失いかけた暗い家並みが流れていく。

道端のなにもないところに向かって、グクタイラがわずかに頷《うなず》くのが見えた。

「やはり、あなたにも見えるんですか」とヌフレッツンは言った。

「なんの話さね」

「堕務者《おちむしゃ》ですよ。いまも。あのとき——ヨドンツァ伯《お》さといたときも。体に陽が巡っていないから見えるんだと伯《お》さは言ってました。でも、音戯噺《おとぎばなし》だけの存在じゃないなんて、どうしても信じられなくて」

「ヨドンツァが話したのかい——」グクタイラは陽膨《ひぶく》れだらけの顔をひと撫でして、溜息をついた。「子供の頃は恐ろしくてならなかったさ。出会《でく》わすたびに、支離滅裂な言葉をかけてくるんだからね。音戯噺《おとぎばなし》じゃ、堕務者《おちむしゃ》は人に取り憑《つ》いて、訳のわからない話を口走らせるだろう？　自分もああなるんじゃないかって、いつも視界に入らないように必死に逃げてたよ」

「では、いまは信じているんですか、閻浮提《えんぶだい》や異異回転処《いいかいてんどころ》だとかいう話を。〈楽園〉の先《さき》つ祖《おや》たちが永遠の責苦のために生かされ続けていたという話を。その苦しみから逃れるために体に陽を巡らせたのが落人《おちうど》だという話を。来世の球地《たまつち》の——」

「そんな世迷い言まで聞かされたのかい。信じるわけがないでしょうに。これでもあたしにゃ裁定主様が拠り所なんだ。忌虫薬《きちゅうやく》や有痛薬《ゆうづうやく》で世話になってなけりゃ、ヨドンツァとはとうに焔《えん》を切ってたね」

「でも、グクタイラさんは堕務者《おちむしゃ》を助けたのでしょう」

「陽だまりに呑まれて、何々鶏《かかけい》くらいの小さな丸焦げの塊になっていたのさ。それでも生きていて、苦しげに身をよじっていてね。凄まじい苦徳《くどく》だよ。見ちゃいられなくなって連れ帰ったんだけど、たいした世話もしてないのに、だんだんと形を取り戻していって……まさかあんな状態から、元通りの姿になるなんて思いもしなかったよ。確かにヨドンツァの言うとおり、先《さき》つ祖《おや》の生き残りなのかもしれないね。外に出るようになると、また無数の生き物に巣食われだして、そのうち戻ってこなくなった。それからはずっと、いまみたいに聚落《じゅらく》を徘徊《はいかい》してんのさ」

家の近くで降ろしてもらうと、彗星曳《すいせいひ》きの荷車は朝門《ちょうもん》へと走り去っていく。

ヌフレッツンは居間に入るなり、すぐさま汗に濡れた陽縅《ひおどし》を脱いだ。焦げた繊維が粉となって落ちる。首や腰に巻いていた月嚢《げつのう》をはずし、腹を手でさすった。太陽の照層を思わせる波紋状の畝《うね》を指がとらえる。手巾《しゅきん》を水に浸して汗まみれの全身を拭っていると、手の断端の刺し傷がひどく疼《うず》きだし、念のため鑷針《せっしん》を刺して探った。

やはり産みつけられている。中で孵《かえ》れば、こちらが奇声を発することになる。ヌフレッツンは薄黄色い卵を穿《ほじく》り出して潰し、傷口に膏薬《こうやく》を塗り込んでしばらく放心したあと、夜衣《やい》を着て寝間に上がった。ラダムンミやンモサの寝息を耳にしながら、静かに臥洞《ふしうろ》に入って眠りにつく。

地面に打ち込まれた太い杭《くい》から、渡し綱が緩やかな弧を描いて毬森《まりもり》の方へ伸びている。その向こうで不喜鳥《ふきどり》や愧鳥《きう》の群が羽ばたいているが、数は以前より随分と減った気がする。このところ乱獲されているという噂があった。

「ヌフ叔《お》さの首巻き冷たすぎるよ。なのに体は熱すぎるし」ンモサが背中からぶつくさ言い、「我慢しなよ。じきに架籠《かご》がくるから」とヌフレッツンは返す。

目の前にはヨドンツァが立っていた。この三年の間、親仕《やし》として薬手《くすりて》として叙《じょ》の聚落《じゅらく》に留まり続けてくれたが、それも今日で終わりだった。

ヨドンツァの服にたかりかけた奪衣羽《だつえば》の群が、忌虫薬《きちゅうやく》のにおいのせいかこちらに飛んできて、ンモサと一緒に手ではらう。

「ねえ、ヨド伯《お》さ。球地《たまつち》は牢房処《ろうぼうどころ》みたいなものだと言ったよね。そして、落人《おちうど》は誰もが刑に処されている咎人《とがびと》だって。それを終わらせたいって」

ヨドンツァは黙っている。

「確かにつらくて理不尽なことはいっぱいあるけど——わたしにはこの世界がそこまでひどいところだとは思えないよ」

「え、なに、なんの話？」とンモサが言う。

「裁定力のようにすべてに作用していたなら、それがどれほど歪《いびつ》な力であろうと、気づくのは難しかろう。それに、そんなふうに言っていられるのは、かつて誰かが太陽と人との関係をずらし、永劫《えいごう》の苦しみから解放してくれたおかげだ。それでもここが牢房であるという本質は変わらん」

「だから、なんの話なの。わけがわからないよ」

ヌフレツンも話を見失いそうになる。

「でも、それでも、誰にとってもこの球地《たまつち》はかけがえのないものでしょう。すくなくともわたしにはそうだよ」

ヨドンツァをかすめて多羽《たば》が飛んでいき、灰色の長い髪が揺れる。

「この球地《たまつち》は遠からず壊劫《えこう》に見舞われるだろう。わしにできることがあるとするなら、その瞬間に落人《おちうど》たちがすこしでも苦しまずにいられるよう、薬を用意することくらいだ。そして来世の楽園が、永劫《えいごう》の苦しみをもって始まる」

「どうしてすべてが定められていて変えようがないような言い方をするの。わたしは……そうならないためなら、なんだってするよ」

「ああ。おまえはそうすればいい。わしが終わらせたいのは、この苦界を連綿と生み出し続ける裁定主の呪いだ。呪いを断ち切って、いま一度、来世で生を得る者たちにまっさらな閻浮提《えんぶだい》を与えてやりたいのだ」

そのような球地《たまつち》の理《ことわり》を超えた出来事が本当に起きるとも、それを落人《おちうど》ごときが変えられるとも思えない。すべてがグクタイラの言うような世迷い言にしか聞こえなかった。

「堕務者《おちむしゃ》の譫言《うわごと》をむやみに信じているだけじゃないの」

「あのお方は……」ヨドンツァは言い淀《よど》む。「焼け焦げた後の戻生《れいせい》によって、閻浮提《えんぶだい》の頃の記憶まで呼び覚まし、それが最善であるかはもうわからぬと仰《おっしゃ》るようになった。閻浮提《えんぶだい》の頃に世を戻してはならぬと仰《おっしゃ》ることもある。けれどわしは――」

後ろから草を踏む足音が聞こえてきた。耳鳴《みみな》り鼓《つづみ》が立て続けに鳴る。

「おそいよー、ラダ叔《お》さー」やっと訳のわからない話から解放される、とばかりに、ンモサが嬉《うれ》しげに責めた。

「ごめんごめん、遅くなった。手習いが怪我《けが》をして、今日は忙しかったんだ」ラダムンミが剃《そ》り上げた頭を掻きながら歩いてくる。もう寝癖はつかない。背が伸びて筋肉がつき、いまではヌフレッツンよりも体格が良かった。

「ほら―、もう架籠《かご》が下りてきたじゃない」

本当だった。二連の架籠《かご》が渡し綱を滑り下りてきてゆっくりと止まる。隕星《いんせい》から長い溜息が漏れる。

渡《わた》し手《て》が梯子《はしご》を掛けて、上下の架籠《かご》の扉を開き、森人《もりうど》らしき人たちが降りてきた。

待っていた四人組が入れ替わりに梯子《はしご》を上っていき、ヌフレッツンが「こちらもふたり乗ります」と渡《わた》し手《て》に声をかける。「こっちもふたりお願いね」と近くにいた子供連れの売り手も言い、ひいぃっと軽い悲鳴をあげる。

見ればヨドンツァが地面を踏みだしていた。楚々草《そそくさ》から覗く地面に、地担蛇《じたんだ》がうねっている。寒くなったせいか、頞浮蛇《あぶだ》まで。噛まれると悪寒《おかん》が止まらなくなるという話だった。まったく、とヌフレッツンは溜息をつき、脚で蹴散らしてやった。

ラダムンミが、歯を合わせたまま息を洩《も》らして笑い、「ヨドンツァ親仕《やし》が毬森《まりもり》からやってきたときのことを思い出すよね」とヌフレッツンに耳打ちした。ぐにゃりとしたヨドンツァの情けない姿が目が浮かぶ。「ああ、あんな姿で親仕《やし》と呼んでいいって言われても」と笑い合う。

売り手と子供が架籠《かご》に入っていき、ヨドンツァは地面に履物《はきもの》を何度も擦りつけてからそれに続いた。ラダムンミがヌフレッツンの背中からンモサを抱え、下衣に包まれた膝下がありえない向きに曲がる。ンモサは気にせず、耳を澄ますように首を傾けながら、あたりの空気を小刻みに鼻で吸っていた。

「どうしたんだいンモサ。なにか気になる?」

「ううん。しばらく戻って来れないから、においや音を覚えておこうと思って。さっきからずっとそうしていたよ。ヌフ叔《お》さが踏む土の音とか、楚々草《そそくさ》の葉擦《はず》れとか、多羽《たば》の羽ばたきとか、阜易子《ふいご》混じりの土や星の糞のにおいとか――」

「名残惜《なごり》しいんじゃない？　なんなら今日でなくともいいんだよ」

「そうだよ、ずっとここにいろって。叔《お》さ面《づら》して世話を焼いてやれなくなる」

「もうすぐヌフ叔《お》さの子でまた叔《お》さ面《づら》ができるでしょ。向こうには嗅いだことのないにおいのする物がたくさんあるんだって。だからすごく楽しみなんだ。はやく乗せてよラダ叔《お》さ」

つまらないなぁ、と呟《つぶや》いてラダムンミがンモサを架籠《かご》に下ろし、「ンモサのこと、頼むからね」とヨドンツァに念を押す。

「じきにわしの方が世話になることだろうよ。この子はおまえたちが思っとるよりしっかりしとる」

ンモサは小首を傾《かし》げたまま、臆していのか昂《たかぶ》っているのか判じがたい表情で出発を待っている。月に呑まれた両足が朋化《ほうか》してからはなにもかもに苛立《いらだ》ちを向けていたが、ヨドンツァの元でもともと興味のあった薬作りを手伝うようになって落ち着きを取り戻した。毬森《まりもり》では、脚がなくとも自由に動き回れると聞いて、ヨドンツァについて移住することを決めたのだ。

「あとふたり乗れますぜー。いませんかー、あとふたり、あとふたりー」と渡《わた》し手《て》が手を上げて声を張りあげる。

「ヌフレツン。顔が真っ赤だぞ。そろそろじゃないのか」とヨドンツァが言った。「まだ陽採り仕事を続けていて大丈夫なのか。月が襲ってきたときに産気づいたらどうする」

言われると、顔の火照《ほて》りが余計に強く感じられて、手で仰ぐ。体の中を太陽が歩いているみたいだった。

「心配してくれてたんだ」

「親仕《やし》だからな」

「どっちかというと居候《いそうろう》だったけど」と言うと、「ほんとだよ」とラダムンミが笑う。

「でも、いままでありがとう」「ありがとう」

ヨドンツァは返事をせずに目を逸らし、静かに鼻息を立てた。

「あ、その架籠《かご》、ちょっと待ってくれ」と声がした。布帛《ふはく》工房らしき編み髪の老人と若者がやってきて、ヌフレッツンたちは脇にどいた。若者の方は大きな包みを背負っている。架籠《かご》の中に入った老人が、「なんだヨドンツァじゃないか」と言うのが聞こえる。

「あんた誰だ？」

「相変わらずだな……布帛《ふはく》工房のマヤイロフだよ。新たな染料を作るためにあんたの薬の材料を教えてほしいと訪ねたことがあったろう、そのおかげで――」

渡《わた》し手《て》が扉を閉め、長い棒を掲げて、二つの架籠《かご》の上でまどろんでいた隕星《いんせい》の疣《いぼ》だらけの背中を突いた。湿った外皮を大きく震わせた隕星《いんせい》は、でょでょでぃでぃぃ、と重くるしい鳴き声をあげて渡し綱を這い昇りだした。架籠《かご》が引っ張り上げられて地面から離れていく。

ヌフレツンとラダムンミは、遠のいていく架籠《かご》を黙ったまま仰ぎ見ていた。その向こうに浮かぶ巨大な毬森《まりもり》は、四方樹《よもぎ》で組まれた穴だらけの外殻のところどころから光を洩《も》らしている。

ンモサが太陽を背負って球地《たまつち》を巡ることを無邪気に夢見ていた頃を思い浮かべていたら、突然腹を捩《ね》じ切られるような痛みに襲われ、ヌフレツンは背を丸めて膝に手をついた。

「先胞《まあ》さ、どうしたの！」

服の上から腹に触れてみる。いびつに膨らんで、すごい熱を放っている。服をまくってみると、腹の中央に、膝を抱えた赤ん坊が浮き彫りのように盛り上がっていた。

「うわ、どうしよ、どうする」とラダムンミがまごついて意味なくうろつく。

鋭い差し込みに、体がふたつに折れる。右手を腹にあてがったまま左手をついて体を支えた。ラダムンミが傍らに屈《かが》み、耳元で荒い息をたてる。

「なんでおまえの息が荒くなるんだよ。こっちが――」

腹部の肉が、渦状に捻《ねじ》れては戻るのを繰り返す。その痛みと圧迫感に、ヌフレッツンは胃の中身を吐き出してしまった。反吐《へど》のなかに、煩悩蟹《ぼんのうがに》の酢漬けの目玉がある。こちらを見ている。

唇から唾液が糸を引き、涙石《なみだいし》が落ちる。

叫んだつもりが笑い声をあげていた。

「えっ、お産って痛くないの？」

「あんまり苦しくて、笑ってしまったんだ！　指を嚙み千切られたときより、遥かに！」再び嘔吐《おうと》する。光の粒がいくつも散らばる。

刑罰――という言葉が頭に浮かぶ。想像しえない苦痛だった。

「落ち着かないから、後ろ向いてろ」

ラダムンミが後ろを向いた瞬間に、ヨドンツァに貰《もら》った助産薬と有痛薬《ゆうづうやく》が家にあるのを思い出す。けれど、ここは黒沙《こくしゃ》の阜《おか》じゃないか。森の市で薬が買える！　そう気づいてラダムンミに頼もうとするが、呻《うめ》き声にしかならない。仕草で示そうにも背中を向けて両手を握りしめている。ヌフレッツンが自分に悪態をついていたら、なにか縄のようなものが目に入った。頬浮蛇《あぶだ》だとわかって焦る。口を大きくあけてこちらに這い寄ってきている。こんなときに……！

そのとき腹の中央が一気に盛り上がった。右に左に捩《よじ》れながら迫《せ》り出してくる。腸を巻き取られているみたいだった。陽《ひ》の気《け》を感じたのか頬浮蛇《あぶだ》が退きだしたが、ほっとする間もなく腹を蹴り上げられたように腰が突き上がり、湿った土に頬がめり込んだ。酸っぱい胃液と楚々草《そそくさ》の爽やかなにおい。

気泡のはじける音や体液の粘つく音を伴って、掌《てのひら》に熱く濡れた感触が広がりだした。また目から涙石《なみだいし》が落ち、涙水《なみだみ》が滲《にじ》む。掌《てのひら》に重みが増して、手首がわずかに反る。腹の奥深い淵《ふち》へ、安堵《あんど》の泡が立ち昇っていく。

小指が風を捉えている。

いや、息だ。小さな息がかかっている。

ヌフレッツンは喘《あえ》ぎながら上体を起こし、目の前に掌《てのひら》を持ち上げる。かすかな陽の薫《かお》りが鼻をかすめる。親指と人差指のない掌《てのひら》の上で我が子が丸くなり、仄《ほの》かに光っていた。上半身を膨らませてはすぼめ、ほう、ほう、と息をしている。

「産まれたのかい」

背中を向けたままラダムンミが言う。

気泡混じりの粘液に包まれた手が、信じられないほど小さな指が、精妙に動く。濡れた陽褪《ひさめ》色《いろ》の肌に細い血管が透けている。軟らかな弧を描く背中には椎骨がぽつぽつと張り出し、陽宮と癒着《ゆちゃく》していた部位の痕が疣《いぼ》のように残っている。それは、どこか指の断端にも似ていた。

「ねえ、産まれたのかい」

鉄が軋《きし》むような激しい泣き声に瞼《まぶた》をこじ開けられる。耳元でヌグミレが泣いている。さっき、尻の汚穢《おわい》を拭ったところなのに。その泣き声に共鳴するのか、腹がかすかに疼《うず》く。命名房で名伝《な づ》て役《やく》が焙音璃《ばいおんり》を弾いたとき、響体《きょうたい》が光りだすほどの泣き声を発したことを思い出しながら腹を撫でる。その中心に、以前にはなかった臍《へそ》の窪みを指がとらえる。起きなければ。そう思ったまま寝てしまい、再び泣き声で目を覚ます。

ヌフレツンは上体を起こし、顔の隣に寝ていたヌグミレを手ですくうようにして胸元に入れ、寝ぼけたまま餐間《さんま》に下りて厨《くりや》に入る。焼罐《やかん》で湯を沸かし、陽呑《ひの》み児《ご》用の柔輝晶《じゅうきしょう》を千切り入れてかき混ぜる。溶けてくると哺陽瓶《ほようびん》に注ぎ、椅几《いき》に坐ってヌグミレの泣き叫ぶ唇に柔らかな管の端から雫《しずく》を垂らしてやる——ヌグミレが突然ぐいと顔を上げ、まだその口には大きすぎる管にくらいついたのでヌフレツンは慌てた。聞いていたよりも、管をくわえるのが早すぎる。案の定、唇の端が裂けてしまったが、お構い無しに、ぱう、ぱう、と唇を動かし、凄い吸引力で溶き汁を吸い込んでいく。あっという間に哺陽瓶《ほようびん》が空《から》になったがまだ欲しがり、再び溶き汁を作らねばならなかった。さっきより粘り気が増すよう濃い目に作ってみたが、それもまた一息に吸い込んでいく。こういうものなのだろうか？　それともこの子が旺盛すぎるのだろうか。トバイノ先胞《まあ》さもすごい食欲だったと聞いたことがあった。この子もあんな頑健な巨体になるのだろうか。

ヌグミレは十二夜のうちに大人の頭ほどの大きさに育ち、初節苦《はっせっく》となる五月《さつき》の節苦《せっく》を迎えた。

自分のときは月に見立てた朋塊《ほうかい》に幾度もぶつかったと聞いたが、ヌグミレはかすりもせずに五つの朋塊《ほうかい》の間をすり抜け、台手《うてなて》たちをも驚かせた。

仕事に復帰する日の朝、ヌフレッツンは久しぶりに泣き声に強《し》いられず自然と目覚めた。臥洞《ふしうろ》を出ると静かに陽縅《ひおどし》を纏《まと》い、腰の陽容《ひい》れに手燈《しゅとう》を入れ、腰帯の鉤《かぎ》に焙音璃《ばいおんり》をぶら下げる。

あれ……もうそんな時間なの？　とラダムンミの声がする。

「ごめん、起こしてしまったね。ヌグミレを頼むよ」とヌフレッツンは言う。明け番の陽採りのときには、ラダムンミが照子屋《てらこや》への送り迎えを引き受けてくれることになっていた。

まかしてよ、と言うなりラダムンミはまた寝息を立てはじめる。でも――その枕元に、満たされて眠るヌグミレを横たえ、その頬をひと撫でする――じきに泣き声で起こされるだろう。

外は陽縅《ひおどし》を着ていても寒く、息が白い。黒々と沈む家々の上に、水濾《みずこ》し手《て》たちが喞筒《そくとう》を動かしている。ヌフレッツンは手燈《しゅとう》であたりを照らし、はぐれ月や夜這《よば》い星《ぼし》を警戒しながら朝門《ちょうもん》へ向かう。

彗星《すいせい》荷車の傍らにグクタイラが立ち、円匙《えんし》にこびりついた焦げを小刀で刮《こそ》いでいた。ところどころ皮の剝けた顔を上げ、「五月《さつき》の節苦《せっく》は無事に終わったのかい」と訊いた。

「ええ、なんにもぶつからずに通り抜けました」

グクタイラが声をあげて笑った。

「そりゃあ幸先がいいね」

休んでいた間の陽採り仕事の状況を聞いているうちに、他の者たちも集まってきて、荷車の後ろに乗っていく。最後にやってきた乗り手のラクマシが、「遅いぞ」と揶揄《やゆ》されて、「すまねえ、灼傷《やけど》の熱が引かなくてよ」と言いながら鞍《くら》に跨《また》った。確かに顔がいつもより赤黒い。月から距離を取ろうとして、太陽に近づきすぎたらしい。

彗星《すいせい》が伏せていた肢を起こし、黄道《こうどう》の沙璃《じゃり》を蹴立てて走りだす。その肢の外殻も心なしか焦げ色に変わっている。

「正直、あんたはなに遊んでんだと思ってた」と漁《いざ》り手《て》くずれのシシグィマが、目を合わさずに言った。「あんな陰気な音があろうがなかろうが、たいした違いはねえんじゃねえのかって」

「この子、月の柔肢《じゅうし》に足を絡め取られてさ。あたしらの来るのがあとすこし遅けりゃ、陽縅《ひおどし》を着ていてももたなかったね」とグクタイラが笑い、「もたなかったねーもたなかったさー」とマムライノが節をつけ、仲間たちが無言で睨《ね》めつける。

「肯楽《こうがく》なしでこれほど陽採りが難しくなるなんて。以前なら宥《なだ》め役《やく》がいない時期でもなんとかなっていたのにね」とダハリクが首を振る。ヌフレッツンのいない間は、いつもの半分ほどしか陽だまりを集められなかったという。

「ダハリクの月読みがなければ、集める量はもっと減ったろうよ。まさかこんなにも様変わりしてしまうだなんてね」虫でもいたのか、グクタイラが手首のあたりを叩く。

彗星曳《すいせいひ》きの荷車が朝門《ちょうもん》をくぐって聚落《じゅらく》の外へ出る。

「なのに、正午台《しょうごだい》の奴らは全然わかっちゃいねえ。足りない足りないって、こっちが無能みたいにほざきやがって」とシシグィマが吐き捨てる。

無理もないのかもしれない。炊炉《すいろ》や床炉《しょうろ》に使うお陽練《ひね》りの量まで制限されているのだ。皆に苦労をかけてしまった、と心苦しくなっていると、グクタイラが言った。

「後ろめたく思ったりするんじゃないよヌフレッツン。いまや受陽する者だって減ってるんだ。かけがえのないことさ」

「そう、かけがえがないんだよ」とマムライノが遠くへ目をやる。

ヌフレッツンは頷《うなず》きながら、陽だまりを余さず採取するには、せめてあとひとり宥《なだ》め役《やく》が必要だろうと考えていた。

緩やかな阜《おか》を越えて太陽の輝きが現れだすと、彗星《すいせい》はその背後に廻り込む。月の群と牽制《けんせい》しあいながら陽だまりが落ちるのを待ち続け、その瞬間が訪れるなり陽採《ひど》り手《て》たちは先んじて炉《る》壺《つぼ》にかき集め、ヌフレッツンは焙音璃《ばいおんり》で月たちを足止めする。背中を熱に、顔や胸を冷気に晒《さら》されながら、もしラナオモンの〈有珠《ゆうじゅ》〉がなければどうなっていたのだろう、と度々《たびたび》想像してはぞっとした。


陽採《ひど》り手《て》たちは遅れを取り戻そうとしながらも遅れを取り続けていた。太陽を追い、月を宥《なだ》め、陽だまりで炉《る》壺《つぼ》を満たし続けるが、陽だまりが落ちることじたいが減って、間延びした忙しさが増していく。夸《こ》の聚落《じゅらく》の陽採《ひど》り手《て》と領境《りょうざかい》で出くわして、陽だまりの奪い合いになることもあった。

一日じゅう太陽に貼りついて仕事をした後では、厳しくなっていく夜の冷え込みが体にこたえた。それだけに、照子屋《てらこや》の育《はぐく》み処《どころ》からヌグミレを抱いて帰るときには、小さな体の発するお陽練《ひね》りさながらの熱さがありがたかった。ヌグミレは空を飛ぶものが気になるらしく、不喜鳥《ふきどり》や愧鳥《きう》を見かけるたびに指差しては嬉《うれ》しげに笑った。その鳥たちに翼を大きく広げさせる、補譜の〈陽翔《ひしょう》〉も阜易楽《ふいがく》では特にお気に入りだ。家では貪婪《どんらん》な食欲に振りまわされたが、臥洞《ふしうろ》で寝るときにはまた体を温めてくれる。家事をしている間に、ラダムンミが抜け駆けしてヌグミレと寝てしまうこともあった。

輝晶《きしょう》やお陽練《ひね》りが不足して賜配《しはい》が制限されるようになり、日々の生活がすこしずつ不便になるに従って、咎人《とがびと》として元より蔑まれていた陽採《ひど》り手《て》たちへの風当たりがよりいっそう強くなった。

陽採りのさなかに「咎人《とがびと》だろうが。もっと身命を賭して働けってんだ」「わしらのあたりまえの日常を早く返しなさい！」などと怒声を投げつけられることも増えた。「なら、おめえらがやってみろ！」とシシグィマが怒鳴り返したときには、グクタイラが窘《たしな》めた。「それを言っちゃあ、あたしらの負けさ。わざわざ裁定主様が見放したところまで下りていくことたぁないよ」

陽だまりの回収量の減少が陽採《ひど》り手《て》のせいではないことくらい、本当は誰もがわかっているはずだった。誰かを責めずにはいられないから、責めても許される咎人《とがびと》に向けてしまうのだろう。ヌフレッンはそう考えて気持ちを抑えていたが、「聴いたか、あのひどい雑響」「聚奏壇《じゅそうだん》の高みから、えらく落ちたもんだね」などと奏《かな》で手《て》らしき者たちに揶揄《やゆ》されたときには、怒りや動揺を宥《なだ》めるのに苦労した。

それでもなんとか宥《なだ》め役《やく》を増やせないものかと、央響塔《おうきょうとう》には幾度となく足を運んだ。控えの奏《かな》で手《て》のまま燻《くすぶ》り、身を落としてでも、月に常心を奪われてでも鳴り物を奏でたいという者がいるかもしれない、と蟹卵《かいらん》の望みをかけたのだ。奏《かな》で手《て》以外は中に入ることを許されないため、まわりをうろついて顔見知りの奏《かな》で手《て》を見かけるたびに声をかけたが、膚《はだ》の色が黒くなったせいか誰なのか気づいてもらえなかったり、誰なのかわからないふりをされたり、誰なのか気づいて激しい嫌悪や嘲りを向けられたりした。たいていは、言い訳をして足早に去っていく。そのうち遠目で顔がちらりと見えただけで避けられるようになった。

太陽と月に挟まれながら日々をやり過ごすうちに、ヌグミレはひとりで照子屋《てらこや》に通えるほど大きく育った。それに反して、老いた太陽の歩みは緩慢になり、一日がわずかずつ間延びしていく。黒点はとめどなく増え、間近でも日暮れかと思うほどに衰えて月がより群がり、夜はさらに暗く沈んで凍えるほど寒くなっていく。月と夜這《よば》い星《ぼし》による犠牲者も絶えなかった。央響《おうきょう》塔《とう》が月易《げつい》楽《がく》の奏《かな》で手《て》を増やし、音が分厚くなったおかげで、〈宥珠《ゆうじゅ》〉と並奏して月の群を抑えられるようになったのは幸いだった。

あるとき、反目していた夸《こ》の聚落《じゅらく》の陽採《ひど》り手《て》の手長《しゅちょう》が、ナルアーハという宥《なだ》め役《やく》を連れてやってきて、肯楽《こうがく》を授けさせてくれとグクタイラに頭を下げた。夸《こ》の聚落《じゅらく》ではいまや、他の聚落《じゅらく》から輝晶《きしょう》やお陽練《ひね》りを買い取るしかない状況に陥っているという。

ナルアーハは素行不良で聖楽校《しょうがくこう》を退楽《たいがく》させられ、陽採《ひど》り手《て》になったらしい。千詠罏《ちえいろ》使いで、腕はいいとは言えなかったが、月に物怖《ものお》じせず、なにより現状を理解して真摯《しんし》に学ぼうとしていた。ヌフレツンはナルアーハを家に泊め、出し惜しみせずにすべてを教えていった。指がすべて揃っているせいなのか、千詠罏《ちえいろ》だからなのか、雑響だけはどうしてもうまく制御できないようだった。

明け番の陽採り仕事を終え、ナルアーハとふたりで朝門《ちょうもん》側の路地を通っていると、夜這《よば》い星《ぼし》避《よ》けの燈杖《とうじょう》の前に一頭のはぐれ月が佇《たたず》んで道を塞いでいた。路地は月が厭《いと》うよう見通しが悪く作られているが、ときおりこうして燈杖《とうじょう》の光につられて紛れ込んでくる。月がふたりに向かって動きだした。

「ここなら陽採りに気を取られずに稽古できる。やってごらんよ」とヌフレッツンが促し、ナルアーハが千詠艫《ちえいろ》で〈宥珠《ゆうじゅ》〉を奏ではじめる。月の柔肢《じゅうし》が強張《こわば》りだした。その反動で球軀《きゅうく》の内部に力が漲《みなぎ》っているのがわかる。ヌフレッツンが宥《なだ》め役《やく》になったばかりの頃と同じだ。

「まだ力づくという感じだね。動きを無理に止めると、後で手がつけられないほど暴れるんだよ」

「こっが精一杯で、どうしたらいいか……」

「異質なものとして恐れても、怒りをぶつけてもうまくはいかない」ナルアーハのただひとりの子が月逝《げっせい》したという話は、グクタイラから聞いていた。「月面の畝《うね》と月中の流れを別々に読み取ってひとつの流れに導いてやれば、自然とその場に留まらせることができる」

「頭ではわかっただけどね」

「裏を返せば、流れの導き方しだいである程度は操ることもできるんだ」

「まさか……」

「一頭だけに注力してやっと、という感じだけどね」

ヌフレッツンが焙音璃《ばいおんり》を構え、弾いてみせる。しばらくすると月は強張《こわば》りを緩め、やがて自らの意志で動いているかのごとく、柔肢《じゅうし》をうねらせて後ろに退きだした。

ナルアーハが感嘆の声をあげる。

そのときふたりの背後から、「わたしにも教えてくれないかな」と声がした。

「イノニンカ？」ヌフレツンは振り返りながら名前を呼び、貫頭衣を纏《まと》ったイノニンカの肩に弓を握ったまま触れる。「元気だったの。久しぶりだね」

「あまり元気とは言えないかもしれない。決心するのにけっこう勇気がいったんだ」

「決心ってなに」

「言ったろう？　教えて欲しいって。陽採《ひど》り手《て》の宥《なだ》め役《やく》になりたいんだ」

「な、なにを言ってるの。冗談はやめなよ」

「宥《なだ》め役《やく》になる人を探していたって噂になってたよ？」

「控えのまま燻《くすぶ》って、どこでもいいから奏でたいという人がいるかと思ったんだ。甘かったけどね。イノニンカは聚奏堂《じゅそうどう》の壇師になったじゃない」

「えっ、奏《かな》で手《て》の壇師なってですか？　そっが陽《ひ》採《ど》り手《て》に？　まさかぁ。このひと面白いね」とナルアーハが乾いた声で笑う。

イノニンカは胸元から輝晶《きしょう》の薄板を取り出した。聚奏壇《じゅそうだん》の一壇を率いる立場の証《あかし》——奏《かな》で手《て》だった頃、いつかは手に入れたいと憧れていた壇師証だった。それを事も無げに投げた。去りつつある月の球軀《きゅうく》にあたって音をたててめり込み、内部に吸い込まれていく。

「ああっ、なんてことを！　央響塔《おうきょうとう》でなにかあったの」

「耐えられなくなったんだ。夜の寒さが増していくのを肌で感じているのに、太陽と月の距離が明らかに狭まっているのに、なにより君がひとりで懸命に月を宥《なだ》めているのに、どうして誰も動こうとしないんだって。あいにくその誰も、にはわたしも含まれていた。それに、宥《なだ》め役《やく》は、腕が立つにこしたことはないでしょ——」

微笑《ほほえ》むイノニンカを前に、ヌフレッンは目頭が痛くなるのを感じながら、

「でも、だからって」

「親《や》さは以前から蝕《しょく》を危惧《きぐ》して、央響塔《おうきょうとう》から宥《なだ》め役《やく》を派遣するよう働きかけていたんだ。でも、壇主の多くは、宥《なだ》め役《やく》を増やすこと自体が裁定主様への背信にあたると考えていて、月易楽《げついがく》の聚奏壇《じゅそうだん》を新たに設けるに留まったらしい。正午台《しょうごだい》には、月を堰《せ》き止める移動式の防壁を作ることを提案したらしいけど、聖なる黄道《こうどう》を塞ぐなど罷《まか》りならんと一蹴されたって。叙《じょ》の聚落《じゅらく》は裁定主様への信仰が篤《あつ》いから、この状況でも蝕《しょく》なんて起きるはずがないと思ってるんだ」

「そう——だったんだ」ディアルマ師が動いてくれていたなんて。

「親《や》さは、いざとなったらわたしが宥《なだ》め役《やく》になりましょう、とか言いだしてさ。年寄りがなに言ってるんだって。こっちが宥《なだ》め役《やく》になると告げたら、満足げに頷《うなず》いてね。そう言い出すのを待ってたんだよ。なかなか踏ん切りがつかなくてごめん——あの噂……月と交感すると常心を失うって話がやっぱり恐ろしくて。でも、君を見ている限りはただの噂みたいだし」

そんな噂などすっかり忘れていたことにヌフレッンは気づかされた。ナルアーハが忍び笑いをしながら、ヌフレッンの顔を盗み見る。

「どうかな。もう以前みたいに、月を敵視したり怖がったりはできなくなっているし」わかりあえないままに影響しあってきた気がする。奇妙なことに、月の中に自らの本性が隠されていると感じることさえあった。「そもそも陽採《ひど》り手《て》になろうとしたときに常心を疑われていたんだ。君だって止めた」

イノニンカがえくぼを浮かべて笑う。

「あのときは常心だったからさ」


ヌフレッツンが目を覚ますと、右手を細い両腕で抱きしめながらヌグミレが眠っていた。湿った小さな掌《てのひら》で失った指の付け根を包んでいる。

いつの間に潜り込んできたのだろう。すこし前から「もう一人前だから、ひとりで眠るっ」と言い張って隣の臥洞《ふしうろ》で寝ていたというのに。

なにかが聴こえている――

それが阜易楽《ふいがく》の〈暁暗《ぎょうあん》〉だと気づき、焦りながらもヌグミレの手をそっと離して上体を起こしかけたところで、今日が三十日近くぶりの休みだと気づく。

そうだ、家族で森の市にでも出かけようと、ラダムンミの休みに合わせたんじゃないか。イノニンカが宥《なだ》め役《やく》として加わってくれたおかげで、ようやくその余裕ができたのだ。

ヌグミレが寝返りを打ち、片腕を臥洞《ふしうろ》の縁《ふち》から落とす。ヌフレッツンはそれを元通りに戻してやってから、また横たわって体を伸ばしきった。〈暁暗《ぎょうあん》〉の柔らかで透き通るような音とヌグミレの熱が心地よくて、瞼《まぶた》が重くなってくる。二度寝をするのはいつ以来だろう、なんて幸せな振る舞いだろう、と微笑《ほほえ》みながら眠りに落ちた。

瞼《まぶた》が破裂したように目が覚める。

ヌグミレが腹の上にのり、ヌフレッツンをじっと見つめながら体を揺らしていた。部屋が随分と温まっている。そんなに時間が経ったのか。

「なんだ、ヌグミレ。なに譜裂《ふざ》けてる。重いじゃないか」

ヌグミレの落ち着きのなさは、悩みの種だった。いつもじっとしていられず、補譜の〈陽《ひ》翔《しょう》〉がかかったときなどは両腕を大きく広げて啓房《けいぼう》を走りまわり、照子屋《てらこや》の啓師《けいし》も手を焼いているらしい。

「親《や》さま、聞こえない？　外から声がするよ」

「いったいなんだろう」

確かにざわめきが聞こえる。向かいの臥洞《ふしうろ》で、膨豆頭《ぼうずあたま》を掻きながらラダムンミが上体を起こす。

ヌフレッツンが夜布で身をくるんだまま臥洞《ふしうろ》を出ると、ヌグミレが背中に飛び乗ってきた。その熱さに温められながら二階に下り、扉を開けて宙廊に出る。黄道《こうどう》のあちらこちらに人が立ち、長い影を伸ばしていた。左隣に住む建《た》て手《て》のマクマオも欄干《らんかん》から身を乗り出している。人々の視線が向いている先——ここから朝門《ちょうもん》側へ二途《と》ほどのところに、太陽の御《み》像《かた》があり、なぜかその左手あたりに人だかりができて、口々にわめいている。

ラダムンミが後ろから身を乗り出してきた。「なにか変じゃない？」

ヌフレッツンも違和感を覚えていたが、太陽の輝きはこのところと変わらないように見える。

「なにかありましたか」とマクマオに話しかけるが、「いや、騒がしいなと思ってすこし前に来たばかりで」と言う。

今日は太陽、よく見えるねー、と背中のヌグミレが言い、ヌフレッツンは息を呑む。

「そうか、雲が薄いんだ」まるで雲がうねっているように輝きが翳《かげ》ったり揺らいだりしていて気づけなかった。太陽の照層自体が不安定になっているらしい。以前から時折そういう現象は起きていて気がかりではあったが——いや、それだけでこれほど人が集まるはずがない。目を凝らすうち、人だかりの向こう、太陽の前に、光に滲《にじ》んだ人影が垣間見え、嫌な予感がした。

「聚長《じゅちょう》が立っているのかもしれない。太陽の歩みが止まっているんじゃないか」

「えっ、そうなの？　よく見えないけど——」

「お陽さま、止まってないよ。角《つの》がやたらと動いてるもん」とヌグミレが言う。しかし、それはここ数年で何度か見かけた、歩みを止めかけたときの特徴的な動作だった。一時的なものだろうか。もしや雲が少ないのは、しばらく同じ場所に留まって——そのとき阜易楽《ふいがく》が大気を激しく刻むような拍子に変わり、ヌフレッツンの脳裏に聖人式《しょうにんしき》の記憶が蘇《よみがえ》ってきた。陽《ひ》の気《け》が引いていく。

「これは〈醒陽《さいよう》〉の譜だ……」

「どうしたのさ先飽《まあ》さ。顔が真っ白だよ」とラダムンミが驚き、「まっしろぉ？」とヌグミレが前に身を乗り出してくる。その顔をひと撫でして、ヌフレッツンは言った。

「太陽が、傾眠状態に陥っている。おまえもジラァンゼ聖《ひじり》の聖人式《しょうにんしき》で、この譜を耳にしているはずだ」

ラダムンミがはっとして顔色を変える。黄道《こうどう》の落人《おちうど》たちもそのことに気づいたのか、央響塔《おうきょうとう》を振り返ってざわつきだした。

「ヌグミレを頼む」

ヌフレッツンはラダムンミに背中の子を託すと、家に戻って陽縅《ひおどし》を纏《まと》い、焙音璃《ばいおんり》を手にした。

扉を出て段梯《だんばしご》を下り、黄道《こうどう》を駈けていく。すでに月易楽《げついがく》も鳴りだしていた。

〝まだ新たな太陽が現れてもいないってのに……〟〝聖《ひじり》たちは、ほんのすこし休んでおられるだけさ〟〝そうだよ、ずっと歩きづめだものね〟

滲《にじ》みだす不安を拭うように交わされる声の間を通り抜けていく。

〝まさか霜《そう》みたいなことが――〟〝なにを馬禍《ばか》な。裁定主様はわたしたちをよくご覧のはずだ〟

〝ええ、こんなに信心深い聚落《じゅらく》は他にないんだから。じきに進みだしますよ〟

ヌフレッツンは自分を恥じていた。陽採《ひど》り手《て》として太陽の不調を日々感じ、いつ何が起きてもいいように心構えをしているつもりだったが、どこかでまだ先のことだと考えていたのだ。

太陽の近くの人混みが黄道《こうどう》の中ほどまで広がっていた。「裁定主様ー、お受け取りくださいませ「わたしたちの、痛み、苦しみを「この肌を好きなだけお焦がしくだされ」などと口走る声が聞こえてくる。見れば、捌《さば》いた魚のごとく自らの腕を骨まで開いたり、体じゅうを何十もの蟹肢で貫いたり、顔を焼け爛《ただ》れさせたりした自傷人《じしょうびと》たちで、歩むごとに増えて前に進めなくなる。ヌフレッツンは焙音璃《ばいおんり》を頭上に掲げ、叫び声を発する自傷人《じしょうびと》たちを押し割っていくが、もみくちゃにされて方向を見失った。耳を澄ますと、喧騒や阜易楽《ふいがく》の響きに紛れて、かすかに〈有珠《ゆうじゅ》〉の旋律が聴こえてくる。その音を頼りに向かおうとしたとき唐突に肩を摑《つか》まれ、「その綺麗な鳴り物で、ここを、額を殴ってくれ」と懇願された。凄まじい痛みをもたらす鉢頭摩《はちずま》のにおいを口から放っている。「さあ思い切って。頭蓋骨が砕けるまでやっとくれ。その綺麗な鳴り物で。それできっと太陽は動いてくださるー」ヌフレッツンは腹を蹴り飛ばして振り切った。「もっともっと激しく。そうでなければあああぁ」という叫びを耳にしながら人だかりから脱すると、太陽の輝きに呑まれながら一心不乱に燈杖《とうじょう》で地面を打つ聚長《じゅちょう》の姿が現れた。眩《まぶ》しさのあまり、顔に遮光器《しゃこうき》をつける。

「ええい。なぜ目を覚ましてくださらぬのだ。いったいなにが……」

息を切らして声を絞り出す聚長《じゅちょう》の近くを通り過ぎ、太陽をまわり込んでいくと、内裏《だいり》の下に並ぶ大勢の足身聖《そくしんひじり》たちが両足を下ろしたままなのがわかって、顔がこわばる。

微動だにしていない――

ひとりまたひとりと静止した聖《ひじり》たちの横を通っていき、ジラァンゼ聖《ひじり》の姿も垣間見えた。やはり突っ立ったままだ。やがて最後尾の輝きの向こうに陽採《ひど》り手《て》たちの姿が見えてきた。太陽から家三軒ほど離れたところで月の群が煌《きら》めいており、その前でイノニンカとナルアーハが焙《ばい》音璃《おんり》と千詠《ちえい》艫《ろ》で〈有珠《ゆうじゅ》〉を奏でている。月たちに向かって銛《もり》を構えたまま様子を窺《うかが》うグクタイラたちの姿もあった。何人かがヌフレッツンに気づいて頷《うなず》く。

ヌフレッツンはふたりの宥《なだ》め役《やく》の右端に立ち、夜粉《やふん》めいたにおいを嗅ぎながら、焙音璃《ばいおんり》の響体《きょうたい》を胸にあてた。

「せっかくの休みなのに、悪いね」と隣のイノニンカが言う。

「永遠に休むことになるよりはいいよ」と、共奏するふたりの旋律に合わせて焙音璃《ばいおんり》を弾きはじめる。

「夸《こ》でこっが起きて、これだけの月をひとっで宥《なだ》めることになってたらっ思うと、ぞっとすっ」とナルアーハが言った。あと数日で帰る予定だったのだ。

球軀《きゅうく》が重なり合っていて把握しきれないが、月は普段の倍の二十頭ほどはいるのではないか。

暦態《れきたい》は――後ろの方に霜月《しもづき》が何体か見えるが、多くは最も手強《てごわ》い踏月《ふづき》や葉月《はづき》だ。齢態《れいたい》では、渦状の深い畝《うね》をほぼ全面に犇《ひし》めかせている活発な十五夜《そごよい》が目立つ。だがいつもの月よりも妙に青みがかっているのが気になった。

グクタイラたちはダハリクの指示を受けながら、月が円《まる》い窪みの縁《ふち》を隆起させたり、まわりに光条を浮かべたりするたびに、銛《もり》で突いてその強張《こわば》りを解いていた。長く動きを封じられた月は、肯楽《こうがく》をやめさせようと月漿《げっしょう》を飛ばしてくるからだ。

宥《なだ》め役《やく》が三人いることと、央響塔《おうきょうとう》から月易楽《げついがく》が響いているおかげで、この頭数でも辛うじて宥《なだ》められているが、このまま太陽が動かなければいずれ到達してしまう。〈醒陽《さいよう》〉の譜はよりいっそう激しさと重厚さを増していたが、背後の太陽は動こうとする気配すら見せないまま、月が臆せず近づける熱さに衰えつつあった。

ヌフレツンは右端の先頭にいる一頭に集中し、ここから離れるよう肯楽《こうがく》で促してみた。その月は、いったん身を沈ませるようにして右の道端へゆっくりと滑り動いたあと、忘れ物でも取りに帰るように朝門《ちょうもん》の方へ向かいだした。宙廊から感嘆の声があがる。

「やっぱりすごいねその技。これが終わったら習得させてよね」とイノニンカが言ったとき、さっきの月のいた隙間に何頭もの月が割り込もうとして全体が前に押し寄せ、グクタイラたちが数歩下がって銛《もり》を構え直した。ヌフレツンは慌てて元のように複数頭へ向けて奏でたが、今度は離れていった月が群の側面に戻ってきてしまう。〈有珠《ゆうじゅ》〉で地道に現状を保ち続けるしかなさそうだった。

月の群は感知できないほどすこしずつおずおずと柔肢《じゅうし》を前に迫《せ》り出していて、陽採《ひど》り手《て》たちは、いつのまにか間を詰められているのに気づいて慌てて後ずさりする。

喉が渇き、胸の衣嚢《おとし》に挿した封杯《ふうはい》の管をくわえて吸うが、大粒の水が舌の上に数滴落ちただけで空《から》になり、虚しい音が鳴った。衰えてはいても、月の冷気よりも遥かに太陽の熱の方が勝っており、汗は止まらない。普段の陽採り仕事のように、炉壺《るつぼ》を陽だまりで満たせば太陽から離れられる訳ではないのだ。

彼方《かなた》の垂曲面を進む是《ぜ》の聚落《じゅらく》の太陽の位置から、とうに正午を過ぎていることがわかった。是《ぜ》の太陽を追っていた光点の集まりが、軌道を逸れていることも。叙《じょ》の太陽が立ち往生しているのを感知して、是《ぜ》の月たちがこちらに向かいだしているのだ。

「あんたたち、入って来るんじゃないよ！　危険なのがわからないのかい」

グクタイラの声に振り向けば、顔に面紗《めんしゃ》をかけて大きな背嚢《はいのう》を背負った台手《うてなて》たちが小走りにこちらへ向かってきていた。

「聚長《じゅちょう》の命《めい》により、これからお世話をさせていただきます」

ひとりがあげた声で台手《うてなて》たちは散開し、陽採《ひど》り手《て》それぞれに駆け寄った。ヌフレツンの傍らに立った台手《うてなて》は、「失礼します」とことわって胸の封杯《ふうはい》を外し、重みのある封杯《ふうはい》に取り替えてくれた。陽呑《ひの》み児《ご》の頃のヌグミレのごとく管にくらいついて啜《すす》る。流れ込んできた水で喉が潤い、体の熱が引いていく。その心地よさを味わっていると、なにかを口元に差し出された。

「どうぞ、このままお食べください」見ると、四方樹《よもぎ》の若葉でくるんだ太陽焼きだ。ヌフレツンは焙音璃《ばいおんり》を奏でながら、ひと口、またひと口、と太陽焼きを齧《かじ》っていく。預流果《よるか》の爽酢《そうす》の酸味が効いていて、体の芯に力が戻ってくるようだった。すべてを平らげると、口についた汚れを丁寧にぬぐってくれる。

「邪馬《じゃま》にならぬよう、視界に入るところにおります。いつでもご用命ください」そう言って脇に下がる。ありがたかったが、正午台《しょうごだい》が長期戦を見越した、ということでもあった。

ヌフレツンは姿勢を正し、この状況を乗り切るための方法を頭に巡らせながら奏で続ける。〈醒陽《さいよう》〉の音圧が強まってきたと思うと、周囲から歓声が湧きだした。肩越しに振り返れば、足身聖《そくしんひじり》たちがゆっくりと足を上げはじめている。しだいにそれは足踏みになっていく。そのまま前へ――前へ――と心の底から祈りながら弓を振るっていたが、足の動きはしだいに鈍く、不揃いになり、とうとう再び止まってしまった。落胆の溜息や呻《うめ》きが広がる。

三人の宥《なだ》め役《やく》は、台手《うてなて》の世話を受けつつ宥奏《ゆうそう》を続けたが、半日ほど過ぎたあたりから他の聚《じゅ》落《らく》の月が群の最後尾に加わりだし、その場に堰《せ》き止めるのが難しくなってきた。後ろから圧《お》された群が犇《ひし》めきながら、わずかずつ、じりじりと、着実に間を詰めてくる。

太陽との間は、あと家二軒ほどしかない。〈宥珠《ゆうじゅ》〉も効きが悪くなっているようだった。

「くそっ、片目の死角のせいで、月漿《げっしょう》がかかりやがった」とシシグィマが、煙を立ち上らせている袖を振っている。

〈醒陽《さいよう》〉の譜調がしばしたどたどしくなる。幾つかの聚奏壇《じゅそうだん》で奏《かな》で手《て》が交替したのかもしれない。宥《なだ》め役《やく》の三人に代わりはいない。ナルアーハは顎があがって息が荒くなり、弾き損じることが増えていた。響体の底に支え棒があるとはいえ、千詠轤《ちえいろ》が焙音璃《ばいおんり》の何倍も重いせいだろう。

おひとりずつ交替して休まれてはいかがでしょう、台手《うてなて》に提案され、まずはナルアーハから休んでもらうことになった。千詠轤《ちえいろ》の弦から弓を離してその場に坐り込み、肩で息をしている。

その近くで動かずにいた月たちが柔肢《じゅうし》をほぐして重心を前にずらしだし、「あーっ、こっじゃぁ落ち着いて休めやしねぇ」と再び立ち上がって千詠轤《ちえいろ》を奏でだす。

イノニンカの弾く旋律が間延びしたと思ったら、うとうとしたらしい。自分の音に驚いて我に返り、慌てて他のふたりの旋律に合わせる。ヌフレッツンもしだいに腕が筋張って左の指がもつれ、弾き違えることが増えた。普段は合間合間に休んでも終日奏で続けるのはきついというのに、もう夜をひと巡りして明け方近くになっているはずだった。熱気と冷気の境目にいるため余計に朦朧《もうろう》としやすい。いまどのあたりを弾いているのかあやふやになり、まわりの旋律に耳を澄まして我に返ることも増えていた。限界が近づいていた。

体がふらつきだし、駆けつけた台手《うてなて》に支えられながら弾き続けていると、「わたしたちが代わりましょう」と背後から粛然とした声が聞こえた。

〈風《かざ》〉側の道端から、陽縅《ひおどし》を着て遮光器《しゃこうき》を顔に掛けた六人の者たちが、往咆詠《おうほうえい》や喇《ら》炳筒《へいとう》や靡音《びおん》喇《ら》といった鳴り物を抱えて歩いてくる。肌のほとんどが覆われているので顔はわからないが、先頭の焙音璃《ばいおんり》弾《ひ》きの佇《たたず》まいに声が結びつき、ヌフレッツンは驚嘆した。

「まさか、ディアルマ師――ですか？」

「えっ、親《や》さが？」イノニンカが振り向き、頬に深いえくぼを作って笑い声をあげる。「ほんとだ。親《や》さのそんな姿はじめて見た。陽縅《ひおどし》が似合わなさすぎる」

貫頭衣を着て灰色の長髪を束ねたすらりとした姿と、ずんぐりむっくりの陽縅《ひおどし》に包まれた姿との落差はあまりに大きい。

「おだまりなさい」ディアルマ師は胸のあたりの生地を引っ張って陽縅《ひおどし》のずれをなおす。「こう日が来るときのために、以前から有志の者たちに稽古をつけてきました。もっと早く来ることができれば良かったのですが」よく見れば不安げな様子の者もいる。稽古で弾くのとは訳が違う。説き伏せるのに時間がかかったのかもしれない。「多くは控えの奏《かな》で手《て》ですし、実地で月を相手にはしたことがありません。心許《こころもと》ないでしょうが、未熟さの分は人数で補います」

ディアルマ師が他の者たちに合図をし、それぞれが〈有珠《ゆうじゅ》〉に合わせて鳴り物を奏ではじめた。ディアルマ師は陶然としてしまうほど典雅で巧みだったが、他の者は月に及び腰になっているせいもあってぎこちない。任せることに不安はあったが、いずれにせよ三人のままでは体がもたなかった。

「ではしばらくお願いします。危うくなったらすぐに起こしてください」

ヌフレッツンたちはさりげなく音を薄れさせていき、弓を弦から離した。

「助かったー……」とイノニンカが猫背になって呻《うめ》き、ナルアーハは倒れかけて台手《うてなて》のひとりに抱えられる。

「近くの家をお借りしました。そこでお休みください」と台手《うてなて》は連れて行こうとしたが、いつでも戻れるように道端で休ませて欲しいとヌフレッツンは頼んだ。「わかりました」ひとりが合図をし、台手《うてなて》たちは背嚢《はいのう》の上に載せていた巻布を下ろして黄道《こうどう》沿いの壁際に敷いてくれた。倒れ込むように寝転がりながら、「あなたの名は?」と訊く。「我々台手《うてなて》は名乗ることを許されていません。どの者も同じ台手《うてなて》として別け隔てなく振る舞うこ――」台手《うてなて》が言い終わる前に、ヌフレッツンは眠りに落ちていた。

ひと塊の息を呑んで瞼《まぶた》を開く。面紗《めんしゃ》に覆われた台手《うてなて》のおぼろげな顔——揺り起こされている。

「すみません、ヌフレツン様。起きられますか」

面紗《めんしゃ》でぼやけた目元を見据えて頷《うなず》き、立ち上がる。相変わらず阜易楽《ふいがく》は囂々《ごうごう》とした〈醒陽《さいよう》〉のままだ。

イノニンカとナルアーハも起こして、台手《うてなて》は説明した。

「他の聚落《じゅらく》の月がさらに合流して、もう前方だけでは抑えきれないそうです。ここは宥《なだ》め役《やく》のあなた方にお任せして、ディアルマ様たちは左右と後方に向かいたいとのことです」

立ち上がってあたりを見まわすと、懸命に〈宥珠《ゆうじゅ》〉を奏でるディアルマ師たちの向こうで、動きを止められた最前列の月たちが、背後の月に押されてはち切れんばかりに湾曲している。

ヌフレツンはイノニンカやナルアーハと頷《うなず》きあう。

「それが最善なようです」

急いで焙音璃《ばいおんり》を調律すると、思ったより音程がずれていた。弓の触覚毛も弛《ゆる》みかけていて、根元の螺子《ねじ》を回す。それらに気づけないほど朦朧《もうろう》としていたらしい。〈宥珠《ゆうじゅ》〉の効きが悪くなるのも当然だった。

三人は、月の群を抑えているディアルマ師たちの近くへ戻り、再び〈宥珠《ゆうじゅ》〉を奏ではじめた。グクタイラとマムライノの姿はなく、代わりにふたりの台手《うてなて》が銛《もり》を構えている。奏でながら歩きだしたディアルマ師らと、すれ違いざまに頷《うなず》き合う。左右の宙廊にふたりずつ、最後尾にはディアルマ師ともうひとりが廻り込んだ。

休む前よりも太陽の熱が弱まっているのを背中で感じ、胸が締めつけられる。

十五夜《そごよい》の月たちの蠱惑《こわく》的な反射光を眺めながら無心に奏でるうちに、先頭の月たちの強張《こわば》りが解けて、背後に連なる月たちの前のめりの重心もばらけていくようだった。全方位からの〈有珠《ゆうじゅ》〉が効いたのだ。安堵《あんど》していると、「おまえたちなにをやってる「危険です、おやめください「死にたいのか!」と今度はあちこちから声が聞こえだした。

なにが起きたのかと周囲を見わたす。

〈風《かざ》〉側の家――宙廊の欄干《らんかん》の上に、全裸で立っている者たちがいた。顔面が血塗《ちまみ》れであったり、全身が焼け爛《ただ》れていたりと、見るからに自傷人《じしょうびと》だとわかる。

「裁定主さま。わえらの苦しみを捧えあす。ろうか新らな太陽をお招いうらさい「わえらの命と引い換えに、再び陽をお灯しくあさい「聚落《じゅらく》に永遠の日々が戻いあすように」

歯も抜いたのだろうか。不明瞭な声でひとしきり唱えると、叫び声をあげて月に向かって飛び下り――方々から悲鳴が上がる――上部の弾力にいったん跳ねてから、泥沼に呑まれるように球軀《きゅうく》へ吸い込まれていく。宙廊では、後に続いて欄干《らんかん》に立とうとする自傷人《じしょうびと》たちを落人《おちうど》たちが懸命に引き止めているが、その手を逃れた者がなおも落ちてくる。

ヌフレッツンは遮光器《しゃこうき》を上げ、汗にまみれた顔を手で拭う。

自傷人《じしょうびと》たちが捧げた命によって太陽が活力を取り戻して歩きだすようなことはなく、陽光の届く範囲も狭まっていく。喉もさほど渇かなくなってきて、胃のあたりが不安で凝《こご》る。

消化できない感情に呆然《ぼうぜん》となっていたが、台手《うてなて》たちの足音で我に返った。

「太陽が昏睡状態に入りました」と告げられ、予期してはいたものの愕然《がくぜん》とする。確かに、もはや太陽は角《つの》も動いていない。「央響塔《おうきょうとう》で〈甦還《そかん》〉の譜を奏でるそうです」

譜庫から膨大な譜紙を運ぶ見習いたちの姿が目に浮かぶ。大編成の稀譜によって引き起こされる事態を想像し、ヌフレッツンは呻《うめ》いた。

「月易楽《げついがく》が消える、ということですか。でも、それでは月の群をこれ以上は防ぎきれない……」

〈甦還《そかん》〉の聚奏《じゅそう》には、普段の何倍もの奏《かな》で手《て》が必要だった。

「そうだよ」とイノニンカも声を震わせる。「月易楽《げついがく》を弾く奏《かな》で手《て》から控えの奏《かな》で手《て》まで、皆動員されるのでしょう?」

「起きるよ」グクタイラが吐き捨てるように言いながら戻ってくる。「あんたら正午台《しょうごだい》の連中が起きるはずがないと言い張っていた蝕《しょく》がね」

「言葉もありません」台手《うてなて》は言いながら、なぜか〈海《み》〉側の家並みを気にしている。「ですが、〈甦還《そかん》〉は避けられない状況で――」

その声が合図となったかのごとく、旋律が激しさと重厚さを増し、全身が音に圧される。

「えっ、もう」とイノニンカが喘《あえ》いだ。〈甦還《そかん》〉に間違いなかった。月易楽《げついがく》はすでに聴こえない。

早くも月たちの球軀《きゅうく》の畝《うね》や柔肢《じゅうし》の動きが目につきだし、気勢を取り戻しつつあるのがわかった。

「まずいぞ。この状況でどうしろと言うんだ」

「あっ、来ました来ました――こちらです!」と台手《うてなて》がヌフレッツンの右向こうに手を振る。

環海《わだつみ》に続く路地から、人影が現れだしていた。二十人はいるだろうか。「月易楽《げついがく》を補うために、ひとまずあの方々に手を貸していただきます」

先頭で銛《もり》を杖《つえ》代わりにして歩いているのは、水縅《みずおどし》を着て、鼻筋を何本もの魚騙《うおだま》しで貫いた、片耳のない年寄りの漁《いざ》り手《て》だった。

うわっ、漁主《りょうしゅ》がなんでここに——とかつては漁《いざ》り手《て》だったシグィマが背を向けたので、ジファンゼ聖と仲の良かったゾモーゼフ漁主《りょうしゅ》だと気づく。他の漁《いざ》り手《て》たちは、杭《くい》や槌《つち》や漁網《ぎょもう》らしき鎖の巻物を手分けして運んでいた。同じ顔のふたりは照子屋《てらこや》で一緒だったラスミとリソミだ。

ゾモーゼフが銛《もり》であちこちを指し示しながら殻々声《がらがらごえ》を張りあげ、漁《いざ》り手《て》たちが一斉に駈け出す。黄道《こうどう》の両側に分かれて家々の壁や地面に杭《くい》を打ち、漁網《ぎょもう》の巻物をほどいて宙廊の欄干《らんかん》や杭《くい》にじゃらじゃらと音を立てて張り巡らせていく。

「煩悩蟹《ぼんのうがに》の惨斬《ざんぎり》でも切れん、鱗鉄鎖《りんてつぐさり》の漁網《ぎょもう》だ。月などこれで抑え込んでくれるわ」

前列の月が漁網《ぎょもう》にかかり、光の斑紋をちらつかせた銀色の球軀《きゅうく》に鎖を食い込ませていく。畝《うね》の流れが鎖で分断されて、上下で別の模様を描きだす。後に続く月たちが、互いに押し合って球軀《きゅうく》をひしゃげさせながら道幅いっぱいに広がっていく。漁網《ぎょもう》がこちら側に大きく撓《たわ》んで、杭《くい》を打たれた殻粉壁《からこかべ》が音を立てて剝落する。

漁《いざ》り手《て》たちは、三歩ほど離れた位置にさらにもうひと巻きの漁網《ぎょもう》を張っていた。

これでなんとか抑え込めるかもしれない。ヌフレッツンの胸に希望が芽生えたところで、月の群に圧《お》された家の壁が崩れ、砂煙があがった。さらに杭《くい》が立て続けに抜け飛び、その反動で月たちが一斉に前のめりになって、次の漁網《ぎょもう》に絡め取られて止まる。

ヌフレッツンは溜息を漏らした。ディアルマ師が提案したという移動式の防壁が作られていれば……と悔しさに歯噛みする。

何頭かの月は、球軀《きゅうく》が千切れそうなほど漁網《ぎょもう》を食い込ませ、太陽に向かって伸ばした柔肢《じゅうし》を痙攣《けいれん》させている。狂おしく太陽を欲する姿を目の当たりにすると、まるで蝕《しょく》に至るのが正しき理《ことわり》で、自分がそれを阻害する背信者であるかのように感じられてくる。

漁網《ぎょもう》の杭《くい》が弾け飛ぶたび、漁《いざ》り手《て》たちは強く引っ張ってまた打ちなおす。〈甦還《そかん》〉が耳を聾《ろう》する轟音《ごうおん》となり、その効果で太陽が明るみ背中が熱くなってきた。陽縅《ひおどし》のない漁《いざ》り手《て》たちが、焦げつきそうな熱さに一旦脇へ避難する。あたりに高揚したざわめきが満ち、ヌフレツンは焙音璃《ばいおんり》を奏でながら横目に見た。

太陽の御像《みかた》が前のめりになり、大きく伸びをするようにあちこちの角《つの》を動かしている。百八の足が足踏みをはじめ、とうとう沙璃《じゃり》を擦るようにして歩きだした。一斉に朗々とした歓声があがる。

ほっとして意識が体に戻ってきたのか、各所の窪みに溜まる大粒の汗の不快さや、いまにも攣《つ》りそうなほどに筋張った腕の痛みを感じる。

そのときグクタイラたちが悪態をつく声が聞こえた。汗を散らして向き直ると、張り渡された網に押し留められた月たちを、陽採《ひど》り手《て》たちが銛《もり》で繰り返し突いている。

「くそっ、なんで月漿《げっしょう》の滲出《しんしゅつ》が止まらないんだい！」「このままじゃやばい」

「なんだ、いったいどうしたのだ」ゾモーゼフがやってきて、頭上を仰いだ。「この漁網《ぎょもう》は鱗《りん》鉄製《てっせい》なのだぞ。月漿《げっしょう》ごときで融《と》けるはずが……おい早く次の漁網《ぎょもう》を――」

まさか月たちが月漿《げっしょう》で、漁網《ぎょもう》の鎖を溶かしているというのだろうか。滴り落ちた地面の沙璃《じゃり》がぐつぐつ震えて煙を立てている。これは――

「グクタイラさん、地面を見て。いつもの月漿《げっしょう》と違う」ダハリクが言い、グクタイラが銛《もり》で沙《じゃ》璃《り》を掘り返す。「こりゃあ、致命漿《ちめいしょう》じゃないか……久々に見たよ。こいつらは、死ぬ気で蝕《しょく》を起こそうとしてるってことさ」

皆に気をつけるようグクタイラが注意を促す。月が滅相《めっそう》する寸前に絞り出す漿《しょう》で、これまで何人もの陽採《ひど》り手《て》が油断し、陽縅《ひおどし》ごと溶かされたという。

ぶつ、ぶつ、ぶつ、と融《と》けた鎖が弾け切れ、騒がしい金属音を立てて漁網《ぎょもう》が地面に落ちていき、柔《じゅう》肢《し》の動きを早めだした月たちが跨《また》ぎ越え——新たに張られた漁網《ぎょもう》にのしかかり——それらも融《と》かされ、弾け切れてばらけていく。

なにをしておる、次の網を——もうないんです、いまのが最後の網です！　なんだとぉ！

ゾモーゼフが銛《もり》を地面に突き刺して沙璃《じゃり》を散らし、銛《もり》の柄に額をあてて呻《うめ》きをあげる。

いつ致命漿《ちめいしょう》を飛ばされるかもしれず、月たちからは片時も目が離せなくなった。

ヌフレッツンたちはわずかずつ退きながら、〈有珠《ゆうじゅ》〉を奏で続ける。家並みから雲が生じて、あたりが霞《かす》みだしていた。いまはいったい、いつなのだろうか。月と太陽の間はもうあと二軒もなかったが、幸い太陽は辿々《たどたど》しくも進んでいる。なんとしてもこれ以上近づかせるわけにはいかなかった。

繫業《けごうと》解き工房のあたりで押し留めているつもりが、いつのまにか左手に正午台《しょうごだい》が見えてきてヌフレッツンは動揺した。腕の感覚がなくなって、まるで肩から下がかき消えてしまったみたいだった。脇の下を汗が流れていく。一歩下がり、二歩下がり、沙璃《じゃり》のわずかな窪みによろめいて倒れかけ、台手《うてなて》に助けられる。

陽採《ひどて》り手の宥《なだ》め役《やく》になってからの、月との交感の浮き沈みを思い浮かべる――旋律を聴かせていたはずが、聴衆などどこにもいなかったと気づき、かと思えば急に通じ合って互いを満たし合い、そのそばから誤解にすぎなかったと気づかされ、泣きたくなっているとすり寄ってきて、親しみが湧いたところで突き放される――しかし眼前の月たちに対するほど得体の知れない恐怖を、これまで覚えたことはなかった。

いつしか聚奏《じゅそう》は月たちの向こうから聴こえるようになっている。央響塔《おうきょうとう》を越えていたのだ。〈甦還《そかん》〉が〈醒陽《さいよう》〉に戻って、太陽の歩みを促している。雲が立ち込めるなか、太陽と共にゆっくりと後ろ向きで進みながら、月を宥《なだ》め続ける。

もうずっと何日も、何十日もこうしているようだった。

とうとう太陽が夜門《やもん》を越えたことを、けれど再び歩みが遅くなっていることを、台手《うてなて》が伝えた。

祈りながら弓を動かし続けていると、どよめきが大波さながらに押し寄せ、あちこちから叫声や嘆声があがった。宙廊からは、幾人もの自傷人《じしょうびと》たちが絶叫とともに飛び降りていく。振返らずとも太陽が再び足を止めたのを悟った。

元《もと》の黙食巳《もくはみ》か……とナルアーハが呟《つぶや》き、それならまだしも、とイノニンカが声を震わせる。

歯を嚙みしめていたヌフレッンは、奥歯の一部が欠けたのを感じる。欠片《かけら》を舌で前に寄せ、唾とともに吐き飛ばす。

鼓膜を破りそうな音で再び鳴りだした〈甦還《そかん》〉に反して、太陽の光と熱の範囲がじわじわと萎凋《いちょう》していくのを肌で感じる。

ダハリクが片手で顔を覆うのが見えた。

月たちは進むのをやめない。ヌフレッツンたちは汗まみれで一心不乱に弾き続けたが、夜門《やもん》をくぐった頃には、とうとうあと一軒分の距離もなくなっていた。顔の肌がつっぱり、吐く息が白い。世界が月の光とうねりに満たされている。

「聚長命《じゅちょうめい》をお伝えしています。退避してください！」何人もの台手《うてなて》が声を張りあげだした。

「退避をーっ！　退避をーっ！」

漁《いざ》り手《て》や陽採《ひど》り手《て》たちが月を罵りながら駈けていく。

「こっなに、こっなに頑張ったのによぉ」とナルアーハが千詠艫《ちえいろ》を抱き締めて泣き喚《わめ》きながら、イノニンカは嚙み締めた唇をわななかせながら去っていく。

しかしヌフレッツンは〈有珠《ゆうじゅ》〉そのものと化し、もはや自らの意志ではその場から体を動かすこともできなかった。

「ヌフレッツン、いったん路地へ逃げて。そこから弾くんだよ」「このままでは呑まれてしまいます。行きましょう」グクタイラと台手《うてなて》の声がするが、ヌフレッツンには意味がわからない。

「だめだ、目が開きっぱなしじゃないのさ。無理やり運ぶよ」

ふたりは未だ弓を動かし続けるヌフレッツンの体を両側から抱き上げ、乏しい陽光と月光と渦巻く雲とで作られた、熱気と冷気が引き裂きあう道を通り抜けていく。

雲の切れ端に幾度も顔を呑まれながらも、再び昏睡状態に陥った太陽に月の群が波崩《なだ》れ込んでいく様を、ヌフレッツンの目は克明に捉えていた。

そしてとうとう最初の月が、太陽の内裏《だいり》の縁《ふち》にゆっくりと這い上り、湾曲した照層に張りついた。銀色に輝く球軀《きゅうく》をひしゃげ、太陽の畝《うね》と絡み合うようにして融合していく。次の月が、さらに次の月が後に続く。相次いで這い上がっては覆いかぶさっていき、屈折した光条がそこかしこから放射される。身を震わせて連なり、連なり、とめどなく犇《ひし》めいていく――声にならない叫びをあげて、ヌフレツンはなおも焙音璃《ばいおんり》を奏で続けた。

第三章

「——だったか。せめてもの救いは、夜門《やもん》を越えたところで蝕《しょく》が起きたことだね。おかげで蝕《しょく》明《あ》かりの下でかろうじて生活はできる」

「備蓄を食い潰すだけの昼も夜もない一日を、生活と呼べるのならね」

「夸《こ》の聚落《じゅらく》なんて蝕明《しょくあ》かりすらないんだよね。戻ったナルアーハはどうしてるかな」

薄暗い居間で、羽毛の詰まったマヤイ外套《がいとう》を纏《まと》ったヌフレツン、グクタイラ、イノニンカの三人が円卓を囲んでいた。

ヌフレツンは杯を手に取り——まだ、腕の筋が食い込むように痛む——仄《ほの》かに光る、擂《す》り下ろした熾燃薯《しねんじょ》を一口飲んだ。じわじわ喉や胃に温かさが広がり、口の中がすこし痒《かゆ》くなって舌で触れる。

グクタイラも杯を啜《すす》ったが、中を満たしているのは青白い液体だ。

「よく星の血なんて飲めますね。美味《うま》いんですか」とイノニンカが言い、「試してみなよ」とグクタイラに杯を向けられて「うわっ」と顔を背ける。

「あたしにゃ美味《うま》いも不味《まず》いもわからないね。生まれたときからこれしか飲めなかったんだから。まあ、すこしは体が温まるさ」

炊炉《すいろ》を使わずとも体を温められるのは、こういった飲み物くらいだった。輝晶燈《きしょうとう》は、共用の陽だまりにさらして蓄えたわずかな陽分《ようぶん》で、申し訳程度の光を帯びているだけだ。

「温めるそばから体が冷えてくねえ。この寒さであたしの好きな膨豆《ぼうず》の茂みが枯れはじめたって言うじゃないの」

「愚堕《ぐだ》の木も葉が落ちているみたい」ヌフレッツンが言う。「正午台《しょうごだい》では、他の太陽にこちら寄りの進路を取ってもらえないか交渉しているらしいけど……」

「まったく、いつになったら新しい太陽が現れるんだろうね」

「環海《わだつみ》ではまだ招陽の儀が続けられているんでしょう？」

新しい太陽を導くべく、舟に禱師《とうし》と奏《かな》で手《て》たちを乗せて環海《わだつみ》じゅうを巡っているという。あちこちに浮かべられた願掛けの焰起物《えんぎもの》が邪馬《じゃま》になってしょうがないし、招陽の聚奏《じゅそう》のせいで海《み》依等《いら》が逃げて漁にならん、とゾモーゼフ漁主《りょうしゅ》はぼやいていた。

「うん、でも気配は微塵もないらしい。ヨドンツァ伯《お》さは、海底の黎泥《れいでい》が尽きているからだと言っていたけど……」

「まさか……でも、もしそうなら、衢《く》と峨《が》の太陽が最後だったかもしれないってことか……」

「蝕《しょく》はもう太陽だった頃の四倍近くにもなっちまったってのにさ。どこまで膨張すりゃ気が済むんだか」

聚奏《じゅそう》の音が高まるたびに杯が震えるのを、ヌフレッツンは掌《てのひら》に感じる。蝕《しょく》を阜《おか》に抑え込むために作られ、阜易楽《ふいがく》の由来となったと伝わる〈阜易《ふい》〉の譜が絶え間なく奏でられているというのに、照層には夥《おびただ》しい数の皁易子《ふいご》が貼りつけられているというのに、蝕《しょく》は太陽に戻ろうと熱を帯びもしなければ、皁《おか》に変わろうと土化する兆候も見せなかった。けれど、それらがなければ、とうに臨環蝕《りんかんしょく》になっていたのだろう。

「親《や》さによると、央響塔《おうきょうとう》も正午台《しょうごだい》も大混乱が続いているらしいよ。人身供犠が必要じゃないかと言い出す者まで現れて――」イノニンカが額の端を指で揉《も》みながら言う。

「自傷人《じしょうびと》たちがあれだけ命を失っても、なんにもならなかったというのに」ヌフレッツンの眼裏《まなうら》に、欄干《らんかん》から飛び降りていった者たちの姿が映る。

グクタイラが星の血を飲み干して杯を置いた。

「どうして霜《そう》では皁《おか》に抑え込めたのに、ここでは上手くいかないんだい」

ヨドンツァなら当時のことをなにか聞かされているだろうか。だが、抑え込めたとしてどうなるのだろう。新しい太陽が現れなかった霜《そう》では、結局聚落《じゅらく》を捨てなければならなかったのだ。

ヌフレッツンはやりきれない気持ちになり、鼻孔から溜息を洩《も》らした。かすかに熾燃薯《しねんじょ》のにおいがする。〈寝坊助《ねぼすけ》の太陽〉という音戯噺《おとぎばなし》のように、いまからでも新しい太陽が現れさえすれば、という考えについ縋《すが》ってしまう。

「霜《そう》の蝕《しょく》ではどうだったかは知りようがないけど、あのとき、いつもと違って青みがかった月が多かったでしょう」とイノニンカが言った。

「うん、わたしも気になっていた。それが〈皁易《ふい》〉の効果と――」

「わからないけど、念の為、親《や》さを通じて正午台《しょうごだい》には伝えてある」

「そういや、月の群の前で銛《もり》を構えていたとき、黄道《こうどう》の脇に堕務者《おちむしゃ》を見かけたんだよ。月の色についてなにか喚《わめ》いていたんだ」

えっ、とふたりしてグクタイラに顔を向ける。

「よく聞き取れなかったんだけどさ、馬頭《めず》に封じさせたはずの干渉経路がどうとかこうとか――裁定主は今度こそ来世で塗り替えるつもりだとも言っていたね」

来世については、ヨド伯《お》さも口にしていた。

「うーん、訳がわからないね……」イノニンカは堕務者《おちむしゃ》の実在じたいをまだ呑み込みきれずにいる。

「いまはどこに」

「それが、見つからなくってさ。探してるときにいたためしがない」

「このまま〈阜易《ふい》〉が効かなければ、蝕《しょく》は臨環蝕《りんかんしょく》を迎え、やがては満環蝕《まんかんしょく》になってしまう。そうなれば――」

「壊劫《えこう》が訪れて大地宙《だいちちゅう》が崩壊する？　まさかね」

「やっぱり、狭臥期《きょうがき》が始まるんじゃないかな。太古には一度起きたというし」

「これだけ誰もが苦徳《くどく》を積んでいるんだ。裁定主様が楽園に導いてくださる、という言い伝えを信じたいところだけどね」

その楽園は、ヨドンツァに言わせれば――

急に軋《きし》みが響いて、三人の視線が階段に向けられた。ヌグミレが下りてくる。

「どうしたんだヌグミレ。暗いから足元に気をつけるんだよ」

「ねえ、まだ明るくならないのう？」

蝕《しょく》を防ごうと奏で続けたあと、死体同然となって三日三晩眠りこけていた間も、どうして明るくならないの、と何度となくヌグミレに起こされたことを思い出す。

「大きくなったねぇ」

「央響塔《おうきょうとう》の奏《かな》で手《て》たちが頑張ってくれているよ。早く明るくなるといいね」とイノニンカが言い、グクタイラが卓上に立てた晷香《きこう》の燃え具合を見て立ち上がった。

「もうとうに昼を過ぎてるじゃないの。この子、お腹が減ったんだよ。あたしらも帰らないと」

「気づかなかったな――」ヌグミレの食欲は相変わらず旺盛で、成長も早かった。「ヌグミレ、すぐに作るからね」

階段から床に降りたヌグミレが、深々と頭をさげる。

「グクタイラさんイノニンカさん、こんにちは、こんばんは、さようなら」

ふたりは声をあげて笑う。

「さようなら。君はほんとに太陽みたいだね」「ほんとだよ。いまがどういう状況なのか忘れちまいそうになる。じゃあまたね、ヌグミレ」

グクタイラが戸を開けるなり、冷気が流れ込んでくる。

「うう……まったくなんて寒さだい」

ふたりは背中をすぼめ、蝕明《しょくあ》かりでかすかに照らされた家並みを去っていく。

ヌフレツンは一階の厨《くりや》で、干し蟹肉の炙《あぶ》りや久斂毛《くれんげ》の和《あ》え物《もの》といった、炊炉《すいろ》をさほど使わずにすむ料理を作ったが、ヌグミレは叉匙《さじ》でつつくだけで食べようとしない。

「腹が空《す》いてるんじゃなかったのか」

「食べたくないの」ヌグミレは顎を引いて、料理からは目を逸している。

「どういうつもりだ。いまはどんな食べ物だって限られた量しか手に入らないというのに」

「だって……」と口ごもったが、急に顔を上げてこちらを見た。「輝晶《きしょう》なら食べられる。輝晶《きしょう》を食べたい。ねえ、いいでしょう。輝晶《きしょう》がいい」

「四日前に賜陽《しよう》の儀があったばかりじゃないか。多めにあげたろう？　選《え》り好みができる状況じゃないんだよ」そう窘《たしな》めたが、ヌグミレはあからさまな不寵面《ぶっちょうづら》を浮かべ、両腕を膝に突っ張らせたままでいる。

「好きになさい。残した分は夜にまた食べることになるだけだよ」

ヌグミレはすすり泣きながら席を立ち、階段を上っていった。

やがてラダムンミが煙と蟹のにおいをまとって帰ってきて、夜になったのだと気づく。碁香《きこう》の火はいつの間にか消えていた。繫業解き《けごうと》工房では、炉で四方樹《よもぎ》を燃やして煩悩蟹《ぼんのうがに》を蒸すようになったが、いつもより手間暇がかかる上に火末虫《かまつちゅう》が工房じゅうを飛びまわるらしく、ラダムンミは疲弊しきっている。工房の光量が乏しいせいで、傷も絶えないようだった。

夕餐は昼間の残りものに、綾鳥《あやとり》のつづら卵や、練り胡乱《うろん》、愚堕《ぐだ》の実の羽蜘蜜《はちみつ》がけなど、ヌグミレの好きなものばかりを作ってやったが、なにひとつ手をつけようとしない。

「いったいなにが気に入らないんだ」

「だって……だって」円卓と体の隙間に目を落としたまましゃくりあげはじめる。「食べられないんだもん」

「そんなわけがあるか。それなら親《や》さが食わせてやる」

ヌフレッツンはつづら卵を叉匙《さじ》で掬ってヌグミレの口に押し込み、しっかり嚙むように強《し》いた。ヌグミレは鼻を啜《すす》りながら咀嚼《そしゃく》していたが、とうとう勢いよく吐いてしまった。

「あぁあぁ」ラダムンミがヌグミレの口を拭いながら言った。「ねえヌフ先胞《まあ》さ、なにかおかしいよ。ヌグミレはどこか体が悪いんじゃないかな」

一気に憤りが引いて立ちくらみがした。なぜ気づいてやれなかったのか。

「療治処《りょうじどころ》で診てもらってくる」

ヌフレッツンが背中を向けて屈《かが》み、乗るように促すと、今度は素直に従った。生まれた頃のように体が熱い。念の為焙音璃《ばいおんり》を手に取って家を出て、明けることのない黄道《こうどう》に降り立った。

刺すような冷たい空気のなかで、〈阜易《ふい》〉の聚奏《じゅそう》が途切れなく響き続けている。暗く翳《かげ》って奥行きを失った家々の向こうで、膨張した巨大な蝕《しょく》が坐して燻《ふす》べ銀《ぎん》の淡い光を放っていた。球面のそこかしこに漣《さざなみ》を思わせる紋様が浮かび、ゆっくりとねじれ動いている。高さは正午台《しょうごだい》を越えそうなほどで、見ているだけで胸が圧迫された。

落人《おちうど》たちは皆、蝕《しょく》が視界に入るのを避けながら歩いているが、ヌフレッツンは自らが防ぎきれなかった取り返しのつかない結果として凝視しつつ、ヌグミレを背負って凍りついた黄道《こうどう》を進んでいく。どうすれば良かったのかを繰り返し考えては、胸がじくじくと痛む。

聚落《じゅらく》の上を鳥が所在なげに飛んでいた。

「いいなぁ、吾《わ》ぁも飛びたいなぁ」とヌグミレの声がして、小さな白雲が顔の傍らにふわと広がり、すぐにかき消える。

「おまえは鳥がほんとに好きだね」もう機嫌が戻っている。「ねえ親《や》さ。吾《わ》ぁは、いつか四つの太陽ぜんぶをいっぺんに見てみたいと思ってたんだよ？三つになったら、四つをいっぺんに見れないじゃない」

「それは太陽が四つのままでも無理だよ」

「新しい太陽が早く現れるといいよね。きっと現れるよね」

「そうだな」

〈皐易《ふい》〉の聚奏《じゅそう》の波間に、皐易楽《ふいがく》の〈眩燿《げんよう》〉らしき旋律が浮き沈みしているのに気づく。あたりを見まわすと、〈風《かざ》〉側の路地から、夜這い星払《よばぼし》いたちが鳴り物を奏でながら現れた。マヤイ外套《がいとう》を着て、白い息をたなびかせながら黄道《こうどう》沿いにこちらへ進んでくる。万洞輪《まんどうりん》や千詠轤《ちえいろ》を抱えている者が多い。

夜這い星《よばぼし》が皐易楽《ふいがく》を厭《いと》うことがわかったのは、ノースヌイがきっかけだった。鳴り物の拵《こしら》え処《どころ》で修繕を終えた万洞輪《まんどうりん》を受け取った帰り、路地で何匹もの夜這い星《よばぼし》に襲われたノースヌイは、左の足先を噛み千切られながらもとっさに皐易楽《ふいがく》を奏でていたという。夜這い星《よばぼし》たちは陽光でも浴びたように動かなくなり、やがて体を剝ぎ取るようにして去っていった。

明らかになってみれば、太陽の波長に合わせて作譜された皐易楽《ふいがく》を夜這い星《よばぼし》が厭《いと》うのはなんら不思議ではなかったが、太陽への捧げものを穢《けが》れた存在に向けるなどという罰当《ばちあ》たりな発想は誰の頭にも上らなかったのだ。それ以降、ノースヌイを手長《しゅちょう》として夜這い星払《よばぼし》いが作られ、こうして聚落《じゅらく》じゅうを廻っている。ヌフレツンが焙音璃《ばいおんり》を持って出てきたのもそのためだった。

「ねえ、親《や》さ。あの人はだあれ。なにか言ってるよ？」

ヌグミレが指差した。

「どこだい。夜這《よば》い星《ぼし》払いしか見えないし、なにも聞こえないけど。皁易楽《ふいがく》がひとの声に似ているからじゃない？」

「そうじゃなくて。もっと上だよ。屋蓋の上。ほら、まんかんのしょくにぬじをかなでよ、ぬじをかなでよ、って……」

「暗くてよく見えないな。水濾《みずこ》し手《て》が喞筒《そくとう》の手入れでもしているのかも」

「ちっがうよ。もういいよう」

療治処《りょうじどころ》につくと、待合房は混雑していた。なぜか仰ぎ見るほどに背丈の大きい、ひどく痩せた者たちばかりで椅几《いき》はすべて埋まっている。ヌフレツンはヌグミレを背負ったまま立っているしかなかった。

空気が焦げくさいと思ったら、房内を照らしているのは、硝子貝《がらすがい》に覆われた星脂蠟燭《せいしろうそく》の炎だった。炎を喰《く》らい消そうと火末虫《かまつちゅう》たちが硝子貝《がらすがい》から飛び立ってはまた貼りつくのを眺めていると、「ここに坐らせてやりなよ」と巨体の落人《おちうど》がくぐもった太い声で言い、立ち上がった。天床に頭がつきそうなほど背が高い。「わたしは次に呼ばれるから、遠慮しないで。この子はひどく顔色が悪い」

ヌフレツンは礼を言い、ヌグミレを綿腰掛《わたごしかけ》つきの椅几《いき》に坐らせてやった。腰が深く沈んで、ぐったりと壁に凭《もた》れかかる。確かにさっきよりも顔色が悪くなっていた。

「不憫《ふびん》だね。この子たちのこれからの日々を照らしてやれないなんて」と頭上から落人《おちうど》が呟《つぶや》いた。「やっぱり、あのときに拒むべきだったんだよ」

「あのとき、ですか」

「ほら、わたしらの大親《おおや》さの世代が移人《うつりど》たちを受け入れたときだよ。そのせいで悪い焔起《えんぎ》が持ち込まれて、蝕《しょく》を呼び寄せるはめになったんだから。そう思うでしょう?」

口ごもっていると、その落人《おちうど》は名を呼ばれて診房に入っていった。ヌグミレは眠っている。すこしして、さっきの落人《おちうど》が頭を振りながら出てきて、誰とも目を合わさずに療治処《りょうじどころ》を去っていった。

ヌフレッツンは、外からかすかに聴こえてくる〈皐易《ふい》〉の譜面を頭のなかに広げ、蝕《しょく》を皐《おか》に導くための煩悩窪《ぼんのうくぼ》をどうにか捉えられないものかと思案しながら待っていた。診房から名前が呼ばれて誰かが立ち上がるたびに、壁に大きな影が伸びる。

ようやく順番になり、ヌグミレを揺すり起こして診房に連れて入った。

ダユナーエ療主に挨拶したところで、「えっ」と声をあげてしまう。療主の斜め後ろにヨドンツァが坐っていたからだ。顔にかかる長い髪は真っ白になっている。

「ここでなにしてるの。来てるなら声くらいかけてくれればいいのに」

「ここで用事を済ませた後で、おまえの家を訪ねるつもりだったんだ」

ヌグミレが「誰なのぉ」と訊くので、おまえの大伯《おおお》さのヨドンツァ師だと伝える。

「大伯《おおお》さって、毬森《まりもり》の薬手《くすりて》のう? はじめましてヨドンツァ大伯《おおお》さ。ヌフレッツンの子のヌグミレですよ」

ヨドンツァが珍しく笑って、「よろしくな、ヌグミレ」と言う。

「わたしが呼んだのだよ。落人《おちうど》たちに奇妙な症状が増えていて、ヨドンツァ師の見解をお聞きしたくてね」

「務者《むしゃ》に化生《けしょう》しつつあるような方が多いようでしたけど、そのことですか」

「そうだ。太陽が蝕《しょく》になったいまでは聖人式《しょうにんしき》など起こりようがないというのに。病なのかなんらかの裁定なのか……頭を抱えるばかりだよ」

「実は、ヌグミレも食べ物を受けつけなくなって。輝晶《きしょう》なら食えると言うんですけど」

ダユナーエ療主が、裸で療治台に寝かせるように言い。ヌフレッツンは寒がるヌグミレの服を脱がせ、仰向《あおむ》けに寝かせた。臍《へそ》のない柔らかな白い腹が、療主の指先で抉《えぐ》るように押さえられていく。

「こんなに幼い年で……」と療主がしばし言い淀《よど》む。「聖紋《しょうもん》は現れていないが、腸が化生《けしょう》しつつある。確かにこれでは輝晶《きしょう》しか食えないだろう」

「まさかそんな……あの務者《むしゃ》たちと同じだと言うんですか」

「吾《わ》ぁは、どうなるのう?」怖くなってきたのか、ヌグミレの顔が強張っている。

療主が卓上の壺を引き寄せ、叉匙《さじ》で中身を掬った。

「ちょっと口を開けてごらん」

言われたとおりに開いた口に、叉匙《さじ》が挿し込まれる。とたんにヌグミレは目を見開いて嬉《うれ》しげに微笑《ほほえ》んだ。

「療治用の柔輝晶《じゅうきしょう》だよ。家でも摂れるよう処方しておこう。この先どうなるのかは予想がつかない。すこしでも変化が起きたらすぐに来てくれ」

柔輝晶《じゅうきしょう》の壺を受け取ったヌフレッツンは、ヌグミレを背負い、ヨドンツァとその手子《でし》のマヌハと共に療治所を後にした。

ヨドンツァはマヌハに肩を借りて歩いている。いつ帰る予定なのかを訊くと、明日の夜だという。

「この歳では、裁定力もこの寒さもこたえる。息をするのもやっとだわ」

確かに以前よりも息が荒く、肺でも病んでいるかのように苦しげだった。

「ンモサはどうしてるの」

「魚みたいに跳ねまわっとるよ。いまではこうやって、向こうの仕事を任せてここへ降りてこられる」

ヌフレッツンは頭上を見上げた。もしも満環蝕《まんかんしょく》になれば、あの毬森《まりもり》も呑まれてしまうのだろうか――

おぼろげな光に晒《さら》された黄道《こうどう》沿いを歩いていく。

ヨド様、あれが裁定主の意志なのですね、とマヌハがかすかな声で訊く。ヨドンツァは頷《うなず》きもせず険しい顔をしている。

「ねえ、伯《お》さ。球地《たまつち》には遠からず壊劫《えこう》が起きるって、前に言っていたよね。ほんとにそう考えているの？　かつて起きたような狭臥期《きょうがき》ではなく？」

「他の太陽がもし同じ道を辿れば、どれほどの隙間が残る。その凍えるような狭い暗闇で、太陽と契《ちぎ》った落人《おちうど》が生き延びられると思うのか」

「でも……だって、生き延びたからいまの球地《たまつち》があるんでしょう？」

「この球地《たまつち》では狭臥期《きょうがき》は一度も起きたことはない。あの方はそう仰《おっしゃ》っていた」

「古代史に出てくるのは作り話だというの」

「前世の球地《たまつち》では、壊劫《えこう》の前に狭臥期《きょうがき》を迎えたそうだ。先《さき》つ祖《おや》の誰もが刻々と死にながら蘇《よみがえ》るという凄惨さであったらしい。だがその後も満環蝕《まんかんしょく》の膨張は止まらず、世の全てが圧《お》し潰される大圧刑となった。そして先《さき》つ祖《おや》たちはその記憶を引き継いだまま、活きよ、という裁定主の声に導かれ、満環蝕《まんかんしょく》の内部に生じた新たな球地《たまつち》で再び生を受けたという」

　背中が震えたのは寒さのせいばかりではなかった。これまでヨドンツァに聞かされてきた世迷い言の断片が、信じ切れぬままに新たな脈絡を形作っていくのを感じた。頭から追い払おうとするが、すでに脈打ちはじめている。

「伯《お》さは、それを止めようとしてきたというの？　でも、でも、そんなこと……それだって、わたしには見えもしない堕務者《おちむしゃ》の譫言《うわごと》にすぎなくて……」

「だがあれは、おまえにも見えるはずだがな」と肩越しに蝕《しょく》を振り返る。

　考えがまとまらず言葉を継げずにいると、不意にヌグミレが肩を越えるように身を乗り出してきて、足がよろめく。

「どうしたんだヌグミレ。危ないだろう」

　手を焙音璃《ばいおんり》の響体《きょうたい》の方へ伸ばしている。緊張が緩み、ヌフレッツンは息だけで笑う。

「おい。いくらおまえが飢えていても、これだけは食わしてやれないぞ」

「ちっがうよ。ほら、焙音璃《ばいおんり》からかすかに音がするでしょう」

　ヌフレッツンは立ち止まり、焙音璃《ばいおんり》を持ち上げてみる。

「なにも聴こえないけどな。ん？　響体《きょうたい》がかすかに震えている。どうしてだろう」

「足を止めると寒いだろうが」と体をすぼめるヨドンツァの背中を、手子《でし》のマヌハがさする。

「えー、聴こえないのう？　らー、ら、るーる、れーっ、ろろろ、って。なんの譜なのう？」

ヌフレッツンの背中じゅうが沫立《あわだ》った。響体《きょうたい》が震える間隔は、確かに一致している。

「ふむ。かすかに聴こえるような気はするな……」とヨドンツァが呟《つぶや》く。

「伯《お》さも？」

「わたしにはまったくですが」とマヌハは言う。

ヌグミレは化生《けしょう》しかけているため、普通の耳では捉えられない音が聴こえるのかもしれない。

ヨドンツァは先《さき》つ祖《おや》に近い体質だからだろうか。

「ヌグミレ、もう一度口ずさんでみて」

「いまは、るーるれいろー、れいろーれいるーって鳴ってる」

阜易楽《ふいがく》とも月易楽《げついがく》とも言えない旋律――

「ヨド伯《お》さ、これって、ジラァンゼ親《や》さが口ずさんでいた譜じゃない？」

ヨドンツァが片眉をあげた。

「ジラァンゼが？　ヌグミレ、もうすこし続けてくれんか――ふむ。そういえば、聴き覚えがあるような」白髪頭を指でこずきながら言う。「リナニツェ聖《ひじり》が料理をしながらよく口ずさんでいたあれか。ジラァンゼはそれを覚えておったのだろう。ああ、だんだんと思い出してきたぞ――わしが幼き頃、親《や》さがリノ先胞《まあ》さやロム先胞《まあ》さに話していたことがあった。霜《そう》で蝕《しょく》を阜《おか》に抑え込もうとしたとき、最後に奏でるはずだった譜で、いまでも忘れられないのだと」

「奏でるはずだった――」

「幸いその前に蝕《しょく》を阜《おか》に鎮めることができたから、使われなかったそうだ。親《や》さは無意識に口ずさんでしまう自分をひどく責めていたな。裁定主がお許しにならないとか、封印された譜だというのに、などと言って」

「封印されていた？」

「自分で話したくせに、その譜のことも、霜《そう》の奏《かな》で手《て》だったことも絶対に誰にも言うんじゃない、ときつく約束させられて、理不尽だと思ったもんだ。まあ、当時の移人《うつりど》の扱いはひどいもんだったから――」

「ねえ伯《お》さ、もしかしてその譜は、スタラボッフ聖《ひじり》が残したという禍譜なんじゃ……ええと、なんていう題だったかな。虫みたいな……まさか霜《そう》にあったとは思いもしなかった」

「わしは譜のことはよくわからんが……そういや、かつて堕務者《おちむしゃ》が幾つかの聚落《じゅらく》を共に巡ったのが、そのスタラなんとかという牽奏師《けんそうし》だったと言っておった気がする。直接じゃなく、贄役《にえやく》が会話を介していたそうだが」

譜聖が堕務者《おちむしゃ》に憑《つ》かれた従者に唆《そそのか》されていた、という説があることは知っていた。ヌフレッンはしばし呆然《ぼうぜん》としたが、なぜ気づかなかったのだと我に返る。

「なあヌグミレ。療治処《りょうじどころ》に向かう途中で、屋蓋の上で誰かが話してると言ってたな」

「うん、でっかいひとが。あそこで――」と家並みの上を指さす。

「ヨド伯《お》さ。いまあのあたりに堕務者《おちむしゃ》がいない？」

「暗くてよく見えぬが……」ヨドンツァがマヌハに支えられつつ眺める。「それらしい姿は見当たらぬな。わしもあのお方にいろいろ伺いたいことがあるのだが」

「ヌグミレ、その人がなんと言っていたのか覚えてるか」

「さっきは気のせいとか言ったくせにー、りふじんー！　ええとね、ええと——らんかん、ちがう、まんかんだよ、まんかんの……しょくに……ぬじをかなでよ？」

思い出せなかった禍譜の名と結びつく。

「満環蝕《まんかんしょく》に、〈虹《ぬじ》〉を奏でよ」

輝晶《きしょう》を一息に食したかのごとく昂《たかぶ》りだした。

「霜《そう》では、最後の手段として奏でるはずだった——スタラボッフ聖《ひじり》は、堕務者《おちむしゃ》の話を踏まえて作譜したんだよ。阜易子《ふいご》を原料とする譜紙の繊維は朽ちにくい。もしかしたらいまも霜《そう》に——」

でもどうしてその音がこの焙音璃《ばいおんり》から聴こえたのです？　とマヌハが訝《いぶか》しげに言う。

「この焙音璃《ばいおんり》は、リナニツェ聖《ひじり》の焙音璃《ばいおんり》が元になってるんだ。響体《きょうたい》にはこれまでの音跡が残るというから——」

「そんなものが家に？」ヨドンツァが驚いたので、リノモエラが亡くなった後、ジラァンゼ聖《ひじり》が見つけたのだと説明する。「ふむ……あの方が言うには、聖人《しょうにん》たちの意識は、太陽の混淆識《こんせいしき》に絡め取られるという。ジラァンゼ聖《ひじり》やリナニツェ聖《ひじり》だけじゃない——」

ヌフレツンは片眉をあげる。

「——スタラなんとかも叙《じょ》で聖人《しょうにん》となったのであろう？　もしかするとその焙音璃《ばいおんり》は、混淆識《こんせいしき》の発するなにかを捉えておるのかもしれん」

ヌフレッツンは目を見開く。

もしかしてそれは――マヌハがヨドンツァに体を寄せ、歓喜に堪えない様子で囁《ささや》きかける。混淆識《こんせいしき》が裁定主に囚《とら》われぬ行いをなしたということではないのですか。つまり、太陽の鍵《かぎ》が解かれた、と。ああ。務者《むしゃ》が増えているのも、それと関係しているのかもしれん、とヨドンツァが返す。しかしわたしにはわかりません。あの方がどうして来世への願いに懊悩《おうのう》されるようになったのか――

家の前までくると、ヌフレッツンはヌグミレに段梯《だんばしご》をつかませ、「家で待っていて」とヨドンツァに告げて駈け出した。蝕《しょく》を見据えたまま声をあげる。

「いまから、みんなを呼んでくる！」

ヌフレッツンは、家に集まったディアルマ師や陽採《ひど》り手《て》たちを前に、〈虹《ぬじ》〉の譜が、満環蝕《まんかんしょく》によってもたらされる壊劫《えこう》を防いでくれる可能性があること、封印されているおかげで、蔽冷地《へいれいち》となった霜《そう》の跡地にいまでも残されているかもしれないことを、ヨドンツァの話も交えて語った。

「それを探しに行きたいんだ」とヌフレッツンは皆に訴える。

かつてジラァンゼから霜《そう》の旋律を聴かされていたディアルマ師は、それこそが禍譜の〈虹《ぬじ》〉だと知って驚嘆しながら、やってみるべきだと支持してくれた。けれど乗り手のラクマシは反対した。「夜這《よば》い星《ぼし》だらけの夜の荒地を通って、彼方《かなた》の蔽冷地《へいれいち》へ赴くだって？　己《な》が彗星《すいせい》を駈って？　禍譜ってのが本当にあるのかどうかもわからねぇのに、常心の沙汰《さた》じゃねえよ」

毬森《まりもり》を経由することも考えたが、蔽冷地《へいれいち》にはもう渡し綱が張られていないし、〈虹《ぬじ》〉の譜を発見した場合を踏まえれば、彗星曳《すいせいひ》きの荷車で赴くしかなかった。

「ああ、地命《じめい》が来る前に、命を捨てにいくようなもんだぜ」とシシグィマが、月漿《げっしょう》を浴びてわずかに朋化《ほうか》した手を開いたり閉じたりしながら同調した。「だいたい狭臥期《きょうがき》が来るだの壊劫《えこう》が起きるだの、己《な》ぁははなから信じてねぇんだ。央響塔《おうきょうとう》が頑張ってるんだ、このまま阜《おか》に変えてくれるさ。太陽だって、音戯噺《おとぎばなし》にあるようにじきに現れるって」

「まったくだ。これほど信心深い聚落《じゅらく》はねぇんだから。なにもかも元どおりになるさ」

そのように考える者が少なくないのはヌフレツンも知っていたが、共に働く陽採《ひど》り手《て》から聞かされるとは思わなかった。同席したヨドンツァも苦々しい顔をしている。

正午台《しょうごだい》から命じられた刑罰でないのなら、降ろさせてもらう、と言ってふたりは去っていった。危険を伴うことは確かで、無理《むり》強いはできなかった。それでも、グクタイラやイノニンカは参加を即断し、ダハリクとマムライノは随分悩んだあげくに頷《うなず》いた。

ヨドンツァを見送った後は央響塔《おうきょうとう》に向かい、ディアルマと共に、聚長《じゅちょう》や壇師たちに霜《そう》への遠征について話したが、蝕《しょく》が始まってから台頭《たいとう》し、いまの聚奏《じゅそう》を主導しているというゼンササの一壇が、満環蝕《まんかんしょく》と化すのを前提として禍譜を探すなど、裁定主様への許されざる背信行為であり、央響塔《おうきょうとう》をも愚弄している、と強く反発した。

「我々が蝕《しょく》を抑え込もうと懸命に励んでいる間に、あなた方は、蔽冷地《へいれいち》と化した故郷の暗闇で夜這《よば》い星《ぼし》と戯れながら、存在するのかどうかも、なんの効果があるのかも定かならない、裁定主様に厭《いと》われ封印された禍譜を無為に探したい、だから協力しろと仰《おっしゃ》るわけですね。しかも、そのきっかけが、あなたにも聴こえない音だとは」ゼンササは嘲笑《あざわら》った。「まったく呆《あき》れたものだ。いささか月と交感を重ねすぎたようですね」

なにより〈虹《ぬじ》〉の譜の実在を疑う声が多く、現物を持ち帰らないかぎり検討すら望めそうになかった。項垂《うなだ》れて帰ろうとしたとき、月の群の進行を止めようと共闘したザーサグとメルハイプというふたりの若い奏《かな》で手《て》が、夜這《よば》い星払《ぼし》いとして同行を申し出てくれた。

正午台《しょうごだい》もこの計画に懐疑的だったが、蝕《しょく》が起きた際のヌフレツンたちの働きに酬《むく》いて、ひと塊もある貴重なお陽練《ひね》りを非公式に提供してくれた。食料や水の用意は、繋業《けごうと》解き工房が請け負ってくれることになり、さらに従胞《いとから》のリマルモとロムイソが、大親《おおや》さの故郷をこの目で見てみたい、と名乗りを上げた。

ラダムンミがいるとはいえ、化生《けしょう》しつつあるヌグミレを置いて聚落《じゅらく》を離れるのは心配だった。けれどヌグミレは寂しい素振りどころか、ヌフレツンを励ますようにお陽さまの歌を歌った。

汀《てい》の太陽による淡い光で、家並みの影が黄道《こうどう》を横切るように伸びるなか、繋業《けごうと》解き工房の前では、遠征隊の九人が旅に必要な荷物を二台の荷車に積んでいた。荷車を曳《ひ》くのは陽採《ひど》り手《て》の老いぼれ彗星《すいせい》ではなく、「厳しい旅になるんだろうが」とゾモーゼフ漁主《りょうしゅ》が頼んでもないのに貸してくれた若い彗星《すいせい》だった。まだでこぼこの少ない灰色の無骨な體軀《たいく》が、前の荷車の両側から伸びる轅《ながえ》に繋がれている。

柔らかい光を帯びた大きな陶壺、干し肉などの食料を入れた荷包、水や熾燃薯《しねんじょ》の詰まった樽《たる》などを運び終えると、遠征隊の皆は、集まった家族や仲間たちと別れの挨拶を交わしていく。

顔色のよくなったヌグミレが、ラダムンミに両脇を抱え上げられ、「親《や》さ、きっと帰ってきてね」と言ってヌフレツンに首飾りをかけた。焙音璃《ばいおんり》の響体《きょうたい》で揺らめいていた光沢が、首飾りの方へ吸い寄せられるように動く。

なんだろうとつかみ上げてみれば、焔慈《えんじ》色《いろ》に光っていて温かい。太陽を表す音符の形に固めた輝晶《きしょう》だった。

「おまえまさか、処方された柔輝晶《じゅうきしょう》で作ったんじゃ……ちゃんと食べないとだめじゃないか」

「食べてるよ、ちょっと残して作ったんだもん。夜這《よば》い星《ぼし》はそれ苦手でしょう?」

柔らかい髪に指を通して、この寒さなのに汗ばんでいる熱い頭を撫でる。

「ありがとうな」

「己《な》ぁも行きたかったのに」と悔しげに言うラダムンミに、ヌグミレを頼んだよ、と返す。

ディアルマ師は黙したまま頷《うなず》き、イェムロガ房主はヌフレツンの肩を音がするほど叩《たた》いた。

すぐ近くでは、ふたりの子どもが泣きながらリマルモの足にしがみついていた。

「もっと先だと思ってたよ。急すぎるよ!」「だって言ってるひといたもん。あんなとこ行ったら二度と戻ってこれないって」

確かに急ではあった。無風期の訪れを兆す波が環海《わだつみ》に現れている、とゾモーゼフ漁主《りょうしゅ》から思いがけず知らされ、巜《く》の太陽が近づく頃に合わせて予定を前倒しすることにしたのだ。無風期は、孵風場《ふふば》が年に何度か気まぐれに活動を休止する際に、たった数日間だけ生じる。

ヌフレツンとグクタイラは前の荷台に乗り、心窩《みぞおち》ほどの高さの陶壺を挟んでそれぞれ側板の腰掛け台に坐った。他の者たちも前後に分かれて乗り込んでくる。

「陽縅《ひおどし》じゃないと、なんだか落ち着かないねえ」とグクタイラが外套《がいとう》の胸元を引っ張りながら言い、「ほんと―落ち着かないよねー」とその隣についたマムライノが襟元をなおす。

「あんなごついのを着てる方が気が知れねえよ」と後ろの荷台のロムイソが冥芽《みょうが》を噛みながら鼻で笑う。

「この外套《がいとう》は今回の遠征のために特別に作ってくれたんだ。動けば体温を高めてくれるし、じきに慣れるよ」とヌフレッツンは言った。

二日前に突然マヤイロフという会ったこともない編み髪の年寄りが訪ねてきて、「蔽冷地用《へいれいち》の外套《がいとう》を作ったから使え」とつっけんどんに言って、付添《つきそい》の人に腕いっぱいの外套《がいとう》を置かせたのだ。ちょうど九着あった。「愧鳥《きう》の羽毛をふんだんに使ったし、裏地には阜易子《ふいご》を編み込んである。鳴り物を踏まえて裁断や縫製にも工夫した」ヌフレッツンが困惑していると、「ただではないぞ。代償として、帰ってきたら現地での着心地《きごこち》を必ず聞かせてもらう。わかったな。必ずだぞ」と念を押して去っていった。後で、この頃よく着られているマヤイ外套《がいとう》を作った人じゃないかと気づいた。

鳴り物を持つ者たちが、いつでも弾けるように準備をはじめるなか、リマルモは未だふたりの子にしがみつかれている。「まだやってるのか」とロムイソが呆《あき》れ声を出す。調音の響きに驚いたのか、彗星《すいせい》が六本肢を起こしだし、子らが怯《おび》えて飛び離れた。リマルモが笑うが、「親《や》さだって彗星《すいせい》が苦手じゃない」「吾《わ》ぁたち知ってるよ」と返される。

「それなら乗り手になんてならないでしょう」

「えっ、親《や》さが乗り手なの」「す、すごいや」

リマルモは得意げな笑顔を見せ、彗星《すいせい》の傍らに立った。が、そのまま動かなくなる。「どうしたの親《や》さ」「やっぱり怖いの」子らが両手を胸元にあてて見つめるなか、ようやく背殻に手をかけてぎこちなく這い上がった。「すごい」「ほんとに乗り手なんだ」

本当のところは、乗り手を選ぶ札投げでロムイソとマムライノに負けたせいで、自ら買って出たわけではなかった。

リマルモがおずおずと拘束鎖を緩めるなり、六本肢が激しく互い違いに動いて、「うわ、強い」と慌てて締め戻すも荷車は走りだし、その拍子に、調音していたザーサグの喇《ら》炳筒《へいとう》からぶぉ、と大きな音が鳴った。

「え、もう出発?」「待ってよぉぉお」とリマルモの子らが声をあげ、他の見送りの者たちも慌てて手を振りだした。ヌグミレは厚い手袋をした両手を翼のように大きく振っている。遠ざかっていく人々の姿が暗く翳《かげ》ってゆく。

彗星曳《すいせいひ》きの荷車は、蝕光《しょくこう》でわずかに輪郭を浮かべる家々の影の間を通り過ぎていった。透かし窓から乏しい光を洩《も》らしている家もある。

夜門《やもん》の向こうに鎮座する巨大な蝕《しょく》の過半球に向かって、すこしずつ近づいていく。

冷え冷えとした暗い光を滲《にじ》ませる蝕《しょく》の広大な曲面に、太陽と月の特徴が混ざり合ったような畝《うね》模様がくっきりと見えはじめた頃、イノニンカが前を指差した。

「ヌフレツン、もしかしてあれ」

目を向けると、道端に大きな千《ち》詠櫨《えいろ》を抱えた人影が立ち、蝕《しょく》を呆然《ぼうぜん》と仰ぎ見ている。

「えっ、ナルアーハ? どうして。リマルモ、彗星《すいせい》を止めて」

リマルモは拘束鎖を絞ろうとするが、いくらか遅くなった程度で止まらない。「ごめん、慣れてなくてうまく抑えられない」

こちらに気づいたナルアーハが荷車に合わせて走りだす。ヌフレッツンは千詠櫨《ちえいろ》を受け取ってグクタイラに渡し、次にナルアーハを引っ張り上げた。

「夸《こ》の聚落《じゅらく》から？　いったいどうして」

「いまは夜這《よば》い星《ぼし》払いをしてっだけど」ナルアーハが息を切らしながら話す。「叙《じょ》の布帛《ふはく》工房の人が、蔽冷地《へいれいち》でも使える外套《がいとう》っ見本を売り込みぃ来てって――あ、これこれ、ほんとに着てっだ」とヌフレッツンの外套《がいとう》をつまむ。

「もしかして、マヤイロフっていうお年寄り？」

「そう。そっで君たちの遠征の話を知って。奏《かな》で手《て》があまり集まってないぃゆっから、助けになれないかって慌てて駆けつけたっだ」

なんなのだろうあの人は、と思いながらナルアーハを労《ねぎら》う。

「間に合ってよかった……夜這《よば》い星《ぼし》は千詠櫨《ちえいろ》を特に嫌うんだ。助かるよ」

「あ、ちゃんと自分の分の食料や水はあっから心配しないで」とはちきれそうに膨らんだ背嚢《はいのう》を下ろす。ヌフレッツンが紹介しようとしたら、ナルアーハと後ろの荷台のザーサグとメルハイプは、互いの鳴り物を目にしただけであのとき一緒に〈有珠《ゆうじゅ》〉を奏でた人だと気づいた。

彗星《すいせい》が蝕《しょく》の麓《ふもと》まで近づいたところで右折し、〈風《かざ》〉側へ進んでいく。蝕《しょく》の胴回りには足場が組まれ、大勢の台手《うてな》たちが陽挟みで阜易子《ふいご》を貼り続けている。

「蝕《しょく》がこっほど大きくなっていっるだなんて……」とナルアーハが洩《も》らし、「わたしたちも見るたびに信じられないんだ」と返す。

　腫れ物のごとき蝕《しょく》を抱えた常宵《とこよい》の聚落《じゅらく》が遠ざかっていくにつれ、寒さと暗さが増して、陶壺の光と暖かさが身に染みる。とうとう央響塔《おうきょうとう》の〈阜易《ふい》〉の聚奏《じゅそう》が聴こえない距離までできた。ときおり如飛虫《にょひちゅう》などの翅虫《はむし》が集まってきては、忌虫香《きちゅうこう》の煙で落下する。

　ヌフレツンが暗闇を伺っていると、「もう現れたのかい?」とグクタイラも目を細める。

「わからない。なかなか気配を洩《も》らさないから」

　ヌフレツンは焙音璃《ばいおんり》を構え、〈暁暗《ぎょうあん》〉を奏でだす。セノウモンが調整してくれたばかりで、音が澄み渡っている。やっぱりいい音色だな……、一挺だけの響きとは思えない、などと言いながら、他の者たちもそれぞれに音を重ねはじめた。一音階上でぴったり合わせるイノニンカの焙音璃《ばいおんり》、力強い低音を響きわたらせるナルアーハの千詠轤《ちえいろ》、宙を鋭く跳ねるザーサグの喇炳《らへい》筒《とう》、それらを柔らかく包み込むメルハイプの靡音喇《びおんら》——様々な音色と旋律が調和して、久しく忘れていた聚奏《じゅそう》の高揚感に包まれる。

「この外套《がいとう》、鳴り物を弾きやすいかも」とイノニンカが言い、「あんなもこもこした陽縅《ひおどし》と比べれば、なんだってよく弾けるんじゃない?」とダハリクが返して、皆が笑う。

　右手の遠くに見える黒々と沈んだ黒沙《こくしゃ》の阜《おか》では、星々がまとまりなく散らばって仄《ほの》かに光っている。太陽が巡らなくなってからは、ずっと迷子のように彷徨《さまよ》っているという話だった。

　彗星《すいせい》の鞍《くら》に据えられた爛蛋《らんたん》の光で、進行方向には岩だらけの荒地が広がっているのがわかる。その先を覆う闇をさらに向こうへ辿れば、是《ぜ》の太陽の残照で、ゆるやかに反り返っていく緑地がかすかに浮かんで見える。傾斜は遠くへいくほど強くなり、垂直に切り立ったあたりから先は、毬森《まりもり》に遮られて見通せなくなる。

威勢よく駈けていた彗星《すいせい》も、大小の岩が散らばる起伏の激しい地形のせいで、歩みが慎重になっていた。蔽冷地《へいれいち》までは、太陽がふた巡りするほどの距離だと言うが、長年に亘《わた》って踏み固められてきた黄道《こうどう》とは異なり、どれだけかかるのかは予想もつかない。商い手《あきなて》の多くが、毬森《まりもり》を経由して行き来しているのも頷《うなず》けた。

〈韶光《しょうこう》〉の譜の三章に入ったあたりで、焙音璃《ばいおんり》の響体《きょうたい》を通じて旋律の志向を大きく逸らされるような違和感に纏《まと》いつかれだした。左右の暗闇を見まわしていたら、「夜這い星払《よばいぼし》いで囲まれっときの感覚に似てる」とナルアーハも言った。グクタイラやマムライノが陽銛《ひもり》を手にして、彗星《すいせい》の上のリマルモを守るように構える。

「それらしい姿は全然見えねえがな」とロムイソが呟《つぶや》く。

「わたしも特に感じないけど……」とダハリクが言いつつ荷包の中から骨つきの干し肉を取り出し、右手の暗闇に向かって投げつけた。

何度か跳ねる音がしたと思うと、ぼうっと青白い光が広がって、これまで気配ひとつなかった暗闇の一面に、夜這い星《よばいぼし》の無数の蠢《うごめ》きがつかのま浮かび上がって沈み消え、皆が口々に呻《うめ》きをあげた。その一匹一匹が怨念の塊であるかのように感じられ、背筋が震える。

夜這い星《よばいぼし》は、生き物の骨の中に詰まっている闇を好み、自らに害をなす肉の陽分《ようぶん》を排出するために体を光らせる。最も好んでいるのが、落人《おちうど》の骨の髄に含まれるという、その罪深さ故に寸分の光も通さない三途《さんず》の闇だ。

荷車の横腹に激しい打撃を受け、荷台の片側が何度か大きく上下した。何人かが倒れかけて皐易楽《ふいがく》の音が痩せる。体当たりしているのだろう。左右から打撃を繰り返され、鳴り物を弾ける状況ではなくなって聚奏《じゅそう》が途切れた——その隙をついて夜這い星《よばぼし》が飛びかかってくる。グクタイラが彗星《すいせい》の斜め上に向けて銛《もり》を突き出した。

じうううぅぅと焦げ音をたてて黒い影が煙を発しながらしなるように宙を跳ね——地面を打つ鈍い音がして再び夜這い星《よばぼし》たちの蠢《うごめ》きが露わになる。

荷台の揺れはやまず、奏で手《かなて》たちはなかなか聚奏《じゅそう》に戻れない。

ダハリクが陶壺にしがみついたと思うと、蓋を縛る紐《ひも》をほどきだし、それを見たマムライノも前の荷台の陶壺に手を伸ばした。ふたつの陶壺の蓋が開けられ、焰慈色《えんじいろ》の温かい光が広がる。波が引くように影の数々が退いていき、荷台が揺れなくなる。しかし未だに光と闇の境界では残像めいて蠢《うごめ》き続けているのがわかる。

奏で手《かなて》たちが陶壺に身を寄せて皐易楽《ふいがく》の聚奏《じゅそう》を再開し、リマルモに煽《あお》られた彗星《すいせい》が速度を上げるにつれ蠢《うごめ》きの気配が薄れ、波ひとつない夜の海のような暗闇に戻った。

「ねえ、ヌフレッツン。もし帰れたら……ノースヌイになにかごちそうしない」とイノニンカが抑揚なく言い、「同じこと考えてた」とヌフレッツンは返した。皐易楽《ふいがく》が夜這い星《よばぼし》に及ぼす効果をノースヌイが見つけていなければ、この遠征はどうなっていただろう。

しばらくは気を張り詰めて奏でていたが、いつしか空気が暖かくなってかすかに明るみだし、ようやく肩の力を抜くことができた。是《ぜ》の太陽の残照が届くあたりに入ったのだ。草地が広がりはじめ、その向こうに左右へどこまでも伸びる巨大な轍《わだち》のような黄道《こうどう》の窪みが見えてくる。

ダハリクがお陽練《ひね》りの光を蓋で封じて、抱きしめるように陶壺へのしかかり、「蝕《しょく》になったときよりぞっとしたかも」と呟《つぶや》いた。それをきっかけに、皆も訥々《とつとつ》と声を交わしはじめる。

「あそこまでの数とはね……」

「蔽冷地《へいれいち》ではもっと増えるんでしょう？」

「不安になーってきーたよ」

楽章の終わりと共に鳴り物から手を離し、ひとごこちついたあたりで、彗星《すいせい》の動きが鈍くなってきた。

「なんだろう、草の下の地面が、陽だまりみたいに光ってる」と彗星《すいせい》の上のリマルモが言い、グクタイラが側板から身を乗り出す。

「ぬかるんでるじゃないか。朝焼けに染まってるんだ。なんて悪路だい」

「蝕《しょく》が起きてから、水の浸み出す異変が増えてってらしいよ。叙《じょ》に来る途中も見た」とナルアーハ。

彗星《すいせい》の六肢がもがくような動きになり、しだいに歩みが遅くなってきた。リマルモが振り返る。

「このまま進むかい？　戻って別の道を探してもいいけれど」

どうしようかと皆で話していたら、「おい、見ろよ」とロムイソが顎をしゃくった。

黄道《こうどう》の右手から、厚ぼったい黒い人影がひとつ、またひとつと現れる。

「ご同業かね。あたしらが陽だまりを盗《と》っていかないか見張ってんだろう」とグクタイラが言い、「隣の聚落《じゅらく》が滅ぶかどうかって時に、自分たちの蓄えばかり気にしやがって」とロムイソが悪態をついた。それが聞こえたかのように人影が去っていく。

「盗《と》ってーいこにもー、なにも残ってないじゃないー」とマムライが口ずさむ。

「聚落《じゅらく》から外れて陽採り仕事をしてるんだ。是《ぜ》の太陽も衰えているという噂は本当なんだね」

とヌフレッツンが話していたら、黄道《こうどう》の窪みの縁《ふち》から、暁光《ぎょうこう》に赤く染まった球軀《きゅうく》が何頭も這い上がってきた。

「月が――」

「しかもあれはっ、師走《しわす》の月じゃない！　足が速いからたちまち追いつかれてしまう」ダハリクが言うそばから月が滑るようにこちらへ向かいだした。確かに後背部の膨らんだ師走《しわす》の月だ。柔肢《じゅうし》を大きく振り動かして、ぬかるみをものともせず進んでくる。その表層は、干した倍培《ばいばい》蕈《たけ》のごとく深く入り組んだ皺《しわ》で犇《ひし》めいていた。

「それに飢えている。リマルモ、急いで戻って！　ここで囲まれたら動きが取れなくなる」

ヌフレッツンの声に、リマルモが鞍《くら》に掛けた袋から幡呈貝《まんていがい》をつかんで前に投げ、手綱を振った。慌ただしく貝殻を砕く音がしたあと、彗星《すいせい》が六肢を上下に力強く振りはじめた。危機が迫っているのがわかるのだろう、みるみる肢の動きが激しくなって泥を飛び散らし、ようやく荷車が動き出した――と思うと急激な勢いに横滑りして、皆が叫び声をあげながら荷台の側板にしがみつく。前後の荷台で床の角度が大きくくずれている。彗星《すいせい》は暴れ動いて旋回しようとしている。宙に尾羽根の鱗粉が煌《きら》めく。

「ごめん、今度は抑えがきかない――」とリマルモが叫ぶ。

「わっ、こっちからも来てる！」「リマルモさん、やっぱり向きを変えないで！」メルハイプとザーサグが叫ぶ。いつのまにか背後からも月たちが現れていた。陽を狂おしく欲するように柔肢《じゅうし》の一部を伸ばし、疣舌《ゆうぜつ》を蠢《うごめ》かせている。蝕《しょく》が起きる直前の様子が蘇《よみがえ》ってくる。

「いったいどうすればいいの――」

リマルモはそう言いながらも、拘束鎖を締めて暴れ動く彗星《すいせい》の六肢を抑え込み、口元の触肢群に封杯《ふうはい》の水を浴びせて気を逸した。拘束を緩めると、落ち着きを取り戻した彗星《すいせい》が再び肢々を動かしはじめたが、今度は荷台が片側に傾きだして進まなくなる。

「くそっ、車輪が泥にめり込んでやがる」とロムイソが飛び降りて荷台を押しはじめた。ダハリクやグクタイラやマムライノもそれに倣《なら》う。「らっせー、らっせー、らっせーのー」とマムライノがやたら張りのある声で掛け声を発しはじめた。

「この間にあんたたちは」とグクタイラが言い、「わかってる。やっと肯楽《こうがく》の届く距離に入ってきたんだ」とヌフレツンたちは〈有珠《ゆうじゅ》〉の譜を弾きはじめる。

「ヌフレツン、あの譜を――」とダハリクに言われ、はっとする。

「そうか――ナルアーハ、イノニンカ、暦態《れきたい》変移を促す補譜って、教えたことあったかな」以前、ダハリクの助言をもとに作った譜だった。

「あー、そっは知らない」「変則音が多いやつだっけ?」

「そう。じゃあ、イノニンカはわたしと一緒に補譜を奏でて」

三人の奏でる有珠《ゆうじゅ》に二人の補譜が重なって、大きく歪《ゆが》んだ裏返るような曲調になる。両側からやってきた師走《しわす》の月たちの勢いのある柔肢《じゅうし》の動きが強張《こわば》り、元の勢いが球軀《きゅうく》内の流れに置き換わっているのがわかる。

「らっせー、らっせー、らっせーのー」と四人は掛け声をあげ、何度も足を滑らせながらも荷車を押し続けた。ゆっくりと荷台が持ち上がって、ようやく前に進みだす。そのまましばらく一緒に進み、速さが増すとまずロムイソが荷台に這い上り、他の者たちを引っ張り上げていく。「月なんて見るのは久しぶりなのに、ちっちも懐かしくねぇな」「まったく、あんたらにゃまだ太陽があるだろうに」泥だらけになったロムイソやグクタイラが息を切らして言う。

離れていくにつれ双方の月たちが動きだしたので、皆は固唾《かたず》を呑んで見ていたが、「雑談でもするみたいに群れてるのが多いでしょう。あれは睦月《むつき》によくある振る舞いだから、もう大丈夫」とダハリクが受けあった。暦態《れきたい》が師走《しわす》から睦月《むつき》に変わったのだ。

彗星曳《すいせいひ》きの荷車は黄道《こうどう》と並行に進んでいく。ぬかるみが減って、速度があがり、揺れ動く月の群が遠ざかっていく。

もしゾモーゼフ漁主《りょうしゅ》が若い彗星《すいせい》を貸してくれてなければ、ぬかるみから脱するのは難しかっただろう。〈有珠《ゆうじゅ》〉の譜といい、ジラァンゼ聖《ひじり》の友人たちに助けられてばかりだった。

充分に月を引き離してから、彗星《すいせい》は黄道《こうどう》に向かった。荷台が前のめりになって、皆が陶壺や樽《たる》を手で押さえる。踏み固められた黄道《こうどう》を渡りきると、また湿った草地が現れる。

しだいにあたりが翳《かげ》ってきた。全員が奏で続けていてはもたないので、今回はヌフレッツンとナルアーハが受け持つことにした。先程の続きで〈寵照《ちょうしょう》〉の譜からだ。イノニンカは目を閉じて陶壺に凭《もた》れかかる。

「マムライノ、あんた、一緒に来たことを後悔してんだろ。顔に出てるよ」とグクタイラが隣に向かって言い、「いやー元々後悔してるような顔なんだよねー」とマムライノが返して、違いない、と軽い笑いが起きる。

後ろの荷台では、ロムイソがメルハイプとザーサグに話しかけていた。

「あんたらは。いまも奏《かな》で手《て》なんだろう?」

「央響塔《おうきょうとう》では控えで、雑用をしてただけですから。正直、陽縅《ひおどし》姿で月の群の前に立たされたときは騙《だま》されたと思ったんですけど――」とメルハイプは微笑《ほほえ》み、「いまは裁定主様から託された使命だと感じています」

その言葉に、ヌフレッツンは疚《やま》しさを覚える。ヨドンツァの話を信じるなら、禍譜探しはむしろ裁定主を裏切る行いだからだ。

「イノニンカさんみたいに、壇師だったのに宥《なだ》め役《やく》になる方がありえないですよ」ザーサグが喇《ら》柄筒《へいとう》の湾曲部の戻把《れいば》を押し、水を抜きながら言う。「罪を犯して刑を受けたわけでもないのに」

「そんなとちくるったことするのは、ヌフレッツンぐらいだと思ってたな」とロムイソが笑う。

イノニンカが目を瞑《つぶ》ったまま、頬にえくぼをつくる。

「あたしだって正午台《しょうごだい》に刑を言い渡されたりしなけりゃ、絶対に陽採《ひど》り手《て》なんてやってなかったからね」とグクタイラが言い、嫌な予感がしたところで「なにやらかしたんだ、あんた」とロムイソが訊いた。ヌフレッツンが話を逸らそうとしたところで、

「人を三人殺したからね」とグクタイラが言い、皆が俯《うつむ》いてしまった。

うすうす想像していたヌフレッツンも言葉が出てこないまま、焙音璃《ばいおんり》に弓を滑らせ続ける。

「ひどい。わたしはひとりだけだよ」とダハリクが呟《つぶや》き、隣のザーサグが肩をわずかに揺らす。

すでに爛蛋《らんたん》の灯りに照らされる範囲しか見えなくなり、彗星《すいせい》の肢と車輪の音がやけに大きく

響いている。

「そろそろ替わろうか」とイノニンカが言ってくれたとき、ヌフレッツンは焙音璃《ばいおんり》の旋律が大きく逸らされるあの感覚を捉えていた。

「また夜這《よば》い星《ぼし》の群に囲まれているかもしれない」

「ああ、来てっね」とナルアーハも頷《うなず》く。「やっと休めっと思ったのに」

イノニンカが素早く焙音璃《ばいおんり》の弦巻きを回して調音してから、阜易楽《ふいがく》に加わりだす。続けてメルハイプの靡音喇《びおんら》とザーサグの喇柄筒《らへいとう》が重なった。

「太陽に向けて奏でるのとは違って、なんとも嫌な感じだね」とイノニンカが呟《つぶや》く。

「今度は己《な》にも気配が感じられるな。前よりもずっと多いような……」ロムイソが暗闇を見わたしながら言う。「鳴り物が逆に呼び寄せてるんじゃないのか」

「呼び寄せてるんじゃなく、夜這《よば》い星《ぼし》だらけのところに、わたしたちが突っ込んでいるからだよ」

再び陶壺の蓋が開けられ、光に追い払われる闇と共に陰影の蠢《うごめ》きが燃え広がるように退いていき、じきに融《と》け消えてしまう。

阜易楽《ふいがく》と車輪の音だけが聞こえる、なにもない暗闇を進んでいるかのような時間がひとしきり過ぎ、そろそろ大丈夫だろう、と気をゆるめかけたとき、荷台が大きく弾んで水中で唸《うな》るような声が響いた。その衝撃でまた鳴り物を奏でられなくなる。立て続けに荷台が左右に跳ね上がって視界が大きくぶれ、皆が叫び声をあげながら側板や荷物にしがみついた。耳を聾《ろう》する唸《うな》り声が荷台の下から聞こえてくる。

「もうっ、なにっ「ま、前の襲撃とは違うぞ「まさか、自ら車輪の下に身を投げ出しているんじゃ――「皐易楽《ふいがく》を止めるために？　うわあっ」

後ろの荷車の側板の上に、夜這い星《よばいぼし》のぬめらかな頭が浮かんだ。目のないその顔を即座にロムイソが陽銛《ひもり》で貫き、沸騰したような音と共に煙をあげて落ちていく。そのときにはもう新たな夜這い星《よばいぼし》が長い鼻面《はなづら》を幾つも覗かせていている。こちらに飛びかかろうとするたびに荷台が跳ね、もどかしげに喉を鳴らす。陽銛《ひもり》で次々と夜這い星《よばいぼし》を突き落としていくが、すぐにまた新たな鼻面《はなづら》が現れる。

　裁定主様どうか我らにご加護を、どうかご加護を――とメルハイプが靡音喇《びおんら》に弓を滑らせながら繰り返し唱える。穢《けが》れ喰《ぐ》いでも目にしたように嫌悪の表情を浮かべているのは、マムライノがいまや自棄糞《やけくそ》に唄って陽銛《ひもり》を突いているからだろう。「グクタイラー！　やっぱり己《な》はかなりー後悔してるかもー！」グクタイラも窘《たしな》める余裕がない。

　そのとき彗星《すいせい》が大きく身を捩《よじ》った、と思うと夜這い星《よばいぼし》が背中向きで飛ばされてきた。ヌフレツンやグクタイラはとっさに身を屈《かが》めたが、立ったまま唄うマムライノにぶつかって跳ね返り、後ろの荷台に横ざまに落下した。ダハリクがすぐさま陽銛《ひもり》で突いたものの避《よ》けられ、脹脛《ふくらはぎ》を噛みつかれてアガッと奇声をあげて振り払おうとするも、動きを合わせて長い胴をくねらせるばかりだ。ロムイソが陽銛《ひもり》で突こうとするたびに、夜這い星《よばいぼし》が顎を力ませてダハリクに悲鳴をあげさせる。だがメルハイプとザーサグが鳴り物を奏でつつ近づくと、夜這い星《よばいぼし》は怖気《おぞけ》を震うように全身を震わせて動きを止めた。それでも咥《くわ》えた脹脛《ふくらはぎ》を離そうとしない。ミアユエ……とダハリクが始めて聞く名前を洩《も》らす。そこにイノニンカが割って入り、だしぬけに焙音璃《ばいおんり》の響体《きょうたい》を鼻面《はなづら》に押しつけた——煙が盛大に上がって夜這《よば》い星《ぼし》は口を開け、体を大きく反り返らせながら荷台から落ちていった。泡を吹いたような唸《うな》り声が耳に残る。

「た、たすかったよ」と言ってダハリクが下衣の裾を上げれば、脹脛《ふくらはぎ》に大きな牙の穴が幾つも並んでいる。「危うくもぎ取られるところだった。苦徳《くどく》を積めたかしらね」と、腰にぶらさげた薬莢《やっきょう》から膏薬《こうやく》を押し出し、呻《うめ》きながら傷口に塗り込む。

「これじゃぁーきりがないねー！」マムライノの目が血走っている。

「そうだ」とロムイソが言って荷物から陽杓《ひしゃく》を取り出し、陶壺に差し込んで掬い上げ——そこで荷台が揺れ「うわっ」とよろけながらも手を大きく振りまわして荷台の周囲に撒いた。陽沫《ひまつ》がかかったのか「あつっ！」とザーサグが声をあげるのと同時に、夜這《よば》い星《ぼし》たちがもうもうと煙を吹き上げて叫びだした。

「そうかお陽練《ひね》りの上澄み！」マムライノもそれに倣《なら》って陽杓《ひしゃく》で上澄みを掬って周囲に撒きはじめる。荷台じゅうから「あつっ「あちっ「もうちょっと気をつけてよ」と声が上がるなか、荷台の周囲が煙まみれになり、側面にしがみついていた夜這《よば》い星《ぼし》たちが振り落とされていく音がする。

「みんな、しっかり捕まって。襲歩させるよ」とリマルモが声を張りあげ、皆がそうすると、彗星《すいせい》が鋸《のこぎり》を挽《ひ》く音のような嘶《いなな》きを響かせ、荷台を組む木々が不穏な軋《きし》みをたてはじめた。壊れない？　これ壊れないーっ？　とマムライノが心配げに繰り返す。

　幾度か荷台が弾んだ後は、揺れがましになった。ヌフレッツンが焙音璃《ばいおんり》を弾きはじめ、他の者もそれに続いた。しだいにあの嫌な感触が薄れていく。

「ひとまず、切り抜けられた、かな」とヌフレッツンが言い、引きつった顔でナルアーハが頷《うなず》く。

幾人もが大きく息を吐いた。

「大親《おおや》さたちはこんなふうに霜《そう》から逃げてきたんだな……」とリマルモが前を向いたまま震える声で言い、「こんなもんじゃなかったろう。皐易楽《ふいがく》が夜這い星《よばぼし》に効くとも知らなかったろうし、輝晶《きしょう》やお陽練《ひね》りだって残っていたのかどうか」とロムイソが返す。

ふたりの言葉で霜《そう》の移人《うつりど》たちの苦難がまざまざと目に浮かび、ヌフレッツンは嗚咽《おえつ》を洩《も》らしそうになる。

「ところで、このまま真っ直ぐ行っていいのかな。襲撃の混乱と暗さとで、どの方向に向かっているのかわからなくなって」とリマルモが訊いた。皆で蝕《しょく》や他の太陽の位置から現在地を確かめて、ヌフレッツンが伝える。

「一応あってるみたい。正面遠くに蔽冷地《へいれいち》が見えてくるあたりまでは来ているはず」

「この先にかつて聚落《じゅらく》があったなって、とても信じらっないな」とナルアーハが呟《つぶや》く。

風が強まるにつれ、あたり一面が仄《ほの》かに明るんできた。右手の遠くに、まるで聚落《じゅらく》で日の出を迎えるときのように衢《く》の太陽が現れていた。その斜め向こうに垣間見えている大きな隆起は、球地《たまつち》で最大と言われる窮地《きゅうち》の皐《おか》だろうか。叙《じょ》の蝕《しょく》よりも小さく見える。

遠い太陽からの薄っすらとした光で、闇にまみれていた正面の垂曲面がわずかに捉えられるようになってきた。だが、その上方には未だ光の届かない一帯がある。

「あそこが孵風場《ふふば》か。環海《わだつみ》の海中地《みちゅうち》と対極にあるんだろ?」ロムイソが指差し、その向きを下に下げる。「じゃあ、霜《そう》の聚落《じゅらく》跡はあのあたりか。よくわからないな」

「風が強い。孵風場《ふふば》はあそこで間違いないだろうね。それなら、霜《そう》はもうすこし左寄りじゃないかな」ヌフレッツンが指差していたら、メルハイプが靡音喇《びおんら》を離し、側板から身を乗り出して嘔吐《おうと》した。

「このあたりで休もうかね」とグクタイラが告げ、皆の間に安堵《あんど》が広がる。

「今度こそだめかと思ったね……」ザーサグがメルハイプの背中をさすりながら言い、「ずっと生きた心地がしなかった」とメルハイプが大きな溜息を洩《も》らす。

彗星《すいせい》が速度を緩めて黄道《こうどう》の端に停まり、リマルモが両手を上げて大きく伸びをする。臼《うす》を挽《ひ》くような音が響いて、ああ、お腹が減ってるんだね、ごめんごめん、と動きかけたリマルモに、「あ、已《な》ぁが持っていくーよー」とマムライノが餌袋《えぶくろ》を抱えて荷台から降り、「うわっ……」と呻《うめ》いた。ヌフレッツンも続いて降りて身を仰《の》け反《ぞ》らせた。荷台の車輪が黒い肉片や血でまみれていて、喩《たと》えようのない嫌なにおいを漂わせている。

「あっほど腹が減ってたのに……」「これじゃあ食欲がなくなるね」とナルアーハとイノニンカが話している。

地面を歩いてようやく、体じゅうが悲鳴をあげているのに気づかされた。

彗星《すいせい》は腹を伏せて、幡呈貝《まんていがい》や爻貝《こうがい》の山を貪っている。ごりごりと音を立てて、殻ごと嚙み砕く。よくがんばったね、とリマルモが臆することなく寄り添い、肢殻から突き出る太い棘《とげ》から泥を拭いとってやっている。

地面に下ろした陶壺のまわりに集まり、皆で干した蟹肉や星肉《ほしにく》などの保存食を食べた。その間に何度となく、陶壺を這い上がっていく陽至虫《ひるむし》を引き剝がさなければならなかった。太陽より前方向にいるおかげで、いまのところ月も見当たらず、僅かながら安堵《あんど》のなかで仮眠を取ることができた。けれど、ゆっくりしてはいられなかった。衢《く》の太陽が最も接近する、すこしでも暖かくなる時期に合わせて蔽冷地《へいれいち》に滞在したい。

またも陶壺に陽至虫《ひる》を見つけて引き剝がし、ヌフレッツンは立ち上がった。

「そろそろ出発しよう」

「もうずーっとこのままここーに居たくなってたなー」とマムライノが腕を枕にしたまま言う。

「蝕《しょく》に呑まれる叙《じょ》の聚落《じゅらく》を見せつけられる場所なんて、あたしゃごめんだね」とグクタイラが体を起こした。

彗星曳《すいせいひ》きの荷車が暗闇の中を再び走りだした。ずっと鞍《くら》に乗りどおしだったリマルモに変わって、ロムイソが乗り手として手綱を握っている。せっかく休めるというのに、リマルモは彗《すい》星《せい》の操り方に口出ししてはロムイソに煩《うるさ》がられていた。

ヌフレッツンたちが阜易楽《ふいがく》を奏でだしてまもなく、夜這い星《よばいぼし》たちの気配に囲まれるようになった。しばらく緊張した状態が続いたが、孵風場《ふふば》から放たれる風が強くなるにしたがって気配は薄れていった。しかし風は皆の体をも消耗させた。陶壺の近くにいても熱が奪われていくし、風音が耳元で騒がしい。ナルアーハはひとりだけ蔽冷地《へいれいち》用の外套《がいとう》を着ておらず、特に寒がっていた。

「うわっ、いて。目に砂粒が入りやがった」ロムイソが言い、グクタイラがこちらを向いた。

「ほんとにあの漁《いざ》り手《て》の年寄りを信じていいんだろうね。とても無風期が訪れるような気配がしないんだけど……」

正直いって、ヌフレッツンも不安になりつつあった。

背後に衢《く》の太陽が近づきつつあるおかげで、あたりの地形がうっすらと露わになりはじめた。草ひとつない寂寞《せきばく》とした緩やかな阜《おか》の連なり——その向こうに広がる、荒々しい岩場さながらの朽ちた聚落《じゅらく》跡——

「あれが大親《おおや》さたちの……霜《そう》の聚落《じゅらく》——」とリマルモが声を洩《も》らす。

そして柔らかな光に草ひとつないざらついた曲面を浮き上がらせていく、灰色をした巨大な半球状の阜《おか》——

「あれが……蝕《しょく》だったというのか」ロムイソが声を震わせて言う。「なんて大きさだ。聚落《じゅらく》の半ばまで覆い尽くしてるじゃねえか……」

荒廃しきった聚落《じゅらく》と想像を絶する阜《おか》の巨大さに、ヌフレッツンも唖然《あぜん》とさせられた。

「叙《じょ》の蝕《しょく》より遥かに大きくない？　臨環蝕《りんかんしょく》になっていたのかな」と言うイノニンカに、「叙《じょ》の蝕《しょく》もまだまだ大きくなるってことだろうね」とグクタイラが返す。

大親《おおや》さたちが、これほど風の強い地域でここまで膨張した蝕《しょく》を阜《おか》に抑え込んだという事実に圧倒され、胸が詰まった。

やがて聚落跡《じゅらくあと》が近づいてきた。家々の屋蓋は風を逃すためか丸みのある形をしていて、どこか人の頭蓋骨を思わせる。彗星曳《すいせいひ》きの荷車が家並みの間を通りだすと、風化して崩れている壁が目立った。半壊している家も少なくない。

叙《じょ》の行く末を目の当たりにしている感覚に陥り、頭から振り払う。

黄道《こうどう》に出ると、円筒形の塔が交差するように崩れ倒れて先を塞いでいた。ロムイソが彗星《すいせい》を停める。

「これは央響塔《おうきょうとう》じゃないか……」ヌフレッンが身を乗り出して言った。

倒れた塔の十軒ほど離れたあたりから、灰色の阜《おか》の隆起が始まっている。

「ひどい有様だね――があると――」グクタイラの声が途中から風の音にまぎれてしまう。聞き返すと耳元に口を寄せ、「禍譜があるとすれば、ここなんだろう？　って言ったの」

「叙《じょ》の央響塔《おうきょうとう》だと、譜庫は通路でつながる別館にあるんだ。そこを探そう」

皆が荷車から降りていく。

リマルモが彗星《すいせい》の前に桶《おけ》を置き、「おとなしくしてるんだよ」と餌袋《えぶくろ》から幡星貝《まんていがい》をたっぷりと流し込む。

マムライノが車輪に固定具を噛まして立ち上がり、「なーんて寒さ」と身震いして体をさする。「じゃあこれを運びなよ」とロムイソが荷台の上から陶壷を下ろして抱えさせ、あつーっ、とマムライノがいい声で喘《あえ》ぐ。そこにダハリクが荷橇《にぞり》を押してやってきた。

「衢《く》の太陽が通り過ぎてしまえば、こんな寒さじゃ済まない。急がないと」とヌフレッンは自分に言い聞かせるように言った。

グクタイラが向ける爛蛋《らんたん》の光を頼りに、一行は倒れた央響塔《おうきょうとう》に沿って歩きだした。マムライノが陶壷を荷橇《にぞり》で引き、後ろからダハリクが夜這い星《よばいぼし》に噛まれた足を引きずりながら押している。

衢《く》の太陽が接近しているとはいえ、叙《じょ》の白夜《びゃくや》よりも暗く見通しがきかない。

ヌフレツンは焙音璃《ばいおんり》を胸にあてた。じわじわと温もりが伝わってくる。この地で同じ響体《きょうたい》の焙音璃《ばいおんり》を奏でていた大親《おおや》さに思いを馳《は》せつつ弾きはじめる。鳴り物を持つ他の者たちもその音に合わせて奏でだした。

まもなく央響塔《おうきょうとう》の円筒壁が大きく割れた箇所にやってきた。断面がずれ、朏形《みかづきがた》の暗闇がぽっかりと開いている。グクタイラが中に爛蛋《らんたん》を向けると、吹き抜けの空間が一斉に光を帯びた。敷き詰められた硬輝晶《こうきしょう》の反響板だった。

「なんだいここは……」「聚奏堂《じゅそうどう》だよ」「へぇ、聚奏堂《じゅそうどう》って、こんなふうになってんだね。初めて見た」

中に足を踏み入れる。分割されているものの、横倒しになったままかろうじて空間が保たれている。

「ここで声を張りあげたら響くんだろうねー」響くんだろうねー、響くんだろうねー――「悪焔《あくえん》を呼ぶような真似をするんじゃないよマムライノ！」るんじゃないよマムライノ！　るんじゃないよマムライノ！「ちっ、こっちまで」っちまで、っちまで――

聚奏壇《じゅそうだん》を見ていくが、奇妙なことにどこにも譜紙が残されていない。霜《そう》を去るまでに譜庫へ戻したのだろうか、それとも蝕《しょく》が始まったときには央響塔《おうきょうとう》が倒れていて、別の場所で〈阜易《ふい》〉を奏でたのだろうか。

「帰りったために反響板を何枚かもらっとこっよ」とナルアーハが言って剝がしだした。縦長で腕の長さほどもあるため、ひとり一枚ずつにして、それぞれの背嚢《はいのう》に挿す。

一行は聚奏堂《じゅそうどう》を出て、再び央響塔《おうきょうとう》沿いに歩きだした。

「大親《おおや》さはどの家に住んでいたんだろうね」

「どんな暮らしだったのか、見てみたいよな。けど、調べようがないものなぁ」

リマルモとロムイソが家々を見まわしている隣では、メルハイプとザーサグが夜這い星《よばいぼし》について話している。

「蔽冷地《へいれいち》は夜這い星《よばいぼし》だらけだと聞いていたから、覚悟していたけど……裁定主さまの思し召しかな」「どうだろ、人がいなかったからじゃないかな」

「油断するんじゃないよ。追ってきてるかもしれないんだからね」と先頭を歩くグクタイラが前を向いたまま言った。

ここでは誰もが、どことなくリマルモみたいな喋《しゃべ》り方になるのがすこしおかしい。リマルモと親のリノモエラは口調がよく似ていたが、リノモエラは同胞《はらから》のなかで最もリナニツェの訛《なま》りを受け継いでいたという。霜《そう》の環境に由来するものだったのかもしれない。

「これほど風が強ければ、太陽があったって寒かったろうね」というヌフレッツンの声もまたリマルモに似てしまう。

「なんだか、陶壺の熱さが衰えてきたような気がしない？　陽増し油を注いでからそんなに経ってないのに」「己《な》ーもさっきからそう思ってたーんだよねー」陶壺を運ぶダハリクとマムライノが話している。

體液《たいえき》が循環している生きた太陽と違って、陽だまりの精製物は、放っておくと傾眠や昏睡に陥って光熱の放出を抑えるので、ときおり陽増し油を注いで煽《あお》ってやらなければならない。とりわけ寒さがひどいときには。

倒れた央響塔《おうきょうとう》が途絶え、崩礫《ほうれき》の山が現れた。崩れた隙間から円筒形の基部らしきものが覗いている。まわりを巡っていくと、隣接する半壊した建物に行き当たった。

「ここが譜庫のようだね」「うん、間違いないよ」ヌフレッツンとイノニンカが頷《うなず》きあう。

「でも入口は崩れちまってるじゃないの。こりゃひと仕事だね。あ、あんたたち、このあたりに陶壺を置いとくれ」

マムライノとダハリクが陶壺を譜庫の近くに置き、すぐに蓋を開けて陽増し油を注ぐ。陶壺の薄ぼんやりした光が強さを取り戻す。

「さあ、始めるよ」グクタイラの掛け声で、皆が円匙《えんし》を使って崩礫《ほうれき》を取り除いていく。外套《がいとう》のおかげか、動くほどに体が温まってくる。半炷《しゅ》ほど経った頃、唐突に一部が崩落して陶壺の高さほどの穴が開いた。

「ここから中へ入れるだろうか」

ヌフレッツンが爛蛋《らんたん》を向けたが、暗いまま奥行きが広がらない。どうしてだろうと訝《いぶか》っていると、その暗闇じたいがくねるように這い出してきた。三匹の夜這い星《よばいぼし》だと気づいたときには、一匹に飛びかかられて後ろに押し倒されていた。ずっしりとした重みにのしかかられ、喉元に黒々とした鼻面《はなづら》が迫ってくる。力が強すぎて抗《あらが》えない。ようやくここまで辿り着いたというのに——最期を覚悟した瞬間、夜這い星《よばいぼし》が唸《うな》りながら後ろに飛び退いた。その顎の下から煙があがっている。

ヌグミレのくれた輝晶《きしょう》の首飾りのおかげだった。

再び飛びかかろうとしたところをグクタイラが陽銛《ひもり》を頭に突き刺した。夜這い星《よばいぼし》は顔半分を引き千切って逃れたところで、イノニンカたちの奏でだした阜易楽《ふいがく》を浴び、足を何度か滑らせつつ走り去っていった。他の二匹は離れたところでこちらを遠巻きに眺めている。

「まさか中から出てくるとは……」ヌグミレの首飾りを手にしながらヌフレッツンが呟《つぶや》いた。

「この建物が崩れたの、いったいいつなんだろうね。だって、蝕《しょく》の頃だとしたら、ずっと中に閉じ込められてたってことだろう？　あいつら死なないのかね」

先《さき》つ祖《おや》の成れの果てだというヨドンツァの話や、骨格が人に似ているという療主の話を思い出し、頭のなかが霞《かす》むようだった。

爛蛋《らんたん》はグクタイラに任せて、ヌフレッツンやイノニンカは阜易楽《ふいがく》を奏でながら穴をくぐった。崩れているのは一画だけで、天井の低い空間に幾つもの譜棚が所狭しと並んでいた。けれどもほとんどは空《から》で、譜はまばらにしか残されていない。幸いあの三匹の他に夜這い星《よばいぼし》は隠れていないようなので、いったん聚奏《じゅそう》を中断し、手分けをして内容を確認することとなった。譜庫の全体に届くよう棚の上に爛蛋《らんたん》をひとつ起き、それぞれも携帯する手燈《しゅとう》を灯す。

ヌフレッツンが最初に手にとった何枚かの譜紙は、阜易楽《ふいがく》で毎日使われる連譜のひとつ、〈赫《かく》焉《えん》〉だった。

「どういうことだろう。〈赫焉《かくえん》〉の最後の章の、途中からだけ残っている」二段下の棚にも何枚か譜紙があった。「こっちは〈焔暉《えんき》〉の二章だ」

「こっちもだよ」と後ろの棚にいるイノニンカが言った。「〈晩照《ばんしょう》〉の五章がまばらに残されていたり、〈落照《らくしょう》〉の最初の一章だけがあったり」

「こちらは月易楽《げついがく》の譜ですけど同じです」「よくあるような譜が中途半端に残されてるだけで

すね」奥の方からメルハイプやザーサグも言う。

壁が崩れる音がして埃《ほこり》が漂ってきた。

〝悪い、崩しちまった〟とグクタイラのくぐもった声がした。〝こっちに階段がある。二階へ上れるよ〟

イノニンカと声のした方へ歩いていくが、もともと半壊していたらしく崩礫《ほうれき》や倒れた譜棚で行き止まりになっていた。どこが新たに崩れたのかもわからない。

「グクタイラさん、どこ」

〝こっちだよこっち。縦長の隙間があるでしょ。なにか倒れて隠れちまったけど〟

「ああ、ここか」とイノニンカが傾いた譜棚を押《お》し退《の》け、縦に細長い隙間が現れた。戸口が崩《ほう》礫《れき》で埋まって、一部だけが覗いているのだ。身を横にして胸や背中を擦られながら通り抜けると、荷車ほどの広さの空間が開け、崩礫《ほうれき》でまばらに覆われた階段にグクタイラが立っていた。

足元に気をつけつつ二階へ上がってみれば、一階の半分ほどの広さに、小扉が縦横に並んだ重厚な棚が並べられていた。期待して幾つか小扉を開けてみたが、中身は空《から》だ。

「こっちも同じか」

「みたいだね。こんなのが何枚か残されてるくらい」

振り返ると、グクタイラが譜紙を手にしていた。譜面に手燈《しゅとう》を向ける。

「これは〈楫逝《しょうせい》〉――」

「特別な譜なのかい？」

「楫《かん》取《ど》り聖《ひじり》が亡くなったときに奏でられた稀譜ですよ。これが保管されていたなら、禍譜もここに封印されていそうなものだけど」

次々と棚の小扉を開いてゆくが、中身はほとんど残されておらず、手がかりは見つからない。

突然鈍い音が響いて、天床から埃《ほこり》が落ちてきた。

「なんだい、イノニンカかい」とグクタイラが棚の向こうを覗いて言う。

「こっちの壁に小さな扉があるんだ」姿の見えないイノニンカの声が聞こえる。「鍵《かぎ》はかかってないのに、扉が歪《ゆが》んでるせいか開かなくて」

ふたりがそこに向かうと、屈《かが》まないと入れない大きさの扉があった。イノニンカが扉の片側を指差す。

「扉と框《かまち》の合わせ目にあるの、封印札を剝がした跡じゃないかな」

それらしき跡を見て、ヌフレッツンの気持ちが昂《たかぶ》った。一緒になって扉を開けようとしたがびくともせず、他の者たちを呼んだ。

ロムイソが解虫串《ほぐし》を取り出しながらやってくる。

「どうしてそんなの持ってるの。霜《そう》の跡に煩悩蟹《ぼんのうがに》がいるとでも?」ヌフレッツンが言うと、「おまえはほんと、繫業解《けごうと》きにゃ向いてないな。繫業解《けごうと》きってのはな、いつ何時も解虫串《ほぐし》を手放さねぇもんだ。なあ、リマルモ」

「いや、わたしは持ってきてないけど……」

ロムイソは舌打ちをし、解虫串《ほぐし》を隙間に差し込んだ。梃子《てこ》の要領で隙間を広げていく。そこへ数人が手を入れて扉を摑《つか》み、一斉に引き開けた。

爛蛋《らんたん》の光に浮かび上がったのは思いのほか広い空間で、譜庫なのは間違いないようだった。

が、居並ぶ棚にはなにも残されていない。

「いったいどうなってるんだ……もう探せるところがない。どうしたら――」

心臓が妙な挙動をして胸が突っ張るのを感じた。ヌフレッツンが顔を強張《こわば》らせていると、イノニンカやナルアーハが気遣うように言う。

「いったん外に出よう。聖楽校《しょうがくこう》にも譜庫はある。封音堂《ふうおんどう》も見てみないと」「そっがいい。正午台《しょうごだい》にもなにか手がかりがあっかもしれない」

そうすることになり、ひとりずつ譜庫から出ていった。

路地を通って聖楽校《しょうがくこう》を訪れるが、その譜庫にもほとんど譜は残されていない。封音堂《ふうおんどう》にもなにもなかった。

正午台《しょうごだい》は叙《じょ》の聚落《じゅらく》と違い、央響塔《おうきょうとう》とは離れた場所――黄道《こうどう》を挟んだ向かい側にあった。三分の一ほどを蝕《しょく》に呑まれ、崩れている壁も多い。足を踏み入れられる房は一通り見ていったが、どこにも手がかりは残されていなかった。ヌフレッツンは激しく頭を振り、流れ込んできそうになる絶望的な考えを払った。

正午台《しょうごだい》を出たとき、「あれっ」とダハリクが腕を上げ、手をひらひらさせた。「風がすこしましになってない？」

「どっかな。ほんとに無風期になるっなら、作業がしやすっていっけど」とナルアーハが言う。

「作業できる譜があーればの話だけどねー」とマムライノが疲れた笑い声をあげる。

ヌフレッツンは胃の底が裁定力に強く引っ張られるのを感じる。どうして見つからない。本当に譜はあるのか。おまえが言い出したことではないか。あるのだろう？　なぜあると確信できていたのか——足元がぐらついてくる。

「きっとありますよ。裁定主さまが導いてくださってるのですから」「うん、わたしも見つかると信じてます」メルハイプとザーサグが言って、皁易楽《ふいがく》を奏ではじめる。

ふたりの裁定主への心酔に戸惑いながら、焙音璃《ばいおんり》の響体《きょうたい》に触れる。ヌグミレが聞いた音を、震えを思い出し、そうだ、きっとある、と自らに言い聞かせながら歩いた。足元に硬い感触がして立ち止まる。黒い棒状のものが沙璃《じゃり》にまみれていた。一瞬工虫《こうちゅう》か、と臆しつ足で沙璃《じゃり》を払うと——

「簡易譜面台じゃなっか」とナルアーハが拾い上げて掲げた。

「それならこっちにも幾つも倒れてるよ」とマムライノが持ち上げ、沙璃《じゃり》がからからと落ちる。

譜面台はそれこそ工虫《こうちゅう》さながらに絡み合い、あちこちに埋まっていた。何々鶏《かかけい》の嘴《くちばし》で作られた紙挟みに、〈皁易《ふい》〉の譜が留められたまま見つかることもあった。譜庫に残された譜の数よりも多い。

「最後は蝕《しょく》を囲んで聚奏《じゅそう》を行っていたということか。やはり先に央響塔《おうきょうとう》が倒れていたんだね」

「そうだよ、だから聚奏堂《じゅそうどう》に譜がなかったんだ」とイノニンカが興奮気味に話す。「あまり残されていないのは、この強風のせいかもしれない」

「それはありえる」と返しながら、霜《そう》の聚落《じゅらく》のあらゆる譜が強風で球地《たまつち》じゅうに吹き飛ばされてしまった情景が目に浮かび、ヌフレツンは動揺する。いや、ここにあるのは、最後の聚奏《じゅそう》に使われた〈皁易《ふい》〉の譜だけだ。そうだろうか。もし〈皁易《ふい》〉で抑えられなかった時は、〈虹《ぬじ》〉が奏でられる予定だったのだ。しかし譜庫からは〈虹《ぬじ》〉だけでなく、めったに使われない稀譜や、日常的に使われる皁易楽《ふいがく》の連譜までもが消え失せていたではないか。使いもしない譜を譜庫から持ち出すわけもない。

「譜庫は崩れかけていても、凪からは守られていたよね」

「うん、そう思うよ。ほんと、譜庫が空《から》っぽだったのは、おかしいよね――」

「もしかして、央響塔《おうきょうとう》が倒壊したせいで、どこか安全な場所へ移したとか」

「ああ、そうかもしれない！　きっとそうだよ。けれど、いったいどこへ――」

「手分けして、工房なり普通の家なり、手当たりしだいに探すしかないんじゃないのかい？」

グクタイラが言ったように、何組かに分かれて探すこととなった。ヌフレッツンとイノニンカは、あるはずがないと思いながらも、照子屋《てらこや》や療治処《りょうじどころ》と思しき建物を訪れる。三途《さんず》の闇を求めて徘徊《はいかい》する夜這い星《よばいぼし》にでもなった気分だった。無為に時間ばかりが過ぎていくなか、凪だけはすこしずつ穏やかになりつつあった。

ヌフレッツンとイノニンカが布帛《ふはく》工房から出ると、巨大な皁《おか》を背にザーサグが喇炳筒《らへいとう》を吹いていて、その近くでは苛立《いらだ》つロムイソをリマルモが宥《なだ》めていた。

「もういいだろう。これじゃあきりがないぜ。全部の家を見てまわれってのか」「もしかしたら大親《おおや》さの家だって見つかるかもしれないじゃない」

路地からグクタイラとマムライノ、続いて靡音喇《びおんら》を弾くメルハイプが現れ、こちらに向けてゆっくりと頭を横に振る。

イノニンカが孵風場《ふふば》の方を仰ぎ見た。

「凪が、止まった？」

確かに風はやんでいた。風ばかりか、なにもかもが止まってしまったような気がした。

ヌフレツンはずっと頭から追い出してきた考えに囚《とら》われだし、額に手をあてたまま動けなくなる。危険を犯してこれほど遠くへ皆を連れてきたというのに、もしラクマシが疑っていたようにそんなものはどこにもなかったら——はなから存在していないのだとしたら——

肩に手を添えられる感触に、我に返る——イノニンカだった。不意に、正午台《しょうごだい》のがらんとした房内の情景が浮かんだ。

「譜紙だけじゃなく、正午台《しょうごだい》にも帳紙《ちょうし》らしきものがほとんどなかったよね」

「あー、譜紙にばかり意識が向いていて気づかなかったな。そうだったかもしれない」

「ぜんぶ夜這《よば》い星《ぼし》がー食べちゃったんじゃーないかなー」とマムライノが冗談めかして言い、

「なに馬鹿《ばか》言ってんだい」とグクタイラが鼻で笑った。「譜紙は阜易子《ふいご》でできてんだ。夜這《よば》い星《ぼし》に食えるわけがないじゃないさ」

陽臓《ひぞう》が弾み、炕臓《かんぞう》が収縮して、体じゅうを陽の気が巡るのを感じた。

「ああっ」ヌフレツンは白い息の塊を吐きながら振り返り、阜《おか》を一瞥《いちべつ》する——グクタイラに焙《ばい》音璃《おんり》を預け、その手から円匙《えんし》を奪って駈け出した。

「ちょっとヌフレツン。どこいくのさ」

後ろから足音がついてくる。ヌフレツンは崩礫《ほうれき》を踏んで阜《おか》の麓《ふもと》を上りだす。足元が崩れてずり落ちるが、すぐにまた上って地肌の露わになった急斜面の前に立つ。

「まったく、なにをとちくるったんだか」

追いついたグクタイラが後ろから爛蛋《らんたん》で照らしてくれる。孵風場《ふふば》からの風に削られた小石混じりの土を、ヌフレツンは円匙《えんし》で掘りはじめた。すこしして傍らから焙音璃《ばいおんり》の音色が聴こえだし、「そうか……！」とイノニンカの声がした。「えっ、なにがさ」

土を穿《うが》つ音が変わった。円匙《えんし》を置いて手で掘っていくと、柔らかい手触りに行き当たる。指を深く差し入れてつかみ、引きずりだす。十枚ほどの譜紙だった。その下にもまだ譜紙が折り重なっている。

「どうしてこんなところに……霜《そう》の奏《かな》で手《て》たちは、なんでわざわざ阜《おか》に埋めたりしたんだい。まだ、他にもあるってこと？」

「叙《じょ》では蝕《しょく》に阜易子《ふいご》を貼りつけ続けているでしょう。その代わりに譜紙を使ったんだ。蝕《しょく》になるのをすこしでも遅らせようとして。呑まれた太陽を蘇《よみがえ》らせようとして。最後には蝕《しょく》を阜《おか》に変えるために」

阜易子《ふいご》の繊維は不燃で朽ちることがなく、煽陽《せんよう》成分が抜けきっても多少脆《もろ》くなる程度だという。だからこそ譜紙にも用いられているのだ。

「すごいじゃないのヌフレツン！　思いもしなかったよ」

おーいみんなーこっちへー！　ここに譜紙があるぞー！　譜紙がーあーるぞー！　マムライノが往咆詠《おうほうえい》でも吹くような通る声で皆を呼ぶ。

「気づいたのは、グクタイラさんとマムライノさんの軽口のおかげだよ」ヌフレツンは地面に譜紙を並べていく。「叙《じょ》は海が近いから阜易子《ふいご》が豊富だけど、ここでは大量に手に入れるのは難しいんじゃないかなって」

イノニンカと二人でなんの譜なのかを確かめていくが、どれもよく使われる連譜の〈耀映《ようえい》〉

だった。けれどふたりは落胆しなかった。

「譜庫が空《から》だったのも、すべて蝕《しょく》に使い尽くしたからだろうね。封印譜庫の中身も――」

「うん、阜《おか》のどこかにあるかもしれない」

「こりゃぁ、大仕事になるよ」グクタイラが阜《おか》を仰ぎ見ながら、大儀そうに笑った。


しばらくは麓《ふもと》を掘っていたが、出てくるのは阜易楽《ふいがく》の連譜ばかりだし、切り立っていて作業が難しいので、ひとまず阜《おか》とつながる正午台《しょうごだい》の屋上を伝って斜面を上ることにした。陶壺は大きすぎるため、五つの小ぶりな壺に小分けして運ぶ。風が凪《な》いだことを裁定主に感謝する声が聞こえた。もし元の強風のままであれば、登攀《とうはん》するのはより困難だっただろう。それほど麓《ふもと》は急で、何人かが一度ならず正午台《しょうごだい》まで滑り落ちていった。鳴り物を弾く余裕はなかったが、地形のおかげもあってか夜《よ》這《ば》い星《ぼし》の気配はなかった。上るにつれ遠くまで見晴るかせるようになってきたが、叙《じょ》の蝕《しょく》は毬森《まりもり》の陰に隠れていた。寒さのせいで宙のあちこちに氷刺《ひし》が生じ、遠くの星のように煌《きら》めいている。

中腹を越えたあたりのなだらかな一帯につくと、そこを起点として、数人ごとに分かれて試し掘りすることになった。

無風期といっても完全に途絶えるわけではない。気まぐれに風が強まることもあり、掘り返した譜紙には小物や石を重しにのせた。そよ風ほどでも冷気を帯びているため、じっとしていると熱を奪われていく。ひと抱えほどの壺では温かさに乏しく、封杯《ふうはい》に入れた擂《す》り下ろしの熾《し》燃薯《ねんじょ》を啜《すす》って体を温める。外套《がいとう》が遠征用でないナルアーハは、ときおり発作的に素早く足踏みをした。

阜《おか》の広大さに、目当てのものは一向に見つからなかった。どれも脆《もろ》く破けやすいし、音符もかすれ気味で見づらい。

「こっはちょっとわからないっが、阜易楽《ふいがく》の翻譜かな」とナルアーハが譜を見せにきた。

「これは叙《じょ》にはない譜で——たぶん準稀譜の〈陽舞《ようぶ》〉に関係するものだと思う。ここの隠旋律が目安になるよ」と音符の連なりを指でなぞる。こうした、叙《じょ》には存在しない補譜や翻譜があるのも事をややこしくしていた。

ヌフレッンが次の譜に目を通すうちに、手元が暗くなってきた。顔を上げると、近くに置いた爛蛋《らんたん》が消えかけている。お陽練《ひね》りが傾眠しつつあるのだろう。

「陽増し油はあるかな」

「もう使いきったんじゃなかったかな。荷車に戻れば——」

この阜《おか》を下りてまた上らないといけないのか、と暗い斜面を見下ろしていたら、「見終わった譜紙を使えばいいんじゃない。すこしは煽陽《せんよう》成分が残ってるのもあるでしょ」とイノニンカは言った。霜《そう》の奏《かな》で手《て》が書き写したものだと思うとためらわれたが、このままでは作業にならない。比較的紙の状態の良いものを一枚手にとって手燈《しゅとう》の光をあて、念の為確かめる。墨が掠《かす》れていて古そうだったが、月易楽《げついがく》の〈導珠《どうじゅ》〉だったのでそのまま丸めて爛蛋《らんたん》に入れ——かけたところで手をとめた。なにかが引っ掛かって、丸めた譜を開いて見なおす。やはり〈導珠《どうじゅ》〉の旋律——なのは冒頭だけで、章が進むにつれ阜易楽《ふいがく》の要素の増した異なる旋律に変わり、さらに〈眩耀《げんよう》〉を彷彿《ほうふつ》とさせる音に変わって——

ひとまず別の譜紙を手に取り、見慣れた〈焰暉《えんき》〉だと確認して爛蛋《らんたん》の中に押し込む。陽増し油のようにはいかないが、ゆっくりと明るさが戻りだすと、他の者たちにさっきの譜を見せた。ナルアーハは、いろんな譜から書き取った練習譜かなにかじゃないかと言い、イノニンカは、それにしては繋がりが自然すぎ、〈虹《ぬじ》〉の可能性もないとはいえないと言う。どちらも感じたことだった。他の譜よりも紙の繊維や墨が時を経ているように見えるのも気になる。

もっと状態の良いもので確かめたかった。ひとまずこの譜が見つかった一帯を中心にして、類する譜を探すことになった。荷台ほどの広さを掘っては斜面を移動する。

譜紙がある程度溜まってくると、譜を読める者がひと所に集まって、内容を確かめていった。右手の指が少ないのと手袋のせいで、譜をめくるのに苦労する。もどかしさに片手だけ手袋を脱いだが、すぐに指先が痛いほどかじかんで元に戻した。

やがて似たような旋律を記した譜が幾つか見つかったが、紙が脆《もろ》くなっている上に、音符が掠《かす》れすぎていて読み取れない。たいした進展を得られないまま、阜易楽《ふいがく》の連譜ばかりが山積みになっていく。

ロムイソが譜紙の山を抱えてやってきて、ぞんざいに地面に落とした。にわかに強まった風でとたんに散らばりだし、ヌフレッツンは慌てて体を伏せて押さえる。「ちょっと。置いたらちゃんと重しをのせてってば」

ロムイソは阜《おか》を見渡しながら、「まだまだ見てないところがあるんだぞ。ほんとにこのあたりにあるのか？　後に引けなくなってるだけじゃないだろうな。それも煩悩《ぼんのう》だぞ」

「確信があるわけじゃないけど……」ヌフレッツンは譜の山に石をのせつつ言った。「さっきの譜に関連する譜がもっと見つかれば、なにかわかると思うんだ。ここでもうすこし粘らせてほしい」

ロムイソは舌打ちをし、「付き合いきれねぇ。己《な》らは、試しにもっと上の方を掘ってくるからな」と去っていった。

身内の方が、感情をそのまま出しやすいだけで、他の者もうんざりしはじめているのだろう。一枚でも確証を持てる譜が見つかってくれれば……と願いながらロムイソが持ってきた譜を皆に配った。

寒さがじわじわと増して、ときおり小壺に近づいて体を温めては、土にまみれた譜をめくり続ける。

「あったよ、さっきのよりいい状態なっが」ナルアーハが譜を見せにきて、ヌフレッツンは立ち上がった。「でも、やっぱりこっは、練習譜じゃなっかな」

確かに掠《かす》れてはいるものの音符は読み取れる。異なる譜から引用されたと思《おぼ》しき旋律が隣り合わせに並んでいて、やはり練習譜なのかもしれない、と落胆しつつ音符を声に出して繰り返すうち、不意に拍《はく》の表裏が逆転して異なる旋律に聞こえだしはっとする。ジラァンゼが口ずさんでいた旋律と、どことなく似ているのだ。「それ、もしかして」とイノニンカが慌てて近づいてきて、譜面に顔を近づける。「指示記号からすると万洞輪《まんどうりん》の譜っぽいね――でも、よく見たら妙だな……ずっと古い譜だと思ってたけど、音符の書体はいま使われてるのと変わらない。この書体になってせいぜい百年くらいでしょう？　墨にしては掠《かす》れるのが早いよ」

「言われてみっぱ……闇喉《あんこう》の墨じゃなくなにかで代用したっじゃないか。譜紙だって脆《もろ》くなるっが早い。粗製品ってことか」とナルアーハは残念そうに言う。「禍譜ってもっと大昔のもっだものな」

　けれどヌフレッツンはむしろ確信を深めていた。

「原譜ならね。禍譜を奏でる予定だったと大親《おおや》さは話してたらしいから、きっと紙も墨も手に入りにくいなかで急遽人数分の写譜を用意して――」

「そうか写譜だ。きっとそうだよ」とイノニンカは言ったあと、不意に「あっ」と頁の両端を指さした。「ほらっ、ここの数符……見えにくいけど」三百二十一、三百二十二――と目を通し、「三百二十一、三百二十二！」と声をあげてしまう。「これが頁数なら、奏で終えるのにまる三日はかかる」〈虹《ぬじ》〉は大編成で、奏で終えるのに何日もかかると言われていた。「この譜が見つかった束をもっと調べよう」声が震えるのは寒さのせいばかりではなかった。

　手分けをして、譜の数々を前のめりにめくっていく。

かじかむ手で一枚の譜紙を広げて、何度も手でなでつけて皺《しわ》を伸ばし、「あった……」とヌフレッツンは声を洩《も》らした。かつてジラァンゼが口ずさんでいたものと同じ音節を含む譜だった。目元が裂けそうに痛む。ナルアーハもよく似た譜を見つけた。突き合わせて眺めるうち、これは様々な譜の旋律を継《つ》ぎ接《は》ぎしたのではなく、むしろ現在使われている多様な譜の元となったのではないのか、という考えが頭をもたげてくる。それ以降、続々と譜が集まりだした。

「ヌフレッツン」とイノニンカがくっきりとしたえくぼを浮かべて一枚の朽ちた紙を差し出した。一瞬白紙かと思ってきょとんとしたあと、汚れに見えた箇所が詞組《しぐ》みの音符だと気づく。〈虹《ぬじ》〉と簡潔に記されている――表紙《おもてがみ》だった。表紙《おもてがみ》の端には、万洞輪《まんどうりん》の記符に九の数符が並んでいる。万洞輪《まんどうりん》だけですくなくとも九種の旋律があるということだろう。

互いの肩をつかんで揺すりあう。近くから、裁定主に感謝を捧げるメルハイプの泣き声がした。

ヌフレッツンがその譜の冒頭を焙音璃《ばいおんり》で奏でてみると、リナニツェが忘れられないと語っていた理由が体感できた。これが大聚奏《だいじゅそう》として奏でられるというのだ。目頭が熱くなり、凝《こご》っていた涙石《なみだいし》が、鋭い痛みと共にこぼれ落ちる。

地面を掘っていた者たちがこちらに向かってきた。その一番後ろでは、ダハリクが足を引きずっている。

「見つかったんだね」とグクタイラが片方の肩をほぐしながら笑った。マムライノも大きな歯列を剥き出している。

「本当なのか？」訝《いぶか》しげな顔でやってきたロムイソに、見つかった譜紙の束を見せる。「さっき持ってきてくれた譜紙の山にあったんだ」

「なんだ、あのまま粘ればよかったのか……」ロムイソが脱力して頭上を仰いだ。「だから言ったのに」と隣のリマルモが苦笑いする。

万洞輪《まんどうりん》の譜があった場所を中心に掘ってほしいと頼むと、ロムイソは「まかせろ」と拳で掌《てのひら》をひと打ちしてリマルモと歩きだした。まだこちらに向かう途中だったダハリクの両肩をつかんでその全身を逆方向に向ける。「えっ、なに、戻るの……」

掘り返された〈虹《ぬじ》〉の譜が後から後から運ばれてくる。浮流筒《ふるとう》、千詠轤《ちえいろ》、嘆舞鈴《たんぶりん》、喇炳筒《らへいとう》、往咆詠《おうほうえい》、繰音筒《くりねいとう》——阜易子《ふいご》がわりに使うためにすべてがばらされているため、ひとまずは鳴り物ごとに分けるしかない。大勢で書き写したらしく、筆跡も様々だ。それぞれに三十種の譜があることから、五百人程度の奏《かな》で手《て》を想定した譜だと推測できる。普段の編成よりは多く、聚《じゅ》奏《そう》の期間も長いが、伝えられていたほど常軌を逸したものではなかった。

「やっぱり噂ってのは、大《おお》解《げ》唆《さ》に伝わっちものなっだな」とナルアーハは笑う。

「これなら、叙《じょ》のすべての奏《かな》で手《て》と楽子《がくし》を掻き集めれば、かろうじて聚奏《じゅそう》は可能ですね」とザーサグが言い、皆は穏やかに頷《うなず》いた。

「もし、原譜どおりに写したのならね」とヌフレッツンは言った。

これらは原譜どおりではないことが、それから間もなく明らかになった。近くの一帯に、何千年前の原譜と思われる色あせた譜紙が見つかりだしたのだ。書体は古《いにしえ》のものだが墨は写譜ほど薄れておらず、紙も傷んではいるが破れや穴は少なかった。同じ譜が見つかって比べてみると、写譜は霜の奏《かな》で手《て》だけで聚奏《じゅそう》ができるよう、原譜の編成を大きく変更した編案写譜であることがわかった。

最初は皆その発見に高揚していたが、掘っても掘っても尽きぬほど現れるため、しだいに無口になっていった。まだまだ見つかりそうだったが、いつしか凍えるほどの寒さになり、あたりが暗くなってきた。衢《く》の太陽が遠ざかっているのだろう。これ以上は作業を続けられそうになかった。

「うわぁー来やがったーよー」とマムライノが麓《ふもと》のあちこちに爛蛋《らんたん》を向けながら言った。光から逃げる夜這《よば》い星《ぼし》たちの蠢《うごめ》きが見える。三十四ほどだろうか。この高さに上ってこれないのは幸いだった。

阜《おか》を滑り下ると、壺のお陽練《ひね》りと阜易楽《ふいがく》とで夜這《よば》い星《ぼし》たちを遠ざけながら進み、形を保っている家のひとつに逃げ込んだ。外よりはましとはいえ、寒さが骨にまで滲《にじ》んでくる。リマルモとロムイソは、ここが大親《おおや》さの家だったりはしないかと、かつての住人の痕跡を楽しげに探していた。失敗したとしか思えない歪《いびつ》な器がやけに多く、焼き物の拵《こしら》え手《て》の家かもしれないと話している。それらの器に、干した蟹肉や焼《や》き胡乱《うろん》をのせて食事をし、掛け布の残った臥洞《ふしうろ》で横になった。どんな人がここで眠っていたのだろう——想像のなかの姿は定まることなく変わり続けいつしかどこかで見たような寝顔になるが、それが自分の顔だと気づく前に眠りに落ちていた。

衢《く》の太陽が近づく時間に合わせて再び阜《おか》を上り、〈虹《ぬじ》〉の原譜の発掘に励んだ。原譜は相次いで見つかっていく。写譜の三倍ほどの量になったあたりで、いったい何人の奏《かな》で手《て》が必要なのか、本当に奏でることなど可能なのか、と空恐《そらおそ》ろしくなってきた。しかも、写譜とは異なりすべての譜の筆跡が同じ——つまりひとりの手によって書かれているのだ。その異様とも思える執念に、埋め戻したくなってきたと洩《も》らす者もいた。

ほどなく見つかった表紙《おもてがみ》の原譜には、〈虹《ぬじ》〉という題の他に、編案写譜にはなかった副題らしきものが詞組《しぐ》みの音符で記されていた。符義どおりでは、〝満環《まんかん》の蝕《しょく》をいなすべく、音の環《わ》をもって〈虹《ぬじ》〉を掛けよ、先行きの儿を灯すための〟というふうに読めるが、いまとは語順や詞組《しぐ》みが幾分異なるせいか、意味が通らない。

「〝満環《まんかん》の蝕《しょく》をいなす〟は……蝕《しょく》の禍《わざわい》を追い払う、ともとれるけど」ヌフレッツンが言うと、イノニンカは頷《うなず》く。「きっとそうだよ。蝕《しょく》を阜化《ふか》することを指してるんじゃないかな」

「〝儿〟は確か、人の古い詞組《しぐ》み、だったよね」「じゃあ〝先行きの儿を灯す〟は、単に落人《おちうど》の先行きを灯す、ということ?」「そう願いたいね。でも、〝音の環《わ》をもって〈虹《ぬじ》〉を掛けよ〟はさっぱりで――」

「この阜《おか》っまわりに、大聚奏《だいじゅそう》の痕跡があったよね。音の環《わ》って、そのこっじゃない?」とナルアーハが言う。

「満環蝕《まんかんしょく》を阜《おか》に変えるために、まわりを囲んで〈虹《ぬじ》〉の大聚奏《だいじゅそう》をし、落人《おちうど》の先行きを灯す譜、というところか。でも、それなら効果は〈阜易《ふい》〉と変わらない」

「確かに。どうして禍譜として恐れられ、封印されていたんだろう」

やがてその理由の一端のわかる譜が見つかって、皆はざわついた。禁じられている聚唱《じゅしょう》が取り入れられていたのだ。

「そんな……どうして裁定主様が嫌悪しておられる行為が……禁忌が……この遠征は、裁定主様のお導きではなかったのですか。この譜で聚落《じゅらく》を救うことが、裁定主様の御意志ではないのですか!」

メルハイプが愕然《がくぜん》とした表情でヌフレッツンやイノニンカに詰め寄った。球地《たまつち》を来世に置き換えることが裁定主の意志だというヨドンツァの説などとても話せなかった。

「たかがいち聚落《じゅらく》の落人《おちうど》ごときに、裁定主様の深遠な御意志を掬い取れるわけじゃないでしょう」「ああ。この聚唱《じゅしょう》は、裁定主様が最も嫌悪される語り唄ではなく、音の羅列のようだし――」などと宥《なだ》めているところへマムライノが興奮気味にやってきて、ヌフレッツンが手にする聚唱《じゅしょう》の譜を前のめりに眺めた。

「こ、これは、ほんとに聚唱《じゅしょう》なの。いったい何人で唄うの」

「それが、千二百人ほどで……」

マムライノが陶然とした表情で顔を上向けた。

「聚唱《じゅしょう》……するのかな」

「聚唱《じゅしょう》抜きでは〈虹《ぬじ》〉を奏でたことにならないと思うけど、霜《そう》ですら配慮して編案したくらいだから、叙《じょ》の央響塔《おうきょうとう》や正午台《しょうごだい》からは許しが出るとはとても……」

ヌフレツンが歯切れ悪く話していると、イノニンカも言った。

「そもそもこの原譜どおりの聚奏《じゅそう》じたいをどうやって実現すればいいのか……このままだと三千人規模の聚奏《じゅそう》になるよ」

はは、ははは……とザーサグやナルアーハが体をさすりながら力なく笑う。

「でも、この譜を――」

「マムライノ、あんたまたよからぬことを」「そそ、そんなこと、思っても――」「次にやったら舌抜刑だって、正午台《しょうごだい》の裁師《さいし》に言い渡されてるのを忘れたのかい！」

マムライノは目を瞑《つぶ》って口を歪《ゆが》めている。

「舌抜刑って……」「なに、どういうこと」

「こいつが唄うことに取り憑《つ》かれているのには気づいてるだろう。ひとりでやってる分には顔をしかめられる程度で済んだけど、人を集めて隠れて聚唱《じゅしょう》をするようになって、何度も独房に入れられたんだよ。仲間たちが去ってもやめられなくてね。また別のところに声をかけて隠れ聚唱《じゅしょう》をしては捕まる、ってのを繰り返してきたんだ」

そんな罪深いことを……禁忌に背くなんて……とメルハイプが声を詰まらせる。

「だから陽採《ひど》り手《て》なんかにされて、子供らにも絶縁されちまったのさ」

「どうしても、どうしても、己《な》ぁには」マムライノは咽《むせ》ぶように言った。「そんな悪いことだとは思えないんだ……」

それから二日の間〈虹《ぬじ》〉の譜を掘り返し続けていたが、早くも無風期が終わりを迎えたらしく、風が強まって譜紙を散らしだした。慌てて大量の譜を大布で包んで荷車に運んだが、運べる量も限界に達していた。まだ埋まっているであろう大量の原譜が心残りだったが、切り上げるしかなかった。

多くの鳴り物の譜を通しで揃えることができたのは幸いだった。溢《あふ》れんばかりの譜紙を積んだ荷車に、十人は半ば埋もれて乗り、強風に煽《あお》られながら霜《そう》の聚落《じゅらく》跡を発った。譜紙や反響板のおかげか、行きよりも夜這《よば》い星《ぼし》に襲われることは少なかったが、しだいに近づいてくる、いまにも暗闇に沈んでしまいそうなおぼろげな蝕《しょく》を仰ぎ見ながら、皆は顔色を失っていた。たった五日ほど離れていたあいだに、記憶にある大きさを遥かに凌駕《りょうが》していた。

暗闇の底に伏せる叙《じょ》の聚落《じゅらく》の全景が、霜《そう》の廃墟と似通っているように見えて落ち着かなかった。戻ってきた、とようやく安堵《あんど》できたのは、〈阜易《ふい》〉の聚奏《じゅそう》が聴こえだしてからだ。

遠征隊に迫ってくる蝕《しょく》の過半球は、以前よりひとまわり膨張しており、じきに視界に収まりきらなくなった。その表層では無数の畝《うね》が、先の読めない複雑な動きでゆっくりと蠢《うごめ》いている。うねりがぶつかりあっては向きを変え、唐突に渦を巻いたと思うと枝分かれを繰り返し——その様にともすれば魅せられ、魂を剝ぎ取られてしまいそうになる。

彗星曳《すいせいひ》きの荷車は、暗い家並みの間を通ってひとまず央響塔《おうきょうとう》へ向かった。ディアルマ師が一行の無事を喜びつつ、遠征の成果である大量の譜紙に目を見張り、すぐに手習いの者たちに譜庫の議房まで運ばせた。

幾つも合わせた机の上に並べられていく、夥《おびただ》しい量の〈虹《ぬじ》〉の原譜と編案写譜を前にして、ディアルマ師は放心していた。遠征隊の全員が、組ごとに揃うよう整えていく。開かれた扉から覗き込んでいた奏《かな》で手《て》たちが急に散らばりだし、ズワルメイ響主《きょうしゅ》や副響主《ふくきょうしゅ》たちが入ってきた。ふたりともひどく窶《やつ》れている。

原譜は膨大で、まだ三分の一ほどが霜《そう》に残されていること、編案写譜のおかげである程度の全貌を把握できることをヌフレッツンが説明すると、響主《きょうしゅ》たちは譜紙の数々をめくりだした。

ディアルマ師が、震える手で原譜の表紙《おもてがみ》を手にし、〝〈虹《ぬじ》〉、満環《まんかん》の蝕《しょく》を球地《たまつち》へいなすべく、音の環《わ》をもって〈虹《ぬじ》〉を掛けよ、先行きの儿を灯すための〟と読み上げる。その目から、涙石《なみだいし》が落ちるのが見えた。

〈虹《ぬじ》〉の存在を疑っていた響主《きょうしゅ》が顎を上げ、従者に合図をする。

従者が手袋をした手で携えていた箱を机上に起き、蓋を外した。中では石の欠片《かけら》のようなものがうっすらと光っている。

「蝕《しょく》の内部からたったこれだけの量を掘り出すのに、三十日ほどかかった。その跡は早くも塞がりつつある」響主《きょうしゅ》が言い、副響主《ふくきょうしゅ》が付け加えた。「作業中には奇妙な瓦斯《がす》が発生してな、二人が犠牲となった——裁定主さま、どうか良きお導きを」

ディアルマ師が手習いから焙音璃《ばいおんり》を受け取って、編案譜を奏でだした。

蝕《しょく》の欠片《かけら》がかすかに漣立《さざなみた》ちはじめ、響主《きょうしゅ》が顔つきを変える。

「〈阜易《ふい》〉ではここまでの反応を導き出せませんでした」と副響主《ふくきょうしゅ》が響主《きょうしゅ》に囁《ささや》く。

響主《きょうしゅ》と副響主《ふくきょうしゅ》とディアルマ師の三人は、いったん議房を出ていき、しばらくして戻ってきた。

「おまえたちふたりには、奏《かな》で手《て》の檀主として、ここで〈虹《ぬじ》〉の譜の復元に専念してもらう」

響主《きょうしゅ》がヌフレッツンとイノニンカに告げた。「勘違いするな。あくまで、もしも満環蝕《まんかんしょく》に達したときのためだ。わしらは引き続き〈阜易《ふい》〉による蝕《しょく》の阜化《ふか》に注力し続ける」

「陽採《ひど》り手《て》に属したままでかまわんぞ。これまで例のないことだがの」と副響主《ふくきょうしゅ》が面白がるように言った。

「でも、残りの原譜はどうするんです。まだ霜《そう》には残っているんです」

ヌフレッツンが言うと、響主《きょうしゅ》は所在なげに立っていたグクタイラやロムイソたちに向かって言った。

「そなたたちに、次の無風期に合わせて再び遠征してもらいたい。こちらからは夜這《よば》い星払《ぼし》いの奏《かな》で手《て》を必要なだけ集めよう」

遠征隊の皆が、生気の抜けた顔を大きく歪《ゆが》めた。


家に入るなり、坐っていたヌグミレが椅几《いき》から飛び降りた。随分と体が大きくなったように感じられ、まるで蝕《しょく》と同調しているみたいだ、と不安になる。固め損ねた胡乱粉《うろんこ》みたいに形相を崩し、両手を垂らしたまま走ってきてヌフレッツンの胸に顔をぶつけ、全身を押しつけてくる。

「なんだ、体がすごく――」

「熱いでしょ」と階段を上がってきながらラダムンミが言った。「でも、処方された輝晶《きしょう》のおかげで、こっちが疲れるくらい元気だよ」

ヌグミレが嗚咽《おえつ》を洩《も》らしながら、胸にくっつけた顔をぬぐうように動かしていた。贅璃《ぜいり》状の涙粒《なみだつぶ》がぱたぱたと床に落ちる音がする。

「ありがとうな。おまえの首飾りがなければ危ないところだったよ」ヌフレッツンは、ヌグミレの熱い頭を撫でる。そこでようやく顔を上げ、頬に涙粒《なみだつぶ》の貼りついた顔で「ほんとにい？」と言って笑った。

すこし休んでから、ヌフレッツンは荷車を外した彗星《すいせい》に乗り、漁《いざ》り場《ば》へ向かった。彗星《すいせい》は、いつも荷車の下に隠されていた長い尾羽を、見せつけるように何度となく膨らませては鱗粉を散らす。

去りつつある汀《てい》の太陽に照らされた海辺で、漁《いざ》り手《て》たちが漁をしていた。沖の方には、招陽の儀を行う舟が見える。

彗星《すいせい》から降りると、双子のラスミとリソミがヌフレッツンに気づいて歩いてきた。「無事に戻ったんだ」と控えめな笑顔を同時に見せ、そのまま彗星《すいせい》の前部を覗き込む。触肢群がまばらに開いて、飛沫《しぶき》を立てるような音を発した。

ゾモーゼフ漁主《りょうしゅ》が闇喉《あんこう》の両鰓《えら》をつかんで歩いてきた。

「よう帰ってきおった。よう帰ってきおった」と咽《むせ》ぶように言い、この彗星《すいせい》にどれだけ助けられたかを感謝するヌフレッツンに、久しぶりに獲れたのだと闇喉《あんこう》をもたせた。

復元用の墨に使うために、闇喉《あんこう》から真っ黒な血を抜いてから、ラダムンミと一緒に手を闇色《やみいろ》に汚しながら捌《さば》いた。

家に招いた遠征隊の皆やノースヲイと共に、乏しいお陽練《ひね》りで時間をかけて蒸した闇喉《あんこう》や太陽焼きで帰還を祝い、擂《す》り下ろした熾燃薯《しねんじょ》の杯を掲げて、新たな遠征隊の無事を祈願した。ロムイソは引き受けたくせに、もう行きたくねー、とぼやいている。

どうして自分が呼ばれたのかわからないままでいたノースヲイが、皆に次々と礼を言われて戸惑っていた。

「あなたが罪深く不信心でなければ、わたしたちは全員が無事では済まなかった」「君が裁定主様に反して、罰当たりなことをしてくれたおかげだよ」「ほんとにありがとう」「でも、できれば裁定主様をもう裏切らないでください」

「いや、とっさに体が動いただけだから……」

ノースヲイによると、遠征隊が出発したあたりから蝕《しょく》が活発に膨張しはじめ、響主《きょうしゅ》が補譜で対処しようとするも、ゼンササの一派がかたくなに現状維持を主張して命《めい》に従わなくなったという。捕縛されたゼンササは、自分は裁定主様に語りかけられているだとか、御意志を伝えているのだ、と妄言を吐いているそうだ。いまは牢房処《ろうぼうどころ》で独房に閉じ込められている。

ヌフレツンはジラァンゼの聖人式《しょうにんしき》以来、久しぶりに央響塔《おうきょうとう》へ通いだしたが、課題は山積みだった。紙の破損や汚れ、墨の掠《かす》れで音符の判読し難いところは、編案写譜を参照しつつ前後の流れから推測しなければならなかった。原譜と編案写譜のどちらを選ぶのかという問題もあった。蝕《しょく》の欠片《かけら》に試奏を繰り返してその反応から考慮することとなったものの、央響塔《おうきょうとう》としては裁定主に反する聚唱《じゅしょう》を受け入れるわけにはいかないし、それがなくとも球地《たまつち》じゅうの奏で手《かなで》が必要になるような原譜は現実的ではなかった。

〈虹《ぬじ》〉の副題の多義性から、大聚奏《だいじゅそう》の響効についての論争が続いており、中には〝先行きの儿を灯すための〟に新しい太陽の出現を期待する向きもあったが、大聚奏《だいじゅそう》の目的は満環蝕《まんかんしょく》の阜化《ふか》にのみ絞られることとなった。

蝕《しょく》のそこかしこに、撒き餌《まえ》をした水面めいた波紋状の畝《うね》が浮き上がるようになった。正午台《しょうごだい》では、これを臨環蝕《りんかんしょく》の始まりと判定した。波紋は絶え間なく現れ、互いを押し退《おの》け合うように犇《ひし》めき動いて、球面をさらなる膨張へと導いた。とうとう夜門《やもん》や聚落《じゅらく》の端の家々までもが呑まれ、これまで楽観的だった人をも取り乱させた。

二度目の遠征隊がひとりも欠けずに戻ってきた。最初から目的の場所がわかっていたのと、荷車の側面に反響板を施しておいたおかげで夜這い星《よばぼし》の体当たりを防ぐことができ、前回の遠征よりも苦労は少なかったという。

持ち帰られた原譜の山からは、〈虹《ぬじ》〉の譜の概略譜や便覧が見つかり、復元に大きな恩恵をもたらした。ただし便覧の最後に記されていた備物一覧がヌフレツンたちを戸惑わせた。あらゆる鳴り物の名称が並ぶのは当然として、その中に膨大な量の噫茗《あめい》を用意することが記されていたのだ。

聚唱《じゅしょう》の唄い手が喉を滑らかにするために用意するのではないか、と冗談めかして言う者もいたが、概略譜の最後にも、第六十七楽章で毬森《まりもり》から噫茗《あめい》を降らせることを命じている、としか解せない詞組《しぐ》みの音符が記されており、さらに混乱させられた。

イノニンカが噫茗玉《あめいだま》をねぶりながら議房にやってきて、「とりあえず森の市で買ってきた」とひとつずつ配った。ヌフレッツンは葉包みを開いて口に放り込む。舌で転がしてすっとする感覚を味わううち、「本物の噫茗《あめい》はね、声をかけるとふるふる震えて返事をするんだ」というジファンゼの声が蘇《よみがえ》ってきた。一度だけ訪れた毬森《まりもり》の体験を話してくれたことがあったのだ。ひとの声に共鳴するのなら、聚唱《じゅしょう》になんらかの影響を与えるのかもしれない。だが、工虫《こうちゅう》を引き寄せてしまうため、聚落《じゅらく》では植物のままの持ち込みが禁じられている。ディアルマ師に相談すると、二日後には箱に収められた噫茗《あめい》が秘密裏に議房に持ち込まれた。

少人数用の封音房には、ディアルマ師、ヌフレッツン、イノニンカの他に、マムライノが立っていた。

ディアルマ師が、蝕《しょく》の欠片《かけら》を床の中央に置き、その周囲に噫茗《あめい》を撒いていく。

ヌフレッツンは焙音璃《ばいおんり》で〈虹《ぬじ》〉を奏でだした。欠片《かけら》の表層が煮立ったように動いている。以前試したときよりも強い反応だった。

「もう一度奏でるので、さっきの旋律に合わせて大声で唄ってください」とマムライノに頼む。

「いや、でもそれはぁ――」

「大丈夫ですよ。舌は抜かせない。ここにいる者は決して誰にも話さない」

「わたしたちも、噫茗《あめい》を持ち込んだことが外に漏れてはこまりますから。頼めますか」

穏やかなディアルマ師の声に、ようやくマムライノは頷《うなず》いた。

ヌフレッツンは再び焙音璃《ばいおんり》を弾きはじめる。その旋律に合わせて発せられのは、とてもマムライノから出ているとは思えない伸びやかな澄んだ唄声《うたごえ》で、陽臓《ひぞう》や炕臓《かんぞう》が熱くなって心にまで陽が巡るようだった。予想外の自分の反応にヌフレッツンが驚かされていると、散らばった噫茗《あめい》がふるふると震えだし、蝕《しょく》の欠片《かけら》がぼんやりとした光に包まれはじめた。「すごい……」とイノニンカが嘆息する。

やはり噫茗《あめい》は、蝕《しょく》と〈虹《ぬじ》〉と唄声《うたごえ》とを結ぶ触媒であると推測された。

「素晴らしい唄声《うたごえ》でした」

ディアルマ師はそう言い、しばらくここで待つように告げて去っていった。マムライノが不安げな面持《おもも》ちで、半球状の天蓋を見まわしている。

「どうしたんです、マムライノさん」ヌフレッツンが訊くと、「何度も放り込まれた独房にどことなく似ていて、落ち着かないんだ……あそこはもっと狭くてじめじめしてるけどね」と引き攣《つ》った笑顔を見せる。

イノニンカは噫茗《あめい》を掌《てのひら》にのせ、雫形《しずくがた》をした多肉葉を眺めている。

扉が開いてディアルマ師が戻ってきた。

「マムライノさん。聚唱団《じゅしょうだん》を率いていただけますか」

「ひ、率いるって……いや、そんな大それたことは……」うろたえるマムライノのそばで「響主《きょうしゅ》がお許しになったの？」とイノニンカが声をあげ、その掌《てのひら》の上で噫茗《あめい》が震えた。

マムライノは口を開いたまま、ここに来たことを後悔しているような、それでいて昂奮《こうふん》を隠せないような表情を浮かべている。

そのとき急にギチギチと金属が擦れ合うような音がした。

イノニンカが「うわぁっ」と激しく手を振って、なにかが壁にぶつかった、と思うと宙を滑るように床に落ち、細い棒で組み合わされた金属質の体で床を這い、噫茗《あめい》を貪っていく。

「工虫《こうちゅう》か――」

ヌフレツンは噫茗《あめい》を入れていた布袋を工虫《こうちゅう》の上からかぶせてからひっくり返し、口紐《くちひも》を閉じた。

「それ、穢《けが》れるでしょ、大丈夫なのかな」とマムライノが身を引く。

「うちの伯《お》さは、昔全身にたかられたらしいけど、まだ健在だよ。それで――」

「ええ。〈虹《ぬじ》〉の聚奏《じゅそう》を行うときには、聚唱《じゅしょう》が欠かせないことを響主《きょうしゅ》は理解してくださいました」つまり、編案写譜ではなく、原譜に決まったということだ。「けれども央響塔《おうきょうとう》としては許可は出せない。正午台《しょうごだい》も決して受け入れないでしょう。どちらにせよ、表立って行えば、裁定主様を狂信する落人《おちうど》たちが騒ぎ出します。秘密裡に動くしかありません」ディアルマ師はそう言って、譜紙の束をマムライノに渡した。

秘密裡……、とマムライノは呟《つぶや》き、震える手でつかんだ譜紙を眺めている。

「決してあなたを牢房に入れさせはしません。稽古の場所は用意しますし、唄い手はこちらでも集めるつもりです。もしも、満環蝕《まんかんしょく》を抑えることができたなら、聚唱《じゅしょう》が受け入れられる世界にしたい。そう考えています」

マムライノは眉根を寄せて譜紙を見据えながら、唸《うな》り声をあげる。その声がゆっくりと引き伸ばされて、譜に記されているとおりの旋律をなしていく。自分でも声を抑えきれないのか、いまにも泣き出しそうな潤んだ目で三人の顔を順に見つめながら朗々と唄い続ける。

状況が悪化するごとに〈阜易《ふい》〉は様々に改定を繰り返されたが、臨環蝕《りんかんしょく》はいっこうに収まる兆候を見せなかった。日々の区切りを失った日常のなか、斑紋に覆われた臨環蝕《りんかんしょく》のはち切れんばかりの景観には、落人《おちうど》たちが重ねてきたありとあらゆる罪と煩悩《ぼんのう》が突きつけられているようで、誰もが憂鬱のなかに沈んだ。

満環蝕《まんかんしょく》が迫っていることを受けて、毬森《まりもり》で八聚落《じゅらく》会議が開かれたが、〈虹《ぬじ》〉の譜を用いた大《だい》聚奏《じゅそう》の実現に手を貸して欲しい、という叙《じょ》の要請には、対蹠地《たいせきち》にある夸《こ》と、衰えはじめた太陽を共有する是《ぜ》と伽《か》が応じたのみで、あとの半数は聚議にかけると言って即答を避け、残りは一蹴した。出席した聚長《じゅちょう》と響主《きょうしゅ》が、みすみす蝕《しょく》を起こしたとして襲いかかられ、護衛に守られるという一幕もあったそうだ。

その後も、聚長《じゅちょう》やその使者たちが個別に他の聚落《じゅらく》を訪れ、蝕《しょく》は叙《じょ》だけの問題ではなく、球地《たまつち》じたいの地命《じめい》に関わる可能性が高い、と強く訴えかけ続けた。

臨環蝕《りんかんしょく》が聚落《じゅらく》の三分の一を覆うほど大きさを増した頃、ようやく海沿いの汀《てい》の聚落《じゅらく》が協力を表明した。依然として頑《かたく》なに拒み続ける礎《そ》と衢《く》と峨《が》の聚落《じゅらく》からも、伝説となっていた〈虹《ぬじ》〉の譜への興味から、個人として大聚奏《だいじゅそう》に参加したいと申し出る奏《かな》で手《て》たちが現れだしていた。

原譜の復元が果たされ、すべての写譜が終わった頃には、臨環蝕《りんかんしょく》は毬森《まりもり》の直径を遥かに越える規模となっていた。やがて聚落《じゅらく》を半ばまで覆い尽くすと、すべての光を失って、黒く翳《かげ》った満環蝕《まんかんしょく》と化した。

お陽さましょってめぐるぐる、と口ずさみながら、ヌグミレが椅几《いき》の上で焙音璃《ばいおんり》の響体《きょうたい》を懸命に磨いてくれていた。その手と接する響体《きょうたい》の表面がぼんやり発光している。

もし大聚奏《だいじゅそう》が成功して満環蝕《まんかんしょく》が鎮まっても、新しい太陽が現れなければ、かつての霜《そう》の聚落《じゅらく》のように、大親《おおや》さたちのように、他の聚落《じゅらく》に身を寄せるしかなくなるだろう。ひとつ、またひとつ、と他の太陽も消えてしまうなら——円卓に肘をついてとりとめもなく考えていると、

「親《や》さ、親《や》さったら」と声が聞こえ、顔を起こした。

ヌグミレが焙音璃《ばいおんり》を両手で差し出してくれている。

「ほら、新しい太陽みたいにぴっかぴかに磨いたよう」

「ほんとだなー。ありがとう。これで、いい聚奏《じゅそう》ができるよ」

焙音璃《ばいおんり》を受け取り、弦の張りを念入りに確かめる。

ラダムンミが大荷物を提げて居間に入ってくると、ヌフレッツンは立ち上がった。

「大聚奏《だいじゅそう》の間は、夜這《よば》い星《ぼし》払いもいなくなる。危ないから、この家でおとなしく待ってるんだよ」

「うん。親《や》さまも叔《お》さまもしっかりとねー」

ふたりとも声をあげて笑い、扉を開けた。顔がひりつくほど空気が冷たい。

叙《じょ》の聚落《じゅらく》の家々を半ばまで呑み込みながら不穏な沈黙を守っている満環蝕《まんかんしょく》——その途方もない威容を、まわりを取り囲む家々の牽奏台《けんそうだい》を組んだ屋上から、八つの聚落《じゅらく》の総勢三千名以上にものぼる奏《かな》で手《て》たちが見据えていた。

照子屋《てらこや》の屋上では、ディアルマ師と観陽師《かんようし》が背中合わせで立つ牽奏台《けんそうだい》を前に、檀師《だんし》のヌフレツンが率いる、百二十名ばかりの焙音璃弾《ばいおんりひ》きたちが集まっていた。隣の拵え処《こしらどころ》の屋上で焙音璃《ばいおんり》弾《ひ》きたちを率いているのは、イノニンカだ。奏《かな》で手《て》たちは緊張した面持《おもも》ちで手に香油を塗り込んだり、鳴り物や譜面台を調整するなどして気を落ち着かせている。数人ごとの間には、顔に面紗《めんしゃ》をかけた台手《うてなて》や、世話役を買ってでた落人《おちうど》たちが控えていた。

聚落《じゅらく》じゅうに、湿った夜粉《やふん》と鉢頭摩《はちずま》が混ざりあったような、意識の隅に居座り続けるにおいが立ち込めていた。阜易楽《ふいがく》が流れていないため、黄道《こうどう》や路地の暗がりには、夜這《よば》い星《ぼし》らしき影が徘徊《はいかい》している。

観陽師《かんようし》が、顔に被った遠覗筒《えんしとう》の先を黒沙《こくしゃ》の阜《おか》に向けた。聚落《じゅらく》の中では、もはや満環蝕《まんかんしょく》の全容を視界に収めきれず、黒沙《こくしゃ》の阜《おか》に建てた櫓《やぐら》から動静を把握して、爛蛋《らんたん》の光の明滅で状況を皆に伝えている。遠覗筒《えんしとう》が次に向けられたのは、正午台《しょうごだい》の四階の壁に映る、巨大な人影だった。三階の露壇《ろだん》に立つズワルメイ響主《きょうしゅ》の姿が、幾つもの爛蛋《らんたん》に照らされて影を投じているのだ。正午《しょうご》台《だい》はいまや下部を満環蝕《まんかんしょく》の裾野に呑まれており、その重みで僅かに傾いている。

ズワルメイ響主《きょうしゅ》の影が、牽奏竿《けんそうかん》を大きく掲げる。満環蝕《まんかんしょく》を取り囲む牽奏師《けんそうし》たちもそれに合わせて動き、聚落《じゅらく》じゅうの奏《かな》で手《て》たちが一斉に鳴り物を構える。

ヌフレツンは胸にあてた響体《きょうたい》が陽臓《ひぞう》や炕臓《かんぞう》と呼応し合うのを感じながら、息を潜めて〈虹《ぬじ》〉のはじまりを待っていた。

ズワルメイ響主《きょうしゅ》の影が最初の一振りをし、千詠艫《ちえいろ》や渾騰盤《こんとうばん》によって、〈虹《ぬじ》〉の第一楽章となる物悲しげな旋律が流れだした。次いでディアルマ師が牽奏竿《けんそうかん》を傾け、ヌフレツンたちも焙音《ばいおん》璃《り》を弾きはじめ、揃って鳴りだした靡《び》音《おん》喇《ら》が、宙で互いを追いかけ合う奪衣羽《だつえば》さながらの調和をなす。

さらに波轟筒《はごうとう》や往咆詠《おうほうえい》が、喇炳筒《らへいとう》や咆流《ほおる》や浮流筒《ふるとう》が、嘆舞鈴《たんぶりん》や摩鈴盤《まりんばん》や万洞輪《まんどうりん》が続けざまに音を重ねていき、〈虹《ぬじ》〉の譜の第一楽章の蕭々《しょうしょう》とした聚奏《じゅそう》がしだいに分厚さを増していく。やがてこれまで球地《たまつち》の誰ひとりとして聴いたことのない、凄まじい音圧となって球地《たまつち》じゅうに鳴り響きだした。

叙《じょ》の聚落《じゅらく》の家という家が震え、沙璃《じゃり》が沸騰したように動いて夜這い星《よばいぼし》たちを追い払い、星や彗星《すいせい》が哀しげに啼《な》き、月に呑まれた星のような腥《なまぐさ》いにおいが満環蝕《まんかんしょく》から拡散されはじめた。叙《じょ》の聚落《じゅらく》だけでなく、毬森《まりもり》じゅうの草木がざわめき、その向こうの対蹠地《たいせきち》では杯の水に波紋が生じたという。

〈虹《ぬじ》〉の譜が、第二楽章、第三楽章――と順に奏でられていく。満環蝕《まんかんしょく》は暗く沈んだままなんの影響も表さなかったが、ヌフレッツンは打ち震えていた。おそらく誰もが同じ気持ちだったろう――何千年も前に作られながらも封印され続けてきた〈虹《ぬじ》〉の譜を、三千人以上もの人数で原譜どおりに奏でつつ、その大聚奏《だいじゅそう》の妙なる響きを浴びているという奇跡に。まるで球地《たまつち》じたいが極大の鳴り物と化したかのごとき音の厚みに。気が遠くなるほどの時間をかけて考え尽くされた絶巧の旋律や構成に――この瞬間のためにこれまで生きてきたのだとさえ感じられた。それだけに、この事態がなければ大聚奏《だいじゅそう》を実現しえなかったことに歯がゆさを覚える。なんの目的もなく、ただ奏で、ただ聴くためだけの大聚奏《だいじゅそう》が叶うならばどれだけよいだろう。いつの日か――

第七楽章を越えたあたりで満環蝕《まんかんしょく》の表層が明るんで漣立《さざなみた》ち、没頭していた奏《かな》で手《て》たちが顔をあげていく。第十楽章に入った頃には、乱れた畝《うね》模様が全面に犇《ひし》めいてゆるゆると複数の流れを生じさせはじめ、奏《かな》で手《て》たちはようやく手応えらしきものを得る。

ヌグミレは薄暗い居間で椅几《いき》に坐って、〈虹《ぬじ》〉の譜を全身で聴いていた。

初めて耳にする物哀しくも優しい旋律が、これまで体験したことのない大聚奏《だいじゅそう》の波となって押し寄せてきて、わけもなく涙粒がこぼれ、坐っていられなくなった。円卓の縁《ふち》に片手を添えてぐるりぐるりと歩く。得体のしれない衝動が全身に漲《みなぎ》ってくるが、それをどこへ向ければいいのかわからない。こんなに部屋が寒いのに、陽臓《ひぞう》や炕臓《かんぞう》が熱くなって拍動している。おかしくなりそうだった。円卓の軌道から逸れ、部屋じゅうを円を描くように歩きまわっていると、扉を叩《たた》く音がした。

一瞬夜這《よば》い星《ぼし》の姿が目に浮かぶ。でも、夜這《よば》い星《ぼし》は扉を叩《たた》いたりはしない。ためらいつつ扉を開けると、大きな人が立っていた。大きすぎて胸元までしか見えない。

「誰？」とヌグミレが警戒して後退《あとずさ》りながら言う。

あおかたがおよいあお――

はっきりとは聞き取れなかったが、あの方がお呼びだよ、と言っているのがヌグミレにはわかった。

「誰のこと……」

きみも、呼ばえていうのを……感じていうはずだ――

きみの大親《おおや》さのもたあした鍵《かぎ》により……太陽ぅぉ、つかさどうていたあばえ牛の……牛頭《ごず》の角《つの》を、つかむことがでいたんだ――

なんのことかもわからないまま、大きな人に導かれてヌグミレは家を出る。やはり見ず知らずの人だ。療治処《りょうじどころ》で見た人たちに似ている。

大きな人について地面に降りる。大きな人が歩きだす。暗さが恐ろしくて、身を寄せながらついていく。

「夜這い星《よばいぼし》が危ないから、外に出るなって親《や》さに言われたのに」心細くなって言うと、優しくさとすように返される。

知ってうはずだよ。きみはもう、恐えるひつようなお、無いんだ――

〈虹《ぬじ》〉の譜は、第十五楽章に差し掛かかり、いまや満環蝕《まんかんしょく》の畝《うね》模様は大きな荒々しい流れとなって行き場を失ったように球面じゅうをのたくっていた。

第二十六楽章、第二十七楽章、と大聚奏《だいじゅそう》を続けていく。満環蝕《まんかんしょく》は月光を思わせる淡い光を帯びていた。世話役のラダムンミが目に溜まった汗を拭い、空《から》になった封杯《ふうはい》を換えてくれる。奏で続けているせいで体が熱くなり、まわりの奏《かな》で手《て》たちの熱気もあって繋業《けごう》解き工房にでもいるようだった。蝕《しょく》との交感のせいか、目に血を滲《にじ》ませたり、鼻から血を垂らしている者も少なくない。かすかに汚穢《おわい》のにおいが漂ってきた。交替の時間までもたなかったのだろう。

長休止の間に休んでいた奏《かな》で手《て》たちが戻ってきて、再び譜面台の前に立つ。牽奏台《けんそうだい》では、ディアルマ師に代わってノースヌイが牽奏竿《けんそうかん》を振りはじめた。

第三十三楽章が終わり、ようやくヌフレッツンの譜にも長休止が現れ、屋上から離れる。〈虹《ぬじ》〉の譜は、三日間奏で続けられるよう巧妙に差配されているが、割り当てられる休みはほんの数章という過酷さだった。

御不浄で排泄《はいせつ》を済ませると、体温が一気に下がって背筋が震える。啓房《けいぼう》のひとつで、憔悴《しょうすい》した他の焙音璃弾《ばいおんりひ》きたちと共に、用意された蒸し熾燃藷《しねんじょ》などの軽食を口にしてから夜布にくるまる。隣に横になった若い奏で手《かなて》が、鼻の下にこびりついた血を擦りながら、「ほんとに、これで皁《おか》に抑えられるのでしょうか」と不安を洩《も》らした。「いまはスタラボッフ聖《ひじり》を信じよう」と答えて目をぶつる。繰音筒《くりねいとう》と肋筋《ろっきん》の音が遠くで上り下りしている。

「皆さん。そろそろご支度を。次は第三十六楽章です」

台手《うてなて》の声に、ヌフレッツンは瞼《まぶた》を開く。なにか夢を見ていた気がする。対蹠地《たいせきち》が抜けてしまった世界で……大人になったヌグミレと、見たこともない料理を楽しげに——思い出そうとするほど零《こぼ》れ落ちていく。不意に、あれこそがヨドンツァの言う閻浮提《えんぶだい》の情景ではないのか、という思いが強まる。まわりの奏で手《かなて》たちもゆっくりと身を起こしていく。

「眠気覚ましがいる者はー」世話役のロムイソが、皆に向かって手を差し出している。その掌《てのひら》の上には、青碧色《せいへきしょく》をした玉が幾つものっていた。摘《つま》みとったひとりが、「うわっ、なんだこれ、虫の頭じゃないの」と声をあげる。「煎《い》った眠々蟬《みんみんぜみ》の頭だ。けっこう効くぞ」「眠々蟬《みんみんぜみ》なら、むしろ眠くなりそうなのに」と欠伸《あくび》しながら誰かが言う。

ヌフレッツンはひとつ貰《もら》って口に入れ、嚙み砕く。得も言われぬ苦味が広がり、顔をしかめた。痛みと共に涙石《なみだいし》が左目からこぼれ——確かに頭の霞《かすみ》が晴れてくる。

念の為もう一度御不浄で用を足し、階段を上って屋上へ出たとき、眼前に広がる光景に圧倒されて足が止まった。後ろを歩いていた奏《かな》で手《て》が背中にぶつかる。

「どうしたんです檀師《だんし》」言ったときにはもう目にしていたのだろう、ああ……と喘《あえ》ぐ声がした。

かつての叙《じょ》の聚落《じゅらく》よりも広大な満環蝕《まんかんしょく》の表層が、〈海《み》〉側の一点を中心に、大きなひとつの渦をゆっくりと巻いていたのだ。海中地《みちゅうち》と孵風場《ふふば》というふたつの極を結ぶ見えない軸にでも掻き回されているかのように。子供の頃に聞かされた創世の伝説における、黎泥《れいでい》の回転を思い起こさせる。

牽奏台《けんそうだい》にはディアルマ師が戻っていて、額の血管を光らせながら、老齢とは思えない牽奏竿《けんそうかん》さばきを見せている。

第五十二楽章が終わりに差し掛かった頃、黒沙《こくしゃ》の阜《おか》から光が立て続けに瞬くのがヌフレッンにも見えた。

ズワルメイ響師《きょうし》の影が大きく動き、ディアルマ師も合図をする。世話役たちが一斉に譜面をめくり、第六十七楽章が開かれた。満環蝕《まんかんしょく》の渦が全球面に螺旋《らせん》を巡らせたとき、楽章の終わりをもって第六十七楽章へ移行するよう指示する書き込みがあるのだ。

拍子の異なる第六十七楽章を奏ではじめ、しばらくすると、頭上の毬森《まりもり》から数え切れぬ量の噫茗《あめい》が降り注ぎだした。この日のために、森人《もりうど》たちが栽培量を大幅に増やして収穫したものだ。暗い宙を噫茗《あめい》が旋回しながら舞い続ける情景は壮観だった。初めて目にするのに、さっきの夢の向こうでよく似た光景を知っていたはずだと感じられ、目頭が痛くなる。譜が見えにくくなり、何度か強くまばたきをして小さな涙石《なみだいし》を落とす。

風が強まって、宙を舞っていた大量の噫茗《あめい》が一方向に流れだし、すこしずつ聚落《じゅらく》に落下しはじめた。ヌフレッツンの頭上にも薄青い噫茗《あめい》が降ってくる。大聚奏《だいじゅそう》に共鳴して、跳ねるように震えている——そのときギヂギヂとあの耳障りな金属質の音が鳴りだし、陽《ひ》の気《け》が引いた。下方から夥《おびただ》しい数の工虫《こうちゅう》が続々と飛び立って、宙を漂う噫茗《あめい》を貪っていく。

「どうしてこれほどの……」ヌフレッツンは歯噛みした。「工虫《こうちゅう》対策は講じていたはずだろう」

大量発生した工虫《こうちゅう》が噫茗《あめい》の妨げとなることを恐れ、侵入経路となりそうな箇所は徹底的に塞いで、捕獲用の仕掛けも随所に設けたはずだった。

数を増していく工虫《こうちゅう》の帳《とばり》に視界を覆い尽くされながらも、満環蝕《まんかんしょく》を取り巻く奏で手《かなで》たちは牽《けん》奏師《そうし》を見据え、鳴り物を奏で続けた。噫茗《あめい》を貪る工虫《こうちゅう》の体節音が聚落《じゅらく》じゅうに満ち、大聚奏《だいじゅそう》の音が痩せる。

台手《うてなて》のひとりが慌ただしくやってきて、塞いであった経路がことごとく開かれ、仕掛けも破壊されていると告げた。禍譜の大聚奏《だいじゅそう》を危険視する者たちによる所業で、中心となっているのは独房にいるはずのゼンササだという。

「こ、ここまでなのか——」誰かが悔しげに言った。

「いえ——ここからです」とディアルマ師が言い、牽奏竿《けんそうかん》を大きくひと回転させた。正午台《しょうごだい》のズワルメイ師の影も同じ動きをしている。

どこからか波が押し寄せるように柔らかな音が満ちはじめ、工虫《こうちゅう》たちの騒がしい体節音が水に呑まれたようにくぐもりだした。

なんだ、風音か？　いや、これは——

音は分厚さを増しながら上下に揺れ動いて旋律をなし、やがて大勢の唄声《うたごえ》として立ち上がってきた。奏《かな》で手《て》たちが俄《にわか》にざわめく。

「禁じられている聚唱《じゅしょう》じゃないのか「裁定主様に背くつもりなの「相当な人数でなければ、出ない唄声《うたごえ》だよ「何百人――いや、もっといる「ああー裁定主様お許しくだ「いったいどこから聴こえている。まさか――「央響塔《おうきょうとう》？　いますぐ止めさせないと！「お許しをお許しを――」

紖弾や許しを請う声がそこかしこの屋上からあがったが、牽奏師《けんそうし》たちがいささかも動じないまま牽奏竿《けんそうかん》を振り続けるうち、大勢の唄《うた》い手《て》がおりなす聚唱《じゅしょう》の荘厳さに漱《すす》がれるように静かになっていく。全身の骨に封じられているという三途《さんず》の闇が仄《ほの》かに照らされるようで、ヌフレツンの背筋も漣立《さざなみた》っていた。ここまで心身を揺さぶられるとは――だからこそ裁定主は聚唱《じゅしょう》を厭《いと》うているのだろうか。

満環蝕《まんかんしょく》の表層が震え、極大の渦を巻く数多の畝《うね》から陽至虫《ひる》めいた太い突起が次々と生じて、みるみる全球に広まっていく。それと当時に、宙を覆い尽くしていた工虫《こうちゅう》たちが風で煽《あお》られるように満環蝕《まんかんしょく》の方へ動きだした。先頭の工虫《こうちゅう》たちが満環蝕《まんかんしょく》の斜め上を旋回しはじめ、他の工《こう》虫《ちゅう》たちも相次いで後を追っていく――焙音璃《ばいおんり》の音色がばらつきかけるのを、ディアルマ師が揺るぎない指揮によって引き戻す。

やがて工虫《こうちゅう》たちは互いの体を漁網《ぎょもう》のごとく縦横に繋ぎだし、満環蝕《まんかんしょく》からわずかに浮かんだ位置で、その直径よりもひとまわり小さな、それでいて目を瞠《みは》るほど巨大な環《わ》を斜め向きに形作っていく。とめどなく工虫《こうちゅう》が集まり続けて帯状に厚みを増していく。

鼓楽の音が激しい第六十八楽章に入ると、工虫群《こうちゅう》のなす環《わ》の振幅が大きくなり、多彩な色調の光に包まれだした。その光が映じる満環蝕《まんかんしょく》の曲面が著しく隆起しはじめ、あちこちからどよめきがあがる。

「ま、満環蝕《まんかんしょく》が動いている……」「〈虹《ぬじ》〉の譜は、満環蝕《まんかんしょく》を阜《おか》に変えてくれるものじゃなかったのか！」「どうなってるんだ」「このまま奏で続けて良いのか？」

隆起はさらに盛り上がりながら、環《わ》の中心を目指して、ゆっくりとねじれながら伸びていく。

「やはりこれは禍譜なんじゃ——」「噂に聞くように、大地宙《だいちちゅう》を崩壊……」「まさか壊劫《えこう》を？

「まずい……いったいどうすれば——」

ヌフレッツンは檀師《だんし》として、色を失って聚奏《じゅそう》を乱す奏で手《かなて》たちに向かって声を張りあげた。

「〈虹《ぬじ》〉の譜を奏でるよう示唆したのが、太陽の聖人《しょうにん》たちだということを忘れるな！ 聚奏《じゅそう》に集中するんだ！」

ついには隆起の突端が環《わ》をくぐりだし、それと同時に環《わ》の方も、滲《にじ》むようにして二重に分裂していく。

そうだったのか——ヌフレッツンが驚いていると、牽奏台《けんそうだい》の上のディアルマ師と目が合い、互いにうなずく。音の環——〈虹《ぬじ》〉の副題にあった音の環《わ》とは、このことに違いない。

「表紙《おもてがみ》の言葉を思い出しなさい。〝満環《まんかん》の蝕《しょく》をいなすべく、音の環《わ》をもって〈虹《ぬじ》〉を掛けよ〟——いまこそそのときです」

ディアルマ師がそう言って、牽奏竿《けんそうかん》で奏で手《かなて》たちの意識を再び大聚奏《だいじゅそう》へと導く。

各所でも同じような乱れが起きているのだろう。聚奏《じゅそう》にばらつきが生じたが、ズワルメイ響《きょう》主《しゅ》も、牽奏師《けんそうし》たちも、大聚奏《だいじゅそう》を完遂する意志をはっきりと示し、再びまとまりが取り戻される。

斜め向きに並び浮かんでいた二つの巨大な環《わ》は、さらに分裂して四つの環《わ》に、八つの環《わ》に――と等間隔に広がって環海《わだつみ》の方へと弧を描くように連なっていく。

目の当たりにしている情景に驚愕《きょうがく》しながらも、奏《かな》で手《て》たちは、牽奏竿《けんそうかん》の指揮のとおりに骨棹《さお》に張られた腸弦《ちょうげん》を、円錐管に鏤《ちりば》められた鍵《けん》を、連なる鍵盤《けんばん》を、肺を、声帯を、指を、間断なく動かし続ける。

満環蝕《まんかんしょく》の隆起は、〈虹《ぬじ》〉の大聚奏《だいじゅそう》に合わせて蠕動《ぜんどう》しながら表層に犇《ひし》めく突起を蠢《うごめ》かせ、楽章が進むごとに錯覚かと思うほどの緩慢さで工虫《こうちゅう》の環《わ》のひとつひとつをくぐり抜け、弧を描きながら環海《わだつみ》へと向かっていく。その一方で聚落《じゅらく》を覆っていた満環蝕《まんかんしょく》の球軀《きゅうく》は退縮しつつあった。

満環蝕《まんかんしょく》はねじれて反り返った巨大な管となって宙に浮遊し、その突端を海面に近づけていく。水中に没していく。

これが虹《ぬじ》だ。虹《ぬじ》が掛かるとはこのことなのだ、とヌフレッツンは心を震わせる。

とうとう聚落《じゅらく》から満環蝕《まんかんしょく》の末端が離れ、絞り出されるような吐息やすすり泣く声があちこちから聞こえてくる。これまで呑まれていた家並みが、満環蝕《まんかんしょく》の末端のかすかな光に照らされている。崩れている家もあれば、姿を留めている家もあり、一様に夜色に煤《すす》けている。

多くの牽奏師《けんそうし》が、ディアルマ師が、ズワルメイ響主《きょうしゅ》が、全身で牽奏竿《けんそうかん》を振り、奏《かな》で手《て》たちが何十もの鳴り物で放つ聚奏《じゅそう》と、これまで自らを秘匿してきた唄《うた》い手《て》たちの聚唱《じゅしょう》とをまとめあげ、大聚唱《だいじゅしょう》はひとつながりの大きなうねりへ、最終章へと向かっていく。

海辺の地下洞窟の陽室《ひむろ》にいるヌグミレの耳にも、〈虹《ぬじ》〉の譜の聚奏《じゅそう》は届いていた。縦横に並んだ台の上に、半球状に練り固められた陽だまりがまばらに載せられ、精彩な輝きを放っていた。

「あの方はどこに」

すでに皆とおらえう……きみは飢えて……いたろう。すきあだけ食してから……くるといい

――

「吾《わ》ぁは……」

きみは、聖《ひじい》たちがえあんだ、陽種《ひだね》……だとあおかたはおっさってぃあ――

務者《むしゃ》が服を脱ぎ始めた。全身に広がった罅割《ひびわ》れが光っている。

であ、わらしはさきに……行かえてもあうよ――

裸となった務者《むしゃ》が、洞窟の奥の暗がりへ消えていく。

ヌグミレは上着を脱いだ。〈虹《ぬじ》〉の大聚奏《だいじゅそう》のうねりに促されて、熱い陽だまりの塊を両手で持ち上げる。熱の波を発しながら形の崩れだす陽だまりを、下からすくう恰好《かっこう》で持ち直し、腹に現れた聖痕にあてがう。目を瞑《つぶ》って、祈るように強く押し込む。腹腔《ふっこう》の内臓が激しく痙攣《けいれん》して、一瞬息が詰まったが、その後はすんなりと裂け目の奥深くへ流れ落ち、熱が沸々と広がりだした。

次々と陽だまりを手にとっては、聖痕に押し込んでいく。汗まみれの肌から、甘いにおいの湯気が立つ。ひとつ、またひとつ、体内に呑み込んでいく。手が陽膨《ひぶく》れだらけになり、焦げて煙をたてている。

砕ける大波を思わせる水音が前方から轟《とどろ》きだし、陽室《ひむろ》が揺れた。毛穴から炎が噴き出しているかのようだった。ひどく喉が渇いた。

「あつい、あついよ」

洞窟の奥に向かって喚《わめ》き声をあげる。誰も出てきてはくれない。

「あつい……あつい」

ヌグミレは譫言《うわごと》のように洩《も》らしながら、暗がりに向かって歩きだした。床石がひんやりと感じられたのは最初だけだった。陽室《ひむろ》の光が届かなくなり、なにも見えなくなる。喉を掻きむしる。「あついよ……」熱さに耐えられなくなってヌグミレは走り出す。ただただ走っていく。この先には、海がある。水があるはずだった。足音が騒がしいほどに反響する。しばらくすると、なぜかまわりを囲む狭い洞窟の壁が浮きあがってきた。自分の体が光って照らしだしているのだと気づく。

ヌグミレはこのまま駈け抜けたかったが、通路は屈《かが》まねば進めないほど狭くなってきて――突然足元が消えて体が落ち、冷たい水に沈む――たちまち奔流に呑まれて体が回転し、上下も左右もわからなくなる。やがて勢いが減じて、動きがとまったのを感じた。周囲から泡がなくなり、揺らめく視界が広がる。

浮かんでいる。ここは海のなかなの……。

ヌグミレは混乱する。眼前には、皮を剝がれて腐りかけた星を思わせる、家ほども大きな肉塊が浮かんでいて、さらにその向こうには、おぼろげに光る途方もなく巨大な柱状のものが上下を貫いていた。表面に夥《おびただ》しい突起を蠢《うごめ》かせながら、海の深みを目指しているようだった。柱は海上に続いていたが、やがてその末端が水中に現れ、ゆらめきながら降下してきた。肉塊の前まで近づいたとき、末端の中心から脊柱状のものが芽吹いて、螺旋《らせん》を描きながら肉塊に向かって伸びていった。その間も長大な柱は、海の下方へとどこまでも沈み続けていく。球地《たまつち》の外へ向かって——

〝さあ、こちらへ〟

浮遊する肉塊から、呼びかけられた気がした。よく見れば、その表面ではさっきの務者《むしゃ》と思しき肉体が融《と》けて消えつつある。

そしてヌグミレは気づく。自らの全身に、皁易子《ふいご》が数限りなく群がっていることに。皁易子《ふいご》が体内の陽を煽《あお》ぎだしたことに。骨が、内臓が、肉が、皮膚が、沸き立っていることに。熱く輝く塊となったヌグミレは、海水を滾《たぎ》らせつつ肉塊に吸い寄せられていく。接触するなり全身が流動する肉質の中へ呑み込まれ、深みへ運ばれて熱い中心部へ達する。

わしは何千年もかかってようやく自らの役目を悟ったようだ、という声が聞こえ、おそすぎるよ、吾《わ》ぁは知ってたもの、ヌグミレは笑う。

ヌグミレは自らの足を抱えて頭を伏せ、存在のすべてを放射する。肉質の層が燃え広がるように幾重にも渡って陽化していき、肉塊はたちまち灼熱《しゃくねつ》の陽球と化す。

陽球は海中に散らばる黎泥《れいでい》の残滓《ざんし》を摂取しては皁易子《ふいご》に煽《あお》られ、膨張と賦活《ふかつ》を重ねて凄まじい輝きを纏《まと》い、すでに柱の見えなくなった環海《わだつみ》を渡っていく。やがて海中地《みちゅうち》の斜面が近づいてくると、そこに身をのせ、歪《いびつ》な球軀《きゅうく》を蠕動《ぜんどう》させてのぼっていき、海水を沸騰させながら海面をくぐり抜けた。ぬかるみを焦がしつつ大地に這い上がり、衰えつつある三つの太陽が巡る球状空間を全身で眺望する。

ヌグミレは、堕務者《おちむしゃ》は、務者《むしゃ》たちは——新しき太陽は、海中地《みちゅうち》をゆっくりと這いずりまわり、これまで身を押さえつけてきた力から解放されたことを実感し、球軀《きゅうく》を震わせる。孵風場《ふふば》から海中地《みちゅうち》にいたる球地《たまつち》の中心軸には、裁定力が働いていないのだ。

新しき太陽は、球軀《きゅうく》の一部を大きくもたげ、両側に翼状の突起を迫《せ》り出させると、下部を弾ませて地面を打ち、陽沫《ひまつ》を散らして宙に浮き上がった。


ヨドンツァは噫茗《あめい》の刈り跡に囲まれた穴路の片隅に坐り、消えかけたお陽練《ひね》りの乏しい光の元で、蓑煤樹《みのすすき》の夜粉《やふん》や段堕螺《だんだら》の三角葉を無心に薬研《やげん》で擂《す》り潰していた。

——ヨドンツァ師！　ヨドンツァ師！

ンモサの声が降ってきた。穴路の中をゆっくり回転して頭から近づいてくる。

「騒がしいのう」

ンモサが壁の刈り跡をつかみ、下衣のだぶついた生地を鰭《ひれ》のように揺らめかせて体を反転させ、ヨドンツァの真上にとまる。

「あのね——」

「そこの愧烏《きう》滑《すべ》りの葉をとってくれ」

壁の茎に幾つも結わえられた中から、ひと束だけ取り外して投げる。

「びっくりしたよ。いまね——」

ヨドンツァは葉の束を受け取り、

「あのばかでかい満環蝕《まんかんしょく》が糸玉をほぐすように海に消えたことより驚くことなんてなかろうが」一枚引き抜いて袋状の葉に粉末を容れ――

「いいから来てよ」

じれったそうに言って、ンモサがヨドンツァの体を引っ張る。

「お、おい」

ンモサはヨドンツァをつかんだまま、ときおり刈り跡で加速をつけ、幾つもの穴路を通り抜けていく。

四方樹《よもぎ》の外殻に開いた穴が見えてくる。叙《じょ》の聚落《じゅらく》のある方だ。穴の縁《ふち》には幾人もが並んで外界を見下ろしていた。なぜだか向こうが明るい。

ンモサがひとりの肩に手を触れる、振り返ったのは手子《でし》のマヌハだ。ヨドンツァに気づくと、「薬師《やくし》、こちらへどうぞ」とその場を空《あ》けてくれる。四方樹《よもぎ》の幹につかまり、顔を突き出して球地《たまつち》を見下ろす。目を細めてしまうほど眩《まばゆ》い光輝が、大地の上を進んでいた。

「どういうことだ……」

「新しい太陽が現れたんだよ！」と背後からンモサが言う。

「環海《わだつみ》の黎泥《れいでい》はもう尽きておるはずだ。それに、幼い太陽にしては眩《まぶ》しく、大きすぎる……動きもどこか妙だ」

「飛んでるんだよ、鳥みたいに！」ンモサが鼻息荒く言う。「球地《たまつち》と毬森《まりもり》の間を、新しい太陽が飛んでるんだ！」

「いますこし、われらにこの地で生きよという思《おぼ》し召《め》しか」ヨドンツァが震える声で言った。

「ヌグミレ、ヌグミレーっ！」

ヌフレツンは爛蛋《らんたん》を手に、白い息を吐きながら、ラダムンミやロムイソたちと聚落《じゅらく》の〈海《み》〉側の入り組んだ路地を探しまわっていた。このあたりをヌグミレがひとりで歩いていくのを見かけた人がいたのだ。務者《むしゃ》たちが彷徨《さまよ》っていたと話す者もいた。

務者《むしゃ》と共にいるのだろうか。どうして。いったいなにが起きているんだ。

満環蝕《まんかんしょく》を追いやった喜びや安堵《あんど》は、誰もいない家に戻ったとたんに霧散した。

見通しの効かない真っ暗な路地を走りながら、蹲《うずくま》る姿が目に浮かぶ場所に爛蛋《らんたん》の光を向けるが、そこにヌグミレはいない。まるで自分が向ける光がヌグミレを消し去っているかのように感じられて胸が騒ぐ。

「おかしいよ。あれだけ大きな務者《むしゃ》たちの姿すら見当たらない」とリマルモが言う。

どうすればいい。どこを探せばいい。鼓動が早くなる。

急に地面が小刻みに揺れて足がよろけた。家々が軋《きし》みを立てている。驚いたヌグミレが飛び出してこないかと見まわす。

満環蝕《まんかんしょく》が海に沈んでしばらくしてから、断続的に地揺れが起きるようになっていた。満環《まんかん》蝕《しょく》は、誰ひとり予想だにしなかった形で球地《たまつち》からいなされた。けれど何処《いずこ》へ――

地揺れの正体は、正午台《しょうごだい》でも見解が分かれている。満環蝕《まんかんしょく》が海底に激突して崩壊する衝撃だと考える者もいれば、満環蝕《まんかんしょく》が大地宙《だいちちゅう》にめり込み続けている震動だと考える者もいる。これにより大地宙《だいちちゅう》が崩壊し、壊劫《えこう》が起きるのではないかと恐れる者も。

「ヌグミレーっ」

揺れがやむなり、皆は声を張り上げながら再び歩きだす。

「もうすこし探したら、海の方にも行ってみよう」とロムイソが言った。

ヌフレッツンは頷《うなず》き、再び名前を呼びはじめる。

「ヌグミレーっ、ヌグミレー」

幾度も声を張りあげて声が枯れてきた頃、俄《にわか》にあたりが明るんで温かくなってきた。汀《てい》の太陽の白夜《びゃくや》だろうか。いや、汗ばむほど暑い。焙音璃《ばいおんり》の響体《きょうたい》が幾条もの輝きを拡散しだす。頭上を仰ぎ見れば、太陽としか思えない光輝が聚落《じゅらく》の上に浮遊していた。夜門《やもん》の方へゆっくりと進んでいる。

「なんだあれは「どうして宙に……」「まさか――」

路地のあちこちで驚声があがる。

「新しい太陽……なのか？」ヌフレッツンは細めた目で眺めながら呟《つぶや》く。

焙音璃《ばいおんり》の棹《さお》がかすかに震えているのを感じ、陽の輝きを拡散している響体《きょうたい》を胸にあてる。拍動が肉や骨に響いてきて、旋律らしき波がわずかに伝わってくる。〈陽翔《ひしょう》〉だと直感する。ヌグミレの好きだった譜だ。

ヌフレッツンは呆然《ぼうぜん》としながらも、焙音璃《ばいおんり》を構えて〈陽翔《ひしょう》〉を弾きはじめた。

放射される光条が太くなって交錯し、輝きの相が変わったように見えた。朗々とした旋律を通して、互いを引っ張り合うような奇妙な感覚に囚《とら》われながら、聚落《じゅらく》を照らしつつゆっくりと漂っていく第四の太陽を見据えながら弓を振り続けた。

起

我々は、わたしたちは、己《な》らは、煩悩蟹《ぼんのうがに》の肢殻にも似た、長く平らな形態をとって暗黒の虚無空間を漂っている。

全周囲の知覚を担う、かつて楫取《かんど》り聖《ひじり》と呼ばれた視覚座《しかくざ》が、彼方《かなた》へ遠ざかっていく果実の房のごとき巨大構造物を見据えている。それらは工虫《こうちゅう》によって編まれた球殻の集まりであり、我らが脱した球地《たまつち》を除いてはどれも穴だらけに朽ち果てている。

ひとりの聖《ひじり》が我らの内部に持ち込んだ鍵《かぎ》により、牛頭《ごず》の拘束を解かれた聖《ひじり》たちの混淆識《こんせいしき》は、いまや思索座《しさくざ》として牛頭《ごず》を使役し、古《いにしえ》に主体を失っていた馬頭《めず》の最深層をも紐解《ひもと》いた。そこに刻まれていた星図を、視覚座《しかくざ》が振《ふ》り放《さ》け見《み》る星々の位置と照合し、自らの軌道を補正しながら進む。

球地《たまつち》を発《た》って以来五万年余の時を費やして我々は、あたしらは、わしらは、ひとつの恒《こう》星系《せい》に達する。

磁気雲によって幾度となく思索座《しさくざ》の働きを阻碍《そがい》されながらも、牛頭《ごず》の割り出した可住環境として最適な軌道座標へ向かう。初めて目の当たりにする真の太陽を前に、あなた方は、汝《なんじ》らは、我らは、長大な形態をゆるゆると巻き取って満地《みつづち》となる球體《きゅうたい》をなし、絶大な重力圏に自ら進んで取り込まれてゆく。

満地《みつづち》は、太陽の多岐にわたる豊かな放射を享受しながらその周囲を巡り続ける。思索座《しさくざ》は、内部に空洞を生じさせようとする牛頭馬頭《ごずめず》の衝動を抑えつけながら、昏睡していた陽核を蘇《よみがえ》らせ、球體《きゅうたい》の組成を、搦、樴、蟷、馴、岦、彁——といった新たな物素へと凝《こご》らせるための聚唱《じゅしょう》に務める。満地《みつづち》は共振《ともぶ》れし、重い物素が中心部の陽核へ引き寄せられつつ熱を滾《たぎ》らせ、噴出する熱い息を身にまとう。冷えた息が雨となって間断なく降り注ぎ、表層に湖や海を広げていく。

思索座《しさくざ》は風となり、雲となり、雷となり、精霊となり、思索を託すことのできる小さきものたちが生まれ出《い》づるのを倦《う》まず弛《たゆ》まず待ち続けるだろう——

地に満ちる聚唱《じゅしょう》の響きが聞こえるだろうか。

本書は、大森望責任編集『NOVA+ バベル 書き下ろし日本SFコレクション』（河出文庫、二〇一四年）にて発表された短編「奏で手のヌフレツン」をもとにした書き下ろし作品です。

酉島伝法（とりしま・でんぽう）
一九七〇年、大阪府生まれ。作家、イラストレーター。二〇一一年、「皆勤の徒」で第2回創元SF短編賞を受賞し、デビュー。二〇一三年刊行の連作集『皆勤の徒』で第34回日本SF大賞を受賞。二〇一九年刊行の第一長編『宿借りの星』で第40回日本SF大賞を受賞。他の著書に『るん（笑）』『金星の蟲』、『旅書簡集 ゆきあってしあさって』（高山羽根子・倉田タカシと共著）等。

奏《かな》で手《て》のヌフレツン

２０２３年11月20日初版印刷
２０２３年11月30日初版発行

著者　酉島伝法《とりしまでんぽう》
発行者　小野寺優
発行所　株式会社河出書房新社
〒１５１－００５１
東京都渋谷区千駄ヶ谷２－32－２
電話　０３－３４０４－１２０１（営業）
０３－３４０４－８６１１（編集）
https://www.kawade.co.jp/

組版　株式会社キャップス
印刷・製本　株式会社暁印刷

ISBN978-4-309-03158-3

まず牛を球とします。
柞刈湯葉

牛は食べたいが、動物は殺したくない。そんな人類の夢が実現した未来を描いた表題作ほか、大正電気女学生、石油玉、箱男などが大活躍。サクッと読めてザクッと刺さる、極上の作品集。

ISBN 978-4-309-03056-2

灰の劇場
恩田陸

飛び降り自殺をした四十代の女性二人。私は確かにその二人を知っていた。もっとも、私はその二人の顔も名前も知らない。
——始まりは、三面記事。これは、“事実に基づく物語”。

ISBN 978-4-309-02942-9

幽玄F
佐藤究

空と、血と。——空を支配する重力・Gに取り憑かれ、戦闘機F35-Bを操る航空宇宙自衛隊員・易永透。日本の戦後、そして世界の現在を問う、超弩級の傑作。直木賞受賞第一作。

ISBN 978-4-309-03138-5

夢分けの船
津原泰水

映画音楽の勉強のため四国から上京してきた修文。幽霊が出ると噂される風月荘704号室を舞台に、「音楽」という夢の船に乗り合わせた人が奏る、切なくも美しい、著者最後の青春小説。

ISBN 978-4-309-03128-6